국토탐방2 上(상권)

오이환 지음

지은이 **오이환**

1949년 부산에서 출생하여, 서울대학교 철학과를 졸업하였다. 동 대학원 및 타이완대학 대학원 철학과에서 수학한 후, 교토대학에서 문학석사 및 문학박사 학위를 수여받았다. 1982년 이후 경상국립대학교 철학과에 재직하다가 2015년에 정년퇴직하였으며, 1997년에 사단법인 남명학연구원의 제1회 학술대상을 수상하였고, 제17대 한국동양철학회장을 역임하였다. 주요 저서로는『남명학파 연구』2책,『남명학의 새 연구』2책,『남명학의 현장』5책,『국토탐방』2책,『해외견문록』4책,『동아시아의 사상』,『중국 고대의 천과 그 제사』, 편저로『남명집 4종』및『한국의 사상가 10인— 남명 조식—』, 교감으로『역주 고대일록』3책, 역서로는『중국철학사』(가노 나오키 저),『중국철학사』5책(가노 나오키 저) 및『남명집』,『남명문집』등이 있다.

국토탐방2 **上**(상권)

© 오이환, 2025

1판 1쇄 인쇄__2025년 1월 10일
1판 1쇄 발행__2025년 1월 20일

지은이__오이환
펴낸이__홍정표
펴낸곳__글로벌콘텐츠
　　　　등록__제25100-2008-000024호

공급처__(주)글로벌콘텐츠출판그룹
　　　　대표_홍정표 이사_김미미 편집_백찬미 강민욱 홍명지 남혜인 권군오 기획·마케팅_이종훈 홍민지
　　　　주소__서울특별시 강동구 풍성로 87-6
　　　　전화__02) 488-3280 팩스__02) 488-3281
　　　　홈페이지__http://www.gcbook.co.kr
　　　　이메일__edit@gcbook.co.kr

값 35,000원
ISBN 979-11-5852-513-2 04810
　　　　979-11-5852-512-5 04810 (세트)

국토탐방 2

상권

오이환 지음

글로벌콘텐츠

머리말

이 책은 나의 일기 중에서 국내 여행과 등산에 관한 부분을 발췌하여 편집한 것이다. 등산이라면 해외에서 한 것도 더러 있고, 여행이라면 연구와 관련하여 현장 답사 및 자료 수집을 목적으로 한 것도 있지만, 그것들은 이미 『남명학의 현장』 및 『해외견문록』에 포함되었으므로 대체로 생략하였다. 그러므로 이 책에 수록된 것은 국내에서 연구 이외의 목적으로 행한 일반적인 것에 한정된다고 할 수 있다. 이즈음은 여행이나 등산 안내서가 제법 출판되어 있지만, 이것은 타인을 위한 것이 아니라 순전히 개인적 경험의 기록이란 점에서 그런 것들과는 좀 다르다.

나는 일기를 쓰기 이전부터 답사 성격의 주말여행을 계속하고 있었다. 그런 답사가 대충 마무리 지어진 이후로는 자연스럽게 취미를 목적으로 한 여행으로 성격이 바뀌었다. 우리나라 국토의 대부분이 산지이고, 이제는 그 산들이 모두 녹화되어 동네 뒷산조차도 아름답지 않은 곳이 없으므로, 내 여행의 주된 대상도 자연히 산으로 옮겨져 갔다. 그리고 해외여행이 자유로워진 이후로는 교직에 몸을 담고 있는 까닭에 여름과 겨울의 긴 방학을 이용하여 일 년에 두 번 정도씩 바다 건너로 바람 쐬러 다니게 되었다. 또한 2007년에 내가 살고 있는 진주 근교의 산 중턱에 4천 평 가까운 농장을 소유하게 된 이후로는 매주 토요일은 그리로 가서 시간을 보내게 되었다. 그리하여 토요일

머리말 ────────────────────────────────

은 농장, 일요일은 등산, 방학에는 해외여행을 떠나는 것이 내 생활의 패턴
으로서 자리 잡게 된 것이다.

옛 사람들의 문집을 보면, 자연을 찾아 여행이나 등산을 떠난 기록이 자주
눈에 띈다. 교통이 발달되지 않았던 그 당시의 여행은 지금처럼 쉽지 않았을
터이므로, 보통 사람이 하기 힘든 경험이라 기록해 둘 만한 가치가 충분히
있었을 것이다. 국내의 여행도 그다지 쉽지 않았을 터인데, 하물며 해외유람
이겠는가! 이러한 기록들을 통해서 우리가 확인할 수 있는 것은 여행이나 등
산이란 당시로서는 선비의 고상한 취미의 일종으로 간주되고 있었던 점이
다. 그런데 지금은 등산이 우리나라 국민 스포츠로서 선비의 부류뿐만이 아
닌 일반대중의 가장 보편적인 취미생활로 되어 있는 것이다.

내가 살고 있는 진주는 그다지 크다고 할 수 없는 지방도시이지만, 그 숫자
도 파악하기 힘들 정도로 수많은 산악회가 존재하고 있다. 그러므로 얼마나
많은 사람들이 산에 오르고 있는지 미루어 알 수 있다. 과거에 우리나라는
산이 많고 평지가 적어 국토가 척박한 것을 한탄한 적이 있었다. 그런데 그러
한 국토가 이제는 축복이 되었다. 아무 산에 올라보아도 사람이 다닐 수 있을
만한 곳에는 어김없이 색색의 등산 리본이 매어져 길을 안내하고 있고, 대체
로 적지 않은 사람들을 만날 수 있다. 그 산지가 이제는 공원이 되었고, 또한
이용률이 매우 높음을 알 수 있는 것이다.

미국에는 각지에 삼림보호구역이 많다. 그것들이 대체로 시민공원의 역

할을 하는 것이지만, 우리나라의 산처럼 광대하고 녹지가 풍부하지는 않다. 웅장한 경치를 가진 국립공원도 적지는 않지만, 일반인이 사는 곳은 삼림보호구역을 제외한다면 대체로 종일을 가도 끝이 없는 평원이거나 사막일 따름이어서 단조롭기 짝이 없다. 독일은 녹지가 많은 것으로 이름난 나라이지만, 그 국토의 대부분이 평지이고 녹화의 비율 역시 우리나라 정도는 아니다. 최근에 여행한 이스라엘은 6일 전쟁으로 점령한 땅까지 합하면 우리나라의 경상남북도를 합한 정도의 면적인데, 그 영토의 대부분이 사막이거나 사막에 준하는 것이었다. 그러나 우리나라는 어디를 가도 산이 있고, 강이 있고, 바다가 있으며, 사계절이 뚜렷하여, 실로 아기자기하고도 다채로운 국토를 지녔음을 외국에 다녀볼수록 더욱 느끼게 된다.

지금은 도로와 교통이 발달하여, 남한 땅 어느 곳이라도 대체로 하루 만에 다녀올 수 있는 1일 생활권으로 되어 있다. 또한 우리나라의 산들은 크게 높은 것이 별로 없어 하루 이틀이면 즐기다가 오기에 족하다. 그러므로 나는 이 국토 전체를 내 집 정원처럼 생각하고, 또한 세계를 무대로 노닐기에는 등산으로 치자면 베이스캠프에 해당하는 것쯤으로 여기고 있다. 등산 활동을 통해 전국 방방곡곡을 구석구석 누비고 다닐 수 있으므로, 등산 자체가 일종의 여행이라고도 할 수 있다.

이즈음은 어느 산악회든 이른바 1대간 9정맥을 답파했고, 심지어는 그 기맥까지 대부분 다녀왔다는 사람들을 더러 만날 수 있다. 나 자신도 백두대간

머리말 ───────────────────────────────────

정도는 대체로 다녀보았고, 정맥도 더러 다닌 것이 있지만, 그 어느 것도 완전히 답파한 것은 없다. 또한 등산을 다니기 시작한 지는 이제 이십 년 정도의 세월이 지났지만, 아직도 능력 면에서는 초보자의 수준에도 미치지 못하는 점이 있다. 그러고 보면 나는 등산의 경험이나 능력 면에서 아직 남에게 내세울 만한 것이 별로 없다. 그러나 나로서는 학문의 경우와 마찬가지로 특별한 일이 없는 한 매주의 주말이면 아직 가보지 못한 곳을 향해 떠나는 일종의 탐험을 해 왔을 따름이며, 또한 그것으로 만족하고, 앞으로도 신체적 능력이 미치는 한도까지 그렇게 여생을 보내려 하고 있다.

2014년 4월 30일
오이환

2집 머리말

『국토탐방』을 처음 출판했던 2014년 8월로부터 10년 남짓한 세월이 지나 다시 2집을 내게 되었다. 1집 원고의 분량이 1,573KB였는데, 2집의 경우 어느덧 1,639KB가 된 것이다. 이 역시 나의 일기에서 해당 부분을 발췌한 것으로서 출판을 목적으로 하여 쓰인 글이 아니고, 집필 당시로서는 장래의 출판을 기약할 수도 없었다. 그러므로 독자를 염두에 둔 것이거나 등산과 여행의 가이드북이 아닌 사적 기록인 셈이다.

이제 비로소 1집이 된 과거의 책과 비교하여 달라진 점을 들자면, 1집의 경우는 2015년 2월에 있었던 정년퇴직 이전의 기록이었으므로 대부분 주말을 이용한 외출이었던 반면, 2집은 이미 시간의 제약을 받지 않게 된 점이다. 그리고 한 해에 몇 번씩 있는 학회 참가의 기록도 대체로 포함시켰다. 학회 참가도 나에게는 스스로 운전해서 가는 장거리 여행이었기 때문이다.

대부분의 등산이나 여행은 진주에 소재하는 산악회 혹은 여행사를 통한 단체 행사에 참가했던 경우였다. 나로서는 아무래도 그쪽이 손쉽고 편리했던 것이다. 이런 여행은 나름 장점이 있지만 단점 또한 없지 않다. 그중 특히 불편한 점은 산악회의 경우 예전보다 현저히 덜해졌다고는 하지만 아직도 달리는 대절버스 안에서 고막이 터질 듯 볼륨을 크게 틀어 놓고서 하는 음악과 가무의 행위가 지속되고 있는 점이다. 그것을 좋아하는 사람의 수가 많지

는 않으나 그 때문에 참가하는 사람도 있으니 참고 견디는 수밖에 별 도리가
없는 것이다.

　젊은 시절 폐 수술을 받았고 그 때문에 병역도 면제받은 까닭인지, 경험상
국외의 4,000m 이상 되는 산에 오를 때마다 등산이 불가능할 정도로 고산
증세를 심하게 겪었고, 그 때문에 오르고 싶은 여러 명산이나 가보고 싶은
장소들을 포기한 지 이미 오래이다. 국내의 별 무리 없는 산들에서도 오를
때 폐활량이 부족하여 숨을 거칠게 내쉴 뿐 아니라 속도가 현저히 떨어지므
로, 아예 남들에 뒤쳐져서 혼자 걷는 것이 상례가 되었다. 그러나 시간 부족
때문이 아니고서는 예정된 풀코스를 중도에 포기하는 법이 거의 없다. 등산
이나 여행은 대부분 아내와 동행하는데, 아내의 경우 나보다 등산 능력이 뛰
어나지만 풀코스를 완주하는 경우는 상대적으로 적으므로, 그 점에 있어서
는 취향이 서로 다르다. 남들로부터 떨어져 혼자서 산길을 터벅터벅 걷는 것
은 취향에도 맞는 듯하다.

　내 나이 이미 적지 않아 앞으로 얼마나 이러한 일상을 보낼 수 있을지 알
수 없는 일이지만, 신체적 능력이 미치는 한도까지 이 걸음으로 계속 나아가
보고 싶다.

2024년 12월 28일
오이환

목차

2014년

2014년

7월

27 (일) 맑음 - 정각산

천왕봉산악회를 따라 밀양시 丹場面과 山內面의 경계에 위치한 正覺山(859.7m)에 다녀왔다. 오전 8시까지 시청 앞에 집결하여 출발하였고, 운동장 4문 앞에서 사람을 더 태운 후, 서진주요금소를 거쳐 대전·통영, 남해고속도로를 경유하였다. 동창원에서 25번 국도로 빠진 후, 남밀양IC에서 다시 부산·대구고속도로에 접어들었다가, 밀양 요금소에서 24번 국도와 1077번 지방도를 경유하여 오전 10시 20분 무렵 단장면의 구천마을에서 하차하였다.

물이 흐르지 않는 처매듬골을 따라 산을 오르기 시작하였는데, 처음에는 영 기력이 없었다가 도중에 두어 번 휴식하여 물과 집에서 가져간 복숭아를 하나 베어 먹고 나니 한결 나아졌다. 조망바위(595)와 폐 금광굴을 경유하여 능선의 삼거리에 도착한 후, 거기서 오늘의 등산로를 벗어나 반대쪽으로 200m 정도 더 나아가니 정상이었다. 오후 1시 35분 무렵 정상에 도착하여 나는 그 부근의 나무 그늘 아래서 혼자 점심을 들었는데, 내 뒤로 쳐진 사람들도 좀 있었지만, 그들은 아무도 정상에 오르지 않았다.

다시 삼거리로 돌아와서 산내면과 단장면의 경계를 이루는 능선을 따라 걷다가 끝방재에서 정승골 방향으로 한참 내려와 콘크리트 포장도로를 만났다. 산행대장은 아이리스펜션을 만나거든 200m 정도 아래로 더 내려와 취무성에서 구천천 쪽으로 접어들어 출발지점인 구천마을로 돌아오라고 하였으나, 도로를 만난 지 얼마 되지 않아 푸른초원펜션을 만났고, 거기서 1km 이상을 더 걸어 내려와도 아이리스펜션은 눈에 띄지 않았다. 산행대장에게 전화를 걸어보았더니, 그의 말은 푸른초원펜션을 아이리스펜션으로 착각한 것이었다면서 취무성의 길가에서 기다리고 있겠으니 도로 올라오라는 것이었다. 그러나 여름철 피서 차량의 통행이 제법 많은 그 길을 따라 되돌아가는 도중에 도로 위에다 천왕봉산악회가 놓아둔 종이 표지를 보고서 계곡 길로 접어들어 수량이 풍부한 구천천을 만났으므로 다시 산행대장에게 그러한 사실을 연락하였는데, 취무성에서 기다리고 있겠다고 한 그는 알고 보니 나보다도 먼저 그 길로 빠져 구천천 길의 도중에서 회장 및 여자총무와 함께 쉬고 있었다. 그의 변명에 의하면, 인터넷으로 검색해 보니 아이리스펜션으로 나오더라는 것이었다.

오후 4시경에 종점인 구천마을에 도착하였는데, 거기에는 산에서 마주친 적이 있었던 영어를 쓰는 서양인 젊은 여자 하나도 먼저 도착해 다른 등산객들과 어울리고 있었다. 진주로 돌아오는 도중에 동창원요금소 부근인 김해시 진영읍 좌곤리 431-20의 양평해장국이라는 식당에서 뼈다귀해장국으로 저녁을 들었다.

30 (수) 맑음 -술상리 전어마을, 백련리 도자기마을

점심 때 장상환·김병택 교수와 함께 하동군 진교면 술상리 전어마을의 재성횟집으로 가서 전어회와 전어무침을 들고 소주도 한 병 비웠다. 근자에 장교수가 전어가 나왔다는 말을 했기 때문이다.

식사를 마친 후, 진교면 백련리로 연꽃 구경을 갔다. 그곳은 도자기 굽는 곳으로서도 이름나 있는데, 초등학교 교사들이 직무연수 차 와서 도자기를 빚고 있었다. 그러나 전시관들은 모두 문을 닫아두고 있어 들어가 보지 못했다. 그 마을은 일명 새미골이라고도 하는데, 그 지명 때문이겠지만 일본 국보 井戸茶碗이 이 마을에서 생산된 것이라는 설을 소개하고 있었다.

백련리를 나와서는 거기서 이어지는 길로 하동군 양보면으로 나아가 2번 국도를 만나서 황토재를 넘어 사천시 곤명면으로 건너온 후, 완사에서 진양호반 길을 드라이브하여 학교로 돌아왔다.

8월

10 (일) 오전은 맑고 오후에 때때로 폭우 – 갈거계곡, 복두봉

소나무산악회를 따라 전북 진안군 程川面의 갈거리안계곡과 정천면 및 朱川面의 경계에 위치한 幞頭峰(1,018m)에 다녀왔다. 오전 8시 30분까지 시청 앞에 집결하여 출발하였다. 통영-대전, 익산-장수 간 고속도로를 따라가다가 진안요금소를 빠져나와 30번 국도와 795, 725지방도를 따라서 진안읍과 정천면 소재지를 경유하여 10시 25분에 정천면 갈룡리 葛七마을에 닿았다. 오늘 산행의 총 거리는 14km, 5시간 반이 소요된다고 한다.

그곳은 운장산자연휴양림의 입구에서 가까운 곳이었는데, 우리는 마을 안쪽으로 나아가다가 갈거계곡의 냇물을 건너서 휴양림매표소에 접근하였다. 휴양림은 갈거계곡을 따라서 꽤 넓게 펼쳐져 있었다. 휴양림을 관통하는 아스팔트 포장도로 주변에 숙박시설을 비롯한 여러 가지 시설물들이 설치되어져 있었다. 우리는 그 시설물이 끝나는 지점의 상부에 있는 마지막 주차장에 닿았는데, 거기서 복두봉까지 이어지는 등산로는 6km라고 적혀 있었고, 그 길은 자동차가 다닐 수 있는 임도로서, 하부의 평탄한 곳에는 자갈이, 상부의 비교적 경사진 곳에는 콘크리트 포장이 되어 있으며, 군데군데에 주차장으로부터의 거리가 표시되어 있었다. 나는 주차장으로부터 1,600m 지점의 폭포수가 여러 단으로 떨어지는 지점 바위 그늘에 앉아서 혼자 점심을 들었다. 임도가 지나가는 산의 안부에서 정상까지는 600m의 거리였다.

점심을 든 이후 다시 임도를 오르다가 폭우를 만났다. 점심 이후로 정상에 다다를 때까지 아무도 만나지 못했고, 같은 길을 따라서 되돌아올 때도 역시 마찬가지였다. 돌아오는 길에 휴양림 매표소 근처에서 다시 개울을 건너다가 이번에는 불안하게 이어진 징검다리에서 미끄러져 옷이 젖고 오른쪽 무릎에 약간의 찰과상을 입었다. 오후 4시 30분에 갈거마을의 마을회관 앞에 서 있는 대절버스에 다다라, 회장 등 나이 많은 사람들의 테이블에 끼어 하산주를 들었다. 복두봉에서 오른쪽으로 가까운 능선 상에 호남의 명산인 九峰山(1,002)이 있고, 왼쪽으로 이어진 능선에는 雲長山(1,125.8)과 硯石山(925)이 있다. 주천면의 운일암반일암도 거기서 멀지 않다. 임도는 안부에서 주천면 쪽으로 계속 이어져 있었다.

나는 오늘 정상까지 올라간 사람은 나 밖에 없는 줄로 알았는데, 제일 나중에 내려온 버스에서 나와 나란히 앉았던 개인택시 기사의 말에 의하면, 자기는 정상을 200m쯤 남겨둔 지점에서 폭우를 만났고, 정상에서 안부로 돌아 내려와 보니 그곳의 팔각정에서 세 명이 점심을 들고 있었으므로 자기도 그들과 어울려 함께 점심을 들었고, 뒤에 도착한 또 한 명과 함께 다섯 명이 다시 정상에 올랐다가 백 코스가 아닌 길로 내려왔다는 것이었다. 그리고 보면 내가 폭포 아래에서 점심을 들고 있을 때 뒤쪽에서 나를 불렀던 사람이 그 기사인 듯하며, 오늘 정상에 오른 사람은 나까지 포함해 총 6명인 모양이다. 그 기사의 말에 의하면 진주에는 산악회가 약 300개 정도 있다고 한다.

17 (일) 흐리다가 오후에 비 – 갈모봉, 괴산 선유동구곡

대원산악회를 따라 충북 괴산군의 葛帽峰(582m)과 仙遊洞九曲에 다녀왔다. 오전 8시 30분까지 천전시장 앞에 집결하여 출발하였다. 대명산악회의 여자 회장이 오늘은 1일 총무를 맡아 있었다. 그녀는 신안성당 부근에서 실내포장마차를 경영하고 있는 모양이다. 고령까지 일반국도 간 후, 중부내륙, 청원-상주 간 고속도로를 경유하여 화서요금소에서 빠져나와, 49번 지방도로를 따라서 경북 상주시의 화북면소재지를 지나 오전 11시 50분에 들목재에 있는 선유동 입구의 주차장에 도착하였다. 화북면 일대에는 오미자를 재배하는 밭이 많았다.

갈모봉 정상에서 김창환·정보환 씨 및 토요산악회장 등 다섯 명이 함께 점심을 든 후 하산하여, 선유동휴게소에 도착하고서부터는 차가 다닐 수 있는 포장된 평지 길을 따라서 선유구곡을 차례로 경유하여 오후 3시 반 무렵에 출발한 주차장으로 돌아왔다. 점심을 든 후 산 위에서 잠시 한 번 비를 만났고, 하산을 거의 마친 무렵부터 다시 비가 내리기 시작하였다.

진주에 도착한 후 정보환 씨를 따라서 제일병원 부근의 명물부대찌개로 가서 다시 술을 든 다음 귀가하였다.

19 (화) 대체로 부슬비 - 병산서원

오전 8시 무렵에 외송의 산장을 출발하여 진주로 돌아온 다음, 우리 아파트 앞에서 나는 내리고 아내가 대신 승용차를 운전하여 이광자 교수 내외를 진주역까지 모시고 갔다. 이 교수 내외는 9시 58분의 KTX로 상경했다고 한다. 나는 9시 반 남짓에 우리 아파트 앞으로 마중 온 구자익 군의 승용차에 동승하여 판문동의 현대아파트로 가 김경수 군을 태운 후, 셋이서 함께 남해·구마·중앙고속도로를 경유하여 안동의 병산서원으로 가서 오후 2시부터 거기서 열리는 한국동양철학회 2014년도 하계학술대회에 참석하였다. 차 안에서 김 박사로부터 갓 출판된 이창수·김경수 엮음 『남명의 자취』(서울, 글로벌콘텐츠, 2014년 8월 20일 발행) 한 권을 얻었다. 이 책은 그가 사단법인 남명학연구원의 사무국장으로 재임하던 1996년에 출판된 『남명선생의 자취를 따라―남명 조식선생 사적 자료집―』(남명출판부)의 개정증보판이다.

서진주에서 고속도로에 올라 오후 1시에 서안동 톨게이트로 빠져나온 후, 경북 안동시 풍산읍 안교리 597에 있는 황소곳간이라는 식당에서 소고기국밥으로 점심을 든 후, 풍산읍에 있는 병산서원에 도착하였다. 대회에 앞서 전전회장인 나와 현 회장인 고려대 이승환 교수, 차기 회장인 대구한의대 박홍식 교수가 함께 사당에 참배하여 절을 올리고, 주벽인 서애 유성룡 및 그 아들인 修巖 柳袗의 위패를 奉審하였다.

이번 모임에도 고대 대학원 박사과정에 재학 중인 한국싸나토로지(임종치료)협회 이사장의 물질적 후원이 있었던 모양인데, 그 이사장도 참석해 있었다. 晚對樓에서 열린 발표회에서는 경인교대 이장희 교수의 사회로 서강대 정재현 교수의 논문 「겸애와 인의 비교」를 타인이 대독하고, 서울대 철학과를 졸업한 후 캐나다의 토론토대학에서 박사학위를 취득하여 40세의 나이로 금년 3월에 성균관대학교 유학과에 전임으로 부임한 김도일 씨가 논평하였고, 성균관대의 고재석 씨가 「퇴계의 미발관 연구」를 발표하고 고려대의 전병욱 씨가 논평하였으며, 마지막 순서로 北京大學에서 박사학위를 취득한 후 금년에 귀국하여 서울의 동덕여대에서 강의하고 있는 여성 학자 유은주 씨가 「한당시기 성인의 도와 석전례」를 발표하고 연세대 국학연구원의 여성 학자 정현정 씨가 논평하였으며, 종합토론을 끝으로 폐회하였다. 첫 발표가 끝난 후 휴식시간에 나는 민족문화문고의 문용길 씨로부터 石井剛 著『戴震과 중국근대철학―漢學에서 철학으로―』(東京, 知泉書館, 2014)를 한 권 샀다.

서울에서 대절해 온 버스를 타고서 점심을 든 곳 바로 옆의 풍산읍 안교리 123에 있는 안동황우촌으로 가서 소불고기와 물냉면으로 석식을 든 후, 서원으로 돌아와 만대루에서 새벽 2시 반 무렵에 파할 때까지 참석한 학자들과 함께 대화를 나누었다. 마지막 한 시간쯤은 후배 학자들의 질문에 따라 내가 자신의 학문관 및 학문적 역정을 피력하는 말들을 하였고, 그 대화내용은 녹음되었다.

20 (수) 대체로 비 -부용대, 소산리 안동김씨마을, 외토리 남명유적

서원의 西齋에서 잠시 눈을 붙인 후, 새벽에 일어나 세수를 하고서 만대루에 올라가 난간에 기대앉아서 엊그제에 이어 가져간『국토탐방』상권의 내용을 제목 중심으로 대충 훑어 378쪽, 1999년 11월분까지 나아갔다.

병산서원 옆의 서원 관리인이 운영하는 하회식당에서 조식을 든 후, 오늘 답사의 안내자인 안동대학 철학과의 이병걸 교수가 도착하기를 기다려 부슬비가 내리는 가운데 오전 9시 반 무렵에 서원을 출발하였다. 먼저 하회마을 뒤편의 마을을 감돌아 흐르는 낙동강 본류에 임한 절벽 위 芙蓉臺에 올라 이병걸 교수의 설명을 들었고, 그리로 올라가는 언덕 뒤편 입구에 있는 서애의 형 謙巖 柳雲龍이 독서 및 강학을 목적으로 세운 謙嵓精舍에도 가보았다. 부용대의 그 반대쪽에는 서애가 세운 玉淵精舍도 있는 모양이다. 이병걸 교수의 설명에 의하면, 西厓나 謙巖이라는 호는 모두 이 부용대를 의미하는 것이라고 한다. 부용대 위에서 낙동강을 가로질러서는 해마다 여러 개의 밧줄을 매어 하회 명물인 줄불놀이가 펼쳐지는 모양이다.

다음으로 풍산읍 素山里에 있는 안동김씨마을로 찾아갔다. 서인 노론의 주류인 서울 장동 안동김씨 가문의 뿌리가 된 곳으로서, 淸陰 金尙憲도 약 3년 정도 내려와 이곳에 거주한 적이 있었으며, 후일 鎭南樓가 지어져 영남 남인세력과의 갈등을 조성한 현장이기도 하다.

그곳을 끝으로 우리는 답사팀의 다른 사람들과 작별하여 진주로 돌아왔다. 구마고속도로에서 88고속도로로 접어들어, 오후 1시 12분에 고령 톨게이트에서 일반국도로 빠져나온 다음, 경남 합천군 삼가면 일부리 906-2에 있는 미로식육식당에 들러 소불고기와 국밥 등으로 다소 늦은 점심 겸 석식을 들었다. 도중의 고속도로 휴게소에서 여름용 모자를 또 하나 구입하기도 하였고, 김 박사로부터 그 친우인 경남발전연구원 고고학팀장 유창환 씨가 재선된 홍준표 지사에 의해 약 한 달 전에 부하직원들의 사소한 부정비리를 감독하지 못한 책임을 물어 해임당하고, 현재 그곳에서 일반연구원으로 근무하고 있다는 소식을 들었다.

점심을 든 후, 삼가면 외토리의 남명유적지로 찾아가 70년도의 새마을사업 시 철거되었다가 금년 6월말 경에 복원된 488번지의 남명 생가, 하천의 홍수 피해를 우려하여 최근에 강가에다 꽤 높은 제방을 쌓고 그 제방 안쪽으로 옮겨서 새로 건축된 외토리 616-4의 雷龍亭 및 그 옆의 용암서원, 그리고 합천의 용암서원이 대원군의 서원철폐령에 의해 훼철된 이후 서원 터에 그대로 남아 있었다가 합천댐의 건설로 말미암아 그 부근의 도로가에 옮겨졌고, 근년에 다시 재건된 용암서원의 강당 옆으로 이건 된 龍巖書院廟庭碑 등을 둘러보았다.

31 (일) 맑음 -불령봉표, 함월산, 용연폭포(기림폭포), 기림사

청솔산악회를 따라 경상북도 경주시에 있는 含月山(584m)에 다녀왔다. 오전 7시 30분까지 우리 아파트 옆의 구 역전에 집결하여 대절버스 한 대로 출발하였다. 남해·경부고속도로를 경유하여 경주시로 접어든 후, 반월성터와 황룡사터를 지나서 4번 국도를 만나 보문호와 덕동호를 경유하여 감포읍 쪽으로 나아가다가, 다시 14번 국도를 만나서 북상하여 골굴사 앞을 지나 오전 10시 30분 무렵 祇林寺 입구에 다다라 하차하였다.

입장료를 피해 기림사 입구 부근의 길가에다 차를 세우고서 차단된 등산로를 따라 올라서 계속 오르막길로 나아갔다. 도중의 갈림길에서 佛嶺封標에 다다랐는데, 봉표의 실물은 보지 못했지만, 안내판에 보이는 사진에 의하면 화강암에다 "延慶墓香炭山 因啓下 佛嶺封標"라고 새겼다. 번역하면 그 뜻은 "延慶墓의 祭需 마련을 위한 목재를 채취하는 산이니, 그러므로 임금의 허락을 얻어, 佛嶺에다 벌목을 금하는 표를 세운다."는 내용이다. 여기에 보이는 延慶은 순조의 아들인 효명세자의 묘호라고 한다. 마침내 정상에 다다라 일목회 회원 등과 함께 점심을 들었다.

점심 후 더욱 북상하여 포항시 오천읍(남구)과의 경계 지점에까지 나아갔다가, 도통골을 따라서 기림사로 내려왔다. 도중에 龍淵폭포 즉 기림폭포를 만났는데, 안내판에 의하면 신문왕이 동해의 용왕이 되신 부왕 문무왕으로부터 만파식적 대나무와 함께 옥대를 얻어 가지고 환궁할 때 마중 나온 어린 태자의 예지로 옥대의 용 장식 하나를 떼어 시냇물에 담그니 진짜 용으로 변해 승천하고 시냇가는 깊이 패여 연못과 폭포가 생겨났다고 한다. 이 길은 용성국의 왕자인 석탈해가 신라로 잠입하던 길이며, 삼국통일의 위업을 이룬 문무왕의 장례행차 길이기도 하여, 신라의 시작으로부터 조선 후기에 이르기까지 감포와 경주, 장기와 경주를 이어주던 통로로서 왕의 길이라고 불린다. 경주 시내로부터 시작하여 모차골과 아까 지나쳤던 불령금표가 있는 고개를 지나 용연폭포와 기림사를 통과하여 감포로 나아가는 길이다. 또한 이 길은 왜구가 침략하던 주된 통로였기도 한 모양이다.

기림사에 다다라 혼자서 절 안으로 들어가 보았다. 이 절은 인도에서 온 光有라는 승려가 창건하여 林井寺라고 불렸는데, 선덕여왕 12년(643)에 원효가 사찰을 크게 확장하면서 현재의 이름으로 바꾸었다고 한다. 신문왕이 만파식적과 옥대를 얻어 환궁할 때 기림사 서편 시냇가에서 쉬어 갔다는 기록이 있는 모양이다. 이 절에는 보물 833호인 大寂光殿과 보물 415호인 乾漆菩薩像, 그리고 보물 959호인 고려시대의 金銀字寫經이 있는데, 조선 후기의 맞배 양식 건물인 대적광전은 둘러보았으나, 건칠보살상은 유물전시관에 있다고 설명되어 있었지만, 절 구내에 있는 기림유물관에 들어가 보아도 나머지 두 개의 보물은 진열되어 있지 않았다.

오후 4시 남짓에 기림사 주차장으로 하산하였다. 늦게까지 한 사람이 내려오지 않아 그를 기다리느라고 한 시간 이상을 지체하였으며, 경찰차가 출동하기까지 하였다. 고령휴게소식당에서 안동간고등어조림으로 늦은 석식을 든 다음, 밤 9시 반쯤에 귀가하였다.

9월

14 (일) 대체로 맑음 -불갑산 상사화

완연한 가을 날씨라 납량을 위해 여름내 침대 바닥에다 펼쳐 두었던 오동나무 깔개를 오늘 아침에 걷고, 아내에게 말하여 발목이 짧은 여름용 양말도 거두어 넣게 하였다.

상대산악회를 따라 전남 영광군 불갑면과 묘량면 및 함평군 해보면의 경계 지점에 있는 佛甲山(516m)에 다녀왔다. 이 산에는 과거에 몇 차례 올랐지만, 지금인 9월 중순은 이곳 명물인 相思花(꽃무릇)가 한창 피는 철이라 그것을 보기 위해 다시 온 것이다. 서로 약속은 하지 않았지만 강대열, 정보환, 김창환 등 아는 사람들도 여러 명 참가하였다.

오전 8시까지 시청 육교 밑에 집결하여 대절버스 한 대로 출발하였다. 남해·호남고속도로를 경유하여 광주 시내를 관통한 다음, 더 서쪽으로 나아가 오전 10시 42분에 불갑사 입구의 주차장에 도착하였다. 각지에서 수많은 차들이 몰려와 주차장에 도착하기 전 제법 멀리 떨어진 지점에서부터 교통정체가 심하였다. 다음 주 주말 무렵이 상사화 축제기간이라고 한다.

오늘 보니 이곳의 상사화는 일본에서 彼岸花라고 부르는 붉은 색 꽃 한 종류로서, 내가 부산에 살던 시절 우리 집 뜰에 피어 있었던 분홍색 꽃이 피는 것과는 색깔과 모양이 좀 달랐다. 꽃은 불갑사 주차장으로 향하는 도로 가에서부터 시작하여 불갑산의 정상인 연실봉에서 구수재에 이르는 구간을 제외한 등산로 전체에도 도처에 피어 있었다. 우리는 오늘 과거의 경로와는 반대 방향을 취해 주차장에서부터 등산을 시작하여 딋고개-노적봉-법성봉-투구봉을 차례로 지났고, 장군봉에 이르러 김창환, 정보환 씨와 더불어 꽃무릇 사이에서 점심을 들었다. 김 씨의 권유에 따라 처음 앉았던 장소에서 자리를 좀 옮겨 앉고는 짚고 왔던 스틱 한 쌍은 원래의 장소에다 그대로 두었는데, 바로 옆에 붙어 앉아 식사를 하던 다른 일행이 일어나 떠나려 하면서 그중 한 사람이 그 스틱을 자기 일행의 것인 줄로 잘못 알고 집어 들고서 머뭇거리는 것을 내 것이라고 말하여 돌려받았던 것까지는 분명히 기억하는데, 식사를 마치고서 일어서려고 하니 그 스틱이 보이지 않아 마침내 잃어버리고 말았다. 어찌된 영문인지는 알 수 없지만, 그곳을 떠나고 난 후에 생각하니 내가 옮겨 앉았던 장소 주변을 좀 더 자세히 살펴보았더라면 하는 아쉬운 마음도 없지 않다. 그 스틱은 아내가 내 생일 선물로 사 준 독일제 Leki 제품으로서 꽤 고급일 뿐 아니라, 제법 오래 가지고 다녀 정이 든 물건이기도 한 것이다.

구수재에서부터 시작되는 상사화 군락지 일대를 지나 불갑사에 들러 절 구경도 다시 한 번 하고서, 오후 4시 가까운 시각에 출발지점인 주차장으로 돌아왔다. 오늘 산행은 8km 정도의 거리라고 한다. 사람이 많아 등산로의 도처에서 정체가 되는 것이 마치 주말의 북한산에 오른 듯하였다. 잘 익은 무화과를 한 상자 사서 집으로 가져왔다.

오늘 보니 불갑사를 세웠다는 인도승 마라난타는 간다라 출신이라 하여 절을 떠나 주차장으로 향하는 도중에 간다라 불교의 수행처를 모방한 건물도 세워두고 있었는데, 마라난타가 이 절을 세웠다는 것도 고증하기 어려운데, 그가 간다라 출신이라 함은 무엇에 근거한 것인지 알 수 없다.

21 (일) 맑음 - 진천 두타산

자유산악회를 따라 충북 鎭川郡 草坪面에 있는 頭陀山(598.5m)에 다녀왔다. 오전 8시까지 제일은행 앞에 집결하여 대절버스 한 대로 출발하였다. 대전-통영·경부·중부고속도로를 경유하여 증평요금소에서 빠져나온 후,

510번 지방도와 34번 국도를 따라서 오전 11시에 초평면 용정리의 靈水寺 입구에 도착하였다. 영수사는 고려 때 창건된 사찰로서 한여름에 얼음보다 더 차가운 약수가 흐르고 있어 유명한데, 우리는 그 절 방향으로 조금 나아가다가 입구의 안내판으로부터 얼마 가지 않아 오른쪽에 등산로 입구가 나타났으므로, 그 길을 따라 오르기 시작했다.

완만한 경사를 이룬 그 길은 도중의 434m 고지에서 頭陀亭이라는 이름의 팔각정 쉼터를 만났고, 거기서 한참을 더 나아가니 565m 고지에 세워진 제법 커다란 전망대에 이르렀으며, 거기서 11분 정도 더 나아가니 정상이었다. 전망대의 안내판에서 진천읍 부근에 위치한 이상설의 생가 터를 보고는 그 위치를 확인했다. 정상 부근의 바위 위에 걸터앉아 혼자서 점심을 들었다. 두타산은 曾坪郡 道安面과의 경계에서 진천군 쪽으로 조금 치우친 지점에 위치해 있다.

도안면과의 경계를 이루는 능선을 따라 계속 나아가다가, 증평읍 쪽과의 경계 부근에 있는 마암재에 다다랐는데, 거기에는 붕어마을로 가는 이정표가 보였다. 거기서 우리는 진천군 초평면과 증평읍의 경계를 이루는 능선을 따라가다가 철탑을 만난 지점에서 증평읍 송산리 쪽으로 내려가게 되어 있었는데, 마암재의 길바닥에 놓인 자유산악회의 방향 안내 종이를 따라가다 보니 길은 점점 좁아지고 보일듯 말듯 희미해져 가더니 마침내 하산지점인 蓮花寺 부근에서는 길이 거의 사라져 버렸다. 연화사 부근에서 낯이 익은 76세의 노인을 만났는데, 알고 보니 그가 이 산악회의 고문으로서 앞서 가며 길바닥에다 안내 종이를 놓고 있었던 것이었다. 그러나 우리가 내려온 곳은 목적지와는 사뭇 동떨어진 증평군 도안면 연촌리 쪽이었다. 농로를 따라 한참 걸어서 노암4리(둥구머리)의 버스 주차장에 도착한 후, 거기서 전화로 주최 측에 연락하여 대절버스가 우리를 태우러 오기를 기다렸다. 안내 종이를 보고서 그쪽으로 내려온 사람은 열댓 명 정도나 되었다.

이 산악회의 회원인 송죽식당 주인의 아들과 며느리가 청주에 살다가 오늘 우리의 하산지점으로 와 있었던 모양인데, 얼마 후 그들이 승용차를 몰고 와 나와 강대열 씨를 비롯한 네 명을 태우고서 오늘의 목적지인 송산리 쪽으로 이동하였고, 나머지 사람들은 군내 버스를 타고서 송산리 입구 부근까지 이동해 와서 기다리다가 대절버스에 합류하였다. 우리가 송산리에 도착하기 전에 이미 하산주는 끝난 모양이었다. 송죽식당의 아들 내외는 우리 일행에게 활명수 비슷한 레모나 b라는 음료수와 초코파이 비슷한 몽쉘(카카오케이크)이라는 과자를 선물하고서 돌아갔다.

나는 진천을 향해 북상하는 도중의 고속도로 휴게소에서 지난주에 잃어버린 것을 대신하여 하나에 35,000원씩 하는 Arakan Leisure라는 이름의 국산 등산 스틱 한 쌍을 새로 샀는데, 연화사 쪽을 향해 내려오는 도중에 그 스틱의 아랫단 하나가 빠져 달아나 버려 도중에 그것을 찾으러 근처를 헤매기도 하였다. 오늘의 등산로에는 도토리가 쏟아 부은 듯 정말 많이 떨어져 있었고, 알이 작은 밤도 심심치 않게 눈에 띄었다.

밤 8시 무렵에 귀가하였다.

27 (토) 맑음 –가야산 동장대·칠불리지

비경마운틴을 따라 가야산의 동장대·칠불리지에 다녀왔다. 오전 7시까지 시청 앞에 집결하여 산악회 전용 대형버스를 타고서 출발했다. 참가인원은 도중에 합천 및 고령에서 합류한 네 명을 포함하여 모두 30명이었다. 고령까지 일반 국도로 가서 88고속도로에 진입한 다음 해인사요금소에서 1084지방도로 빠져나왔고, 가야에서 대장경테마파크를 지나 59번 국도로 접어들어 오전 9시 남짓에 성주군 수륜면의 백운대에 도착했다.

백운동탐방지원센터를 좀 지난 지점에서 오른쪽 숲속으로 접어들어 비법정등산로인 동장대 코스로 올랐다. 처음에는 흙길을 걷다가 그 능선의 중간쯤에 점차로 바위 길이 나타나, 東將臺에서 절정에 달했다. 동장대 바로 아래에 경상북도 문화재자료 제366호인 백운리 마애여래입상이 있는데, 나는 그것을 보기 위해 동장대에는 오르지 않았다. 이 마애불은 바위절벽에 새겨진 것이 아니라 돌로 만든 변형된 감실 안에 세워진 화강암 판석을 배 모양으로 다듬어 광배로 삼고 가운데에 높이 158m로 양각된 것으로서, 신라 하대인 9세기 후반 경에 만들어진 것으로 추정된다고 한다.

그 바로 위쪽이 해발 900m인 하늘바위(건들바위)였다. 아파트 2층 높이
도 더 될 것 같은 거대한 바위 위에 또 그만한 바위 하나가 모로 세워져 위태
롭게 균형을 잡고 있는 것이었다. 동서로 이어지던 가야산의 주능선이 이 능
선 위쪽 해발 1,227m인 才骨山(東城峰)에서 남으로 방향을 틀어 아래로 뻗
어 東脈을 이루고, 하늘바위는 동맥의 중간쯤에 자리 잡고 있었다. 우리는 오
늘 그 동맥을 따라 오른 것이었다. 하늘바위 바로 아래쪽이 동장대인데, 하
늘바위 안내판에는 그것을 白雲臺라 적고 있었다. 그 주변 일대에는 원형에
가까운 상태로 남아 있는 가야산성의 유적들이 여기저기서 눈에 띄었다.

　우리는 정오 무렵 동성봉에 이르러 그 부근에서 점심을 들었다. 동성봉에
서 가야산의 최고봉인 七佛峰(1,433m)에 이르는 능선은 그 후반부가 가파
른 바위 절벽들로 이루어져 있어 보통 사람으로서는 오를 엄두를 내지 못할
곳이었지만, 일행과 함께 가까스로 그 구역을 통과하였다. 설악산의 용아장
성이 위태롭다고는 하지만, 그것은 그런대로 길이 잘 나 있는 셈인데, 여기
는 그런 길이라고 부를 수 있는 것이 전혀 없었으므로, 우리는 그저 아슬아슬
하게 바위 절벽들을 기어오르며 통과할 수밖에 없었다.

　칠불봉에서 200m 정도 더 나아간 곳이 종래에 가야산의 최고봉으로 알
려져 왔었던 상왕봉(1,430m)인데, 나는 과거에 그곳을 여러 번 오른 적이
있었기 때문에 그냥 西城재 방향으로 내려왔다. 오늘날 등산로는 서성재에
서 칠불봉을 거쳐 상왕봉으로 향하게 되어 있었다. 가야산은 그 산신의 두
아들이 각각 대가야와 금관가야의 시조가 되었다는 가야국의 건국설화를
담고 있는 곳으로서, 칠불봉은 수로왕과 그 부인인 허황옥 사이에 난 10왕자
중 넷째에서 열째까지의 일곱 왕자가 허황옥의 오빠인 외삼촌 장유화상을
따라 이곳 칠불봉 아래에서 3년간 수도해 도를 깨닫게 되었다는 전설이 전하
고 있다.

　서성재는 경북 성주군 수륜면과 경남 합천군 가야면을 이어주는 고개로
서, 과거 가야산성의 서문이 위치해 있었던 곳이라고 한다. 그 조금 아래쪽
의 만물상 코스 입구에 해당하는 상아덤을 건너편 능선의 동장대와 대비해
서 서장대로 부르고 있다. 가야산성은 칠불봉에서 내려오는 계곡인 용기골

을 중심으로 좌우로 펼쳐진 능선을 이용하여 축조된 抱谷式 산성인 셈이다.

용기골 계곡을 통과해 내려오는 도중에 백운암 터를 지나기도 했다. 오후 5시 무렵에 백운대 주차장에 도착하여 두부와 김치, 오뎅을 안주로 간단하게 하산주를 든 다음, 밤 8시 무렵에 귀가했다.

10월

4 (토) 맑음 -설악산 행
오늘 밤 8시에 비경마운틴을 따라 설악산으로 떠나게 된다.

5 (일) 맑음 -설악산 용소골, 칠형제봉 리지, 잦은바위골
고령까지 국도로 간 후 중앙고속도로를 경유해 북상하여 오전 3시 10분에 설악동에 하차하였다. 깜깜한 가운데 헤드랜턴을 켜고서 2시간 정도 걸어 5시 10분에 천불동계곡의 양폭산장 못 미친 곳에 있는 용소골 입구의 오련폭포에 도착하였다. 헤드랜턴의 불빛에 따라 로프를 잡고서 폭포 옆의 바위를 차례로 기어올랐는데, 참가자가 44명이나 되니 그들이 다 오르기까지 제법 많은 시간이 흘렀다. 그러다보니 어느덧 날이 새기 시작하였다. 첫 번째 폭포를 지나고서 아침을 들었다.

폭포 위쪽으로도 등산로는 전혀 없고, 거친 암벽을 부여잡고서 건너가야 할 곳이 부지기수인데, 그 과정에서 나는 헤드랜턴이 벗겨져 계곡 물 속에 빠졌다가 일행의 도움으로 건져내기는 했으나 그 안의 건전지를 넣는 부품과 그 덮개가 빠져 달아나버려 못쓰게 되었다. 버스에서 내 옆자리에 앉았던 74세 된 노인은 바위 절벽에서 미끄러져 개울 속의 웅덩이에 빠졌고, 나는 로프 줄의 차례를 기다리다가 시간을 절약하기 위해 다른 일행 몇 명이 하는 것처럼 그 위쪽의 바위 절벽을 타고서 건너다가 역시 미끄러져 제법 상당한 거리의 아래쪽으로 거꾸로 떨어졌는데, 다행히도 다친 데는 전혀 없었다. 우리는 용소골의 좌골·우골 중 보다 험난한 좌골 쪽을 택하여, 용소골의 1-2-3-4 폭포를 차례로 지나갔다. 그 코스는 마치 우리가 처음 지나가는 듯

사람의 자취가 전혀 없었다.

마침내 칠형제봉 능선에 올라섰다. 그 지점은 공룡능선상의 신선봉으로부터 지능선으로 약 30분 정도 되는 거리였다. 설악산은 이미 단풍이 들어 꽃처럼 아름답고 능선에서 바라보이는 풍경은 천불동과 화채능선, 칠형제봉리지, 계곡 건너편의 범봉·천화대 리지, 공룡능선과 울산바위 그리고 동해바다 등 외설악의 가장 아름다운 풍경들을 거의 다 감상할 수 있었다. 칠형제봉 능선에 올라서니 의외로 사람이 많이 다니는지 등산로가 넓지는 않아도 꽤 또렷하게 나 있었다. 우리는 그 길을 따라서 칠형제봉 아랫길을 차례로 지나 최고봉인 8봉에 이르러 점심을 들었다.

점심을 든 후 계속 아래쪽으로 내려와 1시 46분에 칠형제봉리지와 천화대리지의 사이에 있는 잦은바위골의 지계곡에 닿았다. 거기를 따라 좀 더 내려오니 계곡의 본류에 위치한 상아폭포에 닿았다. 우리는 거기서 얼마간 더 올라가 50폭과 100폭을 구경한 후 40분 쯤 후에 상아폭포로 돌아내려왔다. 폭포의 높이가 각각 50m, 100m라는 데서 유래한 이름인데, 인솔자인 정상규 씨의 말에 의하면 설악산 전체에서 가장 아름다운 폭포라고 한다. 그러나 거기까지 갔다 오는 데도 위험천만한 바위 낭떠러지가 매우 많았다. 이곳도 비법정등산로이기는 마찬가지지만 위험한 곳에는 더러 밧줄이 걸쳐져 있는 곳도 있었다. 이쪽으로도 들어오는 등산객이 많으니 국립공원관리공단에서는 눈감아주고 있는 실정인 모양이었다. 우리는 원래 오늘 50폭에서 점심을 든 다음, 100폭에서 천화대리지의 희야봉 쪽으로 올라 아래쪽으로 왕관봉까지 주파한 다음, 염라길리지와 설악골을 거쳐 설악동으로 돌아올 예정이었는데, 로프의 순서를 기다리는 등 너무 시간이 많이 걸려 천화대리지는 포기하였다. 나는 예전에 정상규 씨를 따라 천화대리지를 한 번 답파한 것으로 알고 있었는데, 정 씨에게 물어보니 그 때는 그곳의 최고봉인 범봉에서 건너편 골짜기로 내려왔고, 천화대리지는 타지 않았다고 한다. 그렇다면 그 때 우리는 범봉에서 까치골과 설악골을 따라 내려왔는지도 모르겠다.

우리는 잦은바위골의 좌골을 경유하여 천불동에서 비선대까지 1km 남겨둔 등산로에 오후 4시 12분에 도착하였다. 거기까지 내려오는 코스에도 밧줄이 없으면 통과할 수 없는 위험한 구간이 도처에 산재해 있었다. 5시 30분에 설악동 주차장에 당도하였다. 오늘 우리는 약 14시간을 걸어 14km를 주파한 것이라고 한다. 오늘의 최고고도는 1,094m였다.

일행이 모두 하산하기를 기다려 강원도 고성군 토성면 고성대로 75-16(원암리 362-1)의 미시령 부근에 있는 현대산업개발의 I PARK CONDOMINIUM에 들러 지하 사우나에서 목욕을 한 다음, 거기서 가까운 거리인 속초시 노학동 980-78의 궁중해장국본가라는 식당에서 순두부찌개로 석식을 들었다. 그리하여 다음날 오전 2시 25분에 귀가하였다. 오늘의 비경마운틴클럽 대형버스 운전사는 임시로 고용한 프로기사였다.

12 (일) 흐리고 강한 바람, 오후에 약간의 빗방울 - 외나로도 봉래산

황매산악회를 따라 전남 고흥군 봉래면 외나로도의 봉래산(410m)에 다녀왔다. 원래는 여수시의 백야도 아래쪽에 있는 하화도로 갈 예정이었는데, 태풍 봉풍의 영향으로 배가 운항할 수 없다고 하므로 출발 후 부득이 목표지를 바꾼 것이다.

7시 40분까지 시청 앞에 집결하여 운동장을 거쳐 대절버스 한 대로는 자리가 몇 개 부족할 정도로 꽉 찬 인원이 출발하였다. 남해고속도로를 따라가다가 광양에서 새로운 국도 2호선, 즉 목포행 고속도로 10호선을 따라 고흥군에 들어섰고, 고흥반도를 세로로 지르는 15호 국도를 따라서 오전 10시 54분에 남쪽 끄트머리 외나로도의 봉래산 중턱에 위치한 한국통신의 무선국 앞 주차장에 도착하였다. 이 산에는 예전에 한 번 오른 적이 있었는데, 오늘 뜻밖에 다시 오게 되었다.

주차장에서 길은 두 갈래로 갈라지고 등산 코스는 1구간에서 3구간까지 세 개가 있는데, 우리는 오른쪽의 1구간 코스로 접어들었다. 제1, 제2 봉래산을 거쳐서 마침내 봉화대 같은 석조 구조물이 있는 정상에 오르니, 거기서는 사방으로 바다를 바라볼 수 있었다. 정상에서 주차장까지는 2.2km, 시름재까지는 1.2km였다. 제2구간으로의 갈림길인 시름재로 향하는 도중의 길가 비교적 넓은 공터에 내가 자리를 잡아 김창환, 정보환 씨 등 일목회 팀과 어울려 점심을 들었는데, 우리 뒤로 오는 사람들도 차례차례로 거기서 점심 판을 벌여 나중에는 빈 공간을 찾기 어려울 정도가 되었다.

시름재에서 제법 넓은 산길을 따라 조금 내려오다가 편백나무 숲 방향으로 접어들었는데, 그 길은 도중에 삼나무와 편백나무 고목 속을 조금 경유하기는 하였으나, 대부분의 코스는 편백나무 숲을 위쪽으로 제법 벗어난 위치로 이어져 있었다. 이곳 숲은 20여만 평의 넓은 산중턱에 4만여 그루가 울창하게 들어서 있는 것인데, 일제시기부터 조성된 모양이었다.

제2구간을 따라 오후 2시쯤에 무선국 주차장으로 돌아왔고, 일행이 하산을 마치기를 기다려 나로우주센터로 이동하였다. 우리는 우주과학관 앞의 빈 광장 모퉁이에서 철판 벽과 버스로 바람을 막아놓고서 하산주를 들었는데, 오늘은 삼치회가 안주로 나왔다. 나로우주센터의 인공위성 발사대는 거기서부터 몇 킬로 떨어진 위치에 있으며, 그쪽으로는 일반인의 출입이 통제되고 있었다. 우주센터는 河盤마을이라는 동네가 있던 자리의 주민들을 다른 곳으로 이주시키고서 건설한 것이었다.

돌아오는 버스 속에서 틀어준 김용임의 DVD가 마음에 들어, 도중의 휴게소에 들렀을 때 김용임의 노래 세트 다섯 종류를 한꺼번에 구입하였는데, 집에 도착하여 보니 그 중 하나는 예전에 이미 사둔 것과 같은 것이었다.

17 (금) 맑음 -설악산 행

오늘 오후 9시에 시청 앞에서 출발하는 비경마운틴의 '설악단풍산행/토왕성폭포-화채능선-칠선골'에 참여하기 위해 거기로 가기 전에 미리 오늘 일기를 입력해 둔다.

18 (토) 맑음 -설악산 안산, 십이선녀탕계곡

비경마운틴을 따라 설악산의 안산(1430.4m)과 십이선녀탕계곡에 다녀왔다. 46명이 탄 전용버스는 현풍과 원주휴게소를 경유하여 오전 3시 10분에 설악동에 도착했다. 각자 헤드랜턴이나 손전등을 켜고서 토왕성폭포로 가기 위해 감시원의 눈을 피해 개울을 건너고 六潭폭포를 거쳐 飛龍폭포에 닿았다. 감시카메라를 피해 비룡폭포를 우회하는 코스로 한 바퀴 빙 둘러 다시 토왕성폭포로 향하는 등산로에 접어들었는데, 전혀 예상치 못했던 그곳에서 단속경찰 8명에게 들키고 말았다. 일행 중 7명이 딱지를 떼이고 하산하였다. 6시 15분에 설악동 주차장에 이르러 조식을 든 다음, 토왕성폭포를 경유하여 하산하는 코스로 접근하고자 했는데, 지프 형 승용차를 탄 감시원이 우리에게 점을 찍고서 계속 추적하는 지라 이리저리 걸어 다니던 끝에 결국 포기할 수밖에 없었다.

설악동을 떠나 낙산을 거쳐서 한계령 방향으로 접어들었다. 한계령의 단풍은 지금쯤이 절정인 듯했다. 한계령과 장수대를 지나 9시 35분에 옥녀탕 휴게소에서 하차해 성골 방향으로 산을 타고서 올랐다. 그곳도 입산금지구역이기는 마찬가지인데, 최단거리인 이쪽을 경유하여 안산으로 오르고자 한 것이다. 계곡에는 단풍이 무척 고왔으나, 오를수록 나뭇잎은 이미 수북이 떨어지고 앙상한 가지만이 남아 있었다. 한계산성을 지나서부터 계곡을 버리고 능선 방향으로 접근했는데, 산을 오를수록 바위 절벽들이 앞을 가로막아 그 난이도는 지난번에 갔던 칠형제봉 코스에 못지않았다. 곳곳에다 자일을 치고서 한 사람씩 기어오르는 통에 시간이 무진장 흘렀다.

도중에 점심을 들고서 오후 3시 40분에 안산 정상에 닿았다. 거기서 대승령 근처의 고개를 두르지 않고서 바로 십이선녀탕계곡으로 내려가는 지름길로 접어들어 예전에 멋-거리산악회 사람들과 함께 남교리를 출발하여 이 계곡을 거쳐서 대승령으로 향해 장수대로 하산했던 것과는 반대 코스로 약 20년 만에 다시 십이선녀탕의 수려한 경치를 바라보았다. 등산로는 그 때에 비해 아주 잘 정비되어 있었으나, 날이 저문 까닭인지 우리 일행 이외의 다른 등산객은 별로 만나지 못했다. 계곡 길이 꽤 멀어서 두 시간 이상 걸려 하산하는 도중에 날이 어두워져 다시 손전등을 켜고서 밤 6시 30분쯤에 남교리에 도착하였다.

인제군에 있는 굿모닝사우나라는 곳으로 이동하여 목욕을 한 다음, 인제군 북면 원통4리 로얄장 옆의 보흥家라는 식당에서 김치찌개 저녁식사와 함께 하산주를 들고서, 치악·칠서 휴게소를 경유하여 다음날 오전 2시 10분에 귀가하였다.

25 (토) 맑음 -성씨고가

아내는 언어재활학회 참석차 상경하고 혼자서 외송에 들어갔다. 예취기로 이미 꽃이 거의 다 진 코스모스를 모두 베고, 아래쪽 진입로에 인접한 비탈진 계단식 과수원의 끝부분과 잔디밭 등지의 잡초도 베었다.

점심을 든 후 승용차를 운전하여 창녕군 대지면 석리에 있는 성씨고가에서 열리는 도교문화학회 2014년도 추계학술대회에 참석하러 갔다, 대진·남해·중부내륙고속도로를 경유하여 한 시간 반쯤 후에 도착하였다. 학회는 오후 3시 무렵부터 시작되었다. 회장인 성균관대 동아시아학술원의 曺玟煥 씨와는 구면이고, 오랜만에 臺灣大 철학과 후배인 강릉대학교의 金白鉉 교수, 중국 사천대학에서 일시귀국한 정우진 씨,『출토문헌을 통해서 본 중국 고대사상— 마왕퇴 한묘 백서와 곽점 초묘 죽간을 중심으로』의 저자인 원광대 강사 김경수 씨 등도 만났다. 김백현 선생은 1952년생으로서 나보다 세 살이 적고, 조민환 씨는 57년생으로서 58세, 김경수 씨는 51세, 정우진 씨는 43세라고 한다.

경기대학교 예술대학 서예·문자예술학교 교수인 장지훈 씨의 사회로 1부에서는 경희대의 정우진 씨가「莊子의 숨-前漢以前時期 呼吸術의 양상과 원형에 관한 연구-」를 발표하고 대진대의 이근철 씨가 토론하였고, 도가철학회장이기도 한 항공대의 이권 씨가「老子의 '柔弱勝剛强'에 대한 고찰」을 발표하고 한양대의 이봉호 씨가 토론하였다.

2부로는 260간 되는 국내최대의 개인한옥인 이 집 중 북한 김정일의 부인인 성혜림의 부친이 소유했던 我石軒 마당에서 국민생활체육 전국전통선술연합회 회장인 명지대의 허일웅 씨 제자들에 의한 기공시범 및 해설이 있었다.

3부는 다시 누각형 건물로 돌아가서 조민환 씨가「『포박자』에 나타난 葛洪의 '隱居求志'적 隱逸觀」을 발표하고 김경수 씨가 토론하였다. 김백현 씨의 주재에 의한 종합토론으로 끝을 맺었고, 나도 제일 나중에 김백현 씨의 요청에 따라 이권 씨의 발표 내용에 대한 토론을 하였다. 이 씨는 근자에 내게로 전화를 걸어와 남명학 관계 자료의 구득에 대해 물은 적이 있었던 사람이다.

창녕읍 말흘리 45-7에 있는 창녕大家라는 식당으로 이동하여 소불고기로 석식과 술을 들고, 성씨고가로 돌아와서 다시 입구의 정원을 바라보는 위치에 쳐진 하얀 텐트 아래서 영원무역 성기학 회장보다 한 살 아래인 친구사이로서 교사 출신이며 서예가·시인·전각가이기도 한 노중석 이사가 마련한 포도주와 오크통에서 숙성시킨 소주를 들었다. 노 씨의 말에 의하면 성씨고가에서 이런 식의 학술모임을 가지게 된 것은 5년 전부터라고 한다. 오늘 동석한 계명대 한문교육과의 교수 한 사람도 노 씨와 함께 이 집의 유지 운영에 깊이 관여해 있는 모양이었다.

우리가 앉은 테이블에는 서예가가 네 명이나 있었는데, 그들에게 臺灣大學 시절 가깝게 지냈던 一中 金忠顯의 제자 金世豪 씨에 대해 물었더니 아는 사람이 많았다. 경기대학교 장지훈 씨의 말에 의하면 일중의 수제자라고 한다. 그 자리에서 장 씨에게 부탁하여 김세호 형과 통화해 보았다. 내가 1978년에 대만을 떠난 이후 거의 40년만이라 감회가 깊었다. 김 형은 한 때 원광대학교에서 강의하기도 하였으나 기가 세어 다른 사람들과 원만한 관계를 이루지 못한 까닭에 오래 있지 못했고, 예술의전당에서 서예를 지도한 적도 있었던 모양이다.

밤 10시가 넘도록 술자리에 어울려 있다가 나는 먼저 자리를 떠서 정우진 씨의 인도에 따라 아석헌 바로 옆에 있는 건물로 이동하여 독방에서 잠자리에 들었다. 독방이 배정된 사람은 나뿐이라고 하니, 원로 대접인 셈이다.

26 (일) 맑음 -고성 향로봉

청솔산악회를 따라서 고성군 하이면에 있는 향로봉(579m)에 다녀왔다. 8시 30분에 대절버스 두 대로 우리 아파트 앞의 구 역전을 출발하여, 사천시에서부터는 1001번 및 1016번 지방도로를 경유하여 하이면 와룡리의 雲興寺 앞에 닿아 오전 9시 40분부터 등산을 시작하였다. 단풍이 곱게 물든 숲길을 걸어 운흥사의 부속 암자인 樂西庵에 들렀다가, 계속 산을 올라 마침내 꼭대기에 목조 육각정이 있는 와룡산 향로봉의 정상에 올랐다. 거기서는 삼천포의 와룡산과 각산, 그리고 바다가 넓게 조망되었다. 향로봉을 떠나 더 나아가다가 혼자서 길을 잘못 들어 나아가야할 문수암 방향과는 정반대인 백암산(403)까지 갔다가 되돌아왔다. 그 쪽 오솔길에도 부산일보·국제신문 등의 안내 리본이 계속 붙어 있었으므로 나는 오히려 그 리본 때문에 착각한 것이었다.

돌아오던 도중에 뒤따라오던 부부를 만나 그들이 점심을 들고 있던 장소에서 혼자 식사를 한 후 다시 청솔산악회의 방향 안내 쪽지가 땅에 놓여 있는 지점까지 되돌아왔고, 그 방향을 따라서 나아갔다. 상리면과 하일면을 잇는 도로가 지나가는 동산에서부터는 바로 앞에 다음 목적지인 수태산(570)이 바라보이고 그 다음으로 무이산(549)과 그 산 아래의 문수암을 거쳐야 함에도 불구하고, 나 혼자 이미 일행으로부터 상당히 뒤쳐졌으므로 소요시간을 단축하기 위해 문수사주차장으로 향한다는 표지가 보이는 도로를 따라 걸었다. 그러나 그 길은 예정된 코스보다도 훨씬 더 먼 길을 둘러가는 코스여서, 결과적으로 나는 다른 사람들보다 한 시간 정도 늦은 오후 3시 30분 무렵에야 종점인 문수사주차장에 닿을 수가 있었다. 원래 예정된 코스는 약 11km의 거리로서 다섯 시간이 소요되는 것이었다. 주차장에서는 오늘이 이 산악회의 창립기념일이라 경품 추첨을 하고 있었다. 아침에 운흥사 방향으로 갈 때는 차 안에서 수저 세트 하나씩을 선물로 받기도 했다.

귀가한 직후에 일행 중 정보환 씨의 전화 연락을 받고서 한주럭키아파트 정문 옆에 있는 시골생고기집으로 가서 동명고등학교 교장을 정년퇴임한 서울대 선배와 더불어 셋이서 돼지불고기를 안주로 소주를 마셨다. 다시 돌아오는 도중에 어제 통화했던 김세호 형으로부터 내 휴대폰에 전화가 걸려왔다.

11월

1 (토) 대체로 맑으나 산 위는 짙은 안개 - 천황산

인문대 교수친목회의 가을 야유회에 참가하여 밀양 天皇山(1,189m) 일대를 다녀왔다. 오전 9시까지 인문대 뒤편에 집결하여 대절버스 한 대로 출발하였다. 11시경에 밀양 얼음골 케이블카 승강장에 도착하여 그 바로 옆 밀양시 산내면 삼양리 82번지에 있는 얼음골 시례정가든에서 비빔밥과 밤 막걸리로 점심을 들었다. 이번 모임에는 독문과의 외국인 교수로서 부임해 온 지 얼마 되지 않는 카이 명훈 그라우만이라는 30대 초반의 동양인이 참석해 있었다. 그는 한국으로부터 독일 가정에 입양된 사람으로서 쾰른 부근에 집이 있는 모양인데, 이미 연세대학 한국어학당 등 한국에도 여러 차례 다녀갔다고 하며 한국어가 유창하였다.

케이블카는 백운산(891) 바로 아래의 臼淵마을 호박소 부근에 위치한 것으로서, 한국파이버그룹에 의해 건설되어 2010년 9월에 개통되었는데, 국내 최장거리의 왕복식 케이블카로서 선로 길이만 1.8km에 달하며, 표고 차 680m로서 상부역사 해발 1,020m 고지까지 도달하고, 탑승정원은 50인이었다. 케이블카를 내린 다음, 데크 위를 걸어서 영남알프스 전망대까지 이동하였고, 데크의 난간을 넘어서 도중의 샘물상회를 지나 이 부근의 산들 중 최고봉인 천황산에 올랐다. 참가자 중 일부는 샘물상회에 남아 있다가 케이블카를 타고서 도로 얼음골로 내려왔다. 나는 천황산 건너편의 재약산(1,119)으로 가는 중간지점에 있는 천황재까지 갔다가 도로 돌아와 샘물상회 팀에 합류하여 케이블카를 타고서 내려오려 했지만, 교수회장인 영문과 석종환 교수의 만류도 있어 대부분의 일행과 함께 천황재에서 내원암을 거쳐 표충사까지 걸어 내려오는 최단코스를 취했다. 국문과의 류재천 교수는 일행의 만류에도 불구하고 혼자서 재약산을 넘어 표충사로 둘러오는 코스로 갔다. 천황산 부근의 사자평 일대는 전국에서 손꼽히는 억새 군락지이지만, 억새꽃은 이미 다 지고 없었다. 그리고 데크의 전망대를 떠나고서부터 산 능선 일대는 짙은 안개에 가려 아무런 풍경도 구경할 수 없었다.

천황재에서 표충사로 내려오는 코스는 경사가 꽤 가팔랐고, 아래로 내려올수록 가을 단풍이 많이 남아 있어 꽤 아름다웠다. 부부 동반하여 밀양의 결혼식 참석차 왔다가 뒤늦게 도착한 영문과의 김길수 교수를 표충사에서 만났다. 표충사 대웅전에서는 지붕의 기와 교체 공사를 하고 있었다. 사학과의 강길중 교수와 함께 표충사 주차장까지 걸어 내려와 김길수 교수의 검은색 그랜저 승용차에 동승하여 주차장에서 1km 정도 떨어진 위치의 밀양시 단장면 구천리 662번지 표충사 바드리 입구에 있는 저녁식사 장소인 사자평 명물식당으로 이동하였다. 네 명이 제일 먼저 도착하여 손두부 등을 안주로 막걸리를 마시다가 일행이 모두 도착하자 닭찜으로 석식을 들었다. 내년 2월의 정년퇴직을 앞둔 나로서는 마지막 교수회 야유회 참여인 셈이라, 돌아오는 차 안에서 교수회장의 감사 말에 응답하여 일어나 인사를 하였다.

9 (일) 맑음 -수우도

소나무산악회를 따라 통영시 사량면에 있는 樹牛島에 다녀왔다. 8시 반까지 시청 앞에 집결하여 대절버스 한 대로 출발하였다. 들판의 벼는 이미 거의 다 수확을 마쳐 있었다. 삼천포의 실안 구역과 대교 앞을 거쳐 부두에 도착한 다음, 수산업협동조합 앞까지 걸어서 이동하여 27톤 규모에 92인승의 조그만 배 112일신호를 탔다. 삼천포와 사량도를 왕복하는 것인 모양이다.

9시 50분 무렵에 삼천포를 출발하여 10시 35분에 사량도 왼편에 있는 작은 섬 수우도의 선착장에 닿았는데, 나는 배 안에서 산행을 통해 얼굴이 익은 김형립 옹과 나란히 앉았다. 김 옹은 76세인데, 1968년 무렵부터 산에 다니기 시작했다고 하니 산행 경력이 올해로 46년 정도 되는 셈이다. 나이로는 80대인 강대열 씨보다 적지만 아마도 산행 경력으로는 진주에서 가장 원로가 아닐까 싶다. 전설적인 지리산 도사 우천 허만수나 윤양병원의 설립자 김윤양 씨가 만든 진주산악회 이야기 등 초창기의 진주지역 등산 소식을 들었다. 김 옹은 지금도 현역으로서 일하여 돈을 벌고 있는데, 60대의 동료 한 명과 더불어 매주 월요일부터 토요일까지 1톤 트럭을 몰고서 경남 일대를 두루 돌아다니며 각 농가에다 정미기와 고추 건조기를 판매하고 수리도 해주고 있다고 한다.

수우도에 도착하여서는 선착장에서부터 시계 방향으로 섬을 한 바퀴 빙 돌면서 최고봉인 은박산(195m)에도 올랐다. 산에는 곳곳에 동백나무가 많고, 철 아닌 동백꽃이 피어 있거나 땅에 떨어져 있는 경우도 있었다. 나는 산길을 따라 섬을 돌면서 바다로 삐어져 나간 곳들은 모두 들러보았는데, 고래바위·신선대·백두봉·금강봉·해골바위 등을 차례로 거쳤고, 그 중 가장 멀리까지 튀어나간 백두봉 꼭대기에서 건너편의 사량도와 망망대해를 바라보며 소주 한 병 및 맥주 한 캔과 함께 혼자 점심을 들었다. 이 섬의 바다로 삐어져 나간 곳의 끄트머리들은 대부분 높다란 바위절벽을 이루고 있었다.

몽돌해수욕장을 거쳐 선착장으로 돌아온 다음, 오후 4시 10분에 배가 출발할 때까지 한 시간 정도 김형립 옹과 더불어 근처의 상점 앞으로 가서 김 옹이 산 홍합 말린 것을 안주로 함께 소주 두 병을 들었다. 서울의 분당에 산다는 해외여행 가이드를 하는 아가씨 한 명도 우리들의 술자리에 어울려 대화를 나누기도 했다. 나는 수우도에서 고사리를 샀고, 삼천포로 돌아와서는 오후 6시 5분에 대절버스가 출발할 때까지 수산물시장에서 김 옹의 아는 사람들과 어울려 다시 생선회를 안주로 술을 마시고 멸치 젓을 한 통 사기도 했다. 오늘도 이럭저럭 술이 과했다.

15 (토) 맑음 –순천 정원박람회, 갈대공원

모처럼 아내와 둘이서 산수원의 순천 갈대공원(정원박람회) 여행에 참여했다. 「경남일보」 광고란에 칠암동 강변도로 통일회관 앞에 8시 30분까지 집결한다고만 되어 있으므로, 나는 이 단체가 무엇인지도 모르고서 신청했다. 아내가 통일교회 모임이라고 하므로 나는 강하게 부인했었는데, 그럼에도 불구하고 오늘도 그런 말을 계속하므로 아침에 택시를 타고 집결 장소로 가면서 큰 소리로 아내를 나무라기도 했다. 애초에는 회옥이를 포함한 전 가족이 함께 가기로 예약했었으나, 어제야 회옥이는 우리 가족끼리만 가는 것이 아님을 알고서 참여하기 싫다는 뜻을 말하므로 한 사람 분은 취소했던 것이다.

그런데 포시즌 예식장과 경남문화예술회관의 중간지점 쯤에 대절버스 한 대가 주차해 있는 3층 건물 앞에 당도해 보니, 그 건물은 통일교회의 예배당이 맞았다. 오늘과 같은 등산모임은 山水園 애국회 진주시 지회가 주최하는 것으로서, 11년 3개월째 운영해 오고 있어 이미 136회째였다. 대개 매달 한 번씩 개최하는 모양이다. 회장은 손병룡이라는 사람으로서 나와도 낯이 익었는데, 알고 보니 그는 고교 교사 출신으로서 박사학위를 받아 현재는 본교 국제어학원에서 영어를 가르치고 있는 모양이다. 그 외에도 사범대 윤리교육과에서 사회교육과로 옮겨 정년퇴직 한 지 6년 되는 홍영환 교수와 본교 직원으로서 정년퇴직한 박윤덕 사무관 등 아는 사람들이 있었고, 과기대에서 국사를 가르친다는 이경일 교수도 참가해 있었다. 또한 통일교가 주선하여 한국인과 국제결혼한 일본인이 만 명 이상 된다는데, 그 중 하나인 사이토 유미꼬라는 중년여성도 참여해 있었다. 그녀는 일본 사이타마 현 출신으로서, 한국에 온지 15년째라고 하는데, 지금은 금곡면에 살고 있으며 슬하에 2남 2녀를 두고 있다 한다. 나는 회장인 손 씨로부터 통일교의 간행물인「평화대사(Ambassador for Peace)」2014년 2월호(제94호) 한 부와 고 문선명 총재의 자서전이라고 하는『평화를 사랑하는 세계인으로』(파주, 김영사, 2009 1쇄, 2012 351쇄) 한 권을 얻었다.

　　우리는 진주를 출발해 남해고속도로와 순천 시내를 경유하여 오전 10시 무렵에 순천만 정원의 동문 주차장에 다다랐다. 우리 내외는 세계 각국의 정원들이 널려 있는 구내를 걸어 다니며 구경하다가, 동천을 가로지르는 꿈의 다리를 건너서 스카이큐브(SkyCube) 정원역에 이르러 1인당 5천 원씩을 지불하고서 표를 구입하여 타보았다. 스카이큐브는 포스코와 순천시가 민간투자협정을 맺고 건설하여 상용화시킨 PRT(Personal Rapid Transit)라 불리는 국내 최초의 소형무인괘도차인데, 1대에 8명씩 타고서 갈대숲이 우거진 동천 강을 따라 4.6km 구간을 12분 걸려 통과하여 문학관 역까지 운행하고 있었다. 우리는 문학관 역에 내려 초가 8동으로 구성된 순천문학관에 들러 보았다. 순천 출신의 소설가 김승옥과 아동문학가 정채봉의 문학세계를 기리는 전시관이었다. 나는 고교 시절에 김승옥의 단편소설「서울

1968년 겨울」에 대한 독후감을 써서 전국에서 2등을 한 바 있었다. 그 근처의 낭트정원과 동천습지(갈대밭 오솔길)을 좀 서성거리다가, 동천을 다리로 건너 용산전망대까지 연결되는 곳으로는 가지 않고 문학관역으로 되돌아와 스카이큐브를 타고서 정원역으로 다시 왔다.

다시 꿈의다리를 건너 정원박람회장의 메인 테마공원으로 온 후, 이번에는 1인당 2천 원씩 하는 전기관람차를 타고서 녹음된 설명을 들으며 20분 정도 구내를 한 바퀴 돌면서 수목원·호수정원·습지정원·세계정원 등을 두루 둘러보았다.

다시 대절버스를 타고서 10분 정도 이동하여 오후 1시 30분 무렵에 순천만자연생태공원에 도착하였다. 이곳은 예전에 몇 번 와본 적이 있었는데, 그새 전혀 달라져 어디가 어딘지 분간하기도 어려웠다. 또한 예전에 비한다면 무슨 사람이 그렇게 많은지 시장 바닥을 방불케 하였다. 아마도 근년에 정원박람회를 하면서 이곳도 이처럼 대대적으로 새로 개발된 것이 아닐까 싶었다.

차에서 내린 후 주차장 앞에 즐비한 음식점들 중 홀이 꽤 커 보이는 순천만일번가라는 곳으로 들어가 이곳 명물이라는 게장꼬막정식 2인분과 전라도 소주인 잎새주 한 병을 시켰는데, 손님이 매우 많아 대기하는 시간이 너무 길어서 식사를 마치고 나니 오후 3시 무렵이라, 오후 4시의 집결까지는 1시간 정도 밖에 남지 않았다. 갈대숲 속으로 새로 놓인 데크 길을 따라서 걸어가다가 동천에 놓인 다리 아래서 유람선이 운행하기에 시간을 절약하는 데는 그것을 타는 편이 낫겠다 싶어 아내에게 표를 사오라고 했으나, 아내는 나더러 사오라고 미루므로 내가 또 소리를 질러 아내를 나무라는 일이 있었다. 정원박람회장에서 관람차표를 살 때나 점심을 든 후의 식사비 지불도 아내는 내게 모두 미루었던 것이다. 내가 화를 내는 것을 보고서 아내는 그냥 주차장으로 돌아가 버렸으므로, 혼자서 갈대숲을 다 지나 건너편 나지막한 산 위에 순천만 전체의 갈대숲과 늪지대를 관통하는 강줄기의 S라인을 조망할 수 있는 전망대가 있는 용산에서 데크 길이 끝나는 지점까지 걸어 올라갔다가 주차장으로 돌아오니 집합 시간에 꼭 맞았다. 갈대꽃은 아직도 볼만하였다.

이동하여 돌아오는 도중에 갈대공원에서 얼마 떨어지지 않은 길가의 정자가 있는 곳에 멈추어 집행부가 준비한 돼지수육을 안주로 술을 들었다. 靑巖대학 쪽으로 빠져나와 순천 시내 방향으로 향했는데, 아내와는 그 이후 계속 대화가 없었으며, 아내는 술자리에 끼지 않았고 버스 안에서도 계속 눈을 감고 있었다.

23 (일) 맑음 -우포늪둘레길

망경동 한보아파트의 정문에서 오전 8시에 집결하는 산사모 모임에 참여하여 창녕군의 牛浦늪둘레길에 다녀왔다. 남해·구마고속도로를 경유하여 오전 10시 무렵에 도착하였다. 이곳에는 철학과 학생들의 답사 때 동행하여 한 번 와서 대대제방 일대를 좀 걸어본 적이 있었는데, 오늘은 우포늪의 네 개 늪지(우포〈소벌〉·목포〈나무벌〉·사지포〈모래벌〉·쪽지벌)를 모두 두르는 총 길이 22km 중 생명길이라 불리는 최단거리의 트레킹 코스 8.3km를 걷게 되었다. 법학과의 여교수인 곽상진 씨도 한보아파트 주민의 한 사람으로서 참여해 있었다. 이 산악회의 산행대장은 본교 직원으로 근무하다가 퇴직한 사람으로서 나와는 서로 안면이 있었다.

우포늪은 국내 최대의 자연내륙습지로서 창녕군의 유어면·이방면·대합면·대지면의 4개 행정구역에 걸쳐 펼쳐져 있다. 1998년 국제 람사르협약에 등록되었고, 1999년 환경부에 습지보호지역으로 지정되었으며, 2011년에 천연보호구역으로 지정되어 보호되고 있다. 습지보호지역으로 지정된 면적은 약 8,547㎢, 천연보호구역은 약 3,438㎢ 정도이고, 우포늪이 물을 담고 있는 습지면적은 약 2,313㎢라고 한다. 우포늪은 천연기념물 제534호로 지정되어 있다. 산악회에서 배부한 쪽지에는 우포늪의 넓이가 70여 만 평이라고 되어 있다.

우리는 오전 10시 무렵 유어면에 있는 우포늪생태관 부근의 주차장에서 하차하여, 대대제방을 거쳐 사지포제방 쪽으로 나아갔는데, 나는 처음부터 일행과 함께 가지 않고 혼자 뒤쳐져서 걸으며 안내판의 설명문이나 지도 등을 훑어보았다. 사지포에는 수십 마리의 큰고니(백조)를 비롯하여 엄청나게 많은 물새들이 모여들어 시끄럽게 우짖고 있는 모습이 장관이었다. 겨울 철새는 매년 증가하고 있는 추세라고 한다. 숲탐방로 2길을 통해 주매제방을 건너서 소목마을로 나아갔는데, 그곳 상점 앞의 탁자에 둘러앉아 있던 사람들이 나중에 알고 보니 우리 일행이었다. 숲탐방로 3길과 제2전망대를 거쳐서 목포제방에 이르러 벤치에 걸터앉아 주변의 호수 풍경을 바라보며 혼자서 점심을 들고 있으려니까, 동네의 흰색 개 세 마리가 내 주위에 모여들어 무얼 좀 얻어먹으려 하였다.

징검다리를 건너서 수위 상승 시에는 탐방이 불가하다는 사초군락에 접어드니, 아까 점심 들고 있을 때 내 곁을 지나갔던 우리 일행이 거기서 점심판을 벌여두고 있었으므로, 권유에 따라 그들 틈에 끼어들어 술 몇 잔을 받아마셨다. 사초군락 옆에 가장 규모가 작은 쪽지벌이 있는데, 잡초에 가려 있어 별로 살펴보지 못한 듯하다. 출발 및 도착점에서 가까운 제1전망대에 올랐다가, 그대로 숲탐방로 1길을 따라서 오후 2시쯤에 주차장으로 돌아와 2층으로 된 우포늪생태관의 내부를 둘러보기도 하였다.

일행이 다 돌아오기를 기다려 오후 3시쯤에 우포늪을 떠나 합천군과의 경계 지역인 창녕군 이방면 등림리에 있는 합천·창녕보를 보러 갔다. 4대강 사업의 일환으로 낙동강에 설치된 대형 다기능 보인데, 소수력발전소도 갖추고 있는 모양이었다. 걸어서 328m 거리의 보를 가로질러 등림리 604번지에 있는 보 사무소에 들러 엘리베이터를 타고서 3층의 전망대에 올라 주변 경관을 둘러보기도 했다.

의령읍내로 들어가 석빙고 근처의 재래시장 안에 있는 당산길 83번지의 삼오식당에 들러 수구레국밥으로 저녁을 들었다. 일종의 선지국밥인데, 소의 내장 비슷한 고기가 국밥 안에 들어 있고, 밥상에 반찬의 하나로서 따로 나오기도 하였다.

12월

7 (일) 맑고 다소 포근함 - 마이산

오늘이 大雪이라고 한다.

좋은산악회를 따라 전북 鎭安郡 馬靈面과 진안읍의 사이에 있는 馬耳山 (686m)에 다녀왔다. 「경남일보」에는 오전 8시까지 제일예식장 앞에 모이라고 되어 있었는데, 알고 보니 8시 30분까지였다. 51명이 대절버스 한 대로 출발했다. 10년 만에 개방되는 마이산 암마이봉이라 하여, 활인동치에서 420봉·봉두봉·암마이봉·탑사를 거쳐 남부주차장으로 하산하는 것으로 신문에는 광고되어 있었으나, 현지에 도착하고 보니 활인동치가 아니라 광대봉 산행의 출발지인 마령면 강정리의 합미산성 아래쪽이었다.

일행 대부분은 그냥 그 코스로 등산을 시작하는 모양이었지만, 나는 대절버스로 돌아와 다시 이동하여 원래의 출발지점인 26번국도 상의 진안읍 군하리에 위치한 활인동치(치안동치)에서 82세의 강대열 옹과 함께 내려 아이젠·스페츠를 착용하고 둘이서 눈을 밟으며 산길에 올랐다. 그쪽 코스는 대체로 사람이 다닌 발자취가 없고 눈 위에 고라니 등 짐승의 발자국들만 새겨져 있었는데, 곳곳에서 임도를 만날 수 있었다. 한참을 가니 비로소 한두 사람씩 등산객을 만나게 되었다.

우리는 진안군의 부귀산(806.4)을 등 뒤로 하고서 그 반대 방향인 남쪽으로 향하다가 풍치가 아름다운 삿갓봉 정상 옆에 위치한 또 하나의 봉우리 위 커다란 너럭바위에 걸터앉아서 암·수마이봉 등 주변의 산세를 바라보면서 점심을 들었다. 우리가 걸어온 길은 부귀산으로부터 마이산으로 이어지는 금남호남정맥에 속하는 능선 코스였다. 암마이봉 바로 옆의 鳳頭峰(535)으로부터 마이산의 최고봉인 암마이봉으로 접근하고자 했으나, 앞서갔던 사람들이 길이 없다고 하면서 되돌아오는지라 결국 포기할 수밖에 없었다.

塔寺로 내려와 李甲龍(1860~1957, 諱 敬儀, 字 甲龍) 옹이 평생을 들여 쌓아올린 돌탑들을 오랜만에 다시 둘러보았다. 경내에는 섬진강의 발원지라고 하는 우물도 있었다. 이갑룡 옹은 전북 任實郡 屯南面 屯德里 출신의 전주이씨로서, 전국 명산을 전전하며 수양을 쌓다가 25세 때 마이산에 들어와 솔잎으로 생식을 하며 수도하던 중, 신의 계시를 받아 돌탑을 쌓기 시작하여 30여 년 만에 120여 개를 완성하고 98세를 일기로 세상을 마쳤다고 한다. 이 씨가 남긴 유물로는 이 탑 외에도 신의 계시를 받아 쓴 30여 권의 신서와 부적 등이 있다고 하니, 일종의 신흥종교인 셈이다.

도립공원이자 국가지정 명승 제12호인 마이산은 금강과 섬진강의 분수령을 이루는 곳인데, 금강의 발원지는 산의 건너편 진안읍 쪽에 위치해 있는 모양이다. 산 전체가 흙이 전혀 없이 水成岩으로 이루어져 있으며, 봉우리의 곳곳에 폭격을 맞은 듯 움푹 파여진 작은 굴들이 있는데, 지질학적으로는 타포니 지형이라고 하며 세계 최대 규모라고 한다. 시대 별로 산의 이름도 여러 차례 바뀌었는데, 조선 태종 때부터 마이산이라 부르기 시작했으며, 계절별로는 돛대봉·龍角峰·馬耳峰·文筆峰으로 불리기도 한다. 브라질의 리오 데 자네이로에 있는 슈거로프 산도 이와 거의 같은 자연 시멘트로 이루어진 것으로 보아 비슷한 지질구조가 아닌가 싶다.

이성계가 고려의 장수 시절에 왕조의 꿈을 꾸며 기도를 올렸다는 장소에 세워진 銀水寺를 거쳐 암·수 두 마이봉 사이로 난 고갯길을 경유하여 북부주차장으로 내려왔다. 오늘 산행은 오전 11시 무렵에 시작하여 오후 3시 40분에 마쳤는데, 총 길이는 7.1km였다.

돌아오는 길에 진안군 진안읍 연장리 1787에 있는 한국고려홍삼조합(주)에 들렀다. 이런 곳에 들르면 산악회 측에다 20만 원을 지원해 주는 모양이다.

14 (일) 맑고 포근한 봄 날씨 -강진 천태산·가우도

부부산악회를 따라 전남 강진군 대구면과 장흥군 대덕읍의 사이에 있는 천태산(天蓋山 天台峰, 549.4m)과 강진군 도암면에 있는 駕牛島에 다녀왔다. 오전 8시쯤 시청 건너편 육교 밑에서 대절버스를 탔다. 일행은 22명이었는데, 지난 달 수우도에 갔을 때 만났던 76세의 김형립 옹을 우연히 다시 만났고, 산행대장인 하길종 씨도 산행을 통해 낯이 익은 사람이었다. 기사도

이 산악회의 회원이라고 한다. 10호선 남해고속도로를 따라가다가 광양에서 구 국도 2호선을 대체한 고속도로 10호선으로 접어들었는데, 광양-목포간을 잇는 이 새 도로도 남해고속도로로 불린다는 사실을 오늘 비로소 알았다. 장흥에서 고속도로를 벗어났다가 구 국도 2호선을 따라 강진 쪽으로 좀 이동한 후에 23번 국도로 접어들어 강진만을 끼고서 남행하여 대구면 쪽으로 향했다.

예전에 인문학부의 답사를 따라와 한 번 들른 적이 있었던 대구면 사당리의 강진청자박물관과 도예문화원 그리고 고려청자도요지를 지나 지방도 819번을 따라서 동쪽으로 조금 나아가다가 대구천을 따라 동북쪽으로 향하여 3km쯤 되는 지점에 위치한 용운리의 淨水寺에 도착하여 하차하였다. 정수사는 천태종에 속한 모양이며, 신라 말 애장왕 원년인 서기 800년에 도선국사가 창건하였다고 전하는 천년고찰인데, 도선의 생몰연대가 827~897년이므로 맞지 않는 내용이다. 옛날에는 내암이 26동, 외암이 22동이나 되어 상당한 사격을 갖춘 것이었다고 하지만, 지금은 전라남도 유형문화재로 지정된 대웅전 등 몇몇 건물만을 갖춘 좀 큰 암자 규모의 사찰이었다. 다만 경내에 陶祖祠라 하여 도공들의 위패를 모신 사당이 있고, 그 앞마당에 도기로 만든 탑이 서 있는 점이 특이하였다. 원래의 절 이름은 쌍계사였으나 조선후기인 1622년에 정수사로 개칭하였다고 한다.

절 밖의 주차장 부근에는 임진왜란 때 본관이 坡州인 廉傑이 두 아우인 瑞와 慶, 외아들 弘立과 더불어 의병을 일으켜 왜병을 이곳 정수사 골짜기로 유인하여 섬멸한 것을 기념하는 비석이 작년 3월에 세워져 있었다. 당시 이곳 전투에서 끝 동생인 慶이 전사하였는데 나이 14세였다고 하니, 아들의 나이는 몇 살이나 되었는지 알 수 없다. 게다가 이 동생과 아들의 호를 각각 節齋·剛齋라고 적고 있는데, 미성년자에게 과연 호가 있었을지도 의문이었다. 후에 이충무공의 陣에 합류하여 여러 곳에서 전공을 세워 이들 세 명에게 각각 守門將의 벼슬이 내려졌고, 노량해전에도 참전하여 전공을 세우고서 잔적을 거제도까지 추격하여 백병전 끝에 부자 형제가 동시에 모두 순국하였다고 한다. 1605년에 宣武原從二等功臣의 녹권이 내려지고, 1889년에는 一門

四忠에게 각각 증직과 정려가 내려졌다. 강진군 칠량면 단월리에 四忠의 묘소와 殉義碑가 있다고 한다.

10시 30분 무렵부터 절 뒤쪽의 능선 길을 따라 등산을 시작하여 정오 무렵 정상에 다다라 점심을 들었다. 눈이 내려 있기는 하였지만, 쌓였다고 할 정도는 아니어서 아이젠과 스패츠를 가져가기는 하였으나 착용하지 않았다. 정상에서는 다도해의 풍경과 바로 건너편으로 장흥 천관산이 바라보였다. 점심을 든 후 올 때와는 반대편의 능선 길을 따라 송대까지 내려온 다음, 골짜기로 접어들어 상암에서 임도를 만났고, 널찍한 비포장 임도를 따라서 정수사까지 원점회귀 하였다. 하산 길 곳곳에서 커다란 동백나무를 보았는데, 개중에는 철 이른 꽃이 피어 있는 것도 있었다.

오후 1시 55분에 정수사를 출발하여 왔던 길을 되돌아가 2시 10분에 대구면 저두리의 가우도 출렁다리 주차장에 도착하였다. 강진명소 제8호인 가우도의 함께海길은 2.4km라고 한다. 강진만의 해상에 떠 있는 가우도를 대구면과 도암면 쪽에서 각각 잇는 출렁다리를 설치하여 사실상 육로로 걸어서 통행할 수 있게 만들었는데, 출렁다리라고는 하지만 철골구조이므로 다리가 실제로 출렁거리지는 않고, 다만 바닥과 난간만 목재로 만들어 데크 같은 느낌이 들게 만들어두었다. 대구면 쪽의 다리는 438m, 도암면 쪽은 715.9m인데, 교량 폭은 2.6m, 보도 폭은 2.2m라고 적혀 있었다. 기본적으로 같은 꼴이며, 양쪽 다리의 도중에 모두 바닥을 두터운 유리로 깔아서 바다를 내려다 볼 수 있게 만든 곳이 있었다. 갈 때는 섬 한가운데를 가로질러 가우도 마을을 지났고, 돌아올 때는 오른쪽으로 섬을 반 바퀴 두르는 해변의 데크 길을 경유하였는데, 데크 길 도중에 강진의 시인 김영랑의 철제 좌상이 설치된 휴식공간도 있었다.

데크 길이 끝날 무렵에 일행과 어울려 산낙지를 안주로 전라도 소주인 잎새주를 몇 잔 마셨고, 주차장으로 돌아와서는 오뎅을 안주로 또 잎새주를 마셨다, 4시 15분에 그곳을 출발하였다.

21 (일) 맑고 포근함 -부산 갈맷길(동백섬~용궁사)

새희망산악회의 39차 산행을 따라 부산 갈맷길 해운대 동백섬에서 기장 용궁사까지의 코스를 다녀왔다. 갈맷길 1코스 중간에서부터 2코스 중간까지인데, 거리는 약 13.4km라고 한다. 대절버스 두 대를 동원하여, 오전 8시 신안운동장 부근의 기사식당 앞에서 출발하였다. 이 산악회는 결성된 지 3년째라고 하는데, 그 회장은 알고 보니 예전에 멋-거리산악회의 회원이었던 사람이고, 당시의 회장도 참석해 있었다.

10시 남짓 되어 동백섬 입구의 차도에서 하차하였다. 조선비치호텔 옆을 거쳐 섬으로 들어갔는데, 길가 여기저기에 동백꽃이 활짝 핀 울타리가 이어져 있었다. 모처럼 APEC누리마루 건물 안에 들어가 3층 건물 전체를 두루 둘러보고 화장실에도 다녀오니 우리 일행은 모두 떠나버리고 아무도 눈에 띄지 않았다. '海雲臺' 각석이 있는 등대를 지나서 이번에는 바닷가의 데크길을 경유하지 않고 그냥 포장된 보도를 따라서 섬 전체를 한 바퀴 돌았다. 섬의 꼭대기에도 올라가 보았는데, 거기에는 고운 최치원의 기념비와 앉은 모습으로 만든 동상, 그리고 海雲亭이라는 이름의 2층 누각도 서 있었다. 유적비는 1965년, 동상은 71년, 해운정은 84년에 각각 완공되었다고 한다. 동백섬은 내가 부산에 살 때 학교의 소풍 등으로 자주 왔었던 곳인데, 당시에 비해 숲도 울창하고 잘 다듬어져 있었다. 해운대 해수욕장에는 모래의 유실을 방지하기 위한 공사가 대대적으로 진행되고 있었다.

해수욕장의 반대편 끄트머리인 尾浦의 횟집 거리를 끝까지 걸어보았더니 더 이상 길이 없는지라, 건물 뒤편의 언덕바지를 타고 올라 철조망 울타리 밑을 빠져나가니 바로 폐선이 된 구 동해남부선 철로였다. 이 철로는 1918년에 개통되어 2013년 12월 2일에 폐철되었고, 지금은 자연보도로 전환되어 있었다. 그 철로를 따라서 미포건널목까지 돌아 나와 다시 둘레길로 접어들었다. 거기서부터는 달맞이길이라는 이름의 자동차도로가 송정해수욕장까지 약 4.5km 이어져 있고, 그 중간에 문탠로드(Moontan Road)라는 소나무 숲속으로 이어진 산책로도 있었다. 그 길로 접어들어 중간의 전망대인 바다쉼터 뒤편 벤치에 앉아 혼자 점심을 들었다. 문탠로드는 2008년 4월에 개통되었고, 2009년에 미포에서 청사포를 지나 구덕포까지 조성된 4.8km 등산로인 삼포해안길의 일부인데, 선탠에서 착안하여 만든 말로서 '달빛에 그을린다'는 의미이다. 臥牛山 중턱의 해변으로 난 그 길은 청사포 입구까지 이어져 있었다. 청사포는 중학생 시절 내 첫사랑이었던 배정선을 가로채려 했던 황순동이라는 학우가 훗날 여기서 횟집을 경영한다는 말을 들었고, 여러 해 전에 내가 환갑을 맞이한 작은누나와 모처럼 누나와 함께 고국을 방문한 두리를 위해 사촌 이내의 친척들을 초청한 잔치를 베풀었던 곳이기도 하다.

청사포 해변의 횟집동네를 끝까지 걸어보니 역시 길이 끊어지는 지라, 다시 뒤편의 동해남부선 철로로 올라 그 길을 따라서 송정해수욕장이 시작되는 구덕포까지 걸어갔다. 원래 예정된 코스는 그 위쪽 산중턱으로 이어진 길을 따라 가게 되어 있었다. 송정해수욕장은 내가 부산에 살 때 친우였던 최우식 군과 더불어 술집아가씨 한 명을 데리고 와 하룻밤 같이 잔 적이 있었고, 서울대학생 시절 친척 여동생인 혁자가 데리고 온 애인 정옥희를 처음 만난 곳이기도 하다. 송정관광안내소에 들러 송정과 갈맷길에 대한 관광안내지도를 얻었다. 해수욕장 끝머리의 죽도공원을 지나니 거기서부터는 평범한 차도가 계속 이어져 있었다. 그 찻길을 따라 걸어서 오후 2시 40분 무렵에 종착점인 海東龍宮寺의 주차장에 도착하였다. 모처럼 다시 관음도량인 용궁사 경내를 두루 둘러보고, 海東禪院을 거쳐서 주차장으로 돌아왔다.

오후 3시 반 무렵에 용궁사를 출발하였는데, 돌아올 때는 교통정체로 시간이 많이 소요되었다. 장산 입구와 광안대교를 거쳐, 함안군 군북면 월촌리 함마대로 332에 있는 전원이라는 식당에 들러 생선구이로 석식을 들었다. 그곳은 무한리필이 가능한 곳이었는데, 이 산악회는 매번 이처럼 각지의 유명한 식당을 찾아 석식을 제공하며, 그래서 참가자도 많은 모양이다. 차 안에서는 음악의 소음도 없어 조용하였다. 밤 8시쯤에 귀가했다.

28 (일) 흐림 - 보령 성주산

대명산악회를 따라 충남 보령시 성주면과 靑蘿面의 경계에 위치한 聖住山(677m)에 다녀왔다. 오전 8시에 장대동 제일은행 앞에서 집결하여 대절버스 한 대로 출발하였다. 통영-대전, 익산-장수간고속도로를 경유하여 여산 휴게소를 거쳐서 북상하였다. 처음에는 길을 잘못 들어 화장골의 성주산자연휴양림 입구로 들어갔다가, 다시 차를 돌려 11시 남짓에 성주면 성주리 심원계곡의 백운교 부근에서 하차하여 등산을 시작하였다. 자연휴양림 근처에는 국보 8호로서 최치원이 지은 이른바 四山碑銘 중 하나인 백월보광석탑비가 있고, 성주산 남쪽 4km 지점에는 만수산이 있으며 그 남쪽 산록에 無量寺가 있어 그곳에 매월당 김시습의 부도와 기념관 등이 있는데, 그곳들은 과거에 방문한 적이 있었다.

백운교에서 22분 정도 소요되는 지점인 白雲寺까지는 콘크리트 포장도로가 나 있는데, 백운사에 도착하여 박선자 명예교수의 전화를 받았다. 철학과의 류왕표 명예교수가 그녀와 나를 명예훼손죄로 고소한 사건이 지난 번 진주검찰청에서와 마찬가지로 부산의 고등법원에서도 불기소되었다는 통지를 받았다는 것이었다. 나도 지난 26일에 법원등기물 도착 안내서를 받은 바 있었으나 아직 수령하지 못했는데, 그것이 이건 모양이다.

산에 눈은 있으나 별로 두텁게 쌓이지는 않았으므로 한 동안 스패츠와 아이젠을 착용하지 않았는데, 능선의 비탈길에서는 위험한 곳들이 자꾸 나타나므로 도중에 착용하였다. 스틱 하나가 중간의 조임 부분이 끌러졌는데, 다시 연결해보아도 고정되지가 있으므로 그것은 배낭의 바깥 포켓에 집어넣고서 나머지 하나만을 사용하였다. 정상인 장군봉에 다다라 강대열·이영근 등 오랜 산 친구인 노장 두 명과 함께 점심을 들었다.

하산코스는 문봉산(633) 방향으로 나아가다가 장군고개(500)에서 편백나무 숲이 울창한 장군골로 내려왔고, 물탕골에서부터는 임도를 만나 넓은 길을 따라서 심원동에 도착하였다. 심원삼거리에서 상안이골로 100m 정도 들어간 곳에 있는 주차장에서 대절버스와 먼저 하산한 우리 일행을 만나 하산주를 들었다. 그곳에 도착했을 때는 오후 4시 무렵이었다.

밤 7시 40분 무렵에 귀가하였다. 돌아오는 도중 버스 속에서 가라오케로 노래를 불렀는데, 여자 회장의 권유에 따라 나도 자니 리의 「뜨거운 안녕」을 한 곡 불렀다. 평소보다 별로 잘 부르지 못한듯하지만 반응은 좋았다.

2015년

2015년

1월

25 (일) 흐리고 저녁부터 진주는 부슬비 – 갈맷길(암남공원 입구~태종대)

하늘산악회를 따라 부산 갈맷길 암남공원 입구에서 태종대까지의 구간을 다녀왔다. 갈맷길 4-1의 일부 구간으로부터 3-3까지이다. 오전 8시 30분까지 구 운동장 1문 앞에 집결하여 대절버스 한 대로 출발하였다. 일목회의 이원삼 씨가 눈에 띄어서 함께 앉아 갔다.

남해고속도로를 경유하여 부산에 다다른 다음, 구덕터널을 경유하여 송도를 지나서 10시 반쯤에 암남공원 입구에서 하차하였다. 데크로 된 해안의 바위 길을 따라 송도해수욕장까지 갔는데, 암남공원 일대는 부산 여기저기에 산재한 지질공원 중 하나인 모양이다. 1억 년 전의 퇴적암으로 형성된 것이라고 한다. 송도해안볼레길로 나아가 송도해수욕장의 모래톱을 밟으며 걸었다. 해수욕장의 전광판에 오늘 기온은 9.3℃라고 나타나 있었고, 송도비치는 1913년부터 개장되었음을 알았다. 元 松島라고 하는 거북섬에도 들러보았다.

해변 길을 따라서 남항대교에 다다른 다음, 엘리베이터를 타고서 2층으로 올라 영도 섬으로 연결되는 다리 위의 산책로를 걸으며 부산항의 풍경을 바라보았다. 영도에서 다시 엘리베이터를 타고 1층으로 내려온 다음, 절영해안산책로를 따라서 걸었다. 도중에 개나리꽃에 꽃망울이 반쯤 열려 있는 것도 보았다. 나는 영도의 바닷가에 이러한 산책로가 나 있다는 것을 이번에 처음으로 알았다.

도중에 다시 이원삼 씨를 만나 함께 점심을 들고 난 다음, 다시 앞서 걸어서 중리해변을 지나 높이 150m인 중리산으로 난 오르막길을 한참 걸어 감지해변산책로에 다다랐고, 마침내 태종대유원지 입구에 닿았다. 아직 한 시간 남짓 여유가 있었으므로, 태종대 입구의 주차장에 닿아 있는 우리의 대절버스 안에다 배낭을 둔 채 이원삼 씨와 함께 태종대 산책로를 한 바퀴 돌고서 오후 4시 조금 전에 차로 돌아왔다. 다누비라는 3칸짜리 트램카가 운행하는 코스이다. 작년 쯤 와보았을 때는 도처에 겹동백 꽃이 만발해 있었으나, 오늘은 동백꽃이 아주 가끔 보일 따름이었다. 오늘 코스는 총 9.3km였다.

이원삼 씨는 나보다 다섯 살 연상으로서 올해 72세이다. 1대간 9정맥을 모두 누빈 베테랑이지만, 근년에는 무릎의 연골이 닳아 등산은 하지 못하고 이처럼 평지의 트래킹 정도만 다닌다고 한다. 대학은 다니지 못했고, 젊은 시절부터 군청 공무원 생활을 30년 동안 하다가 50대 중반에 명예퇴직 한 이후 연금으로 생활하고 있다.

진주로 돌아온 다음, 상봉서동 1108-14에 있는 마천돼지국밥에 들러 흑돼지국밥으로 함께 저녁을 들었다. 이웃 테이블에 부부동반 하여 앉은 사람은 내가 예전에 살던 한주럭키아파트의 주민인데, 멋-거리산악회 시절이래로 산행을 통해 우리 내외를 알고 있는 사람이었다. 알고 보니 법원의 행정직으로 한평생 일했고, 서울대 철학과 후배인 금강대학교 박창환 교수의 장인·장모였다. 슬하에 1남 3녀를 두었는데, 그 둘째 딸이 서울법대 출신으로서 박 교수의 부인이 되었으며, 현재 서울의 어느 대학 교수를 하고 있다. 박 교수는 함양 출신으로서, 고 심재룡 서울대 철학과 교수가 주례를 선 그들의 결혼식에는 후배들이 여러 명 진주로 내려왔다. 박 교수는 미국 캘리포니아대학교 버클리분교에서 박사학위를 취득하였고, 현재 47세이다.

2월

1 (일) 맑음 - 삼도봉(초점산), 대덕산
좋은산악회를 따라 경남 거창군 고제면과 경북 김천시 대덕면, 그리고 전북 무주군 무풍면의 경계에 위치한 삼도봉(초점산, 1,248.7m)과 거기서 2km쯤 더 간 곳에 위치한 대덕산(1,290m)에 다녀왔다. 제일예식장 앞에 오전 8시 30분까지 집결하여 대절버스 한 대로 출발하였다. 대진고속도로를 따라 북상하다가 함양의 지곡 요금소에서 빠져나와, 안의와 거창 마리면을 경유하여 오전 10시 40분쯤 소사고개에 도착해 하차하였다.

거기서 백두대간 코스를 따라서 북상하였다. 군데군데 눈이 얕게 쌓여 있었지만, 아이젠을 착용하지 않고서 그냥 걸었다. 12시 15분에 삼도봉에 도착하였고, 오후 1시에 정상인 대덕산에 닿았다. 우리나라에서 삼도봉이란 이름을 가진 것은 지리산과 민주지산 부근, 그리고 이곳의 세 군데에 있다. 정상 부근에서 일목회 팀 근처에 앉아 점심을 들었다. 하산 길은 경사가 급한 데다 눈이 제법 쌓였다는 소문을 듣고서 아이젠을 착용하여 내려왔다. 2시 45분에 종점인 덕산재에 닿았는데, 예전에 이곳에서 백두대간산악회의 등반대장인 왕윤수 씨와 작별했던 것이지만, 그 때의 분위기는 전혀 느낄 수 없었다. 오늘 코스는 총 9.2km였다.

3 (화) 맑음 - 고려대학교 낙산수련원

강원도 양양군 양양읍 주청리에 있는 고려대학교 낙산수련원에서 열리는 한국동양철학회의 2015년도 동계 동양철학 연합학술대회에 참가하기 위해 오전 8시 20분쯤에 집을 나섰다. 승용차를 운전하여 남해·대진·경부·중부·영동·동해고속도로를 경유해 강원도의 문막휴게소에서 잔치국수로 점심을 든 다음, 오후 1시 53분에 하조대요금소에서 빠져나와 일반도로를 경유하여 낙산해수욕장에 접한 모임장소에 도착하였다.

먼저 민족문화의 도서전시장에 들러 50여 만 원 어치의 도서를 구입하여 승용차 트렁크에 실어다 놓은 다음 회의장에 들어갔다. 이번 모임은 한국동양철학회가 주최하고 한국공자학회·한국도가도교학회(도교학회와 도가철학회가 합친 것)·한국유교학회·한국양명학회가 공동주관하며 한국싸나톨로지협회가 후원한 것으로서, '품위 있는 죽음을 위한 철학적 싸나톨로지'가 전체주제로 되어 있다. 싸나톨로지(Thanatology)는 죽음학 또는 임종학으로 번역되는 것인데, 그리스 신화에 나오는 죽음을 의인화한 남신으로서 지하세계에 거주하는 타나토스(헤시오도스 『신통기』211행, 758행)에서 유래하는 말로서, 프로이트가 말한 삶의 충동인 에로스와 죽음의 충동인 타나토스에 직접적인 근거를 두는 모양이다. 한국싸나톨로지협회의 임병식 이사장이 제19기 고려대 철학과 이승환 회장의 2013년 9월부터 2015년 2월까지 2년간 임기 중에 총 2150만 원의 경제적 지원을 한 까닭에 이러한 주제를 내걸게 된 모양이며, 그는 이승환 교수의 지도학생으로서 오늘의 첫 번째 발표 「주자는 어떻게 죽음의 불안을 극복했는가?」를 맡기도 했다.

내가 들어갔을 때는 오후 2시 무렵부터 시작된 오늘 모임의 제3발표에 대한 논평이 진행되고 있었다. 휴식시간에 오늘의 제5발표를 맡은 경희대 정우진 씨와 내 후임 인사 문제에 대해 좀 대화를 나누어보았다. 그도 이번에 난생 처음으로 지원해보았다가 낙방했던 것인데, 결정된 김형석 씨에 대해서는 인품은 온화하고 자신의 의견은 잘 내지 않는 사람이지만, 학문적 능력면에 있어서는 별로 평가해줄 만한 것이 없다는 의견으로서, 『노자』에 나오는 「大巧若拙」이라는 말로서 그를 냉소하고 있었다.

경인교대 이장희 교수가 좌장이 된 종합토론을 끝으로 학술대회를 마치고, 그 자리에서 2015년도 한국동양철학회 총회가 있었다. 이승환 교수는 2년간의 임기를 마치게 되었으므로, 나를 비롯한 이승환·박홍식·김백현·김학권 교수가 옆방으로 가서 잠시 회의를 하는 모양새를 갖춘 후, 이미 내정되어져 있는 대구한의과대학 교수인 수석부회장 박홍식 씨를 제20기 차기 회장으로서 발표하였다. 박 회장은 성균관대학 출신이며 이번 달까지 한국유교학회의 회장을 맡아보았다. 제19기 회장단은 2년간 총 5천만 원 정도의 예산을 집행하고서 18기로부터 물려받은 것과 거의 비슷한 4,489,379원을 차기로 넘겨주었다.

총회를 마친 후, 서울에서 일행을 태워온 대절버스를 타고서 양양군 손양면 수산리 68-1에 있는 다래횟집으로 이동하여 회식을 가졌다. 이곳은 총무이사인 동덕여대 주광호 교수가 선택한 것으로서 생선회로 이름난 집이라고 한다. 수련원으로 돌아온 후 102호실에서 2차 모임이 있었는데, 나는 도중에 돌아와 207호실로 올라가 취침하였지만, 거기서는 다음날 새벽 3시 무렵까지 술을 마시며 이리 원광대 교수로서 한국공자학회 회장인 김학권 씨가 노래를 부르기도 했다고 한다.

4 (수) 맑음 - 낙산사, 하조대, 죽서루, 망양정, 월송정

아침에 같은 방에서 잤던 정우진 씨 및 어제 정 씨의 논평을 맡았던 경희대 후마니타스 칼리지의 유병래 교수, 그리고 어제 두 번째 발표의 논평을 맡았던 충북대 강사 이형성 씨와 더불어 낙산해수욕장의 모래톱 위를 걸어 이웃한 낙산사 경내까지 산책하였다. 우리 일행의 입장료를 연장자인 내가 지불하였는데, 나는 처음으로 만 65세 이상인 자로서 입장료를 면제받았다. 연수원으로 돌아와 황태국과 함께 조식을 들고난 다음, 나는 오전 9시 무렵 일행보다 먼저 승용차를 몰고서 출발하였다.

올 때의 고속도로보다는 동해안을 따라 내려가는 7번 국도를 타고서 포항까지 왔다. 도중에 숙소에서 10여 km 남쪽에 있는 양양군 현북면 소재지에 위치한 河趙臺에 들렀다. 조선의 개국공신인 河崙과 趙浚이 이곳에서 잠시 은거하였다 하여 두 사람의 성을 따서 하조대라 칭하게 되었다고 한다. 동해 바다의 절경을 바라볼 수 있는 돌출된 만의 정상부에 위치하고 있는데, 지금은 그 꼭대기에 1998년에 해체복원한 건물인 육모정이 서 있었다. 이웃한 곳에 등대가 있어 거기에도 들러보았다.

강원도 최북단인 고성에서 남쪽의 삼척까지를 잇는 동해안 바닷길을 「낭만가도」로 정해두었다는데, 오늘은 기본적으로 그 길을 따라서 내려가게 된 것이다. 7번국도가 그것에 해당하는 것이겠지만, 도중에 더러 길을 잘못 들어 강릉시내로 들어가기도 하고 인적 없는 산길을 한참동안 혼자 달리기도 하였다. 동해고속도로는 동해시 부근에서 끝나고 있었다.

삼척시에서는 관동팔경의 하나인 竹西樓에 들렀다. 관동팔경이 대체로 바닷가에 위치한 데 비해 보물 제213호인 죽서루는 삼척시 성내동에 있는 오십천 절벽의 자연적으로 형성된 바위 위에 세워져 있었다. 죽서루는 조선시대 삼척부의 客舍였던 眞珠館의 부속건물로서, 그 경내에 삼척부의 관아가 위치해 있었음을 표시하는 비석이 눈에 띄었다. 고려 명종 대 (1171~1197)의 문인인 金克己의 시 중에 죽서루에 관한 것이 있는 것으로 보면 12세기 후반 이전에 창건된 것은 분명하지만, 여말선초의 혼란기에 허물어졌던 것을 조선 태종 3년(1403)에 당시 삼척부사였던 金孝孫(현판에는 金孝宗으로 잘못 기재되어 있다)에 의해 옛 터에다 다시 지어진 것이라고 한다. 顯宗 대의 삼척부사였던 許穆이 쓴 '第一溪亭' 현판과 '竹西樓記'도 걸려 있었다. 그도 이 경내에서 공무를 보았던 것이다.

'죽서루기'의 처음에 "東界에는 경치가 뛰어난 곳이 많지만 그 중에서도 가장 빼어난 곳이 있으니 곧 통천의 총석정, 고성의 삼일포와 해산정, 수성의 영랑호, 양양의 낙산사, 명주의 경포대, 척주의 죽서루, 평해의 월송포 등이다."라고 되어 있는데, 이는 이른바 관동팔경과 대체로 일치하나, 그 중 해산정·영랑호는 그렇지 않고 일반적으로 그것들 대신 간성(지금은 고성군 토성면 청간리에 속함)의 清澗亭, 울진의 望洋亭을 넣으며, 평해의 越松亭 대신 북한의 歙谷에 있는 侍中臺를 넣는 경우도 있다. 삼일포와 총석정은 북한에 있는데, 나는 두 차례 금강산 관광을 가서 두 번 모두 삼일포를 둘러보았고, 경포대와 낙산사에도 여러 차례 가보았다.

죽서루 주차장 곁에 있는 삼척닭갈비라는 식당에서 막국수로 점심을 들었다. 그런 다음 내려오면서 울진의 망양정과 평해의 월송정을 차례로 둘러보았다. 그러므로 나는 이제 관동팔경 중 북한의 총석정과 고성의 청간정을 빼고서 나머지 여섯 개에 들러보았으며, 오늘 그 중에서 네 개를 두른 셈이 되었다. 망양정은 원래 기성면 망양리 현종산 기슭에 있었던 것을 조선 철종 11년(1860)에 경북 울진군 근남면 산포리 716-2의 현재 위치로 옮기게 되었으며, 현재 건물은 2005년에 새로 지은 것이었다. 월송정은 신라시대에 四仙이라고 불리던 永郎·述郎·南石·安詳 등 네 화랑이 이곳 울창한 송림에서 놀았다는 설화가 남아 있는 곳으로서, 그 전설대로 송림이 넓고 울창하였다. 정자는 고려시대부터 있었던 것인데, 현재의 건물은 1980년에 개축한 것이며, '月松亭'이라고도 쓴다. 월송정 정자에 걸린 편액 중에는 나와 서로 아는 사이인 海庭 金世豪 형이 安軸의 시를 적은 것이 있고, 友山 宋河璟 교수가 정조의 『弘齋全書』에 들어 있는 시를 옮겨 적은 것도 눈에 띄었다. 정철이 「관동별곡」을 쓰던 당시에는 관동팔경이 강원도관찰사인 그의 관할 구역 안에 모두 들어 있었던 것이지만, 지금은 망양정과 월송정이 경북에 편입되었다.

포항에서부터는 고속도로에 올랐는데, 대구에서 코스를 잘못 들어 동대구 요금소에서 빠져나온 후 대구 시대를 관통하여 다시 남대구 요금소에서 구마고속도로에 올라 남해고속도로를 경유하여 문산에서 진주 시내로 진입하였다. 밤 7시 반쯤에 귀가하였다.

8 (일) 차고 강한 바람 –여수 금오산

상대산악회를 따라 전남 여수시 突山邑에 있는 金鼇山(323m)에 다녀왔다. 오전 8시에 시청 앞에서 출발했는데, 원래는 돌산도 아래쪽 금오도의 비렁길 3·4코스를 갈 예정이었으나, 오늘은 바람이 강해 배가 떠나지 못한다는 것이었다. 이순신대교를 건너서 오전 10시 무렵 금오도 가는 배가 출발하는 돌산읍의 서남쪽 끄트머리 신기항까지 가보았으나, 역시 배가 들어가더라도 나올 수 있는 보장이 없다고 하므로 포기하였다.

그 대신 택한 것이 이웃에 있는 금오산이었다. 2번 지방도를 따라 내려가다가 성두마을에서 산으로 올라 10시 35분에 고개 마루 위의 율림리 성두주차장에 닿았다. 거기서부터 돌산 종주 코스인 능선 길을 따라 정상인 금오산까지는 얼마 걸리지 않아 11시 무렵에 벌써 닿았다. 더 나아가 11시 40분 무렵 향일암 뒤편 거북 등껍질 모양의 무늬가 있는 바위들이 시작되는 지점인 금오봉에 이르러, 찬바람을 피해 바위 사이에 자리를 잡고서 드넓게 펼쳐진 바다와 섬들의 풍경을 바라보며 혼자서 점심을 들었다.

하산 길에 모처럼 다시 向日庵에 들렀다. 이곳을 비롯하여 돌산도 각지에서 동백꽃이 활짝 피어 있는 모습을 볼 수 있었다. 각종 상가가 밀집한 절 아래 栗林里의 荏浦마을을 둘러본 다음, 거기서 한참 떨어진 곳에 위치한 향일암휴게소 대형버스주차장까지 가보니 우리 차는 거기에 대기해 있었지만, 집합 시간인 오후 4시까지는 2시간 40분 정도나 남아 있었다. 무료한 시간을 때우기 위해 동아고등학교 17회 동기인 친구 등과 함께 근처의 식당으로 가서 소주잔을 기울였다. 거기서 굴 말린 것을 좀 사서 안주에 보태기도 하였다. 돌아오는 길에 돌산읍 우두리 강남 동로 59 청솔아파트 3차 옆에 있는 통일식당이라는 곳에 들러 푸짐한 전라도 밥상을 받아 석식을 들었고, 여수 시내에서는 수산시장에 들러 둘러보다가 이곳 명물인 갓김치를 좀 사기도 하였다.

15 (일) 아침에 맑았다가 대체로 흐리고 저녁부터 비 –대구 대덕산, 앞산 (성불산), 청룡산

삼일산악회를 따라 대구광역시 달서구에 있는 대덕산(584m)과 남구와의 경계에 접한 앞산(성불산, 659) 및 달성군 가창면과의 경계에 위치한 靑龍山(794.1)에 다녀왔다. 오전 8시 30분까지 시청 육교에 집결하여 대절버스 한 대로 출발하였다. 합천 가는 33번 국도를 경유하여 오전 10시 15분에 달서구 상인동에 있는 청소년수련관에 도착하였다.

臨休寺 옆을 경유하여 대덕산에 올랐는데, 정상에 아무런 표지도 눈에 띄지 않았다. 앞산 정상부를 포함하는 이 일대에 삼국시대의 포곡식 산성인 대덕산성이 위치한다고 하니, 산 이름은 그 산성과 유관한지도 모르겠다. 거기서 얼마쯤 더 나아간 곳에 앞산이 있는데, 이 일대는 대구광역시의 정남쪽에 위치하여 정북 방향의 팔공산과 더불어 대구의 앞·뒷산을 이루고 있다. 그래서 앞산공원이라 하여 케이블카가 있고 시멘트로 포장된 순환도로도 있어 제법 사람들이 많았다. 정상에는 공중통신시설물이 있고, 발 아래로 대구시의 전경이 내려다 보였다. 대구 시내에 있는 구 慶尙監營의 앞산이라 하여 이런 이름이 붙었다는 설이 있고, 한자로는 安山이라고 쓰기도 하는 모양이다. 그러나 앞산 정상을 벗어나 청룡산 쪽으로 나아가는 옆길로 접어드니 곧바로 인적 드문 보통의 등산로가 이어졌다.

앞산 정상부로부터 남동쪽으로 약 800m 떨어진 상인동 산 1번지 일원인 해발 575m 정도의 주능선 상에 삼국시대의 고분 유적이 있었다. 2013년 10월 28일부터 11월 8일까지 발굴조사가 행해져 지금은 제법 정비된 모습을 갖추고 있었다. 발굴에서 삼국시대의 석곽묘 2기와 높은 굽다리 접시, 쇠칼 등 13점의 유물이 출토되었다고 한다. 출토유물로 보아 고분은 5세기 중엽의 것으로 판단된다고 한다.

거기서 한참을 더 나아가다 도중에 점심을 들고 있는 등반대장 일행을 만나서 함께 식사를 한 다음, 다시 길을 떠나 등반대장과 둘이서 주능선이 아닌 산허리를 가로지르는 옆길을 따라서 마침내 청룡산에 닿았다. 청룡산 일대는 더 남쪽의 달성군 유가면에 있는 비슬산(1083.6)으로 이어지는 능선 상에 위치해 있다. 청룡산은 월배와 가창의 경계에 있는 산으로서, 넓은 의미의 앞산에 속하는 산이라고 할 수 있다. 청룡산에서부터는 계속 내리막길을 걸어 수밭고개에 닿은 다음, 수밭골 골짜기를 따라서 다시 한참을 내려와 오후 4시 정각에 달서구 도원동에 있는 수변공원에 도착하여 오늘 산행을 마쳤다. 수변공원은 도원지라는 커다란 못을 끼고 있는 것으로서 꽤 넓었는데, 돌에 월광수변공원이라고 새겨져 있었다. 오늘 산행은 총 12km였다.

갈 때의 코스를 경유하여 돌아오는 길에 고령휴게소식당에 들러 안동간고등어구이로 석식을 들었다. 그 무렵부터 부슬비가 내리기 시작하였다.

18 (수) 흐림 –거창 감악산

구정 연휴의 첫째 날. 비경마운틴을 따라 거창군 남상면과 신원면의 경계에 위치한 紺岳山(952m)에 다녀왔다. 오전 8시 20분까지 우리 아파트 부근의 진주남중학교 정문 앞에 집결하여 정상규 군이 몰고 온 중형 전용버스를 타고 갔다. 일행은 대장인 정 군을 포함하여 5명뿐이었다.

3번 국도를 따라 북상하다가 함양군 수동면에서 국도를 벗어나 1084번 지방도를 따라서 북상하여 9시 46분에 남상면 무촌리 상매마을회관 앞에서 하차하였다. 거기서 2차선인 16번 지방도를 따라 30분 남짓 걸어 올라가 감악산 등산로가 시작되는 평전다리에서 선녀계곡으로 진입하였다. 선녀탕·선녀폭포를 거쳐 이른바 감악산 물맞이길을 따라서 한 바퀴 돌았다. 산의 상부에는 눈과 얼음이 제법 남아 있어 도중부터 아이젠을 착용하였다. 올라가는 도중에 정 대장으로부터 정윤교 씨가 작년 11월 무렵에 췌장암으로 별세하셨다는 소식을 들었다. 정 씨는 여러 해 전 나와 함께 네팔의 안나푸르나 트래킹을 함께 하여 여행 기간 시종 같은 방을 썼던 사람이다. 초등학교 교장 출신으로서, 부인도 등산에 퍽 협조적이었다. 그가 당뇨병이 있어 본교 대학 병원에 다니고 있는 줄은 알았지만, 췌장암이란 뜻밖이다.

감악산 정상에는 KBS와 MBC경남의 중계소가 있어 쇠로 된 높다란 송신 탑이 다섯 개나 늘어서 있었다. 우리는 중계소 입구 옆 지붕이 있는 건축물의 빈 공간에서 찬바람을 피해 버너 두 개를 피워서 점심을 들고 술도 나누어 마셨다. 정상 일대에는 전망대가 있고, 해맞이 축제 장소도 있었다. 그러나 날씨가 흐려서 주위의 조망이 그다지 뚜렷하지는 않았다. 2015년 정월 초하루 오전 6시부터 행해진 남상면 청년회가 주최하는 제16회 감악산 해맞이 축제의 간판이 아직도 걸려 있었다.

하산 길에는 산 중턱의 남상면 무촌리에 있는 演水寺에 들러보았다. 절 입구에 600년 된 은행나무가 서 있는데, 높이 38m, 둘레 7m나 된다고 한다. 연수사는 신라 哀莊王 3년(802)에 紺岳祖師가 세웠다고 하는데, 지금은 그저 건물 몇 개가 있는 조그만 절이었다. 부근에 신라 憲康王이 중풍을 고쳤다는 전설이 전해오는 샘물이 있어, 지금은 그 물을 받아서 두 갈래의 긴 나무통으로 연결하여, 주위와 한가운데를 돌담으로 막아 가리고서 남녀 각각의 물 맞는 약수탕 두 칸을 조성해 두고 있었다. 이 산의 등산로를 물맞이길이라 함은 바로 이 약수탕에서 비롯하는 이름인 모양이다.

가재골 주차장을 거쳐 다시 올라올 때 거쳤던 선녀계곡으로 내려와 오후 3시 경에 평전다리에 도착하였다. 정 대장이 혼자 걸어 내려가서 전용버스를 운전해 오기를 기다려, 그 차를 타고서 16번 및 1034번 지방도를 경유하여 신원면 소재지인 과정리 쪽으로 내려왔다. 연수사 고개를 지난 지점에 거창사건 희생자 제2 묘역이 있고, 과정마을의 학살터인 박산골에도 그 사건의 묘역이 있으며, 마을을 좀 지나온 지점에 과거에 보지 못했던 거창사건 추모공원이 크게 조성되어져 있었다.

59번 국도를 따라 내려오다가 산청군 차황면 소재지에서 1006번 지방도로 접어들어 문태에서 20번 국도를 만난 다음, 다시 원지에서 3번 국도에 올라 진주로 돌아왔다. 오후 5시 무렵 집에 도착하였다.

3월

1 (일) 흐리고 때때로 가랑눈 - 고산(깃대봉, 대덕산)

오늘부터 퇴직 이후 나의 제2의 인생이 시작되었다.

자연산악회를 따라 전북 진안군 상전면과 동향면의 경계에 위치한 敲山(깃대봉, 대덕산, 875.6m)에 다녀왔다. 오전 8시까지 시청 앞 육교 밑에 집결하여 41명이 대절버스 한 대로 출발하였다. 대전·통영간고속도로와 익산·장수간고속도로를 경유하여 진안요금소에서 빠져나온 후, 국도 30번을 따라서 진안읍을 경유하여 49번 지방도에 올라 죽도유원지 부근의 죽도고개에서 10시 5분에 하차하였다. 죽도는 정여립역모사건의 중심지가 된 곳이다.

간밤에 내린 눈으로 천지가 하얗게 뒤덮여 이곳까지 올라오는 도중 내내 들판과 산들이 별세계를 이루고 있었다. 아마도 금년 들어 마지막 보는 눈이 아닌가 싶다. 아이젠과 스패츠를 착용하고서 눈밭을 걸어 올라갔다. 가랑눈이 수시로 내리고 시계는 별로 먼 곳까지 트이지 않았다. 정상에 도착한 다음, 거기서 5분쯤 더 나아간 곳에 있는 헬기장에서 이 산악회의 시산제를 겸한 172차 생일산행 제사를 지냈다. 그런 관계로 우리는 오늘 버스 속에서 각자 휴대폰 보관주머니를 하나씩 선물로 받았다.

헬기장에서 김창환 씨 등 일목회원들과 어울려 점심을 든 후 남들보다 먼저 길을 떠났다. 감투봉(838)은 언제 지났는지도 모른 채 지나치고서 구 대구평 방향으로 나아가다가 커다란 암봉(674)을 조금 못 미친 지점에서 대덕사 방향의 급경사 길로 접어들었다. 눈 속에 희미한 등산로를 따라 내려오는 길에 여러 차례 엉덩방아를 찧었다. 그런데 그 길이 절벽 위에서 끝나버리고 다른 진로를 발견할 수 없었으므로, 나는 앞서가는 사람 몇 명의 뒤를 따라 길도 없는 산중턱의 눈밭을 헤치면서 고산골 방향으로 나아갔다. 골짜기의 바닥에 닿으면 길이 나타날 것으로 생각했는데, 바닥에 닿아도 길 같은 것은 보이지 않고, 고로쇠 물을 채취하는 검은 색 고무호스들만이 이리저리 어지럽게 이어지고 있었다.

마침내 시멘트 포장로를 만나 그것을 따라서 얼마간 내려오니 아까 함께 길을 잃었던 사람들은 우리보다 먼저 내려와 개울에서 아이젠 등을 씻고 있었다. 그들은 길을 잃은 지점에서 가까스로 방향을 지시하는 리본을 발견하여 그리로 내려왔는데, 그 길도 가파르기 짝이 없고 근자에는 사람 다닌 흔적이 전혀 없었다고 한다. 암자 같은 모양의 조그만 절인 대덕사까지 내려오니, 그곳 안내판에는 고산을 대덕산이라고도 적고 있었으나, 지도상으로는 대덕산(596)은 대덕사 근처에 따로 있다. "전에 사찰이 있었는데 멀리서 그곳의 북소리를 들을 수 있었다 하여 붙여진 이름이 고산(敲山)이다."라고 적혀 있었다.

콘크리트길은 지루하게 계속 이어져 오후 4시 반 무렵에야 상전면 용평리의 용평대교 부근에 있는 30번국도 가의 광장 입구에서 대기하고 있는 대절버스에 도착할 수 있었다. 그 일대에는 용담호가 넓게 펼쳐져 있었다. 오늘의 총 주행거리는 10.2km라고 한다. 하산한 무렵에는 이미 사방의 눈이 거의 다 녹아버렸다.

돌아오는 길에 마이산 북부주차장에 있는 전주회관에 들러 흑돼지불고기로 저녁식사를 들었고, 산청휴게소에 들러서는 고로쇠 물 두 통과 아내가 더 구하기를 바라고 있었던 밤 깎는 가위 두 개를 구입하였다.

8 (일) 맑음 -봉좌산

황매산악회의 194차 산행에 동참하여 경북 경주시 안강읍과 포항시 기계면의 경계에 위치한 鳳座山(626m)에 다녀왔다. 오전 7시 40분까지 시청 앞에 집결하여 8시에 신안운동장을 거친 후, 45명이 탄 대절버스가 대진·남해고속도로를 경유하여 김해시에서 산을 뚫어 만든 새 터널을 통과하여 경부고속도로를 만난 다음, 경주시에서 7번 국도를 따라 북상하여 오전 11시 10분경 안강읍의 보물 413호인 獨樂堂 주차장에 도착하였다. 晦齋 李彦迪이 벼슬을 그만두고 고향에 돌아와 지은 사랑채이다. 중종 11년(1516)에 세웠고, 일명 玉山精舍라고도 한다.

거기서 더 올라가니 예전에 보지 못했던 章山書院을 만났다. 회재의 서자인 潛溪 李全仁(曺玉剛)을 봉향하는 곳이었다. 정조 4년(1780)에 창건되었다가 고종 5년(1868)에 훼철되었는데, 2006년 11월에 복원한 것으로서, 2007년에 경주시 건축상 金賞을 수상한 건물이었다. 이전인은 선조 원년(1568)에 53세의 나이로 졸하였다고 한다.

콘크리트 포장도로를 따라서 그 위의 넓은 저수지인 玉山池 옆길을 걸어가다가, 月城李氏의 무덤이 있는 곳에서 산길로 접어들었다. 도중의 도덕산 갈림길에서 이리재 갈림길까지의 일부구간은 예전에 지나간 적이 있는 낙동정맥 코스였다. 이리재 갈림길 부근의 나무 정자 있는 곳에서 일행과 더불어 점심을 들었다. 그 옆 언덕 꼭대기의 팔각정이 서 있는 곳이 정상인 줄로 알았더니, 오후 2시 20분에 거기에 닿고 보니 그것은 西鳳亭이라는 현판이 걸려 있는 것으로서, 거기서 다시 더 나아가 기계면 일대가 내려다보이는 나무 전망대를 지나 좀 더 간 곳이 정상이었다. 2시 40분에 정상에 닿았다. 정상에는 종이 있다고 들었으나, 지금은 종이 없어지고 그것을 매달았던 쇠로 만든 틀만 남아 있었다. 정상을 지나서 3시 6분에 또 하나의 팔각정인 東鳳亭에 닿았고, 새마을노래비가 서 있는 지게재에서 계곡 쪽으로 난 하산 길로 접어들었다. 지게재에서 기계면 쪽으로 4km 떨어진 곳에 새마을운동 발상지기념관이 있다고 한다.

계곡을 따라 내려오니 관음사라는 조그만 절이 있고, 거기서부터는 포장도로가 연결되어 있었다. 민내마을을 거쳐 다시 옥산지를 만났다. 오전에 갔던 길을 경유하여 돌아오는 길에 국보 제40호인 통일신라시대의 淨惠寺址十三層石塔에 들렀고, 4시 반쯤에 종착지에 닿아 독락당 내부에도 들어가 보았다. 예전에는 개방되어져 있었으나, 지금은 선조 34년(1601)에 이전인의 두 아들이 지은 敬淸齋에서 더 안쪽으로는 이전인의 후손이 살고 있는 종택이라 출입을 금한다는 팻말이 내걸려 있고, 문도 모두 잠겨 있었다. 나는 혼자 거기서 좀 더 아래쪽으로 떨어진 사적 154호 玉山書院까지 다녀왔다. 그 입구에 예전에 못 보던 주차장과 유물관이 있었으나, 유물관은 공사 중이라

하여 아직 개방되어 있지 않았다. 옥산서원은 1572년에 경주부윤 이재민이 지방유림의 뜻에 따라 세운 것으로서 1574년에 선조에게서 '옥산서원'이라는 이름을 하사받아 사액서원이 되었고, 대원군의 서원철폐령에도 헐리지 않고 그대로 남은 47개 院祠 중 하나이다. 옥산서원 현판은 秋史 金正喜의 글씨이며 그 현판 뒤에 鵝溪 李山海가 쓴 또 다른 현판도 걸려 있다.

29 (일) 맑음 −꽃봉산, 깃대봉, 삼암봉

청솔산악회를 따라 전남 신안군 智島邑에 있는 꽃봉산(154m)−깃대봉(172)−삼암봉(196.2)에 다녀왔다. 우리 아파트 옆 구 역전에서 오전 6시 30분에 대절버스 두 대로 출발하였다. 남해·호남고속도로를 경유하여 동광주를 지나 함평휴게소에 도착했을 때, 어제 잃어버린 것을 대신하여 새 전정가위 하나를 3만 원에 구입하였다. 무안을 지나서 지도로 들어가 오전 9시 30분에 지도읍사무소 아래에 도착하였다. 우리 아파트 입구에도 벚꽃이 피기 시작하였고, 산에는 여기저기에 진달래가 많이 피어 있었다.

오늘 산행은 해발고도 100m 대의 고만고만한 야산 능선을 계속 따라가는 코스라 산책 정도의 기분이었다. 오르막내리막이 계속 되고, 동백 비슷한 나무가 많았으나 꽃은 피어 있지 않았다. 산행 길 주변이 온통 달래(달롱개) 밭이라 일행 중에는 달래를 비롯하여 이름 모를 산 나무의 새 순을 뜯는 사람이 많았다. 봄이 왔음을 실감할 수 있었다. 오늘부터는 겨울 등산 장비를 모두 집에 두고 왔으며, 머리에는 흐르는 땀을 흡수하기 위해 천으로 된 띠를 둘렀다.

꽃봉산에서부터 점차로 조금씩 고도가 높아지는데, 바람풍재 및 차도가 지나는 진재를 거쳐 깃대봉과 오늘 코스의 최고 지점인 삼암봉도 지나고서 종점인 점암을 향해 한참 동안 나아간 지점의 벤치 두 개가 나란히 있는 곳에다 점심 자리를 편 일행 몇 명의 곁에 끼어들어 식사를 하였다. 오후 1시 30분에 점암의 1코스 주차장에 닿아 오늘 산행을 마쳤다.

점암에서 대절버스로 25분 정도 이동하여 이웃한 증도의 유명한 짱뚱어 다리 앞에 닿았다. 지난번에 한 번 와 본 곳인데, 다리를 건너서 명사십리의 이름이 있는 우전해수욕장 주변의 한반도해송숲길을 한 바퀴 둘러 산책하였다. 지난번에 왔을 때는 해송 숲속에 이렇게 긴 산책로가 조성되어져 있는 줄은 몰랐다. 증도읍의 문준경전도사순교기념관을 바라보면서 돌아 나왔다.

귀로에 광주시 광산구 하산동 481-4에 있는 원조동곡식당에 들러 양념간장을 한 꽃게장백반으로 석식을 들었다. 오늘도 술이 좀 과했다. 밤 9시 무렵에 집으로 돌아왔다.

4월

5 (일) 대체로 짙은 안개 -조약도(약산도) 삼문산(망봉)

매화산악회를 따라 전남 莞島郡 약산면 助藥島(藥山島)에 있는 三門山(망봉, 397m)에 다녀왔다. 오전 8시까지 시청 앞에 집결하여 운동장을 거쳐 출발하였다. 이 산악회는 금년 1월에 창립하여 이번으로 4회째 산행이 된다고 한다.

목포까지 연장된 10호선 남해고속도로를 따라서 서쪽으로 향하다가 장흥요금소에서 빠져나와 대체로 23번 국도를 타고서 장흥 읍내를 지나고 강진만을 따라 내려와 강진군 대구면의 고려청자도요지 부근을 거쳐 장흥반도의 끄트머리인 강진군 마량면에서 고금대교를 건너 고금도로 들어갔다. 고금도를 가로질러 완도군 고금면 덕동리의 사적 114호인 충무사 부근에서 다시 약산연도교를 건너 약산도로 들어갔다.

충무사는 廟堂島에 있는 것으로서 정유재란의 마지막 해인 1598년(선조 31) 2월 18일에 이충무공이 8,000여 명의 수군을 이끌고서 조선 수군의 본진을 현재의 목포시 충무동인 高下島로부터 이곳으로 옮겨와 진을 쳤고, 그해 7월 16일에 명나라 수군도독 陳璘이 병선 500여 척으로 이곳에 도착하여 조명연합함대를 이루었던 당시 조선 수군의 최종 본거지였던 것이다. 그 후 8월 18일에 豊臣秀吉이 죽자 왜군이 철수하려 한다는 정보를 입수한 연합군은 고금도를 떠나 여수에 있는 전라좌수영 방면으로 이동하게 되었으니, 충무공은 이곳에서 약 7개월 머문 셈이 된다. 충무공이 노량해전에서 순국하자 처음에는 남해 노량의 충렬사에 묻혔다가, 얼마 후 그 시신을 이곳으로 옮겨와 묘당도의 월송정에 83일 동안 가매장 한 후 유해가 충남 아산으로 옮겨간 곳이기도 하다. 묘당도는 원래 고금도 본섬에 인접한 별도의 섬이었지만, 일제시기에 본도와 합해져 지금은 육지로 되어 있는 모양이다.

우리는 조약도의 장룡리 죽선마을에서 하차하여 오전 11시 10분부터 등산을 시작하였다. 약간의 부슬비가 내리는 가운데 바위로 이루어진 신선골 약수터를 지나 첫 번째 봉우리인 장룡산(356)에 올랐고, 거기서부터는 비교적 평탄한 능선 길을 따라 남쪽으로 나아가 마침내 삼문산(망봉) 정상에 닿았다. 시종 짙은 안개로 말미암아 다도해의 조망은 불가하였다. 목재 데크와 조망대가 설치된 등거산(토끼봉)까지 나아갔다가 도로 돌아와 움먹재에서 김창환 씨 등과 어울려 점심을 들었다.

정상까지 돌아온 다음 다시 동쪽 방향을 취하여 진달래공원을 지나 종점인 가사리 해수욕장으로 향하였는데, 웬일인지 지루한 길이 계속 높아져만 가더니 마침내 정상의 높이에 가까운 368봉을 지나고서야 비로소 하산 길로 접어들었다. 가사리 해수욕장에는 대형 버스가 진입할 수 없다 하여 포장도로를 따라서 좀 더 걸어간 지점의 도로 가에 정거해 있는 대절버스에 오후 3시 40분에 도착하였다. 오늘 산행의 거리는 약 5km였다고 한다. 농장에서 다친 다리가 아직 완쾌되지 않아 좀 걱정이었지만, 산행에 큰 무리는 없었다.

도착지점에서 하산주를 마시다가 올 때의 코스를 경유하여 진주로 돌아왔다. 가고 오는 도중 곳곳마다에 가로수로 심어진 벚꽃이 만발하여 이제 우리나라는 일본을 능가하는 벚꽃 공화국이 되었다는 느낌이었다.

12 (일) 맑음 - 밀양 종남산
부부산악회와 함께 밀양시 초동면과 부북면·상남면의 경계 지점에 위치한 終南山(663.5m)에 다녀왔다. 오전 8시까지 시청 건너편 육교 근처에 집결하여 7시 40분에 신안학생체육관 앞을 출발한 대절버스를 타고서 떠났다. 올해 77세로서 1969년부터 등산을 다녔다고 하므로 내가 알기로는 진주에서 가장 산행경력이 오래 된 김형립 옹과 정보환 씨 등이 우연히 함께 가게 되었다. 산행대장인 하길종 씨도 얼굴이 익은 사람이었다.

남해·구마고속도로를 경유하여 창녕군 영산면에서 국도 79번으로 빠져나온 후, 부곡온천관광지를 지나 밀양 방면으로 향하는 1008번 지방도를 경유하여, 향토문화사랑회의 전 총무였던 성 씨가 운영하는 미리벌민속박물관이 있는 초동면 소재지에서 다시 9번 지방도를 따라 조금 북상한 후, 8번 지방도로 빠져서 9시 22분에 초동면 봉황리의 방동저수지 부근에 위치한 꽃새미마을(참새미허브마을)에서 하차하였다.

그곳은 제법 유명한 곳인 모양이어서 팜스테이도 하고, 참샘허브마을은 대인 5천 원, 소인 3천 원의 입장권을 사고서야 들어갈 수 있게 되어 있었다. 우리는 마을 입구에서 왼편으로 난 등산로를 따라 올라갔는데, 그 길 주변에도 잘 지은 집들이 여기저기에 흩어져 있고, BMW·혼다 등 외제차들이 그 입구에 주차해 있었다. 비포장 임도를 따라서 계속 올라가다가 참새미약수터에 들렀다. 마을 이름이 이 샘에서 유래한 모양이었다. 그 주변을 비롯한 마을 여기저기에 돌탑을 쌓아둔 서낭당 같은 것들도 흩어져 있었다. 옛날 사람들은 장을 보거나 일을 보러 다닐 때 방동재를 무사히 넘게 해달라는 뜻으로 재 밑에서 주워온 돌멩이를 꼭대기에 올리며 소원도 빌던 풍습이 있었다고 한다. 얼마 후 우리는 산림욕장 방향으로 이어지는 임도를 버리고서 좌측으로 난 등산로를 취했는데, 방동고개에서부터는 능선 길을 따라 올라갔다. 정상 부근은 온통 진달래 꽃밭이었다. 여기서 진달래 축제도 하는 모양이다.

정상에 위치한 봉수대에 올라가 일행과 어울려 점심을 들었다. 종남산은 중국 서안시의 남쪽에 위치한 불교 성지로서 신라의 의상이 유학했던 곳이기도 한데, 우리나라에도 이런 이름의 산이 이곳 외에 전라북도 완주군에도 또 있다. 이 산에서 북쪽 방향의 부북면 제대리에 점필재 김종직의 생가가 있고, 거기서 멀지 않은 위치인 정상 바로 아래쪽 부북면 후사포리에 김종직을 제향하는 禮林書院이 있어 예전에 답사한 적도 있었다.

점심을 든 후 덕대산(622) 방향으로 좀 나아가다가 재에서 부분적으로 콘크리트 포장이 된 임도를 만나 그 길을 따라서 출발지점인 참새미허브마을 쪽으로 하산하였다. 오늘 코스는 6.5km 정도 된다고 한다. 아직 12시 46분이라 시간이 너무 이르므로 1인당 3천 원으로 할인해 준 입장료를 내고서 초동면 방동길 129에 있는 참샘허브나라에 들어가 좀 둘러보고서 일행과 함께 허브차를 마시기도 하였다.

그곳을 떠난 후 낙동강변의 南旨에 들러 제10회 창녕낙동강유채축제를 관람하였다. 축제 기간은 4월 17일부터 21일까지로서 아직 개장되기 전인데, 강변 근처에 입추의 여지가 없을 정도로 차들이 밀집해 있었다. 그러므로 강둑에서 제법 멀리 떨어진 위치에다 차를 세우고는 걸어서 남지유채단지가 조성되어져 있는 체육공원 쪽으로 걸어가 보았다. 낙동강 둔치에다 가운데에 커다란 주차장을 두고서 양쪽으로 유채 꽃밭이 조성되어져 있는데, 그 규모가 어마어마하여 상상을 초월하는 정도였다. 그래서 관광객을 태운 트램카도 운행되고 있었다. 나는 계속 걸어가면서 주변 풍경을 감상하였는데, 아무리 가도 끝이 보이지 않는지라 늦어도 오후 4시까지는 돌아오라고 한 산행대장의 말을 염두에 두고서 도중에 발길을 돌렸으나, 최단거리를 취하여도 우리의 대절버스가 대기하고 있는 곳까지 돌아오는데 40분이 소요되었다. 도중에 산행대장과 정보환 씨로부터 재촉하는 전화를 두 번 받았는데, 오후 4시 정각에 마지막으로 내가 도착했을 때는 나머지 일행이 돌아온 지로부터 벌써 30분 정도나 지난 후라고 한다. 정보환 씨의 말에 의하면, 이 유채꽃 단지가 조성된 것은 4대강 사업의 일환이었다고 한다.

남지를 떠나서 진주로 돌아오는 도중에 함안 휴게소에 들러 주최 측이 준비해 간 鴨石막걸리와 오징어무침으로 하산주를 들었다. 집에 돌아와 샤워를 마치고 나서 보니, 지난 주 등산을 다녀온 이후로 농장 일을 하다 다쳤던 오른쪽 발의 종아리에서 내출혈이 있었던지 발목 부분에 피가 고여 시퍼렇게 멍이 든 흔적이 남아 있었는데, 그것이 거의 다 사라지고 없었다. 그러나 오늘도 그 부분의 종아리가 계속 당겨서 걷기에 불편한 상황이었다.

19 (일) 대체로 부슬비 -말목산(마항산)

　사천수양산악회를 따라 충북 단양군 하진리와 성곡리 사이에 있는 말목산(馬項山, 710m)에 다녀왔다. 진주 지역은 제법 많은 비가 내리고 있는 지라 사천에서부터 출발한 대절버스에 나를 포함하여 총 17명밖에 타지 않았다. 시청 서문 부근에서 오전 7시 20분에 대절버스를 타고서 남해·구마·중앙고속도로를 경유하여 북상한 다음, 단양요금소에서 빠져나와 오전 10시 41분에 하진리에서 하차하였다. 경북 지방 이북은 대체로 고속도로에 비가 내린 자취가 없었다.

　그래도 산에 오르고 보니 풀들이 빗물을 머금고 있었고, 때때로 부슬비가 내리기도 하다가 정상 부근에서부터는 대체로 계속 부슬비가 내렸다. 곳곳의 깎아지른 절벽 위에서 충주호로 말미암아 강폭이 한껏 넓어진 남한강을 조망할 수 있었는데, 나중에는 雲海에 덮여 강물이 보이지 않았다. 정상으로 오르는 길은 제법 가파른 바위 리지였다. 12시 26분에 말목산 정상에 도착하여, 그 부근에서 오늘 산에 오른 일행 11명이 함께 모여 나무 기둥 사이로 머리 위에다 비닐 막을 치고서 비를 가리고 점심을 들었다. 정상에 보이는 설명문에 의하면, 산의 형세가 말의 목처럼 생긴데서 붙여진 이름으로서, 옛날에 장군감이 태어나자 그에 걸맞은 말도 함께 태어났지만, 말과 사람이 모두 죽어 말목산이라 부른다는 전설이 전해진다고 한다. 골짜기에 흩어져 있는 마을들은 品達村이라 불릴 만큼 높은 벼슬에 오른 인물이 많이 나온 곳이라고 하며, 내가 인터넷으로 읽은 바에 의하면 고려 때의 우탁과 조선시대의 유척기도 이곳 출신이라고 하지만 사실 여부를 확인하지는 못했다.

　점심을 든 후 내리막길을 계속 걸어 성골선착장 부근의 평지에까지 다다른 다음, 다시 콘크리트 포장도로를 따라서 전진선원이라 불리는 절이 있는 곳 근처까지 올라갔다가, 거기서부터는 등산로를 따라 계속 산을 올라 둥지고개에 이르렀고, 고개의 길 안내 표지를 따라 최단거리를 취하여 예전에 올랐던 적이 있는 可隱山(575)의 등산로를 따라서 내려와 오후 4시 26분에 종착점인 제천시 수산면 상천리의 옥순대교 휴게소에 닿았다.

　돌아오는 길에 안동시내의 퇴계로 78(남문동) 구 시장(사장둑) 찜닭골목에 들러 입구의 첫 번째 집인 안동서문찜닭에서 이곳 명물의 하나라고 하는 안동찜닭으로 석식을 들었다. 수양은 사천의 별칭 중 하나라고 하는데, 사천에 尼丘山이라는 지명도 있다고 하는 것으로 보아 한자로는 洙陽이라고 쓰는 듯하다. 이 산악회는 창립한 지 25~6년 정도 되었지만, 가는 길에 옆 자리에 와 앉은 현 회장으로부터 들은 바에 의하면 신문에다 광고를 낸 것은 이번이 처음이라고 한다. 산악회의 창립자라고 하는 고문(초대 회장)이 내게 관심을 보여 식당에서와 돌아오는 길에는 시종 그와 더불어 대화를 나누었다. 현 회장은 해드림식품이라고 하는 닭발 등을 가공 판매하는 회사를 경영하는 이종수 씨였다. 밤 10시가 넘어서 귀가하였다.

26 (일) 맑음 – 사도·개도

더조은사람들을 따라서 전남 여수시 화정면의 沙島·下花島 섬 트레킹에 나섰으나 나는 일행으로부터 떨어져 혼자 하화도 대신 개도에서 내렸다. 오전 6시까지 구 운동장 1문 앞에서 집결하여 대절버스 한 대에 46명이 타고서 출발했다. 이 산악회는 진주 시내에서 등산장비점을 경영하는 강종문이라는 사람이 혼자서 운영하는 것으로서, 오늘까지 3년차로서 81번째 산행이 된다고 한다. 셋째 주를 빼고는 거의 매주 일요일마다 산행을 하는 모양이며, 첫째 주는 지리산둘레길 탐방을 하는데, 5월 3일은 둘레길 5코스로서 산청 어천마을에서 덕산까지 구간이라고 한다. 5월에는 이미 다른 예약이 있어 안 되지만 6월부터 둘레길 산행에 동참해볼 생각이 있다.

남해고속도로를 경유하여 오전 7시 50분에 여수시의 남단에 위치한 백야도 선착장에 도착했다. 거기서 태평양해운의 대형카페리 3호를 타고서 오전 8시에 출항하여 백야도 아래쪽의 가장 큰 섬인 개도와 하화도·상화도를 거쳐 한 시간 후인 오전 9시에 사도에 도착하였다. 사도는 이웃한 추도와의 사이에 1년에 4~5번씩 있는 '물 갈라짐(모세의 기적)'으로 유명한 곳이다. 또한 사도를 중심으로 한 주변 섬들에서 세계적 규모의 공룡발자국 화석이 발견되어 그것을 보러 오는 사람들이 많은 모양인지 섬에 도착하자 말자 선착장에 문처럼 양쪽으로 버티고 선 공룡의 상 두 개가 일행을 맞고, 그 근처에

테마파크 모양의 공룡체험학습장도 조성되어져 있었다.

여수시 일대는 지금으로부터 약 7,000만 년 전인 중생대 백악기 후기에 화산암류와 퇴적암류가 주로 분포하고 있었고, 퇴적암류가 분포하는 사도·추도·낭도·목도·적금도 일대에서 총 3,800여 점의 공룡발자국이 확인되었는데, 앞으로도 연구에 따라 훨씬 더 늘어날 가능성이 있다고 한다. 그래서 지금은 이것들이 '천연기념물 제434호 여수 낭도리 공룡 발자국화석 산지 및 퇴적층'으로 지정되어져 있다. 세계 최대 규모라고 할 수 있는 것이므로 현재 '한국백악기공룡해안'이라는 제목으로 이 지역들을 유네스코세계자연유산으로 등재하기 위해 노력하고 있는 모양이다.

우리는 잘 조성된 산책로를 따라 걸으며 서로 육지로 연결된 사도·중도·증도·장사도를 두루 둘러보았고, 개중에는 공룡화석지라는 곳에도 머물러 한참동안 살펴보았으나, 내 눈에는 그저 바닷가의 흔히 보는 바위들일 뿐이고 이렇다 할 특징은 발견되지 않았다. 개중에 증도(시루섬·토도)는 자연생태계 지형·지질·자연환경이 우수하여 2011년에 특정도서 제174호로 지정되어져 있다. 김창환·정보환 씨와 나는 연결된 섬들의 끄트머리인 장사도의 바위해안에 앉아 점심을 들었는데, 후에 이 모임 대표인 강종문 씨도 그리로 와서 함께 어울렸다.

약 5km에 달하는 섬 트레킹을 마치고 오후 1시 무렵에 사도 선착장에 도착하여 정보환 씨와 나는 근처의 식당에서 막걸리를 한 통 마시고서 배에 올랐다. 배는 오후 1시 20분에 출항하여 도중에 상화도를 제외하고는 올 때의 코스를 경유하여 돌아가는데, 나는 선실 옆의 바깥에 앉아 바다 풍경을 바라보고 있다가 술기운이 있어 나도 모르는 사이에 깜박 졸았던 모양이다. 하화도 하선 시간이 꽤 늦다 싶어 근처에 서 있는 사람들에게 물었더니 얼마 전에 이미 하화도를 지나쳤다는 것이었다. 아차! 싶어서 정보환 씨와 전화로 연락해 보았더니, 정 씨는 다음의 개도에 내려서 섬을 둘러보고 있다가 오후 4시 40분에 자기네가 하화도를 출발하여 개도에 들를 때 합류하면 된다는 것이었다.

그렇게 하기로 작정하고서 개도에 내려서 선창가 첫 집의 아주머니에게 백야도 가는 다음 배의 시간을 물었더니 오후 5시 20분이라고 하므로 우리 일정표에 적힌 오후 5시 10분 백야 선착장 도착과는 달라 좀 의아스러웠다. 그러나 일단 시간적 여유는 있으므로, 개도의 여석 선착장에서 이어지는 포장도로를 따라 걸어가다가 이 섬에서 두 번째로 큰 봉화산(328.5m)에 올랐고, 최고봉인 천제산(337.8) 방향으로 걸어가다가 아무래도 아주머니가 말하던 배 시간이 일정표와 다른 점이 마음에 걸려 도중에 섬의 중심인 화산마을 쪽으로 내려와서 여석 쪽으로 걸어가기 시작하였다. 얼마 후 정보환 씨로부터 다시 전화가 걸려왔고, 이어서 강종문 씨와도 통화하였는데, 뜻밖에도 우리 일행은 개도에 들르지 않고서 하화도에서 오후 4시에 출항하는 임시선을 타고서 바로 백야도로 향한다는 것이었다. 이런 낭패가 있나! 어찌해야 좋을지를 몰라 오후 5시 무렵 발권이 시작된 선착장에서 마음을 졸이다가, 강종문 씨로부터 마을 배를 이용할 수 있는지 알아보라는 말을 듣고서 시험삼아 처음 만난 마을 주민에게 물었더니 오만 원에 백야도까지 태워줄 수 있다는 것이었다. 그 어선을 타고서 25분 정도 걸려 백야도에 도착했는데, 우리 일행은 이미 거기에 도착한 지 50여 분이 지났다고 한다. 이리하여 가까스로 다시 일행과 합류하였다.

진주에 도착한 후 구 운동장 근처의 중국집에서 정보환·김창환 씨와 더불어 맥주와 소주를 마시다가, 김 씨는 먼저 돌아가고 정 씨와 둘이서 소주를 한 병 더 시키고 자장면도 들고서 함께 택시를 타고 오후 9시 무렵에 귀가하였다.

5월

3 (일) 비 오다가 흐림 - 신지도

망경산악회와 함께 전남 완도군에 있는 신지도에 다녀왔다. 오전 8시 30분까지 구 역전 광장에서 모여 도중에 진주 시내의 두 군데에서 사람들을 더 태워 총 43명이 출발했다. 남해고속도로와 같은 10번인 목포·광양간 고속도로를 경유하여 강진·무위사 요금소에서 빠져나온 후, 2·18·13번 국도를 차례로 거쳐 오전 11시 38분에 신지대교휴게소에서 하차했다. 도중에 보성 녹차휴게소에 들렀을 때 구내의 등산장비점에서 근자에 고장 나서 버린 것을 대신하여 78,000원을 주고 다시 국산 Climberholic 등산 스틱 한 쌍을 샀다.

신지대교휴게소에서 77번 국도를 바로 옆에 두고 차가 지나다니는 소리가 들리는 명사갯길이라는 이름의 숲길을 걸어 나아갔다. 나는 진주의 산악인 중 가장 경력이 긴 70대의 김형립 옹과 함께 걸었다. 비는 그쳤지만 안개가 자욱이 끼어 바로 근처에 바다를 끼고 있으면서도 별로 보이지는 않았다. 휴게소로부터 축양장들을 지나 약 3km 정도 걸어서 물하태라는 곳에 이르자, 거기에 오늘 산행의 주된 목적지였던 상산(352m)으로 바로 가는 길도 있었지만, 산행대장이 그 갈림길에 지키고 있으면서 우리 일행을 명사갯길 방향으로 인도하는지라 다른 사람들을 따라 그쪽 방향으로 나아갔다. 상산은 그 정상에 방송송신탑이 서 있다고 한다.

서봉각등대로부터 700m 정도 떨어진 지점의 등대사거리에서 오후 1시 남짓에 일행과 함께 점심을 들었다. 점심 후 나와 김 옹은 명사갯길을 버리고서 북쪽으로 난 비탈길을 계속 올라 뾰족산에 다다랐다. 정상에 山東亭이라는 이름의 팔각정이 서 있었다. 거기서 더 나아가 상산과의 갈림길에 김해김씨 문중 묘지가 있는 사거리에서 상산과는 반대 방향인 명사십리 해수욕장 쪽을 취하여 산을 내려왔다.

그 입구에 해양수산부 선정 '2013년 전국 3대 우수해수욕장'이라는 문구와 함께 안내간판이 걸려 있는 명사십리해수욕장은 과연 해변의 모래톱이 길고 드넓었다. 밀려오는 파도가 꽤 세어 서핑을 해도 좋을 듯하였다. 우리는 해변에 마련된 데크 길을 따라 계속 나아갔는데, 산행대장이 해수욕장 전체의 중간 정도 지점에 위치한 주차장에 우리들의 대절버스가 대기하고 있을 것이라고 했으므로 모두 세 개 있는 주차장들 중 제2주차장이 있는 지점까지 나아가 보았지만, 대절버스는 눈에 띄지 않았다. 산행대장과 몇 차례 통화한 결과 갔던 길을 도로 돌아 나와 파출소 뒤편의 제1주차장에서 하산주를 마시고 있는 일행과 합류할 수가 있었다. 그곳은 해수욕장이 시작되는 지점의 민박촌에 인접한 곳이었다. 거기서 내가 도경과의 소송 건을 의뢰했었던 현대법무사사무소의 주인 중 한 사람인 노상용 씨와도 처음 만나 인사를 나누었다.

돌아올 때는 완도의 전복축제가 열리는 곳이라는 청해진이 있었던 장도 부근의 장보고기념관 앞까지 가보았지만 축제는 열리고 있지 않았으므로, 해남군의 남쪽 끝인 땅끝마을 표지판이 보이는 지점을 지나서 밤 8시에 진주의 출발지점에 도착하였다.

24 (일) 맑음 - 보령 아미산

오부산악회를 따라 충남 보령군 미산면과 부여군 외산면의 경계에 위치한 峨嵋山(638.5m)에 다녀왔다. 오전 8시 10분까지 시청 건너편 도로 가에서 대기하다가 운동장에서 출발한 대절버스를 탔다. 오늘은 버스 좌석의 절반 남짓한 인원만이 참석하였다.

대진, 익산·장수간 고속도로를 경유하여 익산에서 여산·부여를 거쳤고, 40번 국도로 빠져나온 후 617번 지방도를 따라가 10시 53분에 등산로 입구인 보령호 가의 중대교에서 하차하였다. 거기서 산길을 따라 한참 올라간 지점에 위치한 中臺寺까지는 콘크리트 포장도로가 이어져 있고, 그 위로는 본격적인 등산로였다. '중대암 年歷'이라는 제목의 안내판에 의하면 "중대암은 신라 49대 헌강왕 4년(서기 879년) 무술년에 도선국사께서 개산 창건하시고 산 이름을 아미산이라고 지으셨으며 중대암을 비롯 위쪽에 상대암(보현선원), 아래에 하대암 등을 세우셨고, 그 후 고려 숙종 2년(서기 1097년)에 중수하여 산내의 남쪽에 지장암과 서쪽에 미타암이 있어 사찰 규모가 수도선원으로 발전하였던 중, 임진왜란 당시 일본군의 침입으로 사찰이 모두 전소되고 인근 피란민들이 중대암을 중심으로 뒤쪽 산골짝(속칭 적시골)과 남쪽 절골 등에 피란 왔으나 사찰 전소 등으로 모두 피해를 봐 이름이 적시골이라고 전한다."고 되어 있었다. 현재도 우리가 올라온 골짜기의 이름이 등산 지도에 적시골이라고 되어 있고, 중대암의 위쪽에는 상대암의 대웅보전이 위치해 있었다.

상대암을 지나 능선에 올라선 후, 정상까지 1,500m 정도 되는 오솔길을 걸어 상봉이라고도 불리는 아미산 정상 부근에서 홀로 점심을 들었다. 정상 바로 옆에 이곳의 주소가 '보령시 미산면 풍계리 산38-1번지'로 확인되었다는 정상표시석이 서 있었다. 정상에서 보령호 방향으로 난 등산로를 취해 내려와, 오후 2시 30분 무렵에 종착지인 미산초·중등학교를 지난 지점의 도화담교에 닿았다.

정상으로 나아가는 도중에 김경식 씨로부터 전화를 받았는데, 수도를 수리하여 이제 우리 집에서도 물이 나오게 되었다고 한다. 고장의 원인은 지난번에 수도관이 파열된 이후 굵기가 얇은 새 수도관으로 교체하였었는데, 그 작은 관에 이물질이 끼어 막혔기 때문이라고 한다. 비용이 필요치 않으냐고 물었더니 그렇다면 5만 원만 보내달라고 하므로 귀가 후 송금하였다.

오늘의 일행 중에는 개척산악회의 현 회장이면서 산청군 오부면 출신인 낯익은 사람이 등반대장을 맡고 있었고, 예전의 멋-거리산악회 회장을 맡은 적이 있는 아파트 건설업에 종사하는 사람도 있었다. 등반대장의 말에 의하면, 아미산이라는 이름의 산은 홍천·공주·부여에도 있는데, 그 산들은 한자로는 蛾眉山으로 적는다고 했다. 그리고 강덕문 씨와 함께 알래스카의 데나리(맥킨리) 산에 가는 것은 경상대학교 학부생 산악회원들이고, OB들의 모임인 개척산악회는 근자에 대만의 옥산 옆에 있는 설산에 다녀왔다고 했다. 멋-거리 전 회장의 말에 의하면 멋-거리산악회는 이미 해산되었고, 지금은 그 회원이 새희망산악회의 회장을 맡아보고 있다고 한다.

돌아오는 길에 정차한 진안마이산휴게소에서 은행 알을 깔 수 있는 기계 세 개를 구입했다. 예전에 사둔 것은 아내가 엄나무 가지를 자르는데 쓰다가 날이 하나 부러져 버렸고, 그 이후 새로 산 세 개는 구멍이 너무 커서 은행 알이 잘 빠지기 때문이다.

30 (토) 부슬비 내린 후 오후에 개임 -월출산 기찬뫼길

원정산악회를 따라 월출산 기찬뫼길 1코스를 다녀왔다. 오전 8시까지 시청 앞에서 대절버스를 탔고, 신안동의 구 운동장과 평거동의 원정사우나 앞을 경유하여 출발했다. 이 산악회는 원래 원정로얄팰리스 참숯굴건강랜드의 회원들이 조직한 것이라고 한다. 10호선 남해고속도로를 경유하여 강진 요금소에서 빠져나온 후, 2번 및 13번 국도를 따라서 오전 10시 경에 월출산 입구의 천황사 주차장에 도착하였다.

氣찬묏길이란 월출산 북부 지역의 산자락을 두르는 둘레길인데, 그 중 탑동삼거리에서 기찬랜드까지의 구간은 제일 먼저 2009년 7월에 공개되었고, 2010년 7월에 나머지 구간이 개방된 모양이다. 전체가 다섯 구간으로 나뉘는 모양인데, 우리는 그 중 제1구간인 천황사 주차장에서 기찬랜드까지를 걷게 되었다. 우리가 나눠받은 유인물에는 총 5.3km, 1시간 30분 정도가 소요되고, 용추폭포까지 왕복 시 1.5km, 30분 정도가 더 소요된다고 되어 있지만, 인터넷으로 조회해보면 여러 가지 다른 설명이 있다.

월출산은 전국에서도 기가 센 곳이라 하여 이런 아이디어를 낸 모양이다. 우리는 천황사 주차장에서부터 숲길을 따라 걷기 시작하였다. 제주도의 사려니 숲길을 연상케 하는 코스였다. 곳곳에 정자와 나무 데크들이 조성되어져 있고, 들꽃도 많이 피어 있었다. 탑동약수터를 거쳐서, 도중의 기체육공원에 들러 부슬비를 피해 정자에 둘러앉아서 일행과 함께 점심을 들었고, 龍湫폭포에도 들렀다가, 오후 2시 무렵에 기찬랜드로 내려왔다. 용추폭포 쪽은 데크 길이 끝나고 더 나아갈 수 없는 지점까지 걸어가 보았지만, 날이 가물어서 그런지 폭포 같은 것은 전혀 보이지 않았다.

그리로 가는 도중에 깨금바위라는 곳을 지났는데, 산조 음악의 효시가 된 가야금 산조를 창악한 金昌祖라는 사람이 이 바위에서 가야금을 즐겨 연주하였다고 하여 '개금' 또는 '깨금'바위라고 부른다는 것이었다. 기찬랜드 유원지는 제법 크게 조성되어져 있었는데, 거기서 가수 하춘화의 노래비를 보았다. 바둑 국수 曺薰鉉도 영암 출신이라고 한다. 이곳에는 여기저기에 계곡 물을 이용한 야외풀장들이 조성되어져 있었다.

주차장 부근의 정자에서 닭백숙과 더불어 하산주를 들었다.

6월

7 (일) 맑음 -가조도 옥녀봉

매화산악회를 따라 거제시 사등면에 있는 加助島 玉女峰(331.9m)에 다녀왔다. 통영에서 14번 국도를 따라 견내량의 신거제대교를 건너면 머지않아 닿게 되는 곳이다. 2008년 12월에 가조연륙교가 건설되어 이제는 차를 타고 바로 들어갈 수 있게 되었다.

오전 8시에 시청 앞에서 대절버스를 타고 출발하여, 신안동의 구 운동장 1문 부근에서 강대열 씨 등이 올라 모두 37명이 동참하게 되었다. 원래는 옥천의 屯朱峰으로 가게 되어 있었는데, 시청 앞에 나가보니 난데없이 최근에 유행하고 있는 메르스라는 전염병으로 말미암아 지난 금요일에 목표지를 바꾸게 되었다는 것이었다. 시청 앞에서는 김영섭이라고 하는 진주시 대곡면 출신으로서 서울대 원자핵공학과를 졸업하고 2013년 4월부터 2014년 12월까지 청와대 미래전략수석설의 행정관을 지냈으며, 현재는 경상대 겸임교수로 있는 사람이 차에 올라와 명함을 돌리고 있었다. 이 사람은 근자에 진주에 거주하는 서울대 동문들에게 이메일을 보내 진주발전연구원이라는 것을 설립하게 되었다고 홍보하고 있었는데, 이렇게 아침부터 나와 자신을 PR하고 있는 것을 보니 무슨 선거에 출마할 모양이다.

9시 40분 무렵에 가조도연륙교 앞에 도착하여 산행을 시작하였다. 다리를 건너서 바로 산을 올라야 했는데, 선두에 가는 사람이 등산로 표지가 잘 보이지 않았던지 그냥 15번 지방도를 따라서 계속 걸어가므로 그 뒤를 따라가다 보니까 薪田마을과 육지에 마련된 水曹에서 넙치 같은 생선을 양식하는 巨洋水産의 양식장, 그리고 노을이물드는언덕이라는 바닷가에 설치한 데크 전망대를 지나 보건진료소 등이 있는 면소재지 창촌마을까지 와서야 비로소 등산로 입구에 들어설 수 있었다.

옥녀봉 정상에는 팔각정이 세워져 있었는데, 거기서 0.5km 지점까지 나 있는 임도를 통해 차를 타고서 온 우리 일행이 먼저 도착하여 점심을 들고 있었다. 실제로 등산로를 걸어온 사람 가운데서는 내가 제일 먼저 도착했다

고 한다. 팔각정의 난간 가에 설치된 긴 의자에 걸터앉아 점심을 들고 있으려
니까 한참 후에 강 노인이 도착하여 함께 식사를 했다. 올해 82세인 오랜 산
친구 강대열 씨와는 내일 우리 농장에 함께 들어가 매실을 따기로 약속해두
고 있다.

점심을 든 후 내가 먼저 오솔길을 걸어 내려와 오후 1시 30분쯤에 바닷가
의 신교마을에 도착하였는데, 거기서도 우리 일행들이 마을의 파고라에 둘
러앉아 점심을 들고 있었다. 회장이 탄 승용차에 동승하여 그 바로 옆에 잇달
아 있는 유교마을로 이동하였고, 얼마 후 유교마을의 파고라에서 하산주가
있었다. 오늘의 하산주는 돼지고기 외에도 생선회가 풍성하게 나왔고, 막걸
리·소주·맥주 등도 풍부하였다. 술을 든 후, 나는 방파제를 따라서 산책하며
바다와 그 건너편의 조선소들 풍경을 바라보기도 하다가, 오후 4시에 출발
하여 가조로를 따라 계도와 신전마을 쪽을 경유하여 귀가하였다. 가조로의
곳곳에는 노을길이라는 표지가 보였다.

14 (일) 맑음 - 월출산 경포대 계곡, 구정봉, 용암사지
상대산악회를 따라 전남 영암군의 월출산 鏡布臺 계곡, 九井峰(711m)과
龍巖寺址에 다녀왔다. 오전 8시까지 시청 육교 근처에 모여 출발했다. 10번
남해고속도로를 경유하여 강진 무위사 요금소에서 빠져나온 후, 무위사 입
구를 거쳐 오전 10시 10분 무렵에 경포대 탐방지원센터에 도착했다.

금릉경포대 계곡은 천황봉과 구정봉에서 시작하여 남쪽으로 흘러내리는
골짜기로서 길이 약 2km 정도인데, 중국 南京의 古名인 金陵이 앞에 붙은
것은 1172년 고려시대로부터라고 한다. 천왕봉(809) 쪽과의 갈림길인
1.2km 지점의 경포대삼거리에서 구정봉 쪽으로 방향을 잡아 주능선에 위
치한 바람재에 닿은 다음, 얼마 후 삼거리로부터 1.3km 지점인 구정봉 장군
바위 정상에 올랐다. 도중에 너덜바위 지대 옆을 지나쳤는데, 우리나라의
산에서 많이 볼 수 있는 이러한 너덜지대는 지구과학 용어로 崖錐(Talus)라
고 부르는 것으로서, 절벽을 이루는 기반암석이 풍화작용으로 말미암아 떨
어져 내려 아래쪽에 쌓인 것이다.

구정봉에 오르기 직전 먼저 그쪽으로 가는 도중 100m 정도 떨어진 위치에 있는 베틀굴을 구경하였다. 임진왜란 때 이 근방에 사는 여인들이 난을 피해 이곳에 숨어서 베를 짰다는 전설에서 생긴 이름인데, 굴의 깊이는 10m 정도로서 입구의 모양이 영락없는 여성의 음부이고, 10m 정도 되는 굴의 내부에 물이 고인 곳이 있을 뿐 아니라 늘 습기가 차서 그 내부 모습도 여성의 국부와 거의 똑 같은 모습이다. 더구나 이 굴은 천왕봉 쪽에 있는 남근석을 향하고 있어 더욱 기묘하다고 하겠다. 우리나라의 산에 여성이나 남성의 성기를 상징하는 지명은 많지만, 이처럼 여성의 성기와 똑 같은 모양을 한 굴은 나로서는 처음이다.

九井이라 하는 것은 정상의 바위 여기저기에 작은 웅덩이 같은 구멍이 많기 때문이라고 한다. 구정봉 정상 옆의 바람을 피할 수 있도록 작은 나무로 가려진 빈터에서 오랜 산 친구인 이영근 씨 등과 함께 세 명이 점심을 들었고, 거기서 500m 정도 떨어진 위치의 마애여래좌상과 좌상으로부터 각각 다른 방향으로 120m 정도 떨어진 위치에 있는 삼층석탑과 용암사지를 보러 갔다.

먼저 삼층석탑에 다다라 정면으로 바라보이는 마애여래좌상을 구경하였다. 좌상은 국보 제144호로서 전체 높이 8.6m, 불상의 높이는 7m인데, 고려시대의 대표적인 마애불이라고 한다. 용암사지는 300평 정도 되는 부지에 머위가 잔뜩 자라 절터를 모두 뒤덮고 있었다. 1955년에 '龍巖寺'라고 쓰인 기와가 출토되어 『동국여지승람』에 기록된 용암사지임을 알게 되었으나, 구체적인 기록은 전하지 않는 모양이다. 절터 옆의 언덕에 보물 제1283호로 지정된 또 하나의 삼층석탑이 서 있었다. 전체의 무게를 받치는 기단이 2중으로 되어 있어 마치 사층인 듯이 보였다. 절터 모서리에는 또한 돌절구 같은 것이 하나 눈에 띄었다.

갈 때의 길을 경유하여 오후 3시 15분에 하산을 완료해 하산주를 들었다. 오늘의 일행 중에는 아는 사람이 많았는데, 그 중 동아고등학교 17회 동기인 정문현 군과는 진주로 돌아온 후 같은 17회의 한의사 윤정근 군과 합류하여 정 군이 사는 동네인 홈플러스 뒤편 하대동 352-27번지의 장은횟집에서 또 따로 술을 마셨다. 예전에 여러 번 같이 어울렸던 또 한 명의 동기도 뒤늦게 와서 합석하였다.

20 (토) 흐리고 오후부터 비 ─동대산

되사랑토요산악회를 따라 포항시 북구(죽장면)에 있는 東大山(791m)에 다녀왔다. 오전 7시까지 시청 서문 옆 우체국 앞에 모여 신안동의 구 공설운동장을 거쳐서 출발했다. 33번 국도를 따라 고령까지 간 후 구마, 대구·포항 간 고속도로를 경유하였고, 28·7번 국도를 따라 북상한 후, 동해바닷가인 경북 영덕군 남정면 소재지에서 930번 지방도로 빠져 69번 지방도와 합류한 다음, 10시 40분에 영덕군 달산면 옥계리의 옥계유원지에서 하차하였다. 이곳은 지난번에 와 본 적이 있는 팔각산 부근이고, 보경사가 위치해 있는 내연산과도 멀지 않다. 옥계계곡은 기암괴석들이 병풍처럼 둘러싸고 있는 이 고장의 풍치지구여서 대서천 냇가에 텐트들이 즐비하였고, 길가 여기저기에 승용차도 많이 정거해 있었다.

오늘 산행에서는 예전에 정상규 군이 백두대간산악회를 할 때 함께 설악산 용아장성 등을 같이 다녔던 나와 동갑인 이양균 씨와 15년 동안 진주 명신고등학교 교장을 하다 퇴직한 서울대 수학과 출신의 김병관 씨, 정보환 씨등을 만났다. 오늘 산행에서 정보환 씨는 늘 그러듯이 일행으로부터 뒤쳐져 자신의 블로그에 올리기 위해 등산로 메모를 하며 걷다가 산행 들머리의 옥녀교 부근에서 길을 잘못 들어 바데산(646) 쪽으로 빠졌고, 김병관 씨는 이 산악회의 전 등반대장과 함께 동대산과 바데산을 경유하여 일행과는 다른 코스로 하산했다고 한다.

오늘 우리가 걸은 코스는 총 13km 정도로서 약 여섯 시간이 소요되는데, 나는 동대산 입구에서부터 일행으로부터 뒤쳐져 혼자서 자기 페이스로 걸었다. 경방골을 따라서 호박소라는 커다란 늪에 이른 다음, 오른쪽 지계곡인 물침이골로 접어들었다. 물침이골에서 육단폭포라는 곳을 지나, 해발 410m 지점에서부터 급경사를 타고 한참 올라 590m의 안부에 다다랐고, 거기서부터 능선 길을 따라 정상을 향해 계속 올라갔다. 안부에 다다랐을 무렵부터 흐리던 날씨가 조금씩 가는 빗방울을 뿌리더니 점차로 빗발이 굵어져 하산을 거의 마칠 무렵에는 제법 소나기로 되었다.

정상에 다다라 삼각점 표지석에 걸터앉아 혼자서 점심을 들었고, 바데산 방향으로 나아가다가 안부에서 다시 경방골로 내려와 비룡폭포를 거쳐서 호박소에 이른 다음, 올라온 코스를 따라서 오후 4시 35분에 제일 꼴찌로 산행 기점인 옥계유원지로 돌아왔다. 계곡의 바위 길 여기저기에는 등산객의 안전을 위해 돌을 깎아 발 디딜 곳들을 만들어 두고 있었다.

갈 때의 코스를 경유하여 돌아오는 길에 고령군 쌍림면 영서로 3507의 88기사식당에 들러 저녁식사를 들었고, 진주에 도착한 후 정보환·김병관 씨와는 함께 택시를 타고 귀가하다가 럭키아파트 입구에서 내려 한 잔 더 하고서 헤어졌다. 우리 셋이 술집에 앉아 있을 때부터 진주에도 비가 내리기 시작하였다. 돌아오는 버스 속에서 산악회 임원인 여성의 도움을 받아 내 스마트폰에도 트랭글 GPS라는 것을 설치하였다. 등산 도중에 자신의 위치와 나아갈 코스 등을 안내해주는 앱이다.

28 (일) 흐리다가 개임 –진대산(만기봉), 식기봉

진주산악 등산장비점의 강종문 씨가 운영하는 더조은사람들을 따라 충북 단양군 단성면에 있는 진대산(만기봉, 695.5m) 및 식기봉(559)에 다녀왔다. 월악산국립공원의 일부이다. 오전 6시까지 신안동 공설운동장 1문 앞에 집결하여 총 26명이 대절버스 한 대로 출발했다.

33번 국도를 따라 고령까지 간 후, 88·구마·중앙고속도로를 타고서 북상하여 단양 요금소에서 5번 국도로 빠져나왔고, 927번 지방도를 따라가다가 단양팔경의 하나인 사인암 부근에서 2번 지방도로 접어든 다음, 가산리 갈림길에서 기사와 집행부가 실수로 59번 국도의 방향을 반대로 잡아 하선암까지 간 후 되돌아 나와서 중선암·상선암을 거쳐 오전 9시 40분에 방곡도예촌에서 하차하여 등산을 시작하였다. 나는 시험 삼아 지난주 휴대폰에 다운로드 받은 트랭글GPS를 사용해 보았다. 오늘 산행은 4.7km의 거리였다.

이 일대에는 도락산·황장산 등 이름난 산들이 앞뒤로 버티고 있는데, 나는 월악산권의 명산들을 거의 다 올라본 줄로 알았으나, 오늘 오른 산들은 5만분의 1 도로교통지도에도 그 이름이 보이지 않을 정도로 별로 알려지지 않은 것이어서 등산 내내 우리 일행 외의 다른 사람들은 만나지 못했다. 만기봉과 식기봉은 GPS에 나타나는데, 모두 바위로 이루어진 것이어서 그 주변의 암봉을 타는 재미가 있었다. 오후 4시 50분에 벌천리의 외궁기 마을에 있는 명전교에 다다라 산행을 마쳤다. 등산 중에 계속 GPS를 켜고 있었던 까닭인지 하산할 때까지 휴대폰의 배터리가 거의 다 소모되고 말아, 오후 6시 무렵 귀가했을 때는 겨우 2%만이 남아 있었다.

배부 받은 등산안내도 하단의 공지사항 난에 7월 5일 지리산둘레길 7코스를 간다고 되어 있었다. 이 산악회는 매달 첫째 주는 지리산둘레길을 다니는데, 다음 주에 한 번 참가해 볼 마음이 있어 강종문 씨에게 그 코스가 어디서부터 어디까지인지를 물었더니 하동호에서부터 출발한다는 것이었다. 귀가한 후 인터넷을 통해 조회해 보았더니, 하동호부터 삼화실까지는 둘레길 11코스, 삼화실에서 대축까지는 12코스였다. 강 씨에게 전화를 걸어 다시 물어보았더니, 사단법인 숲길이 정한 둘레길 코스에는 그렇게 되어 있지만, 자기네는 전체 22코스를 12코스로 압축하여 새로 조정했다는 것이었다. 다음의 더조은사람들 홈페이지에 접속해 보았더니, 이들이 말하는 7코스는 하동호에서 대축마을까지 26.4km로서 8시간이 소요된다고 나타나 있었다.

7월

5 (일) 맑음 – 지리산둘레길 (하동호~대축마을)

더조은사람들과 함께 지리산둘레길 하동군 청암면의 하동호에서 악양면의 대축마을까지 코스에 다녀왔다. 오전 6시까지 신안동의 공설운동장 1문 앞에 집결하여 출발하게 되어 있었는데, 한 사람이 출발 시간을 7시로 착각하여 30분 정도 늦게 도착하는 바람에 그를 기다리느라고 지체되었다. 일행은 여자 8명, 남자 9명으로 이루어진 17명으로서, 28인승 리무진 버스 한 대를 이용하였다. 국도2호선을 타고서 이동하여, 횡천면 소재지에서 청학동 가는 1003호 지방도를 따라 북상한 후 7시 30분 무렵에 하동호에 도착하였다.

둘레길은 그곳에서 횡천강 가를 따라 남쪽으로 이어지지만, 우리는 강 옆으로 난 1003호 지방도로를 대절버스를 타고서 4km쯤 도로 내려와 명호리의 明寺마을로 들어가는 입구인 명호교에서 내려 걷기 시작하였다. 총 26.4km의 거리 중 일부를 단축한 것이다. 일행 중에는 본교 수의과대학 출신의 사람들이 몇 명 있었고, 대표인 강종문 씨도 경상대에서 석사과정을 마친 모양이었다.

길은 대체로 콘크리트 포장도로이지만, 오솔길을 따라 마을과 재를 넘어가는 곳도 많았고, 한적한 시골이라 운치가 있었다. 길가에는 수확을 하지 않고서 버려둔 매실나무가 많았다. 우리는 청암면 상존마을에서 재를 넘어 적량면 쪽으로 넘어와, 오전 9시 15분에 둘레길 11코스의 종점인 삼화실에 도착하여 느티나무 아래에서 한 동안 쉬었다.

나는 삼화실이 적량면과 악양면 사이에 있는 고개 이름인 줄로만 알았는데, 도착해보니 이는 그냥 보통의 시골마을이었다. 그 마을에 있는 삼화옛길 생태관찰로 안내판에 의하면, "복사꽃, 살구꽃, 배꽃 등 세 가지 꽃이 피는 마을이라 하여 삼화실이라 부른다. 명천, 이정, 동촌, 하서, 종서, 동점마을과 도장골 등 7개 마을로 이루어져 있다."고 되어 있다. 그러니 이는 옛길인 삼화실재의 아래에 위치한 여러 마을들을 총칭한 명칭으로서 지금은 행정구역상 西里라고 부르는 곳이다.

나는 1995년 3월 24일에 남명의 「遊頭流錄」 무오년 4월 24일 조에 나오는 三呵息峴의 현장을 답사하기 위해 횡천면 남산리와 적량면 東里를 경유하여 이 마을로 들어와 삼화실재를 넘어서 악양면 소재지 쪽으로 빠져나간 적이 있었다. 남명은 "고개가 높다랗게 하늘에 가로놓여 있어서, 이 고개를 오르는 이는 두어 걸음에 세 번씩 가쁜 숨을 내쉬므로 고개 이름을 그렇게 지은 것이다.(嶺高橫天, 登者數步三呵息, 故名之)"라고 하였는데, 이제는 엉뚱하게도 三花실재로 그 표기와 의미가 바뀌어져 있는 것이다.

나는 지금까지 박선자 교수의 산장이 있는 곳 뒷산이 삼화실재라고 생각하고 있었으므로, 이 마을에 도착하여 박 교수에게 여기까지 오는 도중 그녀의 토굴이 있는 곳을 찾지 못했다는 문자 메시지를 보내었고, 한참 후에 박 교수로부터 전화가 걸려와 둘레길의 다른 곳을 경유한 모양이라는 말도 들었다.

삼화실 마을 근처의 서당마을에서 하동읍으로 빠지는 또 하나의 둘레길인 13코스가 갈라진다. 우리는 우계리 쪽으로 건너와 저수지를 지나서 마을회관이 있는 신촌의 느티나무 아래에서 정오 무렵에 점심을 들었는데, 거기서 박 교수에게 다시 전화를 걸어보니, 뜻밖에도 박 교수가 사는 곳은 바로이 우계리의 신촌마을이었다. 우리는 아직도 그녀의 토굴에 도착하지 못한것이었다. 그 휴게소 옆에는 블루베리를 재배하는 곳이 있었는데, 나는 금년봄 외송에 심어둔 블루베리가 열매를 맺지 못하는 원인을 지금까지도 알지못했으나, 이제 알고 보니 외래종인 이 나무는 산성토양을 좋아하므로 그것에 적합한 특별한 비료를 해주고 물도 자주 주어야 한다는 것이었다.

얼마 후 박 교수의 토굴 앞을 지나게 되었는데, 몇 년 전에 우리 가족이 함께 방문했던 이후로 그 집은 입구에다 새로 대문을 해 달았고, 본채 옆에 다른 조그만 집도 하나 더 서 있었다. 그 집 위쪽에 있는 7호선 지방도로 상의적량면과 하동읍을 경계 짓는 재는 신촌재라고 부르고 있었다. 우리는 하동읍에서 먹점재를 건너 악양면의 지경으로 들어가 오후 3시 55분쯤에 둘레길12구간의 종점인 축지리의 大社마을에 닿았다. 우리 일행 중 내가 선두로 도착하였고, 일행이 모두 당도하기를 기다려 좀 휴식을 취한 후, 섬진강을 따라 19번 국도를 타고서 내려가다가 남해고속도로에 올라 오후 5시 13분에진주의 출발지점에 도착하였다.

오늘 강 씨로부터 예전에 우리 가족과 함께 북인도 히말라야 지역 여행을함께 했었던 진주의 원로 산악인 성낙건 씨의 소식을 좀 들었다. 그는 하동청학동 부근의 원묵계에다 손수 지어 마련한 산장 다오실에서 쓰러져 머리를 다친 일이 있었는데, 그 이후 다오실을 팔고서 지금은 진주시 집현면에서노인 연금으로 생활하고 있다는 것이었다. 그 사건 이후로 정신력에도 차질이 있어 강 씨가 전화를 걸어보니 후배인 자기는 잘 기억하고 있었지만, 가까운 사람도 잘 인식하지 못하는 일종의 치매 기운이 있다는 곳이었다. 성 씨는 산악인에다 시인이요 조각가이기도 하여 다재다능한 사람이지만, 양식이 떨어지는 때가 있을 정도로 한평생 가난에 시달려왔고, 말년이 이토록 비참하니 안타까운 마음이 들었다.

8 (수) 비 -금강소나무숲길 제1구간

참진주산악회를 따라 경북 울진군 북면 두천1리에서 서면 소광2리까지에 걸친 금강소나무숲길 트레킹에 다녀왔다. 총 길이는 13.5km라고 한다. 금강소나무숲길은 산림청이 조성한 1호 숲길로서 현재 모두 다섯 개의 구간이 있는데, 우리는 이번에 그 중 제1구간을 걸었다.

오전 4시 반까지 운동장 1문 앞에 집결하여 대절버스 한 대가 거의 다 찰 정도인 40여 명이 출발했다. 33번 국도를 따라서 고령까지 간 후, 88·구마·대구-포항고속도로를 경유한 후, 28번과 7번 국도를 따라서 북상했다.

도중의 휴게소에서 김밥으로 조식을 든 후, 오전 9시 50분 무렵 외두천리에 닿아 비가 내리는 가운데 우산을 받쳐 들고서 현지의 숲 해설자 두 명으로부터 앞뒤로 호위를 받으며 걷기 시작했다. 우리가 오늘 걸은 길은 조선시대에 보부상들이 울진에서 미역·소금·어물을 지고 봉화에 가서 대마·담배·콩으로 바꾸어 돌아오던 열두 고개, 즉 十二嶺 옛길의 일부로서, 화전민들이 거주하던 깊은 산속인데, 울진무장간첩사건이 있고 난 후 이들은 소개되어 다른 곳으로 옮겨지고 자연이 점차로 옛 모습을 회복해 온 것이다. 현재는 하루에 120명씩만 가이드를 동반하여 출입이 허가되는 예약탐방제로 운영되고 있다.

출발 직후에 乃城行商不忘碑를 만났는데, 내성이란 봉화의 별칭으로서 보부상의 우두머리 두 사람을 기념하여 쇠로 만든 비에다 양각으로 글씨를 새긴 것이었다. 도중에 조선시대에 금강소나무를 보호하기 위해 나라 법으로 지정한 경계를 나타내는 표석을 지났는데, "黃腸封山 東界鳥城 至西二十里"라고 쓰여 있었다. 번역하면 "황장봉산은 동쪽 경계 鳥城으로부터 서쪽으로 이십 리에 이른다."는 것인데, 황장목은 春陽木 등과 함께 금강소나무를 지칭하는 다른 이름이며, 조성은 아마도 울진을 의미하는 듯하다. 이 나무는 둥치를 잘라서 나이테를 보면, 중심으로부터 동심원의 형태로 각각의 간격이 고르게 펼쳐져 있어 굽지 않고 곧바로 자라는 것이 특징이며, 표면은 붉은 빛을 띠고 속은 누렇게 보이므로 黃腸木이라고 하는 것이다. 우리는 전체 행정의 약 절반쯤에 해당하는 두천1리로부터 6.5km 지점의 찬물내기쉼터에 머물러서 마을로부터 트럭으로 배달해온 비빔밥으로 점심을 들었다.

　점심을 들고 난 뒤부터 鳥嶺城隍祠가 있는 샛재까지는 등산로가 이어져 있었다. 성황사는 보부상들이 지나가면서 기도를 하던 곳으로서, 그 내부에 상인들의 이름이 빼곡히 쓰여 있었다. 그 주변에는 금강소나무의 아래쪽 둥치에다 누런 페인트로 테를 두르고 번호를 적어 놓은 것들이 여럿 보였는데, 이는 문화재보수용으로 사용하기 위해 소광리 38다·라 지역 19hr의 산에다 나무 나이 60년 이상 된 큰 것들을 2002년에 지정해 놓은 것으로서 총 4,137본인데, 아직 하나도 사용하지 않고서 고스란히 남아 있다.

　전체적으로 보면 이 길은 자동차 한 대가 통과할 수 있을 만한 넓이의 부분 포장된 길들과 걷지 않을 수 없는 등산로가 계속 반복하여 나타나는데, 가이드인 숲 해설자도 구역이 할당되어 있는지 수시로 바뀌어 우리는 세 차례나 교대된 다른 가이드로부터 안내를 받았다. 지리산둘레길 정도의 난이도는 되는 듯하다.

　우리는 금강송펜션이 있는 소광2리의 종점에 닿아 오늘 행정을 마쳤고, 그곳 주막에서 막걸리에다 파전, 도토리묵 등을 안주로 하여 각자 부담으로 하산주를 마셨다. 소광2리는 1구간의 종점인 동시에 2, 3 구간의 출발점이기도 한데, 2구간 16.7km는 여기서부터 봉화군과의 접경인 울진군 서면 광회리까지 거의 직선으로 계속 나아가는 것을 보니 이른바 예전의 보부상 길인 듯하다.

　돌아올 때는 영주까지 일반도로로 이동하여 중앙고속도로에 올랐다. 의령군 대의면 마쌍리 408에 있는 금오암소한마당이라는 이름의 예전에 들른 적이 있었던 대형식당에서 갈비탕과 소주로 석식을 들었다. 이곳은 남명의 출생지인 토동에 가까운 곳인데, 남명 외가의 선산이 있던 곳 근처는 현재

도로공사로 말미암아 크게 절개되어 있어, 내가 발견했고 예전에 몇 번 답사했던 적이 있는 그 현장이 지금도 보존되어져 있는지 궁금하였다. 밤 9시 무렵에 귀가하였다.

19 (일) 맑음 -연화산, 옥천사

정오 무렵부터 하대동 304-21의 숯불 소갈비살 전문점 불소식당에서 큰처남의 장남인 민국이 아들 태홍의 백일잔치가 있었다. 며칠 전 장모 생신 때 다녀간 서울의 작은처남 가족을 제외하고서는 처가 식구들이 거의 다 모였다. 아내는 우리 텃밭에서 산출된 농산물들을 가져가 집집마다 한 꾸러미씩 나눠주었다. 실은 백일은 지난 목요일이었다고 한다.

식사를 마친 후 황 서방 내외와 우리 내외는 처제의 인도에 따라 고성군 개천면에 있는 蓮花山(526m)의 편백나무 숲에 바람 쐬러 갔다. 편백 숲은 玉泉寺 뒤편의 느재고개 부근에 있었는데, 숲은 자그만 했지만 그리로 가는 도중의 벚나무 가로수길이 멋있었다. 처제는 승용차 트렁크에서 깔개를 꺼내어 갖고 가 숲 속에다 펴고서 아내와 함께 앉았지만, 나는 산속으로 이어진 소나무 숲길을 따라 계속 걸어보았다. 무릎을 다친 이후로 산행이 힘든 황 서방도 내 뒤를 따라서 걸어왔다. 우리는 앞서가는 스님 일행이 가는 오솔길을 뒤따라서 계속 가보았는데, 그 길은 결국 옥천사까지 이어졌고, 앞서 가던 스님 일행은 큰절 위쪽의 청련암으로 사라졌다. 모처럼 옥천사로 들어가서 경내를 두루 한 번 둘러보았다.

개천면 북천리에 위치한 경상남도 기념물 제140호인 옥천사는 의상대사가 당나라에서 유학하고 돌아와 화엄을 강론하기 위해 670년(신라 문무왕 10)에 창건한 사찰로서 당시에는 화엄 10대 사찰 중 하나였다고 한다. 나는 『삼국유사』에선가 나오는 의상의 10대 제자에 관한 기사를 읽은 적이 있었는데, 이 절이 그 중 하나인 줄은 몰랐다. 고려시대에 진각국사가 이 절에 기거하며 수행한 적이 있었고, 해방 후 대처승 제도를 청산하는 불교정화운동을 일으킨 조계종정 靑潭스님이 1927년 첫 승려생활을 한 곳으로도 유명하다. 매년 음력 9월 27일에는 의상대사와 청담대종사의 열반제가 거행된다고 한다. 절은 여러 차례의 중창 과정을 거쳐 지금은 하동 雙磎寺의 말사 중 하나일 따름이지만, 보물 495호로 지정된 壬子銘飯子가 남아 있다. 반자는 옛날 군대나 절에서 쓰던 금속으로 만든 북의 일종인데, 1252년의 銘文이 새겨진 청동제로서, 명문에는 지리산 安養寺에서 사용되었던 것으로 기록되어져 있는데, 안양사가 폐사되면서 이리로 옮겨진 것으로 추정된다고 한다.

황 서방이 다시 걸어서 편백 숲으로 돌아가는 것을 불편해 하므로, 전화를 걸어 처제가 차를 몰고서 옥천사 입구의 주차장까지 오도록 해, 영오면 소재지와 황 서방의 공장 앞을 지나서 진주로 돌아왔다. 걸어서 내려오는 길에 본 절 입구의 일주문에 걸린 '蓮花山玉泉寺'라는 大字 편액은 내가 젊은 시절 우봉 형을 따라서 부산의 자택으로 방문한 적이 있었던 菁南 吳濟峯의 글씨였다.

26 (일) 맑음 -제비봉

하늘산악회를 따라 충북 단양군 단성면 장회리에 있는 제비봉(721m)에 다녀왔다. 오전 8시까지 신안동 공설운동장 1문 앞에 집결하여 26명이 대절버스 한 대로 출발하였다. 모처럼 정보환 씨와 그의 진주중고등학교 후배로서 함께 1대간 9정맥을 답파한 바 있었던 노인요양원 엠마우스에 근무하는 일목회 회원, 그리고 가좌동에 사는 강 여사 등을 우연히 만나 동행했다.

33번 국도로 고령까지 가서, 88·구마·중앙고속도로를 경유해 북상하여 죽령터널을 지나 충북의 지경으로 들어갔다. 단양 요금소에서 5번국도로 빠져나온 다음, 59번국도, 522·595번 지방도를 경유하여 영화 세트장인 듯한 우람한 옛 건물들이 늘어선 곳 근처를 지나서 정오 무렵에 단양군 영춘면 남천리 대어구마을의 소백산국립공원 입구에서 하차하였다.

나는 참가 신청할 적에는 단양팔경 중 하나인 구담봉에서 충주호 건너편으로 마주보이는 월악산국립공원에 속한 작은 봉우리인 둥지봉으로 가는 줄로 알고 있었는데, 대절버스는 뜻밖에도 구인사 방향으로 계속 나아가더니 전혀 예상치 못했던 소백산 북쪽 기슭의 남천계곡 입구에서 하차한 것이었다. 차 속에서 배부 받은 지도를 보니 우리는 오늘 대어구마을에서 출발하여 성골을 거쳐 암릉지대를 통과하여 둥지봉(817.6m)에 도착해 점심을 든 다음, 780봉을 지나서 남천계곡으로 접어들어 갈래폭포를 경유하여 대어구마을로 원점회귀 하는 것으로 되어 있었다. 총 5시간 정도 걸리는 코스라고 한다.

그러나 우리는 대어구마을에서 나아갈 방향도 정확히 모르는 채 비교적 넓은 차도를 따라서 올라갔는데, 그곳은 하산코스인 남천계곡으로 접근하는 길로서, 얼마 못가서 남천야영장에 도착하였다. 그곳 직원에게 우리의 지도를 보여주며 길을 물었더니, 뜻밖에도 이 코스에는 모두 등산로가 없고, 입산금지구역이어서 발각되면 1인당 10만 원씩의 벌금을 물어야 한다는 것이었다. 직원의 말과는 달리 남천계곡에는 원래 등산로가 있었으나 식수원 보호구역이라 하여 폐쇄한 모양이었다.

알고 보니 오늘 우리를 인도하여 이리로 온 사람은 예전에 정상규 군이 운영하는 비경마운틴을 따라서 이 코스로 한 번 들어온 적이 있었던 모양인데, 정 군은 비법정 등산로 탐방이 전문이라 할 수 있는 사람이고, 그 당시에도 발각되어 벌금을 물었다고 한다. 혹시 예정했던 대로 성골 쪽으로 진입했었더라면 등산이 가능했을 지도 모르겠는데, 사태가 이렇게 되자 일행은 모두 대어구마을로 돌아 나와 다시 대절버스를 타고서 단양 읍내 쪽으로 향했다. 돌아오는 도중에 정보환 씨의 의견에 따라 대안으로서 코스가 비교적 짧은 제비봉으로 가기로 한 것이다.

오후 1시 무렵에 충주호에 면한 장회나루에 인접한 제비봉 등산기점에 도착하여 우선 그 입구의 제비봉공원지킴터 앞 데크에 둘러 앉아 점심을 들었다. 지킴터에서 제비봉 정상까지는 2.3km로서 왕복해도 5km에 못 미치는 비교적 짧은 코스이지만, 처음 절반가량은 나무 계단과 데크가 이어지는 가파른 오름길인데다가 햇볕을 가릴 숲도 별로 없어 힘들었다. 나는 이 산에 두 번째로 오르는 셈인데, 그다지 높다고는 할 수 없으나 충주호의 높이에서 바로 올라가는 코스이니 쉽지도 않았다. 땀을 팥죽같이 흘리며 정보환 씨와 함께 오후 3시 40분에 제일 마지막으로 정상에 도착하였고, 내려올 때는 갔던 길로 되돌아와 등산스틱은 접어 넣고서 비교적 빠른 걸음으로 진행하여 오후 4시 45분쯤에 하산을 완료하였다. 이 산은 『新增東國輿地勝覽』에 '燕飛山'이란 이름으로 보이는 모양이다. 현재의 제비봉이란 이름은 이 한자 이름의 번역어인 셈이다. 일찍 내려온 강 여사 등은 근처에서 목욕하고 옷을 갈아입었으나, 우리는 하산한 후 남이 권하는 대로 맥주 한두 잔을 마시고 보니 땀에 젖은 옷을 갈아입을 시간이 없었다.

돌아오는 도중에 지난 8일 울진의 금강소나무 숲길에 갔다가 돌아오는 길에 들렀던 의령군 대의면 마쌍리 408의 금오암소한마당에 들러 갈비탕으로 늦은 저녁을 들었다. 나는 평소 음식 맛에 둔감한 편이므로 그저 갈비탕이로구나 하고 먹었는데, 같은 테이블에 앉은 강 여사는 고기가 질기다 하여 전혀 먹지 않고 국물만 마셨다. 이번 산행에서 평소 무뚝뚝한 성품이라는 평판이 있는 강 여사의 근처에 앉아 시종 대화를 나누었는데, 예전에 산행 길에서 하산을 마친 후에 내가 대절버스에 올라온 장사꾼에게서 산 젤리를 나누어 준 적이 있어서 그런지 오늘 내게는 꽤 상냥하였다. 그녀도 정보환 씨와 마찬가지로 한 주에 두 번 정도 산행을 한다고 한다.

나는 매주 일요일 한 번 정도 산행을 하지만, 이미 「경남일보」의 광고란에 나는 등산안내 중에는 새로운 코스가 별로 없으므로, 지난달부터 매주 첫째 일요일은 더조은사람들의 지리산둘레길 트레킹에 동참하기 시작했을 뿐 아니라, 오늘 아침에는 백두대간산악회에서 매달 2·4주에 실시하는 낙남정맥 코스에도 신청하였다. 낙남정맥은 예전에 절반 이상 답파한 적이 있었으나, 미국으로 연구년을 떠나는 바람에 중단된 바 있었는데, 그 때 못다 갔던 코스를 보충해 두고자 하는 것이다.

진주에 도착한 후에 정보환·강 여사와 함께 택시를 타고서 우리 아파트 입구까지 와서 함께 하차하여 작별하였고, 밤 9시 무렵에 귀가하였다.

8월

2 (일) 맑음 - 지리산둘레길 대축~중촌 코스

더조은사람들과 함께 지리산둘레길 하동군 악양면 축지리의 대축마을에서부터 화개면 정금리 중촌마을까지 코스에 다녀왔다. 원래는 정금리 대비마을까지 18.38km를 약 8시간동안 걸어 지난달처럼 둘레길 두 개 코스를 거의 답파할 예정이었는데, 인솔자인 강종문 씨가 좀 기력이 부쳤는지 오늘은 같은 정금리의 중촌마을에서 중단한 것이다.

오전 7시까지 신안동 공설운동장 1문 앞에서 집결하여 20명 정도가 탈 수 있는 중형버스 한 대에 여자 6명을 포함한 15명이 타고서 출발했다. 남해고속도로와 19번 국도를 경유하여 섬진강을 따라서 올라가 8시 3분쯤에 지난달 코스의 종점인 대축마을에 도착한 다음, 그대로 차에 타고서 평사리 들을 2km 정도 가로질러 8시 10분에 건너편의 박경리 소설 『토지』에 나오는 최참판댁 부근에 위치한 대촌마을 입구에서 내려 걷기 시작했다. 대축마을 앞의 축지교에서 둘레길은 두 갈레로 갈라져 서로 반대 방향으로 나아가다가 평사리 들을 건너 대촌마을 부근에서 다시 합쳐지게 되는데, 우리는 그 중간지점의 자동차가 통과할 수 있는 최단거리 길을 경유하여 대촌마을에 도착한 것이다.

마을을 지나 감나무 등이 많이 있는 농로를 따라서 계속 올라가 마침내 고소성에서부터 형제봉(1115.2m)으로 올라가는 능선 상의 800고지 정도에 다다랐고, 거기서부터는 화개면 지경으로 들어서서 또 한참을 더 걸어 부춘리의 元富春 마을에 도착하였다. 둘레길 코스의 한 단락인 원부춘에 도착한 즈음에 맨 처음으로 朝雲寺라는 조그만 절이 나타났고, 본 마을에 도착해 보니 이 산골짜기까지 피서객들이 몰려오는 모양인지 민박집과 펜션들이 여기저기 눈에 띄었고, 윗도리를 벗고서 맨몸으로 골짜기의 계곡 물에 들어가 있는 사람도 있었다.

원부춘 마을회관 겸 노인정에 도착한 다음부터는 아스팔트 및 시멘트 포장도로를 4.1km나 따라 걸어서 능선까지 올라갔다. 능선에서 다시 3.6km

정도 더 올라간 지점에 패러글라이딩 장소인 형제봉 활공장이 있는 모양인데, 그리로 오가는 승용차들의 왕래가 비교적 잦았다. 제법 유명한 곳인 모양인지 거기서 패러글라이딩 전국대회도 열린 바 있다고 한다. 오늘 코스는 이처럼 해발 800m 정도 되는 형제봉 능선을 두 군데나 통과하므로 지리산 둘레길의 전체 코스 중에서도 가장 힘든 구간이라고 한다.

우리는 능선에서 활공장과는 반대 방향으로 나아가 다시 등산로로 접어들어 가파른 내리막길을 다시 한참동안 나아가 중촌마을에 닿았다. 나는 중촌마을에서 첫 번째로 만난 하늘호수차밭이라는 둘레길 쉼터의 민박 겸 찻집에 들러 막걸리를 한 사발 들고, 그 집 바깥주인이 플라스틱 통에 담아 마련해 준 찬물에다 발을 씻었다. 그리고 그 집에서 막걸리 두 통과 소주 한 병을 사서 배낭에 넣고는 다시 걷기 시작하였다. GPS로 확인해 보니 중촌마을은 雙磎寺 바로 근처였다. 원래는 이 마을에서 점심을 들고서 다시 한참을 더 걸을 예정이었는데, 강종문 씨의 제의로 이번은 중촌마을에서 마치기로 하고, 다 함께 차를 타고서 이동하여 오후 3시 무렵에 쌍계사 입구의 지리산국립공원 자연생태체험장 앞쪽 빈터에서 점심을 들었다. 하늘호수에서 사온 술들을 내놓아 함께 들었다.

2번 국도를 경유하여 진주로 돌아와 5시 50분쯤에 귀가하였다. 돌아오는 길에 삼현여고의 국어교사를 하다가 최근에 명예퇴직한 사람이 옆에 앉아 내가 퇴직 교수임을 알고서 말을 걸어오므로 그와 좀 대화를 나누어보았다.

6 (목) 폭염 –수월리

대구·의성의 기온이 38.3℃를 기록하여 또다시 올해 최고 기록을 갱신했다고 한다. 모레가 立秋인 모양이다.

외송 가는 길에 문익점 묘와 道川書院 앞을 경유하여 산청군 신안면의 수월리로 들어가 보았다. 사단법인 남명학연구원의 조구호 사무국장이 선유동전원마을에다 집을 마련했다는 말을 들었으므로, 그곳에 한 번 들러보기 위해서였다. 수월리로 들어서는 갈림길에서 6km 거리라고 하는데, 예전에 아내를 따라서 몇 번 와본 적이 있었던 수월리 황토찜질방 옆을 지나갔다.

황토찜질방 근처에서부터는 그 위쪽으로 새 길이 나 있었고, 상부에서는 아직 도로 공사가 다 끝나 있지 않아 1차선 도로를 따라 한참 올라가보니 포클레인이 작업하고 있는 현장도 있었다.

띄엄띄엄 한두 채씩 산재한 전원주택들이 보이다가 그 위쪽으로 좀 더 올라가니 전원주택단지가 조성되어져 있었는데, 그 입구에 차를 세우고서 조국장에게 전화를 걸어보았다. 그는 그 시간에 덕산 쪽으로 들어가 있는 모양이었다. 이 전원마을 조성은 농림축산식품부 지원 사업이라고 하는데, 아직도 그 옆쪽으로는 부지의 기초공사만 해두고서 들어서지 않은 집터가 제법 많이 남아 있었다. 그가 알려준 바에 따라 두 번째 레인으로 들어가 황토벽돌로 지은 그의 집을 둘러보았다. 생각했던 것보다 집이 꽤 컸고 잔디를 깐 널찍한 뜰과 그 옆의 텃밭도 조성되어져 있었다. 그는 아직 이곳으로 이주하지는 않고 진주에 살면서 매주 며칠씩 이리로 들어와 지내는 모양이다.

돌아 나오는 길에 모처럼 수월리 황토찜질방에 들러보았다. 그러나 그곳은 이미 폐업한지 오래되었고, 폐허처럼 버려져 있어 그 바로 옆까지 도로 공사 현장이 들어와 있고, 마당에는 잡초가 자라 있으며 지붕이 내려앉은 곳도 있었다. 사람의 일이란 이처럼 무상한 것이다. 예전에 이곳으로 와서 몇 차례 선유동 계곡까지 걸어 올라가 본 적이 있었는데, 그 계곡 쪽으로는 지금 새 포장도로가 나 있으니, '德溪先生杖屨之所'라는 刻字가 있었던 바위는 지금 어떤 모습일지 궁금하였다. 내비게이션에는 찜질방에서 별로 멀지 않은 위치에 선유동폭포의 위치가 나타나고 있었다.

7 (금) 폭염 −선유동계곡

외송 가는 길에 어제에 이어 다시 한 번 수월리 쪽으로 들어가 수월폭포와 선유동계곡을 탐방해 보았다. 갈림길이 있는 신안 정류장 앞의 안내판에 수월폭포까지는 4km, 선유동계곡은 4.5km, 수월전원마을은 6km라고 적혀 있다. 수월리 황토찜질방 앞의 마을 광장 느티나무 근처에다 차를 세우고, 걸어서 예전처럼 마을길을 따라 올라가 보았다. 수월폭포라 함은 2009년도에 사방댐을 건설하여 현재 네 단으로 조성된 폭포가 있는 곳 부근인 듯한데,

거기서 500m 떨어진 선유동이라 함은 어디로 들어가는지를 알 수 없었다. 돌아와 느티나무 아래의 평상에서 말린 토란대 작업을 하는 마을 사람들에게 물어, 차를 몰고서 그 마을에서부터 새로 난 2차선 포장도로를 따라 다시 올라가 보았다.

그들은 사유지로 되어 있는 곳의 집 뒤편에 수월폭포가 옛 모습대로 아직도 남아 있다고 했으나 그런 것은 눈에 띄지 않았고, 2차선 아스팔트 포장도로가 끝나고서 1차선 콘크리트 도로가 시작되는 지점에 위치한 2002년에서 2003년에 걸쳐 건설한 수월교 다리에서 왼쪽으로 이어진 오솔길을 따라 올라가는 곳이 선유동계곡이었다. 예전의 인적 없던 계곡이 지금은 그 어귀에 피서객들이 머물면서 음악을 틀어놓고 있고, 여기저기에 쓰레기도 눈에 띄었다. 이어지는 오솔길을 따라 올라갔으므로 계곡의 바위들을 다 살펴보지는 못했으나 '덕계선생장구지소' 석각이 있는 바위는 발견하지 못했다. 그러나 곳곳에 수려한 바위와 폭포가 나타나는 것으로 보아 여기가 선유동계곡임은 틀림없었다. 길이 끊어진 지점에서 가파른 바위를 타고 올라가려다가 미끄러져 물에 빠져서 바지와 신발을 적신 지점에서 돌아내려왔다.

9 (일) 폭염 - 낙남정맥 1코스

백두대간산악회와 함께 낙남정맥 종주를 시작했다. 이 산악회는 예전 1990년대 초에 내가 백두대간 종주에 참가했던 바로 그것인데, 이후 그 모임의 중심인물이었던 정상규 군은 따로 비경마운틴이라는 모임을 결성했지만, 당시의 등반대장이었던 오두환 씨 등은 백두대간산악회를 여전히 운영해 오고 있었던 것이다. 지난 6월까지로서 정상규 군과 함께 했던 백두대간 종주는 대단원의 막을 내리고 이제 매달 1·3주는 호남정맥, 2·4주는 낙남정맥을 걷는 모양이다.

오전 7시 5분에 남중학교 정문 앞에서 한주럭키아파트에 사는 이 산악회 등반대장의 지프 형 승용차에 타고서 신안동 운동장 1문 앞으로 가서 나머지 참가자들과 합류하였다. 모두 12명이었는데, 나를 제외한 나머지 사람들은 백두대간 종주를 함께 하여 서로 잘 아는 사이인 모양이다. 개중에 여자가 두 명이었고, 나와 안면이 있는 사람들도 더러 있었다. 회장과 등반대장의 지프 형 승용차 두 대에 6명씩 분승하여 출발했다.

성철스님 고향마을에 세워진 劫外寺 앞과 덕산을 경유하여 산청군 시천면의 지리산국립공원 거림 계곡 입구 등산기점인 거림 마을에 도착했다. 도중에 덕산을 경유할 때 그 입구의 산천재 부근에 최근 크게 세워진 지리산국립공원 관리사무소와 선비문화연수원 건물을 바라보았다. 수백억 원의 예산을 들인 선비문화연수원은 건물이 다 지어졌으나 운영할 프로그램이 마련되지 않아 아직 개관을 하지 못하고 있는 실정인 모양이다.

거림 마을의 주차장에서 회장과 등반대장이 택시를 불러 운전해 온 차량들을 오늘의 등반 종점인 고운동재에 갖다 두고 오기를 기다려, 오전 9시경부터 등반을 시작하였다. 다들 걸음이 무척 빨라 따라가기가 힘들었는데, 중간 지점의 개울 위에 세워진 나무다리 부근에서 휴식을 취한 후부터 나는 일행으로부터 떨어져 내 페이스대로 걸었다. 거림 계곡은 예전에 자주 경유했었던 곳인데, 실로 오랜만에 다시 와본 것이다.

세석대피소에 다다랐다가, 갔던 길로 돌아 나와 의신마을 쪽으로 가는 대성골 코스와 청학동 쪽으로 가는 남부능선 코스의 갈림길인 음양수 부근에서 사진을 찍고 있으려니까, 세석을 거쳐 낙남정맥의 분기점인 영신봉에서 직등 코스로 내려온 우리 일행을 만나 거기서 함께 점심을 들었다. 그 이후로는 대체로 함께 걸었다. 마침내 오늘 낙남정맥 코스의 중간지점인 삼신봉 (1,289m)에 도착하여, 한 명은 컨디션이 좋지 않은지 청학동 쪽으로 내려갔고, 나머지 11명이 외삼신봉(1,288) 쪽으로 난 길로 접어들었다. 외삼신봉 갈림길부터가 내가 처음 걷는 코스인데, 그 봉우리를 지나고서는 내 키를 훌쩍 넘는 산죽지대가 한없이 계속 되어 나아갈 길을 분간하기가 어려웠다. 내 생애에 그렇게 넓은 산죽지대는 처음인 듯하다. 젖 먹던 힘을 다 내어 오후 6시쯤에 꼴찌에서 세 번째로 오늘의 목적지인 고운동재에 닿았다. 그곳에는 고개를 넘는 도로가 나 있어 우리 차가 대기해 있었다. 오늘 코스의 총 길이는 19.7km라고 한다.

수박과 맥주로 지친 몸을 달래고서 옷을 갈아입은 다음, 그곳을 출발하여 길이 4km쯤 되는 삼신봉터널을 통과하여 하동군 청암면에서 산청군 시천면 쪽으로 들어왔는데, 그 동안 전화로 연락을 시도해 보아도 휴대폰이 방전되어 통화가 되지 않았던 먼저 청학동 쪽으로 내려간 사람을 그 터널이 끝나고 얼마 되지 않은 지점에서 우연히 만났다. 터널 끝까지는 다른 사람의 차를 타고 와, 좀 걸어서 거기에 도착하여 우리 일행을 기다리고 있었던 모양이었다.

내공리의 삼성두류연수원과 정각사가 있는 지점 부근의 덕천강에 들어가 일행은 땀에 전 몸을 씻고서 옷을 갈아입었고, 이미 옷을 갈아입은 나는 수건을 물에 적셔 몸을 좀 닦았다. 덕산 부근에서부터 한참 동안 피서객들로 말미암은 교통정체를 겪다가, 진주로 돌아와 상봉서동 1108-14에 있는 마천돼지국밥이라는 식당에 들러 돼지수육과 국밥으로 석식을 든 다음, 택시를 타고서 밤 10시 무렵에 귀가하였다.

15 (토) 맑음 -성씨고가, 우포늪

오전 11시 반에 본교 의대 후문 부근의 낙지전문점 해오름낙지마을에서 아내 및 장모와 함께 점심을 든 후, 나는 아내에게 맡겨둔 승용차를 몰고서 남해 및 구마고속도로를 경유하여 창녕 石里의 成氏古家로 가서 한국동양철학회의 하계학술발표회에 참석했다. 도중에 두 고속도로의 갈림길 부근에서 길을 잘못 들어 남해고속도로에서 일반 국도로 빠져나온 후 구마고속도로에 접속하기도 했다. 나는 성씨고가에서 열리는 학술대회에 세 번째로 참석하는 셈인데, 이번에는 과거 두 번 모임을 가졌던 정원 안쪽의 큰 누각 건물로 가보았더니 아무도 보이지 않으므로, 회장인 박홍식 대구한의대 교수에게 전화를 걸어 총무간사와 박 회장의 영접을 받아서 회의장으로 갔다. 그곳은 고가의 오른쪽 끄트머리로서 담장 바깥에 팔각정이 있는 곳이었는데, 60여 명의 참가자를 모두 수용할 수 있을 만큼 넓고, 지하에는 또 비교적 작은 규모의 모임을 가질 수 있는 여러 개의 방들과 주방이 있었다. 회의장에는 그랜드피아노도 한 대 있었는데, 아마도 공연회를 가질 수도 있게 설계된 모양이었다. 그러나 아직도 공사가 일부 진행되고 있는 이 새 건물은 준공검사를 거치지 않았다고 한다.

이번 모임의 대주제는 '동양철학, 공감을 말하다'와 '한주와 한주학파의 철학'이었는데, 내가 도착했을 때는 1부 행사로서 학회의 총무이사인 퇴계 종손 이치억 씨의 사회로 전임 회장인 고려대의 이승환 교수가 공감을 주제로 한 기조강연을 하고 있었고, 얼마 후 계명대의 홍원식 교수가 한주를 주제로 한 기조강연을 하였다.

곧 이어서 2부인 공감을 주제로 한 발표 토론들이 있었는데, 나는 계명대 권상우 씨의 '유가의 소통, 공감, 윤리' 발표만을 듣고서 밖으로 나와 민족문화문고의 주인인 文龍吉 씨가 가져온 외국 학술서적의 복사본들을 훑어보고서 그 중 80만 원 어치를 구입하여 내 승용차 트렁크에다 실어 둔 후, 다시 들어가서 내 후임인 경상대 김형석 교수의 노자철학에 대한 토론을 경청하였다. 3부의 한주 및 한주학파에 대한 발표 토론 및 4부의 종합토론에는 거의 참석하지 않고서, 에어컨이 잘 작동하고 있는 지하층의 소파에서 문용길 씨 및 계명대의 명예교수들인 임수무 교수, 이동희 전 회장과 함께 잡담을 나누며 시간을 보냈다.

학술회의를 마치고 근처의 우포늪으로 가서 석양 무렵의 풍경을 둘러본 후, 창녕읍 화왕산로 64에 있는 양반청국장으로 가서 석식을 들었다. 나는 이 학회의 전 회장으로서 고문이므로 원로 교수들과 합석하였다. 이번 모임에는 회장인 박홍식 교수가 자기네 대학의 대학원생들을 대거 동원해 온 모양이라 참가자의 절반 정도인 30여 명이 명리학·관상학·풍수학 등의 전공자라고 한다.

성씨고가로 돌아온 후, 과거에도 늘 그러했던 것처럼 드넓은 정원 입구의 건물 앞에 차려둔 흰색 차일 아래 탁자에서 관리자인 노 씨가 마련한 포도주 등을 들면서 자정 무렵까지 시간을 보냈다. 전임 교사로서 서예가이자 시인이며 한문학 박사이기도 한 노 씨의 말에 의하면 이곳에서는 1년에 다섯 번 정도 학회를 초치한 모임을 가지며, 그 외에도 매주 평생교육원 식의 각종 교양교육 모임이 있는데, 김천에 거주하는 노 씨는 매주 한 차례씩 계명대 한문교육과에서 서예를 가르치고, 이곳에서도 강의를 하고 있는 모양이었다. 꽤 주기가 올라서 그 앞의 사랑채 나 호 건물로 옮겨가 회장 및 전임회장들 네 명이 함께 취침했다. 이쪽은 특실인 모양인지 다른 회원들의 출입이 전혀 없었다.

16 (일) 맑음 - 만옥정공원

기상한 후 북한 김정일의 첫 부인인 성혜림의 부친이 살던 곳이라는 我石軒 마루에 걸터앉아 이동희 교수 등과 함께 대화를 나누었다.

차를 몰고서 성씨고가를 떠나 창녕읍 송현리 277번지 석빙고 바로 옆에 있는 해장국·설렁탕 전문의 진국명국으로 가서 조식을 들었다. 이곳에는 예전에도 와본 적이 있었다. 원래는 오늘 오전 창녕 읍내의 萬玉亭공원을 관람하기로 예정되어 있었는데, 다들 현풍의 도동서원과 망우당 곽재우 유적 쪽으로 가는 모양이라, 나는 거기서 일행과 작별하여 차를 운전해 혼자서 그 근처의 만옥정공원으로 가보았다. 거기서는 국보 제33호인 창녕 신라 진흥왕 척경비와 창녕 객사, 퇴천(兎川) 삼층석탑, 척화비 등을 둘러보았다. 예전에 화왕산성에 올랐다가 내려오는 길에 척경비와 객사 등을 둘러본 적이 있었는데, 그 이후 예전의 장소라고 생각되는 곳으로 찾아가 보았으나 그것들이 없으므로 의아하게 생각한 바 있었다. 그러나 척경비의 설명문에 의하면 "본래 창녕읍 말흘리 85-4번지의 대지에 위치해 있었던 것으로, 1914년에 발견되어 1924년에 지금의 자리로 옮겨졌다"고 하였고, 객사의 설명문에는 "1988년에 이곳으로 이전하여 보존되고 있다" 하였으니, 어쩌면 내가 화왕산 등산로 입구 부근에 있었던 것으로 생각했던 것이 착각이었는지도 모르겠다. 이 비문은 진흥왕이 당시의 변경지역에 세운 비석들 중에서는 가장 오래된 것으로서, 다른 순수비들과 달리 巡狩라는 말이 보이지 않고, 또한 수행한 인물들에 관한 기록이 상세하므로 拓境碑라는 이름이 붙었는데, 비석의 모양이나 비문의 내용에 있어서 단양 적성비와 유사한 성격의 것이라고 한다. 오후에 총무이사인 이치억 씨로부터 집에 잘 도착했는지를 묻는 전화가 걸려왔다. 그는 다른 명문가의 종손들과 마찬가지로 더 젊었던 시절에는 내면적 방황을 경험하여 깡패 같은 행위를 하던 시기도 있었는데, 高橋進 교수의 주선으로 東京에 있는 目黑대학에 수년간 유학한 적이 있었다. 한국에서는 박 회장과 마찬가지로 성균관대에서 수학하였으므로, 박 회장이 한국유교학회장이었던 시절 이래로 계속 총무이사의 직을 맡고 있다.

18 (화) 새벽 한 때 소나기 온 후 개임 -해파랑길 46·47코스

간밤 10시 40분쯤에 우리 집 근처인 바른병원 앞에서 한아름산악회의 대절버스를 타고 강원도 高城郡을 향해 출발하였다. 해파랑길 46·47코스를 가는 것인데, 나는 남한에 있는 관동팔경 중 아직 가보지 못한 유일한 것인 淸澗亭에 들러보기 위해 이 모임에 동참했다. 일행은 총 36명에다 기사 두 명이 가고 올 때 각각 교대로 운전하기 위해 함께 승차했다. 산행대장 김현석 씨의 설명이 너무나 상세하고도 정확하여 실로 놀라웠다. 이번에 들를 각 지역의 거리와 면적 등을 소수점 이하까지 언급하고, 또한 사전 조사가 철저하여 천재가 아닌가 싶었지만, 알고 보니 그는 한갓 이발사의 직업을 가진 사람이었다.

이 모임은 매달 첫째 주 화요일은 산울림산악회, 셋째 주 화요일은 한아름산악회가 교대로 주관하는데, 둘 다 화·수요일에 일을 쉬는 이발업·목욕업 종사자들이 주를 이루며, 회장은 작년 4월에 작고하였고 현재 그 부인이 두 산악회의 회장을 겸임해 있으나 이름만 걸어두고 있을 뿐이며, 각각 한 명씩 있는 남녀 총무와 산행대장이 실무를 총괄하고 있는 모양이었다. 부산에서부터 고성군 북쪽 끝의 통일전망대까지 바닷가를 따라서 이어지는 해파랑길은 총 770km로서 백두대간과 그 길이가 거의 같다고 한다. 고성 지역은 네 차례로 나누어 갈 예정인데, 오늘은 그 중 첫 번째로서 총 22km쯤 되는 거리라고 한다.

도중에 금산의 인삼랜드와 횡성에서 각각 한 차례씩 휴게한 후, 새벽 5시쯤에 강원도 속초 시의 북쪽 끄트머리인 장사항(사진항)에 도착하여 아직 어두운 가운데 집행부가 준비해 온 주먹밥과 시래기국 등으로 조식을 들었다. 부슬비가 내리고 있더니, 우리가 근처에 쳐 둔 지붕이 있는 장소로 옮겨 식사를 시작한 직후부터 천둥 번개를 동반한 소나기가 쏟아졌다. 그러더니 우리가 식사를 마칠 무렵에는 언제 그랬느냐는 듯 비가 뚝 그치고 하늘에 먼동이 터오는 모습을 바라볼 수 있었다.

장사항 활어회센터의 화장실에 들어가 세수와 면도 및 용변을 하고서 출발했다. 그 바로 곁에 해양경찰충혼비가 있었는데, 오솔길을 따라서 칡넝쿨을 헤치고 철조망을 넘어 그리로 들어가 둘러보고서 도로로 나오니 바로 속초시 영랑동이 끝나고서 고성군 토성면 용촌리로 접어들었다. 鳳浦港과 천진항을 지나 6km쯤 북상하니 거기가 바로 관동팔경의 하나이자 고성팔경 중 제4경에 속하는 청간정이었다. 나는 이제 남한에 있는 관동팔경 전체와 북한에 있는 두 곳 중 총석정을 제외하고서 금강산의 삼일포까지 일곱 개를 둘러본 셈이 되었는데, 더러는 남한의 越松亭을 빼고서 북한의 侍中臺를 넣는 경우도 있으므로, 그럴 경우에는 아직 두 개가 남은 셈이다. 울창한 송림 사이로 바라보이는 바다와 해변의 풍광이 과연 아름다웠다. 2층 누각에는 이 누각을 보수한 이승만·최규하 대통령의 친필 액자가 걸려 있었다.

거기서 더 올라가 我也津(대야진) 항을 거쳐서 고성 팔경 중 제2경에 속하는 天鶴亭에 이르렀다. 가는 도중에 멀리 고성의 제5경에 속하는 설악산 울산바위를 바라볼 수 있었다. 길은 대체로 국도 7호선을 따라 이어져 있었으나, 우리는 자동차도로를 걷지 걷고 해안 동네를 따라 난 관동별곡 8백리길이라고도 불리는 곳곳에 데크가 설치되어져 있는 보도를 따라서 걸었다. 이 길은 또한 2011년에 행정안전부가 인천 강화군에서 접경지 DMZ를 따라 고성군 통일전망대까지 조성한 걷기·자전거길인 평화누리길의 일부이기도 하고, 강원도 최북단인 고성에서부터 삼척까지 동해안의 빼어난 해안절경을 잇는 낭만가도의 일부이기도 하다. 곳곳에 모래톱과 해수욕장이 계속하여 나타났다. 천학정은 청간정과는 달리 언덕 꼭대기가 아니고 중턱에 위치해 있었다.

천학정에서 좀 더 올라가 바닷가의 화강암에 타포니라고 하는 구멍이 숭숭 뚫린 바위 언덕이 늘어서 있는 凌波臺에 들렀고, 文岩里에 있는 사적 제426호 신석기시대의 선사유적지와 白島해변을 거쳐 드넓은 삼포해변에 닿았다. 이곳이 해파랑길 46코스가 끝나고서 47코스가 시작되는 곳이다.

우리는 오호항에서 상점에 들러 막걸리를 사 마시며 좀 휴식을 취한 후 다시 출발했다. 오호항에 닿기 전의 어느 상점에 들러서 나는 작업용의 챙이 넓은 모자를 하나 사 썼는데, 머리 부분이 그물망으로 되어 있어 시원하였다. 앞으로는 여름철의 산행에 이 모자를 주로 쓰고 다닐까 한다.

죽왕면사무소 부근의 해양심층수연구센터를 지나 드디어 고성팔경 중 제7경인 松地湖에 도착하였다. 약 20만 평(호수 둘레 4km)의 넓이에다 최고 수심이 5m에 달하는 드넓은 潟湖 가에 위치한 5층 건물인 송지호 관망 타워에 올라 망원경으로 좀 관찰해 보기도 하고, 2층의 전시실에서 이곳으로 날아드는 각종 철새들의 박제를 둘러보았다. 정오 무렵에 송지호에서 몇 km 더 북쪽으로 나아간 곳에 위치한 국가지정 중요민속자료 235호 한옥마을인 죽왕면 오봉리 旺谷마을에 닿아서 오늘의 트레킹을 모두 마쳤다. 그곳에는 고풍스런 기와집들이 여러 채 있고, 슬레이트 지붕 같은 모양의 초가를 올린 집들도 많았으며, 마을 안에 그네도 있었다.

돌아오는 길에 속초시내의 이북 실향민들이 집단적으로 거주하는 아바이마을에 들러 청호동 842번지 10/1에 있는 함흥냉면 전문점 단천식당에 들러 아바이순대·오징어순대·아바이순대국으로 점심을 들었다. 이 마을은 지금까지도 주민의 약 60%가 함경도 출신이라고 한다. 아바이란 함경도 사투리로 할아버지를 뜻한다. 그 근처에는 또한 청초호 입구의 수로에서 끝과 끝이 연결된 밧줄을 승객들이 잡아당겨 건너편으로 오가는 국내 유일의 무동력선인 갯배도 있었다.

일행 중에는 일목회 회원 네 명이 있어 나는 평소 친숙한 그들 사이에 앉아 점심을 들었다. 그런데 이 산악회는 회원들끼리 각자 호를 지어 서로 호칭하는데, 그 중 가람뫼라는 호를 가진 64세의 남자는 버스에서 복도 건너편 내 옆자리에 앉았으나 별로 대화가 없었고, 트래킹 도중에도 전혀 만날 수 없더니, 이 점심 자리에서도 합석하지 않았다. 주변을 둘러보며 그를 찾다가 비로소 함께 앉은 다른 일목회원으로부터 들었는데, 그는 몇 달 전에 스스로 탈퇴하여 지금은 회원이 아니라는 것이었다.

속초를 떠난 다음, 치악산 휴게소를 지나 왔다. 깜깜해진 이후 트럭이 전복되어 불탄 채로 도로를 가로막고 있어, 그것을 치워낼 때까지 1시간 15분 동안이나 교통이 정체되는 사태가 있었다. 그래서 거의 꼭 하루가 지난 후인 밤 11시경에 출발지인 진주에 도착했는데, 집에 돌아와 샤워를 하고 오늘 배달된 신문을 보다 보니 자정 무렵에야 취침할 수 있었다.

23 (일) 맑음 - 강주연못

오늘은 낙남정맥 종주 2차를 가기로 예정되어 있었지만 며칠 전에 예약을 취소했다. 오늘 코스는 고운동재에서부터 백토재까지 19.9km로서 1차의 19.7km보다 조금 더 길지만 비교적 평탄한 길이어서 그런지 예상시간은 8시간 30분으로서 1차의 9시간보다 짧다. 그러나 1차 때 이미 죽을힘을 다 내었던 터이니, 이번도 산길 20km가 만만하지는 않을 것이므로 내 몸에는 무리인 것이다. 앞으로 등산을 계속할지 여부는 의사를 면담한 이후에 결정할 것이지만, 그것 외에 일요일을 보낼 적당한 레크리에이션이 현재로서는 TV 시청 정도 밖에 없으므로, 보통 하드 스케줄인 테마 산행을 제외하고서 그다지 심하지 않은 것은 계속할까 한다.

오늘 지리산여행사의 홈페이지에서 출력한 키나발루 등반 안내문의 「예약 시 유의사항」 란에서 "예약 시 공탁금 400,000(1인당)과 인적사항을 알려주셔야 합니다. 공탁금은 취소 시 반환되지 않습니다."라는 문구를 발견하였다. 그러므로 오전 10시 2분에 강덕문 씨에게 문자 메시지를 보내 그가 한 말을 수락하겠다는 의사를 전했다.

오전 11시쯤에 부산의 미화가 큰누나와 함께 약 한 주 전에 새로 산 승용차를 몰고서 우리 아파트 앞에 도착했다. 그 차는 기아의 K5 기종인데, 3500만 원 정도 들었다고 한다. 아내와 함께 넷이서 미화 차를 타고서 나의 제안에 따라 예하리의 강주연못으로 가서 한식카페 이팝나무에 들러 연잎차 몇 연자차 등을 마시고, 붉은 연꽃이 만발한 드넓은 강주 못을 한 바퀴 둘러보았다. 아마도 고려시대 이후로 계속 있었다는 이 연못에 연꽃 구경을 온 것은 여러 번이지만, 오늘처럼 최절정으로 만개한 꽃들은 본 적은 일찍이 없었던 듯하다. 모두들 만족했다.

그런 다음, 미화가 원하는 바에 따라 중앙시장 안의 제일식당으로 가서 진주비빔밥과 가오리회, 소고기 육회 등으로 점심을 들었고, 우리 집으로 돌아와 거실에서 오후 네 시 무렵까지 대화를 나누다가 그들은 돌아갔다. 대화중에 이제 국민건강보험을 제외하고는 본교 교직원에게 제공되던 의료보험의 특혜가 모두 없어져 버렸으므로, 미화네 가족이 가입해 있다는 실손보험을 하나 드는 것이 좋겠다는 말이 있어 그 수속을 미화에게 의뢰했었는데, 큰누나 집에 도착한 미화가 오후 6시 20분쯤 전화로 알려온 바에 의하면 아내와 나는 이미 병명이 있어 실손보험 가입이 안 되고 그 대신 가장 저렴한 다른 보험을 알아보겠노라고 했다.

나는 이제 더 이상 술을 마셔서는 안 된다고 하므로, 어제 수확한 농산물과 함께 돌배주 한 통은 미화 남편인 현 서방에게, 모과주 한 통은 큰누나에게 나누어 주었다. 누나는 서울대 철학과 96학번 후배인 한의사 孫玄(손광석) 군이 내게 선물한 이을호 역, 현암학술문화연구소 補『한글 중용・대학』(서울, 사단법인 올재, 2012) 한 권을 갖다 주었다. 이 책은 손현 군이 교정을 본 것으로 되어 있다. 그가 책에 끼워둔 명함에 의하면 그는 校正醫書局 (CORMEDI Publications: Bureau of Medical Books Correction))의 국장 겸 서기장인데, 이 책 첫머리의 「올재의 벗」에 "캘리그래퍼 강병인 님께서 표지 제호를 써 주시고, 교정의서국 손현 님께서 교정을 맡아주셨습니다. 귀한 재능을 기부해 주신 두 분께 감사드립니다."라고 적혀 있다. 시작된 남북 간의 회담은 오늘 밤 취침시간까지도 계속되고 있다.

30 (일) 흐림 -하화도

상록수산악회를 따라 여수시 화정면의 下花島에 다녀왔다. 지난번에 하화도를 지나 사도까지 갔다가 돌아오는 길에 우리 일행은 이곳에 내린 바 있었으나, 나는 술을 마시고서 배의 2층 난간 가에 앉아 깜박 조는 사이에 하화도를 지나쳐 버려 다음 선착장인 개도에 내렸다가, 하화도 구경을 마친 일행이 개도에 들르지 않고서 바로 백야도로 향하는 바람에 개도에서 동력선 한 대를 세내어 백야도까지 가서 일행과 합류한 바 있었던 것이다.

오전 8시 30분까지 장대동 제일은행 옆에 집결하여 대절버스 한 대로 출발하였다. 나는 지난 월요일에 예약해 둔 바 있었지만, 알고 보니 이 산악회는 예약을 받지 않아 내가 출발 시간 15분쯤 전에 도착해 보니 이미 좌석이 다 차고 복도에 여러 사람이 서 있었다. 결국 45인승 관광버스에 기사를 제외하고서 60명이 타서 여러 사람이 서서 가게 되었는데, 나는 제일 뒷좌석 앞의 조금 높은 턱에 엉덩이를 대고 앉아서 그럭저럭 앉아 갈 수 있었다. 이 산악회는 1년에 네 번 다섯째 일요일에만 산행을 하는데, 내가 잘 아는 77세의 김형립 옹이 회장이고, 대명산악회 회장을 하며 신안성당 옆에서 이모집이라는 술집을 경영하는 중년 여성이 총무를 맡고 있었다.

남해고속도로를 경유하여 광양에서 이순신대교를 건너 여수 국가산업단지로 접어들어, 화정면의 남쪽 끄트머리인 백야도까지 들어갔다. 백야도에서 그 일대의 섬들을 경유하는 2층 배는 8시, 11시 30분, 14시 50분에 있는데, 우리는 12시에 출발하는 단층의 제98화랑호라는 조그만 배를 타고 다른 섬들은 거치지 않고서 20분 정도 걸려 하화도로 직행하였다.

하화도는 상화도와 아래위로 이웃하여 있는데, 23가구에 31명이 거주하고 있는 조그만 섬이다. 우리는 이 섬 전체를 한 바퀴 두르는 5.7km의 등산로를 일주하게 되었다. 등산로는 잘 다듬어져 보도 전체에 돌들을 깔고 잔디를 심었으며, 곳곳에 나무 데크와 전망대도 설치되어져 있었다. 나는 전체 행정 중 2.3km 되는 지점에 위치한 두 번째 휴게정자에서 김형립 회장 및 예전에 안나푸르나 트레킹을 함께 했고 시청 부근에서 경상화공약품을 경영하는 이영근 씨와 어울려 함께 점심을 들었다. 커다란 해식동굴이 있는 큰굴삼거리에서 거꾸로 놓인 하이힐처럼 생긴 섬의 반대쪽 끝인 막산전망대 일대를 한 바퀴 돌아서 오후 2시 20분쯤에 선착장으로 돌아왔다.

와쏘와쏘라는 이름의 매점 겸 주막에 들러 김형립·이영근 씨 등에게 내가 서대 무침과 파전 등을 안주로 맥주를 한턱 샀고, 나도 권유에 못 이겨 맥주를 한 잔 정도 마셨다. 마을에서 남들처럼 문어 1kg을 2만 원에 구입하여 스티로폴 통에 담아서 오후 4시 반에 출발하는 단층의 백야도 직행 배를 타고서 돌아왔다. 백야도에서 하산주가 있었는데, 나는 여기서도 소주를 1/4 잔 정도 마셨다.

갔던 길을 경유하여 진주로 돌아오는 길에 여수시와 광양시를 잇는 광양만 한가운데의 묘도대교와 이순신대교 사이에 있는 猫島의 봉화산전망대가 있는 휴게소에 들렀다. 여기서 설명문을 통해 비로소 알았는데, 이 섬은 정유재란 당시 순천의 小西行長이 주둔해 있던 왜성을 공격하기 위한 朝明연합해군의 본거지가 설치되었던 곳으로서, 퇴로를 확보하기 위해 사천에서 온 島津義弘의 선단과 小西行長의 사위였던 남해도의 宗義智 선단을 합한 500여 척의 왜군과 조명연합해군의 200여 척이 노량해전에서 마지막 격전을 벌이고 있던 도중에 小西行長은 이 섬의 여수 쪽 수로를 통해 빠져나가서 부산으로 향했던 것이었다. 이순신장군은 이 노량해전에서 목숨을 잃었던 것이니, 묘도와 광양제철을 잇는 거대한 다리의 이름을 이순신대교라고 지은 것은 실로 합당한 것이다. 이 섬에는 명나라 수군 도독 진린이 주둔해 있었던 곳에 도독이라는 지명이 아직도 남아 있다.

밤 9시 경에 집에 도착했다. 돌아올 때는 내가 교수임을 아는 어떤 남자의 배려로 제일 뒷좌석 한가운데에 앉아서 올 수 있었다.

9월

15 (화) 맑음 −해파랑길 49코스

간밤 10시 40분에 시청 앞 육교에서 산울림산악회의 동해안 해파랑길 49코스 트래킹 버스에 올라 출발하였다. 일행은 기사 두 명을 포함하여 총 37명이었다. 대절버스는 오전 4시경 강릉시에 속하는 대관령 휴게소에 정거하였다가 다시 북상하여, 5시 40분 동틀 무렵에 강원도 고성군 거진읍의 거진항 해오름쉼터 아래 인공암벽장 옆 공터에 도착하였다.

거기서 조식을 들고, 식용수로 양치질과 세수를 하고서 출발하여, 데크 길을 따라 동해바닷가 야산의 능선에 올랐다. 무인 등대인 거진등대 옆을 지나 해맞이봉 삼림욕장을 경유하여 화진포 소나무숲 삼림욕장으로 들어가, 마침내 이 일대의 최고봉인 해발 122m의 鷹峯에 도착하여 발아래 펼쳐진 화진포 호수의 전체 모습을 조망하였다.

휴대폰 파노라마로 아름다운 화진포의 모습을 두 커트 촬영한 후, 능선 길을 계속 나아가 마침내 '화진포의 城', 일명 김일성 별장에 닿았다. 이곳은 원래 일제 강점기인 1937년에 일본이 중일전쟁을 일으키면서 원산에 있던 외국인 휴양촌을 화진포로 강제 이주시킴으로 말미암아 선교사 셔우드 홀 부부에 의해 1938년에 독일의 망명 건축가인 H. Weber가 건립하여 예배당으로 이용하던 곳인데, 바다와 호수의 경계에 면한 해안 절벽 위 송림 속에 지상 2층 지하 1층으로 우아하게 자리한 지라 당시부터 '화진포의 성'으로 불리었다. 남북분단 이후 이 지역은 북한에 속했으므로, 1948년 이후에는 북한이 귀빈 및 공산당 간부의 휴양소로 운영하였고, 당시 김일성과 그의 처 김정숙, 아들 김정일, 딸 김경희 등이 묵고 간 적이 있어 지금까지 '김일성 별장'으로 널리 알려져 있는 것이다. 1948년 8월에 당시 6세 미만이었던 김정일이 누이동생 김경희와 함께 그 입구의 돌계단에서 소련군 제25군 정치사령관 리베데 소장의 아들 등과 함께 찍은 사진이 남아 있어, 나도 TV 등을 통해 본 적이 있었다. 현재의 건물은 1964년에 육군이 훼손된 본래의 건물을 철거하고서 재건축한 것이다.

花津浦는 바다와 접해 있는 호수로서, 면적 72만 평, 둘레 16km, 수심 1.5~2m로서 화진포교라는 石橋를 경계로 하여 두 개의 호수 부분으로 나뉘어져 있는데, 仲坪川·月安川 등이 흘러 들어와 담수호를 이루고 있다. 동해안 최대의 자연 潟湖로서, 인접한 화진포 해수욕장을 향해 낸 인공 수로로 호수 물이 바다로 흘러들고 있었다. 호수 주위로 해당화도 여기저기에 피어 있는데, 고성 8경 중 제3경에 드는 곳이다. 울창한 금강송으로 둘러싸여 있는데, 여기저기에 청동기에서 철기시대에 이르는 선사유적이 분포되어져 있고 그 중에서도 여러 고인돌이 밀집해 분포되어 있으며, 남북한 최고 통치자의 별장들이 있는 것으로 유명하다. 이승만 정권 시기의 부통령 이기붕의 별장은 김일성 별장에서 가까운 위치의 호수 가에 있는데, 이 역시 1920년대 외국인 선교사들에 의해 건축되어 사용되던 것을 해방 이후 북한 공산당의 간부 휴양소로 전용되어오다가, 휴전 이후 이기붕의 부인 박마리아가 개인

별장으로 사용했던 것이다. 부근에 1920년 영국인 선교사들이 사용하던 석조 미니 골프장도 남아 있는 것으로 보아 '화진포의 성'보다도 먼저 이루어진 것임을 알 수 있다.

석교를 건너 이승만 초대 대통령의 별장이 있는 곳으로도 가보았다. 시간이 일러 아직 관리인이 나와 있지 않은데, 1954년에 27평 규모로 신축한 것으로서 1960년까지 대통령의 별장으로 사용했으나, 이후 방치되어 폐허로 철거되었던 것을 1997년 7월 육군이 본래의 모습대로 복원한 것이었다. 그 위쪽에 유품을 전시하는 이승만 대통령 화진포기념관이 따로 건립되어 있었다. 나는 대통령 별장이라 하기에 青南臺 정도의 규모를 생각하였으나 외송에 있는 내 별장보다도 오히려 더 작고 소박한 것이었다. 김일성·이기붕·이승만 별장은 오늘날 모두 육군에 의해 화진포역사안보전시관으로 운영되고 있다.

화진포 해수욕장 건너편 가까운 바다 속에 있는 金龜島는 김삿갓이 명명했다는 화진포 8경 중 하나에 드는 것인데, 엉뚱하게도 광개토대왕릉이라는 속설이 전해 오는 모양이다.

대진항에 들러 대진등대에 올라 보았다. 철제 계단을 한참 동안 꼬불꼬불 올라갔는데, 꼭대기에서 내려다보니 그 바로 아래에 조그만 군부대가 있고 그쪽으로는 촬영이 금지되어 있었다. 1773년부터 불빛을 밝히기 시작했다고 한다.

麻次津 해변 부근에 있는 통일전망대 출입신고소(통일안보공원)에도 들러보았다. 해파랑길 최북단의 통일전망대에 가기 위해서는 출입 신고를 해야 하는 곳이다. 거기서 칡차 한 잔과 아이스크림을 하나 사 먹었다. 그러느라고 일행으로부터 뒤쳐져 혼자서 아스팔트 포장이 된 국도 7호선을 따라 걸어갔는데, 도중에 해파랑길을 안내하는 표지가 있어 그쪽 길로 접어들었더니 안쪽에 군부대가 있고 그 건너편에서 발포 연습을 한다면서 출입을 막았다. 할 수 없이 되돌아 나와, 아스팔트길을 4.7km나 계속 걸어 휴전선 부근의 가장 북쪽 마을인 明波를 지나 정오를 조금 지난 시각에 오늘의 종착지로서 민통선이 시작되는 지점인 제진검문소에 닿았다. 통일안보공원을 지나

서부터는 군인들과 군인 차량, 군부대 등이 특히 많았다. 오늘 걸은 총 거리는 17.2km라고 한다. 통일전망대까지 5.8km를 남겨둔 지점인데, 민통선 안에서는 더 이상 걸을 수 없고, 마지막인 제50회에는 버스를 타고서 통일전망대까지 올라가는 모양이다.

고성군 현내면 대진리 137-20 대진항구 내에 있는 금강산횟집으로 돌아 내려와 우럭매운탕으로 점심을 들었다. 나는 오늘도 술은 한 잔도 입에 대지 않았다.

식사를 마친 후에는 고성 8경 중 제1경인 金剛山乾鳳寺를 보러 갔다. 나는 예전에 첫 번째로 금강산에 갈 때 들른 이래로 두 번째 방문이 되는 셈이다. 이 절은 예전에 전국 4대 사찰의 하나였고, 신라 법흥왕 7년(520)에 아도화상이 창건했다고 하는데, 그 후 두 차례 이름이 바뀌었다가, 고려 말엽에 懶翁和尚이 중수한 이래로 현재의 이름으로 내려온다고 한다. 한국 전쟁 때 이 일대가 격전지로 되어 사찰은 완전히 폐허가 되었으나, 1994년부터 복원공사가 시작되어 있다. 지금도 공사가 계속 중이라, 전번에 왔을 때 보지 못했던 적멸보궁 아래의 템플 스테이 건물이 새로웠다. 적멸보궁이라 함은 임진왜란 때 사명당이 이 절에서 승병을 일으켰고, 그 후 일본에 使行하여 통도사에 보관되었던 부처님의 진신 치아사리를 다시 찾아와 이곳에 봉안했다는 것과 유관한 모양이다. 대웅전 지역과 극락전 지역을 연결하는 虹橋로서, 숙종 때 건립되고 영조와 고종 때 중수된 길이 14.3m 폭 3m의 凌波橋가 보물 제1336호로 지정된 이외에 따로 문화재라 할 만한 것은 없고, 절 입구의 1920년에 건립된 不二門만이 한국전쟁 때 불타지 않은 유일한 건물이라 하여 강원도 문화재 자료 제35호로 지정되어져 있다.

진부령과 인제·홍천을 지나 중앙고속도로를 경유하여 밤 9시 반 무렵에 귀가하였다.

18 (금) 맑음 - 민둥산 행

저녁 6시 남짓에 집으로 돌아온 후, 우리 아파트 입구까지 마중 나온 구자익 군의 승용차에 동승하여 진양 댐의 제방 부근 판문동까지 가서 김경수 군

을 태운 다음, 대평면 내촌리 744번지에 있는 진양호반백숙촌이라는 식당
으로 가서 상황한방오리백숙으로 함께 석식을 들며 대화를 나누었다. 이곳
은 예전에 내가 한국동양철학회의 회장을 할 때 근처의 '호수에' 펜션에다
숙소를 정하고서 국제학술회의 참가자들과 함께 두 끼 식사를 들었던 적이
있는 곳이다.

평거동의 그들 두 사람이 함께 사용하고 있는 구자익 군 사무실 근방인 진
양호로 97번길 7-2에 있는 지리산홍화동동주라는 술집으로 자리를 옮겨 오
징어 삶은 것을 안주로 소주를 들었다. 두 곳 다에서 나는 각각 술 한 잔씩만
을 받아 놓고서 그들과 분위기를 맞추었다.

9시 40분쯤에 나는 먼저 그곳을 떠나 택시를 타고서 신안동 공설운동장
1문 앞으로 가서 금복산악회의 강원도 정선군에 있는 민둥산 산행에 동참하
였다. 10시에 운동장을 출발하여 10시 30분까지 시청 건너편 육교 부근에
서 대기하며 참가자를 더 태운 다음 출발하였다. 28인승 우등고속버스였는
데, 원래는 이 버스의 좌석이 꽉 찰 정도인 28명의 예약을 받아 두었으나, 사
전에 참가비를 입금하지 않은 단체와 개인 등이 어제·오늘 사이에 절반이나
취소해 버려, 일행은 기사를 겸한 회장 등 집행부 3명을 제외하고서는 14명
에 불과하였다. 버스는 깜깜한 밤 속을 달려 구마고속도로 상의 칠서휴게소
에서 잠시 쉰 뒤, 불을 끄고서 중앙고속도로를 경유하여 북상하였다.

19 (토) 대체로 맑으나 아침 한 때 빗방울 -민둥산

오전 3시 50분에 강원도 정선군 동면의 화암약수 주차장에 도착하기 약
30분 전쯤에 도중의 다른 장소에서 조식을 들었다. 4시 10분에 주차장을 출
발하여 산행대장인 김용조 씨의 인솔 하에 깜깜한 밤길을 헤드랜턴이나 손
전등에 의지하여 걸어 나아갔다. 일행 중 전 코스 산행에 동참한 사람은 남자
6명에 여자 2명을 합하여 모두 8명뿐이고, 나머지 6명은 버스에 남았다가
하산 지점에서 등산을 시작하여 민둥산에만 오르는 모양이었다. 민둥산에
서는 매년 억새꽃 축제가 열리는데, 올해는 어제인 9월 18일부터 11월 1일
까지가 그 기간인 것이다. 참가비는 조식·점심과 하산 후의 사우나 비까지

포함하여 1인당 75,000원이다.

김용조 씨는 우리를 인도하여 구슬동길이라는 이름의 콘크리트 포장 도로를 계속 걸어갔는데, 도중에 여기저기서 개들이 짖어대고 등산 안내 표지는 전혀 눈에 띄지 않더니, 그 길의 포장이 끊어지고서 얼마 안 되어 길 자체가 사라져 버리고 말았다. 돌아 나오는 길에 어떤 사람은 옆으로 난 다른 길로 들어가 한참 동안 등산로를 찾아보기도 했으나, 결국 모두 철수하여 되돌아오는 수밖에 없었다. 돌아오는 도중의 갈림길에서 일부는 佛巖寺 방향으로 나아가 보기도 했으나, 그들도 결국 모두 되돌아왔다. 갈림길에서 조금 더 아래편에 있는 畵巖藥水에 들러 시음해 보았는데, 다른 약수들에서도 경험한 바와 같은 철분 기가 있는 사이다 맛이었다. 철분·탄산·칼슘 외 9가지의 건강필수원소가 함유되어 있다고 한다.

이럭저럭 헤매는 사이에 두 시간이나 지나 날이 이미 밝아졌다. 처음 차에서 내렸던 화암약수 주차장까지 되돌아와 보았더니, 뜻밖에도 거기에 등산로 안내 표지판이 있었고, 그것에 의하면 주차장에서부터 바로 등산로가 시작되는 것이었다. 거기서 일행 중에는 이미 시간이 많이 지났으니 이미 약정해둔 하산 시간을 고려하여 택시를 불러서 하산지점까지 이동하여 버스 안에 남았던 사람들과 마찬가지의 간단한 코스를 취하자는 의견, 불암사를 경유하는 지름길로 오르자는 의견 등이 있었으나, 결국 안내판의 약도에 보이는 바를 따라 민둥산 등산로 전체를 걷기로 합의를 보았다.

6시 10분에 재출발하여, 폐활량이 부족한 나는 오름길에서 처음 얼마 동안 숨이 가빠 매우 헐떡거렸는데, 금강대를 지나고부터는 길이 비교적 평탄하였다. 능선에서는 한동안 차 한 대가 지나다닐 수 있을 정도의 넓은 길이 계속 이어졌고, 소로로 접어든 이후로도 근처에 부분 포장을 한 찻길이 보였다. 도중에 주변의 사방 골짜기 전체가 거대한 안개로 가득 차서 산봉우리들만이 섬처럼 떠 있는 장관을 바라보며 한참동안 나아갔다. 내 등산 경력으로는 이처럼 광대한 안개의 풍경을 본 적은 일찍이 없었다. 화암약수에서 민둥산까지는 8.8km였다. 민둥산은 지금으로부터 약 5억5천만 년 전 고생대 캄브리아기에 얕은 바다에서 퇴적한 석회암으로 이루어져 카르스트 지형을 이루고 있는데, 석회암은 빗물에 쉽게 녹는 성질이 있기 때문에 암석이 녹으면서 표면이 접시 혹은 사발 모양으로 웅덩이처럼 파여 들어가는 돌리네(doline)가 발달해 있다. 정상에서 900m 떨어진 아래쪽에 있는 발구덕이라는 곳이 특히 그러한 돌리네로 이루어진 대표적인 장소인 모양이다.

해발 1,119m의 민둥산 일대에는 산 위 여기저기에 드문드문 나무가 보일 뿐 대부분은 참억새 등의 풀로 이루어져 있다. 민둥산의 억새밭은 과거 산불에 의해 높은 곳의 나무가 모두 타버리고 풀밭이 만들어진 후에 여러 차례 산불이 다시 일어나서 이루어진 독특한 식생환경이다. 산불이 일어난 후에 억새풀이 산을 덮게 된 기간은 약 20년인데, 이 기간은 다른 지역에 비해 매우 느린 것으로서, 그 이유는 이 일대가 고도 1,000m를 넘는 산꼭대기 부근에 위치하여 기온은 낮고 바람이 센 석회암 지역인데다가, 상대적으로 다른 지역보다 건조한 기후 탓도 있다고 한다. 정상 주변에 백두대간이 지나가고 있어서 예전에 내가 주파한 바 있는 함백산·매봉산 등의 철탑과 풍력발전 설비가 바라보였다. 광대한 억새밭은 아직 솜털 같은 꽃이 피기에는 좀 일러서 풍경이 심심했다.

정상에서 산행 종점인 남면의 증산초등학교까지는 급경사 길로 2.6km, 완경사로는 3.2km인데, 우리는 지름길인 급경사로 내려왔다. 나는 11시 20분에 증산초등학교에 닿았다. 증산농공단지의 오른편에는 예전에 탄광으로 유명했던 사북읍이 위치해 있다. 집합 장소인 억새꽃 축제 행사장으로 옮겨갔다. 평지에다 가설로 지붕을 덮은 축제장 무대에는 여장 남자가 맨몸을 많이 드러내고서 반나체로 춤을 추고 노래를 부르고 있었는데, 내가 화장실을 다녀오니 우리 일행 중 택시기사인 남자 한 명도 무대에 들어가 마이크를 잡고서 노래를 부르고 그 여장남자에게 음담패설을 하고 있었다.

부근의 정선 메이플 관광호텔에 옮겨가 간단히 사우나를 한 다음, 귀로에 올라 기사 겸 회장인 손진오 씨가 예약해 둔 정선군 남면 문곡리 555번지 문곡 2리의 이장이 경영하는 잿말랑휴게소라는 이름의 식당에 들러 이곳 명물이라는 곤드레밥으로 점심을 들었다. 곤달비라고 하는 해발 700m 고지에서 자생하는 야생 산나물을 섞어서 비빈 밥이다.

돌아오는 길에 중앙고속도로 상의 군위휴게소에 정거했을 때, 그곳의 아웃도어 상품 매점에 들러 Valenkey라는 제품의 목 없는 소가죽 방수등산화를 69,000원 주고서 하나 구입했고, 또 다른 매장에서는 중국산 헤드랜턴도 하나도 12,000원에 구입하였다.

오후 6시가 넘어 집에 도착하였다.

29 (화) 맑음 -구봉산

청솔산악회를 따라 전북 진안군에 있는 구봉산에 다녀왔다. 오전 8시까지 우리 아파트 부근인 구 역전에 집결하여 대절버스 두 대로 출발하였다. 통영-대전고속도로와 익산-장수고속도로를 경유하여 마이산휴게소 앞과 진안 읍내를 경유하여 725번 지방도로를 따라가다가 오전 10시 무렵 주천면 운봉리의 윗양명마을 부근에 있는 대형주차장에서 하차하였다. 바야흐로 들판에는 온통 황금빛 벼가 무르익었는데, 딱 한 군데서 이미 수확한 논을 보았다.

구봉산에는 1995년 2월 19일 망진산악회 회원들과 함께 한 번 오른 적이 있었는데, 이제 20년 만에 다시 오게 되었다. 나흘간에 걸친 추석 연휴의 끝날이라 대형 주차장에 승용차와 버스가 가득하고, 산길에도 온통 등산객이 줄을 이었다. 금년 8월 3일에 구봉산의 4봉과 5봉 사이에 길이 100m, 지상 높이 47m에 달하는 철교의 개통식이 있었으므로 그것을 보러 오는 사람이 많은 모양이다.

예전에 왔을 때는 돌로 이루어진 이 산에 등산로 외에는 별로 시설물이 없어서 험준하기로 소문 나 있었는데, 모처럼 와보니 철교 외에도 해발 752m의 제4봉에는 구름정이라는 이름의 2층 팔각정이 들어서 있고, 7봉과 8봉 사이에도 나무다리가 놓여 있으며, 위험한 곳에는 대부분 데크와 나무 계단 등이 설치되어져 있어 오르는데 아무런 불편이 없었다. 그러나 8봉에서 좀 떨어져 있는 정상인 9봉까지 오르는 길은 여전히 가파르고 길어서 매우 힘이 들었다. 해발 668m인 제1봉에서 정상인 1,002m의 9봉까지 점차로 고도가 높아져 가는데, 등산로는 1봉과 2봉 사이의 안부로 이어져 대부분의 산객들은 1봉에 들르지 않고서 2봉부터 오르는 편이지만, 오늘은 시간이 충분할 듯하여 나는 1봉부터 차례로 모든 봉우리를 올랐다. 이 일대의 무주·진안·장수 지역은 무진장으로 통칭되는 고원지대이므로, 실제로 걸어서 오르는 높이는 이보다도 꽤 적을 것이다.

오후 1시 15분에 정상에 도착하여, 그 부근에서 일목회의 회장·여자 총무 및 폭포수라는 별호의 엠마우스 노인요양병원에 근무하는 회원 한 명과 함께 점심을 들었다. 오늘 산행에는 서울대 수학과 출신으로서 진주 시내의 동명고등학교 교장으로 오랫동안 지내다가 정년퇴직한 내원 김병관 씨 등 아는 사람들이 제법 눈에 띄었다.

예전에 왔을 때는 정상에서 비교적 긴 코스인 천황사 쪽으로 하산했었으나, 오늘은 그쪽으로 가다가 구봉산주차장까지 원점회귀 하는데 가장 가까운 코스인 바랑재에서 바랑골을 따라 내려오는 코스를 취했다. 그 코스도 지그재그로 가파른 경사의 오솔길이 이어지고, 먼지가 많으며 곳곳에 미끄러지기 쉬운 곳도 많았으나, 나는 등산 스틱을 접어 넣고서 빠른 걸음으로 내려와 오후 3시 25분에 하산을 완료하였다.

하산주 자리에는 김병관 씨 및 일목회 팀과 어울렸는데, 협심증 때문에 돼지고기 및 포도를 안주로 소맥 한잔만 마셨다. 4시 15분에 출발하여 갈 때의 코스로 귀환하였다.

10월

4 (일) 맑음 -견두산, 천마산

매화산악회를 따라 전라북도 남원시 수지면과 전라남도 구례군 산동면의 사이에 위치한 犬頭山(714.7m)과 수지면·산동면 및 전남 곡성군 고달면의 사이에 위치한 천마산(656.1)에 다녀왔다. 오전 8시까지 시청 앞에 집결하여 대절버스 한 대를 타고서 신안동 운동장 앞을 경유하여 출발하였다. 운동장 앞에서 오랜 산벗인 82세의 강대열 옹이 동승하여 나란히 앉아서 갔다. 대전-통영, 88고속도로를 경유하여 나아갔는데, 88고속도로에는 4차선

확장공사가 진행 중이었고, 전라도 지경에서는 추수를 마친 논이 더러 눈에 띄었다. 10시 5분에 남원시와 구례군을 잇는 밤재 터널에 도착하여 구례 쪽의 터널 입구에서부터 등산을 시작하였다. 거기서부터 해발 490m의 꼭대기인 밤재까지 1.9km는 지리산둘레길의 마지막 구간에 속한 것이다.

밤재에서부터는 왼편으로 지리산의 능선을 그리고 오른편으로는 남원시의 원경과 들판을 바라보면서 전라북도와 전라남도의 경계를 이루는 능선을 따라서 서남 방향으로 나아갔다. 도중에 만난 자귀나무쉼터라는 곳에는 나무로 만든 휴게 정자가 두 채 서 있는데, 거기서 남원시의 전경이 잘 보였다. 계척봉을 지나 마침내 밤재에서 4.1km 지점인 견두산에 도착하여 정상을 좀 지난 지점의 비교적 넓은 길목에서 점심을 들었다.

정상에 세워진 비석의 설명문에 의하면, 견두산의 옛 이름은 虎頭山이었는데, 수지면 고평리 고정마을에서 개 한 마리가 짖으면 수백 마리가 떼 지어 짖으므로 너무 시끄러운 데다가 큰 화재나 호환이 자주 일어나 조선 영조 때 전라관찰사 李書九가 마련한 虎石을 세우고 호두산을 견두산으로 개명하였더니 그 후부터 재난이 없어졌다는 전설이 전해온다고 한다. 호석은 지금도 고평마을 구 회관 마당에 전해오는 모양이다.

견두산에서부터는 정상 아래쪽의 현천재에서 계곡 코스를 취하여 구례군 산동면의 현천마을 쪽으로 하산하게 되어 있었는데, 도중에 그리로 향하는 것으로 짐작되는 갈림길이 있기는 하였으나 대부분의 일행은 계곡 코스를 취하지 않고서 능선 길을 계속 따라갔다. 나는 의심스러워 도중에 천마산 방향임을 표시하는 안내판을 보고서 갈림길 있는 곳까지 되돌아가기도 하였으나, 우리 일행의 종이로 된 안내 표지가 능선 쪽 길 위에 띄엄띄엄 놓여 있기도 하고, 일행 중 진주 시청에 근무하는 송 씨는 자기가 이곳에 여섯 번을 와보았는데, 다른 사람들이 간 방향이 옳다고 장담하기도 하여, 그 길로 계속 나아갈 수밖에 없었다. 그러나 역시 그 길은 천마산 쪽으로 이어지는 것임이 틀림없었다.

견두산에서 3.5km 지점인 천마산 정상에는 KBS의 TV방송 중계용 철탑이 서 있었는데, 거기서 콘크리트 포장도로와 오솔길을 번갈아 경유하며 하산해 내려오니 오후 4시쯤에 고달터널의 구례 쪽 입구에 도착하였다. 그 터널 입구에는 곡성군 고달면이 시작되는 지점임을 표시하는 안내판이 서 있었다.

포장도로를 따라서 좀 더 걸어 내려와 우리 일행이 하산주를 마시고 있는 지점에 도착하였다. 2/3 정도 되는 인원이 이미 하산을 마치고서 거기에 모여 있었는데, 그들 중 한 명만이 처음 예정되어 있었던 현천마을 쪽으로 하산하였으며, 그 길은 잡초가 우거져 분명하지 않았다고 한다. 오늘의 총 주행거리는 13~4km쯤 되는 모양이다.

돌아오는 길은 개통된 지 그다지 오래지 않은 전주-광양간 고속도로와 남해고속도로를 경유하였다. 해가 많이 짧아져 진주에 도착하니 이미 밤이었다.

11 (일) 흐리고 낮 한 때 부슬비 -백아산

친구산악회를 따라 전남 화순군 북면의 白鵝山(810m)에 다녀왔다. 오전 8시 10분까지 시청 앞에 집결하여, 장대동의 농기계 상점들 앞에서 사람을 더 태운 후 30분 남짓에 출발했다. 남해·호남고속도로를 따라가다가 송광사·주암 요금소로 빠져나가 22번 국도를 따라서 순천시 주암면 소재지를 지난 후, 822번 지방도로 잠시 접어들어 화순군 동복면 소재지를 지난 후, 다시 15번 국도를 타고서 10시 40분에 북면 이천리의 농협 주차장에 닿았다. 전라도 쪽에는 지난주보다도 추수를 마친 논이 더욱 많아졌다.

예전 1996년 12월 8일에 망진산악회 회원들과 함께 노치리의 자연휴양림 쪽에서 백아산에 올라 다시 휴양림 쪽으로 내려간 바 있었는데, 그 때와는 정반대 방향에서 오르내리게 된 셈이다. 농협 주차장에서 백아산 정상까지는 3.6km이니 왕복에 7.2km인 셈인데, 도중에 북면 원리 방향과의 갈림길에서 마당바위를 거쳐 하늘다리까지가 0.2km이니, 거기까지 다녀오는 거리가 추가된 셈이다.

오르는 도중의 등산로 초입에는 인삼 밭이 많았다. 마당바위 바로 옆에 건너편의 절터바위와 연결되는 하늘다리가 있는데, 2013년에 설치된 것으로서, 연장 66m에 지상고 41m의 철제 현수교이다. 구봉산의 것보다는 통과 폭이 훨씬 좁아 불과 1.2m인데, 도중에 아래로 내려다보니 까마득하여 어지럼증을 느꼈다. 백아산은 지리산과 무등산을 잇는 험한 산세 때문에 6.25 당시 빨치산 주둔지로 사용되어, 토벌대와의 사이에서 벌어진 마당바위의 혈전으로 유명하다고 한다.

마당바위로 향하는 삼거리에서부터 정상까지는 1km였다. 일행 중 아는 사람으로는 내원 김병관 씨 및 가람뫼가 있었지만, 그들은 나보다 먼저 정상에 도착하여 내가 올라가는 도중에 이미 돌아오고 있었으므로, 12시 35분에 정상에 도착하여 부근의 바위 틈새에서 바람을 피하며 발아래 들판과 건너편 산줄기의 풍경을 바라보며 도시락으로 혼자서 점심을 들었다. 정상에 가까워질 무렵부터 조금씩 가랑비가 내리더니 내려오는 도중에 그쳤다.

하산 길은 하늘다리에서 각시바위와 관광목장을 둘러오는 코스도 있었지만, 올라올 때 이미 다녀온 하늘다리를 다시 가는 것도 무엇해서 그냥 왔던 길을 경유하여 2시 15분 무렵에 원점으로 회귀했다. 하산주 자리에서는 각시바위·관광목장 코스를 다녀온 내원·가람뫼와 함께 앉았다. 가람뫼는 내 체력으로는 4,000m 대인 말레이시아의 키나발루는 물론이고 일본의 북알프스를 다녀오는 것도 무리일 것이라고 말하고 있었다.

4시 무렵에 그곳을 출발했는데, 도중에 고속도로 상의 교통정체가 없었음에도 불구하고 해가 남아 있는 중에 너무 일찍 진주로 돌아가는 것이 무엇했던지, 도중에 하동군 금남면과 진교면을 잇는 금오산 산복의 구 남해고속도로 길인 12번 지방도로로 접어들더니, 사천시 서포면과 곤명면 소재지를 지나 원전에서 다시 2번 국도에 올라 경상대학교 앞을 경유하였다. 나는 내원·가람뫼의 뒤를 따라 경상대 앞에서 하차하여, 택시를 타고서 밤 7시 무렵에 귀가하였다.

25 (일) 맑음 - 연화산, 남산

청솔산악회의 240차 정기산행에 동참하여 경남 고성군 개천면에 있는 蓮華山(528m) 남산(427)에 다녀왔다. 연화산은 진주에서 가까운 곳에 있으므로 올라보았거니 생각했지만, 막상 조회해 보니 가기는 몇 번 갔었어도 정상에 오른 적은 없었던 모양이다.

오전 9시까지 우리 아파트 옆의 구 역전에 집합하여 대형과 중형 대절버스 두 대로 출발했다. 1007번 지방도를 따라서 진주시 문산읍과 금곡면을 지나, 9시 37분에 고성군 영오면의 전골못에 도착하여 등산을 시작하였다.

이제는 파괴되어 돌무더기만 남은 봉화대 부근의 연화2봉(477)을 거쳐서 연화1봉(489)에 도착하여 그 정상의 나무 벤치에서 혼자 점심을 들었다. 얼마 후 몇 달 전에 처제 내외랑 아내와 함께 편백 숲에 놀러왔던 느재고개에 다다랐는데, 알고 보니 거기는 옥천사의 후문으로서 절로 들어가는 차도가 나 있었다. 다시 편백 숲가의 길로 올라가 혼돈산(499) 쪽과의 갈림길에서 반대편인 옥천사 쪽 능선에 올라 마침내 연화산 정상에 다다랐고, 거기서 좀 더 나아가 남산에 다다랐다. 옥천사 쪽과의 갈림길이 있는 황새고개에서 계속 직진하여 선유봉(373)·옥녀봉(385)·장군봉(355)을 지나 오후 3시 15분에 종점인 도립공원주차장에 닿았다. 오늘 코스는 약 13km라고 한다.

오늘이 이 산악회의 창립기념일이라 주차장에서는 산신제를 올리고 있었고, 조그만 철제 잔을 하나씩 선물로 받았다. 정보환 씨 등 일목회 팀과 어울려 제사 음식들을 안주로 소맥 석 잔을 들었다.

11월

1 (일) 맑음 - 밀양관아, 표충사

오전 10시 10분까지 우리 아파트 입구에 온 김경수 군의 승용차에 동승하여 밀양의 구자익 군 결혼식에 참석하러 갔다. 2010년에 복원되어 경상남도 기념물 제270호로 지정되어져 있는 밀양시 내일동 376의 密陽官衙 큰마당 전통혼례장에서 정오에 개최되었는데, 모처럼 경상대 철학과의 권오민·김형석 교수 등과 강사 및 대학원생들을 거의 다 만났다. 학부생도 몇 명 와 있었다. 식의 집행은 밀양문화원장이 맡았고, 예식 비용은 무료라고 한다. 주로 다문화결혼식에 사용되는 모양인데, 밀양만 해도 이즈음 다문화결혼이

1년에 300건을 넘는다고 며칠 전 술자리에서 구 군으로부터 들은 바 있었다. 그들은 신혼여행으로서 부곡하와이로 가는 모양이다.

결혼식장에서 전 가족이 함께 온 고등학교 일어 교사 사재명 박사로부터 들었는데, 사단법인 남명학연구원의 이성무 원장이 한 달쯤 전 뇌졸중으로 쓰러져 병원에 입원해 있는 상태이며, 회복의 가망은 없을 듯하다는 것이었다. 전 원장인 김충렬 교수는 뇌졸중이 재발하여 78세를 일기로 타계했는데, 이성무 원장은 80세 정도 된다고 한다.

그리고 같은 장소에서 하객으로 온 경상대 동양철학과 강사 김현희 씨로부터 들었는데, 신부인 이용비 양은 대구의 국악학교에 재학 중 전 남편과 동창생으로서 만나 어린 나이에 결혼하였는데, 당시 이 양은 성악을, 남편은 거문고를 전공하였다. 둘 사이에는 중학생과 초등학생인 두 자녀가 있으며, 그 아이들은 전 남편의 친가에서 양육한다고 한다. 전 남편은 진주성 拱北門 부근에서 행해지는 국악행사의 총괄기획 등을 맡았으며, 오늘 예식 중 축가를 부른 김현희·서미란 씨도 그로부터 거문고를 배웠다고 한다.

피로연은 내이동(백민로 75-1)의 밀양 시네마극장 1층에 있는 차돌이생고기식당에서 있었고, 갈비탕으로 점심을 든 다음 경상대 팀은 함께 표충사로 가을 나들이를 떠났다. 본사를 거쳐 내원암까지 산책하고서 돌아오는 길에 길가의 노점에서 도토리묵을 안주로 막걸리를 좀 들었다.

최근에 지붕을 개수한 표충사의 대웅전 문짝에는 주지가 써 붙인 '삼층진신사리탑 권선문'이라는 것이 흰색 베에 적혀 내걸려 있었는데, 그것에 의하면 이 절은 신라 흥덕왕 때 靈井寺라는 이름으로 개창될 당시부터 부처님의 진신사리를 봉안하였으나, 당시의 석탑은 현재 보물 제467호로 지정되어져 있지만, 1995년 해체 보수할 때 많은 유물 중에 백자로 된 사리함이 나왔으나 그 속에서 사리는 발견되지 않고 비어 있었다고 한다.

그러던 중 최근에 진주 월아산 두방사의 탑에서 사리 23과가 연기문과 함께 발견되었는데, 거기에 "임진왜란 당시 영정사 삼층석탑에 모셔진 부처님 사리를 보호하고자 말사였던 진주 월아산 동쪽 법륜사에 옮겨 모셨으나, 진주에까지 왜군이 밀려들자 월아산 남쪽 두방사로 다시 숨겨 모셨다"는 기록이 있었다는 것이다. 그래서 금년 7월 3일에 두방사의 협조를 얻어 사리 6과를 환수하여 재봉안하게 되었다는 것이다.

12 (수) 맑음 –팔영산

참진주산악회를 따라 전남 고흥군 영남면에 있는 八影山(608m)에 다녀왔다. 지난 주 토요일에 토요산악회를 따라 전남 담양군의 추월산에 가기로 예약해 둔 바 있었지만, 우천으로 말미암아 산행이 이루어지지 않았으므로, 그 대신으로 가본 것이다. 이 산에는 1993년 3월 7일에 장터목산장이 주관하여 한 번 와본 적이 있었고, 2000년 3월 5일에는 비전산악회를 따라 또 한 번 와본 적이 있었다. 추월산도 그렇지만, 예전에 이미 가본 산이라도 이제는 별로 새로운 메뉴가 없으므로, 거듭해서 갈 수밖에 없다.

지금까지처럼 계속 새로운 곳으로 가보려면 9정맥이나 둘레길·올레길·해파랑길 등의 테마 산행에 참가하거나 비경마운틴처럼 비법정 등산로를 주로 가는 산악회를 따라 나설 수밖에 없는데, 전자는 계속 되는 산행에 빠지지 않고 참여하기가 부담스러운 데다 한 번에 커버하는 코스가 길어 내 체력에는 무리인 점이 있고, 후자 역시 체력이 달리는데다가 이 나이에 불법 산행을 하고 싶지는 않은 것이다. 팔영산은 고흥의 10경 중 제1경으로 꼽히며, 여수에서 홍도까지 전남의 바닷길 여기저기에 산재한 다도해해상국립공원에도 육지에서는 유일하게 포함되어 있듯이 명산에 속한 것이니, 산악회들이 주로 선택하는 산은 또한 그만한 이유가 있는 것이다. 예전에 가본 산이라할지라도 계절에 따라 새로운 멋이 있고 모처럼 가보면 처음인 듯한 느낌도 드는 것이니, 이제부터는 그러한 새로움을 추구해야 할 듯하다.

오전 8시까지 신안동 운동장 1문 앞에 집결하여 대절버스 한 대로 출발하였다. 대전·통영, 남해고속도로를 경유하여 고흥반도에서 국도와 지방도를 경유해 9시 55분에 점암면 성기리에 있는 국립공원관리사무소 앞 주차장에 도착하였다. 이 산은 재작년에 다도해해상국립공원으로 편입되었다고 한다.

산행로 입구에 있는 楞伽寺에 다시 한 번 들러보았다. 산 아래 평지에 위치한 절인데, 대웅전이 보물 제1307호로 지정되어져 있고, 천왕문의 목조사천왕상 '사적비' 秋溪堂 및 泗影堂 부도가 각각 전라남도 유형문화재로 지정되어져 있다. 꽤 큰 규모로 된 사적비에 의하면 이 절은 신라 눌지왕 원년인 417년에 阿度和尙이 보현사라는 이름으로 창건하였다가, 임진왜란으로 모두 불타버린 것을 인조 22년(1644)에 재건할 때 능가사로 개칭하였다고 한다. 대웅전은 정면 5칸, 측면 3칸의 팔작지붕 건물인데, 건물 방향이 입구에 맞춰 북향으로 되어 있는 점이 특이하며, 조선 후기의 건물이지만 제법 규모가 크고, 지금 모습은 최근에 해체 보수한 것이다. 추계당과 사영당은 師弟 간인데, 그 부도는 17세기 것으로서, 전자는 石鐘형이고 후자는 팔각원당형의 지붕이 있으나 異形이었다.

혼자서 절을 둘러본 후, 일행으로부터 한참 뒤쳐져 걷기 시작하여 야영장에서부터 매점 왼쪽의 길로 접어들어 흔들바위를 거쳐 능선에 오른 다음, 바위 봉우리로 이어진 1봉 儒影峰(491)에서부터 聖主(538)·笙篁(564)·獅子(578)·五老(579)·頭流봉(596)을 차례로 거쳤고, 바위 구멍인 通天門을 지나 일곱 번째인 七星봉(598)에 올라 정상 부근의 바람을 피할 수 있는 널찍한 바위에 걸터앉아서 바다와 들판을 바라보며 혼자 점심을 들었다. 능선 부근은 단풍이 이미 모두 졌고, 까마귀 떼가 이리저리 날아다니고 있었다. 팔영산은 군의 鎭山이라 하며, 옛 문헌에는 八影山 이외에 八田山·八靈山·八点山 등으로 불렸던 것으로 기록되어져 있다고 한다. 7봉과 8봉인 積翠峰(591)은 다른 봉우리들로부터 제법 떨어져 있다. 바위 봉우리로 오르내리는 코스에는 대체로 철제나 목제의 사다리 계단이 설치되어져 있는데, 산행대장의 설명에 의하면 국립공원이 되면서 만들어진 것이라 하니 내가 예전에 왔을 때는 없었던 것이다. 오후 2시경에 정상에 도착하였다. 정상인 깃대봉은 8봉에서 400m 쯤 떨어진 곳에 위치해 있는데, 바위 봉우리가 아니고 그냥 평범한 육산이라 8봉에는 끼지 않는다. 정상 부근에 방송 송신용인지 군용인지 모를 정체불명의 집과 안테나들이 세워져 있었다.

8봉 쪽으로 되돌아와, 세 개의 데크 전망대와 편백 숲을 지나서 산복도로를 만나는 탑재에 이르렀다. 등산로 가에는 여기저기에 위인들의 이른바 명언을 적은 팻말이 눈에 띄고, 데크 전망대는 모두 아무런 조망이 없는 숲 속에 설치되어져 있는데, 거기에 심혈관질환자를 위한 응급처치 요령이 적혀 있는 것으로 보아 그러한 목적으로 이용하라는 것인지 모르겠다. 탑재에서 단풍이 고운 계곡 길을 따라 계속 내려와 오전의 갈림길에 위치한 매점에 이르렀는데, 이쪽 산길에서 보니 산장을 겸한 매점 옆에는 수영장이 두 개나 만들어져 있었다. 다시 능가사에 들어가 사찰 경내를 두루 천천히 둘러본 후, 진입로 부근에서 노점을 벌인 아주머니들로부터 유자와 표고버섯을 각각 만 원어치씩 사서 오후 3시 30분에 주차장에 도착하였다. 오늘의 총 산행 거리는 7~8km쯤 되는 모양이다.

3시 50분에 출발하여 도중에 보성군 벌교면 회정리 657에 있는 정가네 원조꼬막회관이라는 식당에 들러 짱뚱어탕과 통꼬막·꼬막무침 등을 반찬으로 저녁식사를 하였다. 순천에서 2번 국도를 벗어나 다시 10번 남해고속도로에 올라, 밤 7시경에 귀가하였다. 오늘 보니 들판에 추수는 이미 끝났는데, 유독 전라도 지방의 두세 개 논에는 아직도 추수하지 않은 곳이 남아 있었다.

15 (일) 대체로 흐림 ─풍악산, 노적봉, 혼불문학관

삼일산악회를 따라 전북 남원시 대산면과 순창군 동계면의 경계에 위치한 楓岳山(600m) 露積峯(567.7) 닭벼슬봉(556)에 다녀왔다. 2007년 5월 20일에도 와 본 적이 있었지만, 그 때는 출발지점인 순창군 대강면과의 경계지점 비홍재 부근에서 길을 잘못 들어 대절버스를 타고서 종점인 혼불문학관으로 와 역코스로 노적봉까지 오른 적이 있었다. 오전 8시 반에 시청 육교 밑에서 대형버스 한 대와 중형버스 한 대로 출발하였다. 평소 아는 산벗들이 많이 참가하였다. 대전-통영간 고속도로와 88고속도로를 경유하였는데, 후자는 지금 확장공사가 진행되고 있었다. 기존의 도로를 두 배 정도 넓이로 늘리는 공사인데 이미 완공된 구간도 많았다. 도중에 남원분기점에서 27번 광양-전주간 고속도로로 접어들어 북남원요금소에서 빠져나온 다음, 오전 10시 20분쯤에 남원시 대산면 신계리 신촌마을에서 하차하였다.

임도를 따라 한참을 올라 산 중턱의 보물 제423호인 新溪里 마애여래좌상에 닿았다. 자연암석의 한 면을 다듬어 거기에 부처의 앉은 모습을 돋을새김한 마애불이었다. 고려시대의 것이라고 한다. 거기서부터는 길이 뚜렷하지 않았는데, 한참을 더 올라가 응봉과 풍악산의 중간지점인 능선에 올랐고, 거기서 계속 북상하여 마침내 오늘의 최고봉인 풍악산에 닿았다. 계속 나아가 풍악산과 노적봉의 중간지점인 신재쯤에서 오늘 버스에서 나란히 앉은 명신고교장으로서 정년퇴임한 이인수 씨 등과 어울려 점심을 들었다.

다시 출발하여 마침내 지난번에 왔던 노적봉에 닿았고, 거기서 더 나아간 지점의 마지막 봉우리인 닭벼슬봉에는 아무런 표식이 없었다. 하산로에 접어들어 전라북도 문화재자료로 지정된 노적봉마애여래좌상에 닿았다. 거대한 바위에다 얕게 음각으로 새긴 미륵불이었다. 역시 고려시대의 것이라고 한다. 불상 아래에 샘터가 있었다. 이곳에 예전에는 고려 말기에 세워진 虎成寺 또는 호성암이라고 하는 절이 있었다고 하나 6.25 때 소실되고, 지금은 돌확 정도가 하나 눈에 띄었다. 호성사는 어느 도승이 호랑이에게 물려간 아이를 구해주고 그 아이의 부모로부터 시주를 받아 세웠다는 전설이 있는 절로서, 한 때 수도하던 중이 이삼십 명이나 되었다고 하는데, 최명희의 대하소설『혼불』에도 나오는 모양이다. 그런데 혼불문학관으로 내려오니 문학관 뒤쪽에 이 절이 재건되어져 있었다. 지금은 문학관 뒤쪽으로 광양-전주간 고속도로가 지나가고 있었다.

호성사에서 30분 정도 거리인 혼불문학관에 모처럼 다시 들러 남원시 사매면 서도리 522번지 노봉마을에 있는 혼불공원과 문학관을 두루 둘러보았다. 문학관 옆에는 소설 속의 초대 종부인 청암부인이 실농한 셈치고 2년여에 걸쳐 만들어 백대천손이 千秋樂萬歲亨을 누릴 터전을 조성하였다는 晴湖 저수지가 있고, 기념관에서 좀 떨어진 마을 위쪽에 소설의 중심무대인 삭령 최 씨의 종가와 노봉서원이 있으며, 문학관 아래쪽에는 혼불문화예술체험관이라는 것도 새로 만들어져 있었다. 『혼불』은 51세로 작고한 여류소설가 崔明姬가 1980년 4월부터 1996년 12월까지 17년 동안 혼신을 바친 대하소설로서, 일제 강점기 때 사매면 매안마을의 이 씨 집안 양반가를 지키려는

3대 종부들과 하층민들이 사는 마을 거멍굴 사람들의 이야기를 담은 작품이다. 기념관 안에 그녀의 집필실도 복원되어져 있었다.

오늘은 스마트폰을 비행모드로 설정하여 트랭글 GPS를 작동시켜 보았는데, 총 9.21km, 5시간 20분이 소요되었다.

29 (일) 흐림 -여수 갯가길 2코스

청솔산악회를 따라 전남 여수 갯가길 2코스에 다녀왔다. 오전 8시까지 구진주역 앞에 집결하여 대절버스 한 대로 출발하였다. 남해고속도로를 따라 가다가 광양 부근의 옥곡요금소에서 빠져나와 861번 지방도로 접어든 다음, 이순신대교를 지나서 여천국가산업단지로 들어섰다. 77번 및 17번 국도를 따라서 여수시를 지나 돌산도에 접어들었고, 오전 9시 43분에 전라남도해양수산과학관이 있는 무술목에서 하차하여 트래킹을 시작하였다.

무술목은 돌산도가 가운데에 커다란 석호를 두고서 양쪽으로 잘록하게 좁아졌다가 다시 넓어져 돌산읍으로 연결되는 곳인데, 정유재란 때 이순신 장군이 이곳의 지형을 이용하여 왜선 60여 척과 왜군 300여 명을 섬멸한 전승지여서 이충무공유적기념비가 있는 곳이다. 이곳 돌산도에 있는 여수 갯가길은 사단법인 여수갯가가 조성한 것인 모양으로서, 크게 3코스로 나뉘며 각 코스는 또한 여러 개의 구간으로 구분된다. 청솔산악회는 얼마 전에 그 중 1코스를 다녀왔고, 12월에 3코스를 답파할 예정이라고 한다.

이 길은 돌산도의 동쪽 해변을 따라 꼬불꼬불 오르락내리락하며 이어져 있는데, 몇 곳에서 지방도를 만나기도 하지만 대체로 해안과 산비탈 그리고 마을들을 지나고 있다. 2코스는 무술목에서 두른계·계동·등대·비렁·두문포를 지나 방죽포해수욕장까지인데, 일행 중 경상대 대학병원의 김창환 의사가 만보기로 측정해본 바에 의하면, 총길이 14.11km였다. 비렁이란 여수 지방의 사투리로서 절벽이란 의미인데, 깎아지른 절벽 위를 지나는 오솔길이 길게 이어져 있고, 행로의 곳곳마다에 파란 페인트로 된 거북이 표시가 있어 길을 안내하고 있었다. 나는 중간지점인 큰끝에 있는 무인등대 옆에서 김창환·정보환 씨와 함께 점심을 들었다.

오후 3시 무렵에 2코스의 종착지이자 3코스의 출발지인 방죽포에 도착하여 닭국을 안주로 하산주를 몇 잔 든 후, 여수 시내를 경유하여 6시 남짓에 귀가하였다. 여수시를 지나칠 때는 몇 년 전의 여수해양엑스포를 위해 조성해 놓은 건축물들을 차창 밖으로 살펴보았는데, 썰렁하여 지금은 별로 사용되고 있는 것 같지 않았다.

최근에 내가 과거에 비해 살이 쪘다는 말을 몇 번 들었고, 어제는 정헌철 교수 등이 배가 나왔다는 말을 하고 있었으므로, 집에 돌아와 모처럼 체중을 재어 보았는데 놀랍게도 85kg이었다. 이는 내 생애의 최고기록이 아닌가 싶다. 과식에다 운동부족인 듯하여, 이제부터는 평일 점심 때 해오던 농장 일은 별로 운동이 안 되는 모양이므로 과거처럼 토요일로 미루고, 점심 식사 후에는 외송 산장의 주변 길을 산책해볼 생각이다. 그리고 식사의 양도 줄여야 한다.

12월

13 (일) 맑음 - 여수 갯가길 3코스

둥구산악회를 따라 여수 돌산도의 갯가길 3코스에 다녀왔다. 삼천포와 사천을 경유하여 오는 대절버스를 오전 8시 35분쯤 신안동 공설운동장 1문 앞에서 탔다. 남해고속도로를 경유하여 사천휴게소에 도착하니 또 한 대의 대절버스가 사천에서 직행해 와 대기하고 있었다. 광양시의 옥곡요금소에서 861번 지방도로로 빠져 광양제철소를 통과한 후, 이순신대교와 묘도대교를 경유하여 여수시의 지경으로 들어갔다. 77번 국도를 따라서 여수 시내를 통과한 후 돌산도에 접어들었는데, 여수시의 2012여수세계박람회 장소의 새로 지은 건물들에는 여전히 인적이 드물었고, 입구가 차단되어져 있는 것도 눈에 띄었다.

10시 45분에 지난번 청솔산악회를 따라서 참가했던 갯가길 2코스의 종착지인 방죽포에 도착하여 3코스를 시작하였다. 갯가길은 돌산도의 오른편 해변을 따라서 섬 전체를 종단하며 걷는 코스인데, 1코스 12개 구간은 돌산대교 아래의 우두리항에서 시작하여 무술목까지 22.52km에 7시간이 소요되며, 2코스 5개 구간은 무술목에서 방죽포해수욕장까지 17km에 5시간 소요, 3코스 5개 구간은 방죽포해수욕장에서 임포까지 8km에 3시간이 소요된다. 3코스는 백포·기포·대월·소월 등의 갯가 마을을 경유한다. 마을 앞의 해변은 모두 자갈밭이었다. 트레킹 코스는 대체로 자동차도로 아래편의 바닷가 절벽 위로 난 길을 따라가는데, 소월에서 임포까지의 마지막 구간은 자동차길 위쪽으로 이어져 있었지만, 일행 중 대부분은 길을 못 찾았는지 그 길을 따라 걷는 사람이 몇 명 되지 않고 다들 자동차 길을 따라 걸었다. 그러나 나는 시종 푸른색 페인트로 찍힌 거북이 표지를 따라 정규 코스로 걸었다.

기포를 지난 지점에서 자동차도를 만나 도로 가의 등받이 없는 벤치에 걸터앉아 햇볕을 쬐면서 앞으로 툭 터인 바다 풍경을 바라보며 아내가 마련해 준 대구국과 총각·파김치 및 산악회로부터 받은 주먹밥으로 점심을 들었고, 대월마을에서는 평화테마촌에 들러 북한의 반잠수정 전시관과 무기전시관에도 들러보았다.

반잠수정은 1998년 12월 17일 밤 북한의 반잠수정이 돌산읍 임포 지역 앞바다로 침투 중 우리 군에 발견되어 교전을 벌이다 거제도 남방 100km 해상에서 격침된 것인데, 그 후 1999년 3월 17일 3차례에 걸친 작업 끝에 인양이 완료된 것이다. 이곳에는 교육적 자료로 활용하기 위해 그 반잠수정과 노획장비 33점이 전시되어져 있다. 1998년은 북한에 대해 햇볕정책을 편 김대중 대통령이 2월 25일에 취임했으며, 4월에는 北京에서 남북차관급 회담이 열렸고, 6월에는 정주영 현대그룹 회장이 소떼를 몰고 방북하였으며, 11월에는 금강산 관광길이 뚫리기도 한 해였다. 그러나 북한은 이 해 6월에도 동해안에 잠수정을 침투시키는 등 침략적 행위를 중단하지 않았다.

무기전시관은 한국전쟁에 대한 시간적 상황적 공간을 연출한 곳으로서, 전쟁영상자료 및 201점의 무기류를 전시하고, 우리 군대의 내무반을 체험할 수 있는 공간도 구성한 곳이다.

오후 3시쯤에 임포의 주차장에 도착한 후, 거기서 이곳 명물인 돌산갓김치를 한 통 샀다. 3시 20분에 임포를 출발하여 돌아오던 중에 여수시 돌산읍 돌산로 3394에 있는 다층 건물 1층의 판매장에 들러 거기서 파는 해산물로 만든 식품들을 둘러본 후, 그 맞은편의 금바우식당에서 하산주를 들었다. 4시 40분에 금바우식당을 출발한 후 섬진강휴게소에 이르러 사천으로 직행하는 또 한 대의 대절버스 및 집행부와 헤어졌고, 6시 30분 무렵에 귀가하였다.

돌산도로 향하는 차 안에서 수원의 이종사촌 누이동생 영실이로부터 생일 축하 전화를 받았고, 귀가한 후에는 서울에 가 있는 회옥이로부터도 역시 축하 전화를 받았다.

20 (일) 흐리고 오후 한 때 부슬비 –우미산, 홍두깨산

삼일산악회를 따라 대구광역시 달성군 가창면 友鹿里에 있는 우미산(747m)과 경북 청도군 각북면과 이서면의 경계에 위치한 홍두깨산(604)을 연결하는 종주등반에 다녀왔다. 오전 8시 30분까지 시청 육교 밑에 집결하여 대절버스 한 대로 출발하였다. 남해·구마고속도로를 경유하여 창녕 톨게이트에서 20분 국도로 빠진 뒤, 창녕의 교동고분군을 지나 나아가다가 청도읍에 조금 못 미친 지점에서 30번 지방도를 타고서 북상하여 달성군의 우록리에 이르렀다. 우록리는 임진왜란 때 조선군에 투항하여 일본군과 싸운 降倭 金忠善의 무덤과 그를 모신 녹동서원이 있는 곳이었다. 우리는 오전 10시 25분에 우미산장식당이 있는 곳 부근에서 하차하여 등산을 시작하였다.

달성군 일대의 산에는 눈이 좀 남아 있었다. 금년 들어 처음으로 본격적인 겨울 등산장비를 모두 갖추어서 갔는데, 그러다 보니 방한복으로 말미암아 배낭이 터질 듯이 빽빽하였다. 다음 주부터는 좀 더 큰 배낭으로 바꾸어야 하겠다. 한참을 올라 마침내 오늘의 최고봉인 우미산에 닿자 거기서부터는 비교적 평탄한 능선 길이었다. 정상에는 비슬지맥이라는 팻말이 걸려 있었다.

밤티재를 670m 남겨둔 지점에 최정산 쪽과의 갈림길 표지가 있었고, 우리는 임도가 지나는 지점인 밤티재에 다다라 점심을 들었다. 거기서부터 등산로 표지는 모두 경상북도와 대구광역시의 경계 지점에 위치한 삼성산

(668) 쪽으로만 나타나 있고, 우리가 나아가고자 하는 홍두깨산은 표지나 지도에 모두 보이지 않았다. 삼성산 쪽으로의 갈림길을 지나고부터는 등산로가 희미하여 앞서갔던 일행이 길을 잘못 들어 되돌아오기도 하였고, 우리가 접어든 쪽에는 사람이 별로 다니지 않아 낙엽이 자욱하였다. 그리고 우미산을 지난 지점에서 내리막길이 눈에 젖어 미끄러우므로 나는 엉덩방아를 찧어 바지를 버리기도 하였으나, 경상북도 쪽에는 눈이 온 흔적이 별로 없었다.

내리막길을 지난 후 다시금 한참 동안 오르막길에 접어들어 그 정상에서 홍두깨산의 표지를 보고나서야 비로소 우리가 길을 잘못 들지 않았음을 확인할 수 있었다. 오늘 배부 받은 지도상으로는 570봉을 지나서 각북면 삼평리의 방지마을 쪽으로 하산하는 것으로 되어 있었지만, 그 산 바로 아래의 재에서 이운기 산행대장이 기다리고 있다가 우리더러 골짜기 길로 내려가라고 안내하므로, 그 길을 따라서 오후 3시 무렵에 각북면 소재지 부근의 다리 있는 곳으로 하산하였는데, 대절버스가 눈에 띄지 않아 내가 휴대폰으로 기사에게 연락해 보니 거기서 1km 정도 왼편으로 걸어오라는 것이었다. 570봉을 넘어간 우리 일행 일부는 이미 거기에 도착해 있는 모양이었다. 오늘의 산행 코스는 10km 정도 된다고 한다.

902번 지방도를 따라서 방지마을의 창고 옆에 서 있는 대절버스까지 걸어갔는데, 도중 길가의 산수유와 감나무 군락에 빨간 열매가 많이 달려 있었으나 수확을 포기하고서 방치해 두었으므로, 일행 중 감을 따와서 나누어 주는 사람이 있어 나도 하나 받아 먹어보았다. 그 일대의 수많은 감나무가 모두 같은 사정인 것으로 보아, 풍작으로 값이 폭락한 까닭인 듯했다.

어묵국과 김치를 안주로 하산주를 들었는데, 우리 테이블에 와서 한동안 앉아 있었던 천 여사의 말에 의하면, 그녀는 매주 5일은 이런저런 산악회를 따라서 등산을 한다는 것이었다. 나는 한 주에 세 번 정도 등산을 한다는 사람은 보았으나 다섯 번이나 한다는 사람은 처음이다.

4시 18분에 그곳을 출발하여 6시 20분에 귀가하였다. 진주시청 앞에서 차를 내려 일행 중 친구인 정보환 씨더러 같이 택시를 타자고 했으나, 그는 군이 버스를 타겠다고 하므로 함께 버스를 타고서 제일병원 앞까지 왔는데, 그는 그다지 멀지 않은 거리에 있는 자기네 아파트까지 또 버스를 환승한다는 것이었다. 오늘 그의 말을 통해 처음으로 알았는데, 진주시내에서도 교통카드 겸용 신용카드를 사용할 수 있으며, 환승은 무료라는 것이었다. 그렇다면 앞으로는 나도 택시 대신 주로 시내버스를 이용하는 편이 낫겠다는 생각이 들었다.

27 (일) 맑음 - 무주 칠봉산, 향로봉

천왕봉산악회와 함께 전북 무주군 무주읍 내도리와 충북 영동군 학산면 봉소리의 경계에 있는 七峯山(520.9m)과 무주읍 읍내리에 있는 향로봉(420)에 다녀왔다. 원래는 산수산악회를 따라 거제도의 가라산에 가려고 했던 것인데, 집합 장소인 시청 앞에 나가보았더니 참가하는 사람이 적어 오늘 산행을 취소한다는 것이므로, 그 옆에 있는 천왕봉산악회의 대절버스를 타게 된 것이었다. 집합장소까지 가고 오는 길에 처음으로 교통카드 겸용 신용카드를 사용해보았다.

오전 8시 20분에 시청 앞을 출발하여 도중에 신안동 운동장 4문 앞에 정거하여 참가자를 더 태운 후, 통영대전고속국도를 경유하여 북상하였다. 무주요금소에서 19번 국도로 빠진 후 영동군 경내에서 501번 지방도로 접어들어 10시 40분에 영동군 봉소리의 안압재에서 하차하였다. 오늘 코스는 6km 정도로서 비교적 짧았다.

칠봉산은 오늘 코스의 최고봉이지만 거기에 이르는 능선 길은 두 도의 경계를 따라가는데 GPS에도 나타나지 않는 무명의 산이어서 정상 표시석도 없고 그 대신 등산객이 매달아 놓은 3,000산의 표지 하나만 있었으며, 산길의 초입을 비롯하여 정상으로 향하는 능선 길도 희미하였다. GPS에 나타나는 명산 부근을 지난 지점에서 예전에 낙남정맥·낙동정맥을 함께 걸었던 산벗회의 지인 팀과 어울려 점심을 들었다. 점심 후 또 좀 걸어 활공장에 도착하니 비로소 길이 차 한 대가 지나갈 수 있을 정도로 넓어지고, 주변의 풍광을 조망할 수 있는 데크 등의 시설물도 눈에 띄었다. 그곳은 무주읍내에 가까운지라 향로봉 근처에 왕복 1.5km에 달하는 모노레일 설치공사가 진행 중이고, 향로봉 정상에는 제1전망대인 팔각정도 세워져 있었다. 향로봉은 무주읍의 뒷산이므로, 그 근처에 제3전망대까지가 있는 모양이었다.

무주 읍내리에 있는 조그만 절인 北固寺로 내려오니, 극락전에 유형문화재로 지정된 木造阿彌陀如來坐像과 神衆幀畫가 있다는 안내판이 서 있었으므로 절 안으로 들어가 보았지만, 대웅전을 대신한 극락전의 옆문만 얼핏 열어보았을 뿐인지라 자세히 보지는 못했다. 그 절에서 포장도로를 따라 10m쯤 아래로 내려온 곳의 대나무 몇 그루가 서 있는 지점에 학교가는길로 접어드는 갈림길이 있었지만, 나는 그것을 보지 못하고서 제법 걸어 내려온 다음 비로소 오늘의 종착지로 가는 갈림길을 찾기 위해 산 위로 난 옆쪽 포장길로 접어들어 보기도 했지만, 그 길도 능선에 이르자 포장이 끝나고 흐지부지해져 버렸으므로, 도로 내려오는 길에 산행대장에게 전화를 걸어 비로소 학교가는길의 갈림길까지 되돌아올 수가 있었다.

숲 속으로 난 오솔길을 따라서 산언덕을 지나고 나니 그 길은 내리막으로 향하여, 수량이 얼마 되지 않는 금강의 본류를 따라서 이어지고 있었다. 이즈음 전국 곳곳이 대부분 그렇듯이 무주군에서도 금강맘새김길이라는 이름의 산책로를 개발해두고 있는데, 그 가운데는 여행가는길, 학교가는길, 강변가는길, 소풍가는길이라는 네 개의 코스가 있었다. 소풍가는길은 학교가는길을 걷다가 금강 가에 그 갈림길이 눈에 띄었다. 학교가는길의 곳곳에는 깎아 놓은 연필 모양의 표지목이 서 있었다. 오늘의 종착 지점인 후도교에서 조금 못 미친 지점에 질마바위라는 커다란 바위벽이 있어 그 사이로 길이 이어지고 있었는데, 질마바위의 설명문에 의하면, 옛날 강줄기와 산으로 가로막힌 뒷섬마을 애들이 학교를 갈 수 있도록 그 부모들이 거대한 벽으로 막고 있던 이 질마바위를 망치와 정으로 쪼개어서 그 사이로 길을 만들어 학교 가는 길로 연결했는데, 여기 곳곳에 퇴색된 시멘트 흔적과 거기에 새겨진 1971년이라는 연대표식이 있다고 한다. 그것이 아마도 이 길 이름의 유래인 모양이다.

오후 3시쯤에 후도교에 도착했는데, 우리 일행 중 나와 점심을 함께 했던 사람들은 대부분 나처럼 학교가는길을 찾지 못하고서 포장도로를 따라 그냥 내려간 모양이라, 도중에 그들을 태워서 진주로 돌아왔다. 진주 시내에 도착해서는 시청 뒤편인 상대동 281-26번지에 있는 소담식육식당에 들러 저녁식사를 하고서 헤어졌다. 천왕봉산악회는 예전에 유흥렬(?) 씨가 회장 등의 직책을 맡아 있을 때 우리 내외가 종종 동참했던 산악회인데, 지금은 임원과 회원들이 대부분 바뀌어 우리 내외에게 친절했던 유 씨의 존재를 아는 사람이 없었고, 신문에 광고도 내지 않고서 휴대폰 문자메시지로 연락하여 모이는 모양이었다.

2016년

2016년

1월

5 (화) 흐림 -경주 오봉산, 여근곡

산울림산악회를 따라 경북 경주시 건천읍과 서면의 경계에 위치한 五峯山 (685m?)에 다녀왔다. 오전 8시 20분 무렵 시청 건너편 육교 부근에서 대절 버스를 타고, 남해고속도로를 경유하여 김해까지 간 다음, 김해시에서 양산 시 물금읍까지 새로 난 터널 길을 따라서 김해시 대동면을 경유하지 않고 경 부고속도로에 바로 연결하였다. 이 도로는 작년 여름 무렵에 개통된 것이라 고 하는데, 나는 공사 중인 것을 바라본 적은 있었으나 오늘 처음 통과해 보 았다. 대동IC의 교통 혼잡을 피하기 위한 것인 모양이다. 건천요금소에서 경 부고속도로를 빠져나온 다음, 11시 무렵 신평리의 윗장시에 있는 주차장에 서 하차하였다. KTX가 지나다니는 중앙선 철로 부근이었다.

그곳은 오봉산 중턱의 여자 성기 모양을 이룬 山谷인 女根谷이 정면으로 바라보이는 곳인데, 겨울이라 그런지 그 모습도 그다지 두드러지지 않고 별 다른 감회가 없었다. 여근곡은 선덕여왕이 예견한 3가지 일(知幾三事) 가운 데 하나로 유명해진 곳으로서, 안내판에 의하면 이러한 전설이 있다.

선덕여왕 5년(636) 겨울이 깊어가는 어느 날 靈廟寺에 있는 玉門池에서 많은 개구리들이 사나흘 동안 울어대고 있었다. 사람들이 이상하게 여겨 여 왕에게 보고하니, 角干 閼川과 弼呑을 불러 "속히 정병 2천명을 데리고 서쪽 으로 가서 여근곡이란 곳에 들어가면 반드시 적병이 있을 것이니 쳐서 없애라" 라고 명령을 내렸다. 왕명을 받은 각간들이 각각 군사 1천 명씩을 거느리고 서쪽으로 가 물으니 富山 아래 과연 여근곡이 있었고, 골짜기를 포위하고 덮쳤더니 과연 백제 군사 5백 명이 매복해 있는지라 모두 잡아 죽였다. 또한 백제 장군 亏召(宇召)가 南山嶺 바위 뒤에 숨어 있는 것을 알고 포위하여 활로 쏘아 죽였다. 뒤를 따라 오던 후속부대 1천 2백 명도 모두 죽였다. 구중궁궐 깊은 곳에서 적병이 숨어들어온 것을 알아낸 여왕의 슬기로움에 놀란 신하들이 그 연유를 물었더니, 여왕이 "개구리는 성난 꼴을 하고 있어 군사의 모습이니 병란에 관한 이변이 일어날 것을 알았노라. 개구리들이 옥문지에서 울었는데, 玉門은 여자의 성기이고, 여자는 陰이니라. 음을 색으로 말하면 흰색이요, 흰색은 서쪽을 말하지 않는가. 그리하여 서쪽으로 가서 옥문과 같은 지형에 이르면 적병이 있을 것으로 짐작했고, 무릇 남자의 성기가 여자의 성기 속에 들어가면 반드시 죽게 되니 여근곡에 숨은 적을 쉽사리 처치할 수 있을 것이라고 생각했을 뿐이니라." 라고 대답했다는 것이다.

설화의 내용이 꽤 구체적인 것으로 보아, 아마도 『삼국유사』에 실린 기록이 아닌가 싶다.

여근곡 어귀에 유학사라는 조그만 절이 있고, 거기서 조금 더 나아가면 옥문지라는 이름의 방향 표지목이 서 있는데, 아까의 안내판에는 "여근곡 중심부에 있는 샘물은 가뭄에 관계없이 사시사철 물이 솟아나고 있다."고 하였으나, 돌에서 물방울이 똑똑 떨어져 그 아래에 조금 괴어 있을 뿐이었다. 유학사에서 여근곡의 북쪽 끄트머리인 쉼터까지 920m(30분), 쉼터에서 능선의 富山城까지 800m(20분), 부산성에서 오봉산 정상 부근에 있는 절인 朱砂庵까지 900m(20분)의 거리였다. 오봉산의 높이는 배부 받은 등산지도나 5만분의 1 도로교통지도에는 모두 632m라고 되어 있는데, 정상에다 경주일요산악회가 1992년에 세운 표석에는 685m로 되어 있어 서로 달랐다. 게다가 사적 제25호인 부산성 안내판에는 "부산은 경주의 서쪽에 있으며 주사산, 오봉산, 五老峰山, 닭벼슬산이라고도 불리며, 높이는 729.5m이다."라고 되어 있는데, 이 안내판에 보이는 산의 높이는 약 9.47km에 이르는 부산성의 다른 쪽 봉우리를 가리키는 것이 아닌가 싶다. "부산성은 신라 문무왕 3년에 쌓기 시작하여 3년 만에 완성한 석성으로, 朱砂山城이라고도 한다."고 되어 있으므로, 절의 이름은 山名에서 유래한 것임을 알 수 있다. 산성은 부산 정상부를 중심으로 한 세 줄기의 골짜기를 따라 다듬지 않은 자연석을 이용하여 쌓은 것인데, 성 밖 4면은 모두 경사가 심하여 유심히 보지 않으면 인공적으로 쌓은 성임을 인식하기 어려웠다. 이 산성은 孝昭王 때 화랑 得烏가 竹旨郎과의 우정을 그리워하며 향가인 「慕竹旨郎歌」를 지은 곳으로도 유명하다.

우리는 주사암 부근에 위치한 깎아지른 바위 절벽 위의 널찍한 평지인 마당바위에서 점심을 들었는데, 거기에 2009년 12월 16일 오봉산 주사암 앞에서 MBC의 TV 드라마 「선덕여왕」을 촬영한 곳임을 표시하는 커다란 나무 안내판이 세워져 있었다. 이 산에서 조선조 영조의 어머니를 다룬 TV 드라마 「동이」도 촬영된 바 있었다고 한다.

점심을 든 후 부산성을 따라서 올라올 때의 안부까지 되돌아온 후, 거기서 반대편 방향의 능선을 타서 건천읍 송선리의 성암사 입구까지 내려온 다음, 거기서부터는 시멘트 포장도로를 따라서 오후 3시 25분에 선동 버스정류소 부근에 대기하고 있는 대절버스에 도착하였다.

장오토에서 수리를 맡겨둔 승용차가 도색까지 마치고서 돌아왔다는 전화연락을 해왔으므로 아내에게 연락하여 찾아오게 하였다. 오늘 동참한 산울림산악회는 지난번 해파랑길 트래킹 때 두 번 동참한 바 있었던 이발사들의 산악회로서, 기억력이 비상한 당시의 산행대장 김현석 씨를 오늘 다시 만났다.

24 (일) 강추위 -가라산

아침에 눈을 뜨니 진주 시내가 하얀 눈에 덮여 있었다.

중앙산악회를 따라 거제도의 加羅山(585m)에 다녀오기로 되어 있는데, 시내버스를 비롯하여 거리에 차량의 통행이 별로 없었다. 마침 지나가는 택시를 주워 타고서 집합장소인 장대동 어린이놀이터 앞으로 갔으나, 출발시간인 8시 30분이 되어도 눈과 강추위 때문인지 사람이 모이지 않았다. 20분 정도나 더 대기한 후 대절버스의 좌석 절반도 차지 않은 19명으로 출발하였다. 나는 원래 1996년 6월 6일에 망진산악회 회원들과 함께 이 산을 오르기로 했으나, 도중에 길을 잘못 들어 이웃한 노자산 쪽으로 가버렸으므로 오늘 다시 가게 된 것이다.

남해 및 대전통영간고속도로를 경유하여 내려갔는데, 통영 근처에서부터는 눈이 내린 흔적이 전혀 없었다. 거제도에 들어서자 유일한 국도인 14번 노선을 따라 동쪽으로 나아가다가 사곡리에서 2번 지방도로 빠져 거제읍에 이르렀고, 거기서부터는 1018번 지방도를 따라서 동부면 소재지를 지나 학동해수욕장에 이르러 다시 14번 국도를 만난 다음, 10시 25분에 그 조금 아래쪽의 내촐에서 하차하였다.

등산로 입구에 가라산봉수대 안내판이 서 있었는데, 이 봉수대가 위치한 곳은 동부면과 남부면의 경계지점에서 가장 높은 곳으로서 현재는 석축의 일부만 남아 있는데, 거제의 주봉화대 역할을 했던 것으로서 서쪽으로 한산도의 한배곶 봉수대와 연결되고, 북쪽으로는 거제도 계룡산 봉수대와 연결되었다고 한다.

막상 산행이 시작되자 일행 중 많은 사람들이 차에 남고 11명만이 대밭골을 따라서 산을 올랐다. 삼나무와 소나무 고목이 섞인 숲을 지나 1.5km 비탈길을 걸어서 사각의 목제 정자가 있는 진마이재에 다다른 다음, 거기서 다시 왼편으로 0.8km의 능선 길을 따라 올라서 11시 50분에 정상에 다다랐다.

가라산은 거제도에서 가장 높은 산이다. 정상으로 향하는 도중에 막돌로 쌓은 성터의 흔적이 있었다. 정상 표지석 뒤면에 세워진 철제 표지판에 의하면 "남쪽 산중봉에는 고려시대 막돌로 쌓은 성이 있다"고 하였는데, 이것을 가리킨 것인지 모르겠다. 정상에서는 앞뒤로 바다의 풍경이 바라보였는데, 봉수대가 위치했던 곳은 바로 여기인 모양이다. 정상에서 좀 되돌아간 지점의 널찍한 공터에서 일행과 함께 점심을 들었다. 그곳은 바람을 피할 수 있는 장소이기는 하지만, 손이 시려 도중에 장갑을 끼고서 젓가락질을 하노라니 자꾸만 흘러내려 떨어졌다.

정상에서 최단거리를 취해 오후 1시 45분에 2.5km 떨어진 남부면의 다

대리로 하산하였다. 명사초등학교 다대분교장 입구에 우리의 대벌버스가 대기 중이었는데, 초등학교는 이미 폐교되어 지금은 기업휴양관으로 되어 있었다. 추위 때문인지 거기서 하산주를 들지 않고서 일행이 다 내려오기를 기다려 14번 국도를 따라 학동까지 올라갔다. 오랜만에 보는 학동해수욕장 일대에는 새 건물들이 꽤 많이 들어선 듯하였다. 올 때의 코스를 따라 돌아가 거제도와 통영의 경계지점인 견내량 해협에 설치된 대교를 지난 지점의 휴게소 매점에 들러 그 실내에서 하산주를 들려고 했으나 이미 의자를 다른 사람들이 차지하고 있는지라, 다시 더 올라와서 고속도로변의 고성 공룡휴게소 끄트머리에 있는 빈터에서 수풀에 의지해 찬바람을 피해 가며 잠시 하산주를 들었다. 돌아오는 길에 새 총무로부터 들었는데, 중앙산악회는 창립한 지 23년이 된 꽤 오래된 것이라, 회원 대부분이 중년 이상이라고 한다.

5시 10분에 귀가하였다. 아프리카에 가 있는 회옥이가 새 휴대폰을 개통하였으므로, 하산을 마친 이후부터 돌아오는 동안 카톡으로 가족 세 명이 대화하였다. 귀가 후 새로 스마트폰을 마련한 큰누나와도 통화하였다.

오늘은 기록적인 한파와 32년만의 폭설로 말미암아 제주도에서 항공기와 배가 뜨지 않는 사태가 지속되고, 호남지방에도 대설과 한파가 덮쳤으며, 서울도 15년만의 최강 한파라는데, 전국적으로 폭설과 한파로 말미암은 피해가 많아 밤9시 뉴스특보에서 그 문제를 다루었다. 그런데 진주는 돌아와 보니 눈이 이미 거의 다 녹아 있었다.

31 (일) 맑음 - 토왕성폭포

광제산악회와 함께 설악산 토왕성폭포 전망대에 다녀왔다.

오전 5시 30분까지 신안동 공설운동장 1문 앞에 집결하여 대절버스 한 대로 출발했다. 33번 국도와 광대·구마·중앙고속도로를 경유하여 북상하던 도중 7시 40분 안동휴게소에 정거하여 집행부가 마련해 온 충무김밥으로 간단한 조식을 든 후, 원주까지 계속 북상하여 영동고속도로에 접어든 다음 오전 10시 평창휴게소에서 잠시 정차하였다. 해발 805m의 대관령을 지나 동해고속국도에 접어들었다가 다시 7번 국도로 빠져나와 양양을 거쳐 11시

35분에 설악산탐방지원센터 옆 소공원주차장에 도착하였다.

소공원주차장에서 토왕성폭포 전망대까지는 2.8km의 거리로서, 그 중 1.6km는 거의 평지의 숲길을 걷는 것이고, 1.2km만이 계곡을 따라 올라가는 등산로이다. 그 중 육담폭포에서 비룡폭포, 그리고 비룡폭포에서 토왕성폭포 전망대까지가 각각 400m 정도의 거리이다. 나는 초등학교 시절에도 왔던 듯하나 기억이 흐릿하지만, 중학교·고등학교 시절의 수학여행 때는 모두 설악산으로 왔었는데, 그 때마다 외설악의 비룡폭포까지 올랐으나, 토왕성폭포는 이번이 처음이다. 45년 만에 얼굴을 내민 비경이라고 하니, 아마도 그 당시에는 토왕성폭포까지 올라갈 수 있는 길도 제대로 닦여 있지 않았을 터이다. 근년 들어 비법정 등산로 탐방을 주로 하는 비경마운틴클럽을 따라서 토왕성폭포 쪽으로의 등산을 시도한 적이 두 번 있었으나, 한 번은 감시가 심하다는 정보가 있어 천화대 쪽으로 방향을 바꾸었고, 또 한 번은 한밤중에 헤드랜턴을 착용하고서 비룡폭포 아래편에서 둘러가는 코스를 취해 비룡폭포 쪽으로 내려오다가 감시원에게 적발되어 실패한 바 있었다.

작년 12월 15일에 비로소 개방되었고, 비룡폭포로부터 토왕성폭포 전망대까지는 900여 개의 나무계단이 가파른 경사로를 따라 설치되어져 있는데, 등산객들의 아이젠과 스틱 때문에 계단이 벌써 제법 손상되어져 있었다. 육담폭포와 16m 높이의 비룡폭포는 모두 얼음과 눈에 덮여 있어 별로 볼 것이 없었고, 전망대에서 바라보이는 토왕성폭포도 그렇기는 마찬가지였으나 그래도 제법 웅장한 모습이었다. 비룡폭포에서 토왕성폭포까지는 편도 410m인데도 약 20분이 소요된다고 한다. 나는 스패츠의 잭이 고장인지라 아이젠만 착용하고서 이곳까지 올랐다.

오늘 등산의 주목적인 토왕성폭포는 총 높이가 320m 3단(상단 150m, 중단 80m, 하단 90m) 연폭인데, 전망대에서 하단은 잘 보이지 않았다. 외설악의 노적봉 남쪽 토왕골에 있으며, 화채봉에서 흘러 칠성봉을 끼고 돌아서 떨어진 물은 비룡폭포·육담폭포와 합류하여 雙川으로 흘러간다. 토왕성이란 이름에 대하여 안내판에는 "여지도서인 「양양도호부」[?]와 「양양부읍지」에는 "土王城府 북쪽 50리 설악산 동쪽에 있으며, 세상에 전해오기를 옛날에 토성왕이 성을 돌로 쌓았는데, 그 흔적이 아직도 남아 있고 폭포는 석벽 사이로 천 길이나 날아 떨어진다"고 기록되어 있다고 한다. 또한 成海應 (1760~1839)은 「記關東山水」에서 기이하고 웅장한 토왕성폭포의 모습을 묘사했고, 金昌翕(1653~1722)의 「雪岳日記」에는 토왕성폭포가 중국의 "여산"보다 낫다고 표현했다는데, 그가 廬山瀑布에 가보았을 리는 만무하다. 이 폭포는 2011년 국립공원 100경 중 하나로 지정되었고, 2013년에는 국가지정문화재인 명승 제96호로 지정되었다. 토왕성폭포를 오르는 길이 위험천만이라는 말은 익히 들어왔으나, 오늘 바라보니 저 아찔하고 드높은 바위 절벽을 어떻게 기어오른다는 것인지 알 수 없었다.

오후 1시 10분에 전망대에 도착하여 방한복을 모두 껴입고서 계단식 나무 벤치의 가장 위쪽 단 모퉁이에서 혼자 점심을 든 다음, 힘겹게 올라간 길을 서서히 걸어서 내려왔다. 올라갈 때는 길이 꽤 복잡하더니 점심을 들고 있는 동안에 주위에 사람들이 눈에 띄게 줄어들어 하산할 때는 다른 이를 별로 만날 수 없었다. 눈밭 속 평지의 숲길 가에는 금강소나무가 많았는데, 금강산에서 처음 그 존재가 알려졌기 때문에 금강형소나무 또는 강송이라 불린다고 한다.

2시 40분쯤에 소공원주차장에 도착하여 3시 15분에 거기를 출발하였는데, 돌아오는 도중 3시 30분에 설악산 입구 해변의 강현면 물치리에 도착하여 그곳 물치항의 2층 구조로 된 생선회 센터와 바깥에서 생선회를 안주로 술을 든다고 50분 정도 지체하였으나, 나는 별로 아는 사람도 없고 끼어들고 싶은 생각도 없어 생선회 센터 안을 두루 한 바퀴 둘러본 후 일찌감치 버스로 돌아왔다. 거기서 지체한 까닭에 7번 국도를 거쳐 하조대에서 동해고속도로에 오른 후 영동고속도로에 접어들었을 때 평창군 용평면 일대에서 심한 교통정체를 만났다. 횡성휴게소에 잠시 정차했을 때, 고장 난 것을 대신하여 붉은 색 국산 스패츠를 하나 새로 샀다.

7시쯤에 강원도 원주시 북원로 2850. 6(태장동)에 있는 동원주기사식당에 들러 두부찌개로 저녁식사를 들었다. 갈 때와는 달리 돌아올 때는 예정된 시간이 크게 지체되어 진주 도착 예정이던 밤 9시에 안동휴게소까지 밖에 못

왔고, 택시를 타고서 집에 돌아오니 11시 15분, 샤워를 하고 지도책과 신문을 좀 뒤적이다 보니 자정 무렵에야 취침하게 되었다.

돌아오는 도중에 부산교통의 직원으로부터 전화를 받았는데, 설 선물을 배달 왔다는 것이었다. 아내가 집에 있었음에도 불구하고 여러 번 호출해도 응답이 없으므로 관리사무소에 맡겨두었다고 한다. 어제 조 사장이 김경수 군에게 내 주소와 전화번호를 물었다 함은 이 때문인가 싶다. 조 사장은 내가 남명학연구원을 그만 둔 이후로도 오랫동안 설과 추석 명절 때마다 사과 한 박스씩을 집으로 배달해 주었는데, 근년 들어서는 덕천서원 내임의 이름으로 다른 선물이 오더니, 무엇 때문인지 조 사장이 또 직접 내 선물을 챙기는 모양이다. 며칠 전부터 감기 기운이 있어 오늘도 기침과 가래가 종일 이어졌다.

2월

10 (수) 맑음 -가좌산
감기 기운은 거의 다 나았다.

설날 연휴의 마지막 날이라, 오늘도 아내와 함께 세 시간 정도 망진산·가좌산으로 산책을 다녀온 이외에는 종일 TV를 시청하였다. 이 코스를 걸어보는 것은 실로 오랜만인데, 길 가 여기저기에 '에나길' 표시가 있었다. 에나길은 진주 일대를 두르는 트레킹 코스의 이름인데, 이곳까지 연장되었나 보다. 산책로 도중에 공기를 뿜어 신발과 바지에 붙은 먼지를 터는 시설이 보이고, 길 여기저기에다 깔아둔 굵은 밧줄 같은 것으로 만든 깔개도 밟고 지나갔다. 이러한 것들은 모두 예전에 없었던 것이다.

가좌산 중간 지점의 오른편 골짜기에 넓은 공원을 조성해 둔 것이 보이고, 못 보던 산복도로들과 사각형의 나무 정자들도 눈에 띄었으므로, 그 길을 따라서 산복도로를 걸어보았다. 길은 산허리 여기저기로 나 있었는데, 우리 내외가 걷던 길은 한참 나아가다가 도중에 끊겨 버리고 말았으므로, 그쪽 골짜기에 조성된 공원 가까이까지 내려가 보고서 도로 올라왔다. 정자에 경남과학기술대학교 총장 명의로 된 인사말이 적혀 있었으므로, 이 골짜기 일대의 땅을 경남과기대가 전부 매입하여 공원으로 조성해 둔 것임을 짐작할 수 있었다. 그 반대쪽 끄트머리의 경상대와 나동면을 연결하는 도로 가에 근년에 조성된 그 대학의 시설지구가 있는 것이다.

14 (일) 맑음 - 한려해상 바다백리길 1구간 (달아길)

모처럼 아내를 동반하여 신승산악회를 따라 한려해상 바다백리길 1구간 (달아길)에 다녀왔다. 통영 미륵도의 숲길을 한 바퀴 도는 코스이다. 오전 7시 40분까지 시청 앞에서 대절버스를 탔고, 국제로터리를 경유하여 청솔산악회 회원들을 대거 태운 후 통영대전고속도로를 경유하여 북통영IC에서 빠진 후 통영 시내를 지나서 미륵도로 들어갔다.

오전 9시 남짓에 용화사 입구에서 하차하여 모처럼 龍華寺 경내를 한 바퀴 둘러보았다. 이 절에는 조계종 초대 종정을 지낸 曉峰스님(1888~1966)의 影閣과 효봉대종사 5층 사리탑이 있다. 우리 내외는 낯익은 김계세 청솔회장을 비롯한 청솔 팀을 따라서 숲길을 한참 걸어 미륵산의 반대편에 있는 미래사까지 나아갔다. 원래 바다백리길 1구간은 미래사에서부터 시작되는 것이다. 이 절은 효봉스님의 상좌인 구산스님이 효봉과 그 스승인 석두(1882~1954) 두 큰스님의 안거를 위해 1954년에 세웠으며, 효봉이 한국전쟁 당시에 주석하던 곳이다. 효봉은 일본에 유학하여 早稲田대학 법학과를 졸업하고, 귀국 이후 사법시험에 합격하여 1913년에 판사가 되었다가, 1923년 독립운동가에게 사형 판결을 내린 후 양심의 가책으로 출가한 사람이다.

미래사에서 미륵산 정상 쪽으로 올랐는데, 정상의 높이는 지도에는 458.4m라고 나와 있으나, 정상석에는 461m라고 새겨져 있었다. 아내와 둘이서 정상에서 바다백리길 코스를 따라 미륵치를 지나서 남평리의 야소골(冶所谷) 마을을 경유하여 산양읍사무소 쪽으로 내려왔다. 도중의 갈림길에 박경리 묘소까지의 거리가 500m라는 표지가 있어 그리로 갔다가 돌아오고 싶었으나, 아내의 반대로 그렇게 하지 못했다. 미륵도의 대부분은 산양읍에 속하는데, 읍사무소는 이순신의 해전이 있었던 당포에서 가깝고, 반대방향의 박경리 기념관 및 묘소와도 가까운 거리에 위치해 있다. 당초 우리는 바다백리길 갈림길이 있는 읍사무소 부근에서 점심을 들기로 했으나, 도착해 보니 아무도 없으므로 기사에게 연락해 보았더니 우리가 이미 스쳐 지나온 야소골 입구의 정자 있는 곳 부근에 차가 정거해 있다는 것이었다. 대절버스까지 도로 돌아가 정자 부근에서 아내와 둘이서 점심을 들었다.

오후의 코스에 아내는 참여하지 않고 버스에서 쉬겠다고 하므로, 나도 배낭 짐은 모두 차 안에 두고 혼자서 청솔 팀을 따라 다시 길을 나섰다. 산양스포츠파크에서 종착지점인 달아전망대까지는 4.8km인데, 읍사무소 앞에서 산길 쪽으로 접어들어 해발 230m인 희망봉을 지나 혼자서 오르락내리락 하는 숲길을 계속 걸어 오후 3시 15분쯤에 미륵도의 거의 남단인 達牙공원에 도착하였다. 달아공원의 안내판에 달아길의 총 길이는 14.7km라고 적혀 있었다. 그렇다면 오늘 우리가 걸은 길 중에는 달아길에 포함되지 않는 용화사광장에서 용화사와 띠밭등을 경유하여 미래사까지에 이르는 숲길 3km 가까운 거리가 포함되어 있었으니, 그것을 포함한 총 길이는 약 17.5km 정도가 되겠다.

돌아오는 길은 지방도 1021호인 山陽일주도로를 거쳐 미래사 입구를 경유하여 통영시내로 건너온 뒤, 다시 고속도로에 올라 통영시 광도면 남해안도로 1299번지에 있는 호반한식뷔페에서 하산주를 겸한 저녁식사를 들었다. 진주에 도착하여 시청에서 택시를 타고 우리 집으로 돌아오니 거의 해가 저물어갈 무렵이었다.

21 (일) 맑음 -계족산

아내와 함께 새희망산악회의 53차 산행에 동참하여 대전 鷄足山(423m, 현지의 안내판에는 431m로 되어 있기도 하다)에 다녀왔다. 오전 8시까지 신안동 운동장 1문 부근의 산골기사식당 앞에 집결하여 대절버스 두 대로 출발했다. 회장인 안상효 씨는 예전에 우리 부부가 자주 참가했던 멋-거리 산악회의 회원으로서, 버스 안의 인사에서 모처럼 우리 내외를 다시 만난 기쁨을 언급하였고, 등산 도중에도 여러 차례 다가와 말을 건넸다. 그는 1952년생으로서 나보다 세 살 아래이며, 경남일보에 근무하다 정년퇴직했던 모양인데, 5년 전에 이 산악회가 결성되던 당시부터 회장을 맡아 있다.

멋-거리산악회의 총무를 맡아보던 흰머리오빠 김정선 씨가 사업 실패 후 충북 청주로 옮겨가 살다가 약 6년 전에 작고했다는 소식도 오늘 그로부터 비로소 들었다. 멋-거리산악회는 아직도 있고, 안 씨 역시 그 산악회의 회원 자격을 유지하고 있으나, 1년에 서너 번 회원끼리만 다니면서 연례행사를 하는 정도라고 한다. 새희망산악회는 매회 추첨을 하여 선물을 주고 산행 후에는 소문난 식당을 골라 석식도 제공하므로, 인기가 있어 매회 대절버스 두 대씩을 동원하고 있다. 오늘은 우리 내외도 각각 속장갑 한 쌍씩을 받고, 나는 방풍용 목도리도 하나 당첨되었다.

대전통영 및 경부고속도로를 경유하여 대전광역시 대덕구로 접어들어, 송시열·송준길 등이 살았던 宋村이 있는 懷德에서 조금 더 북쪽에 위치한 장동의 장동산림욕장 주차장에 오전 10시 25분 경 닿았다. 거기서부터는 정상 일대의 계족산성을 둘러싸고서 이어진 임도를 따라 계속 걸어서 두어 차례 왼쪽으로 꺾어 10km 정도 떨어진 절고개까지 나아갔다. 임도의 한쪽 편으로는 황토를 깔아 맨발로 걷는 체험을 할 수 있게 만들어두었는데, 지금은 겨울이라 얼었던 흙이 녹아 습기가 질펀한 곳들이 많았고, 또한 황토 길에 자동차 바퀴가 선명하게 나 있는 곳도 있었다. 길가에는 오래 된 벚나무 가로수들이 늘어서 있어 봄철의 꽃구경도 좋을 듯하였다. 임도는 대체로 평탄하여 등산이라기보다는 데이트 코스를 걷는 기분이었다. 우리는 정오를 지나서 만난 사각형 나무 정자 주변에서 점심을 들었는데, 우리 내외는 일행으로부터 좀 떨어진 장소의 낙엽 위에 앉아 식사를 하였다, 거기서도 안 회장이 다가와 말을 건네므로, 그와 소주를 한 잔씩 나눠 마셨다.

절고개에서부터는 임도를 버리고 오른쪽으로 이어진 계족산성 등산로에 올라, 성재산(399m)을 지나서 정상 일대에 위치한 계족산성에 닿았다. 산성은 꽤 규모가 크고 돌을 사각형으로 자그마하게 다듬어 쌓았는데, 보존 상태가 양호한 것으로 보아 대부분 근자에 복원한 것인 듯하였다. 1991년에 사적 355호로 지정되었다. 계족산성은 계족산 정상인 봉황정에서 북동쪽으로 둥글게 발달한 능선을 따라 약 1.3km 지점에 있는 산봉우리(해발 420m)에 머리띠를 두르듯 돌을 쌓아 만든 석축산성이다. 남북이 긴 사각형에 가까운 모양이며, 둘레는 1,037m로서 대전광역시에서 확인된 46개의 산성 중 규모가 가장 크다. 성벽은 대부분 무너진 상태였으나 일부 성벽은 1992년부터 복원한 것이라고 한다. 성벽의 높이는 동벽이 4~6m, 남벽이 2~8m, 서벽은 7.8m, 북벽은 9.4m이다.

삼국시대에 백제의 동쪽 변방에 불과했던 대전 지방이 요충지로 부각된 것은 고구려 군에게 한성을 빼앗기고 도읍을 웅진(공주)으로 옮긴 뒤부터이다. 대전 지역이 신라가 침입했을 때 웅진을 막는 중요한 관문 역할을 하게 되면서 많은 산성을 쌓았으며, 계족산성이 그 중심 역할을 하였다. 백제 성왕이 전사한 관산성도 여기서 멀지 않은 곳에 위치해 있다. 산성 내에 있는 봉수대는 조선시대에 이르기까지 통신 시설로 사용되었던 것이라고 한다.

계족산성에서부터 500m쯤 아래로 내려온 지점에서 다시 임도를 만났고, 거기서부터는 골짜기를 따라 계속 나무 데크로 된 계단이 이어졌다. 그 계단을 따라 다시 장동산림욕장의 물놀이장에 도착한 다음, 임도를 따라서 주차장까지 내려왔다. 주차장에서 약 200m 정도 떨어진 위치에 대기하고 있는 우리들의 대절버스에 오후 3시 15분쯤 도착하였다. 오늘 산행의 총 주행거리는 13.3km라고 한다.

돌아올 때는 오후 6시 남짓에 경남 산청군 금서면 매촌리 134-6의 산청한방약초축제장 도로 가에 위치한 산청약초식당에서 석식을 들었다. 우리 내외는 여기서도 회장과 함께 앉아 식사를 하고 막걸리 두 통도 마셨는데, 식당 주인은 이 산악회의 회원이라고 한다.

28 (일) 부슬비에 대체로 흐리고 저녁부터 비 –설산, 괘일산

아내와 함께 경북산악회를 따라 전남 곡성군의 雪山(522.6m, 정상의 표지석에는 553m) 掛日山(441m, 정상의 표지는 455m)에 다녀왔다. 오전 7시 50분에 시청 건너편 구름다리 부근에서 40인승 대절버스를 타고서, 8시쯤에 도동의 한일병원 부근에 있는 산악회사무실 앞을 경유하였다. 2층에 있는 산악회 사무실 바깥벽에는 재진경북향우산악회라고 씌어 있었다. 유춘식 씨가 망진산악회를 맡아 있었을 때 그를 비롯한 경북 출신의 사람들이 모여 만든 산악회인데, 오늘로서 벌써 제205차 정기산행을 기록하고 있다.

남해·호남고속도로를 경유하여 옥과IC를 빠져나간 다음, 곡성군 옥과면 소재지를 경유하여 전남옥과미술관과 성륜사 앞 주차장에서 9시 50분에 하차하였다. 거기서 올해의 시산제를 거행하였는데, 나는 그동안 성륜사를 경유하여 옥과미술관을 한 바퀴 둘러보았다. 雪靈山 聖輪寺는 1990년에 대웅전 준공을 시작으로 하여 건설된 비교적 새로운 절인데, 그 규모가 상당하였다. 곡성의 泰安寺에 있던 淸華스님이 만년에 다른 곳으로 이주하였다는 말은 태안사에 드나들던 박선자 교수를 통해 들은 바 있었지만, 그것이 바로 이 절이란 것은 알지 못했다. 이곳은 청화스님이 수행하다가 입적한 곳으로서, 조선당에 그 부도와 탑비가 있다고 한다. 대웅전이 본채로부터 떨어져 높다란 곳에 외따로 서 있는 점이 특이하였다.

道立 全羅南道玉果美術館은 호남의 전통 남화를 전공한 雅山 趙邦元 화백이 평생 모은 수집품인 간찰 5,770점, 서화·서첩류 92점, 성리대전 목판각 939점 등 총 6,801점과 부지 14,093㎡(4,263평)을 전라남도에 기증하고, 그 외에도 백제·통일신라시대 암·수막새 6점, 고문서 2점, 전남·광주 중진 작가 작품, 역대 전남도전 대상 수상작품 80여 점, 탁본 44점 등을 수장하여 1996년 9월 13일에 한옥 양식으로 개관한 것이다. 주차장 부근에 이곳 아산 2실에서 금년 1월 24일부터 6월 24일까지 개관 20주년을 기념하는 아산의 2016년 신년기획 특별전이 개최되고 있음을 알리는 플래카드가 나붙어 있었다. 성륜사도 아산의 기부로 이루어진 것이라고 한다.

산신제가 끝난 다음, 주차장 옆으로 난 산길을 따라 능선에 올랐고, 고인돌바위 등을 지나서 전남 곡성군 옥과면과 전북 순창군 풍산면의 경계를 이루는 능선을 따라 서쪽으로 계속 나아가 마침내 설산 정상에 이르렀다. 이곳에는 아내와 함께 2008년 10월 19일에도 온 적이 있었는데, 나는 당시 순창군 금과면 목동리에서부터 호남정맥 코스를 따라 설산으로 향하다가 도중에 길을 잃고서 하산하여 버스를 타고 집합 장소인 곡성군 오산면 운곡리의 성림청소년수련원으로 향하였고, 아내는 짧은 코스를 취하여 오늘처럼 성륜사에서부터 등산을 시작한 바 있었다.

오늘의 최고 지점인 설산 정상의 바람을 피할 수 있고 조망이 있는 장소를 택해 아내와 함께 점심을 들었다. 설산이란 정상을 이루고 있는 바위가 규석으로 되어 있어 햇빛을 받아 눈처럼 희게 보인다 하여 붙여진 이름이라고 한다. 설산에서 괘일산 방향으로 조금 나아간 지점에 금샘(성금샘터)이라는 이름의 바위굴 속에 있는 우물이 있었다. 사람 하나가 몸을 구부리고서 간신히 들어갈 수 있는 지점에 컴컴한 가운데 우물이 있는 것인데, 그곳까지 함께 간 우리 일행 중에서 나만이 굴속으로 들어가 물을 한 바가지 퍼 마셨다.

그리고는 곡성군 옥과면과 전남 담양군 무정면의 경계를 이루는 능선을 따라 남쪽으로 내려와 괘일산에 다다랐다. 아내를 비롯한 대부분의 일행은 바위 길이 가파른 괘일산을 그냥 지나쳐버리고 말았지만, 나는 일단 지나쳤던 길을 되돌아와 괘일산 정상에도 올랐다. 거기서 성림수련원으로 연결되는 도로까지 내려왔다가, 계속 동쪽으로 향하여 설옥관광농원을 지난 다음, 다시 한참을 더 걸어 오후 2시 20분쯤 골짜기 안쪽에 위치한 설옥리의 설옥마을에 다다랐다. 그곳은 수도암을 경유하여 설산에 오르는 코스의 막다른 위치였지만, 너무 후미진 곳이라 일행이 찾기 어려우므로 설옥리 표지석이 있는 삼거리까지 내려와 일행이 다 도착하기를 기다리다가, 깨죽 등으로 간단한 하산주를 들었다. 오늘의 총거리는 8.5km라고 한다.

오후 3시 20분에 그곳을 출발하여 진주로 돌아가는 도중에 승주IC에서 호남고속도로를 벗어나 22번 국도를 탄 다음, 순천 선암사 진입로 입구인 순천시 승주읍 신성리 1017(선암사길 48)에 있는 진일기사식당에 들러 돼지김치찌개 등으로 석식을 들었다. 우리 내외와 같은 테이블에 앉은 사람은 김국성이란 이름의 중년 남자인데, 등산 도중에 계속 사진 촬영을 하고 있었다, 물어보니 그는 대한산악연맹의 회원으로서 한 주에 3~4번씩 국내의 산들을 오른다는 것이었다. 식사를 마친 무렵부터 빗발이 굵어져 제법 소나기로 되었으나, 해진 후 진주에 도착하자 그쳤다.

3월

13 (일) 맑음 - 의성 금성산

친구산악회를 따라 경북 의성군 금성면에 있는 金城山(530.1m)에 다녀 왔다. 아내와 함께 예약해 두었었는데, 아내는 어제 산악회로 전화를 걸어 취소했다고 한다. 8시 10분까지 시청 앞에서 대절버스를 타고, 장대동 어린이놀이터 근처에 들렀다가, 고령 가는 국도를 경유하여 광대·구마·중앙고속도로를 통해 북상했다. 군위IC에서 5번 국도로 빠져나온 다음, 919번 지방도를 따라서 일연이 『삼국유사』를 집필했다는 군위군의 麟角寺 방향으로 나아가다가, 도중에 위천을 버리고서 28번 국도를 따라 조금 더 북상하여 국보 77호인 오층석탑이 있어 예전에 사학과·철학과의 인문학부 답사여행에 동참하여 두 번 정도 방문한 적이 있었던 탑리에 다다랐다. 거기서 다시 68번 지방도를 따라 금성산과 비봉산(671.8) 사이의 골짜기 깊숙한 곳에 위치한 水淨寺 부근까지 들어갔다가 도로 차를 돌려서 나와 양파 조각들이 서 있는 공원 부근의 금성산 입구 주차장에 닿았다.

거기서 이 산악회의 창립 7주년 시산제를 지낸 후, 오전 11시 40분 무렵부터 등산을 시작하였다. 등산로에 접어들자 머지않아 등산로를 따라서 돌로 쌓은 금성산성(쇠울산성)의 모습이 나타났다. 금성산은 국내 최초의 死火山이며, 삼한의 부족국가였던 詔文國 시대에 쌓았다 하여 이 산성을 조문산성 또는 金鶴山城, 金山石城으로 부른다고 한다. 길이 약 2,730m, 높이 4m, 너비 2~4m로 山頂石과 包谷式을 복합한 석축산성인데, 축성 연대는 알 수 없으나 신라 문무왕 13년(673) 9월에 성을 보수하여 신라가 삼국통일을 위해 唐軍을 물리치는데 한 몫을 했던 것으로 기록되어 있다. 촌로들의 구전에 의하면 신라 문무왕 이전에 축성된 조문성이라 전하며, 『義城縣誌』에도 금성산 古城 안에 대궐 유지와 우물 4개소가 있다고 기록되어 있다고 한다. 좀 더 올라간 지점에 기마병을 훈련하던 자리라고 하는 병마훈련장도 있었는데, 그 터가 별로 넓지 못하고 경사져 있었다.

정상의 표시석에는 산의 높이가 530m로 새겨져 있었다. 나는 거기서 한참을 더 나아간 지점의 봉수대에 있는 나무 벤치 세 개 중 하나에 혼자 앉아 도시락과 소주 한 병으로 점심을 들었다. 해발 445m 지점에 위치한 이 봉수대는 『세종실록지리지』(1454)에 '영니산봉수대'로 기록되어 있다고 한다. 면내에는 세 개의 봉수대 유적지가 있는데, 조선시대 제2로 직봉노선의 내지봉수인 영니산봉수대는 청로의 승원산봉수대에서 봉화를 받아 만천의 대야산봉수대에 전달했다고 한다. 운영시기와 축조연대는 알 수 없으나, 문헌 자료를 통해 조선 중기까지 존치하였음을 알 수 있다. 2009년 7월에 발굴조사를 하였는데, 봉수의 방호벽은 ㄱ자로 잘 남아 있지만, 거화시설과 봉수군이 기거하던 주거지 등은 확인되지 않았으며, 하부토층에서 봉수지와 직접 연결되는 시기보다 빠른 통일신라-고려시대로 추정되는 기와 등이 출토되었다고 한다. 확인된 방호벽이란 벤치 뒤편에 반듯하게 새로 쌓아진 돌로 된 벽을 의미하는 것인 듯하다.

점심을 든 후 또 한참을 더 걸어 나아가 비봉산 갈림길에서 수정사 방향의 골짜기 길을 취해 내려왔다. 일행 중 건너편의 비봉산 쪽으로 나아가는 사람들도 있었지만, 나는 오후 4시까지 하산하라던 집행부의 말을 유의하여 무리하지 않기로 한 것이다. 수정사는 신라시대에 의상조사가 창건한 사찰로서, 절터에 대가람지와 석탑이 원형 그대로 보존되어 있다고 하나, 현재의 절은 그 규모가 그다지 크지 않았다.

절에서부터는 포장도로가 이어져 있어 아침에 들어온 바 있었던 그 도로를 따라 출발지점인 금성산 주차장까지 내려왔다. 거의 다 내려온 지점의 계곡 건너편에 그럴듯한 한옥 두 채가 눈에 띄었으므로 그리로 가보았다. 먼저 惟肖閣이라는 현판을 건 건물이 돌담에 둘러싸여 있고, 그 뒤로 현대식 가옥 몇 채가 들어서 있으며, 그 뒤편에 龍門亭이라는 篆體의 현판을 단 본채인 듯한 건물이 위치해 있어, 나무 빗장으로 된 문을 지나 그 안마당까지 들어가 볼 수 있었다. 용문정은 조선조 형조판서를 지낸 雲谷 이희발이 세운 것이라 하는데, 후손이 거주하고 있기 때문인지 그 일대 전체가 관리가 잘 되어 있었다.

오후 3시 반쯤에 원점회귀 하였는데, 오늘 내가 걸은 코스는 총 7.9km였

다. 시산제를 위해 마련한 다소 풍성한 안주로 하산주를 든 후, 갈 때의 도로
들을 따라서 밤 8시 남짓에 귀가하였다.

20 (일) 맑음 -백제가요정읍사오솔길 1-2코스

아내와 함께 죽호산악회의 정읍 백제가요정읍사오솔길 1-2코스에 다녀
왔다. 원래는 두 주 전 월요일에 새희망산악회의 여수 금오도 비렁길 3-4코
스에 신청해 두었었는데, 신문을 보고서 오전 8시까지 집합장소인 신안동
운동장 1문 근처 산골기사식당 앞에 도착해 보니 이미 떠나고 없었던 것이
다. 산악회 측에다 문의하기 위해서 스마트폰에 있는 문자메시지의 전화번
호를 눌러보니 거기에는 집합시간이 원래는 7시였다가 7시 반으로 변경되
어져 있었다. 그런 까닭에 운동장 1문 앞에 대기 중인 몇 대의 산악회 버스들
중 내가 잘 아는 청솔산악회의 김계세 회장 등이 참가하는 이 산악회로 임시
방편으로 변경하게 되었던 것이다. 죽호산악회는 처음 들어보는 이름인데,
신문에 광고를 내지 않으며, 청솔산악회와는 자매관계인 모양이다.

통영대전·광대고속도로를 따라 가다가 북광주 방향으로 가는 253번 고
속고로를 경유하여 25번 호남고속도로에 접어들어 백양사·전주 방향으로
나아갔고, 정읍·고창 방향으로 가는 22번 국도로 빠져나와 정읍시를 통과
하여 오전 10시 25분에 정읍시 남쪽에 있는 정읍사공원에 도착하였다. 『악
학궤범』에 실려 있는 「정읍사」를 소재로 한 공원으로서, 그 가장 높은 곳에
는 1986년에 세웠다는 돌로 만든 여인의 모습인 望夫像에 세워져 있었다.
백제시대 정촌현(정읍)에 살던 한 여인이 남편을 기다리다 지쳐 그대로 망부
석이 되었다는 전설과 망부석이 된 백제 여인이 불렀다는 현재 한글로 전해
오는 가장 오래된 백제가요 「정읍사」를 소재로 한 것이다. 여인이 입은 옷은
고구려 벽화에 나오는 복식인데, 그것은 고구려 유민이 백제를 세웠다는데
서 유래한 것이다.

정읍사 오솔길은 공원에서부터 시작되어 그 조금 위쪽에서 1코스인 숲길
로 접어들었다. 정읍사오솔길은 1·2·3코스로 나뉘며 총연장이 17.1km인
데, 1코스는 야산을 따라가는 숲길 6.4km이고, 2코스는 1코스의 종점인 문

화광장에서부터 내장호를 한 바퀴 둘러 다시 문화광장으로 돌아오는 산책로 4.5km이며, 3코스는 문화광장에서 정읍천변을 따라 정읍사공원으로 돌아오는 자전거길이다. 1코스인 숲길에는 중간에 만남·환희·고뇌·언약·실천·탄탄대로·지킴 등의 부부의 사랑을 테마로 한 스토리를 엮은 이름들이 붙어 있었다. 소나무 고목들 사이로 이어진 길이라 퍽 운치가 있었다. 탄탄대로 길과 지킴의 길 사이에 있는 월영갈림길에서 아내와 둘이서 준비해간 도시락으로 점심을 들었다.

오후 1시 40분에 문화광장에 도착한 후, 아내는 버스 안에서 쉬고 나 혼자 이어서 2코스로 떠났다. 인공 댐인 내장저수지의 물이 빠져나가는 지점에서부터 오른편으로 나무 데크와 채색 시멘트 등으로 조성된 길을 따라 걸어갔는데, 도중에 갑오동학100주년기념탑이 서 있는 전봉준공원에 들러보았다. 그 부근에 '샘골의 빛'이라는 제목으로 2002년에 정읍시가 세운 세 개의 검은빛 커다란 돌로 된 조각상이 서 있었는데, 정읍의 문화적 자산들인 내장산과 정읍사, 그리고 갑오농민혁명을 각각 상징한다고 한다. 내장산단풍생태공원도 거쳐 갔다. 이 공원은 내장산의 서래봉이 바라보이는 그 입구쯤에 위치해 있다. 호수를 한 바퀴 돌아 나온 지점의 제방 부근에 1971년 내장산이 국립공원으로 지정된 것을 기념하여 당시의 박정희 대통령 친필 휘호를 새긴 '내장산국립공원' 비와 1955년에 착공하여 1964년에 준공한 內藏湖水築造紀蹟碑가 눈에 띄었다.

3시 5분 무렵에 내장산문화광장으로 돌아와 돼지고기 안주로 맥주를 몇 잔 들고서, 갈 때의 코스를 경유하여 어두워질 무렵에 진주에 도착하였다. 도중의 휴게소에서 근자에 잃어버린 것을 대신하여 새 맥가이버 칼과 외송농장에서 쓸 고무 끈을 샀다. 광대고속도로는 종전의 2차선이었던 88고속도로를 4차선으로 확장한 것으로서 그 면모를 일신하였는데, 도중의 지리산 휴게소 주차장 광장에도 종전에 서 있었던 운치 있던 소나무 고목들이 모두 사라지고 없었다.

4월

7 (목) 오전까지 비 오다가 그침 - 깊은 산속 옹달샘

오전 5시에 기상하여 내가 운전을 해서 아내와 함께 충북 충주시 노은면 우성1길 201-61에 있는 깊은산속옹달샘-아침편지명상센터로 향했다. 아내의 제자가 명예퇴직 기념으로 선사한 것인데, 나는 싫었으나 아내가 꼭 원하므로 어쩔 수 없이 함께 가게 되었다. 간밤에 잠도 거의 자지 못한 채 내비게이션을 의지하여 통영-대전·경부·중부고속도로 등을 경유하여 충주까지 나아갔는데, 도중에 여러 차례 휴게소에 들렀음에도 불구하고 정신이 흐릿하여 운전 도중에 한 차례 핸들이 꺾이기도 하였고, 중부고속도로에 접어들려다가 그 직전의 길로 잘못 들어 차를 돌려 나오기도 하였다.

공복인 채로 오전 10시까지 도착하도록 되어 있는데, 9시 45분 무렵에 다다른 듯하다. 우리는 오늘부터 4월 13일까지 1주 코스를 신청하였는데, 개중에는 4월 10일 낮까지 3박4일간의 코스에만 참가하는 사람들도 있는 모양이다. 참가자는 모두 55명 쯤 되는 듯한데, 전국 각지에서 왔고, 개중에는 미국이나 베트남 등 외국에서 온 한국 사람들도 있었다.

매일 오전 5시 30분부터 오후 11시까지 타이트하게 일정이 잡혀 있는데, 다행히 오후 9시 이후는 '나의 해독일기 작성' 시간이라 취침 전 매일 새벽에 써 온 일기 작성을 계속할 수 있을 듯하다.

이곳에서는 고도원 씨가 대표로 있는 깊은산속옹달샘과 상형철 씨가 원장으로 있는 더필입병원이 협력하여 프로그램을 진행하는 모양이다. 오늘은 도착한 후 오리엔테이션과 숙소 안내 및 환복이 있었고, 병원의 환자복 비슷한 모양의 이곳 복장으로 갈아입고 난 후, 오전과 점심 식사 후까지도 각종 검사가 있었다. 식사 메뉴는 주로 채식이었다. 상형철 씨의 저서 『병원 없는 세상, 음식치료로 만든다』(서울, 물병자리, 2016)도 한 권 받았다.

오후 4시부터 상형철 원장이 파워포인트를 사용하여 녹색뇌 해독코드에 대한 강의와 독일에서 개발되었다는 아우토겐 이완요법 1을 이끌었고, 저녁 식사 후 둥그렇게 둘러앉아 각자 자기소개를 하는 시간이 있은 다음, 고도원 씨가 333녹색호흡과 풍욕에 대한 설명 및 시범을 보였다. 녹색은 건강을 상징하는 말이다.

나는 오늘 올 때까지 여기가 무얼 하는 곳인지 잘 몰랐었는데, 건강치유를 목적으로 하고 있으며, 대부분의 사람들이 다년간 고도원 씨의 인터넷 아침편지를 받아보고 있었다. 고도원 씨는 고 김대중 대통령의 연설문 대부분 작성했던 사람이라고 하니 문필력이 있는 모양이다.

녹색뇌 해독코드란 양방과 한방 및 자연치유의 방법을 결합한 건강 프로젝트로서, 우리 인간의 건강을 해치고 병을 유발하는 5가지 독소(음식독소, 스트레스, 과로독소, 환경독소, 체질독소)를 체질별로 분석해, 의료적 검사와 진단에 따른 음식 처방과 명상을 통해 해독함으로써 건강과 장수를 실현하기 위한 것이다. 그러나 나에게는 그러한 것들이 검증 되지 않은 민간요법의 요소를 다분히 내포하고 있는 것으로 보여, 끝내 거절하지 못하고 아내의 권유에 따라 여기까지 함께 온 것이 자못 후회스럽다.

8 (금) 맑음

오늘은 새벽 5시 30분부터 풍욕을 하고, 아침식사 후 청소 명상 및 상형철 원장이 인도하는 아우토겐 이완요법 2 및 고도원 씨를 따른 걷기 명상을 하였다. 점심 식사 후에는 선무도 수련 경력이 30년 되었다는 김무경 씨의 인도에 따른 통나무 명상, 상형철 원장의 니시 의학 6가지 운동법 특강 및 실습, 그리고 식당에서 우리들의 요리를 책임 진 요리사 아주머니에 의한 거슨 스프 시음 및 조제법 강의 시간을 가졌으며, 저녁식사 후에는 경기도 용인에 가족이 사는 기혼 여성 이서영 소장의 인도에 따라 파트너인 아내와 함께 CSST(Cranio Sacral Somatic Therapy, 두개천공소마요법)를 배웠다.

아침에 아우토겐 요법을 배우기에 앞서 고도원 씨가 몇 마디 보조발언을 하였는데, 그 말에 의하면 '고도원의 아침편지'는 이메일로 360만 명, 모바일로 100만 명에게 보내지고 있으며, 앞으로는 중국어로 10억 명에게 보낼 예정이라는 것이었다. 그리고 이곳에는 아침지기라는 이름의 깊은산속 옹달샘의 활동을 보조하는 젊은이들이 10여 명, 그리고 의료진이 10여 명 일하고 있는 듯하다.

　고도원 씨의 말 중에 흘러나온 바에 의하면, 근처의 드넓은 산지가 대부분 이곳 소유로 되어 있으며, 유기농 음식을 만들기 위한 텃밭이 3,000평 정도 있다. 이곳의 약도에 따르면 건물은 모두 16채 있고, 그 외에 식당 부근의 장독대와 가마솥, 버섯을 재배하는 하우스 두 채가 따로 있으며, 산 속엔 장뇌삼을 재배하는 장소도 있다. 그리고 우리 숙소 바로 옆에 5층짜리 콘크리트 건물을 신축 중이다.

　오기 전에 내가 상상했던 것보다 훨씬 더 크고 풍부한 이 모든 부가 어디서 나오는지 궁금했는데, 각종 프로그램의 참가자들이 내는 돈 외에 오늘 옆에서 다른 사람끼리 하는 말을 엿들은 바에 의하면, 매달 만 원씩 회비를 내는 사람이 10만 명 이상이고, 그 외에도 기부자들이 있는 모양이다. 오늘은 우리 외에 핸드폰 중계소의 신입사원 100명이 1박2일 코스로 새로 들어왔다.

　풍욕이나 니시 의학은 나도 럭키아파트에 살 때 앞집 사람을 통해 익히 접한 바 있었는데, 이는 일본의 니시 가츠조(西勝造, 1884~1959) 씨가 개발한 자연치유의학에서 강조하는 바이다. 西 씨는 목침과 널판자 위에 누워서 하는 척추 치유를 강조하고, 암에는 극도로 영양 섭취를 제한하여 암 세포를 굶겨 죽일 것을 강조하는데 비해 거슨 스프를 창시한 서양인은 치유의 핵심을 영양의 균형에다 두는 모양이다.

　이곳에서 실시하는 모든 요법들은 이미 의학적으로 그 효능이 검증되었음을 강조하고 있지만, 일반 병원에서는 실시하지 않는 것이니, 역시 과학적으로 공인된 것은 아닌 것이다. 대체로는 도교의 수련법과 유사한 면이 있다. 통나무 명상이나 CSST 등에서 하는 기공치유가 특히 그러한 사례이다. 여기서는 이런저런 활동에다 명상이란 말을 붙이고 있는데, 통나무 명상이란 편백나무로 만든 통나무 頸枕으로써 하는 치유이며, 우리 각자는 그것 외에 오동나무로 만든 목침을 하나씩 배부 받아 있다. 오늘 상형철 원장으로부터 독소의 마지막 단계가 암이라는 말을 들었다. 그리고 거슨 스프는 '히포크라테스의 해독 스프'라고도 한다.

　이곳에서는 식사 때마다 몇 차례씩 금속제의 그릇 같은 것을 나무 방망이로 때려 음식 먹는 행위를 도중에 중단시킴으로써 빨리 먹는 습관을 고치려 하고 있으며, 걷기 명상 때도 도중에 징을 울려 진달래 꽃잎을 따는 시간과 그것을 중단하고서 걸을 시기를 구분하고 있었다. 걷기 코스는 30분, 1시간, 1시간 반의 세 종류가 있는데, 우리는 그 중에서 가장 짧은 코스를 걸었다.

오늘 오후에 두 차례 한국토지주택공사로부터 큰누나의 주거급여 문제와 관련하여 전화가 걸려왔고, 문자 메시지도 받았다. 누나가 무료로 거주하고 있는 내 소유의 부산 집과 관련한 것인데, 누나 및 그들과 통화한 후 그들이 요구하는 데로 내 사인을 스마트폰으로 촬영하여 그들이 보낸 문자메시지에 첨부해 보냈다.

9 (토) 맑음

셋째 날.

오전 5시 30분부터 풍욕, 조식 후 아우토겐 이완요법 3, 통나무명상을 인도하는 김무경 씨의 아들이자 선무도 고수인 우리 남자 방 담당 아침지기 김재덕 씨의 인도에 의한 요가가 있었고, 중식 후 통나무 명상, 고도원 씨의 녹색뇌 해독코드 특강, 비교적 젊은 남자의 인도에 의한 춤 명상 춤 치유, 석식 후 풍욕을 인도하는 아침지기 유하영 씨의 인도에 의한 향기 명상과 림프 마사지가 있었다.

이곳에 도착한 이후 내가 이메일로 지인들에게 보낸 발칸 여행기를 틈틈이 새로 한 번 읽고 있었는데, 오늘 마쳤다.

오늘도 아우토겐 이완요법 전에 고도원 씨가 이곳에서 운영하는 링컨학교의 수료생인 어린 학생이 보내온 아침편지를 읽어주었다. 링컨학교란 일종의 방학 캠프인데, 초등학교 4학년부터 대학생까지가 참가할 수 있고, 인성과 독서의 두 개 프로그램으로 나누어 운영하는 모양이다. 2층으로 된 도서관 건물이 링컨학교로 사용되고 있고, 사무실 건물 3층에 도서관이라는 방이 따로 있었다.

중식 후 고도원 씨가 우리들을 이끌고서 식당 주변의 장독대들과 건물 지하에 있는 식품저장고를 보여주었다. 식당을 담당한 중년 여성 서미순 씨가 부설 음식연구소의 소장이기도 한데, 그녀는 식당과 식품저장고를 자기 놀이터라고 말하고 있었다. 음식 저장고는 식당 옆의 지상에도 또 하나 있고, 식당과 링컨학교 사이의 언덕에 각종 효소를 저장한 장독대도 또 하나 있었다. 오늘 본 지하저장고는 몇 개의 저온저장고 및 엘리베이터 등 최신식 시설을 갖추고 있고, 표고버섯·각종 산나물·메주 등과 각종 말린 음식물 등을 탁자 위에 벌여놓거나 여러 종류의 통에 저장해 두고 있었다. 그녀는 지하저장고에서 우리들에게 자투리 야채 20여 종을 섞어서 만든 차를 대접하기도 했다.

오늘 자투리 시간에 이곳 구내를 두루 한 번 둘러보았다. 안내도를 다시 한 번 살펴보니 건물은 모두 15채인데, 신축 중인 5층 건물도 그 속에 포함되는 모양이다. 그린하우스라는 이름의 숙박 휴식 공간인 이 건물은 금년 6월에 완공된다는데, 그 안에 스파와 수영장도 들어갈 것이라고 한다. 건물과 시설 중에는 기부자의 이름이 붙은 것이 4곳이고, '고도원의 〈춘하추동〉'이라는 건물은 고도원 씨가 아침편지를 집필하는 장소라고 집 앞의 설명문에 적혀 있었다.

고도원 씨는 남자로서는 꽤 작은 키인데, 금년에 65세이다. 시골교회 목사의 아들로서, 부친은 제주도에서 다년간 목회활동을 하였으나 끼니 굶기가 일상일 정도로 가난했던 모양이다. 그는 청년시절에 반체제 활동으로 감방에 들어간 적이 있었고, 기자생활을 30년 동안 하며 중앙일보의 정치기자로서 활동하였으며, 대통령 연설문을 작성하는 일을 5년 동안 했다. 여행단을 이끌고서 13년째 몽골을 왕래하는 등 여러 종류의 해외여행단을 이끌고 있기도 하다. 그 자신이 오랜 동안 건강상의 문제로 시달려 왔다가 완쾌된 경험이 있으므로 명상치유센터인 깊은산속 옹달샘을 운영하게 되었다. 이는 '꽃피는 아침마을 문화재단'(약칭 꽃마)의 부설기구인 모양인데, 후자는 각종 식품의 판매를 중개하여 그 수수료를 받기도 한다. 깊은산속 옹달샘의 회비(기부금?)는 최소가 월 1만 원부터라고 한다.

한의사인 상형철 원장은 부천에서 건강검진센터를 운영하다가 고도원 씨와 인연을 맺은 모양이다. 그가 인솔하는 의료진은 이곳에 상주하는 것이 아니고 필요할 때마다 오고가는 듯하다. 그 역시 젊은 시절부터 건강상의 문제가 많았으며, 제주도에서 다년간 한의원을 경영하여 거부를 이룬 적도 있었다고 한다.

오늘 요가를 이끈 김재덕 씨는 경주의 골굴사에 들어가 일반인으로서 선무도를 익혔는데, 지금도 그곳에 가면 특별한 대우를 받을 정도로 고수인 모양이다. 오늘 요가 시간에 앞서 그가 선무도의 시범을 보이는 내용을 담은 간단한 영상물을 상영하였다.

첫날 실시한 각종 검사 결과에 의해 오늘 밤에 참가자들의 체질을 발표하였는데, 나와 아내는 M2, 즉 약음성 체질이라고 한다. 내일부터는 체질별로 밥상을 달리한다. 3박4일 코스로 온 사람들은 내일 오후에 귀가하고, 오늘 또 새 팀이 들어온 모양이다. 3박4일 팀의 1인 참가비는 70여만 원이고, 우리 내외처럼 6박7일 코스는 백만 원에 가까운 액수이다. 우리 내외가 이번에 참가한 '녹색 뇌 해독코드 프로젝트'의 예전 이름은 '녹색 뇌 만들기 프로젝트'였다.

10 (일) 맑았다가 저녁 무렵 빗방울

넷째 날.

매일 새벽에 풍욕을 하고 있고, 오늘 조식 후에는 일행 몇 명과 더불어 뒷산 정상까지 1시간 코스로 등산을 하였다. 등산 후 서울 출신이지만 지금은 처가가 있는 영덕에 살고 있다는 판타지 소설가 최영채 씨가 남자 팀 사람들을 구내의 카페로 청하므로 10명쯤이 함께 차를 들면서 좀 대화를 나누었다.

오전 중 상형철 원장의 인도로 '아우토겐 이완요법 4'를 한 다음, 첫째 날의 검사결과에 대한 설명 및 질의응답 시간을 가졌다. 각자 자신의 진단결과를 인쇄한 책 한 권씩을 배부 받은 다음, 상 원장의 인천광역시 부평구 부평4동에 있는 더필입병원 1층의 자연치유 검진센터에 근무하는 김정하 영양사가 체질 식이 맞춤 처방전에 대한 설명을 하였고, 역시 젊은 여성인 이인영 원장이 혈액검사 등의 진단 결과에 대한 설명을 하였다. 나는 종합 성적이 50.9%로서 20대 연령 수준의 건강 상태라고 하며, 아내는 10대 수준으로서, 둘 다 이미 녹색 뇌를 만들어 있는 것으로 판정되었다. 그 외에도 나는 신장 179cm에 체중은 81.9kg으로서 최상급이었고, 콜레스트롤 토털의 수치도 167mg/dL로서 골드급이라고 발표되었다. 결국 나 같은 사람은 건강을 위해 별로 특별한 노력을 한 것은 없지만 이미 녹색 뇌를 유지하고 있으므로, 이런 프로젝트에 참여할 필요가 없었던 것이다.

점심 후에는 상형철 원장이 '검사 결과 설명 및 질의응답 3'에서 판정 원칙에 대해 종합적으로 설명하였다. 결국 상 원장의 자연치유의학은 인간의 체질을 네 가지로 분류하는 四象醫學에 기초한 것이라고 할 수 있다. 그것이 끝난 후 3박4일 팀은 마지막 특강인 '생활 속 실천하기 및 마음 나누기'를 마친 후 귀가하였고, 6박7일 팀은 그 동안 1시간 반 정도 자유 시간을 가졌다.

그 시간에 나는 아내와 더불어 다시 한 번 뒷산에 올라 최장 거리의 코스를 산책하였다. 이번에는 오전의 일반적인 산행 코스가 아니고 숙박 및 휴식 공간의 하나인 '꿈사다리집' 옆길로 올랐는데, 알고 보니 CSST 미용연구소인 '힐링하우스'는 별도의 건물이 아니고 '꿈사다리집'의 앞쪽에 조그맣게 붙어 있는 것이었다. 그러므로 독립된 건물 수로 말하자면 모두 14채인 셈이다. 이번의 우리 남자들 숙소는 주된 명상 및 교육 공간인 '명상의 집' 옆에 있는 2층 건물인 '내 마음의 북극성' 1층이다.

3박4일 팀이 떠나고 난 뒤에 남은 6박7일 팀은 남자 15명 중 11명, 여자 24명이니, 남자는 4명 여자는 17명이 빠진 셈이다.

오늘 새롭게 안 바에 의하면, 고도원 씨는 전북 부안의 줄포에서 태어났고, 김대중 대통령의 연설문을 작성하던 5년간은 청와대 내에 상주하였다. 그리고 아침지기의 숫자는 10여 명이 아니라 40~50명 정도이며, 그들이 사용하는 사무실 건물 위층의 도서실은 지금은 2층으로 된 링컨학교 건물로 옮겼다.

오후의 등산을 마친 뒤에 있었던 '몸 움직임' 시간에는 고도원 씨가 해외 여행 중에 알게 되었으며, 지금은 박사학위를 취득해 국내에서 대학교수로 근무한다는 조수미인가 하는 이름의 여성이 춤 지도를 하였다.

석식 후의 '니시의학 6가지 운동' 시간은 SK에서 10여 년간 요가 지도를 하고 있었던 사람을 고도원 씨가 삼고초려 끝에 발탁해 왔다는 아침지기 백기환 씨가 인도하였다.

오후의 '몸 움직임' 시간에 앞서 고도원 씨가 상형철 원장의 친구라고 하는 어성초한의원장 박찬입(?) 씨를 특별히 소개하였다.

11 (월) 맑음

조식 후 산보 삼아 깊은산속 옹달샘 앞의 공중으로 이어진 짚라인의 출발지점을 찾아보기 위해 입구 쪽으로 걸어 나아갔다. 그런데 중앙광장을 가로질러 나아가다 보니 그 진입로를 놓쳐버려 1km 밖에 있는 충주행복숲체험원이라고 적힌 아치형의 대문에까지 이르렀다. 그 문 바로 옆에 깊은산속 옹달샘 명상마을이라고 벽에 쓰인 네 채의 집이 있었는데, 뒤에 알고 보니 이곳은 아침지기들의 숙소였다. 이곳 외에 다른 곳에도 기숙사가 있다고 하며, 결혼한 사람들은 충주시 등에서 출근하는 경우도 있는 모양이다.

충주행복숲체험원은 충주시가 조성한 모양인데, 그 안에 자연휴양림·목재문화체험장·문성생태숲·등산로가 조성되어져 있으며, 여기저기에 숙소도 설치되어져 있다. 안내판에 어제 걸었던 등산로 중 1시간 반 코스는 행복숲 등산로의 C코스로 되어 있는 것으로 보아 정상을 포함한 능선 일대는 개인소유가 아님을 알 수 있다.

점심 심사 후 그 C코스에서 어제 길 없는 숲을 지나 걸어 내려오다가 도중에 만난 또 다른 길을 끝까지 걸어 올라가보기 위해 다시 그쪽으로 나아갔다. 30분 코스의 하산로에서 옆으로 새어나간 그 길의 시작지점을 만났는데, 인부 세 명이 산책로에다 통나무 침목을 설치하는 작업을 하고 있었다. 그러고 보면 이러한 침목이 설치된 산책로 겸 등산로 일대는 모두 명상센터가 소유한 땅임을 짐작할 수 있다.

매일 아침 10시부터 시작되는 아우토겐 이완요법에 앞서 고도원 씨가 아침편지를 소개하고 있다. 이곳에서는 '사랑합니다. 감사합니다.'를 일상적인 인사말로 삼고 있다. 오늘 오전에는 상형철 원장의 '아우토겐 이완요법 5' 후에 어제 밤 '니시의학 6가지 운동'을 인도했던 백기환 씨가 우리들을 산책로 숲속으로 데려가 '자연명상'을 인도하였다. 낙엽송 고목 숲 사이의 넓은 장소에서 자리를 깔고 하는 수련이었다.

점심 후에는 통나무명상·독서토론·쿤달리니명상이 있었다. 고두원 씨의 설명에 의하면 여기서는 몰입을 명상이라고 부르다는 것이다. 독서토론은 도서관 2층에서 고두원·상형철 씨와의 질의토론 방식으로 진행되었는데, 그 끝머리에서 나는 좀 시니컬한 발언을 하였다. 현재 우리나라의 평균수명이 조선왕조에서 가장 장수한 왕 영조의 수명 수준으로 늘어난 것은 그 가장 중요한 원인 중에 영양상태의 개선이 있을 것이며, 특별히 건강을 위해 아무런 노력도 하지 않는 내가 녹색뇌의 소유자라는 것은 규칙적인 생활, 충분한 수면, 즐거운 마음, 적당한 운동이라고 하는 일반적인 건강 원칙을 지켜왔기 때문일 것이니, 새삼스레 복잡한 체질별 음식이나 섭생이 필요치 않다는 취지였다. 발언 후의 박수갈채로 미루어보아 참석한 사람들의 공감을 얻은 듯하다.

쿤달리니 명상은 아침지기의 한 사람인 이효정 씨가 이끌었다. 그녀는 이번 모임에 참여한 부부의 며느리인데, 일종의 인도식 춤 요법이었다. 석식 후에는 매일 새벽 풍욕을 하는 몽골식 원형 건물인 허순영의 '하얀하늘집'에서 '발반사마사지'를 배웠다. 중년 부인 윤명래 씨가 인도하였는데, 그녀에게는 같은 제목의 저서도 있었다.

어제 오후 이래로 우리 팀 외의 다른 팀은 모두 나갔고, 오늘은 또 새로 KB 금융그룹의 부부힐링캠프 팀이 들어왔다. 국민은행을 퇴직한 사람들 그룹인 모양이다.

12 (화) 맑음
여섯째 날
풍욕을 마친 후 문성자연휴양림 쪽으로 산책을 나갔다. 알고 보니 충주행복숲체험원은 문성자연휴양림, 봉황산자연휴양림, 계명산자연휴양림 3개의 휴양림으로 구성되어져 있어, 이 일대의 것은 전체가 문성자연휴양림이었다. 짚라인은 연습코스까지 합하여 모두 다섯 개의 코스가 있는데, 그곳들

전부를 포함하여 휴양림 우측의 시설물들과 인공적으로 조성한 숲들 전체를 두루 둘러보았다. 짚라인 2번 코스에서 1번 코스로 나아가는 도중의 길가에 예쁜 새 한 마리가 나무에 걸려 있던 질긴 실에 발이 감겨 거꾸로 대롱대롱 매달려 있었는데, 내가 그 실들을 애써 풀어보려다가 결국 이빨로 끊어서 새 한 마리의 목숨을 건져줄 수 있었다. 제법 손바닥보다도 큰 놈이었다.

깊은산속 옹달샘의 진입로 초입에는 이 공간의 오늘이 있게 한 '드림서포터즈' 또는 '깊은산속 옹달샘 건축회원'으로서, 2007년 10월 3일(개천절) '드림서포터즈발대식'에 참여하여 흙점토에 자기 이름을 직접 쓴 것을 구워낸 돌담이 있다. 또한 걷기명상길 입구인 '첫문' 옆에는 ㈜바이오세라 전형탁 씨의 기부를 기리는 기념수인 낙엽송를 표시한 금속판이 놓여 있다. 그 나무의 크기가 낙엽송 숲의 다른 나무들과 다르지 않음으로 미루어볼 때 새로 심은 것은 아닌데, 어쨌든 오늘날의 이 시설이 있기 위해서는 여러 사람들의 기부와 도움이 있었음을 알 수 있다.

사실상의 교육 마지막 날인 오늘 오전에는 고도원 씨의 '아침편지' 다음에 상형철 원장에 의한 '아우토겐 이완요법 5'와 '칼 사이먼트의 이미지요법'이 있었고, 이어서 상 원장과 함께 숲속으로 들어가 배운 내용을 실습해보는 시간을 가졌다. 아우토겐이란 독일인 슐츠가 개발한 이완요법이다.

점심식사 후에는 내가 속한 5조가 오늘의 설거지명상을 맡았는데, 부엌에 들어가 보니 낯선 아침지기들과 자원봉사자들이 여러 명 함께 설거지를 하고 있었다. 아침지기는 보통 한 사람이 여러 역할을 맡는데, 우리들의 일거수일투족을 동영상으로 촬영하는 젊은이들도 대부분 아침지기일 것이다.

점심 후에 아침지기 김재덕 씨가 부친을 대신하여 '통나무영상'을 이끌었고, 이어서 그 부친인 김무경 씨가 다시 우리 일행을 뒷산 숲속으로 데려가 '소리명상'을 인도하였다. 김무경 씨의 설명에 의하면, 소리명상은 우리나라의 전통수행법이다. 『단기고사』라는 책에 그것에 관한 기록이 있다고 한다. 김 씨는 333호흡법이 아니라 5종류 3단계의 발성법을 소개하였다. 5종류의 발성법은 각각 인간의 五臟과 관계를 가진다고 한다. 발성법을 익힌 다음, 동요 '깊은 산속 옹달샘'과 '청산별곡'을 가지고서 고저를 붙여 노래처럼 불렀다. 이러한 소리명상은 옛날에는 '詠歌舞蹈'라 불렀다고 한다.

　오늘 낮에 고도원 이사장은 창원으로 가서 강연을 하게 되었으므로, 저녁 식사 후의 수업은 내일의 마지막 것과 순서를 바꾸어 상형철 원장이 '녹색뇌 해독코드 프로젝트-생활 속 실천-'이라는 주제의 PPT 자료를 가지고서 설명하였다. 독일계 유대인인 막스 거슨의 해독 요법 등을 소개하였다. 우리들이 이곳에 들어온 후 상시로 복용하는 옹필장·옹필수라는 해독제에 대해서도 설명하였다. 옹필장은 분말로 되었고 옹달샘과 더필입병원이 합동으로 만든 것인데, 1일 2회, 아침저녁에 식전 또는 식후 2포씩 물 또는 옹필수와 함께 삼켜 들도록 처방되어 있다. 우리가 '녹색뇌 해독코드 프로젝트'의 1기인 모양이다.

　상 원장의 병원에는 직원이 160명 있는데, 그 중 여성 간호사가 60명이라 하니, 꽤 큰 규모임을 알 수 있다. 그는 1962년 충남 보령에서 출생했고, 당시에는 드물게 군의관에 임관되어 3년간 병원에서 근무하였다. 몸이 약했던 그는 병의 근본 원인에 대해 고민하게 되었고, 우리를 둘러싼 생활환경과 음식이 병을 일으킨다는 결론에 이르렀다. 전역 후 제주도로 내려가 직접 유기농으로 농사를 지으면서 소비자와 생산자를 연결하는 유기농 생협을 결성하기도 하였고, 서울로 올라온 후에는 의사, 한의사, 영양사로 구성된 '통합의학연구소'를 개설하여 지금에 이르렀으며, 재활요양병원 병원장으로 근무 중이다. 네이버 카페 '병원 없는 세상'을 개설하여 병원에 의지하지 않고 약이 아닌 음식으로 건강하게 오래 사는 법을 전파하고 있다.

13 (수) 곳에 따라 비

일곱째 날.

　오늘 풍욕은 녹음된 음성에 따라 진행하지 않고 클래식 음악으로 하였다.

　아침식사를 전후하여 부슬비가 내리는데도 불구하고 밖으로 나가 어제 갔던 것과 반대 방향으로 휴양림의 시설물들을 둘러보았다. 짚라인 집결지와 통나무로 지은 숙소들, 그리고 나무 데크로 된 캠핑장들을 둘러보았고, 목재문화체험관도 구경하였다. 목재문화체험관에서 휴양림 입구 쪽을 다시 내려다보니, 깊은산속 옹달샘의 숙소들은 입구 바깥뿐만 아니라 안쪽에도 몇 채 늘어서 있는데, 건물들이 모두 제각기 떨어져 있는 것이 아니라 연립주택 식으로 서로 붙어 있는 것이 많아, 모두 합하면 실제로는 10여 채 정도 될 듯하였다. 김무경·김재덕 씨 부자도 여기에 거주하고 있다는데, 내려가는 도중에 부친인 김무경 씨를 만났다.

오전 9시 40분에 평소 주로 모임을 갖는 명상의집 1층 비채방에서 빙 둘러앉아 고도원 이사장 및 상형철 원장의 참석 하에 각자 소감을 말하고 이사장의 코멘트를 듣는 '마음 나누기 및 즉문즉답'을 끝으로 6박7일간의 모임을 모두 마쳤다.

11시경 귀가 길에 올라, 연세대학교 간호대학 1977년 졸업 동기 모임에 참석하러 가는 아내를 전북 군산시에 있는 古友堂까지 승용차로 태워다 주었다. 그곳은 군산의 근대역사 체험공간으로서 일제시기에 일본인들이 집단적으로 거주한 곳인데, 1,794평의 부지에다 1930년대 일본식 가옥들을 보수·정비하여 숙박시설 및 선술집·카페·식당 등으로 이용하고 있는 곳이었다. '고우다'의 전라도 사투리 '고우당께'의 음을 따서 지은 이름이다.

군산에서 다시금 운전하여 전주까지 간 다음, 익산장수 및 대전통영고속도로를 따라 오후 5시 반 남짓에 진주의 집에 도착하였다. 오늘이 제20대 국회의원선거일이고 오후 6시가 마치는 시간인데, 도착 시간이 늦어 투표에는 참석하지 않았다.

17 (일) 오전에 흐리고 강한 바람, 오후는 개임 -월출산 산성대·바람골 코스

산사랑축동사랑을 따라 전남 영암군 영암읍에 있는 월출산의 산성대·바람골 코스에 다녀왔다. 사천을 출발한 버스가 오전 7시 15분쯤에 시청 서문 주차장 입구에 도착하여, 그 버스를 타고서 남해고속도로에 오른 다음 광양에서 목포 가는 남해고속도로의 연장선을 따라가다가, 강진무위사 요금소에서 빠져나와 13번 국도를 따라가 9시 40분에 영암읍 서남리의 산성대 입구에 도착하였다. 얼마 전 월출산 둘레길인 氣찬묏길을 걷다가, 부슬비가 내리는 가운데 정자에 들러서 점심을 들었던 기체육공원이 있는 곳이었다. 당시에도 산성대 위의 산성치까지는 등산로 표식이 있었으나, 산성대 코스 전체가 개방된 것은 17년만으로서 작년 10월 29일 이후부터라고 한다. 오전 중 비가 온다는 일기예보 때문에 간밤에 15명 남짓이 예약을 취소하여 일행은 총 20명에 불과했다.

진주를 출발할 때는 비가 그치고 날씨가 좋았으나, 광양을 지난 무렵부터 다시 흐려지고 태풍에 버금갈 정도의 강한 바람이 불어와 주행하는 버스가 계속 흔들렸다. 등산을 시작한 이후로도 마찬가지여서 예비로 가져간 방풍 점퍼까지 꺼내 입고서 오르막길을 계속 올랐다. 산성대는 조선시대에 靈巖 山城 봉화대가 있던 곳이라 하여 이런 이름이 붙었는데, 우리는 거기가 어디인지 확인할 방법도 없어 4km 가까이 되는 광암터까지 산길을 계속 오르기만 했다. 곳곳에 나무 데크와 철제 계단이 설치되어져 있었다.

일기가 불순하므로 월출산의 최고봉인 천황봉(809.8m)을 거쳐 천황사 쪽으로 내려가는 8km 코스는 포기하고서, 임원진의 의견에 따라 광암터삼거리에서 1차 탈출 코스로 접어들어 장군바위라고도 불리는 육형제바위(523m)의 전망대에서 점심을 들었다. 예전에 정상규 군의 비경마운틴클럽을 따라와 비오는 날 월남사지 쪽에서 길도 없는 능선으로 올라 천황봉을 거쳐서 산 반대쪽의 장군봉을 바라보며 역시 길도 없는 골짜기를 천신만고 끝에 내려온 바 있었다. 아마도 산성대와 장군봉 능선 사이의 계곡이 아니었던가 싶다.

점심을 든 곳에서 조금 더 내려오니 커다란 바람폭포가 나타나고, 이어서 물이 풍부한 계곡 길로 접어들었다. 도중에 삼거리를 만나 구름다리 쪽으로 올라가는 사람도 있었지만, 우리 내외는 그냥 계곡 길을 따라 계속 내려와서 천황사 삼거리와 천황탐방지원센터를 지나 오후 2시쯤에 종점인 천황사주차장에 다다랐다. 천황사지에서 천황봉 쪽으로 올랐다가 백코스를 취할 때는 보통 이 바람골로 내려오는 모양이지만, 나로서는 이쪽 코스도 처음 걸어보는 듯했다. 월출산에는 몇 번이나 왔는지 기억하기 어려울 정도이지만, 오늘 뜻밖에도 계속 낯선 길을 걸었다.

돌아올 때는 벌교에 들러 석식을 들었다. 보성군 벌교읍 흥암로 89-24(벌교읍 회정리 382-1)에 있는 태백산맥 현부자네 꼬막정식이라는 이름의 식당에서 1인당 15,000원 하는 꼬막정식을 들었는데, 우리 내외는 한쪽 좌석에 방석이 쌓여 있는 자리에 앉았던 까닭에 둘이서 4인분 밥상을 받았으므로, 실제로는 참가비 전액에 해당하는 1인당 3만 원 짜리 석식을 든 셈이다. 그곳은 조정래태백산맥문학관의 앞쪽이고, 대하소설 『태백산맥』의 첫머리에 나오는 현부자네 집 바로 앞이며, 『태백산맥』에 나오는 무당 소화네 집도 그 옆에 있었다. 소화네 집은 1988년의 태풍으로 쓰러져 밭으로 변했다가 그 후 주차장으로 사용되면서부터 흔적조차 찾을 수 없게 되었던 것을 2008년에 보성군에서 복원하였다. 예전에 향토문화사랑회의 답사 여행을 따라와 현부자네 집 등을 들러본 바 있었지만, 당시에는 조정래문학관은 없었다. 지금은 현부자네 집 옆에서 시작되는 등산로에도 조정래의 이름이 붙어 있었다.

순천만 톨게이트에서 다시 10번 남해고속도로에 올라 해 있는 중에 진주로 돌아왔다.

24 (일) 짙은 황사 -둔주봉(등주봉)

혼자서 금복산악회를 따라 충북 안남면 연주리에 있는 屯駐峰(登舟峰, 384m)에 다녀왔다. 이 산악회는 뉴영일고속꽌광의 기사 손진로 씨가 개인적으로 운영하는 것인 모양인데, 오늘은 기사를 제외하고서 19명이 동참했다. 오전 7시 무렵 시청 앞을 출발하여 망경동과 신안운동장에서 사람을 더 태운 후 대전통영고속도로를 경유하여 북상했다. 대전 부근의 추부에서 일반 도로로 빠져 37번 국도와 575번 지방도를 경유하여, 오전 9시 30분쯤에 안남면의 면소재지에 도착했다.

등산에는 12명만이 참여했다. 길가의 여기저기에서 대청호오백리길을 표시하는 나무 팻말을 보았다. 포장도로를 따라 올라가다가 비들목재라고도 불리는 점촌고개에서부터 800m 정도 비포장 산길을 올라 이곳 명물인 한반도지형전망대에 도착했다. 전국 여기저기서 한반도 지형을 닮은 명소들을 보았지만, 이곳은 대청호로 말미암아 강폭이 한껏 넓어진 금강이 육지를 감싸고돌아 좌우가 거꾸로 된 한반도 지형을 이루어 놓은 것이었다. 전망대에는 '屯駐峯亭'이라는 팻말이 달려있는 작은 팔각정이 하나 있고, 그 주위로 사방에 나무로 된 데크 시설물들을 해놓았다. 거기서부터 정상까지는 또 800m 정도를 더 걸어야 했다. 진주에는 이미 져버린 지 오래인 진달래와 철쭉이 이곳 산에 아직도 지천이었다.

정상에서 2코스 하산로를 따라 내려오다가 길가의 좀 널찍한 곳에 둘러앉아 오전 11시쯤에 때 이른 중식을 들었다. 정상에서 1.3km 정도 거리에 있는 금정골에 다다라 금강을 만난 다음, 그 강물의 흐름을 거슬러 출발지점 방향으로 나아갔다. 평소에 여기저기서 본 적이 있었던 금강은 대부분 강폭이 좁은 편이었지만, 여기서는 진주의 남강 정도이거나 그보다도 좀 더 넓은 듯했다.

3코스인 고성마을 하산지점과 한반도 지형을 이룬 강변을 지나서 땡볕을 맞으며 한참을 걸어 獨樂亭 마을에 다다랐다. 독락정은 1630년에 折衝將軍 中樞副使를 지낸 초계 주씨 周夢得이 처음 세웠는데, 후대에는 서당으로도 사용되었다고 한다. 정면 3칸 측면 2칸의 팔작지붕 집으로서, 그 주변에 문중의 재실과 비석 등이 많았다. 정자 이름을 따서 마을 이름도 독락정이라 부르고 있다.

출발지점인 면소재지에 도착해 보니 산에 오르지 않은 사람들은 옥천 읍내의 육영수 여사 친정집을 보러 가고 없었다. 우리도 오후 1시 55분에 그곳을 출발하여 옥천읍내로 들어갔는데, 나는 교동의 육영수 생가에는 예전에 들른 적이 있었기 때문에 그 반대쪽 방향에 있는 시인 정지용의 초가로 복원해둔 생가와 그 옆의 정지용문학관에 들러보았다. 정지용은 옥천군 옥천읍 하계리에 있는 이 집에서 1902년에 한의원을 하던 아버지 정태국과 어머니 정미하 사이의 독자로 태어났으며, 후일 서울 휘문고보의 교비생으로서 일본 京都의 同志社大學 영문과를 졸업하였고, 귀국 후 해방될 때까지 모교인 휘문에서 장기간 평교사로 근무하였다.

주차장으로 돌아오는 도중에 충청북도 유형문화재 제157호인 沃州司馬 所에도 들러보았다. 조선 중기 이후 소과 합격자인 생원과 진사들이 모이던 장소이다. 정면 5칸 측면 2칸의 홑처마 맞배지붕 건물이었다. 기사로부터 들은 바에 의하면 육 여사 생가 부근의 산에는 육 여사와 더불어 내가 재학 중 3년간 거주했던 연건동의 의대 구내에 있었던 서울대 正英舍에 해마다 방문해온 바 있었던 근영이가 소유한 꽤 넓은 농장이 있다고 하며, 추부에서 옥천으로 오는 도중에는 박지만이 운영하던 회사인 EG가 있다고 한다.

돌아오는 도중 진안의 인삼랜드 휴게소에서 하산주를 들고 오후 6시 무렵에 귀가하였다.

5월

8 (일) 맑으나 황사 ─ 천지갑산

아내와 함께 금복산악회를 따라 경북 안동시 길안면 송사리에 있는 天地甲山(462m)에 다녀왔다. 7시 45분에 우리 아파트 앞에서 신안동 운동장으로부터 오는 대절버스를 탔다. 82세 되는 진주의 산악인 중 최고령인 강대열 옹도 예전의 겨울에 이 산에 한번 가본 적이 있었다고 하지만 모처럼 우리 부부를 만나기 위해 그 차에 타고 있었다. 일행은 총 21명이었다.

남해·구마·중앙고속도로를 거쳐 35번 국도로 접어들어, 오전 11시 무렵에 송사교 부근의 주차장에 도착하였다. 천지갑산은 산세가 천지간에 으뜸이라 하여 이런 이름이 붙었으며, 기암절벽을 이룬 7개의 봉우리가 있고, 산자락을 휘감아 태극형을 이루며 흐르는 길안천이 있어 여기서도 한반도 지형을 볼 수 있다. 총 거리는 3,927m에 소요시간은 2시간 정도이다.

보통은 등산을 시작하면 한참동안 올라가서 능선에 이른 후 비교적 평평한 코스를 걷다가 정상에 도달하는 법이지만, 오늘은 산이 작아서 그런지 오르막길이 끝난 지점에 바로 정상이 있고, 정상을 지나서부터는 계속 내리막길이었다. 우리는 제4봉인 정상을 내려온 지점의 연점산(868) 쪽으로 가는 코스와의 갈림길에서 점심을 들었다. 나는 2봉과 7봉은 표지가 눈에 띄지 않아 보지 못했다. 7봉을 다 내려온 지점의 吉安面 大寺里에 경상북도 문화재자료 제70호로 지정된 模塼石塔이 있었다. 건립연대는 미상이나 통일신라

시대의 것으로 추정되는 것이라고 한다. 해발 380m의 천지갑산 중턱 자연암반 위에 서있는데, 하층기단을 생략하고 편마암의 자연석과 가공석으로 축조된 것으로서, 현재는 상층기단과 초층 지붕돌까지만 남아 있다.

전설에 의하면, 신라 때 현존 석탑이 있는 이 일대에 갑사라는 큰절이 있었는데, 절에 빈대가 많아 스님이 빈대를 잡기 위해 불을 놓다가 절이 타버리자, 스님 한 명은 인근 용담사로 가고 또 한 명은 불국사로 떠났다고 한다. 오후 2시 경에 주차장으로 원점회귀 하였다.

돌아오는 도중에 군위휴게소에서 하산주를 들었다. 이후 대구 부근의 교통정체를 피해 5번 국도로 접어들었다가 가산요금소에서 다시 중앙고속도로에 올랐는데, 나흘간의 연휴 뒤끝이라 대구까지 꽤 정체가 있었다. 갈 때와는 달리 구마고속도로에서 광대고속도로로 접어들어 고령으로 빠진 후 국도를 따라서 진주로 돌아왔다. 해질 무렵에 귀가하였다.

15 (일) 대체로 맑으나 저녁에 짙은 안개 밤부터 비 -호도, 조도

풀잎산악회를 따라 남해도의 남쪽 끝인 미조면 앞바다에 있는 虎島와 鳥島에 트레킹을 다녀왔다. 오전 8시 반까지 구 제일은행 앞에서 집결하여 대절버스 한 대와 중형버스 한 대로 출발하였다. 나는 모르고 있었지만, 구 동명극장 건너편에 있었던 제일은행은 그 새 영국에 매각되어 지금은 스탠다드 차티즈 은행으로 바뀌어 있었다.

우리가 탄 대형버스는 삼천포에서 대교를 건너 남해군의 창선도로 넘어갔고, 동대만 휴게소에서 잠시 정거한 후 창선교를 지나 남해도의 본섬으로 넘어가서 독일마을 앞의 물건리에서 섬 남단의 미조면에 이르는 풍치지구인 물미해안도로를 따라 오전 10시경에 조도호 선착장에 닿았다. 조도호은 19톤에 30명 정원인 작은 배인데, 우리는 1인당 왕복 6천 원을 지불하고서 그 배를 세 내어 두 차례로 나눠 타고서 20분에 호도 선착장에 도착하였다. 호도나 이웃한 조도가 모두 별다른 특색이 없는 작은 섬이었다. 선착장에서부터 마을을 지나 산길의 임도로 접어든 후, 얼마 후 잡초에 덮인 오솔길을 따라 나아갔다. 먼저 갔던 일행이 길이 없다면서 되돌아오므로, 이번에는 내가 앞장서서 버려진 토치카가 있는 군사시설까지 나아갔다가, 거기서 다시 되돌아와 일행이 먼저 들어갔었던 곳까지도 가보았는데, 작은 묘가 있는 곳에서 길은 끝나 있었다. 갔던 길을 따라서 선착장으로 내려와 해안선을 따라 설치된 나무 데크 길을 걸어 그 데크가 끝난 지점인 마당바위까지 갔고, 거기서 일행과 어울려 점심을 들었다.

오후 2시 5분에 다시 도착한 조도호를 타고서 조도로 건너가 얼마 후 큰섬 선착장에 닿았다. 조도는 큰섬과 작은섬 두 개로 이루어져 있는데, 그 두 섬은 몽돌해수욕장이 있는 잘록한 지점에서 서로 이어져 있었다. 큰섬 선착장에서 마을을 지나 산길로 올라 정상에 닿았다. 마을에서 산꼭대기까지 전선이 이어져 조명등이 설치되어져 있었다. 작은섬과 큰섬의 경계지점에 있는 조금 더 큰 마을까지 내려온 후 큰섬과 작은섬의 해안을 따라 각각 설치된 나무 데크를 따라 또 끝까지 나아가 보았다. 작은섬 쪽의 데크 끄트머리에 있는 바위에서는 그 앞 방파제 부근의 바닷물 속에서 숭어가 떼를 지어 노니는 모습을 지켜볼 수 있었다.

오후 4시 5분에 작은섬 선착장에 닿은 조도호를 타고서 미조 항으로 돌아와 바닷가에서 하산주를 들었다. 작은섬에서 미조까지는 5분밖에 걸리지 않았다. 오후 5시 무렵에 거기를 출발하여 왔던 코스를 경유해 밤 7시 무렵에 귀가하였다. 저녁이 되자 안개가 짙어져서 물미해안의 수려한 경치를 전혀 감상할 수가 없었다.

28 (토) 흐림 –무의도, 실미도
아내와 함께 금복산악회의 인천광역시 舞衣島의 國寺峰(237m)·虎龍谷山(243.8) 및 實尾島 산행에 참여하였다.

오전 7시 35분에 우리 아파트 앞에서 손진로 기사가 운전하는 뉴영일관광버스를 타고서 망경동과 신안동 운동장 앞을 경유하며 사람을 더 태웠다. 참가자는 총 22명이었다. 대전통영·경부 및 인천공항 가는 고속도로를 경유하여 인천대교를 지나서, 영종도의 공항남로를 따라가 인천시 중구 덕교동에 있는 황해해물칼국수에서 점심을 들었다. 그곳은 양이 풍부한 까닭인지 부근에 다른 식당들이 많음에도 불구하고 꽤 손님이 붐벼 상당한 시간을 대기해야 했다. 蠶津島까지는 육로를 따라 들어가, 선착장에서 페리를 타고 바로 건너편에 있는 무의도의 선착장에 닿은 다음, 언덕 같은 산 능선을 하나 넘어서 실미도 바로 맞은편에 있는 실미유원지에 도착하였다.

큰무리로 124-7에 있는 창고 같은 콘크리트 단층집의 실미특5호실을 배정받았고, 아내는 바로 옆방을 배정받았다. 실미도까지는 썰물 때면 걸어 들어갈 수 있지만, 밀물 때면 길이 잠겨버리므로, 오후 5시까지 얻은 자유 시간에 아내와 함께 실미도로 걸어 들어갔다. 실미도 북단의 바위 벼랑 있는 곳에서 얼마 후 아내는 돌아가고, 나 혼자서 바위 위를 건너 좀 더 들어갔다가 바위 벼랑에 흰 밧줄이 걸쳐져 있는 것을 보고서 그 밧줄을 잡고서 섬의 내부로 들어가 보았다. 해안은 파도에 밀려온 스티로폴 등의 쓰레기들로 어지럽혀져 있었고, 무인도인 실미도 섬 안에는 아무런 길도 보이지 않았다. 나뭇가지를 헤치며 반대편의 백사장이 있는 해변까지 건너갔는데, 거기서 제법 뚜렷한 길을 발견하고서 다시 그 길을 따라 바위 벼랑이 있는 해변 쪽으로 넘어왔다가 도로 백사장으로 건너가 무의도로 돌아왔다.

해발 80m 이하의 야산으로 이루어진 실미도에서는 1971년 8월 23일 이 섬에 있던 북파부대원들이 자신들을 제거하라는 명령을 받은 기간병들을 살해하고 탈출하여 인천에서 버스를 탈취한 뒤, 서울로 진입해 청와대로 향하던 중 수류탄을 터뜨려 자폭한 사건이 벌어진 바 있었다. 이 사건은 백동호의 소설『실미도』(1999)와 이 소설을 바탕으로 만든 강우석 감독의 동명영화(2003년 12월 개봉)를 통해 세상에 알려지면서 사건의 진상이 드러나기 시작하였다. 의문에 쌓여 있던 사건의 진상은 2006년 7월 과거사진상규명위원회를 통해 밝혀졌다. '김일성 거처 습격' 등의 북파 임무를 위해 훈련 받던 공작원들은 3년 4개월 동안 이 섬에 격리된 채 비인간적인 처우를 받자 무장 탈출을 시도한 것으로 과거사위는 설명했다. 이 외에도 공작원들은 민간인이었다는 사실 등이 보고되었던 것이다.

큰무리로 117에 있는 영광이네횟집에서 생선찌게로 저녁식사를 든 후, 아내와 함께 실미유원지의 해수욕장 쪽 해변 언덕의 벤치에 앉아 실미도 쪽을 바라보면서 만조에 물결이 들어와 건너가는 길이 끊어지는 모습을 바라보고 있다가 숙소로 돌아왔다.

29 (일) 맑음 - 국사봉, 호룡곡산, 독립기념관

새벽에 아내와 함께 해수욕장 일대를 산책하였다. 밤새 물이 빠져 실미도까지는 또 바닷길이 거의 드러나 있었다. 수도권이라 그런지 이런 후진 곳에도 텐트를 치고서 야영을 하는 사람과 승용차들이 꽤 많았고, 각종 음식점과 상점, 화장실 등도 많았다.

어제의 식당에서 조식을 든 후, 일행 중 망경동에서 온 사람들은 대절버스를 타고서 小무의도를 한 바퀴 도는 트레킹을 떠나고, 부부 두 雙을 포함한 나머지 8명은 걸어서 등산에 나섰다.

오전 8시 무렵 실미유원지를 출발하여, 9시 무렵에 약 2.6km 떨어진 거리의 국사봉에 올랐다. 산기슭에 절터가 있어 國寺峰이라 부른다고 한다. 舞衣島는 섬의 형태가 장군복을 입고 춤을 추는 것 같아 이런 이름이 붙었다고 하였다. 거기서 2.5km 떨어진 호룡곡산까지 한 시간 후인 10시 무렵에 당도하였다. 기사이자 산악회를 운영하는 장본인인 손진로 씨의 말에 의하면 이 무의도의 산은 전국 100명산에 들어 있다는 것이었지만, 내가 보기에는 그저 야산에 불과하였다. 원래는 하나개 해수욕장 쪽으로 하산하게 되어 있었으나, 일행 중 대부분의 사람들이 소무의도로 갔으므로, 1.9km 떨어진 광명항선착장 쪽으로 하산하여 반시간쯤 후에 하산을 완료하였다. 광명항에서 소무의도까지는 긴 다리로 연결되어 있었다.

섬의 남단인 거기서 동쪽 해안선을 따라 북단에 가까운 무의선착장으로 올라온 후 다시 페리를 타고서 잠진도로 건너왔고, 어제 점심을 든 덕교동의 109-1에 있는 장모님집이라는 식당에서 돌솥밥 한정식으로 점심을 들었다.

돌아오는 길에 오후 2시 50분부터 4시 20분까지 한 시간 반 동안 천안의 독립기념관에 들러보았다. 아내는 처음 와본다고 했다. 주차장에서 겨레의 집까지는 걸어서 15분 정도 걸리는 거리였는데, 그 뒤편의 전시공간인 제1

관부터 제7관까지를 한 바퀴 둘러보았다. 모처럼 와보니 예전과는 많이 달라졌다는 느낌이었다. 예전에는 뭔지 처참한 장면들이 많았는데, 이번에 와보니 보통의 박물관 같은 느낌이었다.

차 안에서 나와도 등산을 통해 낯이 익은 50세 된 남자 하나가 술에 취해 자꾸만 기사에게 다가가 말을 걸며, 복도에서 서커스 같은 재주를 부리는가 하면 자꾸만 음악을 켜라고 하고 마이크를 잡고서 쓸데없는 소리를 늘어놓는 등 추태가 많아, 아는 사람들이 여러 명 나서서 여러 번 만류하였다. 산청군 생초읍에 있는 일신식당에 들러 1인당 만 원씩 추가로 거둔 돈으로써 메기탕 석식을 들 때는 그의 모습이 보이지 않았으므로, 친구 사이인 기사가 택시에 태워 먼저 돌려보냈는가 하고 여겼는데, 진주에 가까워진 무렵 버스 안에서 뒤돌아보니 뒷자리에 앉아 자고 있었다. 기사의 말로는 술을 과음할 때마다 이런 추태를 벌이는가 하면 길바닥에 엎어져 자기도 한다고 했다. 국도 3호선 도로변에 있는 이 민물고기 마을은 지리산에서 발원한 엄천강과 덕유산에서 발원한 위천이 합해 경호강이 시작되는 합류지역에 위치해 있어 물고기의 생산이 풍부하므로, 마을 앞의 비석 뒷면에 새겨진 글에 의하면 "전국 최대 규모의 민물고기 전문식당이 형성되어" 있다는 것이었다.

집에 도착하여 샤워를 마친 후, 밤 9시 취침시간이 될 때까지 「숨터」 '초록의 아침-청보리 익어갈 때'(전북 고창군 학원농장), KBS 밤 9시 뉴스의 북한 관련 소식을 시청하였다.

6월

8 (수) 흐리고 낮 한 때 부슬비 -시루봉, 호음산

참진주산악회를 따라 거창군 북상면과 고제면 사이에 있는 시루봉(960.2m)과 북상면·고제면·위천면의 경계에 있는 虎音山(929.8m)에 다녀왔다. 운동장 1문 앞에 오전 8시 반까지 집결하여 출발하였다. 대전통영고속도로를 따라 북상하다가 함양의 지곡요금소에서 빠져나와 3번·37번 국도를 따라 무주구천동 방향으로 나아가, 고제면 개명리에서 1001번 지방도로로 꺾어들어 고제면과 북상면의 경계 지점인 해발 650m의 윗칡목재에서 10시 10분에 하차하였다.

처음부터 가파른 산길을 한참 오르고 나니, 능선을 만나고서부터 비교적 평탄한 길이 이어졌다. 개인 농장을 둘러친 철조망 옆을 지나서 12시 5분에 시루봉에 도착하였고, 그로부터 한 시간쯤 더 걸어 오후 1시 무렵에 오늘 산행의 주된 목적지인 호음산에 닿아 일행과 함께 점심을 들었다. 안개가 끼어 먼 곳을 조망할 수는 없으나 여름 산행에 날씨가 너무 덥지 않아 다행이더니, 호음산에 닿을 무렵부터는 빗방울이 조금씩 듣기 시작하여 점차 굵어지는 듯하였다. 그래서 원래 예정되어 있었던 위천면 황산리로의 하산을 변경하여 보다 가까운 거리인 고제면 농산리의 원농산 마을 쪽으로 내려왔다. 그러나 오후에는 비가 전혀 내리지 않았고, 그쪽은 사람이 별로 다니지 않는지 길도 뚜렷하지 않았다. 오늘 산행에서 윗칡목재에서 호음산까지는 6.2km, 호음산에서 원농산까지는 4.1km였다.

하산지점의 팔각정 난간 가 의자에 걸터앉아 마을 매점에서 사 온 막걸리와 맥주를 몇 잔 받아 손두부 안주와 더불어 마시다가, 진주로 돌아와 출발지점 부근의 이현동 29-14 보조경기장 옆에 있는 태양아구찜에 들러 저녁식사를 하고서 헤어졌다. 옆의 다른 상들과 달리 우리 상에는 아귀찜이 아니라 꽃게 찜이 올랐다.

12 (일) 흐리고 오후 한 때 빗방울 -내연산(삼지봉)

청심산악회를 따라 內延山(三枝峰, 711m)에 다녀왔다.

집에서부터 걸어 오전 8시 30분까지 제일예식장 앞으로 가서 대절버스를 탔다. 고령까지는 국도로 가고, 이어서 광대·구마·대구포항간 고속도로를 타고 동쪽으로 가다가 28번 7번 국도로 접어들어 북쪽으로 향하여, 송라에서 9번 지방도로 빠져 11시 24분 보경사 입구 주차장에 닿았다. 오랜만에 와보니 주차장도 매우 넓어지고 입구의 상가도 한층 더 많아지고 잘 정비되어져 있어 예전과는 꽤 달라보였다.

나는 예전에 아내와 함께 보통 내연산으로 지칭되는 삼지봉에 올라보려다가, 그리로 접어드는 길 입구의 계곡에서 아내의 말에 따랐다가 길을 잘못 들어 실패한 바 있었으므로, 이번 산행은 삼지봉에 오르는 것을 목표로 삼았다. 그러나 이 산악회에서는 오늘 삼지봉까지 가지 않고 도중의 문수봉까지만 오르고서 보현암 쪽으로 내려와 폭포들을 둘러보고서 하산한다는 것이었다. 그래서 나는 하차하자말자 그들과 떨어져 시장바닥처럼 사람들로 붐비는 계곡 속으로 혼자서 계속 걸어 올라가 유명한 보경사 12폭포 중 제8폭인 隱폭포를 향해 나아갔다. 그러나 산악회로부터 배부 받은 지도에는 은폭포를 지나 출렁다리에서 거무나리 계곡 쪽으로 꺾어들어 올라가는 것으로 표시되어 있으나, 출렁다리는 현재 콘크리트 다리로 교체하는 공사가 진행 중이고, 그 일대에는 인적이 드물고 삼지봉 쪽으로 올라가는 등산로도 눈에 띄지 않았다. 그래서 600m 아래의 은폭포까지 도로 내려왔는데, 도중의 안내판에는 은폭포 아래 300m 지점에서 조피등 능선으로 하여 정상으로 올라가는 것으로 표시되어 있었다.

그 등산로 입구를 찾느라고 내려오는 도중에 다른 리본을 보고서 잘못 올라가 몇 번이나 오르내리기를 반복하다가 결국 포기하고서 도로 계곡 길로 접어들어 조금 더 내려오니 진입로가 눈에 띄었다. 나는 그 길이 정상으로 향하는 최단거리인 줄로 알았지만, 알고 보니 3km 정도나 되는 꽤 먼 거리였다. 오후 4시로 들은 하산시간에 맞추기 위해 도중에 몇 번이나 포기하고서 도로 내려오려다가, 결국 점심도 포기한 채 오후 2시 40분 무렵에 정상에 닿았다.

내려올 때는 백 코스로 걷지 않고 문수봉까지의 능선 길을 2.6km 걸은 다음, 다시 보경사 입구의 주차장까지 그보다 더 먼 거리를 계속 걸어 내려왔다. 그러나 이쪽 길은 본격적인 등산로라 일반 관광객이 별로 오지 않아 오히려 한적하였고, 또한 낙엽이 푹신하게 깔린 꽤 넓은 길이고 더구나 하산로라 한층 더 걷기에 수월하였다. 점심은 아내가 마련해준 참외 한 알로 때웠다. 오후 4시에서 10~20분 정도 늦게 하산을 마쳤지만 아직도 하산주가 끝나지 않은 지라, 그 틈에 끼어들어 동아고등학교 동창인 친구와 더불어 소맥과 조개 국 그리고 돼지고기로 허기를 채웠다. 집에 돌아오니 밤 8시 반경이었다.

16 (목) 흐림 -활성산성 편백나무 숲길

혼자서 봉황산악회를 따라 전남 보성군 보성읍에 있는 活城山城 편백나무 숲길을 다녀왔다.

오전 8시 40분까지 신안로터리로 가서 봉곡아파트에서 출발한 대절버스를 탔다. 남해고속도로 및 같은 10번인 목포광양고속도로를 따라가다가 보성읍으로 접어들었다. 이 산악회는 창립한 지 22년째 된다고 하며 회장과 등반대장 등 간부들이 모두 여성인데, 나로서는 보통 일요일 하루만 등산에 참여하기 때문에 아마도 처음인 듯하다. 이번 주 일요일에는 중문과 정헌철 교수의 딸 결혼식에 참석할 예정이기 때문에, 당겨서 목요일에 있는 이 모임의 산행에 끼인 것이다. 그런데 이즈음은 대절버스 안에서 가무를 하는 산악회가 비교적 적고 하더라도 돌아올 때 정도인데, 이 산악회는 갈 때부터 그러했다.

봇재주차장에서 하차하여 한국차박물관 옆을 거쳐서 夢中山 방향으로 올라갔는데, 아무도 길을 아는 사람이 없어 좀 우왕좌왕했지만, 어쨌든 몽중산 정상의 팔각정이 있는 전망대에까지 올랐다. 봇재에서부터 아래편의 회천면과 웅치면 쪽으로는 한국 최대의 녹차단지가 조성되어져 있는 곳으로서, 예전에도 여러 차례 와본 적이 있었다. 또한 이곳은 판소리 서편제의 발상지에 해당하는 곳이기도 하여, 도로의 이름도 서편제(보성)소리득음길이라고 되어 있었다.

전망대에서 내려와 한국차박물관에서부터 올라오는 도로가 이어진 턱골고개에 이르니 비로소 오늘 산행의 주목적지인 활성산성으로 들어가는 입구가 보였다. 그 입구에는 '활성산성 편백숲 보부상길'이라는 이름의 팻말이 내걸려 있었다. 옛날에 보부상들이 다니던 길이라는 뜻이다. 턱골고개에서 300m 쯤 들어간 곳에 활성산성의 동문이 있었다.

보성읍 봉산리 산159-1번지 해발 260~400m에 위치한 활성산성은 총 1.6km에 달하는 토성으로서, 임진왜란이 일어난 다음해인 선조 26년(1593)에 건설되어 연해지대의 경비, 요새지, 훈련장, 경마장, 의병을 훈련시키는 장소 등으로 활용되었다고 한다. 대체로 산성의 외벽은 경사가 급하고 내벽은 완만하며, 내부에는 건물 등이 있었을 것으로 추정되고 있다. 동·서·남·북쪽에 총 네 개의 성문이 있는데, 일직선상으로 뻗어 있는 성벽의 중간부분을 절개하여 만든 개방형 성문들이다. 턱골고개에서부터 시작하여 산성을 한 바퀴 두르는데 총 2.2km, 도보로 1시간이 걸리는 거리이다. 산성 주변에는 1968년도에 심었던 아름드리 편백나무가 많은데, 2012년의 제15호 태풍 볼라벤 때 넘어지고 부러지는 피해가 발생하여, 그 때 제거한 편백나무를 그대로 활용하여 삼림욕대와 평상 등 편의시설을 설치해 두었다.

우리는 동문에서부터 시작하여 남문·서문을 거쳐 아마도 가장 높은 부분인 구 헬기장의 휴게 데크에서 오후 1시 무렵에 점심을 들었다. 그러나 오후 4시 반으로 통고받은 하산시간까지는 시간이 너무 많이 남으므로, 나는 거기서 왕새고개까지 이어진 부춘길을 따라 2.7km 거리인 웅치면의 부춘동 마을까지 걸어갔다가 돌아왔다. 그 길은 완만한 경사로 이어진 산길이었는데, 편백 숲길은 아니었다. 활성산 주변에는 부춘길 말고도 득음정에서부터 한치재와 왕새고개를 지나 활성산 정상까지 이어지는 삼수길이 더 있다.

턱골고개에서 포장도로를 따라 봇재주차장으로 돌아오는 도중에 한국차 박물관에도 들러보았다. 1층에서 3층까지가 전시장이고 5층은 전망대로 되어 있었다. 그 부근에는 박물관 말고도 차와 관련된 이런저런 건물과 시설들이 많았다. 4시경에 돌아와 하산주를 들고는 오후 7시 무렵에 진주에 도착하였는데, 봉곡로터리에서 하차하여 시내버스를 기다리다가 한참이 지나도 우리 집 방향으로 가는 버스가 오지 않으므로 택시를 타고서 귀가하였다.

26 (일) 맑음 - 성치산, 성봉, 십이폭포

아내와 함께 광제산악회의 6월 정기산행에 참여하여 전북 주천면 용덕리에 있는 城峙山(671.2m)과 전북 진안군 용담면 와룡리와 충남 금산군 남이면 구석리의 경계에 위치한 城峰(648) 그리고 남이면 구석리의 무자치골에 있는 十二瀑布에 다녀왔다. 2002년 7월 7일에도 아내와 함께 성치산 산행에 참여한 바 있었지만, 그 때는 오늘의 하산지점에서 가까운 구석리의 원구석 마을에서부터 등산을 시작했으나, 길을 찾지 못하고서 헤매다가 일단 능선까지 올라간 후 무자치골을 따라서 내려온 바 있었다.

오전 7시 30분까지 신안동의 공설운동장 1문 앞에 집결하여 대절버스 한 대로 출발하였다. 대전통영, 익산장수간 고속도로를 경유하여 진안 톨게이트에서 30번 국도로 빠진 뒤, 진안군 소재지를 지나 795·725·55번 지방도를 경유하여 오전 9시 30분 무렵에 금산군 남이면의 광대정이라고도 하는 용덕고개에서 하차하였다. 아내는 A코스의 하산지점에서부터 성봉을 향하여 역방향으로 오르는 B코스를 선택하여 버스 안에 남고, 나는 A코스의 일행들과 함께 비교적 완만한 산길을 오르기 시작했지만, 제일 뒤에 쳐졌다. 도중에 산행대장을 만나 함께 얼마간 걸었는데, 그는 2011년 10월 30일에 있었던 광제산악회의 함백산 등반에 참여했던 나를 기억하고 있었다.

이즈음은 성치산 등반 때 대개 이 A코스를 이용하는 모양인데, 용덕고개에서부터 모티마을까지 총 14.5km였다. 그 중 처음 3km를 지난 지점에 성봉·성치산의 갈림길이 있었는데, 나는 거기서 성치산성봉 5km라고 쓰인 표지판의 성자 부분이 좀 지워져 있어서 그것을 상자로 잘못 읽고 성봉 방향으로 나아갔으나, 얼마 후 착오였음을 알고 갈림길까지 다시 되돌아가 오전 11시 10분 무렵에 비로소 정상을 밟았다. 갈림길로 되돌아와 전라북도와 충청남도의 경계를 이루는 능선 길을 따라 5km 정도 나아간 곳에 무자치골의 수원이 되는 봉우리인 성봉이 있었다. 거기서 일행과 함께 점심을 들었다. 성봉은 금산군 남일면과 남이면의 분계가 시작되는 지점이기도 하다.

머지않아 무자치골로 접어들었는데, 그 하부 지점에 있는 십이폭포는 이름난 명소이기는 하나 제5폭포인 竹浦洞天 폭포를 제외하고는 폭포라고 할 것도 없고, 그저 암반 위로 계곡물이 흘러 내려가는 정도일 따름이었다. 오후 3시 10분에 구석리 모치(모티)마을에 다다라 하산을 완료하였다. 제법 이름난 명소인지라 대절버스들이 꽤 많았다.

돌아올 때 금산 읍내의 인삼시장에 들렀는데, 대형버스 주차장의 위치가 달라져 가장 인기 있는 수삼시장 바로 옆으로 옮겨져 있었다. 아내는 예전에 이곳에 오면 수삼시장에는 반드시 들렀고, 내가 혼자 올 경우에도 수삼을 사오라고 부탁할 정도였지만, 퇴직한 후 경상대의 산양삼과 약초 코스를 수강하고서는 수삼은 봄철에 수확한 것이 아니고서는 약효가 별로 없다면서 오늘은 주차장에 딸린 화장실에만 다녀온 후 그냥 버스 안에 머물러 있었다. 밤 8시 무렵에 귀가하였다.

대절버스가 휴게소에 정거했을 때 올라온 상인 아주머니로부터 중국제 SMD LED FOLDABLE DESK LAMP[LED-666] 하나를 만 원 주고 샀다. 그런대로 괜찮아 보이는 물건인데, 공짜나 다름없는 가격이다.

7월

3 (일) 비 - 함양 영취산, 덕운봉, 제산봉, 부전계곡, 농월정

아내와 함께 매화산악회를 따라 경남 함양군 서상면과 전북 장수군 장계면 및 번암면의 경계지점에 위치한 靈鷲山(1075.6m)과 서상면의 덕운봉(983) 霽山峰(852.6) 및 부전계곡을 다녀왔고, 돌아오는 길에는 근년에 누군가의 방화로 말미암아 불타고서 재건된 이후 처음으로 화림계곡의 弄月亭에도 들렀다.

오전 8시까지 시청 앞에 집결한 후 신안동 운동장 1문 부근에서 사람을 더 태워 출발했다. 대전통영고속도로를 따라 북상하다가 익산장수고속도로로 접어든 후, 장수 요금소로 빠져나와 계남면 소재지를 거쳐 오전 10시 무렵에 영취산 바로 아래편의 해발 900m 지점인 무령고개에서 하차하였다. 예전에는 의례 장수군 장계면 소재지에서 743번 지방도를 따라 논개생가지를 지나서 무령고개로 진입했었는데, 익산장수고속도로가 완공된 이후에는 가는 길이 좀 달라졌다. 갈 때까지는 흐리기만 하고 비가 오지 않아 아내는 오늘의 두 코스 중 비교적 단거리인 B코스의 덕운봉을 지나 갈림길에서 부전계곡으로 내려오는 쪽을 택하겠다고 하더니, 무령고개에 도착할 무렵에는 비가 내리고 있었으므로 버스에 그대로 남아 하산지점에서 백 코스로 부전계곡을 좀 산책하는 쪽을 택했다.

나는 오는 도중 함양휴게소에서 산 1회용 비옷을 착용하고 혼자서 호남금남정맥 코스를 따라 오늘 산행의 최고지점인 영취산에 올랐고, 거기서 백두대간 능선을 따라 북상하다가 덕운봉 부근에서 서상면 쪽으로 갈려나간 지맥으로 접어들었다. 1996년 8월 25일에 망진산악회 회원들과 함께 부전계곡으로 진입하여 영취산으로 향하다가 길을 잃고서 오늘 가는 서상면 쪽 지맥의 능선으로 올라와 도로 부전계곡으로 내려간 적이 있었고, 2010년 8월 15일에는 오늘의 A코스를 따라 걸으려 했으나 덕운봉을 지난 지점의 갈림길에서 길을 잘못 들어 B코스로 빠진 적이 있었다. 두 번의 산행이 모두 첫 번째는 오미자 채취로, 두 번째는 부전계곡에서 세찬 물살에 휩쓸려 떠내려간 것으로 지금까지도 기억에 남아 있다.

오늘은 매화산악회에서 길에다 놓아둔 방향 안내 종이 표지에 따라 무난히 A코스로 접어들 수 있었다. 제산봉 조금 못 미친 지점의 헬기장에서 점심을 든다고 했으나, 그곳에 도착해보니 아무도 없었으므로 그 부근의 등산로에서 나무 아래에 앉아 추적추적 비가 내리는 가운데 혼자서 소주 한 병을 곁들인 점심을 들었다. 이리로 오는 도중의 극락바위는 등산로에서 조금 비켜난 지점에 있어 바라보기만 했다. 총 8.6km를 걸어 오후 2시 무렵에 부계정사 근처의 주차장에 도착하여 산행을 마쳤다. 하산할 무렵에는 비가 소나기 수준이었다.

비 때문에 돌아오는 도중의 농월정 휴게소에 들러 하산주를 들었다. 나는 재건해 두었다는 농월정이 궁금하여, 혼자서 제법 떨어진 위치에 있는 그곳까지 걸어가 보았다. 농월정은 함양 안의면 성북마을 출신인 知足堂 朴明榑(1571~1639)가 광해군 때 직간하다가 파직되어 귀향한 후, 인조 때인 만년의 1637년에 짓고 후학을 가르치며 쉬던 곳이라고 한다. 건물은 재건해 두었으나 아직 단청이나 아무런 채색을 하지 않고 있었다. 예전에 자주 들렀던 곳이지만, 오랜만에 와보니 여기가 과연 그 장소가 맞는지 의심스러울 정도였고, 그리로 가는 도중의 계곡을 건너는 긴 돌다리나 주차장 일대에 밀집된 술집, 음식점과 위락시설 등이 모두 생소하였다. 지금은 완전히 놀이터로 변해버렸고, 주차장에서 좀 떨어진 농월정 정자까지는 오는 사람도 거의 없었다.

안의면 소재지와 남계서원 등을 거쳐 생초요금소에서 다시 대전통영고속도로에 오른 다음, 오후 6시 무렵에 귀가하였다.

10 (일) 맑음 - 지리산둘레길 4코스

아내와 함께 황매산악회의 제210차 산행에 참여하여 지리산둘레길 4코스를 다녀왔다. 오전 8시까지 시청 앞으로 가서 대절버스를 탑승하여 신안운동장 1문 앞을 경유하여 출발하였다. 대전통영고속도로를 따라 북상하다가 생초IC에서 빠져나와 엄천강 갓길을 따라 왼쪽으로 나아가다가 60번 지방도를 만나 함양군 유림면 소재지로부터 휴천면으로 진입한 후, 9시 50분 무렵 휴천면의 서쪽 끄트머리인 龍游潭 다리 부근에서 하차하였다.

다리를 건너니 마적도사 전설탐방로 안내판이 나타났다. 둘레길 외에 이런 이름은 처음 들어보는 것이다. 용유담 부근의 모전마을에서부터 산길로 접어들었다. 원래 지리산둘레길 4코스는 함양군 마천면의 금계마을에서부터 의탄교를 건너 엄천교가 있는 휴천면의 동강리까지 이어지는 길인데, 오늘은 그 전체 코스를 절반 정도로 뚝 잘라 용유담에서 의중마을을 지나 벽송사까지 이어지는 숲속 길만을 역코스로 걷게 된 것이다. 낮은 곳에서 점차 높은 곳으로 나아가니 일반 산행과 별로 다름없을 정도로 힘든 등산로가 이어졌다. 의탄교에 가까운 의중 마을까지가 그러한 등산로인데, 의중마을에서부터는 더러 마을을 지나게 되었다. 의중마을을 지난 지점의 고목이 있는 지점에서 점심을 들 예정이었으나, 아직 정오에도 못 미친 이른 시간이므로 계속 걷다보니 어느덧 종착 지점에 가까운 서암정사에 다다르게 되었다. 여기까지 이르는 코스는 마을 주민들의 반대로 말미암아 오랫동안 개통하지 못하고 있었다.

서암정사는 오랜만에 다시 와보게 되었다. 이는 元應이란 스님이 1989년부터 10여 년에 걸쳐 조성한, 바위벽에 각종 불보살들을 조각한 석굴법당으로 유명한 곳이다. 2010년에는 대웅전 지하에다 金泥寫經참배관도 마련했는데, 나는 반바지 차림이라 들어가지 못하고 아내만 보고 나왔다. 원응 스님이 석굴법당의 원만한 불사를 염원하여 寫經한 것들을 진열해 놓은 모양이다. 대웅전은 2012년에 완공했다는데, 한국 전통 목조건물로서는 아주

드문 亞字형 건축물이라고 한다.

서암정사를 나와 벽송사로 올라가는 도중의 계곡 물을 만난 지점에서 아내와 둘이서 점심을 들었다. 그 부근에 있는 碧松寺 木長丞은 경상남도 민속자료 제2호로 지정된 것인데, 제작 연대는 확실치 않으나 대략 일제 강점기 초기의 것이라고 한다. 왼쪽에 서 있는 禁護將軍은 부식이 심하여 커다란 왕방울 눈 하나만 빼고는 원래의 모습을 잃어버렸고, 오른쪽의 護法大神은 거의 훼손되지 않았다. 원래 것은 벽송사 옆의 길가에다 지붕 있는 건물을 지어 따로 안치하였고, 현재 여기에 서 있는 것은 그 이후 새로 조성한 것이므로 온전한 모습이다. 이 목장승은 변강쇠와 옹녀의 전설이 깃든 것으로 유명하다.

벽송사에 도착한 이후 먼저 보물 474호로 지정된 삼층석탑을 둘러보았다. 원래는 대웅전 동편에 세워놓은 것인데, 6.25 이후 재건된 사찰이 아래로 옮겨져 탑만 남게 된 것이다. 통일신라시대의 양식을 계승한 것이지만, 세워진 때는 1520년으로서 조신 시대이다. 벽송사 자체는 조선 중종 시대인 이 해에 碧松智嚴 선사에 의해 창건되었다. 그는 간화선 수행법에 의해 깨달음을 얻은 조선의 첫 번째 조사이며, 제2대 조사는 芙蓉靈觀이고 3대 조사가 淸虛休靜(西山大師)이라고 한다. 서산의 제자인 사명대사도 이곳에서 수행하였고, 근대의 선지식인 鏡虛도 이곳에 住錫한 바 있다고 한다. 이처럼 한국 선불교의 찬란한 전통을 지닌 벽송사도 한국전쟁 당시 지리산 빨치산의 야전병원으로 이용되었던 까닭에 국군에 의해 방화되어 완전 소실되었는데, 60년대 이후 久閑元應에 의해 중건되어 오늘에 이르고 있다. 이 원응은 서암정사를 이룩한 스님과 동일인인 듯하다

칠선계곡 입구의 추성마을로 내려와 대형버스 주차장 옆 마천면 칠선로 217에 있는 지리산 산뜨락 펜션식당에서 아내와 더불어 팥빙수를 사먹기도 하였다. 하산주를 들고 난 후 나는 버스에 올라 잠깐 잠이 들었는데, 그 새 우리 대절버스는 출발시간을 한 시간이나 앞당겨 4시 30분 무렵에 이미 출발해 버렸는지라, 나는 도중에 잠이 깨어 계곡물 가에 놀러가 있는 아내를 태우기 위해 다시 버스를 돌리기도 하였다.

17 (일) 맑음, 제헌절과 초복 -북암산, 문바위, 가인계곡

아내와 함께 삼일산악회에 동참하여 밀양시 산내면 가인리에 있는 北巖山 (806m) 문바위(884) 가인계곡에 다녀왔다. 오전 8시 30분까지 시청 앞 육교 밑에 집결하여 대절버스 한 대로 출발하였다. 예전에는 밀양시를 경유하여 산내면의 얼음골로 진입하였으나, 지금은 밀양시 외곽에서 3개 정도의 고속도로를 바꿔 타가며 접근하게 되어 있다.

10시 20분에 24번 국도를 경유하여 가인리 인곡(인골)마을에 도착하였다. 농약을 잔뜩 뒤집어쓴 사과나무들 곁을 지나 인골산장 부근에 도착한 다음, 아내는 하산로 쪽에 있는 봉의저수지 위편의 가인계곡으로 들어가고, 나는 정식 등산코스를 따라 북암산 방향으로 나아갔다. 총 코스는 약 8km인데, 그 중 인골산장에서 북암산을 거쳐 문바위까지의 오르막길이 3.1km이다. 등산로에 접어들자마자 가파른 등산로가 시작되어 지그재그로 올라 북암산에 도착하기까지는 내리막길이나 평지가 없이 계속 같은 상태였다.

오후 1시 무렵 문바위 아래편의 갈림길에서 아는 사람들을 만나 그들과 함께 점심을 들었고, 식사 후 배낭은 그 자리에 놓아둔 채 맨몸으로 오늘 코스 중 가장 높은 지점인 전망바위를 지나 문바위 정상석이 있는 바위 절벽 위까지 올랐다. 우리가 배부 받은 부산일보사가 제작한 등산 지도에는 이것을 가짜 정상석이라 하고, 그보다 좀 더 북쪽으로 바라보이는 비슷한 높이의 바위 절벽을 문바위라고 표시하였으나, 일행 중 등산 경험이 많은 강위생 노인의 말에 의하면 이쪽이 문바위가 맞고 건너편 것은 다른 지도에는 사자바위로 적혀 있다는 것이었다. 북암산과 문바위는 예전에 올라본 억산(854)과 구만산(785)의 중간지점에 위치해 있다.

다시 삼거리로 돌아와 고구마 모양의 타원형을 그리는 한 바퀴 원점회귀 코스로 하산 길에 접어들었다. 비탈길 도중에 두 개의 스틱은 접어서 배낭 옆에 차고 계속 걸어서 가인계곡으로 내려왔다. 계곡 중 한 곳에 머물러 발을 물에 담그고 세수를 했으며, 수건을 적셔서 윗몸을 문질렀다. 마을회관 부근에 도착하니 아내가 다른 사람들과 함께 느티나무 그늘에 앉아 있다가 나를 불렀다. 마을에서 아래쪽으로 더 떨어진 길가에 머물러 있는 대절버스에 오후 3시 45분 무렵 다다라 하산을 마친 다음, 다른 일행이 모두 내려오기를 기다려 이동하여 산내면 용전리의 용전교 옆 느티나무 숲속에서 하산주를 들었다.

밤 11시 무렵에 미국의 경자누나가 카톡으로 사진들을 보내왔는데, 두리와 함께 알래스카를 여행 중이었다.

8월

2 (화) 흐리고 곳에 따라 소나기 - 월류봉

산울림산악회를 따라 충북 영동군 황간면 원촌리에 있는 月留峰(365m)에 다녀왔다. 오전 8시 10분까지 시청 앞으로 나가 문산에서 출발해 오는 대절버스를 타고서 봉곡로터리를 경유하여 통영대전고속도로에 올랐다. 북상하는 도중 덕유산(하남)휴게소에 주차했을 때 콜핑등산의류 매점에서 114,000원을 지불하고서 새 등산 스틱 한 쌍을 구입하였다. 무주의 태권도원 요금소를 빠져나와 19번 국도를 타고서 영동 쪽으로 향했다.

오전 11시 무렵 원촌리 부근에 도착하여 에넥스 공장 근처의 주차장에서부터 등산을 시작하였다. 2000년 11월 12일에도 아내와 함께 청록회에 동참하여 월류봉에 온 적이 있었는데, 그 때는 초강천 강물을 건너지 못해 송시열의 유적지인 寒泉精舍 등만 둘러보고서 돌아간 바 있었다. 그러나 이쪽에 새로 주차장이 만들어지니 강물을 건널 필요 자체가 없었다.

무더운 여름날 땀을 뻘뻘 흘리며 산에 올라, 보통 월류봉이라 불리는 1봉에 다다랐고, 거기서 강 건너편으로 한반도지형을 바라보았다. 한반도지형이라 불리는 곳은 전국 여기저기에 있는데, 이곳에서 보이는 것은 정말로 한반도의 모양을 빼닮아 있었다. 나는 월류봉이 이 근처의 다섯 개 봉우리 중 최고봉인 줄로 알고 있었지만, 그렇지 않고 가장 낮은 봉우리였다. 거기서 2봉, 3봉(394), 4봉(400.7), 5봉(상봉, 405)를 차례로 올랐고, 5봉 정상 부근에서 산악회의 총무인 유규철 씨 및 산행대장인 김현석 씨 등과 어울려 점심을 들었다. 아마도 1봉 아래의 산중턱에 그림 같은 정자가 있기 때문에 1

봉을 월류봉이라 부르는 것이 아닌가 싶다.

　5봉을 지나서는 하산로에 접어들어, 급격한 경사면을 새 스틱에 의지하여 조심조심 내려온 다음, 초강천 강물 위에 인조석으로 조성된 돌다리를 건너 원촌리로 걸어왔다. 오늘 산행의 총 거리는 5km쯤 된다고 한다.

　원촌리 50-1에 있는 한천가든이라는 식당에서 메기매운탕으로 하산주를 들었다. 그 식당은 노무현 대통령이 다녀간 적이 있는 곳이었다. 식사 후 다시 대절버스를 타고서 북쪽으로 좀 떨어진 곳에 있는 白華山般若寺에 다녀왔다. 초강천의 지류인 석천 가에 위치해 있었는데, 신라 성덕왕 27년(728)에 상원화상이 창건한 절이라고 하며, 보물 137호로 지정된 삼층석탑이 있었다. 백화산맥의 포성봉 근처에 위치한 절이었다.

　돌아오는 길에 The-K손해보험으로부터 전화가 걸려와 다음 주인 11일에 만료되는 승용차와 트럭의 보험계약을 갱신하였는데, 트럭의 경우는 두 번 접촉사고가 있었기 때문에 보험료가 100만 원이 훨씬 넘었다. 밤 8시 반 무렵에 귀가하였다.

14 (일) 찜통더위 - 오봉계곡, 경호강 래프팅

　아내와 함께 소나무산악회를 따라 산청군 금서면의 오봉계곡과 경호강 래프팅을 다녀왔다.

　오전 8시 30분까지 시청 앞에 모여 대절버스를 탔다. 통영대전고속도로를 타고 가다가 산청읍에서 60번 지방도로로 빠져나와 동의보감촌과 덕양전을 거쳐 주상리에 이르렀고, 거기서 엄천강을 건너지 않고 강변의 도로를 따라 나아가 오전 10시 무렵 방곡리에 다다라 하차하였다.

　거기서 오늘 코스는 방곡리의 공개바위로 가는 쪽과 오봉계곡으로 가는 쪽의 둘로 나뉘었는데, 일행 모두는 오봉계곡을 택했다. 가현마을 쪽과의 갈림길에 놓인 가현교에서 공개바위까지는 3.6km, 화림사까지는 2.2km라는 표지가 보였다. 우리는 오봉리 방향으로 나아가 포장도로를 따라서 오르막길을 계속 올랐는데, 아내는 도중에 계곡에서 쉬고 나 혼자 올랐다.

　아내는 예전에 나와 함께 한 번 와본 곳임에도 불구하고 전혀 처음 와본 듯하다고 말하고 있었다. 오봉계곡은 망경산악회 회원들과 함께 1994년 7월 3일에 들어가 본 적이 있었는데, 당시에는 집이 열 채도 못되는 깊은 산골의 조그만 마을이었으나, 지금은 계곡 곳곳마다에 피서 나온 인파가 몰려 차와 사람으로 북새통을 이루고 있었다. 도중에 花林寺에 들러보았는데, 법당한 채와 그 뒤편 언덕에 부처의 석상 하나가 있을 뿐인 단출한 절이었다. 화림사를 지나 더 올라가 마침내 오봉마을에 다다랐다. 그곳도 이제는 민박집과 펜션이 여러 채 들어서 있고, 개발을 위해 집터들을 닦아둔 곳도 눈에 띄었다.

거기서 길은 외고개·새재·한재·공개바위 방향으로 가는 네 개로 나뉘는 보양인데, 나는 오른편의 공개바위와 한재 쪽으로 향하는 길을 끝까지 올라갔다가 마을이 끝난 곳에서 발길을 돌렸다. 원점으로 돌아오는 도중의 하늘숲황토펜션 앞에서 다시 아내와 합류하여 걸어 내려오다가 아내는 이미 점심을 들었다고 하므로 나 혼자 개울가에서 도시락과 소주 한 병으로 점심을 들었고, 낮 12시 반 무렵에 거의 선두로 방곡리의 산청함양사건추모공원에 주차해 있는 우리들의 대절버스로 돌아왔다.

오후 1시쯤에 그곳을 떠나 산청읍으로 돌아온 후 경호강가로 이동하여 래프팅을 하였다. 겁이 많은 아내는 차에 남고 나만 참가하였다. 보통은 거기즉 경호3교 부근에서 출발하여 우리 산장이 있는 외송리의 홍화원 부근까지 내려가는 모양인데, 지금은 강물의 수량이 적다하여 거기까지의 절반에도 훨씬 못 미치는 대전통영고속도로 상의 경호4교까지만 내려간 모양이다. 경호강의 래프팅은 제법 유명한데, 오늘 보니 래프팅 하는 장소가 국도나 고속도로로부터 좀 비켜나 있으므로 사람들의 눈에 별로 띄지 않는 것이었다. 강물에는 붐빌 정도로 사람들이 많았다. 래프팅이라고 하지만 무슨 급류가 있는 것이 아니라 강물의 도중에 바위들이 많아 그 틈을 헤집고 지나가는 정도였다. 물이 얕기 때문인지 강물이 뜨뜻미지근하였다.

우리 보트에 탄 가이드의 안내에 따라서 종착지 부근의 텐트에 들어가 술과 파전 등을 사 든 후 다시 보트를 타고 좀 더 내려가 래프팅을 마치고서 버스를 타고 출발지점으로 되돌아왔다. 거기서 하산주를 든 다음 어둑어둑해져 가는 오후 7시 무렵에 진주로 돌아왔다.

오늘 부산의 기온이 37.2도로서 112년만의 최고기록인가 된다고 한다.

28 (일) 오전 중 부슬비 내리다가 개임 -관매도

아내와 함께 시내의 콜핑 등산장비점 주인 강종문 씨의 더조은산악회를 따라 전남 진도군의 觀梅島에 다녀왔다. 오전 6시까지 신안동 운동장 1문 앞에 집결하여 고급 대절버스 한 대로 출발하였다. 남해고속도로를 따라가다가 광양에서 목포 가는 마찬가지로 10번인 고속도로로 접어들어 보성휴게소에 한 번 정거한 후, 강진·무위사 요금소에서 빠져나와 13·18번 국도를 따라 해남읍을 거쳐 진도로 들어갔다. 해남 우수영항 부근에서부터 길가에 9월 2일부터 4일까지 울돌목 일대에서 개최되는 명량대첩축제의 홍보 깃발 등이 계속 나타났다.

진도의 서남쪽 끄트머리에 위치한 팽목 항에 도착해보니 모처럼 다시와 보는 팽목 항은 세월호 사건과 관련한 리본과 조형물들로 도배질 되어 있었다. 9시 50분에 출항하는 한림페리 11호를 탔는데, 아내는 여기까지 와 놓고는 배 타기가 무섭고 컨디션도 좋지 않다면서 기사와 함께 그냥 버스에 남았다. 배 꼭대기의 갑판에서 강종문 씨와 마주보고 벤치에 앉아 좀 대화를 나누었다. 그는 학부는 다른 데서 밟은 후 경상대 산림자원학과에서 석사과정을 마쳤는데, 등산장비점은 부인에게 맡기고 그 자신은 아웃도어 복장과 각종 등산장비를 생산하는 일에 종사하고 있다는 것이었다. 예전에도 그런 일을 하여 수백억대의 재산을 모은 적이 있었으나, 세금 폭탄을 맞아 그만두었다가 근자에 다시 시작했다고 한다. 생산설비는 자신이 소유하지 않고 디자인하여 공장에다 맡기면 된다고 했다.

우리가 탄 배는 예전에 내린 바 있었던 하조도의 창유항을 거쳐 관사도 등을 경유하여 1시간 50분을 항해한 후 11시 40분에 진도군 남쪽 끝에 위치한 관매도의 선착장에 닿았다. 진도의 팽목 항에서 관매도까지 배는 하루에 두 번씩 다니는데, 관매도를 나오는 마지막 배가 14시 20분에 있다고 하므로 섬에 머물 시간이 2시간 40분밖에 없어 제대로 둘러볼 여유가 없었다.

우리는 이 섬에 세 개 있는 마을 중 하나인 관호마을을 거쳐 언덕 위에 있는 바람막이 돌담인 우실을 거쳐 관매팔경 중 3경인 돌묘와 꽁돌을 둘러본 후 4경인 할미중드랭이굴은 길가에 아무런 표지가 없어 그냥 지나쳤고, 5경인 하늘다리를 지나 곶의 끄트머리인 언덕 꼭대기에 올라 점심을 들면서 건너편으로 바라보이는 7경 다리여를 구경하였다. 본교 대학병원의 검진실 의사인 김창환 씨 등 3명과 함께 점심을 든 그 자리에서는 세월호가 침몰한 바다가 건너편으로 빤히 바라보였다. 그 현장에는 지금도 작업선인 듯한 배가 세 척 떠 있었다.

돌아 나오는 길에 김창환 씨와 함께 관호마을에서 이곳 특산물인 모양인 쑥막걸리를 들고자 했으나 선착장에서 가까운 곳으로 가 들자면서 마을을 지나쳤는데, 선착장 근처의 특산물판매장에는 쑥막걸리가 없어 캔 맥주 하나씩만 들고 말았다. 거기서는 1경인 관매도 해변이 빤히 바라보였다.

14시 20분에 출발하는 한림페리 11호를 타고서 올 때와 같은 코스를 경유하여 돌아왔으나 나올 때는 시간이 더 많이 걸려 오후 4시 40분에 팽목 항에 도착하였다. 관사도의 앞뒤로도 각각 한 번씩 섬에 들렀는데, 어느 섬인지를 알려주는 표지는 보이지 않았으나 아마도 대마도와 나배도가 아닌가 싶다.

아내는 팽목 항의 여기저기를 산책하고 세월호 관계의 글들도 읽어보면서 시간을 보냈다고 한다. 관매도까지 가는 배삯은 13,000원이었는데, 단체로 구입하면 만 원쯤에 가능한 모양이다. 아내는 출발 전에 이미 송금한 참가비 6만 원 중 3만 원을 돌려받았다고 한다. 밤 8시 무렵에 귀가하였다.

9월

4 (일) 대체로 맑으나 곳에 따라 때때로 비 - 완주 오봉산

아내와 함께 민들레산악회를 따라 전북 완주군 구이면과 임실군 신덕면 및 운암면의 경계에 위치한 오봉산(513.2m)에 다녀왔다. 실은 경남신문에서 완도의 오봉산에 간다는 광고를 보고 신청했었는데, 그것은 誤記였다. 완도의 오봉산도 예전에 상황봉이라고 불릴 때 두 번 가본 적이 있었고, 완주군의 오봉산도 2006년 8월 20일 일출산악회를 따라서, 그리고 2012년 3월 18일에는 지구산악회를 따라 또 한 번 가본 적이 있었다. 2006년에 갔을 때는 완주군 구이면 백여리의 대모마을에서부터 올라 정상인 5봉을 거쳐 4·3·2·1봉을 역순으로 두른 후 소모마을 쪽으로 내려왔고, 2012년에 갔을 때는 49번 국도 상의 염암재에서부터 호남정맥을 따라 내려와 2·3·4·5봉과 국사봉을 거친 후 임실군 운암면의 입석리 쪽으로 내려왔던 것이었다. 오늘은 백여리의 소모마을에서부터 올라 1·2·3·4·5봉과 국사봉을 차례로 거쳐 입석리로 내려왔는데, 시기와 코스가 다르다 보니 전혀 새로 보는 산인 듯했다.

8시까지 신안동 운동장 1문 앞에 집결한 후 대절버스 한 대로 출발하였다. 대전통영고속도로를 따라 북상하다가 함양에서 구 88고속도로, 즉 지금은 광대고속도로로 불리는 도로로 진입한 후 지리산휴게소를 거쳐 순창에서 빠져나와 27번 국도를 따라 회문산 부근을 거쳐 북상했는데, 27번 국도는 예전에도 있었지만 지금은 왕복 4차선으로 확장되고 코스도 좀 달라져 이 역시 전혀 처음 가보는 길인 듯했다. 순창의 입구 부근도 예전과는 크게 달라져 있었다.

오전 10시경에 27번 국도 부근에 있는 완주군 구이면 백여리의 小毛마을에 닿아 걷기 시작했다. 아내와 함께 1·2·3·4봉을 차례로 거치고 4봉에서 점심을 든 후 체력이 딸린다는 아내는 바로 국사봉 쪽으로 향하고, 나는 거기서 빤히 바라다 보이는 위치에 있는 정상인 5봉까지 다녀왔다. 발아래의 옥정호는 수량이 크게 줄어 호수가 아니라 그저 강 같았다. 4봉으로 돌아 나와 국사봉에 닿을 무렵에 다시 아내를 만났다. 국사봉(475)은 경사가 가팔라 계속 계단을 밟고 올라야 했다. 그리고 국사봉에서부터 입석리로 내려가는 길은 대부분 데크로 되어 있었다.

오후 2시 반 무렵에 주차장에 도착한 후 2층 팔각정으로 되어 있는 전망대에도 올라보았는데, 거기에는 國士亭이라는 현판이 달려 있었다. 먼저 간 아내는 그 정자에 오르지 않았다. 아직 여름이 다 가지 않아 수통 하나에 채워

간 물로는 부족하였는데, 버스 안의 커피를 끓이는 곳에서 찬 물도 받을 수 있어 갈증을 달랠 수 있었다.

일행이 다 내려오기를 기다려 4시 13분에 출발하였다. 돌아오는 길은 옥정호순환도로인 749번 지방도를 따라가 49번 지방도를 만난 후 임실군 관촌면 소재지까지 갔고, 다시 17번 및 30번 국도를 거쳐 진안군 성수면과 마령면을 지나 마이산 아래쪽을 둘러서 진안IC에서 익산포항(익산장수간)고속도로에 올랐다. 일행 중 소변이 급하다는 사람이 있어 장수에서 일단 고속도로를 빠져나왔다가 다시 진입하였다. 진안과 함양을 지날 때는 비가 좀 내렸고, 진주에도 오늘 오후 제법 많은 비가 내렸다고 한다. 대전통영고속도로에 올라 6시 22분에 진주의 신안동 공설운동장 3문 부근에 있는 한식뷔페 신안동엄마집에 들러 석식을 하였다. 1인당 6천 원이라고 하는데, 반찬이 제법 먹을 만하였다. 나는 오늘 종일 술을 전혀 입에 대지 않았고, 앞으로도 그럴 예정이다.

11 (일) 흐림 - 용추봉

아내와 함께 판문산악회의 정기산행에 동참하여 전남 담양군 용면과 전북 순창군 쌍치면·구림면의 경계에 위치한 용추봉(584m)에 다녀왔다. 오전 7시 반까지 시청 민원실 앞으로 가서 대절버스를 타고 신안동 운동장 1문 앞과 판문동을 경유하여 출발하였다.

지난주와 마찬가지로 통영대전·광주대구간 고속도로를 경유하여 순창에서 빠져나온 후, 거기서부터는 792번 지방도를 경유하여 강천산 입구를 지나 전라남도 담양군 지경으로 들어간 뒤, 용면 가마골의 용연폭포 주차장에서 오전 10시 무렵 하차하였다.

용연 1폭포와 2폭포를 경유하였는데, 1폭포는 수량이 줄어 폭포의 흔적이 전혀 없었고, 2폭포는 절벽으로 되어 있어 그나마 그 아래로 가서 물이 떨어지는 모습을 바라볼 수 있었다. 용추사까지 갔다가 아내는 다른 여성 한 명과 함께 도로 내려갔다.

나는 이곳에도 2008년 7월 27일 아내와 함께 한우리산악회를 따라서 한

번 온 적이 있었고, 2011년 7월 24일에는 혼자서 의암산악회를 따라 온 적
이 있었다. 그러나 정상에 오른 기억은 없는지라 이번에 용추봉으로 간다는
문자 메시지를 받고서 신청했던 것이다. 그러나 과거의 일기를 읽어보니 첫
번째로 왔을 때 정상에 오른 듯도 하다.

용추사를 조금 내려온 후 아내와 헤어진 지점에서 이광재 산행팀장과 더
불어 아스팔트 포장이 된 도로를 따라 오른쪽으로 접어들었다. 도중에 가마
터에도 들러보았다. 용연리 산 10-1에 지하굴식 가마(登窯) 3기가 있는데,
1997년과 2000년의 2차에 걸친 발굴조사에서 확인된 3기 중 1호기, 3호기
는 지하에 보존관리 되고 있고, 그 중 보존상태가 양호한 2호기 하나만을 보
수하여 전시하고 있었다. 출토된 암기와에는 15~16세기에 유행한 滄海波
紋(물결모양 무늬)이 새겨져 있었다고 한다. 조선 시대에 사용된 기와 가마
로서 용추사의 사찰 전용 가마로 추정된다고 하며, 이곳 '가마골'이라는 지
명과도 깊은 관련이 있는 모양이다.

고개 근처에서 호남정맥 코스인 능선으로 올라가, 그 능선을 타고서 정오
무렵 정상에 도착하여 그곳 헬기장에서 일행과 함께 점심을 들었다. 정상에
별로 이렇다 할 표지는 눈에 띄지 않았다. 이 산악회는 신문에 광고도 내지
않는데, 그래서 그런지 이번 산행에서는 아는 사람을 전혀 만나지 못했으나
점심 식사를 함께 한 사람 중에 나를 알아보는 이가 두어 명 있었다.

식사를 마친 후 혼자서 하산 길에 나섰는데, 호남정맥을 따라서 올 때와는
반대 방향으로 나아가다가 삼거리에서 왼편으로 꺾어들어 신선봉(490)으
로 향하는 등산로가 있는 임도를 만나야 한다. 그러나 도중에 갈림길을 만나
기는 했으나, 나는 그 중 오른편으로 난 길은 호남정맥 코스를 계속 가는 것
이라 생각하고서 왼편 길로 접어들었는데, 도중에 길이 보일 듯 말 듯 잡초에
뒤덮여 있어 좀 이상하다고는 생각했으나 별 수 없어 계속 그 길을 따라가니
마침내 임도를 만났다. 그러나 그곳은 정암사 및 제3등산로로 향하는 길로
이어지는 것이라, 아니라고 판단하고서 임도를 따라 왼편으로 1km쯤 걸어
마침내 신선봉으로 향하는 등산로를 만나게 되었다.

신선봉을 지나는 코스는 과거에 두 번이나 통과한 적이 있어 내게는 익숙

한 터인데, 1km 쯤 아래에서 始原亭과 龍沼 그리고 그 위에 걸쳐진 출렁다리를 만나게 된다. 始原이란 용소가 영산강의 발원지라는 뜻이다. 용소 부근에 세워져 있는 바위에 새겨진 글에 의하면, 한국전쟁 당시 全南北의 피난민 3천여 명과 盧嶺(盧嶺?)병단(사령관 金炳億) 소속 빨치산 1천여 명이 이곳에 노령지구 사령부를 세우고 3개 병단을 구성하여 1955년 3월 육군 8사단, 11사단에 끈질긴 저항을 벌였다. 59년 8월 빨치산과 육군 8사단 토벌대원 445명이 숨지고 8백여 명이 중경상을 입는 대격전을 벌였기 때문에 가마골은 '피의 계곡'으로 불리기도 했다는 것이다. 지금도 출렁다리 건너편의 제2 등산로에 사령관동굴·사령관계곡이라는 지명이 남아 있는 까닭이다.

오늘 산행은 9km 정도 되는 코스라고 하는데, 나는 남들이 가지 않은 용추사에도 들렀고, 호남정맥 코스도 남들보다 많이 걸어 임도를 따라 되돌아오기도 했으니, 10km 이상은 걸은 듯하다.

예전에는 가마골 계곡에 평상을 치고서 장사하는 사람들이 꽤 많았었는데, 지금은 가마골이 생태공원으로 지정되어져 있어 음식상을 펴는 것을 금지하고 있으므로 하산주를 마실 수도 없어서, 오후 3시경에 하산을 마친 다음 순창 읍내에 있는 순창고추장마을로 가서 그곳의 위쪽 끄트머리쯤에 있는 영농조합법인 김용순전통식품에 들러 하산주를 마셨다. 그곳에서는 손님 유치를 위해 음식상과 의자도 준비해두고 있었다. 이 집인지 모르지만 이런 곳에 예전에도 몇 번 들른 적이 있었다. 나는 단술과 안주만으로 저녁식사를 때웠고, 아내는 거기서 간장과 청국장분말을 구입하였다. 10월 13일부터 16일까지 순창장류축제가 열린다고 한다. 오후 4시 30분에 그곳을 출발하여 갈 때의 고속도로 코스로 진주로 돌아왔는데, 전라도뿐만이 아니라 경상도에도 가을 추수를 마친 논이 더러 눈에 띄었다.

16 (금) 부슬비 -월아산

아내가 오후 2시부터 4시까지 진주시 금산면 용아리 19번지의 月牙山에 있는 전원생태예술촌에서 야생화와 정원 가꾸기 모임에 참석한다고 하므로, 점심을 든 후 외송을 떠났다. 내비게이션이 가리키는 방향을 따라 금산면에서 1009번 지방도를 나아가다가 26번 지방도로 접어들었다. 그 장소에다 아내를 내려준 후, 나는 시간을 보내기 위해 차를 그곳 주차장에 세워두고 걸어서 靑谷寺까지 가서 금년 1월의 일본 大山 여행 때 만났던 사람이 경영하는 밀면 집 베이스캠프에 들러보고자 26번 지방도를 따라 걸어 올라가기 시작했다. 그러나 알고 보니 그 길은 청곡사 방향으로 가는 것이 아니었고, 한참 오르니 월아산의 두 봉우리인 將軍臺峰(482m)과 國師峰(469) 사이에 위치한 고개인 질매재에 닿는 것이었다. 질매재는 금산면과 진성면의 경계에 위치해 있는데, "형국이 소의 짐 싣는 질매와 비슷하다고 하여" 붙여진 이름이라고 한다. 질매재라는 지명은 이곳 외에도 전국 여러 곳에 있는데, 그 이름의 뜻을 오늘에야 비로소 알았다. 국어사전에 실린 정확한 말은 길마인데, "옹구, 걸채 따위에 실린 짐이 소의 등에 직접 닿지 않도록 안장처럼 얹는 제구"를 말한다. 질매재에서 국사봉까지는 530m, 장군대봉까지는 2.15km라는 방향표지가 있었다.

아내로부터 월아산에 둘레길도 있다는 말을 들었으므로, 어쨌든 질매재에서 옆으로 빠져나간 콘크리트 포장도로를 따라 산 쪽으로 걸어 올라가보았다. 나는 그 임도가 어디로 이어지는지 전혀 모르고서 무작정 걸었는데, 도중에 다른 사람은 딱 한 명을 만났다. 그에게 청곡사 가는 길을 물었더니 한 시간 정도 떨어진 거리라고 일러주었으므로 그곳까지 가는 것은 포기하였다. 그 길은 송신탑 같은 철탑이 세워져 있는 방향으로 이어져 있었는데, 끝까지 걸어가 보니 KT의 이동전화 기지국과 KBS·MBC의 방송 송신탑들이 서 있고, 알고 보니 바로 거기가 월아산의 최고봉인 장군대봉이었다. 장군봉에서 청곡사까지는 2.3km, 두방사까지는 0.9km라는 방향 표지판이 서 있었다. 장군봉이란 이름은 임진왜란 때 忠壯公 金德齡 장군이 월아산에다 木柵城을 쌓고서 왜군을 무찌르는 본영으로 삼았다는 기록에서 유래한 모양이었다.

4시경까지 전원예술촌으로 돌아와 차 안에서 책을 읽으며 기다리고 있다가, 주차장에 세워 둔 다른 차들이 하나둘씩 빠져나가기를 기다려 차를 돌려서 청곡사에 들러보았다. 거기서 물어 400m 쯤 되돌아나간 거리에 위치한 베이스캠프까지 가보았는데, 추석 명절의 연휴 기간이라 영업을 하지 않고 있었다.

집으로 돌아오는 도중에 아프리카에 있는 회옥이가 스마트폰 카톡으로 전화를 걸어와 잠시 대화를 나누기도 했다. 출장을 나와서 비행기 탑승을 기다리는 중이라고 했다.

25 (월) 맑음 -운암산

아내는 승용차를 운전하여 회옥이를 결혼식장까지 데려다주기 위해 집에 남고, 혼자서 청솔산악회의 253차 정기산행에 동참하여 전라북도 완주군 동상면과 고산면의 경계에 위치한 운암산(597m)에 다녀왔다. 오전 8시까지 우리 아파트 부근의 구 역전에 모여 대절버스 한 대로 출발했다. 통영대전 및 익산장수간 고속도로를 경유하여 완주요금소에서 빠져나온 후, 17번 국도를 따라 조금 더 북상하여, 732번 지방도를 경유하여 10시 9분에 대아저수지 북서쪽의 새재에 도착하였다. 그 부근의 대아호를 내려다보는 위치에 콘크리트로 만든 정자가 서 있었는데, 저수지의 수위가 많이 낮아져 있었다.

고갯마루에 자리한 새재에서부터 등산을 시작하여 정오 무렵에 운암산 정상 조금 못 미친 지점의 호수를 내려다보는 전망 좋은 위치에 자리 잡은 일목회의 회장 및 여성총무 등이 있는 팀에 어울려 점심을 들었다. 진주시 판문동의 엠마우스 노인요양병원에 근무하던 일목회원 폭포수는 지난 8월에 사직했다고 한다. 앞으로는 국민연금과 지금 살고 있는 3층 건물의 임대료를 받아 생활할 모양이다.

운암산은 별로 높지는 않으나 바위산이라 꽤 험했다. 우리가 점심을 든 장소는 아득한 절벽 위인데, 일목회장이 함께 앉은 사람들에게 식사 후 커피를 대접하고서 자기 옆에 놓아두었던 보온물병이 실수로 굴러 떨어져 버렸으나, 주우러 내려갈 수도 없으므로 포기할 수밖에 없었다. 산악회에서 배부한 등산지도나 현장의 표지판에는 산의 높이가 597m로 적혀 있으나, 표지석과 집에 있는 5만분의 1 지도책에는 605m라고 적혀 있으니 어느 것이 옳은지 알 수 없다.

운암산에서 1.72km 떨어진 위치에 있는 또 하나의 봉우리 569봉을 지난 후 하산길로 접어들어 거기서 1.79km 거리인 대아리 산천교회 부근으로 내려온 후 732번 지방도를 따라서 출발지점 방향으로 한참 걸어가 오후 3시 무렵 山川마을의 대아수목원 주차장에 도착하여 산행을 마쳤다.

일행이 하산주를 드는 동안 나는 술 대신 안주를 좀 주워 먹다가 자리를 떠서 그 근처의 수목원 입구 부근까지 한 바퀴 산책하였다. 대아수목원은 조성 면적이 150hr(1,500천㎡)에 달하는 꽤 방대한 규모인 모양이었다.

10월

4 (화) 맑음 - 산청 지역 성공사례지 견학

4차 산림복합경영과정 교육이 있는 날인지라, 오전 10시까지 경상대학교 야외공연장 앞으로 갔다. 아내도 운동을 한 후 옵서버로서 따로 왔다. 대절버스 한 대를 타고서 먼저 산청군 신안면 원지로 117(하정리 658-11)에 있는 탑프루트 단감 생산기술 시범단지인 문판석 씨의 철쭉농장에 들러 경사가 꽤 가파른 산골짜기에 조성된 20,000㎡의 단감 농장을 둘러보며 주인인 문 씨로부터 설명을 들었다. 그는 초등학교 교장으로서 퇴직한 후 이 농장을 경영하고 있는데, 근처의 도로 건너편에 정원수를 재배하는 다른 농장도 소유하고 있었다. 그 단감농장은 꽤 넓고 여러 가지 설비를 갖추고 있는데도 불구하고 한 해 순수익이 1400만 원 정도에 불과하다고 하며, 정원수 농장에서는 그보다 좀 더 나은 수익을 올리고 있다고 한다. 여러 가지를 배웠으나 개중에 E클립이라는 철제 장치로 가지를 휘어 아래로 향하게 하는 기술이 내게는 꼭 필요한 것이었다.

그곳을 나온 다음 문 씨와 더불어 문익점 면화시배지에서 가까운 위치인 산청군 단성면 성내리 147-1에 있는 덕원갈비에 들러 갈비탕으로 점심을 들었다. 식사를 마친 다음 문 씨에게 교장으로서 정년퇴직했으면 연금을 받을 텐데, 연금 외에 농사로 수입을 얻어도 무방한지를 물었더니, 월 300만 원 이내의 다른 수입은 관계없다는 것이었다.

다음으로 大笑軒 趙宗道의 무덤과 그 종가가 있는 소남 마을에서 가까운 위치인 단성군 사월리 산81의 세양수목원에 들러 조경수재배의 성공사례지 견학을 하였다. 그 주인인 김창옥 씨는 올해 72세로서 좀 작은 키에다 한 쪽 발을 약간 저는데, 이 방면에서는 전국적으로 꽤 유명한 사람인 모양이었다. 이 농장은 2002년에 땅을 계약하여 처음 시작한 것이라고 하므로 내가 외송의 농장을 구입한 2007년보다도 조금 앞설 따름인데, 수만 평의 산을 조경수 재배단지로 개발해두고 있었다. 여기서는 잔디밭의 잡초를 제거하는 모뉴먼트 잔디약과 잔디밭을 훼손시키는 벌레집을 퇴치할 수 있는 코니도 입제에 대한 조언을 얻었다.

오후 4시 무렵에 학교로 돌아와, 아내와 함께 내 트럭을 타고서 귀가하였다.

7 (금) 흐리다가 오후부터 비 – 한국선비문화연구원

정오 가까운 무렵에 김현희·서미란·안영숙 씨가 내 농장을 방문해 왔다. 그러나 12시에서 12시 반 무렵에 원지의 산촌식당에다 점심을 예약해두었다고 하므로 얼마 못가 농장을 떠날 수밖에 없었다. 안영숙 씨가 반 년 전쯤에 산 쉬보레 중고 승용차에 세 명이 동승해 왔는데, 아래쪽 비탈진 비포장길을 내려오다 승용차의 바닥이 바위에 접촉한 모양인지 큰 소리가 났다고 한다. 점심을 든 후 다시 남사리 예담촌(산청군 단성면 지리산대로 2897번길 20-1)에 금년 3월 무렵부터 문을 연 찻집 '지금이 꽃자리'에 들러 부슬비가 내리는 가운데 처마 밑의 나무 의자에 앉아 아메리카노 커피를 마시면서 대화를 나누다가 헤어졌다.

그 길로 나는 덕산의 한국선비문화연구원(산청군 시천면 남명로 240번길 33)으로 가서 본관 2층 201호실에서 열린 「남명학과 인성교육」이라는 대주제의 2016년 학술대회에 참석하였다. 오전 10시 무렵부터 시작된 학술대회는 이미 끝 무렵의 종합토론이 진행되고 있었다. 오늘 회의는 오전 10시부터 등록이 시작되어 동양대 강구율 씨의 사회로 개회식을 마친 후, 11시부터 발표가 시작되어 경상대 손병욱, 대구교대 장윤수, 한국교원대 박병기 교수의 발표가 있었고, 오후 1시 30분부터는 경북대 정우락 교수의 사회로 서울대 이종묵, 육군3사관학교 최재호, 한국학중앙연구원 김학수 교수가 발표를 하였으며, 오후 3시 30분부터 5시까지는 경상대 최석기 교수의 사회로 종합토론이 이어졌는데, 대진대 권인호, 경상대 이상호, 진주교대 김낙진, 남명학연구원 사재명, 한국국제대 송준식 교수가 토론에 나섰다.

나는 두 번째로 이상호 씨가 박병기 씨의 논문에 대해 토론하고 있을 때부터 참여하였다. 방청석 맨 앞줄에는 개회식에서 인사말을 한 박병련 원장과 최문석 이사장, 그리고 조옥환 부이사장이 앉아 있었다. 나는 토론 중간에 잠시 자리를 떠서 김경수 사무국장의 방으로 가 강구율 씨와 더불어 셋이서 차를 마시기도 하였다. 이들 중 발표자인 박병기·최재호 씨를 제외하고는 모두 이미 아는 사람들이다. 내가 2002년 4월 10일에 남명학연구원의 상임연구위원 및 총무의 직을 최종적으로 사임한 지로부터 이미 15년의 세월이 흘렀다. 오늘 박병련 원장은 나의 저서 『남명학파연구』 상·하권이 남명학의 연구 수준을 확고한 위치로 올려놓았다고 내게 치사의 말을 하였다. 그러나 그 이후 『남명학의 새 연구』 상·하권이 간행된 사실은 모르고 있었다.

최근에 정식으로 개원한 한국선비문화연구원의 건물들은 연구연수동과 연수숙박동으로 대별되는데, 전자에는 대강당과 2개의 강의실, 영상실, 다목적강의실이 있고, 후자에는 2인 침대실, 6인실, 10인실, 12인실, 한옥체험실이 있는 모양이다. 이러한 시설들은 이용료를 받고서 공무원, 교직원, 기업체 임직원, 학생, 민간단체 등으로 하여금 사용하게 한다.

학술회의가 끝난 후 덕산 입구의 시천면 남명로 200번길 170에 있는 약선산채음식전문점 조은날로 자리를 옮겨 저녁식사를 들었다. 나는 좀 늦게 들어갔으므로 김경수 사무국장의 옆에 자리가 배정되었다. 식사를 마친 후 박병련 원장 등은 선비문화연구원의 숙박동으로 가서 2차를 하고 거기서 하룻밤 묵는 모양이었지만, 술을 들지 않는 나는 비가 내리는 밤길에 차를 운전하여 8시 무렵에 귀가하였다. 술을 마시지 않으니 운전을 염려할 필요가 없어 편리한 점도 있다.

9 (일) 맑으나 꽤 서늘함 – 온달산성, 도담삼봉, 석문

아내와 함께 청심산악회를 따라 충북 단양의 온달산성과 도담삼봉, 그리고 석문에 다녀왔다. 오전 8시 10분까지 시청 앞에서 대절버스를 타고, 제일예식장 앞을 경유하여 남해·구마·중앙고속도로를 따라서 북상하였다. 편도에 3시간 반에서 4시간 정도 걸리는 장거리였다.

단양요금소에서 국도 5호선으로 빠졌다가, 얼마 후 59번 국도로 접어들어 충주호의 건설로 말미암아 단양의 위치가 옮겨진 후 신단양이라고 불리는 군청소재지를 지나 남한강을 따라서 동쪽의 영춘면 백자리에 위치한 구인사 방향으로 나아갔다. 원래 「경남일보」에 '충북 단양 도담삼봉 트래킹코스, 온달 관광지코스'라고 적힌 것을 보고서 예약했던 것인데, 주최 측은 온달관광지가 유료인 까닭인지 현지에 도착하자 문득 그 위쪽의 천태종 본산인 구인사로 목적지를 바꿔버렸다. 나로서는 온달관광지가 오늘 산행의 주목적이었으므로, 구인사 주차장에서 하차하자 아내와 함께 따로 택시를 타고서 그 아래쪽 하리의 온달관광지로 내려왔다. 기본요금 정도의 짧은 거리임에도 차비를 5,000원이나 지불하였다.

온달관광지는 온달오픈세트장과 온달동굴, 온달전시관으로 구성되어져 있는데, 단양군이 1995년에 착공하여 1997년에 조성을 완료한 것으로서, 총 3만 평의 부지에다 고구려 온달장군과 평강공주의 사랑을 테마로 한 국민관광지로서 개발한 곳이다. 매표소에 입장료는 개인 성인이 5,000원이고, 만 65세 이상은 1,500원이라고 적혀 있었다. 그 구내에 천연기념물 제261호로 지정된 온달동굴이 있는데, 문헌기록에는 南窟 또는 城山窟이라고 되어 있지만, 온달산성과 연계하여 온달동굴로 고쳐 부르게 된 것이다. 총연장은 800m이고 主窟을 중심으로 5개의 支窟로 이루어져 있으며, 다양한 모양의 종유석과 석순이 발달되어 있다고 한다.

우리 내외는 관광지 안으로 들어가지 않고서 그 옆으로 이어진 등산로를 따라 왕복 약 1시간 거리인 사적 제264호 온달산성으로 향했다. 등산로는 시종 데크 계단으로 잘 정비되어져 있었다. 고구려 平原王 때 溫達장군이 신라군을 막기 위해 남한강을 굽어보는 요새지역에다 쌓은 성이라고 전설로서 전해오고 있는데, 태뫼식 내외협축으로 견고하게 축조된 전형적인 고구려식 산성이라고 한다. 성 둘레 683m, 높이는 5m의 소규모이며, 남문과 북문에 고구려 산성의 특징인 雉城이 있다. 『신증동국여지승람』에 이에 관한 기록이 있는데, 당시 이미 폐치되어 산성으로서의 기능을 상실한 것으로 되어 있다. 1992년의 발굴조사에서 삼국시대의 기와조각과 토기편, 창 등의 유물이 출토되었다고 한다. 돌아 내려오는 도중에 온달관광지가 잘 바라보이는 위치의 벤치가 있는 쉼터에서 점심을 들었고, 오후 2시 40분 경 온달관광지 입구에서 다시 대절버스를 탔다.

단양읍으로 돌아온 후, 그 뒤편으로 가까운 거리에 있는 도담리의 島潭三峯으로 향했다. 주차장에 닿은 후 먼저 거기서 200m 정도 떨어진 산중턱에 위치한 매포읍 하괴리(삼봉로 644-33)의 국가지정문화재 명승 제45호인 石門으로 향했다. 석문과 도담삼봉은 각각 단양팔경 중 1경과 2경에 속하는 것이다. 석문은 오래 전에 석회동굴이 무너진 후 동굴 천장의 일부가 남아 지금의 구름다리 모양으로 되었을 것으로 추정되는데, 이 규모는 동양에서 제일 큰 것으로 알려져 있다. 석문을 아래쪽에서 바라보기는 했어도 직접 올라본 것은 처음이 아닌가 싶다. 그곳을 둘러본 후 아내는 먼저 내려가고, 나만 혼자서 그 부근의 등산로를 따라 올라가 고압선 전주가 서 있고, 건너편으로 시멘트 공장인 듯한 큰 공장이 바라보이는 능선을 걷다가 두 번째 전주를 지나 아래로 내려가는 지점에서 되돌아왔다.

주차장의 우리 버스 옆에서 하산주를 드는 일행과 어울려 동태국과 돼지머리 삶은 고기로 석식을 때운 후, 이미 여러 번 와 본 도담삼봉을 다시 한 번 둘러보았다. 밤 9시 30분경에 귀가하였다.

10 (월) 맑았다가 오후 늦게 흐림 -털보농원, 겁외사

내가 승용차를 운전하여 아내와 함께 오전 10시 반 무렵 산청군 삼장면 석남리 285(평촌유, 평로 23번길 124-45)에 있는 털보농원펜션에서 열린 산양삼 산약초반 정기모임에 참석했다. 아내가 경상대학교 농대에서 진행되는 이 강습에 참여하고 있는데, 나더러도 오늘의 친목모임에 함께 가자고 하므로 따라나선 것이다. 털보농원펜션은 이 모임의 고문인 털보 김문금 씨 내외가 경영하는 것인데, 그는 50대 중반의 나이로서 20대 말인 1991년에 결혼하여 그 해 지리산의 현 털보농원으로 귀농하였고, 그 3년째에 화재로 말미암아 그동안 마련해둔 터전이 소실되는 등 여러 우여곡절을 거치고서 다시 재기하여, 염소농장과 민박식당 등을 거쳐 현재의 펜션으로 전환한 것이다. 그는 원래 화가로서 조각도 한다는데, 2014년 청마의 해에 귀농 25주년을 기념하여 목장승 25개를 새겨서 세웠고, 현재 27년째 이곳에 살고 있다.

그의 펜션에는 세석·장터목·치밭목·제석봉·히어리·마타리·소나무·잣나무·달뜨기 등의 이름이 붙은 숙박동이나 방이 9개 있고, 그 밖에 그들 내외가 거주하는 靑谷軒이란 현판이 걸린 방도 있으며, 농촌교육장·동물생태공원과 수영장·정자·주차장 겸 운동장 등도 갖추어져 있는 꽤 큰 규모의 것이다. 이 모든 것은 털보가 손수 지은 것이라고 한다. 펜션 아래쪽에는 꽤 넓은 임야도 있어서 거기에 각종 정원수 등을 심어두고 있다.

그 펜션은 평지에서 300m 정도 올라간 산중턱에 위치해 있고, 그 일대에 다른 펜션들도 여러 개 있었다. 그러나 지금은 비수기인지 손님이 전혀 없어, 그는 친구 집의 건축공사 일을 도우며 일당 10만 원씩을 받고 있다고 한다.

그곳 마당에다 의자 딸린 나무 테이블들을 늘어놓고서 회원들이 가져온 각종 음식물과 불고기, 술 등을 들면서 점심을 함께 하며 회칙 제정과 이후의 계획 등에 관련한 협의를 하였다. 추첨으로 각자 하나씩 선물도 받았는데, 나에게는 李白의 시 '友人會宿'의 한글 번역문이 적힌 액자가 당첨되었다. 마친 후 일부는 먼저 돌아가고 우리 내외 등 남은 사람들은 김 씨 내외의 인도에 따라 그의 농장을 둘러보며 설명을 들었다.

돌아오는 길에 모처럼 산청군 단성면 묵곡리의 성철스님 생가 터에 세워진 劫外寺에 들러 그 경내와 절 앞에 새로 세워진 성철스님기념관인 退翁殿을 둘러보았다. '相對有限의 시간과 공간을 초월한 절'이라는 의미를 지닌 겁외사는 산청군의 협력과 성철스님의 출가 전 딸인 不必스님의 원력으로 2001년 3월 30일에 창건되었다. 문을 들어서면 정면의 본채는 생가를 복원하여 선친의 호를 따서 栗隱古居라 이름하였는데, 전시관인 泡影堂과 사랑채인 栗隱齋, 그리고 안채로 구성되어져 있다. 측면의 사찰 부분은 부처 앞에 성철의 좌상이 안치된 대웅전과 입구의 누각인 碧海樓, 尋劍堂 그리고 요사채로 구성되었으며, 마당 중앙에 성철의 동상이 세워져 있다. 겁외사나 퇴옹전 주위에는 우리 내외 외의 다른 사람들은 전혀 눈에 띄지 않았고, 주변에 들어선 식당이나 기념품점에도 손님이 거의 없었다.

16 (일) 비 -천관산 장천재, 남미륵사

아내와 함께 신화산악회를 따라 전남 장흥군의 천관산과 강진군의 남미륵사에 다녀왔다. 오전 8시까지 시청 앞에 모여 대절버스를 타고서 상봉동의 일신탕 앞을 거쳐 출발했다. 남해고속도로를 따라 서쪽으로 나아가다가, 광양에서 목포까지 이어지는 같은 10번 고속도로를 타 보성 요금소에서 일반국도로 빠져나왔고, 18번과 23번 국도를 따라서 고흥반도의 남쪽으로 내려가 오전 10시 42분에 관산읍의 천관산 아래 주차장에 닿았다.

그러나 진주에서 출발할 때부터 계속 비가 내리는 지라, 도착한 후 산행대장이 일행에게 등산할 것인지를 묻자 여자들 여러 명이 하지 않겠다고 답하므로, 그 자리의 비를 피할 수 있는 파고라에서 하산주 상을 펴고 이른 점심을 들었다. 관산읍 방촌리에 통합의학박람회장이 있고, 장흥군 안양면 비등리 일원에서 9월 29일부터 10월 31일까지 33일간 금년도 장흥국제통합의학박람회가 열린다고 하므로, 등산 대신 그곳을 관람하자는 발언도 있었지만, 입장료가 만만찮은 모양이라 포기하고 식사 후 오후 1시까지 자유 시간을 가진 다음 강진군 군동면 풍동리 580번지(풍동1길 24-13)에 있는 남미륵사에 들렀다가 진주로 돌아가기로 했다. 우리 내외는 주차장의 정자에 자리 잡은 아주머니(할머니?)들로부터 이곳에서 생산된 파프리카 5천 원어치와 단감 만 원어치를 사기도 했다.

다른 산악회 팀들은 대부분 비옷을 차려 입고 더러는 우산도 받쳐 들고서 등산을 결행하고 있었다. 한 주 전인 10월 9일에 제23회 천관산 억새재가 거행되었고, 10월 중순이 유명한 천관산 억새의 절정기라 하므로 지금이 정상 부근의 억새군락을 둘러보기에는 가장 좋은 시기이고, 나도 그 때문에 이곳을 다시 찾은 것이다.

천관산에는 1995년 7월 2일에 장터목산장 팀을 따라와 아내와 함께 올랐고, 2000년 9월 10일에도 아내와 함께 한보산악회를 따라와 오른 적이 있었다. 그러므로 이 산의 주요 등산 코스는 모두 답파한 셈인데, 그 때 두 번 다 들렀던 長興魏氏의 재실이자 전라남도 유형문화재 제72호로 지정되어져 있는 長川齋에 다시 한 번 들러보기로 작정했다. 식사 후 아내와 함께 우산을 받쳐 들고서 등산로를 좀 걸어 올라가 재실에 들렀는데, 당시에는 안에까지 들어갈 수 있었으나 지금은 대문의 빗장이 잠겨 있어 담 너머 바라보는 것으로 만족해야 했다. 바깥의 설명문이나 비문을 읽어보면, 이 재실은 이 집안의 墓室로서 조선조 중종 무렵부터 있었던 것을 한 동안 승려에게 맡겨 장천암이라는 암자로 만들어 수호하기도 했고, 현재의 건물은 조선 후기인 1870년경에 다시 지은 것이다. 이곳에서 정조 연간에 호남을 대표하는 실학자의 한 사람이었던 存齋 魏伯珪(1727~1798)가 강학하기도 했고, 호남의 명사들이 많이 드나들었다고 한다. 천관산은 호남의 5대 명산 중 하나로 손꼽히는 것이며, 1998년에 도립공원으로 지정되었다.

돌아오는 길에 화방산 南彌勒寺에 다시 들렀다. 화방산(402m)은 군동면과 작천면, 병영면의 경계에 위치한 야산으로서 이 절로부터는 꽤 떨어진 거리에 있다. 나는 2014년 6월 22일에 장흥의 억불산에 올랐다가 들렀던 이후 두 번째로 방문한 것이다. 세계불교미륵대종총본산이라는 거창한 이름을 표방하고 있는 곳인데, 이곳은 동양최대라고 하는 36미터 黃銅坐佛인 아미타불이 모셔져 있고, 이 밖에도 원통으로 된 주목나무로 만든 33 관세음보살을 모신 관음전과 김교각 지장왕보살 2만3천불(안내원의 설명으로는 현재 만5천불)을 모신 만불전, 방생불사를 한다는 커다란 연못 등이 있다. 또한 드넓은 경내의 통로 좌우에는 철쭉과 흔히 은목서라 불리는 가시목서 등의 나무들이 빽빽이 심어져 있어 오히려 통행에 불편을 느낄 정도이며, 33층의 관음성전탑, 13층의 업장소멸기도탑 등의 석탑들도 있다. 관음전의 본존은 석가모니불이고 좌우에 대세지·약사불이 협시하고 있으며, 그 옆의 나반존자와 더불어 출입문 입구에 돌로 만든 이 사찰의 창건자 윤석홍 스님의 석상도 있었다. 이 석상은 중국에서 만들어져 이 절에 선물로 보내온 것이라고 한다.

남미륵사는 1978년에 법흥도사가 살던 움막집에서 출발하였다. 본인의 생가에 부처님을 모셔놓고 기도와 염불, 선정을 하던 곳이라고 한다. 그로부터 불과 몇 십 년 사이에 이런 거창한 사찰을 이룬 비결이 무엇인지는 알 수 없지만, 경내의 설명문에 "불치의 병마에 죽어가는 병자들을 살리려고 치유하는데 아픔을 대신코자 하신 법흥도사는 약사여래의 화현으로 오셨지 않느냐"는 문구도 눈에 띄었다.

만불전 안에서 「일붕신문」 한 부를 집어왔는데, 이는 1984년에 세계법왕으로 호창되는 일붕 서경보 스님을 창간주로 하여 발행된 것으로서, 금년 9월 15일에 발간된 제441호였다. 그 1면 톱에 금년 10월 5일 백범 김구기념관에서 개최될 제45회 일붕문도의 날 봉축대법회 및 제22대 회장 이·취임식에 대한 기사가 실려 있고, 마지막 16면 전체에는 기획특집으로서 강진 남미륵사에 관한 일종의 광고가 실려 있었다. 거기에 사진과 함께 소개된 석법흥대종사는 (재)세계미륵대종 종정이고, (사)대한불교종정협의회 이사이며, 화방산 남미륵사 주지, 일붕신문사 상임부회장, 대통령 직속 민주평통자문위원이라고 되어 있으며, 사진 상으로는 꽤 젊어보였다. 이를 통해 그가 일붕의 제자임을 알 수 있다. 이 신문 2면에는 8월 24일 대전회관에서 개최된 (사)대한불교종정협의회 제230차 월례회의에 대한 기사도 실렸는데, 그것에 의하면 "30여 종단 회원이 동참한 가운데 개최됐"다고 하니, 우리나라 불교 각 종파의 종정도 그처럼 많은 수가 있음을 짐작할 수 있다.

오고가는 길의 전라도 들판에 보이는 황금빛 논에는 가을 추수가 이미 절반 가까이 마쳐져 있었다. 돌아오는 길에 보성녹차(광양)휴게소에 들러 의류전문매장에서 29,000원을 주고 가을 겨울 용 푸른색 캡을 하나 샀다.

18 (화) 맑음 – 산청·함양 지역 성공사례지 견학

6차 산림복합경영과정 교육에 참여하기 위해 아내가 모는 승용차에 동승하여 오전 8시까지 경상대학교 야외공연장 앞으로 갔다. 대절버스 한 대에 동승한 일행은 정식 수강자와 아내와 같은 청강자를 포함하여 총 24명이었다.

1시간쯤 이동하여 먼저 산청군 차황면 장위리 825번지에 위치한 박행규씨의 청산농원에 도착했다. 그는 61세로서 청산임산물영농조합법인 대표이사이며 산림청 신지식 임업인 1호로 선정된 사람이다. 고로쇠, 산양삼, 더덕, 곰취 등 약초와 산나물을 재배해 연간 6억 원 이상의 소득을 올리고 있다 한다. 그는 우리나라에서 산의 단위면적 당 가장 높은 소득을 올리는 사람으로 기록되어 있으며, 또 5만 주의 고로쇠나무를 가지고 있어 우리나라에서 고로쇠나무를 가장 많이 보유하고 있는 고로쇠 왕이기도 하다. 그의 농장은 약 40ha에 달하는데, 기계화가 잘 되어 있어 기업인에 가까운 모습이다. 고로쇠나무가 자라는 그 밑에 산양삼과 더덕, 산나물 등을 심어서 이중의 소득을 올리고 있다. 그는 우수한 고로쇠나무를 발굴하기 의해 세계를 두루 돌아다녔는데, 그러고 나서 우리나라 울릉도에 자생하는 우산고로쇠를 발견해 개발해내었다고 한다. 일반고로쇠는 10년을 키워야 수액을 받을 수 있는데 비해 우산고로쇠는 5년만 키워도 되며 당도도 훨씬 높다고 한다. 한 해 평균 6,000말 정도의 물을 받는다고 하니 고로쇠 물만으로도 약 3억6천만 원의 수익을 올리는 셈이다. 남에게 보증을 섰다가 1997년 IMF로 부도를 맞고난 후 실의에 빠져 있던 끝에 우리나라에서 가장 수익성이 좋은 약초농장을 만든 것이다.

실내에서 그로부터 강의를 받고 난 후, 그의 인도에 따라 근처의 농장을 좀 둘러보았다. 그는 인품이 직설적이고 유머도 있어 말에 재미가 있었다. 거기서 아내가 다른 사람들과 마찬가지로 경남생약농업협동조합이 격월간으로 발행하는 『생약저널』제3호(2016년 7월) 한 부를 집어왔는데, 거기에 연재되고 있는 「지리산에서 약초로 돈 버는 사람들 ③」으로 그가 실려 있었다.

그 농장을 떠난 다음, 거창군 위천면 장기리 420-4에 위치한 별궁식당으로 이동하여 점심을 들었다. 예전에 몇 차례 방문한 적이 있었던 鄭桐溪 종가에 인접한 곳이었다.

　점심을 들고서 오후 1시 경에 거창군 북상면 산수병곡길 186-298에 있는 柳衡烈 씨의 北上林産에 도착하여 두 번째 성공사례지 견학을 하였다. 林葛川・瞻慕堂이 살던 葛溪里를 지나 예전에 여러 차례 등산을 왔던 산수리로 들어가는 입구쯤에 위치한 산이었다. 유 씨는 근처의 몇 군데에 약 80만 평의 임야를 소유하고 있는데, 1939년생으로서 올해 78세인 작달막한 키의 그는 한국 최대의 사유림 소유자라고 한다. 자기 땅 내에 설치한 임도의 길이만 하더라도 22km에 달한다. 그 임도는 포장한 것이 많았으나 비포장도 있는데다 경사진 곳도 있어 SUV 차량이어야 통과할 수 있을 정도였다. 그의 인도에 따라 몇 대의 차에 나누어 타고서 농장 안을 한참 돌아서 연수시설이 있는 곳으로 향했다.

　덕유산의 해발 500~1,000미터 고지대에서 자연산 및 무농약으로 고로쇠, 표고버섯, 두릅, 곰취, 산마늘, 고사리, 복분자, 송이버섯, 오미자, 잣, 산더덕, 산양삼 등 다양한 품목을 생산하고 있는데, 이곳의 주된 생산품은 잣이었다. 산에 있는 나무 중 80% 정도는 인공조림한 것이며, 그 중 80% 정도가 잣나무라고 한다. 그는 모범독림가이자 거창애림가협회장을 맡아 있기도 하다.

　서울에서 태어난 그는 어린 시절 보모님을 여의고 갖은 고생을 하면서 자랐는데, 청년 시절에 1년간 거창여고의 물리・화학 교사로 근무한 적이 있어 그 때 이곳 유지의 딸과 결혼하였다. 그 후 우리나라 최대의 방직회사인 한일합섬에 취직하여 그 가공 파트의 실험실에 근무하며 1970년대 초에 수시로 일본을 왕래하며 일본 전국을 두루 돌아다니는 등 해외 근무 경험도 많았다. 28세 때부터 농장을 경영하기 시작하였으나 1984년도까지 한일합섬에 근무하였고, 그 동안은 장인이 주로 농장을 맡아 관리하였다. 장인의 도움을 얻어 주로 문중 소유인 임야를 매입하여 약 40년 만에 오늘과 같은 거대한 농원을 이룬 것이다. 그는 독실한 기독교인이기도 한 모양이어서 연수원의 1층 강당에 구약성서 역대기상 4장 10절을 새긴 글귀가 걸려 있었다. 그곳에서 그가 한 동안 자신의 과거를 회고하는 내용의 강연을 한 다음, 질문에 응답하는 방식으로 대화의 시간을 가졌다.

오후 6시 무렵에 경상대학교로 돌아와 해산하였고, 우리 내외는 주약동 탑마트에 들렀다가 집 앞의 구 晉州驛舍에 있는 얼치기냉면에 들러 칼국수와 소고기구이로 저녁식사를 들고서 귀가하였다.

22 (토) 대체로 맑음 –엄홍길전시관, 거류산

아내를 태우고서 1시간쯤 승용차를 운전해 고성군 거류면 거류로 335에 있는 엄홍길전시관으로 가서 오전 10시부터 시작되는 엄홍길 대장과 함께 하는 제6회 거류산 등산축제에 참가했다. 한 주쯤 전에 경남일보의 기사를 보고서 참가를 마음먹은 것인데, 새벽까지 비가 내려 아내는 가지 않겠다고 하더니, 오전 중 비가 그치자 따라나서는 것이었다.

엄홍길 씨는 1960년에 경남 고성군 영현면에서 태어났으나, 어린 시절 서울로 이주하여 도봉산 밑에서 자랐다고 한다. 이곳에 그를 기념하는 전시관이 들어선 것은 그가 마지막으로 히말라야의 16번째 봉우리인 로체사르 (8,383m)를 오른 2007년으로서, 부지면적 17,347㎡, 건축면적 663.43㎡ 이다. 그가 1985년부터 시작해 1988년의 에베레스트 등정을 시작으로 하여 세계에서 8번째이고 아시아 최초로 히말라야 8,000m급 주봉 14좌를 완등하고, 이어서 세계 최초로 부속봉을 포함한 8,000m급 16좌를 완등할 때까지 사용한 등산텐트와 산소마스크 등 108점을 전시하고 있다. 고향 마을이 아닌 巨流山(570.5m) 밑에다 이를 세운 것은 고성의 鎭山이기 때문이 아닌가 싶다.

전시관 앞에 설치된 가설무대에서 한 차례 무희들의 공연이 있은 다음, 조경태 국회의원과 고성군수 등에 이어 엄홍길 씨가 무대에 올라 인사말을 했는데, 그의 개인적 사정 때문에 몇 번 연기하여 오늘로 날짜를 잡았다고 하며, 또 내일 그는 남극으로 떠나기로 예정되어 있다는 것이었다. 요컨대 꽤 바쁜 모양이다. 식이 시작되기에 앞서 그와 함께 시진촬영을 하는 시간이 있었는데, 아내는 그 때 그의 팔짱을 끼고서 사진을 찍어 카톡에 올렸더니 미화와 경자누나, 회옥이 등으로부터 뜨거운 반응이 왔다. 가설무대 부근에는 거류면의 아주머니들이 나와 각종 음식물을 장만하여 참가자들에게 서비스하고 있었고, 거류면에서 수확한 쌀도 한 봉지씩 선물로 주었다.

우리 내외는 떡국을 받아먹느라고 출발이 늦어 11시 무렵에야 등산에 나섰는데, 그 때까지 회장에 남아 있던 엄홍길 씨 일행과 함께 산에 오르게 되었다. 엄 씨는 바쁜 일정 때문인지 거류산 정상까지 가지 않고서 엄홍길전시관과 정상까지 각각 1.6km 거리인 절반 지점의 문암산(459m) 휴게소에서 장의사 입구를 거쳐 되돌아가는 4km, 약 2시간이 소요되는 2코스를 이용한 모양이다.

아내는 나와 함께 오르다가 문암산까지 절반도 못 미친 지점에서 피곤하다면서 되돌아가고, 나만 홀로 계속 걸어서 문암산을 거쳐 거류산 정상에 다다른 다음, 거기서 400m 정도 더 간 지점의 거북바위에서 되돌아 산복으로 난 오솔길을 따라 장의사 입구를 지나 되돌아와, 전시관을 500m 정도 남겨 둔 지점에서 다시 올라갔을 때의 길과 합류하는 코스로 원위치에 돌아왔다. 합류하는 지점에서 오를 때의 능선 코스로는 거류산 정상까지 2.7km, 내려온 산복 코스로는 4km였다.

오를 때 정상 조금 못 미친 지점의 거류면 거산리에서 복원된 것으로 보이는 거류산성을 지났다. 경상남도 문화재자료 제90호인 이 유적에 있는 설명문에 의하면, 고성평야의 동쪽에 있는 거류산 정상부의 서쪽 경사면에 위치한 이 산성은 자연 바위로 된 절벽을 이용하여 낮은 곳을 돌로 쌓아 보강한 것인데, 성벽이 많이 무너져 정확한 규모는 알 수 없으나, 둘레 1.4km 정도로 축조된 것으로 보인다고 한다. 잘 남아 있는 600m 정도의 성벽은 높이 3m, 넓이 4m 정도이다.

고려 말에 극성을 부렸던 왜구를 막았다는 전승도 있지만, 「世宗實錄地理志」에는 거류산이 加羅山으로 기록되었고, 小伽耶의 시조가 탄생하여 太祖山으로 불렸다는 지역의 전승도 있는데다, 거류산이 고성읍의 진산임을 감안한다면, 가야시대의 산성으로까지 설치 연대가 올라갈 수 있는 가능성도 있다고 한다. 거류산 정상에는 그다지 높지 않은 철탑이 하나 서 있었고, 바다를 포함한 사방을 둘러볼 수 있었다. 올라갔던 사람들이 대부분 백 코스로 돌아가 내가 경유한 산복의 오솔길로 걷는 사람은 거의 없었지만, 그 길도 고즈넉하여 운치가 있었다. 내가 걸은 1코스는 왕복 7.7km, 4시간 거리여서 오후 3시 정각에 출발지점으로 돌아와 아내를 만났다.

아내와 함께 저녁식사 대신으로 다시금 떡국 한 그릇씩을 들고서 귀가 길에 올랐는데, 아내는 나를 기다리는 동안 전시관에 들어가 엄홍길을 소개한 5분짜리 정도의 영화를 다섯 번 보면서 그가 오른 히말라야 8,000m급 16봉의 위치를 익혔다고 한다. 가설무대에서는 오후 5시부터 노래자랑이 열리며, 경품 추첨도 있는 모양이다.

28 (금) 오전에 비 온 후 흐림 -중천철학도서관

강원도 원주시 남원로 105(흥업면 흥업리 50-13)에 있는 중천철학도서관에서 열리는 중천철학도서관, 중천철학재단, 한국동양철학회 공동주최의 도서관 개관 1주년 기념 2016 중천철학 학술세미나에 참석하기 위해 오전 9시에 출발했다. 승용차를 몰아 내비게이션의 길 안내에 따라 통영대전·경부·중부·영동고속도로를 따라가다가 일반국도를 한참동안 경유하여 목적지에 도착했다. 대전 남부에서 경부고속도로 방향으로 접어들려다가 길을 잘못 선택하여 대전 서부와 북부를 경유하여 겨우 경부고속도로에 진입하기도 했다.

中天은 고려대학교 김충렬 교수의 아호인데, 나는 이 도서관이 그의 고향인 문막에 위치해 있는 줄로 짐작했지만, 도착하고 보니 그렇지 않고 원주 시내였다. 도서관 2층 로비에 도착하여 만난 고려대 이승환 교수의 말에 의하면, 접근성을 고려하여 그렇게 한 것으로서, 문막에 있던 김 교수 소유의 땅을 원주시에 기증하는 대신 원주시가 이곳에다 시립도서관의 하나로서 중천철학도서관을 설립해 관리하고 있는 것이었다. 이곳에는 김 교수의 장서와 생활유품도 보관 및 전시하고 있으나, 대부분의 장서는 철학분야를 포함하여 일반도서와 어린이도서였다. 개관일은 꼭 1년 전인 2015년 10월 28일이며, 면적은 부지 2,458㎡에 연면적 889.41㎡로서 지상 2층 규모로 지어졌다.

오후 1시 30분부터 2층의 가장 큰 홀인 중천학당에서 개회식이 있었고, 이어서 그 장소에서 기조강연이 있었다. 첫 번째 강연은 臺灣 慈濟大學 林安梧 교수의 「關於'情感'與'理性'的升降及其相關的修養工夫論—金忠烈先生有關〈張橫渠[心統性情]說直解〉起論」이었는데, 통역은 안동대학공자학원 부원장(中方院長)이며, 중국 曲阜사범대학 부교수인 중국여성 潘麗麗 씨가 맡았다. 휴게시간에 그들과 계명대학교 명예교수인 임수무 씨의 소개로 대화를 나눌 기회가 있었는데, 林安梧 교수는 내 이름을 듣더니 곧바로 40년 쯤 전의 '오이환사건'을 언급하였다. 당시 그는 대만사범대학에 재학 중이었다고 하며, 「中華雜誌」 등 그 사건을 보도한 대만 언론들을 언급하였다. 그 후 그는 1980년대에 대만대학 대학원 철학과에 진학하여 석사·박사과정을 밟았는데, 오늘 모임에 참석하여 세션 2 학술세미나의 종합토론 좌장을 맡게 된 강원대 철학과 南相鎬 명예교수와 더불어 9년 동안 함께 공부하였다.

　　기조강연 2는 김충렬 교수의 제자인 계명대의 홍원식 교수가 「'情理圓融'의 철학자 중천 김충렬과 원주 지역의 유학」을 주제로 하였다. 홍 교수는 동양철학 전문출판사인 예문서원을 맡아 있는 부인 오정혜 여사를 대동하였는데, 과거 여러 번 그녀를 만난 적이 있었음에도 불구하고 오랜만에 다시 보니 잘 알아볼 수가 없었다. 그 자리에는 김충렬 교수의 미망인도 나와 있었는데, 기조강연이 끝난 후 오 여사가 배웅해 드리고 돌아왔다.

　　나는 평소에 늘 그렇게 하듯이 먼 길을 왔으니 하룻밤을 머물고서 다음날 귀가할 예정이었는데, 박홍식 회장과 퇴계 종손인 이치억 총무를 비롯한 아는 사람들 대부분이 오늘 중에 돌아가는 모양이고, 또한 나는 술을 들어도 안 되므로, 오후 3시 30분부터 중천학당에서 열리는 시민철학강좌&토크 콘서트와 多話堂에서 열리는 학술세미나에는 참석하지 않고서 1층의 도서관 서고 겸 열람실 내부를 둘러본 후 귀가 길에 올랐다. 1층에는 중천 유품 진시실인 연경당도 있었는데, 거기서 김충렬 씨가 대만대학에서 전체 수석의 성적으로 학부를 졸업했다는 내용의 정보를 접했다. 김 교수는 오랫동안 남명학연구원장을 맡았고, 내가 당시 총무였으므로 서로 잘 아는 사이이지만, 이런 사실은 알지 못했다.

갈 때와 같은 길을 경유하여 돌아오는 도중에도 중부고속도로에 접어드는 과정에서 길을 잘못 들어 북쪽으로 향하다가 되돌아오는 일이 있었다. 밤 9시 무렵에 집에 도착했다.

11월

6 (일) 대체로 흐림 - 천관산

월아산악회를 따라 전남 장흥군에 있는 천관산에 다녀왔다. 지난 달 16일에 아내와 함께 갔을 때는 비가 와서 장천재까지 밖에 오르지 못했었는데, 오늘은 그런대로 날씨가 맑아 정상의 억새군락지를 보고자 다시 한 번 온 것이다. 오전 7시 30분까지 시청 앞에서 대절버스를 탄 후 운동장 4문 앞을 경유하여 출발했다. 대체로 지난달에 갔던 코스를 따라 간 셈이지만, 이번에는 장흥요금소에서 고속도로를 벗어나 23번 국도로 접어들어 계속 남쪽으로 내려갔다. 오전 10시 21분에 관산읍의 천관산 주차장에 도착했다.

이번에는 장천재에서 금강굴을 지나 주능선의 환희대에 올랐다가 주봉인 연대봉을 지나 양근석을 거쳐서 원점회귀 하는 코스인데, 약 8km 거리라고 한다. 장천재 부근의 체육공원에서 길이 갈라지는데, 내가 산악회로부터 받은 지도를 꺼내어 보고 있으니, 어떤 비교적 젊은 남자가 지도를 좀 보자고 하여 그것을 자기 스마트폰으로 찍는 것이었다. 내가 화장실을 다녀온 이후로도 그는 떠나지 않고 기다리고 있다가 내 뒤를 졸졸 따라왔다. 도중에 몇 번이나 나는 컨디션이 좋지 않으므로 내 페이스대로 걸을 테니 먼저 가시라고 말했으나 그는 여전히 내 말을 듣지 않고 뒤를 따라오는지라 좀 불쾌한 마음까지 들었다.

나는 어제 갓 퇴원한 데다 감기 기침으로 말미암아 배 근육에 무리가 와서 좀 당기기도 하므로 천천히 내 페이스로 걷는 수밖에 없었다. 도중에 그가 좀 쉬어가자고 하므로 앉아서 감 두 개를 꺼냈는데, 그 감도 그가 깎았다. 흰머리인 나를 노인으로 간주하여 우대하는 모양이었다. 그에게 산악회의 후미 담당이냐고 물었더니 평소에는 그렇지 않으나 오늘은 그렇게 되었노라고 했다. 산악회에서 무슨 일을 맡고 있느냐고 물으니 업무를 총괄한다는 것이었다. 알고 보니 그는 아침에 버스 속에서 인사말을 한 바 있는 이 산악회의 회장 윤용락 씨였다.

천관산은 관산읍과 대덕읍의 경계에 위치한 산으로서, 옛날에는 支提山 또는 天龍山으로 불리었다고 한다. 지리산·월출산·내장산·변산과 함께 호남의 5대명산 가운데 하나이며, 말할 것도 없이 한국의 100명산에 든다. 기암괴석이 빼어나고 억새가 일품이며 다도해의 풍경을 한 눈에 바라볼 수 있다. 고려 초까지만 해도 숲이 울창하였고 89암자가 있었다고 하나, 지금은 천관사·탑산사·장안사 등 3개의 사찰이 남아 있을 따름이다.

도중의 금강굴에서는 그가 내 사진을 여러 장 찍어 주었다. 환희대 근처에 이르니 우리 일행이 점심을 들고 있었고, 거기에 그와 함께 어울려 있다가 내가 먼저 출발하였으니, 그렇게 하여 그와는·산길에서 다시 만나지 못하였다.

이 산의 높은 암석들은 주로 歡喜臺(720m) 부근에 밀집해 있다. 환희대에서 정상인 煙臺峯(723.1)까지의 거리가 약 1km인데, 그 일대의 평지가 유명한 억새군락지이다. 그러나 억새는 이미 대부분 져버려 별로 볼 것이 없었다. 역시 지난 달 중순에 왔을 때이 절정이었던 것이다. 연대봉의 옛날 이름은 玉井峯인데, 고려 의종 때(1160) 봉화대를 설치한 이후부터 烽燧峯 또는 연대봉으로 불리게 되었다. 지금은 1986년에 복원한 봉수대 비슷한 모양의 사각형 石臺가 서 있었다. 그곳에서 다도해의 풍경을 바라보았다.

연대봉에서 庭園石쪽으로 내려오는 능선에도 억새풀이 제법 있었다. 그쪽 능선에서 지능선과 만나는 지점쯤의 봉황봉에 陽根石이라는 이름의 남자 성기 모양의 바위가 있는데, 그 옆에 음근석이라는 여자 성기 모양의 바위도 있다 하나 내가 보기에 그것은 그냥 이름을 그렇게 붙였을 따름이었다.

거의 하산을 마쳐가는 무렵 장안사에 들러보았다. 아직 사찰 모양이 미비한데, 2014년 12월 1일부터 2017년 8월 27일까지 중창불사 1,000일 기도를 봉행한다는 플래카드가 걸려 있었다. 하산지점에 거의 다다른 길가에서 행상 아주머니로부터 다시 단감 60개 들이 한 망태기를 단 돈 만 원에 구입하였다. 그런 다음 오후 3시 53분에 주차장에 도착하였다.

일행이 다 도착하기를 기다려 4시 28분에 출발하였다. 얼마 후 어두워졌는데, 이번 여행에 전라도 땅에서는 추수를 마치지 않은 논을 하나도 보지 못했다. 도중의 섬진강 휴게소 부근에서부터 교통 정체가 심하므로, 기사가 하동 요금소에서 고속도로를 빠져나와 2번 국도를 따라가다가 곤양에서 다시 남해고속도로에 올랐다. 그래서 예정시각보다 한 시간쯤 늦은 7시 33분에 진주시 정촌면의 모다아울렛 부근에 있는 정촌한식뷔페에 다다라 늦은 석식을 들었다. 얼마 전에 아내와 더불어 한 번 와본 적이 있는 식당이다. 밤 9시 무렵에 귀가하였다.

15 (화) 맑음 - 지리산관광농원, 장생도라지농원

아내와 함께 10차 산림복합경영과정 교육에 참여하여 오전 9시까지 경상대학교 야외공연장 앞으로 나갔다. 대절버스 한 대를 타고서 통영대전고속도로를 따라 북상하다가 산청군 생초요금소에서 빠져나와 지방도를 따라 함양군 유림면 소재지에 이르렀고, 거기서 60번 지방도를 따라 엄천강을 따라서 서쪽 마천 방향으로 지리산 휴천계곡을 지나가다가, 마천면 창원리에서 오도재 방향으로 올라가는 1023번 지방도로 접어들었다.

등구·마천 골짜기를 따라 산길을 계속 올라 거의 능선인 悟道재에 다다른 무렵, 오른쪽 임도로 접어들어 한 동안 내려간 다음, 10시 20분쯤에 함양군 마천면 구양리 137-5, 새주소로는 마천면 별약수길 176에 위치한 신지식임업인 金允吾 씨의 지리산관광농원에 다다랐다. 그곳은 지리산오도재관광농원, 윤오사슴목장으로도 부르는 곳으로서, 단체모임·동창회·회사 연수 등을 하는 민박집 즉 일종의 펜션이었다. 농장의 주작목으로는 호두·산양삼·산삼녹용 그리고 잣 등인 모양이었다.

먼저 대형강의실로 가서 김 씨로부터 PPT 강의를 들었는데, 그는 1959년생으로서 나보다 열 살이 적고, 진주의 국제대학교에서 학부 및 석사과정까지를 마친 사람이었다. PPT를 통해 본 바에 의하면 그가 소유한 전답은 5천 평 정도라고 하며, 그 자신도 내외간이 남의 도움을 받지 않고 운영하기에는 그 정도 규모가 적당하다고 말하고 있었다. 그러나 전답 외에도 주변에 그의 소유로 된 임야가 꽤 있는 모양이며, 그 곳곳에다 백 개도 넘는 CCTV를 설치해 두고 있었다. 아내는 이곳으로 올 때 임업기술교육정보센터의 여성 매니저인 이형일 씨로부터 이 농장의 소득이 월 1억 원, 1년에 12억이라는 말을 들었다고 했는데, 일행에게 그 말을 했더니 총 매출액이 그렇다는 뜻일 것이며, 순 수익은 그 중 2억 정도가 아니겠느냐는 의견이었다.

농원 구내에 있는 식당에서 김치찌개와 산나물 등을 반찬으로 점심을 들었는데, 맛이 있었다. 식사 후 마당으로 나와 김 씨로부터 자기 농장에 대한 설명을 듣고, 진입로를 따라 걸어서 들어왔던 길을 다시 올라가면서도 여기저기에 심겨진 작물이나 시설 등에 대한 설명을 들었다. 그런 다음, 김 씨와 헤어져 대절버스를 타고서 건너편의 지리산조망공원 휴게소 부근에 있는 장생도라지 재배지로 이동하여 다른 성공사례지를 구경하기로 했다.

그런데 그곳 장생도라지 농장에는 목하 큰 포클레인이 두 대 들어가 토목공사를 하고 있었고, 주인은 아직 준비가 되지 않았다 하므로 휴게소에서 반 시간 정도를 대기하였다. 그 동안 나는 천왕봉에서 반야봉까지 지리산 주능선을 두루 조망할 수 있는 팔각정에 올라 지난 주 토요일에 진주농식품박람회에서 만났던 YANMAR농기계 진주대리점의 정장덕 씨와 통화하여 그가 그 날 소개한 관리기 YK300-QT를 한 대 구입할 의사를 표명했다.

그런데 정 씨는 박람회에서 하던 말과는 달리 그 기계로 잡초를 제거하는 것은 추천할 수 없다고 하고, 기계 값도 전시 현장에 붙어 있던 135만 원은 본체 값일 따름이고, 부속품까지 포함하면 150만 원이 넘는다고 하며, 그 물건 외에 그것보다 더 가벼워 고령자가 사용하기 쉬운 기종이 따로 있다고 하는가 하면, 산청의 내 농장까지 관리기를 운반해 와서 사용법을 설명해 주는 것이 아니라 진주의 우리 집까지 운반해 줄 따름이며, 사용법은 스스로 익힐 수 있지만 원한다면 진주 교외의 지수면 용봉로 156에 있는 자기네 대리점으로 와서 설명을 들으라는 것이었다. 박람회 현장에서 들었던 바와는 말이 꽤 다른 듯하며, 제초가 안 된다면 텃밭 관리를 위해 꼭 그 기계가 필요한 것도 아닐 듯하여 아내와 좀 더 상의해 보겠다고 말하고서 통화를 끊었다.

한참을 기다려도 도라지 밭의 주인은 나타나지를 않으므로 매니저의 말를 따라 우선 그 농장 안으로 걸어 올라가 보았는데, 한참 후에 김윤오 씨가 다시 나타나 주인은 젊어 대중 앞에 나서기를 수줍어한다면서 대신 우리 일행에게 설명하였다. 그의 말에 의하면, 주인이 아직 경험이 부족하여 농장 관리에 여러모로 어수룩한 점이 많다는 것이었다. 우리가 농장을 거의 다 내려온 지점에서 젊은 주인이 그제야 들어오다가 우리 일행을 만나 김 씨의 소개로 인사를 하였다.

예정보다 이른 오후 5시쯤에 경상대로 돌아와 해산하였는데, 귀가할 때는 내가 승용차를 몰아 아내를 간호대학까지 태워다주고는, 우리 아파트 앞의 진주대로 879번길 12(강남동)에 있는 흑돈 식당에 들러 돼지찌개로 석식을 들었다.

20 (일) 맑음 -대성산, 둔철산

창환이가 등산을 원하므로, 조식을 든 후 둘이서 내 트럭을 타고 淨趣庵으로 향했다. 정취암에서부터 등산을 시작하여 그 뒤편으로 640m 거리에 있는 大聖山(593m) 정상의 팔각정에 올랐고, 거기서부터 다시 屯鐵山 방향으로 능선 길을 걸어 척지마을 갈림길에 이르렀다. 그곳에서 정취암까지는 2.7km, 둔철산 정상까지는 1.2km, 척지마을까지는 1.8km의 거리였다. 시간 관계로 척지마을과 반대쪽 방향으로 내려와 도로를 만난 다음, 차를 세워둔 정취암 입구까지 포장도로를 따라 계속 걸었다. 오전 9시 무렵부터 등산을 시작하여 정오 무렵에 산장으로 돌아왔다. 척지마을 갈림길 부근에서부터 내려오는 길은 경상대 간호학과를 퇴임하고서 지금은 천안에 살고 있는 최미애 교수 부부 등이 왔을 때인 몇 년 전에 등산을 위해 차를 몰고서 오른 적이 있었다.

산길을 걸으면서 창환이로부터 앨리스와의 관계에 대해 좀 더 들었다. 그들은 결혼 전 4년 정도를 사귀었고, 결혼 생활을 한 지도 4년 정도 되며, 별거한 지는 2년 반 정도 된다고 한다. 앨리스의 모친은 매사에 자신이 주도권을 쥐지 않으면 안 되는 성격의 소유자인데, 그것은 그녀가 어린 시절 낳아준

부모로부터 버림을 받아 다른 사람의 집에 입양되어 상당한 기간을 보낸 데서 유래하는 듯하다고 했다. 지금 앨리스는 종전에 근무하던 한국계의 차병원에서 나와 미국계의 다른 병원에 취직해 있는데, 거기서는 충분한 보수를 받고 있으며, 더구나 그녀가 전공으로 하는 불임치료 같은 것은 산부인과 일반보다도 매우 인기가 높은 직업이라고 한다. 결국 그녀는 창환이와 헤어진 후 자신이 원해 온 바와 같이 부모와 동거하는 삶을 택한 것이다.

우리가 등산을 가 있는 동안, 큰누나는 어제 내가 저온저장고로부터 꺼내 둔 포도를 삶아서 주스를 만들었다. 창환이가 샤워를 마치기를 기다려, 진양호반 길을 드라이브하여 진주로 돌아온 후, 대안동 8-170 중앙시장 3구역에 있는 하동복집에 들러 복어찜 한 접시와 복국으로 점심을 들었다. 큰누나와 창환이는 소주도 한 병 비웠다. 창환이가 7살 된 아들 규원이와 다섯 살 된 딸 은애를 위해 한복을 사가기를 바란다고 하므로, 식후에 진주대로 1070번길 12-1에 위치한 시장 내의 제일개량복 한복점에 들러 내가 그 옷들을 사주었다. 식사비는 71,000원, 옷값은 16만 원이 들었다. 규원이는 재능이 비상하여 학교에서 월반을 할 정도라고 한다. 그런 다음, 다시 트럭을 몰아 아내를 포함한 큰누나와 창환이를 장대동 시외버스 터미널에 내려주고서 나는 혼자 귀가하였다.

27 (일) 아침에 짙은 안개 낀 후 개임 −관룡산, 구룡산

아내와 함께 청솔산악회를 따라 경남 창녕군 창녕읍과 고암면의 경계에 있는 觀龍山(754m)과 구룡산(741)에 다녀왔다. 오전 8시까지 구 역전에 집결하여 대절버스 한 대를 타고서 출발했다. 남해·구마고속도로를 경유하여 창녕군의 영산에서 고속도로를 빠져나온 후, 영산면 소재지를 거쳐 계성면으로 북상한 후 1080번 지방도로를 따라서 오전 9시 23분에 창녕읍 옥천리의 주차장에 도착하였다.

거기서 조금 더 올라가면 玉泉寺址에 닿는데, 이 절터는 신라시대의 사찰로 추정되고, 이곳에서 辛旽이 태어난 것으로 알려져 있다. 신돈의 법명은 遍照이고 그의 아버지는 알려진 바 없으며, 그의 어머니는 계성현(지금의 창녕) 옥천사의 노비였다고 한다. 신돈의 개혁이 공민왕 18년(1370) 왕이 친정에 나섬으로써 실패로 끝나고 마는데, 신돈이 나고 자랐다는 이 절은 언제 창건되었는지 알 수 없지만, 신돈이 처형되자 말자 절도 함께 폐사되었다. 지금은 길가의 석축 정도가 남아 있을 따름이다.

옥천사지 조금 위쪽에서 옥천계곡 쪽이 아니라 관룡사 쪽 길을 취해 1,190m의 포장도로를 계속 올랐다. 예전에 화왕산 가고 오는 길에 관룡사에도 들른 적이 있었는데, 당시는 축대 위에 선 별로 크지 않은 절이었던 것으로 기억된다. 그러나 지금은 그쪽으로 접근하는 도로부터가 새로 정비된 모양이고, 절의 돌 축대도 어디에 있었던지 찾아볼 수 없었다. 이 절의 藥師殿 들보 끝에서 '永和五年己酉'(349)라는 글자가 발견된 바 있었다는데, 그렇다면 이 절의 역사는 1700년 정도 되는 셈이다. 임진왜란을 겪으면서 관룡사의 모든 건물이 불에 타 사라지고 오직 약사전만 남았는데, 이제 알고 보니 이 절에는 보물이 다섯 개나 남아 있었다. 그것들은 신라시대 유물인 龍船臺 석조여래좌상(보물 제295호), 조선 시대의 맞배지붕 건물인 약사전(146호), 그 약사전에 모셔진 고려시대의 석조여래좌상(519호), 조선시대 건축인 대웅전(212호), 그 대웅전의 본존불인 목조석가여래 삼불좌상 및 대좌(1730호) 등이다.

관룡사에서 왼쪽 길로 접어들어 430m를 올라간 곳에 용선대가 있었다. 그 아래의 데크에서 바라본 산골짜기의 풍경은 온통 운해를 이루어 장관이었다. 평소 '산은 산이요, 물은 물이라'고 말하는 아내는 용선대에 올라보지도 않고서 하산하는 여자 등산객을 만나 아래로 도로 내려가고, 나만 혼자 용선대에 올랐다. 수십 길 바위 낭떠러지 위에 절 방향을 향하고서 홀로 앉아 있는 통일신라시대의 석조 불상이 보물이었는데, 때마침 수리를 하느라고 몸체를 흰색 비닐로 온통 두껍게 둘러싸고 그 옆에는 접근을 차단하는 금줄을 쳐놓아 부처의 모습은 살펴볼 수 없었다.

용선대에서부터 1km 정도 계속 올라가니 정상인 관룡산이었다. 정오 무렵에 제일 마지막으로 그곳에 도착하여 이미 식사를 마칠 무렵인 우리 일행에 끼어 도시락으로 점심을 들었다. 관룡산은 바위가 없는 육산이지만, 거기서부터 오른쪽으로는 바위기둥이 웅장한 병풍바위가 길게 펼쳐져 있다. 나는 2001년 4월 1일에 동부산악회를 따라 청도의 남산에 가려다가 화재예방 단속 때문에 그 산에 오르지 못하고 그 대신 옥천계곡의 화왕산 제1코스를 따라서 화왕산성 동문 쪽으로 향하는 갈림길에 다다랐다가 오른쪽으로 방향을 취하여 관룡산에 올랐고, 또한 이 능선을 따라 한참동안 동쪽으로 나아간 바 있었다.

병풍바위에서 능선 길을 계속 따라가면 부곡온천으로 나아가게 되는데, 병풍바위가 끝난 그 쪽 갈림길에서 우리는 하산 길로 접어들었다. 나는 갈림길에 놓인 우리 산악회의 종이로 된 손가락 방향 표지를 따라 조금 내려오다가, 오늘 산행의 목적지 중 하나인 구룡산(741)은 갈림길에서 부곡 방향으로 좀 더 나아간 지점에 있음을 기억하고서, 도로 올라와 100m 쯤 부곡방향으로 더 걸어가 그 정상에 도착한 후 되돌아 왔다. 오늘 우리가 걸은 하산로는 낙엽에 덮인 데다 정식 등산로도 아니어서 길이 뚜렷하지 않고, 여러 곳에 갈림길이 많아 방향을 잡기가 어려웠는데, 이럭저럭 산악회 측이 길목에 놓아둔 종이 표지들을 보고서 관룡사가 바라보이는 언덕까지 왔다가, 능선 길을 따라서 옥천관광농원 매점과 화왕산산장펜션 등 민박집들이 있는 지점에 다다라 올라갈 때의 포장도로를 만나서 원점회귀 하였다.

오후 2시 반쯤에 하산을 완료한 후 산악회 측이 마련한 깨죽과 과메기 무침 등으로 석식을 때웠다.

12월

4 (일) 맑음 - 바다부채길

아내와 함께 월아산악회의 정동진 바다부채길 트레킹에 참가했다. 오전 5시 30분에 시청, 6시에 운동장이라고 신문에 광고가 났으므로, 운동장 1문 앞으로 갔는데, 6시가 지났음에도 불구하고 대절버스가 오지 않았다. 의아해 하던 참에 함께 기다리던 사람 하나가 4문 쪽이라는 친구의 연락이 왔다고 하므로 그리로 이동해 갔더니, 아니나 다를까 거기에 버스가 서 있고 대부분의 좌석이 차 있었다. 주최 측에 대해 운동장이라고 하면 보통 1문을 가리키는데, 4문이라면 사전에 그렇게 안내를 해줘야 하지 않느냐고 항의했더니, 총무인지 누군지가 누구에게 연락했느냐고 묻는 것이었다. 이는 또 무슨 뚱딴지같은 소리인가!

어둠을 달려 한참을 나아간 후 동명휴게소에서 조식을 들었다. 그제야 중앙고속도로를 경유하고 있음을 알았다. 중앙·영동·동해고속도로를 경유하여 북상한 후 강릉시 옥계면의 옥계요금소에서 고속도로를 빠져나와 5번 지방도를 따라서 해안가를 북쪽으로 나아갔는데, 도로 가에 승용차와 버스들이 빼곡히 들어차 있어 우리 차를 어디에 세워야 할지 알 수 없을 정도였다. 12시 15분에 정동심곡바다부채길의 출발지점에 해당하는 강릉시 강동면 심곡리에 도착하여 하차했다.

심곡리 부근에 헌화로가 있는데, 『삼국유사』에 실린 신라향가 「헌화가」의 배경이 된 장소라고 한다. 「헌화가」는 신라시대 강릉태수 순정공의 아내 수로부인이 그 빼어난 미모에 반한 물신이 그녀를 삼켜버리자 그녀를 돌려받기 위해 절벽의 철쭉꽃을 따다 바친 한 노인의 이야기를 담은 것이라고 한다. 심곡리는 본래 강릉군 자가곡면 지역으로서 심일, 지필 또는 심곡이라 하다가 1916년 행정구역 변경에 따라 심곡리라 했다. 심곡은 깊은 골짜기 안에 있는 마을이라 하여 짚일, 깊일이라 하는데 짚일을 연음해 지필이라 하고 한자로 음차하여 紙筆로 쓴다고 한다. 지금도 지도상에나 마을 안의 간판에 '집필'이라는 지명이 눈에 뜨인다.

안내판에 의하면 '정동심곡바다부채길'은 2천300만 년 전 지각변동에 의해 생긴 국내 유일의 해안단구(천연기념물 437호) 지역으로서, 정동진의 '부채끝' 지명과 탐방로가 위치한 지형의 모양이 바다를 향해 부채를 펼쳐 놓은 것과 비슷하다 하여 이러한 지명을 선정하였다고 한다. 그동안 해안경비를 위한 군 경계근무 정찰로서 일반인에게 개방되지 않았던 곳인데, 금년 10월 17일부터 비로소 개장되었다. 탐방로 코스는 심곡항에서 정동진의 썬크루즈 리조트 주차장까지 해안 길 2.86km이고, 편도에 70분이 소요된다. 처음 오는 나는 지명의 유래에 대해 잘 알지 못하지만, 강동면의 아래쪽 끄트머리 바다 부근에 '부채끝'이라는 마을이 있고, 심곡항에서 트래킹 코스를 따라 1km를 올라가면 부채바위라는 전망대가 있는데, 이 바위는 심곡리의 마을 전설에 나오는 바다로 떠내려 온 나무궤짝이 닿은 곳으로서, 궤짝 속에 들어 있었던 여인의 화상이 지금도 심곡리의 서낭당에 모셔져 있다는 것이다.

트래킹 코스는 절제와 목제로 된 데크 길로 이루어져 있고, 코스 옆 육지 쪽에는 지금도 꼭대기에 둥근 철조망이 붙어 있는 군사용 철책이 이어져 있다. 너무 사람이 많아 왕래하는 이들이 서로 어깨나 팔이 닿을 정도였다. 우리 내외는 썬크루즈 주차장에 도착하기 직전의 데크가 없는 바닷가에서 다소 널찍한 돌 위에다 도시락을 펴놓고는 파도가 들이치는 곳 바로 옆의 돌밭에 앉아서 점심을 들었다.

썬크루즈 리조트란 정동진의 해변에서 바라다 보이는 언덕 위에 배 모양으로 지어진 커다란 호텔인데, 별스럽게도 성인 1인당 5천 원의 입장료를 받고 있었다. 거기서 1km쯤 더 걸어가 정동진 모래시계에 닿았다. 지름 8.06m, 폭 3.20m의 세계에서 가장 크다는 원형 건조물인 모래시계로서 1999년 11월에 준공한 것인데, 매년 12월 31일 자정에 이 시계를 돌리는 행사를 연다고 한다. 正東津이 전국적으로 알려져 많은 관광객이 찾아오게 된 것은 SBS에서 「모래시계」라는 제목의 연속극을 방영하면서부터이다. 모래시계 근처에 바다와 가장 가까워 기네스북에도 올랐다는 정동진역이 있다. 오후 2시 43분에 강동무료주차장에 도착하여 대절버스를 탔다. 원래는 트래킹 코스를 왕복하여 3시 40분까지 심곡항으로 되돌아가게 되어 있었는데, 가장 먼저 도착한 우리 내외를 비롯하여 여기서 버스를 탄 사람들이 오히려 더 많았다.

돌아올 때는 갈 때와 달리 동해안을 따라 내려가는 7번 국도를 경유하여 바닷바람이 강한 망양휴게소에서 잠시 주차한 다음, 포항시 북구 송라면 동해대로 2829번지에 있는 보경사휴게소의 한식뷔페에 들러 석식을 하였다. 그런 다음 고령을 경유하는 국도를 지나 밤 9시 55분에 귀가하였다.

9 (금) 새벽에 약간 빗방울이 듣다가 그침 - 한국기술교육대학교

한국기술교육대학교 개교 25주년 기념 '湛軒 洪大容 국제워크숍'에 참가하기 위해 승용차를 몰아 오전 6시 반에 출발하였다. 나는 목적지가 대전인 줄로 알았는데, 오늘 다시 승용차의 내비게이션을 구동시켜 보니 뜻밖에도 천안이었다. 대전통영, 경부고속도로를 경유하여 북상하다가, 목천요금소에서 빠져나가 21번 국도를 따라서 天安市 東南區 竝川面 忠節路 1600(가전리)에 있는 한국기술교육대학교(코리아텍)에 도착하였는데, 개회식의 시작 시간인 오전 9시에 거의 딱 맞게 워크숍 장소인 湛軒實學館 903호 회의실에 들어갔다.

張潤相 교수의 사회로 이 대학의 담헌 홍대용연구소 소장인 鄭在永 교수(口訣/國語史 전공)가 개회사를 하고, 金基永 총장이 축사를 하였으며, 그 외에도 한국실학관장 등이 인사말을 하였다. 회의실에는 타원형으로 테이블과 의자들이 배치되어 있었는데, 나는 발표자들의 뒤편에 있는 테이블에서 오늘 만나러 온 夫馬進 京都대학 명예교수, 川原秀城 東京대학 명예교수, 中純夫 京都府立大學 교수 등과 마주보는 위치에 앉았다. 개회식이 끝난 후 京都대학 유학시절의 학우들인 中, 川原 교수에게 다가가 인사를 건넸더니 그들은 처음 나를 잘 알아보지 못하다가 내가 이름을 대자 그제야 깜짝 놀라 무척 반가워하였다. 1982년에 내가 귀국한 이후 34년 만에 홍안의 청년이 백발이 되어 비로소 만났으니 몰라보는 것도 무리가 아니었다. 그러나 나는 그들을 바라보니 금방 알아볼 수 있었다. 1996년 12월 18일에 있었던 내 학위논문의 구두심사(試問)에서 심사위원 3명 중 한 사람이었고, 1997년 3월 24일에 있었던 학위수여식에서 나와 함께 문학박사 학위를 받았던 동양사 전공의 夫馬 교수도 나를 알아보지 못하다가 이름을 대자 금방 알았는데, 나는 예전의 모습과는 너무 많이 달라진 듯한 백발의 그를 끝내 알아볼 수가 없었다.

구내의 다른 건물로 가서 점심을 든 다음, 그 건물 1층의 DAZZLE이라는 공연장에서 천안시 충남 국악관현악단의 국악 공연을 감상한 다음, 다시 담헌실학관 9층의 회의실로 돌아와 오후 2시부터 서강대 金大中 교수의 사회로 2부 발표를 경청하였다.

이번에 일본에서 초대받아 온 교수 네 명은 모두 京都대학 출신인데, 그중 藤本 교수는 만 75세로서 가장 연장자이고, 夫馬와 川原 교수는 1948년생으로서 나보다 한 살 많으며, 中 교수는 만 58세로서 가장 나이가 적다. 夫馬 교수와 中 교수는 모두 富山대학에 근무하다가 京都 지역으로 옮겨 왔으며, 京都 출신인 藤本 교수는 富山대학의 명예교수로서 현재까지도 富山市에 살고 있다. 中 군은 富山대학에 10년 정도 근무했었다고 하는데, 나와 마찬가지로 첫 번째 결혼에 실패하고서 재혼했다. 오늘 문용길 씨가 가져와 로비에 전시하고 있는 해적판 외국 학술서들 중에 川原 씨의 저서가 있어 나의 소개로 그가 두 권을 구입하였고, 中 군의 京都대학 박사학위논문을 출판한 책도 해적판이 전시되어 있을 뿐 아니라 그 책의 한글 번역판도 나와 있다고 한다.

2부의 진행 도중에 내 스마트폰으로 들어온 뉴스를 통해 박근혜 대통령의 탄핵안이 찬성 234, 반대 56, 무효 7, 기권 2라는 압도적 다수의 찬성으로 국회에서 가결된 사실을 알았다. 휴식 시간에 川原 씨에게 그 소식을 전했더니 그는 당연한 결과라면서 좋아하고 있었다. 그러나 내 마음은 착잡하기만 했다. 오늘 오후 7시 3분부터 박대통령의 직무 상 권한은 정지되고, 황교안 국무총리가 그것을 대행하게 된다. 황 총리는 검사 출신인 모양이다.

워크숍을 마친 후 천안시 동남구 양지말1길 11-4(유량동 157)에 있는 송연이라는 음식점으로 이동하여 석식을 들었다. 그 자리에서는 이 대학 총장을 비롯한 여러 사람들이 차례로 일어나 인사말을 했다. 나는 동창인 川原·中 교수의 사이에 앉아 그들과 시종 대화를 나누었다. 같이 공부했던 林克 씨는 東京의 大東文化大學을 정년퇴직한 후 여전히 東京에 거주하고 있고, 木下鐵矢 씨는 직장 내에서의 불화로 岡山대학을 그만 둔 후 어느 연구소에 취직해 京都로 돌아와 京都대학 중국철학사 전공의 강의를 계속 맡고 있다가 근년에 간암으로 사망하였는데, 최근에 그의 논문집이 간행되었고, 大阪시립대학의 山口久和 씨는 정년퇴임 후 九州의 宮崎縣으로 이주했으며, 평생 독신으로 지내온 中西久味(啓子) 씨는 新潟대학을 정년퇴직 한 후 京都로 돌아와 거주하고 있으며, 내 튜터였던 福嶋正 씨는 大阪교육대학에 여전히 근무하고 있다는 등의 소식을 들었다. 같이 공부했던 친구들이 한 명의 예외도 없이 모두 대학교수가 된 것을 나는 당시의 주임이었던 湯淺幸孫 교수의 배려와 인맥 덕분인 줄로 알고 있었지만, 川原 씨의 말로는 木下 씨가 湯淺 교수의 향리인 岡山으로 부임해 간 외에 그의 도움은 전혀 없었을 것이며, 이는 당시 학우들의 학력이 역대 최고조에 달해 있었기 때문일 것이라고 말하고 있었다.

식사를 마친 후 코리아텍 교수의 승용차에 동승하여 코리아텍 부근으로 다시 돌아와 천안시 수신면 수신로 576에 있는 천안상록리조트의 602호실을 배정받았다. 외국에서 온 교수들은 어제부터 이 호텔에 묵고 있으며, 내국인 참석자로서 여기에 숙박하는 사람은 나 혼자인 듯하였다. 이미 밤 10시경이라 양치질과 세수 및 발 씻기 정도를 마친 후 TV뉴스도 시청하지 않고서 바로 취침하였다. 3인용 침대 방인데, 나 혼자 사용하게 되었다.

10 (토) 맑음 –홍대용 유적

방안에서 TV를 통해 어제의 탄핵안 가결에 관한 뉴스를 시청하다가, 오전 7시 반에 1층 식당으로 내려가 일본 교수들과 함께 조식을 들었고, 9시에 소형버스를 타고서 호텔을 출발하여 오전 답사 일정에 나섰다. 먼저 부근의 천안시 수신면 장산리 646-1에 있는 홍대용 생가지에 들렀다. 집터가 잘 보존되어 있고, 주춧돌들도 남아 있었다. 홍대용(1731~1783)이 출생하여 생활하던 곳이라고 한다. 그런 다음 생가 바로 옆의 수신면 장산서길 113(장산리 646-9)에 위치한 천안 홍대용과학관에 들렀다. 천문관측기구인 혼천의를 제작하였고, 사설천문대인 농수각을 만들어 천문을 관측했던 과학사상가 담헌 홍대용을 기념하는 곳으로서, 홍대용의 과학사상과 우주의 세계를 직접 체험할 수 있는 곳이었다. 川原 교수의 말에 의하면, 홍대용이 제작한 渾天儀는 실용할 수 있는 것이 아니었다고 한다.

그리고는 수신면 장산리 산 462-22에 있는 홍대용 묘에 들렀다. 예전에 한 번 들른 적이 있었던 듯한데, 전혀 새로 와보는 듯한 느낌으로서 잘 정비되어 있었다. 남양 홍씨인 그와 부인 한산 이씨의 합장묘로서 무덤 옆에 비석이 서 있는데, 1857년(철종 8년)에 세워진 것으로서 金興根이 글을 지었다고 한다. 무덤 바로 앞에 있는 후손 집에 들렀는데, 종손인지 어떤지 모르겠으나 주인은 85세의 고령으로서 근자에 눈이 멀었다고 하며, 그의 자리를 이을 아들도 함께 나와 우리에게 각종 과일을 대접하였다.

천안시 동남구 북면 은지2길 38에 있는 맘 앤 쉐프(Mom & Chef)라는 퓨전한정식 집에 들러 점심을 든 다음, 한국기술교육대학교로 돌아와 도서관에 들렀다. 도서관의 서가가 끝나는 가장 안쪽에 담헌 관계 자료를 모아둔 공간이 있어, 거기서 담헌 및 그 집안과 관련한 여러 종의 귀중한 문헌들을 구경하였다.

도서관을 나온 다음, 오후에 다른 곳들을 둘러보러 타고 온 소형 버스로 떠나는 藤本, 夫馬, 中 교수 등과 작별하여, 나와 川原 씨, 그리고 중국인 학자 두 명은 오늘 오후 2시부터 한국실학학회의 동계학술대회가 열리는 어제의 담헌실학관 903호 회의실로 다시 돌아왔다. 이 학회의 회장인 丁淳佑, 토론에 참가하는 서울대 철학과 후배로서 경희대 교수인 文錫胤 씨 등을 모처럼 만나 인사를 나누고, 아울러 종합토론의 좌장을 맡아볼 아주대학교의 趙誠乙 교수도 한 번 보기 위해서였는데, 아직 등록까지 반시간 정도 남았는지라 나는 거기서 川原 교수와 작별하여 바로 귀가 길에 올랐다. 川原 씨는 학창 시절에 오토바이를 운전하고 있었는데, 지금은 中 씨와 마찬가지로 백내장에다 녹내장까지 겹쳐 안경 없이 책을 읽을 수 있는 정도 외에는 시력이 좋지 못하므로, 운전은 하지 않고 대중교통을 이용한다고 한다. 그나 나나 이미 노인이 된 것이다.

답사 도중의 차 안에서 앞좌석에 앉은 중국실학학회 부회장 單純 씨로부터 그의 저서인 Shan Chun, Major Aspects of Chinese Religion and Philosophy: Dao of Inner Saint and Outer King, Berlin Heidelberg, Springer, 2012 한 권을 얻었다. 그 자신이 직접 영어로 집필한 것이라고 한다. 이 책의 저자 란에 의하면, 그는 北京에 있는 China University of Political Science and Law의 International Confucian Studies에 소속

된 사람이다. 이번 모임에서 그와 대화를 나눌 기회가 좀 있었는데, 그는 외국에 유학하지 않고 중국 국내에서 이공계의 여러 전공을 공부한 사람임에도 불구하고, 서양 여러 나라에 자주 나가 영어로 강의를 하기도 하는 모양이다. 사상사와는 무관한 사람인 듯한데, 어찌하여 중국실학학회의 부회장이 되었는지 모르겠다. 그 학회와 관계가 깊은 중국인민대학 葛榮晉 교수의 안부를 물었더니 이미 고령이라 지금은 학술모임에 잘 나타나지 않는다고 하며, 葛 교수의 제자로서 예전의 北京 방문 때 우리 가족과 동서인 황 서방 네 가족 일행을 안내한 바 있었던 당시 中國財政大學 부교수로서 중국실학연구회 비서장의 직함을 가지고 있었던 李志軍 씨가 몽고인이라는 것도 그의 말을 통해 비로소 알았다. 이번 모임에서는 외국 학자들에게 여러 명의 통역이 배정되어 시종 수행하고 있었는데, 그를 수행하는 여자 통역원은 알고 보니 연변 출신의 조선족이었다.

승용차를 운전해 도중의 휴게소에 여러 번 멈추기도 하면서 오후 5시가 넘어 귀가하였다. 돌아온 후 川原 씨가 부탁한 책들을 우편으로 보내기 위해 그의 명함과 더불어 夫馬, 中 교수의 명함도 함께 남명학연구원에 팩스로 보낸 후, 조구호 사무국장에게 전화를 걸어 그 발송을 다시 한 번 부탁하였다. 夫馬, 中 교수에게는 『남명학파연구』만을 보내게 했다.

11 (일) 맑음 -여자도

소나무산악회의 송년 산행에 참가하여 여수 여자도 섬 투어를 다녀왔다. 진주시청 앞에 8시 30분까지 집결하여 출발하였는데, 아내는 배 타기를 두려워하므로 함께 가지 않고, 그 대신 산 친구인 이원삼 씨 및 정보환 씨를 버스 안에서 우연히 만나 모처럼 함께 어울렸다.

남해고속도로와 광양목포간 고속도로를 따라가다가 국도 및 지방도를 타고서 9시 41분에 여수시 소라면 복산리에 있는 달천도에 도착하였다. 육지와 연결된 다리를 타고 건너간 지점의 작은 섬이었는데, 현지에서는 섬달천이라 부르고 있었다. 거기서 우리 일행만을 태운 배를 타고서 10시 5분에 출항하여 22분에 건너다보이는 곳의 순천만 바다 한가운데에 있는 여자도에 도착하였다. 이곳은 여수시 華井面 여자리로 되어 있는 곳이다. 우리가 도착한 곳은 현지에서 송여자도로 부르는 소여자도였다.

汝自島는 섬 배열이 공중에서 보면 한자의 너 汝 자 형이라 하며, 육지와 거리가 멀어서 모든 생활수단을 스스로 해결한다 하여 이런 이름이 붙었다고 한다. 여자도는 두 개의 유인도와 5개의 무인도로 이루어져 있는데, 유인도 중 작은 섬인 소여자도는 소나무가 많아서 松여자 또는 솔넘자라고 부른다. 2012년 5월에 대여자도와 소여자도를 연결하는 연도교가 건설되었는데, 나무로 만든 이 다리는 길이 560m에 폭 3m로서 아래위로 구불구불한 곡선을 이룬 독특한 모양을 하고 있다.

소여자도에는 둘레길이 있어 그 길을 따라 섬을 한 바퀴 둘러서 연도교 가까이에 이르니 이제는 폐교가 되어 펜션으로 개조된 소라초등학교 송여자분교 옆을 지나가게 되었다. 방 한 칸 정도의 조그만 건물로서 1968년에 준공한 것이었다. 소여자도의 산길 옆에는 이 섬의 특산물인지 비파나무를 재배하는 밭이 여기저기에 보이고, 꽃이 핀 겹동백도 있었다.

긴 다리를 건너니 도중의 여기저기에 전망을 할 수 있고 쉴 수도 있는 시설들이 만들어져 있었다. 그 다리를 다 건너자 맞은편 대여자도의 언덕 위에 낚시꾼들을 위한 휴게소가 하나 있었는데, 거기서 아이스케이크 세 개를 사서 정 선생 이 선생과 더불어 나누어 먹었다. 여자도의 총 가구 수는 130여 가구이며, 인구는 360여 명, 경지면적은 43hr 정도 되나 생활을 어선에 의존한 관계로 실제경작 면적은 15hr 정도 밖에 되지 않는다. 어선은 60여 척 정도가 조업을 하고 있는 실정이다.

인구의 대부분이 거주하는 대여자도에는 둘레길이 없으므로, 시멘트로 포장된 도로를 따라서 섬의 끄트머리에 있는 한국전력공사 내연발전소까지 걸어갔다가 돌아왔다. 이 섬에서 가장 큰 대동마을에 다다르기 전의 언덕 위에 있는 포장도로 옆길에서 셋이 함께 점심을 들었다. 여자도에서는 그 흔한 승용차가 한 대도 눈에 띄지 않았다. 그 대신 네 개의 바퀴가 달린 오토바이 비슷한 소형차는 두 대를 보았다. 출발지점으로 되돌아와 오후 3시의 정기선을 탔는데, 아마도 올 때와 같은 배인 듯하나 여자도 안의 여기저기 배가 정박할 수 있는 곳마다에 모두 들르다 보니 3시 45분에야 달천도에 닿았다.

진주로 돌아오는 도중에 여수국가산단을 지나서 묘도에 있는 이순신대교 홍보관에 들렀다. 묘도를 경계로 하여 양쪽에 건설된 두 개의 대교 중 묘도대교는 斜張橋, 이순신대교는 懸垂橋인 모양이다. 경남 사천시 곤양면 남산로 65의 곤양종합시장 2층에 있는 사천축산농협 한우프라자에 들러 갈비탕으로 석식을 들었다. 완전히 어두워지기 전에 진주에 도착하여, 정보환 씨와 더불어 버스를 타고서 제일병원 앞까지 와서 헤어졌다.

남해군 이동면 초양로 143에 사는 제자 이안호 군으로부터 편지가 도착해 있었는데, 그는 최근에 금주를 단념했다고 한다. 귀가한 후 지난 8일에 지만지로 보낸 재판 발문 중 한 군데에 수정해야 할 곳이 있음을 발견하고서, 그것을 고친 후 새로 발송하였다.

13 (화) 맑음 −세휴관광농원

대구광역시 달성군 하빈면 하빈로 716에 있는 이석출 회장의 世休관광농원에서 오전 11시부터 아내가 회원으로 있는 산양삼 산약초 정기모임이 있으므로 부부동반 하여 참석했다. 오전 8시 40분 무렵 김은심 교수가 부군인 이공사 목사와 함께 승용차를 몰고서 우리 아파트 앞으로 데리러 왔으므로 그 차에 동승했다. 김 교수가 운전하여 내비게이션에 의지해 남해·구마·중앙고속도로를 경유하여 칠곡IC에서 빠져나온 후 그곳을 찾아가 10시 반 남짓에 도착했다. 양산에 사는 부회장 남태식 씨와 창원문화센터에서 예쁜 글쓰기 지도를 하는 총무 김지선 씨가 와 있는 외에는 우리가 가장 먼저 도착하였다.

이 회장은 이곳에 28만 평의 땅을 마련하여 현재 그 중 만평만 사용하고 있다 하며, 경북 의성에도 사슴농장이 있는 모양이다. 농장의 축사에서 눈에 띄는 것은 커다란 엘크사슴들과 미니어처라고 불리는 조그만 애완용 말 등 뿐이었는데, 사슴 150마리는 안전한 다른 곳에 옮겨두었다고 한다. 20명 정도가 모여서 이 회장이 마련한 토종닭 백숙과 인삼주 등으로 점심을 들고, 다른 회원들이 가져온 선물 등으로 추첨을 하여 경품도 받았다. 식사와 회의를 마친 후 이 회장의 인도에 따라 농장 안을 좀 걸어보았는데, 거기서는 산양삼도 재배하고 꿀벌도 치고 있었으며, 헛개나무가 많아 그 열매가 임도 가에 떨어져 있었으므로 좀 줍기도 했다.

돌아올 때는 67번 지방도를 경유하여 고령군 지산리의 대가야고분군 앞을 경유해 고령에서부터는 33번 국도에 올랐고, 진주에 도착한 다음 말티고개를 넘어서 오후 4시경에 귀가하였다.

20 (화) 맑고 포근함 - 저도

한아름산악회를 따라 창원시 마산합포구 구산면의 저도에 다녀왔다. 내가 가지고 있는 2008년도판 『영진5만지도』(서울, 영진문화사)에는 이 섬이 마산시 구산면에 속한 도섬이라고 되어 있고, 『1:75,000 초정밀전국지도』(서울, 랜덤하우스중앙, 2004)에는 돗섬이라 하였는데, 그 새 마산·창원·진해시가 창원시로 통합됨에 따라 이렇게 주소가 바뀌었다. 현지에서는 猪島라 표기하고 있었으므로, 나는 처음 마산 앞바다에 있는 유원지 돝섬인가 생각했으나, 실제로는 전혀 다른 곳이라 조금 표현을 달리 하여 같은 뜻을 가진 이름으로 부르는 모양이다.

봉곡로터리를 출발하여 오는 대절버스를 오전 8시 50분에 시청 건너편 육교 아래에서 탔고, 문산에서 다시 한 번 정거하여 사람들을 더 태웠으나 그래도 25명 정도에 불과한지라 빈 좌석이 좀 있었다. 2번 국도를 따라 마산 방면으로 나아가다가 진동에서 지방도로로 접어들어 9시 20분경에 구산면 구복리의 저도연륙교 입구에 도착하여 하차하였다.

현재의 연륙교는 2002년 7월에 착공하여 2004년 12월 31일에 준공된 것인데, 총연장 182.3m에 교폭이 13m로서 왕복 2차선 도로와 보행로로 이루어진 것이다. 다리에 붙은 시공회사가 새긴 돌에 재가설공사라 하였으니 그 전에도 이미 다른 다리가 있었던 모양이다. 전체가 교각 없이 아치형의 흰색 상판 하나로 육지와 연결되어 있는데, 이러한 단경간으로는 국내 최대 규모라고 한다. 무슨 까닭인지 현지에서는 '콰이강의 다리'라고 부르고 있다. 그 옆에 옛 다리인지 어떤지 모르지만 붉은색의 다리가 또 하나 건설

중인 듯한데, 아마도 人道로서 사용될 듯하며 완공되면 유료화할 것이라고
한다.

　우리는 다리를 건너 저도에 들어가자 차도를 버리고서 오른편으로 난 보
도로 접어들어 머지않아 등산로에 접어들었다. 해발 129m에 위치한 전망
대를 지나 최고봉인 용두산(202.3m)에 도착하여 잠시 휴식을 취하였다. 용
두산을 지나 능선사거리에 도착해서는 이른바 저도비치로드로 접어들었다.
비치로드란 바닷가와 그 주변 산길을 연결한 트레킹 코스를 말한다. 비치로
드는 오늘 우리의 목적지로서 섬의 오른쪽 하부에 위치한 하포(아랫개)마을
에서부터 시작되는데, 단거리인 제1코스는 3.7km(1시간 20분)이고 완주
로인 제2코스는 6.6km(2시간 50분)이다. 오늘 우리가 걷는 코스에는 그 중
능선사거리에서부터 하포등산로갈림길까지의 산길 코스는 포함되어 있지
않지만, 그 대신 연륙교에서부터 전망대·용두산을 거치기 때문에 제2코스
보다 조금 더 긴 것이 아닌가 생각된다.

　능선사거리에서 바닷가로 내려오니 제3바다구경길이라는 이름의 해변
이었다. 거기서부터 제2바다구경길까지 해변을 따라 바위를 넘나들며 걸었
는데, 파도에 실려온 쓰레기들이 도처에 널려 있어 그다지 보기 좋은 모습은
아니었다. 제2바다구경길에서부터는 다시 계단 길을 따라 산으로 좀 올라가
숲속으로 난 오솔길을 바다 풍경을 바라보면서 걸었다. 도중에 제1바다구경
길이라는 표지를 만나자, 나는 혼자서 아직 뚜렷하게 개설되어 있지 않은 그
길을 따라서 바닷가로 내려갔는데, 아래에는 해변을 따라 나무 데크 길이 조
성되고 있는 중이었다. 철골구조물만 얼기설기 만들어져 있는 새 길 위를 곡
예 하듯 아슬아슬하게 걸어 천천히 나아갔는데, 더러는 도중에 나무 판을 깔
아놓은 곳들도 있었으나 아직 철골에 고착되어 있지는 않았다. 그런데 그 길
이 예상외로 길어서 가도 가도 끝이 없더니 마침내 멀리 작업 중인 인부인
듯한 사람의 모습이 눈에 들어오는 것이었다. 작업하는 사람을 만나면 잔소
리를 들을 것 같아 그 때부터는 철 구조물 데크 길을 버리고서 길도 없는 야산
을 치고 올라가기 시작했다. 고생하며 한참을 올라가니, 능선 부근에서 사람
소리가 들려왔는데, 도착하고 보니 거기에 등산로가 있고, 우리 일행이 모여

서 점심을 들고 있는 것이었다. 그들 틈에 끼어서 함께 식사를 했다.

식후에 다시 산길을 걸으니 머지않아 하포·바다구경길 갈림길이 나오고, 거기서부터는 길이 계속 아래쪽 바다 방향으로 이어져 있었다. 한참을 걸어 내려가니 정자터가 나오고 거기서 좀 더 내려가니 바닷가의 제2전망대라 불리는 데크에 닿았다. 제1바다구경길에서 이어진 데크길은 섬의 남쪽 끝인 제2전망대까지 이어질 모양이어서, 거기에도 공사를 위해 데크 길 예정지에다 붉은색 줄을 설치해두고 있었다.

제2전망대를 떠나 다시 바닷가의 숲길을 걸어 제1전망대에 닿았고, 거기서 좀 더 나아가니 길이 두 갈레로 갈라지고 양쪽에 다 리본이 붙어 있었다. 나보다 앞서 해변 길 쪽으로 나아간 사람들이 길이 끊어졌다면서 되돌아 왔으나, 나는 건너편에도 리본이 붙어 있으므로 그 길로 계속 걸어 갈림길이 다시 만나 좀 더 넓은 길을 이룬 곳에 닿았고, 마침내 오후 2시 15분쯤에 대절버스가 대기하고 있는 하포마을의 저도 비치로드 공영주차장에 정거해 있는 우리 팀의 대절버스에 당도하였다.

일행이 다 도착하기를 기다려 출발하여 연륙교의 저도 쪽에서 해변으로 좀 들어간 지점에 있는 水國亭이라는 이름의 횟집까지 걸어가 쾌이강 다리의 전경을 바라보았다. 일행 중 일부는 연륙교를 건너 구복리까지 걸어간 사람도 있었다. 거기서 저도로 갈 때의 코스를 경유하여 역방향으로 되돌아와 오후 4시 남짓에 진주시내 연암공전 부근 엠비씨네 영화관 건너편에 있는 연암삼겹살이라는 식당에 들러 서포에서 생산된 작은 알갱이의 굴과 소고기국밥으로 조촐한 연말 모임을 가졌다. 나는 기사까지 합석한 자리에 앉았다가 식사가 끝난 후 남 먼저 일어나 시내버스를 타고서 귀가하였다.

22 (목) 흐리다가 정오 무렵부터 부슬비 오고 다소 강한 바람 – 둔철산 주능선

점심을 든 후 트럭을 몰고서 어제 들렀던 둔철산 등산로 입구로 다시 올라가 등산객용 주차장에다 차를 세워두고서 둔철산 주능선을 답파하여 우리 집에서 뒤편으로 마주보이는 능선 위의 여러 겹으로 포개진 바위봉우리에까지 갔다 왔다. 오후 4시 48분에 주차장으로 되돌아왔으니 약 4시간 정도

등산을 한 셈이다. 그 바위 봉우리의 이름이 시루봉이라는 것도 오늘 등산안
내도를 보고서 비로소 알았다. 부슬비가 조금 내리고 능선에서는 강한 바람
이 불었다. 지난번 반대 방향에서 시루봉까지는 온 적이 있었으므로, 이제
둔철산에서 대성봉에 이르는 주능선은 모두 답파한 셈이다. 앞으로 조만간
에 둔철산 등산안내도에 보이는 코스들을 두루 주파해볼 생각이다.

23 (금) 오전에 약간의 가랑눈 -대구한의대학교

대구한의대학교 한의학관 209호 308호 계단강의실에서 개최된 2017년
도 한국동양철학회의 동계 연합학술발표회에 참가하기 위해 평상시처럼 오
전 9시경에 승용차를 몰아 출발했다. 합천·고령을 경유하는 33번국도와 광
대고속도로를 따라 가다가 대구광역시의 남부를 둘러서 오전 11시쯤에 경
산시의 산중턱에 위치한 대구한의대학교에 도착했다. 이번 학술발표회는
한국도교학회, 한국양명학회, 한국유교학회, 한국주역학회, 한국선학회 등
의 참여를 얻어 함께 개최하게 되었는데, 그 전체 주제는 '한국철학의 정신,
그 독창성과 우수성'이다.

학술발표회를 마친 다음, 경산시 원효로 359(평산동 172)에 있는 맛고을
한우라는 식육식당으로 자리를 옮겨 만찬을 가졌다. 나는 김기현 교수를 내
승용차에 태우고서 그리로 가려고 하였는데, 어찌된 셈인지 차의 배터리가
방전되어 버려 꼼짝할 수 없으므로 부득이 다른 사람의 차에 동승하였다.

식사를 마친 다음 대부분 귀가하고, 명예회장인 나와 현 회장인 박홍식 교
수, 차기 회장인 신규탁 교수, 그리고 학회의 총무이사인 이치억, 편집이사
인 고재석, 고향이 마산으로서 성대에서 학부와 석사과정을 마치고, 현재 경
희대에서 박사과정을 밟고 있는 윤민향 간사가 함께 예전에 내가 이 대학에
서 개최된 한국동양철학회 모임을 마친 후 하룻밤 투속한 적이 있었던 경산
시 교외의 상대온천관광호텔로 이동해 가 투속하였다. 자정 무렵까지 306
호실에 다들 모여 놀면서 윤민향 간사가 가져온 휴대용 스피커와 스마트폰
을 연결한 즉석 가라오케로 돌아가며 노래를 불렀다. 강요에 못 이겨 아마도
내가 가장 많이 부른 듯하다. 김윤수 부회장도 뒤늦게 그리로 와 합류하였

다. 박홍식 회장의 배려로 가장 연장자인 나는 자정에 그 자리를 떠서 222호실로 내려가 먼저 취침하였고, 나머지 사람들은 다음날 2시 무렵까지 어울려 있었던 모양이다. 박 회장은 나보다 다섯 살이 적고, 신규식 후임 회장은 열 살이 적은데, 다들 나를 깍듯이 모시고 있으니 이럭저럭 나도 이미 학회의 원로가 된 것이다.

24 (토) 맑음 - 상대온천관광호텔

7시가 지나서 기상하여 호텔 안의 대중탕에서 온천을 했다. 이곳은 지하 500m 맥반석 암반지층에서 용출되는 국내 유일의 알칼리성 맥반암반 온천이라 하여 유명한 곳이라고 한다. 아침에 보니 승용차를 몰고서 일부러 오는 사람들이 제법 있었다. 목욕을 마치고 방으로 돌아가니 출입문이 잠겨 들어갈 수가 없으므로, 1층 로비에서 신규식 교수 등과 어울려 커피를 마시고 대화를 나누었다. 나는 간밤에 222호실에서 함께 잔 박홍식 회장과 김윤수 씨가 모두 온천하러 나간 줄로 알았으나 나중에 알고 보니 방문이 잠긴 것은 김 씨가 방안에서 아직도 자고 있기 때문이었다. 박 회장이 밖에서 방안으로 전화를 걸어 비로소 문을 열 수가 있었다.

상대온천호텔을 떠난 다음 어제 만찬을 들었던 맛고을 한우로 다시 가서 육개장으로 늦은 조식을 들었다. 식사 하러 가는 길에 원효대사의 고향 동네인 압량면을 지나쳤다. 식사 후 박 회장은 서울로 돌아가는 네 명을 기차역까지 안내해 주러 함께 가고, 나는 김윤수 씨의 승용차에 동승하여 대구한의대 한의학관으로 다시 돌아갔다. 아침에 퇴계 종손인 이치억 씨에게 부친이 이미 고령이라 귀가 들리지 않으니 이제 안동으로 돌아가서 종손의 역할을 물려받아야 할 때가 되지 않았느냐고 물었더니, 지금도 제사 등의 일은 이미 맡아 있다는 것이었다. 그는 성균관대학에서 박사학위를 취득한 후, 성대와 아산재단이 설립한 연수원인가에서 강사 생활을 하고 있으므로 아직도 서울 생활을 계속하고 있는 모양이다. 實是學舍의 한문 강독에도 이미 상당 기간을 다니고 있는 모양이다.

The K 손해보험에 연락하여 기사가 와서 비로소 배터리의 방전 문제가 해결되었으므로, 거기서 김 씨와 작별하여 나는 승용차를 몰아 귀가하였다. 내비게이션에 의지하여 길을 떠나니, 돌아올 때는 갈 때와 달리 청도와 밀양을 경유하여 남밀양에서 일반국도로 접어들어 동창원에서 다시 남해고속도로를 타게 되는 것이었다. 지난번 대구한의대에 갔다가 귀가할 때에도 이 코스로 왔는데, 당시에는 내비게이션을 업그레이드 하지 않은 까닭인 줄로 알았으나 그렇지 않았다.

오후 한 시 무렵에 귀가한 후에는 조식을 늦게 들어 점심은 생략했다.

25 (일) 맑음 –새만금바람길

하늘산악회를 따라 전북 김제시 進鳳面의 새만금바람길에 다녀왔다. 오전 8시까지 신안동 운동장 1문 앞에 집결하여 20여명의 인원으로 출발하였다. 통영대전·익산장수·순천완주 고속도로를 경유하여 완주IC에서 빠져나온 후, 전주 시내를 거쳐 10시 30분 무렵에 바람길의 시점인 진봉면사무소 부근에 도착하였다.

새만금바람길은 진봉반도의 북쪽 끝 만경강 일대에 위치한 드넓은 갈대밭을 바라보며 걷는 10km 거리의 구간인데, 삼각주로 이루어진 하구 건너편으로 군산시의 지경이 바라보이는 곳이다. 우리는 먼저 왜정 시기인 1924년에 준공된 진봉방조제를 따라 걸었다. 김제는 본래 호남평야의 중심을 이루는 넓은 평야지대였지만, 일본이 식량수탈을 목적으로 간척 사업을 실시하여 이곳에 방조제를 쌓아 1,928ha의 농경지가 조성되었다. 우리는 방조제의 뚝 위를 걸었는데, 자동차 바퀴가 지나간 곳에는 습기가 남아 있어 좀 질퍽거렸다. 방조제가 끝나고 야산을 통과할 때면 철조망으로 조성된 군사용 철책과 드문드문 남아 있는 콘크리트로 지은 경비초소들을 따라가야 했다. 아마도 공비의 침투를 막기 위해 설치한 것인 듯하다.

시점으로부터 4.5km 지점에서 戰船浦라는 곳을 지나치게 되었다. 만경강으로 들어가는 입구로서 고군산열도와 계화도가 가까이 있어 예로부터 어선이 닻을 내리던 항구였다. 고려 후기에는 지금의 해군기지와 같은 군항으로서 왜구의 적선과 싸우기 위한 배를 배치시켰던 곳이라고 한다. 그러나

1920년대에 일본인들이 간척사업으로 만든 제방으로 말미암아 일부는 농경지로 되고 일부는 해안이 되어 지금은 전선이 정박했던 포구의 흔적은 전혀 찾아볼 수 없게 되고 말았다.

전선포에서 1km 정도 더 나아간 곳에 望海寺가 있다. 백제 의자왕 2년(642)에 浮雪居士가 세운 절이라고 하는데, 지금 남아 있는 건물 중 가장 오래된 것은 선조 22년(1589)에 진묵대사가 세웠다고 하는 樂西殿이다 그러나 이 건물도 1933년과 1977년에 중수된 것으로서, 지금은 그저 전라북도 문화재자료 제128호로 지정되어져 있을 따름이다. 오랜 역사에 비해 규모가 초라한 편인데, 그러나 절이 위치한 곳은 진봉산 고개 넘어 깎은 듯이 세워진 벼랑 위에서 만경강의 하구와 서해를 바라보고 있어 이름 그대로 망해사이다. 낙서전 앞에 진묵대사가 심은 것이라고 전해 오는 팽나무 거목 두 그루가 서 있어 그런대로 이 절의 역사를 증언해 주고 있다. 절 경내에 埋香碑도 있었는데, 햇빛 때문인지 그 내용을 자세히 읽어보기 어려웠으나, 근자에 여기서 1km쯤 떨어진 개펄에다 香木을 묻은 것을 기념하기 위한 것인 듯했다.

망해사 부근의 진봉산 위에 콘크리트로 지은 2층 전망대가 있었으므로, 나는 2층 꼭대기의 평평한 슬라브 지붕처럼 되어 있는 곳에서 강과 바다가 이루는 드넓게 펼쳐진 풍광을 바라보며 혼자 점심을 들었다. 식사 중 남녀 인부 3명이 올라와 2층에서 도색과 보수공사를 하고 있었다.

망해사에서 500m쯤 더 나아간 곳에 두곡서원이 있다고 하나 내 눈에는 띄지 않아 그냥 지나쳤고, 종점까지 3km 정도 남은 지점에서 深浦港을 만났다. 횟집들이 늘어서 있는 제법 큰 마을이었다. 몇 십 년 전까지만 해도 100여 척이 넘는 어선이 드나들던 큰 어항이었으나, 연안 어업의 쇠퇴와 새만금 방조제 공사로 인해 지금은 담수호가 되었다. 안내판의 화살표 방향을 따라 콘크리트로 조성된 광장 가의 포장된 도로를 따라서 마을 끝까지 걸었으나, 그 많던 새만금바람길 안내판이 하나도 눈에 띄지 않았다. 어디로 가야할지를 몰라 공원처럼 조성된 콘크리트 해변을 따라서 끝까지 걸어가 보니 아직 개통되지 않은 새만금방조제를 만난 곳에서 차도가 나타나 더 이상 걸어서는 나아가지 못하게 되어 있었다. 심포항으로 되돌아오며 도중에 만난 사람들에게 몇 번 물어보았으나 바람길이 다시 이어지는 지점을 알고 있는 사람은 아무도 없었다. 심포항에 도착하여 도로 위를 지나가는 1톤 트럭을 세워서 물어보았더니, 그의 말로는 예전의 바람길은 내가 방금 걸어갔던 방향으로 이어져 있었으나 방조제 공사 관계로 그 길이 끊어졌다는 것이었다. 그러므로 심포항이 시작되는 지점의 안내판이 있는 곳까지 좀 태워달라고 했더니, 그는 그리로 가기보다는 자기가 보아둔 안내판이 있는 곳으로 향하는 편이 낫다면서 차를 되돌려 나를 안하마을까지 데려다 주는 것이었다. 안하마을은 강변으로부터 안쪽으로 좀 떨어진 곳인데, 거기에 공사관계로 개설된 임시 노선이라 하여 새만금바람길의 안내판이 서 있었다.

안내판이 가리키는 방향을 따라 마을 안쪽으로 걸어 250m 지점에 있는 당산나무 쉼터를 지나 한참을 더 걸어가니, 아까 내가 만났던 새만금방조제의 반대편에서 새로 길이 이어지고 있고, 그 옆의 야산으로는 심포항 쪽으로 연결되는 바람길이 제법 크게 나 있었다. 그러나 그 길이 실제로 심포항으로 이어지는 지는 걸어가 보지 않아 알 수 없다. 거기서부터 다시 이어진 바람길을 걸어 1.5km 떨어진 지점의 봉화산봉수대에 닿았다. 어느 등산객이 개인적으로 설치해둔 안내판에 '모악지맥 봉화산 84.8m'라고 씌어져 있었다. 烽火山 정상에 烽燧臺가 있었는데, 지금도 주춧돌과 자연석으로 쌓았던 담장의 흔적이 뚜렷하여 목하 발굴조사가 진행되고 있는 모양이었다. 이 봉수대는 고려시대에 설치된 것으로 추정되며, 조선시대에 이르자 일반 백성에게 피해를 입힌다 하여 계화도로 옮겼다는 설이 있다. 봉수는 낮에는 연기(燧) 밤에는 횃불(烽)로 국방 관계의 소식을 전하던 옛날의 통신 방법이다.

봉수대를 지나니 잘 만든 무덤들이 계속 나타나고, 그것들을 지나 야산을 다 내려간 지점에 바람길의 종점이 있었으며, 거기서 또다시 왔던 방향으로 700m 정도 더 휘돌아가야 우리의 대절버스가 대기하고 있는 버스정류장이 있다. 그런데 종점을 지나서 조금 더 걸어가니 어떤 남자 하나가 이쪽으로 오다가 나더러 진주의 하늘산악회에서 왔는지를 묻는 것이었다. 알고 보니 우리 일행은 다들 나처럼 심포항에서 길을 잃고 헤매다가 대절버스를 불러서 타고 버스정류장까지 왔으므로 이미 꽤 오랫동안 거기서 기다리고 있었으며, 오늘 그런대로 풀코스를 걸은 사람은 나 하나뿐이었다. 오후 3시에 대절버스가 있는 지점으로 도착하였다.

이 부근은 진봉반도의 끝자락인 巨田마을로서, 만경강과 동진강에서 흘러온 물이 만나는 곳이다. 예전에 책에서 백제가 멸망한 직후, 백제를 부흥시키러 온 일본군의 전함들과 唐과 신라 연합군의 전함이 충돌하여 일본군이 대패한 白(村)江 전투가 벌어진 곳이 동진강 어귀 부근이라는 설이 가장 유력하다는 글을 읽은 적이 있었는데, 만약 그렇다면 지금의 새만금 일대가 그 현장에 해당하는 셈이다.

돌아오는 길에 함양휴게소에 멈추어서 하산주를 들었다. 진주에는 예정대로 오후 6시 정각에 출발지점에 도착하였다. 함양의 휴게소에 머물렀을 때 우리 차에 올라온 장사꾼 아주머니로부터 태양광으로도 충전할 수 있는 플래시를 또 하나 샀다. 외송에 갖다 두기 위한 것이다.

27 (화) 맑음 - 통도사 비로암

40여년의 세월이 지난 후 처음으로 정선이를 만나 함께 옛 추억이 어린 장소인 통도사 毘盧庵에 다녀왔다. 1톤 트럭을 몰아 2번 국도를 경유하여 마산으로 나아갔는데, 도중에 2번국도가 마산 시내 방향을 벗어나 가포 쪽으로 향하는 바람에 도중에 차를 돌려서 다른 노선으로 접어들었다. 그러나 떠날 때 내비게이션으로 경남대학교를 조회해보니 여러 가지 항목이 뜨고 그 처음에 IC문이라는 것이 있었으므로 그것을 선택했었더니, 뜻밖에도 정문이 아니고 그것과는 반대 방향에 있는 서문에 닿았다. 경사진 산비탈에 위치한 캠퍼스 구내를 통과해 내려가 마침내 약속한 장소인 정문에 닿았다. 그러나 둘러보아도 정선이 같은 사람은 보이지 않았으므로 한참을 서성거렸는데, 스마트폰으로 전화를 걸어보려는 순간 건너편에 아까부터 서 있는 여성이 혹시 정선이일까 하고 유심히 바라보니 아닌 게 아니라 그러하였고, 그제야 정선이도 손을 든 나를 알아보았다.

만나보니 그녀는 겨울 옷 탓인지 예전 처녀 시절에 비해 키가 좀 작아진 듯하였으나 얼굴 모습은 별로 많이 달라지지 않았다. 주름살이 거의 없었고, 키도 161cm쯤 된다고 하니 여자로서 작은 키는 아니다. 콜레스트롤 수치가 좀 높은 외에는 이렇다 할 신병도 없다고 한다. 그녀는 나보다 한 살이 적은데, 59세인가의 나이로 남편은 일찍 죽고 13년째 남편 고향인 마산의 아파트에서 홀로 살고 있다. 해운항만청에 근무하던 그 남편과는 중매로 만났다고 한다. 슬하에 두 아들을 두었는데, 40세인 둘째 아들은 결혼하여 자녀가 있고, 그보다 두 살 위인 장남은 아직 독신이며, 둘 다 서울에 살고 있는 모양이다. 1년에 한 번쯤 가족이 다함께 만나 여행을 한다고 한다.

마산에는 남편의 계모가 있으나 다른 사람과 다시 결혼하였고, 시동생이 한 명 살고 있다. 마음씨는 착하나 온갖 병을 가지고 있었던 남편은 죽기 1년쯤 전에 공무원 생활을 접고서 다른 회사에 취직하였는데, 근무 중에 사망하였으므로 산업재해로 처리되어, 공무원 연금 100만 원 정도에다 재해로 말미암은 연금을 합하여 월 400만 원 정도의 수입을 보장받게 되었으므로 덕분에 넉넉한 노후를 보내게 되었다. 남편이 남긴 아파트와 땅도 좀 있으며, 현금도 상당히 소유하고 있는 모양이다. 남편의 최종 병명은 직장암이었다.

김해시에서 새로 생긴 대동터널들을 통과하여 양산으로 간 후, 통도사 입구 주차장에다 차를 세우고는 손을 맞잡고 걸어서 통도사 경내를 경유하여 비로암까지 올라갔다. 통도사 큰절로 가는 도중에 길가의 숲속으로 들어가 그녀가 가져온 커피와 밀감을 들었다. 큰절에 도착하자 그 입구에 돌로 만든 새 聖寶박물관이 눈에 띄었고, '國之大刹 佛之宗家'라고 쓴 일주문 기둥의 편액은 예전에는 절 입구의 소나무 가로수가 시작되는 지점쯤에 위치해 있었던 것으로 기억되는데, 지금은 큰절 바로 입구쯤에 새 일주문을 세워 옮겨 단 듯하였다. 독실한 불교 신자인 그녀는 법당에 들어가 절을 하기도 했다.

비로암은 내가 대학에 입학하기 2년 전 여름부터 다음해 겨울까지 반 년 동안 머물렀던 곳인데, 당시 그녀도 나를 찾아 가끔씩 들렀던 것이다. 그 암자는 지금은 독립된 절이라 해도 될 정도로 당시에 비해 크게 넓어졌고 새 건물이 많이 들어섰으며 그 입구까지 아스팔트 도로가 닦여져 있으나, 내가 머물던 반 누각으로 만들어진 2층 방은 아직도 남아 있었다. 지금은 별로 사용하지 않는지 문이 잠긴 채 비어 있었는데, 누각 3면을 두른 문은 한옥식이나 유리가 붙어 있으므로 내부를 들여다 볼 수 있었다. 그리고 그 암자에 걸린 현판들은 대부분 鏡峰스님이 쓴 것이었다.

경봉스님이 거처하시던 근처의 극락암도 둘러보았는데, 그곳 역시 예전보다 한층 더 넓어지고 새 건물도 제법 눈에 띄었으나, 작은 연못을 건너는 돌로 된 구름다리와 조그만 방장실은 옛 모습을 보존하고 있었다. 올라갔던 길을 둘이 손을 맞잡고서 그대로 걸어 절 입구까지 내려와, 양산시 하북면 신평강변로 84호에 있는 두친구이야기라는 식당에서 수제 돈가스로 점심을 들었다. 역시 갈 때의 코스를 따라 마산으로 되돌아온 다음, 두산아파트 부근의 도로까지 정선이를 바래다주고서, 어두워져 갈 무렵 평소 귀가하는 시간쯤에 집으로 돌아왔다.

40년의 세월이 흘렀으나 언제 그만큼 시간이 지났나 싶을 만큼 둘 다 마음은 전혀 달라지지 않고 예전 그대로였다. 나는 정선이를 처음 만난 것이 부산진초등학교 6학년 때 과외공부를 같이 하면서부터라고 기억하고 있으나, 오늘 그녀의 말로는 내가 주례에서 국민학교 3학년 때 당시의 부산시로 이사와 부산진초등학교에 편입했을 때 같은 반이었다는 것이다.

28 (수) 맑음 −둔철산 심거 코스

외송에 가서 어제의 일기를 입력하였고, 오후에는 둔철산 등산에 나서 심거 코스로 올라 4시 48분에 하산을 마쳤다. 삼단폭포·심거폭포를 지나 정상(812m)에 오른 다음, 심거폭포까지는 다른 코스로 내려왔다. 삼단폭포는 완만한 경사의 바위 위에서 삼단을 거쳐 물이 차례로 떨어지는 것이고, 심거폭포는 그 위쪽 940m 지점에서 꽤 높은 곳으로부터 일직선으로 한 번에 떨어져 내리는 것이다. 출발지점인 심거마을에서부터 정상까지는 편도에 3.01km라고 하니, 마을 안을 걸은 것까지 포함하면 왕복 7킬로 정도 걸은 셈이다.

1995년 2월 26일 망경산악회 회원들과 함께 처음 둔철산에 올랐을 때 이 코스를 이용했었는데, 당시 단계마을 쪽으로 내려왔다고 하였으니, 아마도 정상에서 대성산 쪽으로 이어지는 주능선을 걸어 지금의 둔철생태숲공원 쪽으로 내려온 다음, 다시 그 건너편의 산 능선을 탄 것이 아닐까 싶다.

29 (목) 맑으나 쌀쌀함 -둔철산 생태숲 코스

점심을 든 후 둔철숲공원 쪽으로 등산을 가서 12시 50분부터 오후 2시 26분까지 걸었다. 현지의 '둔철생태체험숲' 안내판에는 등산로가 콘크리트 포장된 도로 쪽으로 표시되어 있었으므로, 그 길을 따라가니 대성산 정상의 팔각정 전망대로 올라가는 등산로 안내판이 있었다. 그 길을 따라가 1시 17분에 팔각정에 닿았는데, 거기서 둔철산 방향의 주등산로를 따라 나아가니 머지않아 아까 걸어왔던 포장도로로 내려가는 갈림길을 만나게 되었다. 일단 생태숲 등산로는 거기서 끝나는 모양이라고 생각하고서 포장도로까지 걸어 내려왔는데, 그 도로는 산 위쪽으로 한참 더 이어져 있으므로 미련이 남아 그 길을 따라서 끝까지 걸어 올라가보았더니, 포장로가 끝나고서 산 능선으로 이어지는 등산로로 연결되어 있었다. 능선에 닿은 다음, 도로 팔각정 전망대까지 걸어왔는데, 능선 길 도중에 지난 일요일 새만금바람길의 봉수대 부근에 '모악지맥 봉화산 84.8m'라고 써 붙여 두었던 '준. 희'라는 이름의 등산객이 이곳의 나무에도 '정수지맥 699.0m'라고 인쇄된 글씨로 쓰인 쇠로 된 안내표지를 붙여두었다. 팔각정에서 정취암 쪽으로 내려가는 길을 따라가면 어쩌면 내 차를 세워둔 공원 쉼터까지 이어질 지도 모른다 싶어 그 길을 따라서 계속 내려갔는데, 뜻밖에도 정취암 방향과의 갈림길은 눈에 띄지 않고 540m 정도 그대로 이어져 공원 산책로를 거쳐 쉼터까지 닿는 것이었다. 그러므로 오늘 둔철생태숲공원 일대의 등산로는 모두 걸어본 셈이다.

30 (금) 맑음 -둔철산 와석총 척지마을 코스

점심을 든 후 오늘도 둔철산 등반에 나서 차를 몰고서 산길을 올라가 지난번 창환이와 함께 내려온 코스의 차도가 시작되는 지점에다 차를 세운 후 걸어서 한참동안 올라가 안부의 능선인 척지갈림길에 다다랐다. 그런 다음 오른쪽으로 530m 지점인 와석총까지 갔으며, 갈림길로 도로 돌아와 거기서

1.8km 지점인 척지마을까지 갔다가, 차를 세워둔 출발지점으로 돌아왔다. 와석총은 알고 보니 둔철마을에서 바라보이는 산꼭대기에 커다란 바위 무더기가 있는 지점이었다. 척지마을까지의 길은 완만한 경사로 이어져 있었는데, 마을에 도착한 다음 건너편의 淨水山 등산로가 시작되는 지점까지 걸어가 보고서 돌아섰다. 입구에서 정수산 정상까지는 2.4km 라고 적혀 있는데, 예전에 망진산악회 회원들과 함께 한 번 오른 적이 있었다. 나는 오늘로써 둔철산의 등산로는 일단 모두 답파한 것으로 생각했으나, 척지마을에 걸린 등산안내도에 의하면 심거마을과 정곡리 사이의 범학마을에서 정상 부근까지 편도 3.5km의 등산로가 하나 더 있었다. 근자에는 겨울철인 까닭인지 산에서 계속 아무도 만나지 못했다. 오늘은 12시 40분에 등산을 시작하여 오후 3시 6분에 마쳤다.

2017년

2017년

1월

1 (일) 맑음 -둔철산 범학리 코스

외송에 들어가 오전 중 지난 12월의 일기 중에서 발췌하여 '국토탐방3'의 내용을 보충하였고, 점심을 들고 난 후에는 어제 실패한 범학리 코스를 역방향에서 다시 한 번 시도해보기 위해 차를 몰고서 엊그제 올랐던 코스로 척지 갈림길 아래편의 차도가 끊어지는 지점에다 다시 차를 세우고는 1km 정도 완만한 경사 길을 걸어올라 갈림길에 도착한 다음, 거기서 1.2km 떨어진 둔철산 정상 방향으로 가기 시작했다. 정상 바로 아래편의 헬기장에 도착했을 때 정상에 두 사람 정도가 이미 올라 있는 것이 바라보였다. 헬기장에서 옆으로 뻗은 지능선을 타기 시작했는데, 그 쪽은 예전에 등산로가 있었으나 입구에 아무런 표지도 없고, 실제로 들어가 보니 잡목이 뒤덮어 길을 가리고 있으며, 또한 곳곳에 바위가 험준하여 길을 찾기도 어려웠다. 그러나 그쪽으로 계속 내려가니 국제신문의 '다시 찾는 근교산 취재팀'을 비롯하여 몇몇 산악회의 리본들이 더러 보이고, 길은 점차 뚜렷해졌다.

척지마을에서 본 등산안내도에는 헬기장에서 범학리까지가 3.5km라고 하였는데, 희미한 등산로를 따라 능선 길로 계속 내려가다 보니 산기슭 가까운 곳에서는 다시 길이 끊어지고 말았다. 그래도 숲을 헤치며 더 내려가 보았더니, 대형 포클레인 두 대가 길 닦는 작업을 하고 있는 공사현장에 닿았고, 이윽고 정곡리에서 척지마을로 올라가는 정곡척지로를 만났는데, 그곳은 정곡리 위쪽의 내정마을이라는 곳이었다.

길도 잘 보이지 않는 험악한 살길을 도로 올라가기는 엄두가 나지 않아 그 포장도로를 따라 척지마을 방향으로 계속 걸어갔는데, 도중에 지나가는 승용차에 손을 들어 척지마을까지 좀 태워달라고 부탁해 보려 해도 네 번이나 손을 들었지만 멈추어주는 차가 없으므로, 나중에는 포기하고서 그냥 걸어 올라갔다. 이윽고 척지마을에 도착하여 척지갈림길까지 2.1km의 산길을 더 올랐고, 거기서 내 차를 세워둔 곳까지 다시 내려와 차를 몰고서 산장에 도착하니, 오후 4시 40분 무렵이었다.

22 (일) 눈 -추월산 보리암
아내와 함께 뫼울림산악회의 제26차 산행에 동참하여 전남 담양군 용면에 있는 추월산 보리암에 다녀왔다. 추월산에는 1995년 4월 16일 망경산악회원들과 함께 한 번 오른 적이 있었다.

오전 7시 반까지 시청 육교 밑에서 대절버스를 탔고, 이현상가에서 여러 사람을 더 태운 다음, 통영대전, 광대고속도로를 경유하여 순창에서 일반국도로 빠져나갔다. 아마도 강천산 입구를 지나 담양군 용면 용치리에서 29번 국도를 타고 추월산 입구에 다다른 것이 아닐까 짐작되는데, 전라도 땅은 온통 눈밭이라 버스에서 강천산 입구를 보지는 못했다.

오전 10시 32분에 담양호반의 추월산 주차장에 도착했다. 원래는 제4코스로 올라 3코스를 거쳐 1코스로 내려올 작정이었는데, 눈이 많이 쌓였으므로, 집행부에서 예정을 바꾸어 1코스의 중간지점에 있는 보리암까지만 갔다 오기로 했다. 아내는 버스에 남고 나만 혼자 산을 올랐다. 눈은 그 때까지도 펑펑 쏟아지고 있어 일본 북알프스의 上高地에서 산 판초 우의를 입고 배낭 커버를 하고서 산을 오르기 시작했다.

주차장에서 1.1km 지점에 보리암 갈림길이 있고, 거기서 옆길로 빠져 50m를 더 나아가면 암자에 닿는데, 스님의 배려로 암자의 아래쪽 헛간 같은 곳에서 눈을 피하여 점심을 들 수가 있었다. 갈림길에서 보리암 정상까지는 300m 거리이고 추월산 정상은 1.52km가 더 남았다.

추월산 보리암에는 金德齡 장군 부인 興陽李氏 순절처 명문이 그 입구의 바위에 새겨져 있고, 조선 헌종 6년(1840) 담양부사 조철영이 새긴 것이라 하지만, 눈 때문에 보이지 않았다. 정유재란 때 이 씨 부인이 왜적에게 쫓기자 몸을 던져 순절한 곳이라 한다. 보리암은 보조국사가 창건하였고, 정유재란으로 소실된 후 여러 차례 중수하였다는데, 현재는 백양사에 딸린 암자로 되어 있다.

오후 1시 40분에 주차장으로 돌아왔고, 2시 13분에 그곳을 출발하여 들어올 때와는 반대 방향으로 나아갔다. 진주에 도착하자 판문동의 진양호공원 정문 삼거리 엠마우스병원 옆에 새로 들어선 아기자기식당에 들러서 추어탕으로 석식을 든 후, 아직 해가 남아 있을 때 귀가하였다.

2월

5 (일) 비온 후 흐리다가 개었고, 오후에 다시 부슬비 -마골산, 동축산

아내와 함께 푸른산악회를 따라 울산광역시 동구와 북구의 경계지점에 있는 麻骨山(297m) 東竺山(289)에 다녀왔다. 오전 8시 20분까지 시청 건너편 농협 앞으로 가서 공설운동장을 출발하여 오는 대절버스를 탔다. 가는 도중에 새 스마트폰의 내비게이션을 켜서 가는 길을 살펴보았다. 도중의 진영휴게소에서 은행알까기와 손칼 하나를 만 원 주고 샀고, 돌아올 때는 통도사 휴게소에서 스마트폰 거치대를 아내와 내가 각각 하나씩 한 개 15,000원씩에 구입하였다.

남해·경부·울산고속도로를 경유하여 울산 시내로 들어간 후 태화강을 따라 나아가 오전 10시 43분에 東竺寺 입구에 위치한 감나무골 체육공원에 도착하였다. 거기서 시산제를 지내는 모양인데, 그래서 그런지 차 안에서 보온 죽통을 하나씩 선물로 받았다. 우리 내외는 시산제에 참여하지 않고서 오랜 산 친구인 경상대병원 가정의학과의 김창환 의사랑 시청 지적과에 근무하다가 작년에 퇴직하여 풍수지리사무실을 열어 있는 송 씨와 함께 옥류골을 따라 먼저 산에 오르기 시작했다. 오늘의 최고봉인 마골산은 높이가 얼마 되지 않아, 울산의 시민공원 같은 곳인 모양이었다. 산면 모두가 흰 돌로 덮여 있기 때문에 삼대를 벗기고 남은 줄기를 뜻하는 '재립'을 쌓은 것 같다고 하여 지어진 이름이라고 한다. 재립을 한자로 표기하면 '麻骨'이 되기 때문이다. 그래서 재립산으로 불리기도 한다. 도중에 거북바위, 남근암, 부부암 등을 차례로 지나가기도 하였다.

마골산 정상 부근에서 점심을 들고, 능선을 따라 나 있는 널찍한 임도를 따라서 돈문재를 거쳐 동축산 방향으로 나아갔다. 도중에 예비군 훈련장도 지나쳤다. 동축산을 현지의 안내판에서는 모두 염포정이라고 적고 있었는데, 그 정상에 울산이 조선 시대에 三浦 중 하나인 鹽浦였던 것을 기념하여 이름 지어진 염포정이라는 팔각정이 위치해 있기 때문이다. 염포정에서는 태화강 주변의 공업지대가 내려다 보였다. 산악회로부터 배부 받은 지도에는 염포정에서 해골바위, 거북바위 등을 거쳐서 동축사를 경유하여 원점으로 되돌아가게 되어 있는데, 염포정에서 송 씨는 남목동 쪽으로 내려가고, 김 씨는 왔던 길을 되돌아 동축사로 가는 갈림길이 있는 쪽으로 가므로, 우리 내외도 김 씨의 뒤를 따라 그 길을 택했다. 그 길도 차가 다닐 수 있을 정도로 넓었는데, 갈림길에서 10분 정도 나아가니 동축사에 닿았다.

이 절은 『삼국유사』의 皇龍寺 丈六 조에 의하면, 西竺國(인도)의 阿育王(아쇼카 왕)이 석가삼존불을 주조하려다가 뜻을 이루지 못하고 인연 있는 국토에서 장육존불이 이루어지기를 기원하여 황철 5만7천근과 황금 3만分을 배에 실어 띄울 때 함께 보냈다는 장륙상 모형의 작은 불상 하나와 협시하는 두 보살의 상을 모시기 위해 신라 진흥왕 34년(573)에 처음 건립했다고 전해지는 절이다. 당시 배가 도착한 곳이 지금의 동축사 근처인 태화강 가의 絲浦(미포)였다고 한다. 그 모형 불상은 후에 황룡사로 옮겨졌다고 전한다. 대웅전 앞에 울산지방에서 가장 오래되었다는 삼층석탑이 서 있는데, 신라 시대의 전통양식으로 만들어진 것이라고 하나 중층기단의 면석이 모두 없어져 원래의 정확한 높이를 알 수 없고, 여러 차례에 걸쳐 고쳐서 현재 울산 광역시 유형문화재 제11호로 지정되어져 있다. 이 절은 통도사의 말사로 되어 있다.

동축사에서부터 가파른 돌계단을 한참 동안 내려와 오후 2시 20분 무렵에 출발지점의 체육공원에 도착하였다. 거기서 하산주를 들려고 하는데, 불을 피우지 못하게 하므로 준비해온 어묵을 그대로 썰어서 쟁반에 얹어 내놓았고, 시산제를 위해 장만한 것으로 보이는 떡도 곁들였다. 그런데 또 얼마 후 경찰차가 와서 이웃 아파트 주민이 시끄럽다고 민원을 제기했다면서 조용히 해달라고 말한 후 돌아갔다. 100m 이상의 제법 떨어진 위치에 남목그린타워 아파트 등이 있는데, 우리 일행의 대화 소리가 그곳까지 들리는지 모르겠다.

오후 6시 40분 무렵 진주시 돗골로 141(상대동 299-11)의 옛서울설렁탕에 도착하여 콩나물국밥으로 석식을 든 후 각자 뿔뿔이 흩어져 귀가하였다.

7 (화) 맑음 –구미산, 용림산, 최재우 유적

아내와 함께 산울림산악회에 동참하여 경북 경주시 현곡면과 건천읍의 경계에 위치한 龜尾山(594.1m)과 용림산(526) 그리고 현곡면 가정리에 있는 崔濟愚의 유적인 龍潭亭과 생가를 다녀왔다. 오전 8시 20분까지 시청 건너편 육교 부근에 도착하여, 봉곡로터리를 출발하여 오는 대절버스를 타고서 문산을 경유하여 출발하였다. 1941년생으로서 나보다 여덟 살이 많은 천여사가 시내버스를 타고 오느라고 늦게 도착하는 바람에 시청 앞에서 15분을 더 지체하였다. 남해·경부고속도로를 경유하여 11시 5분에 용담정 앞 주차장에 도착하였다. 일행은 총 36명이었다.

주차장에서 시산제를 지내는 모양이었지만, 우리 내외는 그 시간에 먼저 용담정 안으로 들어가 두루 돌아보았다. 용담정은 천도교의 제1세 교조인 水雲 최제우(1824~1864)가 37세 때인 1860년 4월 5일 한울님으로부터 무극대도를 받아 동학을 창도한 곳이라고 하며, 그 다음해 6월에 세상을 향해 布德을 시작하고, 관의 지목을 받아 1863년 12월 10일 체포될 때까지 가르침을 편 천도교 제일의 성지이다. 원래 이곳은 수운의 조부인 宗夏가 마련하였고, 부친인 근암공 옥이 공부하였으며, 제우가 도를 닦았을 뿐 아니라 포교하고 체포된 곳이기도 하다. 그가 순교한 후 오랫동안 폐허로 되었다가 1914년과 1960년에 정자를 복원하였으며, 1974년에는 새로 크게 지었다.

이 지역은 현재 경주국립공원 구미산지구로 되어 있으며, 총면적은 40만 평이다. 이 안에 포덕문, 수도원, 성화문, 용담교 등 부대시설이 마련되어져 있고, 1988년에는 최제우의 동상도 건립되었다. 용담정이 위치한 곳은 구미산의 동쪽 골짜기인데, 여기서 동쪽으로 1km 떨어진 야산 능선에 그의 묘소인 태묘가 있고, 다시 동쪽으로 1km 지점인 가정리에 생가가 있다. 용담정은 성화문에서 안쪽으로 100m 쯤 더 올라간 곳에 위치해 있으며, 그보다 조금 더 안쪽에 龍湫閣이라는 현판이 붙은 사각정이 있고, 용담정 맞은편에 약수터가 있었다.

시산제를 마친 일행이 용담정까지 다녀오기를 기다려 등산로 입구 표지가 있는 공원지킴터와는 반대 방향으로 산을 오르기 시작하여 가파른 산길을 계속 나아갔다. 박달재라는 곳에서부터는 비교적 평탄한 능선길이 시작되고, 거기서 500m 쯤 더 간 지점에 구미산 정상이 있었다. 용담정에서 구미산 정상까지는 2.1km이고, 정상에서부터 하산 지점인 건천읍 龍明里 탑골까지는 2.7km라고 한다. 정상에서 점심을 들었는데, 정상에서 용담정 방향으로 내려다보면 태묘와 생가마을이 거의 일직선을 이루며 바라다보였다.

우리는 박달재에서부터 용림산까지 현곡면과 건천읍의 경계를 이루는 능선을 계속 탄 셈이다. 용림산은 능선에서 100m 정도 벗어난 지점에 위치해 있는데, 내가 가진 5만 분의 1 도로교통지도에도 나타나 있지만, 막상 가보면 나무에다 매단 헝겊에 용림산이라고 쓰여 있을 뿐 다른 아무런 표지도 없었다.

용명리에는 보물 제908호로 지정된 통일신라시대 8세기 중엽의 것이라고 하는 높이 5.6m의 삼층석탑이 서 있었다. 二重 기단 위에 세운 탑인데, 신라 전성기의 양식을 그대로 반영한 것이다. 또한 이 마을에는 동경이라고 불리는 경주 지방의 토종개를 기르는 집도 있고, 담장에 『增補文獻備考』 권12 獸異 조에 실린 충견 동경이의 전설을 그린 義狗冢 이야기도 있었다. 東京은 경주의 별칭이다.

오후 3시 40분 무렵에 탑골 입구의 대구로 가는 도로 근처에 주차해 있는 대절버스에 도착하여 하산을 마친 다음, 거기서 돼지고기콩나물국으로 석식을 들었고, 밤 8시 남짓에 귀가하였다.

돌아올 때 가정리의 최제우 생가 및 유허비가 있는 곳에도 들렀지만, 관리실에 직원이 부재중이라 안으로 들어가 볼 수는 없었다. 본래의 생가는 수운이 20세 무렵 화재로 소실되어 그동안은 유허비로서 표시하여 왔었는데, 근자에 경주시에서 동학의 문화유적을 되살리고자 복원한 것이다. 생가는 기와지붕으로 된 안채와 사랑채, 그리고 초가로 된 방앗간, 잿간과 화장실을 갖춘 것이었고, 그것을 두른 담이 있었다. 이곳에서 수운은 1824년 10월 28일 이 지방의 이름 있는 학자였던 근암공 최옥과 그 셋째 부인인 한 씨 사이에서 태어났는데, 그 날 구미산이 3일을 울고 상서로운 기운이 집을 둘렀다고 한다. 그가 대구 장대에서 순도한 후 여기에는 빈터만 남아 있었다가, 1971년 8월 정부의 도움과 교단의 정성으로 먼저 유허비를 세우게 되었다.

갈 때는 진영휴게소에서 4개씩 든 칫솔 세 다스를 단돈 5천 원에 구입하였고, 돌아올 때는 경주휴게소에서 나는 147,000원을 주고서 남자용 위브 우의 한 벌을, 그리고 아내는 판쵸 우의와 겨울용 패딩바지 각 하나씩을 구입하였다.

12 (일) 맑음 -계당산, 쌍봉사

아내와 함께 상대산악회에 동참하여 전남 보성군 福內面과 화순군 梨陽面의 경계에 있는 桂堂山(580.2m)에 다녀왔다. 오전 8시까지 시청 육교 밑에 집결하여 출발했다. 오늘은 유달리 아는 사람들이 많이 탔다.

남해 및 호남고속도로를 경유하여 주암에서 18번 국도로 빠진 뒤 오전 9시 51분에 복내면소재지에 도착하였다. 거기서부터 언덕 같은 야산들을 오르내리며 계속 나아갔으므로 등산이라기보다는 산책 같은 느낌이었다. 그곳 산에는 약간의 눈도 내려 있었다. 어제 산 새 스틱을 사용했고, 도중의 섬진강휴게소에서 산 목도리 겸 모자도 써보았다. 정상에 다다랐으나 우리 일행은 거기서 점심을 들지 않고 이미 떠나버렸으므로, 한참을 더 걸어 雙峰寺로 내려가는 도중에 이양면의 임도를 만난 지점에서 우리 일행이 머물러 점심을 들고 있는 것을 보고서 우리 내외도 거기에 합류하였다.

복내면사무소에서 계당산 정상까지는 5.5km, 정상에서 종착지인 쌍봉사까지는 3.3km였다. 점심을 든 장소는 정상에서 1km 떨어진 지점의 雙山義所였는데, 거기에 있는 호남정맥 안내도에 의하면, 이 일대 쌍산의소에서 계당산 정상을 지나 봉화산으로 가는 도중의 예재까지 9.6km 구간은 호남정맥 2구간에 해당하는 곳이었다. 쌍산의소란 항일의병 유적지이다. 점심을 든 장소에서 임도를 따라 한참을 내려온 후 다시 임도를 벗어나 제법 넓은 산길을 걸어서 오후 1시 50분에 쌍봉사에 다다랐다. 쌍봉사 근처에서 소설가 鄭燦周의 작업실인 耳佛齋를 지나쳤다. 靜庵 趙光祖가 지금의 화순군인 綾州에 귀양 와서 사약을 받아 죽은 후 처음 묻혔던 장소도 이 부근인 모양이다. 계당산은 『대동여지도』에 中條山으로 보이고, 『신증동국여지승람』이나 『동국여지지』에도 그렇게 기록되어 있는 것으로 보아, 현재의 이름은 지어진 지 그다지 오래 되지 않은 듯하다.

獅子山 雙峰寺에는 지금으로부터 10년 전인 1998년 6월 14일에 우리 가족 전원이 간호학과의 권인수 교수 모녀와 함께 향토문화사랑회를 따라 답사 차 한 번 와 본 적이 있었다. 그러나 그 때와는 사찰의 분위기가 꽤 달라보였다. 현재의 도로명 주소는 화순군 이양면 쌍산의로 459이고, 옛 주소로는 이양면 증리 741이다.

이 절은 신라 구산선문 중 하나인 사자산문의 개조인 澈鑑禪師가 통일신라 48대 景文王 8년(868)에 창건한 것으로서, 그 대웅전은 평면이 方形인 3층 전각으로서 사모지붕의 木造塔婆形式을 지닌 희귀한 양식이다. 목조탑파 건축으로는 법주사의 팔상전과 더불어 국내에서 2동만이 현존한다. 그런데 1936년에 보물로 지정되어 보존해 오던 중 1984년에 신도의 부주의로 소실되었고, 그 후 문화재관리국이 그간 자료를 수집하여 1985년에 착공하고 1986년에 준공하여 원형대로 복원되었는데, 이러한 사정으로 지금은 유형문화재로만 지정되어져 있다. 그 내부에 안치된 목조삼존불상은 석가여래좌상과 아난존자·가섭존자의 입상으로서 조선 숙종 20년(1694)에 제작된 것인데, 마을 농부 한 사람의 노력에 의해 화마를 피하여 현재까지 잘 보존되어 있다.

대웅전 뒤편의 護聖殿은 T자형 맞배지붕 건물로서 우리나라에서 유일무이한 형태의 전각인데, 원래는 세조의 위패를 봉안했던 건물로 짐작되나 현재는 이 절의 창건주인 澈鑑 道允선사와 중국의 趙州 從諗선사의 진영을 모시고 있다. 철감선사는 신라 헌덕왕 17년(825) 28세에 중국으로 유학을 가서 南泉 普願선사의 제자가 되었는데, 당시 자신보다 20세 연상의 師兄인 조주선사를 만났던 것이다. 조주는 '喫茶去"라는 公案으로 중국 선불교사에 유명한 인물인데, 철감과 조주가 남천 문하에서 함께 정진했던 시기는 11년 정도였으며, 남천의 가풍이 중국에서는 조주를 통해 이어졌고, 철감을 통해 우리나라에 전해졌다고 할 정도로 두 스님의 인연은 남달랐다고 한다.

본채 뒤쪽으로 100m 정도 떨어진 산중턱에는 국보 제57호인 철감국사부도가 있고, 그 옆에 보물 제170호인 철감국사 탑비가 있어 거기에도 들러보았다. 그리로 가는 도중에 초의선사가 쌍봉사로 와서 금담선사에게 참선을 익히던 중 1807년 22세 때 지었다는 시 「八月十五日曉坐」를 소설가 정찬주씨가 번역한 것이 간판으로 세워져 있었다. 철감선사의 호는 쌍봉이고속성은 박씨이며, 황해도 봉산 사람인데, 원성왕 14년(798)에 태어나 18세에 출가하였고, 경문왕 8년(868) 쌍봉사에서 입적하였다. 철감은 시호이고이름은 증소라 하였다. 국보로 지정된 부도는 8각원당형의 기본을 가장 잘드러낸 걸작이라고 한다. 탑비는 현재 비신은 없고 귀부와 이수만이 남아있었다.

돌아오는 길에 시간이 남아 보성군 문덕면 용암길 8에 있는 서재필유적공원에 들렀다. 서재필은 1864년 외가인 전남 보성군 문덕면 용암리 가내마을에서 출생하였다. 예전에도 몇 차례 들른 적이 있었던 곳인데, 오늘은 경내의 기념관 안에 들어가 전시물들을 두루 둘러보았다. 7살 때 상경하여 양외숙인 金聲根의 집에서 공부했다고 하는데, 상경할 당시까지 출생지인 보성에 살았던 것은 아닐 것이다.

오후 5시에 경남 사천시 곤양면 북문길 28에 있는 덕원각이라는 식당에들러 생선구이 정식 비슷한 밥상으로 석식을 들었다. 메뉴판에 붙은 생선구이 정식은 15,000원이었으나, 우리가 든 것은 산악회 측이 1인당 8,000

원씩으로 예약한 것이라는데, 그래도 훌륭하였다. 오후 6시 반쯤에 귀가하였다.

19 (일) 맑으나 저녁 무렵 부슬비 - 해파랑길 10코스, 석탈해왕탄강유허비

아내와 함께 산사랑축동사랑의 128차 정기산행에 동참하여 울산광역시 북구와 경북 경주시 양남면에 걸쳐 있는 해파랑길 10코스에 다녀왔다. 오전 7시 20분까지 진주시청 주차장 입구에서 대절버스를 탔는데, 참가 인원이 많아 총 63명이나 되므로 봉고차보다 좀 더 큰 소형 버스 한 대가 함께 갔다.

남해고속도로를 따라 가다가 김해에서 551번 고속도로로 접어들어 대동 터널 3개를 거친 후 경부선으로 접어들었고, 울산선 16번 고속도로로 접어들어 울산시내에 들어와서는 7번과 31번 국도를 따라가 오전 9시 40분에 트레킹의 출발점인 울산시 북구 바닷가 亭子港의 등대 부근에 있는 단층 나무 정자 앞에 도착하였다. 이 부근에는 정자마을 어촌계에서 운영하는 활어직판장 등이 즐비하였다. 이 산악회는 사천시의 축동초등학교 동창회 회원들이 주축인지라, 오늘은 아는 사람이 아무도 없었다.

해파랑길은 10개 구간 50개 코스로 나뉘는데, 나는 띄엄띄엄 참가해 왔다. 오늘은 경주 구간의 첫 코스에 해당하는 셈이며, 거리는 14.5km라고 한다. 별로 힘든 경사로는 없고, 중간의 지경미을에서 점심을 든다고 하므로 필요 없는 짐이나 반찬 등은 모두 버스 안에 남겨두고서 가벼워진 배낭 하나만 달랑 메고 출발하였다.

울산 12경의 하나인 강동·주전몽돌해변을 거쳐 산하동에 있는 울산시 기념물 제42호인 江東花巖柱狀節理에 도착하였다. 작은 동산 전체가 주상절리인데, 이곳의 것은 신생대 제3기(약 2,000만 년 전)에 분출한 현무암 용암이 냉각하면서 열수축작용으로 생성된 냉각절리로서, 동해안 주상절리 가운데 용암주상절리로서는 가장 오래되어 학술적 가치가 높으며 다양한 각도로 형성되어 있어 경관적 가치도 크다고 한다. 주상체 횡단면이 꽃모양 무늬를 하고 있는데, 마을 이름인 '화암'은 이에서 유래하였을 것이라고 한다.

지경마을은 울산광역시와 경상북도 경주시 양남면의 접경에 위치해 있는데, 지경이란 지명은 그래서 붙여진 것인 모양이다. 여기서 축동초등학교 회장이 낸다는 생선회(100만 원 어치라고 했다)를 반찬삼아 점심을 들었다. 집에서 준비해 간 반찬의 일부는 펼치지도 않았다.

점심을 든 후에는 다시 버스에 타고서 관성해변·수렴해변과 양남면소재지는 차창 밖으로 바라보며 지나치고, 율포 진리항의 양남주상절리파도소리길 입구 주차장에서 하차하였다. 이곳 주차장에서 털이 복슬복슬하고 큼직하여 이상하게 생긴 개 9마리를 보았다. 경주의 토종개라고 하는 동경이가 아닌가 싶었다. 우리가 걷는 길은 동시에 국토종주 동해안 자전거길이기도 하다. 이곳 경주시 양남면 하서리와 읍천리 일대의 바닷가에는 각종 주상절리가 넓게 발달해 있다. 그리하여 이것은 경북 동해안 지질공원의 일부를 이루고 있는 것이다.

邑川里 일대는 마을 도로가의 벽이나 담에 빼곡히 그려져 있는 벽화로 유명한 곳이다. 약 1.3km에 걸친 거리에 117개나 되는 벽화가 그려져 있으므로, '읍천항 갤러리'로 불리기도 한다. 이는 이웃한 나아리에 위치한 한국수력원자력(주) 월성원자력본부가 발전소 주변지역의 문화 복지 증진과 지역경제 발전에 기여하고자 전국 규모의 벽화대회를 개최하여 우리나라 최대의 벽화마을을 조성한 것이라고 한다. 그러나 지금은 좀 퇴색한 그림들이 많았다.

오후 1시 반쯤에 나아리에 있는 월성원자력홍보관 부근에 있는 한수원공원에 도착하여 오늘의 트레킹을 마쳤다. 1999년 9월에 있었던 월성원자력발전소 3.4호기의 성공적인 준공을 기념하여 주 설비공사 계약자인 대우건설이 녹지공원 내에 기념광장을 조성하여 기증한 곳이었다. 거기서 일행이 다 도착하기를 기다리는 동안 홍보관 내부에 들어가 2층 건물 안의 전시물들을 한번 둘러보았다. 그 입구의 벽면에 커다란 月城全圖가 게시되어 있었는데, 신라시대의 경주시 모습을 담고 있었다. 그래서 원자력발전소의 이름인 월성이란 이 근처의 지명이 아니라 신라의 왕궁 소재지를 중심으로 한 경주시에서 따온 것임을 알았다. 월성 1호기는 1977년에 착공하여 1983년에 준공된 것인데, 1992년에 이용률 세계 1위를 달성하였고, 2012년에 설계수

명 30년이 만료되었으나 2015년에 10년의 계속운전 승인을 받아 재가동 중에 있다. 그러나 그 바깥의 도로변에는 이를 예고된 제2 세월호 참사라 하여 규탄하는 문구가 쓰여 있었고, 노사분규를 포함한 여러 가지 플래카드들이 나붙어 있었다.

기념광장의 나무 정자 중 하나에서 이 산악회의 시산제가 있었는데, 나는 처음에는 마지못해 좀 참여하였다가 얼마 못가 그 부근의 벤치로 물러나 앉아 있었고, 그 후에는 홍보관에서 100m 정도 떨어진 위치에 있는 지방문화재 9-14-80호인 昔脫解王誕降遺墟碑閣으로 가보았다. 공원 안에 위치해 있었는데, 하마비와 비각 안의 비석이 있었다. 그 근처의 안내판에 의하면, 경주시 양남면 나아리 538-1에 위치한 이곳은 경상북도 기념물 제79호로 지정되어져 있다. 신라 제4대 탈해왕이 탄생한 곳으로, 『삼국사기』에는 辰韓 阿珍浦口라 하였고, 『삼국유사』에는 '鷄林東下西知村 阿珍浦'라 하였다고 한다. '탈해왕의 전설로는 왜국에서 동북으로 천여 리 떨어진 多婆那國 왕비가 잉태한 지 7년 만에 큰 알을 하나 낳았는데, 이는 상스럽지 못한 일이라 하여 왕이 궤 속에 알과 七寶를 넣어 바다에 띄워 보내 인연 있는 땅에 도착하여 나라를 세우라고 기원하였다. 이에 붉은 용(赤龍)이 나타나 호위하여 그 궤가 신라 땅에 와 닿자 阿珍義先이라는 노파가 발견하여 데려다 기르니 그가 탈해였다.'고 되어 있다.

그런데 비각 안의 유허비문과 동일한 내용이 새겨진 비석이 그 설명문 근처에 세워져 있었는데, 조선 憲宗 11년(1845)에 將仕郞 前 莊陵參奉인 李鍾祥이 비문을 지었다. 이 비문에 의하면, 혁거세가 신라를 건국한 후 탈해가 현명하다는 말을 듣고서 사위로 삼았고, 장차 죽으려 할 무렵 자기 아들인 儒理를 버리고 그에게 선위하려 하였는데, 탈해가 유리를 세워 보좌하였으며, 유리가 죽고 난 후에 先君의 명이라 하여 탈해를 세워 왕으로 삼고자 하였으나 이 때 다시 閼智가 계림에서 태어났다. 탈해는 후에 또 유리의 아들인 婆娑에게 선양하였으며, 그 후에 다시 탈해의 손자인 伐休가 繼位하여, 朴·昔·金 三姓이 차례로 선양하였는데, 석씨로서 왕이 된 자는 모두 8명이라 했다.

비문에서는 「稗記」를 인용하여, "왕은 본시 婆那國王의 아들인데, 懷妊한 지 7년 만에 큰 알을 낳으니 왕이 상스럽지 못하다 하여 버리게 하였고, 그 왕비가 金櫃에다 담아 바다에 띄우니 辰韓 阿珍浦에 닿았다. 한 할미가 열어 보니 알이 깨어 아이가 태어났으므로 마침내 길렀으니, 이가 脫解王이다. 그가 도착할 때 까치(鵲)가 알렸으므로, 鳥 자를 떼고서 성으로 삼았다"고 하였다.

31번 국도를 따라 정자리까지 다시 내려와 갈 때의 코스를 경유하여 돌아 왔는데, 도중에 함안 군북 IC로 빠져나가 79번 국도변 의령군 사도사거리 부근에 있는 전원이라는 이름의 식당에 들러 생선구이로 저녁식사를 하였 고, 밤 7시 경에 귀가하였다.

23 (목) 맑음 -애양골 차 이야기, LH(한국토지주택공사) 본사

아침 9시에 아내와 함께 집을 나서 아내가 운전하는 승용차에 동승하여 삼계로 220번길(내동면 삼계리 96)에 있는 '愛陽골 茶 이야기'로 향했다. 아 내는 경남과기대에서 차 수업을 듣고 있었지만, 방학인 지금은 2월 초부터 이곳에서 매주 한 번씩 김근영 여사로부터 홍차를 배우고 있는 모양인데 오 늘이 그 마지막 날이라고 한다. 우리 외에도 아내와 함께 경남과기대의 차 수업에 다니고 있으며 차 공부한 지가 20년 정도 되었고, 사서직 공무원으로 서 경남 각지의 공공도서관 관장 직을 맡고 있다가 3년 전에 퇴직한 허윤정 여사와 전남 영암에 거주하고 있으며 명상을 지도한다는 無明仙師라는 사람 이 동참하였다.

무명선사는 어제부터 이 집에 머물고 있는 모양인데, 자신이 디자인 한 흰 색의 도복 같은 옷을 입고 머리카락도 양쪽으로 여러 갈레로 길게 땋아 늘어 뜨리고, 미간에는 흰색의 작은 구슬을 세로로 세 개 붙였으며, 머리 위 중간 부분에다 왕관 같은 금속제 장식을 꽂은 이상한 차림을 하고 있었다. 그녀는 채식 위주에다 식성이 꽤 까다로운 모양이고, 매일 음식과 차와 물을 각각 1/3 정도씩 들고 있으며, 소금을 비롯하여 자신이 개발한 여러 가지 건강을 위한 약과 비법도 전파하고 있는 모양이다. 아이너스 아이아라라는 만트라를 가지고 있어 그러한 제목의 법문집도 낸 적이 있다고 한다. 10년쯤 전에 허윤정 여사는 과기대의 평생교육원에서 그녀의 강연을 들은 바 있었는데, 당시 카리스마로 충만해 있었다는 것이었다.

김근영 씨는 홍차 전문가로서, 직장 생활을 하는 남편의 취향에 따라 작년 8월 9일에 시골의 골짜기 안쪽 끄트머리에 위치한 이리로 이사해 왔다고 하며, 집은 차 생활 지도용으로 꾸며두고 있었다. 12시 30분 무렵까지 중국을 비롯한 세계의 여러 가지 홍차를 차례차례로 맛보여주고, 허윤정 여사가 만들어 온 샌드위치를 포함한 다른 다식도 제공하였다.

거기를 나온 후, 이번에는 내가 차를 운전하여 진주 혁신도시 내의 충의로 19에 있는 LH(한국토지주택공사) 본사 신사옥으로 향했다. 본사 1층 대강당에서 오늘 오후 1시부터 3시까지 『나의 문화유산답사기』의 저자이며 전 문화재청장이자 명지대 석좌교수인 유홍준 씨가 강연회를 가진다고 하여 그 참석 차 온 것이다. 그런데 막상 도착해 보니 오후 1시부터 강당에 입장할 수 있으나 실제 강의는 오후 2시부터 4시까지 열린다고 하므로, 나는 무료한 시간을 보내기 위해 바깥으로 나와 구내를 산책하다가 LH홍보관과 그 안에 있는 토지주택박물관에 들러보기도 하였다.

국립진주박물관과 LH토지주택박물관이 작년 11월에 협약을 체결하여 행해지는 명사 초청 인문학 특강인데, 오늘이 그 첫 번째 강의라고 한다. 유 교수의 강연 주제는 「한국인의 뿌리와 한국문화의 정체성」으로서, 파워포인트로 작성해 온 시청각 자료를 가지고서 선사 시대로부터 삼국시대까지에 이르는 한국고고미술사를 다루었다. 강연을 마친 후 유 교수의 친필 사인이 든 최근 저서 『여행자를 위한 나의 문화유산답사기-경상도편』을 참가자들에게 추첨 등을 통해 배부하였는데, 50부 남짓 배부한다고 하나 참석자는 600명이 넘으니 우리 차례가 돌아올 리 만무했다.

강연회장을 나온 후 아내의 의견에 따라 서장대로 296번길 11에 있는 藥食이라는 버섯 전문의 식당에 들러 보리밥정식으로 점심을 겸한 석식을 든 후 귀가하였다. 그 식당에는 얼마 전에 김경수 군의 초청으로 한 번 들러 구자익·류창환 군 등과 함께 꽃버섯오리백숙을 든 바 있었다. 우리 아파트 지하주차장에 차를 세운 후, 나는 근처의 청자이용원에 들러 이발을 하고서 집으로 돌아갔다.

3월

5 (일) 맑음 - 고군산군도

아내와 함께 좋은산악회를 따라 고군산군도의 무녀도·선유도·장자도·대장도에 다녀왔다. 나는 아내와 함께 2007년 5월 13일에 선진여행사를 따라 군산에서 배를 타고 선유도로 갔던 적이 있었고, 2010년 6월 17일에는 혼자서 본성산악회를 따라 새만금방조제를 경유하여 선유도 옆의 신시도까지 들어왔던 적이 있었다. 이제는 육로로 선유도까지 갈 수 있게 되었다고 하므로, 모처럼 다시 와본 것이다.

오전 8시까지 구 제일예식장 옆의 부산냉면 앞에서 대절버스를 타고, 통영대전·익산장수·호남고속도로를 경유하여 전주까지 간 다음, 전주 톨게이트에서 26·21번 국도를 따라 서군산의 새만금방조제로 들어갔다. 새만금방조제에는 77번 국도가 놓여 있지만, 내 스마트폰의 내비게이션은 그것을 중간 정도까지 밖에 인식하지 못했다. 기사의 말에 의하면 방조제에서 무녀도로 들어가는 다리는 반 년 정도 전에 개통되었다고 하며, 그 이후 진주에서는 우리가 세 번째로 그 다리를 통과하는 팀이 되었다는 것이었다. 10시 52분에 여러 개의 다리로 이루어진 고군산대교를 건너 巫女島의 2구에 있는 임시안내소 부근에 도착하였다.

오늘 아내는 시가에 일이 있다는 핑계를 대었고, 처제는 시아버지의 제사가 있어 그 준비 때문에 밤에나 장모의 병실에 들르게 된다고 한다. 그래서 어제 밤부터 오늘까지는 큰처남 황성이가 누이들 대신 장모의 병실을 지키고, 아내가 나와 함께 또 등산을 가게 되는 화요일에는 서울에 사는 작은처남 황광이가 간병을 위해 내려온다고 한다.

현지에 도착해보니 현재 부분개통 되어 있는 고군산군도 연결도로 2공구 4.7km는 공사기간이 2009년 12월 11일부터 2016년 6월 10일까지 되어 있고, 고군산대교 중 무녀교의 길이는 220m, 교폭 17m이며, 현재 공사 중인 장자도까지의 3공구는 4.38km의 2차로로서 교량이 2개소 터널이 1개소 있는데, 공사기간은 2009년 12월부터 2017년 12월 31일까지로 되어 있었다.

우리는 바닷가로 이어진 보도를 따라가다가 한참 동안 야산을 통과한 다음 무녀수원지의 둑 위를 지나 마침내 해발 130.9m의 무녀봉에 닿았다. 그 정상의 땅바닥에는 큰무녀봉 해발 132.6m라고 쓰인 새마포산악회의 종이가 놓여 있었다. 수원지의 둑 반대편에는 무녀염전이 있다고 지도에 보이지만, 현재는 염전으로 사용되지 않아 수풀이 우거져 다른 평지와 다름이 없었다.

무녀도에서 만들어진 지 얼마 되지 않은 선유대교를 지나 仙遊島로 넘어갔고, 해안 쪽으로 연결된 1차선 차도를 따라가서 옥돌해수욕장에 닿아 그 건너편의 널찍한 바위 위에 걸터앉아 아내와 둘이서 점심을 들었다. 일행과는 무녀봉에 오를 무렵부터 이미 떨어져 버리고 말았다. 옥돌해수욕장 맞은 편에 데크 길이 둘러쳐진 작은 곶이 있어서 그곳을 일주한 다음, 다시 옥돌해수욕장 뒤편의 산길을 따라 해발 111m의 선유봉에 올랐다.

선유봉에 오르는 도중 장계터를 알리는 사진 안내판과 함께 그곳이 이순신 장군의 유적지임을 알리는 안내문이 적혀 있었다. 이에 의하면 이순신장군은 1597년 9월 16일에 있었던 명량해전이 끝난 지 5일 후인 9월 21일부터 10월 2일까지 12일간 선유도에 머물렀다는 것이었다. 당시 서해안으로 들어와 북쪽으로 전진하던 장군은 부안 위도를 거쳐 이곳에 닻을 내린 다음, 10월 3일에 선단을 남쪽으로 돌려 변산반도를 지나 법성포 방향으로 내려갔는데, 당시의 행적은 『난중일기』에 기술되어 있다. 그 기록에 의하면, 이곳에서 승전 장계를 꾸며 조정에 올린 장군은 나주목사와 무장현감 등을 만났고, 아산 본가가 왜적들의 분탕질로 잿더미가 됐고, 아들 면이 왜적에 맞서 싸우다 목숨을 잃었다는 소식을 전해 듣고 비통해 했으며, 아들 회를 올려 보낸 후 잘 도착했는지를 걱정했다는 내용이다.

壯子橋 부근에 草墳 공원이 조성되어져 있었다. 초분이란 짚 등으로 만들

어진 전통의 장례풍속으로서 2~3년간 그 속에 가매장하였다가 육탈이 된 뒤에 땅에 묻는 이중 장례의 형태인데, 다양한 외래 장례 방식이 도입되면서 육지에서는 사라져 가지만 지역적으로 고립되어 있던 서남해안의 해안이나 도서 지역에서는 오늘날까지 전승되어 왔으므로, 그러한 묘제를 소개하는 장소인 모양이다.

장자교는 총연장 268m, 교폭 3m의 다리로서 1984년 11월부터 1986년 12월까지에 걸쳐 만들어졌는데, 그 근처에 교폭이 넓은 대교가 건설되고 있었다. 장자도를 지나 대장도까지 들어간 다음, 우리의 일정표 상에는 그곳 대장봉(142.8m)을 오르는 것으로 되어 있으나 시간이 부족하여 그냥 되돌아 나왔다. 오랜만에 선유도에 다시 왔으나 역시 시간이 부족하여 일정표 상에 있는 망주봉(104.5m) 등산도 포기하고서 선유도 해수욕장 입구에서 선유2구 쪽으로 방향을 돌렸다. 명사십리라고도 불리는 드넓은 선유도해수욕장의 입구 부분에 당시에는 없었던 스카이SUN라인의 높다란 철탑이 서 있고, 그 꼭대기에서 건너편의 솔섬까지 짚라인이 연결되어 있으며, 솔섬에서 망주봉 부근의 해수욕장까지는 바다를 가로지르는 데크 길이 놓여 있었다.

보건지소가 있는 선유2구 일대도 크게 개발되어져 옛 모습을 거의 찾아볼 수 없었다. 여객선매표소 부근에서 시간이 부족할 듯하여 아내의 의견에 따라 봉고차를 타고서 출발지점으로 향하고자 했는데, 기사는 주차장이 있는 무녀교 근처까지 갈 듯이 말하면서 타라고 하더니, 불과 얼마 되지 않은 선유대교 아래까지만 태워주고서 아직 도로가 개통되어 있지 않다면서 만원의 요금을 받고서 되돌아가 버렸다. 그래서 별 수 없이 걸음을 재촉하여 선유대교를 지나 무녀1구로 넘어와서 초등학교 앞을 지나 거의 예정시간인 오후 4시 무렵에 간신히 우리의 대절버스가 대기하고 있는 장소로 돌아올 수 있었다.

거기서 어묵국 한 그릇으로 저녁식사를 때운 다음, 4시 35분에 출발하여 귀로에 올라 밤 8시 무렵 집으로 돌아왔다.

7 (화) 꽃샘추위 – 작은보현산, 갈미봉

아내와 함께 산울림산악회에 동참하여 경북 영천시 화북면과 자양면, 그리고 포항시 북구 죽장면의 경계에 위치한 작은보현산(839m) 및 화북면에 위치한 갈미봉(786m)에 다녀왔다. 문산을 출발하여 오는 대절버스를 오전 8시 10분 시청 앞에서 타고는 봉곡로터리를 경유하여 집현면 쪽으로 빠진 다음, 고령까지 국도로 갔고, 광대고속도로에 올라 대구시 남부를 둘러서 11시 10분경에 자양면 보현리의 巨洞寺 입구에 있는 보현골 돌공원에 도착하였다. 2004년에 농촌체험마을로 지정된 것을 기념하여 영천시가 2005년 11월에 준공한 것이었다.

가는 도중에 등반대장이 설명한 바에 의하면, 이곳 등산로는 과거에는 전혀 알려지지 않았으나, 농촌체험마을로 지정된 이후부터 개발된 것이라고 한다. 영천이 포은 정몽주의 출신지라는 것은 일찍부터 알고 있었으나, 화약무기를 제조한 崔茂宣 또한 이곳 출신이고, 왕년의 인기 스타 신성일이 이곳에서 말 사업을 하고 있다는 것도 비로소 알았다. 거동사 아래쪽의 송정마을에서는 매년 8월에 전원생활박람회가 열린다고 한다.

거동사는 조계종 제10교구 銀海寺 소속의 말사로서 현재 비구니 도량으로 되어 있는데, 의상조사가 창건한 천년고찰이며 조선시대까지도 사찰을 중심으로 100여 개의 암자를 거느린 대찰이었다고 절의 안내판에서는 설명하고 있으나, 조선 초기의 문헌인『신증동국여지승람』등에는 사찰명이 등재되어 있지 않고, 1669년(현종 10)에 閔周冕이 간행한『동경잡기』에 "거동사지가 죽장현의 서남 15리에 있으며 그 흥폐 연대는 알 수 없다"는 기록이 남아 있을 따름인 모양이다. 대웅전, 산신각, 부도탑 3기와 3동의 요사채가 남아 있는 조졸한 절이며, 그 중 맞배지붕으로 된 대웅전은 도지정 유형문화재로 등록되어 있다.

이 절은 국가보훈처 지정 현충시설이라고 하는데, 그것은 1908년 2월에 이곳에서 崔世允(1867~1916)이 제4차 산남의병을 결성하였기 때문이다. 산남의병은 1906년 음력 3월부터 1908년 7월까지 네 차례에 걸쳐 일어났는데, 1908년 7월에 최세윤 의병장이 붙잡힐 때까지 경상도 일대에서 장기

항전을 위해 부대를 소규모로 나누어 유격전을 폈다. 돌공원에 있는 6각형 정자에도 '산남의진 안심정'이라는 현판이 걸려 있었다.

우리는 해발 360m에 위치한 거동사의 산신각을 거쳐 작은보현산까지 1.5km를 올라갔다. 대태고개 갈림길을 경유하여 12시 42분에 정상에 도착하여 아내와 둘이서 점심을 들었다. 다시 출발하여 사랑목이라고 불리는 소나무 연리목이 있는 지점을 통과하여 보현산천문대 쪽과의 갈림길에서 갈미봉 쪽으로 방향을 틀었다. 갈미봉 가까운 곳에 옛 구들장 채석장이라는 곳이 있어, 납작한 돌을 쌓아올린 탑들이 여러 개 서 있었다. 갈미봉은 옛 봉화터라고 하는데, 현재는 이렇다 할 흔적이 없었다. 내리막 능선 길을 타고서 계속 내려와 보현지 갈림길에서 보현지라는 저수지 옆을 지나 오후 2시 52분에 출발지점인 돌공원에 도착하였다. 보현산에서 갈미봉까지가 2.7km, 보현산에서 돌공원까지는 4.8km이니, 오늘 우리는 대충 6.3km를 걸은 셈이다.

돌공원에서 어묵과 만두를 섞은 국을 한 사발 들고서, 4시 8분에 출발하여 돌아오는 도중에 인공 댐인 영천호를 둘러서 영천시내에 도착하여 臨皐書院에 들렀다. 영천시의 인구는 10만 남짓이라고 한다. 임고서원에는 과거에 남명학 자료수집 관계로 와서 답사 차 한번 방문한 적이 있었고, 등산길에 여러 차례 지나친 적도 있었지만, 오늘 와서 보니 전혀 딴판이었다. 담으로 둘러져 있었던 과거의 서원은 옆에 별도로 두고서 그 옆에 훨씬 큰 규모로 새 서원을 짓고 그 앞에 널따란 광장을 조성하였으며, 광장 옆에 포은유물관이 들어서고, 그 뒤편으로 연수시설인 충효관도 있었다. 주차장도 대형과 소형 두 군데 있는데, 소형주차장 옆에 迎日鄭氏圃隱公派의 재실 격인 啓賢齋도 새롭게 눈에 띄었다. 그 관리사가 2011년에 준공된 외에 재실 자체는 예전부터 있었던 것인 모양이다. 그리고 광장에는 선죽교도 재현해 놓았고, 동산 위에 釣翁臺라는 이름의 정자가 있으며, 전통기와집 형태로 만든 파출소도 있는데, 그 일대에 포은의 부모 묘소인 日城府院君 묘를 경유하는 '포은 정몽주 단심로'라는 트레킹 코스도 만들어져 있었다. 구 서원 앞에 선 수령 500년 정도 된 은행나무만이 옛 모습을 지키고 있다고 할 수 있는 정도였다.

포은 정몽주(1337~1392)는 고려 충숙왕 복위 6년 12월에 영천군 愚巷里에서 태어났고, 공양왕 4년 56세 때 개성 선죽교에서 생을 마쳤다. 임고서원은 명종 8년(1553)에 영천 사림이 合謀하여 浮來山 기슭에 창건하여 그 다음해에 준공되었으며, 소수서원에 이어 우리나라 서원사상 두 번째 사액서원이었는데, 임진왜란 때 소실되어 선조 36년(1603) 현 위치인 道一洞(現 良巷洞)으로 이건되어 再賜額 받았으며, 고종 8년(1871)에 서원철폐령으로 훼철되었다가 다시 세워진 것이다.

구마·남해고속도로를 경유해 진주에 도착하여 우리 아파트 부근의 바른병원 앞에서 하차한 다음, 그 부근 사거리에 있는 아내가 회옥이와 더불어 몇 차례 들렀다는 길가 음식점에서 선 채로 어묵과 떡보기, 순대와 내장 및 호떡을 들고서 밤 8시 반에 귀가하였다. 두 사람이 먹은 것을 모두 합해 8,000원이었으니, 싸도 지나치게 싼 편이었으나 맛은 있었다.

12 (일) 맑음 -무량산, 용궐산

아내와 함께 상대산악회를 따라 전북 순창군 東溪面에 있는 無量山(586.4m)과 龍闕山(龍骨山, 646.7m)에 다녀왔다. 오전 8시까지 시청 앞에 모여 일행 46명으로 출발하였다. 통영대전·광주대구고속도로를 거쳐 남원IC에서 빠져나온 다음, 24번 국도를 타고서 남원 시내와 萬福寺址 앞을 지나 21번국도로 바꾸어 오전 10시 5분에 동계면 구미리 용동경로당 부근에서 하차하였다. 도로를 따라 구미저수지까지 걸어서 이동한 다음, 등산을 시작했다.

완연한 봄 날씨처럼 화창하였다. 오늘 코스의 총 거리는 약 9.5km라고 하는데, 구미저수지에서 무량산 정상까지는 2.54km였다. 저수지에서 1.7km 지점인 해발 506m의 각시봉을 통과하였고, 거기서 0.93km를 더 걸어 마침내 무량산 정상에 도착하였다. 무량산에서 1km 떨어진 지점인 於峙임도에서 점심을 들고, 무량산에서 4.3km 지점인 용궐산까지 더 나아가게되어 있는데, 우리가 한참을 내려와 어치계곡의 임도에 도착해 보아도 거기계곡 물가에서 점심을 들고 있는 일행은 불과 몇 명에 불과하였다.

점심 후 대부분의 일행은 지름길을 취해 임도를 따라서 어치계곡 쪽으로 내려가고, 6명만이 다시 까마득히 높아 보이는 용궐산을 향해 나아가기 시작했다. 얼마 후 임도가 끝나고 등산로가 시작되는 지점에 도착하니 2009년 8월에 동계면장이 세운 안내판이 붙어 있는데, 원래의 산명은 용골산이었으나, 그것이 빈약한 메시지를 전달하므로 "동계면민과 출향 향우, 순창군의 노력으로 지난 4월 7일자 국토지리정보원의 고시에 의거 용궐산으로 개명 확정되었다"는 것이었다. '용의 거처'라는 의미이다.

　'완만히 늘어진 고개'라는 뜻의 느진목을 거쳐 '오르기 힘든 고개'라는 뜻의 된목을 지난 뒤 오후 2시 40분에 마침내 오늘 코스의 최고봉인 용궐산 정상에 닿았다. 정상에는 나무 데크로 전망대를 만들어 두었고, 그 옆에 봉화대처럼 둥그렇게 돌을 쌓아두고 가운데는 비어 있는 것이 있었다. 거기서 장구목재를 지나 종착지점인 내룡마을로 하산하였는데, 산에서 마을 쪽을 내려다 볼 때도, 용궐산에서 2.3km를 내려와 다시 임도를 만난 지점에서도, 하산을 완료한 내룡마을에서 둘러보아도, 어디에도 우리들의 대절버스는 눈에 띄지 않았다. 나이 많은 천 여사와 우리 내외를 포함한 세 명이 개울처럼 흐름이 약한 섬진강 상류 가의 장구목이라는 곳에서 기사에게로 전화를 걸어보았더니, 시산제 때문에 올 수가 없다면서 우리더러 1.5km 떨어진 지점까지 걸어오던지 다른 사람의 차를 얻어 타고서 이동해 오라는 것이었다. 그러면서 우리가 있는 곳에서는 버스를 돌릴 수 있는 공간이 없다는 핑계를 대었다. 그러나 그 주위에 얼마든지 차를 돌릴 수 있을 만한 공간이 몇 군데 있었으므로, 다시 한 번 전화를 걸어 버스가 이동해 줄 것을 요청하였으나 대답은 마찬가지이므로, 마침내 크게 화를 내어 스마트폰 전화에다 대고 고함을 질렀다.

　할 수 없어 걸어가던 중에 뒤에서 오는 차량을 세워 좀 태워줄 것을 요청했더니 트럭 한 대는 짐칸에 사람을 실으면 위법이라고 말하면서 그냥 갔고, 뒤이어 오던 승용차가 뒷좌석에 가득찬 짐들 일부를 트렁크로 옮기고서 우리를 태워주었다. 앞서 가던 천 여사도 함께 태워 오후 4시쯤에 일행이 모여 있는 시산제 지내는 곳에 도착하였다. 그곳은 예상했던 것만큼 멀지는 않았고, '용궐산 치유의 숲' 중심광장쯤에 해당하는 곳으로서 근처에 커다란 화장실도 있었다. 차에서 내린 후에도 변명하는 회장을 향해 큰소리를 지르며 불만을 표시하였다.

시산제는 이미 끝난 무렵이었다. 원래 오늘 내룡마을로의 하산은 오후 3시까지로 해달라는 집행부 측의 요청이 있었고, 3시 반부터 시산제가 시작된다는 말도 들었으나, 용골산 쪽으로 가는 사람은 우리 일행 6명밖에 보이지 않았고 거리도 꽤 멀어 그 시간 안으로 하산하기가 사실상 불가능한 듯하므로, 나는 오늘의 일행 중 완주한 사람은 더 이상 없을 것으로 생각했던 것이다. 그러나 하산주를 들며 주위 사람들에게서 들은 바를 종합해보면, 우리보다 앞서 내려온 사람이 20명 정도나 되어 내룡마을에서 술을 마시면서 버스와 함께 반시간 정도를 기다렸고, 지름길을 취해 어치계곡 쪽으로 내려온 사람들도 차를 보내달라고 재촉하므로, 대절버스가 그들만을 싣고서 먼저 떠나버렸던 것이었다.

밤 7시 45분쯤에 귀가하였다. 돌아오는 버스 속에서 박근혜 전 대통령이 청와대를 떠나 삼성동 자택으로 돌아가는 것을 보도하는 TV의 뉴스특보를 시청하였다.

13 (월) 화창한 봄 날씨 - 산수유 웰빙 테마파크

아내와 함께 하동군 화계면 쌍계로 401에 있는 정소암 씨의 다오영농조합법인에서 열린 산양삼 산약초반 정기모임(산초모)에 참석했다. 집에서 내 트럭을 몰고서 2번 국도를 경유하여 하동읍까지 간 다음, 섬진강변을 따라 북상하여 모임 시작시간인 오전 10시 거의 정각에 쌍계사 부근에 있는 그 장소에 도착하였다. 회원들이 가지고 온 각종 음식물과 그곳에서 제공한 차 씨 기름 및 벌꿀 등을 들며 대화를 나누다가, 회원들이 거의 다 도착하기를 기다려 정소암 씨가 녹차 기름의 약효 등에 대해, 그리고 그 부군이 특허 취득 방법에 대해 특강을 하였다. 부군은 간암으로 5.5cm의 종양이 생겨 1달 밖에 못산다는 진단을 받고서 2010년에 부산대학병원에서 아들의 간을 이식하는 수술을 받았다는데, 지금은 건강한 모습이었다.

특강을 마친 후 차로 이동하여 그 부근 산중턱의 골밭이라는 장소에 있는 정 씨의 차밭을 들러보았다. 그곳은 지리산둘레길 원부춘마을과 가탄마을의 중간지점이었다. 차밭에서 다시 다오영농조합법인 옆 주차장으로 돌아온 후, 각자 자기 차를 몰고서 화개면 덕은리 822번지 화개농협 주유소 맞은편의 섬진강변에 있는 은성식당에 들러 참게탕 정식으로 점심을 들었다. 그 식당은 화개리 토박이인 정 여사의 사촌이 경영하는 곳이라고 했다.

점심을 든 후 구례군 산동면 계천리 계척 199-1로 이동하여 산수유 웰빙 테마파크로 지정되어 있는 계척마을의 수령 1,000년의 山茱萸 始木을 찾아보았다. 그곳도 지리산둘레길의 산동과 주천 사이 구례 173번 지점이었다. 이 나무는 중국 산수유의 주산지인 산동성에 살고 있던 한 처녀가 산동면으로 시집을 오면서 가져와 심은 것이라는 전설이 있다고 하는데, 2001년에 보호수로 지정되어져 있었다. 樹高 7m, 나무둘레 4.8m였다. 우리나라에서 가장 먼저 심은 시조 나무이며, 달전마을의 할아버지 나무와 더불어 할머니 나무로 불리고 있는데, 여기서부터 우리나라 전국에 산수유가 보급되었다고 하며, 山洞面이란 지명도 산수유에서 유래된 것으로 본다고 안내판에 적혀 있었다. 18일부터 구례의 산동 일원에서 산수유 꽃 축제가 열리는데, 아직 꽃이 만발한 상태는 아니었다.

시목지 외곽에는 중국 처녀가 시집올 때 산수유나무를 가져와 심었다는 유래에 따라 중국의 만리장성을 모방한 石城을 둘러쌓고, 그 중앙 분수광장에는 한반도와 중국의 지형을 형상화해 조성하였으며, 성벽 위의 통로 양쪽으로는 구례가 이순신 장군(1545~1598)의 백의종군로라 하여 『난중일기』등에서 따온 이 제독의 어록이 돌판에 새겨져 나붙어 있었다. 제독은 1597년 4월 1일에 옥살이에서 풀려나 서울을 출발하여 합천의 초계에 있었던 도원수 권율의 진영으로 백의종군 하러가는 길에 당시 순천부에 있던 권율을 만나러 갔는데, 4월 26일 구례에서 손인필의 집에 머물렀으며, 다시 수군통제사가 된 후 8월 3일에도 구례에 왔다고 한다.

하동으로 돌아와 섬진강변의 주차장에 세워둔 각자의 차를 타고서 일행과 작별하였다. 아내가 산초모 회장인 이석출 씨에게 오늘 우리 농장으로 와서 산양삼 심는 법을 알려달라고 부탁해 두었으므로, 우리 내외가 길을 인도하여 2번 국도를 경유하여 돌아오던 도중에 옥종 방향으로 빠져나와 옥종면의 안계리와 종화리 두양리 등을 경유하여 산청군 단성면 창촌리 칠정에서 20번 국도를 만나 타고서 단성면 소재지를 거쳐 오후 5시 반쯤에 우리 농장에 도착하였다. 이 씨로부터 설명을 들으니 아내가 나에게 설명한 바 있는 산양삼 재배법과는 전혀 달랐다. 6시 무렵 권점현 씨의 쉼터식당에서 오리불고기 등으로 이 씨 내외에게 저녁식사를 대접한 후 밤에 귀가하였다. 이 씨 내외는 내비게이션에 의지하여 경북 달성군에 있는 자택으로 돌아갔다.

19 (일) 포근한 봄 날씨 ―내도, 바람의언덕, 신선대

아내와 함께 새희망산악회를 따라 거제시 일운면에 있는 한려해상국립공원 내의 內島(안섬)와 남부면 갈곶리에 있는 바람의언덕 및 신선대에 다녀왔다. 오전 8시까지 신안운동장 1문 부근의 산골기사식당 앞에 집결하여 92명이 대절버스 두 대에 나눠 타고서 출발했다. 우리 내외는 1호차 17·18호석에 앉았는데, 가는 도중 추첨을 통해 손수건 두 개를 당첨 받았다. 이 산악회는 예전에 멋-거리산악회 회원이었던 안상효 씨가 회장으로 있는데, 당시 멋-거리산악회장을 맡았던 사람과 더조은사람들의 대표인 강종문 씨도 참가해 있었다.

우리가 탄 차는 통영대전고속도로를 경유하여 견내량을 건너서 거제도에 접어든 후, 포로수수용소유적공원 뒤편의 계룡산 기슭을 지나 학동 쪽으로 빠진 다음, 해안선을 따라 9시 40분에 구조라 항에 도착하였고, 거기서 98인승 내도1호 여객선을 세 내어 10분 이내에 건너편 내도에 도착하였다. 구조라에는 예전 고등학생 때 지금은 동아대학교 독문과 교수인 장목면의 친구 이영수(?)군 집을 방문했다가 몇 명이 함께 거쳐 간 적이 있었는데, 당시 조그만 어촌에 불과했던 것이 지금은 내도 행 유람선이 출발하는 항구로서 꽤 발전해 있었다.

일운면 와현리에서 남쪽으로 300m 해상에 위치한 내도는 면적이 0.256㎢로, 장승포나 일운면에서 보면 바깥섬(외도)보다 가까이에 있다고 하여 안섬(내도)이라 불리는데, 1872년에 제작된 지방도인 거제시 세진도에는 內助羅島로 표기되어 있다고 한다. 또한 과거에는 거북이 떠 있는 모양이라 해서 거북섬, 나폴레옹 모자를 벗어 놓은 것 같은 모양이라서 모자섬으로 불리기도 했다. 신석기 시대의 패총이 발견된 곳이기도 하며, 원시림 형태의 동백나무 등 온대성 활엽상록수림이 우거져 있다. 2010년 행정안전부 주관 전국 '명품 섬 best 10', 2011년 국립공원 전국 '제2명품 마을'로 선정된 곳이다.

내도 북단의 선착장에 도착한 다음, 왼편의 산책로를 따라서 세심전망대 쪽으로 나아갔다. 곳곳에 편백 숲, 대나무 숲 등이 있고, 섬 전체에 동백의 고목이 널려있는데, 동백은 그늘진 곳에는 꽃이 그다지 많이 피어 있지 않고, 햇볕을 잘 받는 곳에는 흐드러지게 피어 있었다. 연인삼거리에서 300m 쯤 더 나아가면 섬의 반대쪽 끝에 있는 신선전망대에 닿는데, 그 이름은 '새로운 마음으로 거듭 난다'는 뜻이라고 하니 한자로는 神仙이 아니라 新鮮으로 적는 모양이다. 거기서 건너편으로 외도보타니아가 바로 지척에 바라보이고, 외도 옆에 작은 섬 하나가 더 딸려 있는데, 신선전망대의 안내판에는 그 섬을 홍도로 적었고, 내가 가진 5만분의 1 도로교통지도에는 그것도 내도라고 표기하였다. 아마도 착오인 듯하다. 거기서 연인길을 되돌아와 삼거리에서 반대편 길로 접어들어 희망전망대 부근의 바다가 잘 바라보이고 바람이 없는 언덕에 자리 잡고 앉아 아내와 둘이서 점심을 들었다. 그 일대의 사방에 널린 동백 숲에는 꽃이 특별히 많았다.

선착장으로 돌아온 후 오후 2시 남짓으로 예정된 배를 타기까지는 아직 1시간 반 이상 남았으므로, 혼자서 마을 안길을 경유하여 내려올 때와는 다른 길을 걸어 다시 희망전망대 가까운 곳까지 올라갔다가 얼마 전에 내려온 데크 길을 따라 선착장으로 되돌아왔다. 산책로의 총거리는 약 2.6km, 소요시간은 1시간 30분 정도라고 한다.

다시 내도1호를 타고서 오후 2시 12분에 내도를 출발하여 18분에 구조라항에 도착하였다. 내도와 구조라 사이의 육지에서 삐어져 나온 곳에 水晶山이 있는데, 조선시대에 왜구의 침입을 막기 위해 만들어진 '구조라성'이 자리 잡고 있다고 하며, 여기저기에 노란 수선화가 만개해 있었다.

14번 국도를 타고서 다시 학동을 거쳐 내려가 해금강 근처에 있는 바람의 언덕에 닿았다. 우리는 신선대 쪽과의 길림길 근처에서 하차하였는데, 거기서 데크 길을 따라 도장포로 내려가 해변을 경유하여 도장포 북쪽에 위치한 바람의언덕에 도착하였다. 이곳의 원래 지명은 '띠밭늘'이었으나 2002년 경부터 '바람의 언덕'으로 이름이 바뀌었고, TV드라마 등에 여러 번 나와 유명해진 곳이다. 예전에 가족과 함께 한 번 와본 적이 있었으나, 지금은 바다 안으로 이어진 산책로와 여기저기의 데크 길도 조성되어 사뭇 달라져 있었다. 2009년 11월에 설치된 언덕 위의 풍차만은 예전 모습 그대로인 듯하다.

하차한 곳으로 되돌아온 다음, 아내는 버스에 남고 나는 해금강테마박물관 옆으로 이어진 산책로를 따라 다시 반대편 쪽의 신선대까지 다녀왔다. 바위로 이루어진 해안 풍경이었다.

여기저기 수선화가 피어 있는 14번 국도를 따라서 다시 학동으로 돌아온 후 올 때의 길을 경유하여 거제면을 경유해 통영 쪽으로 빠져나왔고, 다시 고성군 쪽으로 접어들어 고성읍 동외리 91번지 농어업인회관 1층에 있는 소가야식당에서 해물된장찌개로 석식을 들었다. 오후 6시 반쯤에 귀가하였다.

26 (일) 대체로 흐림 - 금당도

아내와 함께 재진경북산악회를 따라 전남 완도군 금당면에 있는 金塘島의 孔山(138m)과 金塘山(복개산, 178m)에 다녀왔다. 오전 6시 20분까지 시청 건너편에 집결하여 출발했다. 남해고속도로를 거쳐 광양에서 목포행 고속도로로 접어들었고, 고흥군에서 일반국도로 빠져나와 8시 9분에 고흥군 도양읍의 녹동신항연안여객선터미널에 도착하였다. 9시 15분에 출발하는 평화페리9호를 타고서 녹동에서 소록도를 거쳐 거금도로 이어지는 대교(주탑이 2개인 사장교로서 아래층에 보행로가 있다) 아래를 지나 10시경에 금당도의 鬱浦 선착장에 닿았다.

승선한 후 아내는 선실로 들어가고 나는 바깥에서 지인인 정보환 씨와 계속 함께 있었다. 배에서 정보환 씨의 소개로 알게 되었는데, 우리 내외가 예전에 몇 년간 회원으로 있었던 망진산악회의 현재 회원 총7명 중 회장·총무·고문 및 최고참 회원을 포함한 4명이 오늘 동행하게 되었다. 망진산악회는 현재 회원 수가 얼마 되지 않아 5주 째 일요일에만 산행을 하고 있다.

　면소재지인 차우리 울포에서 섬 동쪽의 차우고개 쪽으로 올라가 공산에 도착하였고, 이어서 오늘 산행의 정상인 금당산에 닿았다. 금당산은 울포에 세워져 있는 관광안내도에는 복개산이라고 표시되어져 있다. 이 섬의 서쪽 편에 駕鶴山(185), 상랑산(220), 봉지산(195) 등 더 높은 봉우리들이 이어져 있는데, 이 산의 이름이 금당산으로 바뀐 것은 상대적으로 면소재지에서 가까워 그런 지도 모르겠다. 우리가 산악회 측으로부터 배부 받은 지도에는 금당산에서 陸山里와 삼산리를 거쳐 울포로 돌아오는 A코스가 8km라고 되어 있고, 동막재를 건너 상랑산·오봉산·봉자산·신흥마을을 거쳐 울포로 돌아오는 B코스는 13km라고 들었는데, 돌아가는 배편이 오후 2시 50분으로 예정되어 있어 다들 A코스를 취하기로 하였다.

　정상에서 일행과 합류하여 함께 점심을 든 다음, 아내는 매화산악회장 겸 이 산악회의 부회장을 포함한 다른 일행을 따라서 풍치 좋은 해안가 길을 경유하여 울포로 돌아가고, 나는 예정된 A코스로 접어들었다. 그러나 금당 상수원지 부근을 지나 아스팔트 도로를 만난 삼거리의 길바닥에 놓여 있는 경북산악회의 종이표지를 보고서 삼산저수지 방향으로 향하는 것으로 되어 있는 A코스와는 다르다고 느꼈지만, 표지가 가리키는 대로 갈 수 밖에 없었다. 그러나 알고 보니 그것은 육산리의 보호수로 지정된 수령 300년의 팽나무 고목과 육동마을을 지나 울포 쪽으로 접어드는 지름길이어서, 시종 아스팔트 포장도로를 걸어 겨우 오후 1시 35분이 되자 울포항에 도착하고 말았다.

　페리의 출항 시간보다는 너무 빨라서 울포 마을 뒷산에 보이는 정자로 올라가 그 부근에서 시간을 보냈다. 그곳은 공원처럼 조성되어져 있어서 나무로 만든 정자가 여기저기에 세 개나 있고, 그 정자들을 잇는 데크 길과 벤치들도 마련되어 있었다. 다른 섬들을 거쳐 3시 10분경에야 도착한 평화페리9

호를 타고서 녹동신항으로 돌아온 후, 대절버스가 주차해 있는 곳에서 정보환 씨 및 망진산악회 팀과 어울려 하산주 자리에 앉았으나, 나는 술을 들지 않고서 저녁식사를 대신하여 안주만 축냈다.

4월

9 (일) 흐림 -금정산, 범어사

아내와 함께 초우산악회를 따라 부산 金井山(801.5m)에 다녀왔다. 오전 8시까지 시청 앞에 집결하여 남해고속도로를 경유하여 구포에 다다른 후, 화명동 쪽으로 둘러서 산성마을을 가로지른 다음 산성고개에 다다라 하차하였다.

이곳에도 2층 누각이 딸린 성문이 있어 나는 2014년 3월 2일에 왔을 때는 이를 동문인 줄로 알았지만, 사실은 1958년 산성로 도로개설로 말미암아 산성고개의 성곽이 단절되었던 것을 금정산성 복원 정비 계획에 의거 2011년 6월 1일 성곽잇기 사업으로 준공된 것이다. (높이 5m, 길이 13m, 폭 4m) 그러므로 누각이 있는 2층에는 성 위를 통과할 수 있는 길이 조성되어져 있다. 이 문에는 지금 이름이 없고, 성곽 전체가 史跡 제215호로 지정되어져 있을 따름이며, 동문은 거기서 북쪽으로 얼마간 더 나아간 지점에 위치해 있다. 2004년 1월 14일에도 산벗회 사람들과 함께 낙동정맥 1차 코스로 개금고개에서 이곳 산성(동문)고개까지 걸어온 적이 있었다. 내가 부산에 살 때까지만 하더라도 동래 장전동에서부터 걸어올라 이곳에 도착하면 길이 나 허물어진 성곽만이 존재하고 있었다.

오늘은 2014년의 경우와는 반대 방향으로 진행하여, 부산의 갈맷길 7코스로 지정되어져 있는 산성 길을 따라 북쪽 방향으로 계속 나아갔다. 동문에서 금정산 정상인 姑堂峰까지는 5.8km이다. 길은 대로처럼 넓고 진달래가 여기저기에 많이 피어 있었다. 4망루와 元曉峰(687)을 지난 지점의 680m 안부에서 길바닥에 놓인 종이 표지를 보고서 소나무 밭 속으로 들어가 아내 및 일행과 합류하여 점심을 들었다.

거기서 얼마간 더 나아간 지점에 북문이 있었다. 나는 부산에 살던 시절 중학생 때와 고등학생 때 각각 한 번씩 여름방학에 한 달 정도 범어사의 큰절 옆 가장 가까운 곳에 위치한 극락암에 들어가 지낸 적이 있었는데, 당시 지금은 금정산 제2등산로라고 불리는 산행 코스를 따라 이 북문을 경유하여 현재는 미륵사로 호칭이 바뀐 미륵암까지 왕복한 적이 여러 번이었다. 그 무렵에는 큰절로부터 2.5km 거리인 이곳에 그저 황폐한 성벽 사이로 돌문이 하나 남아 있을 따름이었고, 종일 머물러 있어도 사람을 만나기 어려우며, 주변에 원추리 등 나리 과에 속하는 야생화들이 많이 피어 있어 꽤 낭만적인 분위기였다. 그런데 지금은 북문 일대가 저자처럼 사람들로 붐비고, 문 위에는 누각이 세워지고 성벽도 많이 보수되었으며, 일대에 대형 화장실과 음수대 그리고 등산문화탐방지원센터가 설치되어져 있는데, 센터 경내에 원래의 고당봉 정상비도 옮겨져 있다.

예전과는 달리 북문에서 고당봉 방향으로 200m쯤 더 올라가야 비로소 미륵사로 가는 갈림길이 보이는데, 거기서 옆길로 700m 들어간 지점에 미륵사가 있고, 곧바로 800m쯤 나아가면 정상인 고당봉이다. 고당봉 쪽으로 한참 올라간 곳에 금샘으로 향하는 갈림길이 있었다. 금샘은 1481년에 편찬한 『東國輿地勝覽』권23 東萊縣 山川 條에 "金井山은 縣의 북쪽 20리에 있다. 산정에 바위가 있는데 높이는 3丈(9m) 정도이며, 꼭대기에 우물이 있는데 둘레가 10여 尺(3m)이며 깊이는 7寸(21cm)쯤 된다. 항상 물이 가득하여 가물어도 마르지 않고 황금 색깔을 띤다. 세상에 전하기를, 금빛 물고기 한 마리가 오색구름을 타고 하늘에서 내려와 그 속에서 헤엄치므로 이로써 그 산 이름을 지었고, 그리하여 절을 개창해 이름을 梵魚라 하였다"라고 쓰여 있다. 그리고 1432년에 편찬한 『世宗實錄地理志』에도 이와 유사한 기록이 있다. 그러고 보면 이것이 金井山과 梵魚寺라는 명칭의 유래가 된 것이다. 꽤 높이 우뚝 솟아 있는 바위 꼭대기의 웅덩이에 하트 모양의 구멍이 있어 늘 물이 고여 있는데, 지질학적으로는 화강암에 흔히 생기는 풍화혈 중 하나인 나마(Gnamma)이다. 이는 오스트레일리아 원주민인 아보리진의 언어로서 '구멍'을 뜻한다고 한다. 우리는 그보다 더 높은 옆의 바위 위로 기어 올라가 그 웅덩이를 내려다보았고, 밧줄을 타고 내려가 그곳까지 가볼 수도 있었다.

금샘에서 400m쯤 되돌아 나와 올라왔던 길을 곧바로 좀 더 나아가면 고당봉에 닿는데, 오늘 따라 바람이 무척 심하여 쓰고 있던 모자가 날아갈까 봐 벗어 손에 쥐고서 올라갔다. 새 정상석은 2016년 10월에 세웠는데, 그 뒷면에 이은상이 지은 시가 새겨져 있었다. 고당봉은 그 아래에 姑母靈神을 모시는 姑母堂이라는 당집이 있었던 데서 유래한 말이며, 이 당집은 임진왜란으로 소실된 범어사의 재건 설화가 어린 곳이다. 지금은 부산의 진산인 금정산을 국립공원의 하나로 승격시키려는 움직임이 있다고 한다.

북문에서와 마찬가지로 고당봉에서 300m쯤 도로 내려온 곳에 범어사로 향하는 또 하나의 등산로가 있었으므로, 그 길을 따라서 3.6km를 걸어 내려왔다. 이 길은 내가 범어사를 드나들던 시절에는 없었던 것인데, 지금은 꽤 넓은 길로 닦아져 있었고, 범어사의 內院庵·靑蓮庵으로 이어졌다. 내원암에는 돌과 쇠로 만든 거대한 불상 및 조각상들이 많이 들어서 있었다. 청련암에서 범어사의 본사로 들어가 대웅전 근처에 있는 극락암 터로 가보았더니, 거기에는 지금 休休精舍라고 하는 템플스테이를 위해 지은 커다란 건물 두 채가 들어서 있었다.

나는 그 암자에서 젊은 시절의 친우인 黃普憲 군을 처음 만났다. 당시 경남 고등학생이었던 그와는 大聖庵 아래쪽 등나무 밀림 속 돌바다(巖塊流)의 범어천으로 들어가 니체의 『차라투스트라는 이렇게 말했다』를 서로 돌아가며 읽었고, 부산시내의 시립도서관 강당에서 있었던 독후감 발표회에서 그가 헤르만 헷세의 『크눌프』를 가지고 발표했을 때의 기억도 새롭다. 그는 소아마비로 한쪽 다리를 절었는데, 이후 서울대 국사학과에 입학했다가 자퇴한 이후 정신분열증을 앓았고, 아마도 자살한 듯 갑자기 소식이 끊어졌다.

템플스테이를 비롯하여 범어사에는 성보박물관 등 예전에 보지 못했던 새 건물이 많이 들어서 있어서 낯선 절에 온 듯한 감이 들었다. 그래서인지 의상이 당나라에서 귀국하여 전국에 세운 10대 화엄사찰 가운데 하나이며, 통도사·해인사와 더불어 영남의 3대 사찰이라는 문구가 여기저기서 눈에 띄었다. 당시에는 동래에서 범어사 아래의 사하촌인 두구동 일대까지는 민가가 드문 편이었고, 우리는 두구동에서 버스를 내려 범어사로 오고갈 때 삼나무 숲이 우거지고 저수지가 있는 계곡 길을 걷든지 그렇지 않으면 벚나무 가로수가 늘어선 비포장 산복도로를 따라 한참을 걸어 올라가야 했다. 그러나 지금은 산복도로의 반대 방향으로 널따란 자동차도로가 새로 닦였고, 계곡의 높은 곳까지 아파트 단지가 들어섰으며, 두구동 일대에서부터 동래까지는 계속 번화한 시가지를 이루고 있다. 절 한참 아래쪽의 공영주차장 모퉁이에서 우리가 타고 온 대절버스를 만나 하산주를 든 후, 오후 3시 45분에 범어사를 출발하였다. 두구동 일대에서부터 교통 정체가 심하였다.

13 (목) 맑음 –동산재, 우수리방형고분군

어제 돌아올 때 경유한 벚꽃 길을 다시 한 번 확인하기 위해 외송으로 갈 때 그쪽 길을 경유했다가 통영대전고속도로의 지하에 뚫린 굴을 통과해 3.6km 떨어진 거리에 있는 명석면 신풍마을까지 곁길을 따라가 진양호로 길이 막힌 지점에서 도로 돌아 나왔다. 신풍마을에서 東山齋라는 재실을 보았는데, 昌原黃氏 문중이 1680년에 건립한 것으로서, 원래는 신풍리 936번지에 있었던 것을 남강댐 보강공사로 인해 1997년에 현재 위치로 이건한 것으로서, 경상남도 문화재자료 제14호로 지정되었다. 거기에 모셔진 인물 중하나인 恭僖公 黃石奇는 여말의 문신으로서 공민왕이 附元세력을 제거할 때 공을 세웠으며, 벼슬은 門下侍郞 同中書門下平章事에 이르렀던 인물이라고 한다.

벚꽃 길로 접어들기 전의 길가에서 예전부터 여러 번 보았던 雨水里方形古墳群 표지가 눈에 띄었으므로, 돌아올 때 오미에서 다시 한 번 벚꽃 길로 접어들어 명석과 판문동을 연결하는 길로 빠져나온 후 길가에서 500m 정도 들어간 위치에 있는 그 고분군까지 들어가 보았다. 진주시 명석면 우수리에 위치한 그 무덤은 두 군데로 나뉘어 서로 제법 떨어져 있었는데, 그 중 먼저 만난 것은 경상남도 기념물 제43호로 지정된 것으로서 조선 태종 때 開城留守를 지낸 姜壽明의 무덤이었고, 두 번째 것도 같은 기념물 43호로 지정된 것으로서 해발 70m 전후의 야산에 소나무 숲에 둘러싸여 동향으로 배치되어 있는데, 이것 역시 강수명과 그 부인 河東鄭氏의 묘라고 하니, 어느 것이 정말 강수명의 묘인지 알 수가 없었다. 방형 묘 아래쪽에 護石이 없는 오래된 무덤이 하나 있으므로 그것이 부인의 묘인 듯 하고, 그 두 무덤 사이에는 2008년도에 건립된 강수명의 손자와 증손에 해당하는 생원 哲孫과 참봉 愼孝의 壇所가 배치되어 있었다. 모두 고려조 명신인 殷烈公 姜民瞻의 후예였다.

16 (일) 맑음 -구재봉

아내와 함께 풀잎산악회의 제198차 산행에 동참하여 하동군 적량면과 하동읍의 경계에 위치한 鳩在峰(767.6m)에 다녀왔다. 오전 8시까지 장대동의 구 동명극장 맞은편 농협 앞에 집결하여 대절버스 한 대로 출발했다.

국도2호선을 경유하여 도중에 하동군 북천면과 양보면의 경계에 위치한 황토재에서 잠시 정거하였고, 횡천면을 거쳐 적량면에 이른 후 오전 9시 24분 지난번 지리산둘레길 탐방 때 거쳐 간 삼화마을보다 더 북쪽의 삼화저수지 위쪽 동점마을에 도착하였다. 오늘 알고 보니 황토재는 다솔사 뒤편의 이명산(570)에서부터 이어지는 산줄기에 위치해 있었다.

동점마을에서부터는 잔돌과 시멘트를 섞은 포장도로가 이어져 지리산 삼신봉으로부터 이어져 내려오는 삼신지맥 2구간의 동점재에 다다랐다. 일행은 남녀를 불문하고 야생 두릅과 머위 등 산나물을 캐느라고 분주하였지만, 우리 내외는 그런 나물들은 자신의 농장에서 충분히 수확할 수 있으므로 그냥 터벅터벅 걸어올라갔다. 동점재에서부터 정상인 구재봉까지는 2.2km가 남아 있었다.

도중의 구재봉까지 1.5km를 남겨둔 지점에 오늘의 종착지점인 구재봉휴양림의 휴양관으로 이어지는 갈림길이 있었는데, 지도상에 표시된 삼화실재가 아닌가 싶었다. 남명은 「遊頭流錄」에서 하동군 악양면에서 이 재를 넘어 횡천면 쪽으로 건너오는 것으로 적고 있다. 구재봉까지 300m를 남겨둔 지점에 휴양관으로 이어지는 또 하나의 갈림길이 있고, 정상에는 1992년에 세워진 정상비와 더불어 높다란 철탑이 서있고, 정상비 주변에는 과거의 봉수대 자리임을 표시하는 것인지 빙 둘러가며 돌을 깎아 만든 같은 높이의 각진 기둥들이 여러 개 세워져 있었다. 정상 아래의 나무그늘에서 아내를 포함한 일행을 만나 함께 점심을 들었다. 구재봉은 박선자 교수의 토굴이 있는 적량면 우계리의 뒷산이기도 하다.

동점 마을에서 출발할 때부터 아내는 기분이 좋지 않아서인지 혼자서 먼저 올라갔는데, 점심 자리에서 다시 만난 후부터는 둘이서 함께 걸어내려왔다. 정상에서 하동읍과의 경계를 이루는 주능선을 따라가면 패러글라이딩 활공장을 거쳐 먹점재로 향하게 되지만, 우리는 도중의 갈림길에서 좌측 방향을 취하여 삼화저수지와 우계저수지 사이의 능선을 걸었다. 정상에서 능선을 따라 700m를 걸어내려와 건너편 봉우리의 꼭대기에 바라보이는 정자인 문암정까지 300m를 남겨둔 지점에 휴양관까지 2.4km 거리인 갈림길이 있었는데, 우리는 거기서 휴양관 방향을 취해 데크로 조성된 1.2km의 하늘숲길을 걸어 휴양림으로 접어들었다. 도중의 개울가에 앉아 얼마동안 대화를 나누기도 했다. 아내는 앞으로 나의 해외여행에 빠짐없이 동참하고, 평일 오후 시간에는 매일 나 혼자 있는 외송에도 오겠노라고 했다. 하늘숲길이 끝난 지점에서 다시 구재봉 아래의 갈림길에서 내려오는 또 다른 데크 길을 만나 비오톱이라고 불리는 늪지대에 다다른 후, 트리하우스·숲속의 집 등 숙박 동을 지나 휴양림의 중심부로 접어들었다. 이 방대한 숲속을 계속 긴 데크 길들이 이어져 있었고, 보지는 못했지만 기다란 짚라인도 설치되어져 있는 모양이다.

폭포수와 널따란 연못 곁의 구재정이라고 하는 팔각정에 다다라 휴식을 취했는데, 그 주변으로 목재문화체험관·관리사무소·어린이도서관·휴양관 등이 바라보였다. 도처에 아직도 못다 진 꽃들이 피어있었다. 나는 지금까지 이곳에 이처럼 방대하고도 아름다운 휴양림이 있는 줄을 모르고 있었다. 폭포수의 물길을 따라 매표소를 거쳐 주차장에 도착하였을 때는 오후 2시 반 무렵이었다. 거기서 다른 일행이 다 내려오기를 기다리다가 하산주를 들고는 오후 4시 남짓에 출발하여 갈 때의 코스를 경유하여 진주로 돌아왔다.

30 (일) 맑음 -능바위산(미륵산), 화암사

아내와 함께 상록수산악회를 따라 전북 완주군 경천면과 운주면의 사이에 위치한 능바위산(일명 미륵산, 476.4m)과 경천면 가천리에 있는 花巖寺에 다녀왔다. 오전 8시 반까지 장대동 구 제일은행 앞에서 모였는데, 예약을 해두었지만 가보니 이 산악회는 예약제가 아니라 좌석은 이미 다른 사람들이 다 차지하고 있었다. 한참 후에 중형버스가 한 대 더 와 우리 내외는 중형버스를 탔다.

통영대전·익산장수간 고속도로를 따라가다가 완주IC에서 17번 국도로 빠져나와 북상하였는데, 앞서가던 대형버스가 길을 잃고서 다른 곳으로 가고, 우리가 탄 차도 기사가 길을 알지 못해 내가 내비게이션을 보고서 나아갈 방향을 일러주었음에도 주차해야할 곳을 지나쳐 대둔산 방향으로 한참 더 갔다가 되돌아와 오전 11시 10분쯤 구제리 水淸마을에 있는 주유소 앞에 하차하였다. 인터넷이나 우리가 산악회로부터 배부 받은 등산지도에는 그곳이 대둔산주유소로 적혀있지만, 현장에는 그런 이름이 전혀 없고 Hyundai Oilbank, 삼성 오일뱅크라고 쓰여 있을 따름이었다.

우리 내외가 탄 차가 먼저 그곳에 도착하여 가든 달빛마을이라고 쓰인 폐업한 기사식당 앞에서 기다리는데, 주유소의 비교적 젊은 여자 주인인지가 나와 우리 더러 자꾸만 그곳을 떠나라고 하므로 근처의 버스 정류장 벤치 등으로 자리를 옮겨 기다렸다. 한참 후 대형버스가 도착하여 버스 두 대가 그 주유소의 드넓은 공터 한 모퉁이에 정거하자 아까의 그 여자가 또 다가와서 차를 치우라고 신경질을 내므로 참다못해 나와 다른 남자 한 명이 나서 그 여자에게 욕설을 퍼부으며 대들었더니 그 여자도 맞고함을 지르다가 되돌아갔다.

11시 40분 무렵부터 등산을 시작했다. 등산로에 접어들자마자 수청성당 지가 나타났다. 그곳은 1866년(고종 3년) 丙寅迫害 때 공주에서 치명한 김영오(아우구스띠노)의 시신을 장자인 김영근(요한)이 이곳 산기슭에 안장하였고(순교자 김영오의 묘는 1988년 현재의 천호성지로 천묘), 1888년(고종 25년) 고산 으럼골(현 천호성지)에 거주하며 전라도 사목을 담당한 라프르

카드 신부가 배재로 부임하면서 병이 들어 사망하자 베르모렐 신부가 시신을 수청리로 옮겨 장사를 치른 후 수청공소가 생겼다. 1922년 드망즈 주교의 주례 하에 수청리 공소 성당 축성식(17칸의 큰 성당을 ✝자형으로 건축)을 거행함으로서 출발하였는데, 1993년까지는 교육관 축성식 등이 있었다가, 현재는 건물은 있으나 마을 부근의 폐허로 되어 남아 있을 따름이다.

계속 오르막길을 올랐는데, 이곳은 야산 수준이라 등산객이 별로 오지 않는지 도중에 안내 표지가 아무것도 없어 맨 뒤에 쳐진 나는 몇 차례 길을 잘못 들기도 하다가 다시 앞사람들이 남긴 발자취를 찾아 뒤따르기도 하였다. 아주 가끔씩 등산객이 남긴 리본이 보이기도 하였다. 등산로는 경천면과 운주면의 경계를 따라 이어지는데, 능선에 오르자 나무 그늘이 지고 시원한 바람이 내내 불었다. 마침내 오늘의 주된 목적지인 첫 번째 봉우리에 다다르니 거기에 최재권이라는 등산객이 남긴 '미륵산(476봉)'이라는 종이 표지가 나무 가지에 달랑 하나 걸려 있을 따름이었다.

거기서 한참을 더 나아가 다음 목적지인 시루봉(427.8)에 좀 못 미친 지점에서 아내가 다른 일행과 어울려 점심을 들고 있는 것을 만나 함께 식사를 하였다. 식사를 마친 후 나는 다시 제일 끝에 쳐져서 길을 나아갔으나, 아무런 표지가 없어 시루봉은 알지도 못한 채 지나쳤고, 더 나아가니 재에 화암사 방향으로 가는 갈림길을 알리는 표지가 있고, 거기 땅바닥에 앞서간 우리 일행이 등산 지도를 화살표 모양으로 접어 방향을 표시해둔 것이 있어 그쪽으로 내려갔더니, 얼마 후 시멘트 포장이 된 임도와 만나고 그 임도를 따라 좀 더 내려가니 머지않아 화암사에 닿았다. 佛明山 花巖寺는 내가 가진 2008년도 판 『영진5만지도』(서울, 영진문화사)에는 신라 진성여왕 3년(694)에 밀교국사가 창건하였고, 보물 662호인 우화루와 보물 663호인 극락전이 있는 것으로 되어 있으나, 그 새 극락전은 국보 제316호로 승격되었다.

雨花樓는 극락전의 정문과 같은 성격의 누문 형식인데, 정면만을 누문 형식으로 하고 후면은 단층 건물로 한 반 누각식이었다. 현재의 건물은 조선 광해군 3년(1611)에 세워진 것으로서 그 후에도 여러 차례 수리되었으나 크게 변형되지는 않았다 한다. 극락전은 절의 법당에 해당하는 건물로서 우리나라에서 하나밖에 없는 하앙식 구조물로 조선 선조 38년(1605)에 지은 것이다. 하앙은 기둥과 지붕 사이에 끼운 목재인데, 처마와 나란히 경사지게 놓여 처마와 지붕의 무게를 고르게 받치는 것이다. 하앙식 구조는 중국과 일본에서는 많이 볼 수 있지만 한국에서는 이 건물뿐이므로 목조 건축 연구에 귀중한 자료라고 한다. 절 건물에는 단청이 없고, 우화루와 극락전이 남북으로, 불명당과 적묵당이 동서로 마주보고 서있는 입口자형으로 구성되어져 있는 작은 절이었다. 극락전 왼쪽에는 철영재(啜英齋)라는 조그만 건물이 있는데, 사육신 성삼문의 조부였던 숭록대부 판중추원사 성달생(1376~1445)이 세종 연간에 전라관찰사를 거쳐 간 후 훗날 퇴락해가는 화암사를 중창 불사한 것을 기리는 사당이었다.

임도는 절에서 끝나고 암반 위에 10m 직폭과 15m 직폭 등이 있는 절벽 속의 147개 계단 길을 한참 걸어 내려오니 그 끄트머리에 작은 주차장이 있고, 거기서부터 다시 포장도로가 시작되고 있었다. 3시 40분경 주차장에 도착하여 하산주 자리에 어울린 후, 오후 4시 30분경에 출발하였다. 오랜만에 만난 강대열 노인 등과 함께 하산주 자리에 어울려 있다가 비로소 내가 내려온 길은 원래 경유하기로 예정되어 있었던 불명산(480.2)에 못 미친 지점이었던 것을 알았다. 또한 그 자리에서 이 산악회의 회장이며 설립자였던 김형립 옹이 암으로 병석에 누워 있다는 소문을 들었다. 김 옹은 1939년생으로서 올해 79세일 터인데, 나와는 등산길에 여러 번 만나 함께 산행을 하고 술을 마시기도 했던 터이다. 이 산악회는 5주째 일요일에만 1년에 4번 정도 산행을 하는데, 현재는 회장이 없이 다른 산악회의 회장을 맡은 술집을 경영하는 중년 여성이 총무를 맡고, 역시 얼굴이 익은 다른 남자가 일일 산행대장을 맡아 있었다. 하산주 자리에서 김형립 씨에게 전화를 걸어보기도 했는데, 그의 말로는 몇 달 전부터 병으로 등산을 못한다는 것이었으나 총무에게 물어보니 이미 병석에 누운 지 1년도 넘는다는 것이었다.

5월

7 (일) 맑으나 짙은 미세먼지 -성주봉, 성주봉자연휴양림

아내와 함께 민들레산악회를 따라 경북 상주시 은척면과 외서면의 경계에 있는 南山(821.6m)과 은척면에 있는 聖主峰(606.6) 및 성주봉자연휴양림에 다녀왔다. 오전 7시 30분까지 공설운동장 1문 앞에 집결하여 대절버스 한 대로 출발하였다. 합천을 거쳐 고령까지 국도로 간 다음, 광대고속도로와 중부내륙고속도로를 경유하여 북상한 후, 상주IC에서 일반국도로 접어들었다. 지방도에서 愚伏宗家가 10여 km 앞에 있다는 표지판을 보았는데, 머지않아 종가가 있는 외서면 우산리를 통과하였다. 예전부터 한 번 와보고 싶었던 곳인데, 오늘 종가에 들르지는 못했지만 우연찮게 그 근처를 지나게 되었다.

愚伏 鄭經世(1516~1633)는 상주시 청리면 栗里에서 태어나 외서면 우산리에서 살다가 가벌면 매호리에서 71세를 일기로 세상을 하직하여 공검면 부곡리에 묻혔다. 그는 퇴계학파 중 류성룡의 屏派를 잇는 수제자가 되어 예학의 대가로 지목되는 사람이다. 임진왜란 직후 어지러운 세상에서 관직을 버리고 상주시 외서면 우산리에 살림집과 조그만 정자를 짓고 은거하였는데, 후세에 이 마을을 영조가 사패지로 지정한 이래 남북 10리 동서 5리의 협곡으로 된 山紫水麗한 마을을 愚山洞天 혹은 七里江山이라 부르며 후손이 근처에 흩어져 살아오고 있다. 우암 송시열이 그의 인격을 평하여 "선생은 재상 40년에 들에는 밭이 없고 서울에는 집이 없으며, 오직 愚伏山中에 山水가 있을 뿐이다."라고 말한 그곳이다.

10시 31분에 성주봉자연휴양림의 주차장에 도착하여 등산을 시작하였다. 성주봉에는 2011년 2월 13일에 울타리산악회를 따라 한 번 와서 암벽코스를 따라 성주봉 정상에 오른 후 하산 2코스를 따라 내려간 적이 있었으나, 그 때의 기억은 별로 남아 있지 않다. 지금은 당시에 비해 휴양림의 시설이 훨씬 더 늘어난 듯하고 지금 새로 짓고 있는 커다란 건물도 있었다.

우리는 원래 주차장에서 '산에 가련다' 시비석 왼쪽으로 올라 바위 속 약샘을 지나 성주봉에 오르고 남산을 거쳐서 제5 하산코스를 따라 내려올 예정이었으나, 다른 사람들의 뒤를 따라가다 보니 엉뚱하게도 성주봉 방향과는 크게 어긋나 힐링센터 앞까지 오고 말았다. 거기서 되돌아가기도 무엇하여 그냥 둘레길로 난 아스팔트 포장도로를 따라 산을 오르기 시작했는데, 머지않아 포장도로는 끝나고 돌로 만든 계단이 있는 산수욕장을 통과하게 되었다. 그 길을 더 올라가자 마침내 바위를 놓아 만든 계단도 끝나고 보통의 산행로로 접어들어 힐링센터에서 1.3km 되는 지점에 있는 바위 절벽 아래의 절터에 다다랐고, 거기서 150m 정도를 더 오르니 능선 길에 닿았다. 거기서 오른쪽으로 200m를 나아가면 우리가 하산하려던 제5하산길이 있고, 왼쪽으로 3.3km를 나아가면 성주봉에 다다른다는 길 안내 표지판이 서 있었다. 우리가 올라온 길은 산악회로부터 배부 받은 지도에 산삼골이라고 표시된 골짜기인 듯하다.

성주봉 쪽 방향으로 나아가는데, 능선 길에는 시종 철쭉으로 짐작되는 분홍색 꽃들이 지천으로 피어 있고, 바람도 시원하게 불어왔다. 도중의 남산갈림길에서 건너편으로부터 불어오는 강한 바람을 맞으며 점심을 들고 있는 우리 일행을 만났는데, 우리 내외는 그들을 지나쳐 갈림길을 따라 1km 정도 나아가 마침내 오늘의 최고봉인 남산에 다다라 그곳 바위 위에 걸터앉아 점심을 들었다. 남산에 갔다가 갈림길까지 되돌아오는 도중에도 아무도 만나지 못했으니, 오늘 우리 일행 중 남산까지 갔다 온 사람은 우리 내외 밖에 없는 듯하다. 남산에는 2010년에 한방산업단지관리사업소가 세운 오석으로 된 정상석이 서 있는데, 거기에 821.6m라고 새겨져 있어 산악회로부터 받은 지도에 819.5m라고 적혀 있는 것과는 다소 달랐다. 내가 가진 5만분의 1 도로지도에도 821.6m로 되어 있다. 지난번에 내려왔던 제2하산길 갈림길에 세워진 표지에 의하면 거기서 남산까진 1.1km, 성주봉까지는 2.35km였다.

다른 사람은 아무도 보이지 않는 능선을 계속 걸어 마침내 성주봉에 다다랐다. 속리산 천황봉에서 남산 國師峰을 따라 뻗은 소백의 한 자락이다. 거기서 능선을 따라 좀 더 걸어가니 지난번에 올라왔던 암벽 코스는 현재 출입금지구역으로 되어 금줄이 쳐져 있고, 성주봉에서 300m 지점에 있는 바위속 샘물에 닿았다. 『삼국지』에 나오는 商山 趙子龍이 맞은편 칠봉산 굴에서 태어나 산 아래 율수폭포에서 얻은 용마를 타고 성주봉을 단숨에 올라 이 물을 마시면서 무예를 닦았다는 황당한 전설이 전해지는 곳으로서, KBS 2TV의 VJ특공대 프로에 방영된 적도 있다고 한다. 사다리를 타고 올라 바위틈으로 족자를 깊숙이 뻗으면 닿을 수 있는 절구통 같이 생긴 움푹한 구멍에서 샘물이 솟아 나오는데, 물맛이 좋았다.

거기서 800m 정도 계속 내려와 마침내 휴양림의 포장도로를 만났고, 오후 3시를 좀 넘긴 시각에 주차장에 닿아 오늘 산행을 마쳤다. 수박을 좀 들고서 3시 33분에 그곳을 출발하여 갈 때의 길을 경유해 되돌아왔는데, 도중에 선산휴게소에 들렀을 때 안경알 닦는 약을 만 원 주고서 하나 구입하였다. 중부내륙고속도로는 왕복 모두 교통 정체가 심했다. 7시 25분에 진주시 정촌면 화개길 346번길 11에 있는 옛날가마솥곰탕에 들러 7천 원 하는 곰탕 한 그릇씩을 들고서 출발지점인 운동장 1문 앞으로 돌아와 해산하였다.

9 (화) 비 - 한우나라하늘정원

오전 10시 30분에 집을 나서 럭키아파트 노인정으로 가서 제19대 대통령 선거의 투표를 했다. 아내는 사람이 많아 대기하는 데 시간이 걸릴 거라면서 그 새 참지 못하고서 먼저 다녀왔다. 나는 투표장에 들어설 때까지도 2번의 홍춘표 씨와 3번의 안철수 씨 중 누구에게 찍을지 결정하지 못한 상태였는데, 결국 아내의 의견대로 홍 씨에게 한 표를 보탰다. 아내의 승용차에 동승하여 천수교를 건너 신안동 현대아파트로 가서 배행자 교수를 태운 다음 다시 천수교를 건너와 망경동 한보아파트로 가서 김은심·이성민 부부를 만났다. 오늘이 김 교수의 생신이라 함께 점심을 들기로 한 것이다. 이 목사는 평소 말을 잘하고 말수 또한 많은 사람이라는데, 약간 치매기가 온 이후부터 스스로 실언할까 두려워하는 모양인지 말수가 퍽 줄었다. 오늘 모인 사람들은 전원이 보수 후보인 홍 씨를 찍었다고 한다.

이런저런 곳을 거명하다가 결국 산청군 생비량면에 있는 한우나라하늘정원으로 가기로 작정하였다. 그러나 그곳은 이미 예약이 차서 오전 11시부터만 새 손님을 받을 수 있다고 하므로 그동안 시간을 보내기 위해 평거동 배영초등학교 부근에 있는 김 교수가 아는 찻집 올디스를 어렵게 찾아갔지만 그곳은 아직 개업 시간이 되지 않았는지라, 그대로 출발하여 합천 가는 33번 국도를 따라 생비량면 쪽으로 나아갔다. 목적지는 생비량면을 관통하는 20번 국도에서 벗어나 27번 지방도를 따라 한참을 더 나아간 곳으로서 신등면과의 경계에 거의 접한 상능로 150번길 155의 어느 야산 꼭대기에 위치해 있었다. 그리로 들어가는 도로 주변에 솟대가 많이 세워져 있었다. 나를 제외한 다른 사람들은 모두 김 교수를 따라 여러 번 와본 모양이며, 뒤에 알고 보니 회옥이도 겨울철에 와본 적이 있는 곳이었다.

그곳은 5년 전쯤부터 개업했다는데, 현재는 산청이네로 상호가 바뀌었고, 힐링센터를 겸해 있으며, 작은 야산 하나를 거의 다 차지하여 여러 가지 시설을 해두고 있었다. 힐링센터는 별로 치료를 해주는 것은 없고, 그저 방갈로 같은 형태의 건물들을 여기저기에 지어 환자나 일반 사람이 거주할 수 있게 하고 식사를 제공하며, 때때로 건강에 관한 교육을 하는 정도인 모양이다. 꽤 많은 돈을 투자하였으나 원래의 주인은 다른 사업을 하느라고 바빠 근자에 세를 내준 모양인데, 비교적 젊은 부부가 넘겨받아 식당과 힐링센터를 모두 경영하므로 예약제로 운영하며 한꺼번에 많은 손님을 받지는 못하는 것이었다. 그래도 소문을 듣고서 찾아오는 사람들이 제법 있었다. 메뉴는 갈비찜과 갈비탕 그리고 청국장이 전부였는데, 우리는 갈비찜 큰 것 하나와 갈비탕 둘을 시켜 밥과 함께 들었다. 식사를 마친 후 데크 길을 따라서 식당과 힐링센터 일대를 두루 산책해보았다. 건물 아래의 돌담에 널찍하게 자리 잡은 넝쿨 장미가 한창이며, 원래의 주인은 데크 계단이 끝난 지점 도로 건너편의 평지에다 또 무슨 커다란 목조건물을 지어 거주하면서 그 일대에 다른 시설의 터를 널찍하게 닦아두고 있었다. 원래는 데크 길 옆 산비탈에서 타조를 길렀다고 하며 그 울타리 등도 남아 있는데, 현재는 다 잡아먹었는지 한 마리도 없었다.

점심을 든 후, 아내의 제안에 따라 진주시 내동면 삼계리 96(삼계로 220

번길)에 있는 애양골 차이야기로 이동해 갔다. 나로서는 아내를 바래다주러 트럭을 몰고서 근처의 주차 장소까지 간 것을 포함하면 세 번째인 셈이다. 그 집 주인인 김근영 씨는 59세로서 차 대학원을 졸업하였으며, 작년 8월 9일에 그리로 이사하였다는데, 그 새 정원을 더 많이 꾸미고 정원의 모과나무 가지 속에 새 둥지도 하나 꾸려두었고 그 속에 새 새끼들이 자라고 있었다. 오늘도 그녀가 직접 다려주는 동서양의 여러 홍차 등을 마시며 대화를 나누었다. 오후 5시 무렵 한보아파트로 돌아와 김 교수 내외와 작별한 다음 배행자 교수를 우리 차에 태워 자택 앞까지 모셔다 드리고서 귀가하였다.

14 (일) 맑음 - 해파랑길 8코스

아내와 함께 선우산악회의 제322차 산행에 동참하여 울산 해파랑길 8코스를 다녀왔다. 이 산악회는 창립한 지 28년째 된다고 한다. 회장 및 산행대장 박병기 씨는 낮 익은 사람들이었다. 오전 7시 40분까지 시청 주차장 건너편 우체국 앞에서 대절버스를 탔고, 신안운동장 실내체육관 건너편에서 사람들을 좀 더 태운 다음, 통영대전, 남해, 경부, 울산고속도로를 경유하여 10시 47분에 8코스의 출발 지점인 염포삼거리 근처인 남목삼거리에서 하차하여 바로 염포산을 오르기 시작했다.

질매재라고 불리는 오르막길을 한참 동안 걸어 해발 203m인 鹽浦山에 도착하였는데, 그곳에 서 있는 안내도에는 이곳 이름이 방어진공원이라고 적혀 있었다. 정상에 五勝亭이라는 현판이 걸린 2층 팔각정이 서 있었는데, 산, 바다, 강, 고을, 산업단지가 한눈에 보인다는 의미로 이런 이름을 붙였다고 한다.

정상에서 능선 길을 한참 동안 걸어 봉화재라는 이름의 언덕배기 길을 내려오다가 화정산 정상에 자리한 지상 4층, 높이 63m의 울산대교전망대에 다다랐다. 그 4층의 옥외전망대에서 360도로 펼쳐진 주변 풍경을 조망하였는데, 울산대교는 주탑과 주탑 사이의 거리가 1,150m인 단경간 현수교로서 2015년에 개통하였고, 국내 최장이자 동양에서 3번째로 길다고 한다. 다리 외에도 울산의 공업단지들과 7대 명산을 조망할 수 있었다. 그 부근 도로

가의 숲 그늘에서 일행 4명과 더불어 점심을 든 후 방어진 쪽으로 하산하였다. 하산하자말자 바로 시가지가 펼쳐졌다. 꽤 이름난 항구인 방어진은 오늘날 울산시 동구 방어진동으로 편입되어 있다. 몇 차례 길을 물어 도심을 통과해 나아갔다.

방어진항에 도착하여 방어진어촌계 슬도 활어직판장 구내를 통과하여 동진항을 에둘러 瑟島 입구에 다다랐다. 조그만 바위섬인 슬도는 지금은 방파제로 육지와 연결되어 있는데, 파도가 바위에 부딪힐 때 나는 소리가 거문고 소리처럼 들린다고 해서 이런 이름이 붙었다. 오랜 세월 조개가 뚫은 120만 개가 넘는 자그마한 구멍으로 섬 전체가 뒤덮여 일명 곰보섬으로 불린다. 여기서 연중 다양한 문화행사가 열린다고 한다.

우리는 슬도를 바라보기만 하고 들어가지는 않고서, 2016년에 개관한 소리체험관을 지나 해안둘레길 D코스를 지나 C코스로 접어들었다. 여기서부터는 다시 도심을 벗어나 한적한 시골 풍경인데, 바위로 이루어진 긴 해변에 바람에 불려온 파도가 부서지는 모습이 볼만하였다. 그 끝에서 대왕암을 만났다. 대왕암 및 대왕암공원과 그 옆의 일산해수장 일대는 1999년 9월 12일에 아내와 함께 향토문화사랑회의 답사를 따라 와본 적이 있었다. 대왕암은 신라문무왕의 부인이 죽은 후 호국룡이 되어 하늘을 날아 이곳 울산의 바위 밑으로 잠겨 용신이 되었다는 전설이 있다고 한다. 대왕암 끄트머리까지 철제 다리가 놓아져 누구나 들어갈 수 있게 되어 있으므로, 늘 사람들로 붐비는 곳이다. TV에서도 몇 번 보았는데, 그 모습과 이름이 모두 비슷하므로 나는 경주에 있는 문무대왕릉과 같은 곳인 줄로 알았다. 오늘따라 바람이 매우 강하여 나는 도중에 모자를 벗어서 손에 쥐고 걸었고, 아내는 끝까지 가지 않고 도중에 되돌아갔다.

산행대장이 오늘의 종착지점인 일산해수욕장의 수산물센터 주차장은 차를 세우기에 적합지 않아 우리 대절버스가 대왕암공원의 주차장에 있다면서 해안 길로 가지 말고 산 쪽을 올라가라고 안내하므로 그 말에 따랐다. 먼저 대왕암공원의 첫머리에 있는 울기등대를 지났다. 울기등대 구 등탑은 1904년 러일전쟁에 일어나자 일본이 해상권 장악을 위해 남해안과 동해안 곳곳에 목재로 만든 燈竿을 설치하였는데, 이 때 1905년 2월 방어진항을 유도하는 울기등간이 세워졌고, 1906년 3월부터 현재의 장소에 높이 9m의 백색 팔각형 콘크리트 구조물로 새로 설치되어 불을 밝히기 시작하였다. 우리나라에서 세 번째로 세워진 등대인데, 이것이 현재의 울기등대 구 등탑이다. 이후 몇 차례 증축하였으나, 주변 해송이 자라나면서 해상에서 구 등탑이 보이지 않게 되자 1987년 12월에 구 등탑 부근에 높이 24m의 신 등탑이 새로 건립되면서 구 등탑은 등대로서의 기능을 잃었다.

우리는 백년 된 해송 고목이 우거진 공원의 중앙로를 걸어 오후 3시 20분 경에 대왕암주차장에 도착하였다. 주차장에서 중년 남녀들이 북, 장고, 꽹가리, 징을 치며 신나게 춤을 추고 있었는데, 별로 전문적인 훈련을 받은 사람들로는 보이지 않음에도 불구하고 장단이 잘 맞았다. 그것을 좀 구경하고 있다가 도착하라고 한 오후 5시까지는 시간이 너무 많이 남았으므로, 혼자서 왔던 길을 되돌아가 긴 나무 계단을 따라 내려가 8코스의 종착지점인 일산해수욕장의 전경을 조망할 수 있는 해변까지 내려갔고, 도로 계단을 올라와 해변으로 이어진 A코스를 걸어 울기등대 부근까지 갔다가 되돌아왔다.

일행이 거의 다 도착하기를 기다려 총무가 삼천포로 가서 마련해온 회덮밥과 미역 냉채국으로 석식 및 하산주를 들고서 오후 6시쯤에 귀가 길에 올랐다. 갈 때의 코스를 경유하여 밤 9시경에 집에 도착했다.

안내도에 의하면 8코스는 총 길이 11.5km로서 5시간이 소요된다고 한다.

18 (목) 맑음 -칠백의총, 금성산 술래길

봉황산악회를 따라 충남 금산군 금성면에 있는 錦城山 술래길을 다녀왔다. 오전 8시 40분에 신안로터리에서 상봉아파트를 출발해 오는 대절버스를 탔다. 통영대전고속도로를 경유하여 북상하다가 도중에 함양에서 광대고속도로로 접어든 다음, 함양 읍내를 경유하여 해발 773m인 지리산 오도재(悟道嶺)에 다다라 이 산악회의 창립 23주년을 기념하는 山祭를 올렸다. 봉황산악회는 여성들로 이루어진 것인데, 매년 창립기념일에 즈음하여 이곳 悟道嶺守護神位 비석 앞에서 제사를 지내왔다고 한다. 남자 노인 두 명이 검은색 儒服에다 儒巾까지 쓰고서 축문을 읽는 등 제법 격식을 갖춘 모습이었다.

나는 제사를 지내는 동안 내내 그 주변을 걸어 다니며 둘러보았는데, 그곳의 智異山第一門은 현재 기와를 전면적으로 교체하는 보수공사 중이었고, 그 아래 광장의 오도재조망공원 화장실 옆으로는 휴천면 월평리에서 함양읍 죽림리 팔령마을까지 경사가 완만하고 평탄한 산책로가 10.2km나 이어져 있음을 비로소 알았다. 오도재라는 이름의 유래는 마천면 삼정리 靈源寺의 도솔암에서 수도하던 靑梅 印悟祖師(1548~1623, 西山大師의 제자)가 이 고개를 오르내리면서 득도한 데 있다고 한다. 金馹孫의 지리산 여행기(「續頭流錄」)를 보면 그들 일행이 함양을 출발하여 이 고개를 넘는 대목이 나오는데, 과거에는 이 길이 함양읍에서 지리산 쪽으로 갈 때 반드시 통과하지 않으면 안 되는 교통의 요지였던 모양이다.

제사가 끝난 후 그 남은 음식물을 이것저것 얻어먹었더니 점심 생각이 없어져서, 오늘은 도시락을 준비해 가기는 했으나 산행 도중 식사는 그냥 넘기고 말았다. 다시 통영대전고속도로에 올라 북상하는데, 이즈음은 차 안에서의 음주가무 행위가 많이 줄어들고 있는 추세이지만, 이 산악회는 차가 고속도로에 오르자 제사가 끝난 후의 갈 때부터 돌아올 때까지 계속 춤을 추는지라 역시 여자들이 이런 걸 더 좋아한다는 느낌이 들었다.

정오 무렵에 금성면 의총리에 있는 七百義塚 주차장에서 하차하여 등산을 시작하였다. 다른 사람들은 바로 산행에 들어갔지만, 나는 사적 제105호인 이곳을 익히 듣기는 하였으나 처음 와보는 듯하여 그 내부에 들어가 두루 둘러보았다. 칠백의총은 임진왜란 당시 의병장 趙憲과 義僧長 靈圭가 이끄는 칠백여 명의 의병이 만 오천 명의 왜병과 싸우다 전멸한 것을 기념하는 합동분묘이다. 임진년(1592) 8월 1일에 그들은 청주성을 탈환하고서 18일 당시 호남순찰사 權慄이 이끄는 관군과 함께 금산의 적을 협공하기로 약속하였으나, 권율이 왜적의 기세로 보아 아군이 중과부적임의 열세임을 탐지하고서 작전을 바꾸어 기일을 늦추자는 편지를 조헌에게 띄웠으나, 미처 받아보지 못한 채 출병한 그들은 이곳에서 가까운 금산 연곤평 싸움에서 모두 순절했던 것이다.

조헌의 제자 朴廷亮과 全承業 등은 싸움이 있은 18일로부터 4일 후 그들의 유해를 한 곳에 모시고 칠백의총이라 했는데, 선조 36년(1603)에 「重峰趙先生一軍殉義碑」를 세우고, 인조 25년(1647)에는 사당을 건립하여 칠백의사의 위패를 모셨다.

칠백의총을 나와 등산로 입구로 접어들어 얼마간 올라가니 능선에 도착하였고, 거기에 금성산 정상까지 5.5km라는 표지가 있었다. 이곳에서부터 정상까지는 십리장등이라고 불리는 완만한 산세에다 소나무 숲이 우거진 능선길이 이어지고 있다. 정상에서부터 종점인 상마수리까지는 1.9km이니 총 8km 정도의 거리이다. 정상까지는 등산로가 널찍하게 잘 정비되어 있고, 곳곳에 나무로 만든 안내판이나 길 표지도 많으며 정자나 데크 계단도 설치되어져 있었다. 정상 근처에서 금성산성 표지판을 보았으나, 나는 성터라고 할 만한 흔적은 발견하지 못했다. 그곳 안내판에 "어원상으로 '금'은 크다, 위대하다, 으뜸이다, 신성하다는 뜻으로 사용한 순수 우리말로써 한자로 '금(錦)'으로 표기하였다"라고 적혀 있었으나, 나는 그런 말은 들은 적이 없고, 엉터리라는 느낌이 들었다.

금성산은 금산읍의 진산으로서 금성산성은 조망권이 넓고 성내에 성이 있었으며 주변의 여러 산성을 거느렸던 산성이라고 한다. 금성면의 북쪽 끝 추부면과의 경계에 위치한 해발 438.6m의 정상에서부터는 그냥 보통의 산길이 이어지는데, 거기서 300m를 나아간 지점에서 아내가 남자 회원들과 더불어 점심을 들고 있는 모습과 마주쳤고, 거기서부터 계곡을 따라 바로 아래쪽 馬首里로 내려가는 지름길이 있어 아내는 나더러 함께 그 길로 내려가자고 했으나, 나는 듣지 않고 그냥 능선 길을 따라서 해녀무재 방향으로 계속 나아갔다. 해녀무재는 해너머재라고도 하는데, 거기서부터 산길은 끝나고 마을의 농토가 시작되고 있었다.

오후 3시 30분에 마수1리 버스정류소에 도착하여 오늘 산행을 모두 마쳤다. 하산주 때는 아는 사이인 정동원·천여환 씨와 어울려 한 테이블에 앉았다. 정 씨는 1946년생으로서 삼현여고 윤리교사로 근무하다 정년을 맞은 사람이고, 천 씨는 2000년도 새해에 함께 울릉도 여행을 하면서 알게 된 사람인데, 당시는 아직 김해에서 농고의 교장으로 근무하고 있었으나, 1937년생으로서 이미 81세라고 한다. 오늘 일행 중의 또 다른 구면인 천 여사는 41년생으로서 올해 77세이다.

오후 4시에 출발하여 돌아오는 도중에 금산읍의 인삼시장에서 반시간 동안 머물렀으나, 과거에는 이곳에 오면 꼭 수삼을 구입했던 아내가 이제는 인삼에 별로 흥미를 느끼지 않으므로 아무것도 사지 않았다. 나더러 얼음과자가 있으면 사오라고 했으나, 금산읍내의 상점들은 온통 인삼 및 한약재로 뒤덮여 있는지라 얼음과자를 어디로 가야 살 수 있는지 몰라 결국 포기하였다.

19 (금) 맑음 - 전남대학교, 월봉서원

오후 1시부터 전남대학교 인문대학 3호관 3층에 있는 소강당에서 열리는 2017년도 한국동양철학회 하계 학술대회에 참가하기 위해 오전 9시에 출발하여 승용차의 내비게이션에 의지해 나아갔다. 남해·호남고속도로를 달려 두 시간 후쯤 대회장 건물 앞 주차장에 도착하였다. 도중에 졸음을 피하기 위해 섬진강휴게소에 정거하여 아메리카노 커피를 한 잔 사 마시기도 하였다. 학회 모임의 개최시기까지는 시간이 꽤 많이 남았으므로, 근처의 학생회관으로 걸어가 그 1층에 있는 매점에서 전자 배터리를 하나 사 승용차 키에 끼워져 있던 이미 시효가 지난 것과 교체하였고, 그 옆의 학생식당에서 닭고기치즈 돌솥밥으로 점심을 들었다.

오후 1시부터 시작하여 6시 남짓까지 이어진 이번 학술대회는 지난번 대회 때 참가하여 이번 대회의 유치 의사를 피력한 전남대학교 사범대학 윤리교육과 김기현 교수의 주선에 의해 한국동양철학회와 고봉선생숭덕회의 공동주최로 이루어진 것인데, 대주제는 「高峯 奇大升이 추구한 윤리적 삶」으로 되어 있다. 먼저 연세대학교 철학과 신임 교수인 김명석 총무이사(서울대 철학과 90학번 후배)의 사회로 辛奎卓 한국동양철학회장(연세대 철학과)의 개회사가 있었고, 이어서 朴光淳 高峯先生崇德會長(전남대학교 경제학과 명예교수, 학술원회원)의 환영사, 그리고 丁炳碩 전남대학교 총장을 대신하여 허민 부총장의 축사 대독이 있었다. 그런 다음 연단 앞에서 기념사진 촬영이 있었다.

오후 1시 반 무렵부터 시작된 발표에서는 전남대 조우진 씨의 사회로 우선 대진대 權仁浩 교수의 「고봉 기대승의 민본적 정치사상과 현실」 및 이에 대한 성균관 한림원 林玉均 씨의 토론, 都民宰 청주대학교 교수의 「고봉의 예학사상」 및 성균관대학교 金賢壽 씨의 토론이 있었다. 한 번 휴식한 후 역시 조우진 씨의 사회로 속개된 학술회의에서는 洪性敏 강원대 윤리교육과 교수의 「고봉 기대승의 四七論에서 中節의 의미」 발표와 金河沈 서울대학교 윤리교육과 강사의 토론, 그리고 강원대학교 李基原 교수의 「기대승의 인간 이해와 학문관—본원지향주의적 인간과 학문」 및 이에 대한 전남대 趙源一 씨의 토론이 있었다.

이로써 발표가 모두 끝난 다음, 朴洪植 전임 회장이 좌장이 되어 오후 4시 10분부터 6시 11분까지 종합토론이 있었다. 이번 모임의 청중석 대부분은 기씨 문중이나 숭덕회 사람들이 차지하고 있었고, 발표·토론자 그리고 학회 임원들을 제외하고는 서울대 자유교양학부 梁一模 교수(서울대 철학과 79학번 후배)가 보였을 정도이며, 전남대 철학과 崔大羽 교수는 자기 대학에서 열리는 학회 행사임에도 개회식에 잠시 얼굴을 보이고서는 그 후의 행사에 동참하지 않았다. 학회의 신임 임원으로는 경희대를 졸업하고 서울대 철학과에서 대학원을 마친 박재현 동명대학교 불교문화콘텐츠학과 교수가 편집이사, 지난번 박홍식 회장 때도 이사를 맡았던 성균관대 고재석 씨가 연구이사를 맡아 있었다.

소강당 입구 주변에는 평소와 달리 민족문화문고의 문용길 씨가 해적판 외국학술서적들을 갖고 와 펼쳐두지 않았고, 그 대신 다과를 늘어놓은 장소의 벽면에 「아직 끝나지 않았습니다」라는 제목으로 대통령 선거 전에 '환수복지당 학생위원회'가 붙여놓은 대자보가 눈에 띄었는데, 그 문구 중에 "하지만 아직도 박근혜의 측근인 황교안과 우병우는 구속되지 않았고, 황교안 내각은 기만적으로 성주에 사드배치를 몰아붙이고 있습니다. 세월호는 인

양했지만 아직 아무것도 진상규명된 것은 없고, 미수습자 수습도 지지부진합니다." 운운의 문구가 눈에 띄었다.

대학 구내의 교직원식당인 햇들마루에서 저녁 회식이 있었다. 그런 다음 양일모 교수는 먼저 상경하고, 일행 대부분은 서울에서 전세 내어 온 중형버스를 타고서 광주광역시 광산구 광곡길 133(광산동 452 광곡마을)에 있는 月峯書院으로 향하고, 나는 총무이사 김명석 교수를 조수석에 태우고서 대화를 나누며 그리로 이동했다.

우리가 도착했을 때는 이미 밤 9시 무렵이었는데, 우리가 숙박할 예정인 2011년도에 완공된 교육관의 講修堂 안에서는 뜻밖에도 이 서원의 인문·문화 교류마당 살롱 드 월봉의 월례행사가 그 때까지 아직 끝나지 않고 있었다. 주제는 「미술과 음악으로 만나는 레미제라블(부제: 시민의 힘과 오늘)」로서, 음악 및 미술교사들인 전대사대부중 김수옥 씨와 광주효광중 이대로 씨(둘 다 여성)가 스크린에 비치는 영상물들과 실연하는 첼로 연주 등을 통해 광주 정신을 프랑스 대혁명과 관련시켜 열정적으로 설명하고 있었다. 우리는 들어와서 차나 한 잔 들라는 권유에 마지못해 방 안으로 들어가 반시간 정도 그들의 광주 시민정신 교육을 받은 셈이다. 그들은 오후 7시부터 2시간 동안 그 강당을 사용할 예정이었던 모양인데, 청중이 늘어 더욱 신이 났기 때문인지 반시간 이상 늦게 끝났다.

살롱 드 월봉의 모임이 끝난 후 그 자리에서 탁자를 다시 정돈하여 신규탁 회장의 개인 팬클럽에 해당하는 黑豆會 아주머니들이 서울에서 마련해 온 긴 캔맥주들과 마른안주 등을 들면서 회의를 하고 대화를 나누었다. 흑두회는 신 회장이 중심이 되어 이런저런 한문 고전을 읽는 모임을 이어가고 있다고 한다. 그 자리에서 신 회장은 학회지인 『동양철학』의 다음호에서부터 학회 원로들의 사진과 경력 및 저술목록을 실을 것을 기획하고 있는데, 그 첫 회로서 나를 다루겠다는 것이었다. 밤이 되자 반팔 차림으로는 좀 춥기도 하고, 나는 술도 들지 않으므로, 자정이 좀 지난 시각에 먼저 취침하였다.

20 (토) 맑음 -기대승 묘소, 월봉서원

아침에 월봉서원의 사당을 참배하고 그 뒤편 白牛山 중턱에 있는 고봉 기대승의 묘소도 참배하였다. 신규탁 회장 외에 권인호 부회장이나 신 교수가 데려온 흑두회 아주머니 등은 푸른 색 유복과 행건에다 유건 차림이었다. 묘소 뒤편의 청량봉 아래에 고봉이 학문을 하던 歸全庵 터가 남아 있다고 한다. 잔디로 덮인 묘소는 부부 쌍분으로서 왕묘처럼 큰데, 원래의 모습 그대로라고 한다. 생시에 끼니를 잇기 어려울 정도로 가난했다는 말과는 모순된다. 그는 불과 46세의 나이로 작고했던 것이다. 백우산을 한 바퀴 둘러 '철학자의 길'이라는 것이 조성되어져 있었다. 예전에도 한국동양철학회가 전남대에서 학술행사를 가진 후 이곳에 와서 1박 한 바 있었는데, 당시에 비하면 모든 점에서 훨씬 더 잘 정비되어 있다는 느낌이 들었다.

강수당으로 돌아와 월봉서원 別有司인 奇世樂(일명 翰成) 씨와 인사를 나누며 이곳에서 생산된 작설차와 故 鄭炳連 전남대 윤리교육과 교수가 지은 『고봉선생의 생애와 학문』(전남대학교출판부, 2006년 초판, 2014년 4판, 幸州奇氏文憲公宗中 감수)을 한 부씩 선물 받았다. 기세락 씨는 성균관 부관장이기도 한데, 광주 시내에 아파트가 있으나 이곳 묘소 입구에도 널찍한 단독주택을 가지고 있다. 정병련 교수는 만성 C형 간염을 오래도록 앓고 있었는데, 투표 날 무리하게 자기 동문들을 끌어오는 수단을 동원하여 한국동양철학회의 회장이 된 이후 양승무 전임 회장과의 사이에 큰 갈등을 일으켰다가 그 여파인지 갑자기 작고하고 말았다. 어제는 전남대학교에서 미장센 남성용 화장품 세트 하나씩을 선물 받은 바 있었다.

월봉서원을 떠난 후 그 부근 길가의 광곡길 53에 있는 전통문화카페 茶時 살롱과 그 안의 월봉서원 철학 스테이를 위한 숙박시설 怡安堂을 둘러보았고, 광주광역시 광산구 사호동 498-3에 있는 펜션&가든 예촌에 들러 조식을 들었다. 조식은 물론 문중에서 우리를 대접하려 한 것이지만, 신규탁 회장이 군이 그 값을 지불하고 말았다.

예촌에서 일행과 작별하고는 2시간 정도 혼자서 승용차를 운전하여 집으로 돌아왔다. 도중에 광산구 고봉로 565(산악동)에 있는 현대오일뱅크주유소에 들러 승용차의 기름을 가득 채우고, 사천휴게소에 들러 카페라떼 한 잔을 사 마셨고, 그곳 농산품 매장에서 여수 산 갓김치를 하나 구입하였다.

6월

4 (일) 맑음 -추월산

아내와 함께 등불산악회를 따라 1995년 4월 16일과 금년 1월 22일에 갔었던 전남 담양군 용면과 전북 정읍시 복흥면의 경계에 위치한 秋月山 (731m)에 다시 다녀왔다. 추월산은 한국의 100명산에 선정된 곳이기도 하다.

오전 7시 40분까지 시청 앞에서 대절버스를 탔고, 8시에 복개천에 들러 대부분의 일행을 태운 후 29명이 출발했다. 통영대전 및 광대고속도로를 경유하여 전북 순창군에서 순창읍 쪽으로 빠져나온 후 24번 국도를 따라 전통 장류마을을 지나서 메타세콰이어 가로수가 우거진 길로 나아가다가, 담양군 금성면에서 금성산성이 있는 산성산 아래를 통과하는 13번 지방도를 경유하여 담양호반에 다다른 다음 다시 29번 국도를 만나 오전 10시 무렵 추월산 아래 월계리 부근에 있는 대형버스 주차장에서 하차하였다.

추월산 주차장에서 1등산로를 따라 300m 정도 올라간 지점의 갈림길에서 먼저 간 아내는 그대로 1등산로를 경유하여 900m 정도 더 올라간 곳에 있는 보리암 정상으로 향하고, 나는 과거 두 차례 올랐을 때 모두 경유했던 1등산로를 버리고서 2등산로를 취하여 거대한 바위 절벽과 동굴쉼터가 있는 곳을 경유하여 2km 쯤 더 나아가 보리암 정상(692m)에 도착하였다. 정상에서 막 점심을 들려고 하던 아내를 만나 둘이서 함께 나무그늘을 택해 식사를 했다. 아내가 오른 1코스는 짧기는 하지만 수직에 가까운 계단 길이 이어져 퍽 힘들었다고 한다.

보리암 정상에서부터 1.4km의 능선길인 3등산로를 경유하여 추월산 정상에 다다랐고, 거기서 50m 정도 되돌아 내려와 월계리 쪽으로 향하는 갈림길로 접어들어 350m 전방인 월계삼거리에서 1.55km 떨어진 월계리 쪽으로 내려가는 4등산로로 접어들었다. 월계삼거리에서 그대로 능선 길을 따라가면 3.47km 떨어진 견양동에 닿고, 3.57km 떨어진 곳에 대법원의 가인연수원도 있다. 1995년에 왔을 때도 이 월계리 쪽으로 하산했을 것으로 짐작되는데, 지금 이 마을은 여러 동으로 이루어진 대규모의 우리별장 펜션 등이 들어선 펜션단지로 변해 있었다.

2시 18분에 월계리 주차장에 있는 우리의 대절버스에 제일 먼저 도착한 다음, 하산하라고 한 오후 4시까지는 2시간 정도나 남았으므로, 추월산 주차장 쪽으로 걸어가 잡화점에서 얼음과자를 산 뒤 긴 목교를 지나서 담양호를 건넌 후, 건너편 호수 가를 따라 설치된 데크가 설치되었거나 우드칩이 깔린 흙길을 걸어 용마루길이라는 곳을 1.8km 정도 걷다가 너무 길어서 도중에 되돌아왔다. 알고 보니 그쪽 산에는 호반을 따라 개설된 용마루길 외에도 산으로 올라가는 수행자의길이나 제1, 제2 등산로 등도 있어 꽤 긴 산책로가 만들어져 있고 지나다니는 사람들도 추월산 쪽보다 오히려 더 많은 듯하였다. 아내는 금년 1월에 함께 왔을 때는 눈 때문에 추월산 등반에는 참가하지 않고서 다른 일행을 따라 이 용마루길을 걸었던 것이었다.

오후 4시 반에 출발하여 갈 때의 코스를 경유하여 진주로 돌아온 다음, 일행 대부분이 탄 복개천 부근의 서장대로 393-16(진주성 서장대 밑 골동품거리)에 있는 豊國이라는 상호의 민물장어 전문 식당에 들러 장어국으로 석식을 든 다음, 오후 7시 40분 무렵에 귀가하였다.

6 (화) 흐리다가 비 -백년전에

김은심 교수 부부, 배행자 교수, 그리고 우리 부부가 다섯 명 함께 김은심 교수의 차를 타고서 함양군 병곡면 원산지소길 186(원산리 20-3)에 있는 치유쉼터 '백년전에'에 다녀왔다. 지난번 산청군 생비량면에 있는 식당에 들를 때 김은심 교수가 언급하며 다음날 꼭 함께 가보자고 했던 곳이다.

오전 8시 반에 출발준비를 하여 아내가 운전하는 승용차를 타고서 가는 도중에 신안동 현대아파트에 사는 배행자 교수를 태우고, 9시 무렵까지 김은심 교수 내외가 사는 강남동의 한보타운 아파트로 갔다. 다섯 명이 김 교수 차에 옮겨 타고서 국도 3호선을 따라 북상하여 함양읍을 통과한 다음, 네비게이션에 의지해 1001번 및 9번 지방도를 경유해 김 교수가 예전에 한 번 다녀온 바 있는 병곡면 옥계리의 옥계저수지 위쪽 원산리 지소마을의 그 장소로 찾아갔다.

중년 정도로 보이는 바깥양반 이상준 씨는 2015년 2월 11일에 농어촌민박사업자로 신고하여 3월 2일에 관광농원·민박으로 숙박업 사업자등록증을 교부받고, 부인인 조순조 씨는 2015년 2월 3일에 일반음식점으로서 식품접객업 영업신고를 하여 3월 11일자로 한식 음식점 사업자등록증을 교부받아 있었다. 이 씨는 서울말을 하는데, 대학에서 법학을 전공하였고, 젊은 시절 부친을 따라 거창에 와서 좀 산 적이 있었으며, 이 일대에 일가친척이 많다고 한다. 조 씨는 합천군 쌍책 사람으로서 경상도 억양의 말을 하고 있었다.

이들 내외는 서울을 떠나 이곳에 정착한지 11년째 된다고 하니 내가 외송에 땅을 산 2007년과 같은 해인 듯한데, 병곡면에 접한 함양군 백전면에 20만 평의 임야를 소유하여 힐링마을로서 개발해 2,000평씩 1억5천만 원 정도의 가격으로 분양하여 이미 절반 정도 분양을 마쳤다. 이곳에는 23,000평 정도의 땅을 소유하고 있는데, '백년전에' 라는 이름의 민박 및 식당을 운영하고 있다. 2층으로 된 아주 커다란 콘크리트 양옥집에서 거주하고 있는데, 그 2층에는 장차 아들 가족이 들어올 예정이라고 하며, '백년전에'라는 현판을 단 한옥 단층집은 그 입구에 세워져 있는데, 함양 상림에 있었던 고급음식점(기생집) 상림관이 도로확장 공사로 말미암아 헐리게 되자, 이리로 옮겨와서 나무로 된 기둥이나 마루 등은 그대로 살리고 황토벽을 한 집으로 개조한 것이었다. 이 집이 110년 된 것이라고 하니 상호인 '백년전에'는 그리하여 붙여지게 된 것인 듯했다.

그들은 이곳을 일종의 암 요양센터로 운영하고 있는 모양이었다. 근처에 함양군청이 40만 평 규모의 산림생태문화체험공원을 조성하고 있어 2018년에 오픈할 예정이라지만, 사실상은 금년 연말이면 공사가 끝나는 모양이다. 그래서 그리로 향하는 부근의 도로도 개설하여 아스팔트로 포장하고 있었다. 식당이나 주거가 있는 곳은 해발 600m 되는 지점이지만 그 위쪽의 산책로 등은 650m쯤까지 이어져 있다고 한다. 대봉산 기슭이라고 하지만, 지도를 보면 함양에서 유명한 掛冠山(1254.1m)에 가까운 곳이니 그 자락의 한 봉우리인 듯싶다.

우리는 먼저 '백년전에' 건물의 방안으로 들어가 닥나무로 만들었다는 차를 마시고 난 다음, 이 씨의 인도를 따라 평시에는 맨발로 걷는다고 하는 산책로를 따라 올라가보았다. 꽤 가파른 경사길인데, 도중에 이런저런 황토방과 찜질방 및 한 사람이 들어가 앉으면 꽉 찰만한 조그마한 명상실 건물 등을 여기저기에 지어두었고, 물탱크인 커다란 수조들도 목조의 집으로 바깥을 감싸두었다. 산책로 주변에는 호두 밤 등의 유실수를 많이 심어두었고, 여기저기에 산양삼 밭과 고사리 밭도 있어 그냥 놀려두고 있는 땅은 별로 없는 듯하였다. 주인의 부지런함에 혀가 내둘러졌다.

나는 산양삼이 자라고 있는 밭에서 그 묘종을 처음으로 보았는데, 그 밭은 간벌을 한 것이 아니라 포클레인으로 평탄 작업을 한 것이었다. 산양삼 묘종은 처음 1년 동안은 잎이 세 갈레로 돋아나다가 2년째부터는 다섯 갈레로 벌어진다고 한다. 우리 농장에 심어둔 산양삼 묘포에서는 싹이 돋아나지 않는 듯하여 거의 포기하고 있었는데, 아내의 말로는 이런 세 갈레 잎이 난 식물은 많이 보았다고 하니 영 실패는 아닌 듯하다. 이 점이 오늘의 가장 큰 소득이라 하겠다.

산책로의 위쪽 끄트머리에는 돌로 만든 테두리 안에다 자갈을 깐 나지막한 단 같은 것이 있고 거기에 코코넛 섬유로 만든 깔개를 덮어두었는데, 그위에다 도중의 집에서 가져간 매트리스를 깔고서 이 씨로부터 도인체조라는 이름의 건강요법 지도를 받았다. 그런 다음 그는 먼저 내려가고, 우리는 거기에 좀 더 남아 있다가 천천히 걸어 내려왔다.

'백년전에' 건물 앞에 설치된 의자에 걸터앉아서 이 씨 내외가 마련해 준 쑥탕으로 족욕을 하고, 실내로 들어가 돼지고기 바비큐와 각종 야채로 점심을 들었다. 이 식당은 금년 6월 1일에 정식 오픈하였으나 약 1년 전부터 예약자에 한해 손님을 받아왔다고 한다. 이곳에서 실시하는 건강요법은 족욕과 산책 및 명상이 주인 모양인데, 웰빙에서 웰다잉까지를 포괄하는 웰니스를 지향한다고 한다. 그러나 돼지 바비큐는 우리가 산책을 떠나기 전부터 굽고 있었던 것을 새로 데운 셈이라 기름기가 없어 딱딱하고 너무 굽혀져서 별로 맛이 없었다. 그 대금은 아내가 우선 지불하였는데, 12만 원이었다고 한다.

돌아오는 길에 외송리의 우리 농장에 들러 다소 떨어지는 빗방울을 맞으며 지금이 한창인 오디와 보리수열매(뽈통) 그리고 앵두를 땄다. 내가 장대로 뽕나무 가지를 터니 오디가 땅바닥에 깔린 검은색 그물망 위로 우수수 떨어졌는데, 다들 많이 주워 만족해했다. 오후 4시 반 경에 귀가하였다.

9 (금) 맑음 - 거제옥산농원

지난번의 밴드 사태 이후 나는 경상대학교 임업기술교육정보센터에서 실시하는 교육에 일체 나가지 않았는데, 아내가 오늘 있을 9차 산림텃밭가꾸기 실습교육에 같이 나가자면서 강하게 권유를 하고 청강자의 참가비 1만 원도 자기가 내주겠다면서 거듭 거듭 요청하므로 결국 따라나섰다.

아내가 운전하는 승용차를 타고서 오전 9시까지 경상대학교 야외공연장 앞으로 가서 대절버스를 탔고, 1시간쯤 후에 경남 거제시 거제면 옥산1길 64에 있는 거제옥산농원에 도착하였다. 그곳은 45,000평의 농장 중 32,000평을 현재 조경수 생산 농원으로 운영하고 있고, 남의 땅을 빌려서 사용하는 것도 35,000평 정도 된다고 한다. 오늘 설명을 맡은 사람은 이 일에 32년간 종사해 왔다는데, 경상대학교의 교육에도 계속 참여하고 있는 모양이다. 가족끼리 공동으로 농원을 운영한다고 한다.

농원을 떠난 후 견내량의 신거제대교를 건넌지 얼마 되지 않은 곳인 통영시 용남면 남해안대로 71(장평리 461번지)에 있는 미가맛집이라는 이름의 식당에 들러 오리탕으로 점심을 들었다. 옥산농장의 그 사람도 참석하여 대통술을 가지고 와서 각 상마다 한두 개씩 올려두고서 맛볼 수 있게 해주었고, 참가자에게는 따로 1인당 1병씩 병에 담은 대통술을 선사하기도 했다. 우리 내외는 합하여 두 병을 받았다. 오후 2시 반 경에 귀가하였다.

11 (일) 새벽에 소나기 내린 후 대체로 흐림 -서산대사길

아내와 함께 다솜산악회를 따라 하동의 서산대사길에 다녀왔다. 오전 8시까지 롯데인벤스 앞에 집결하여 30명이 출발하였다. 남해고속도로를 따라가다가 하동군에서 19번 국도로 접어들어 섬진강을 바라보면서 북상하였다. 하동송림에서 한 번 휴게한 후, 화개장터에서 십리벚꽃 길을 따라 화개천 가로 난 도로로 들어가서 하동군 화개면 대성리 의신마을에서 하차하였다.

내 친구인 윤리교육과의 손병욱 교수가 대성리 단천골에 조그만 산장을 구입하여 있는데, 그는 자기 마을 부근의 바위에 새겨진 이상한 모양의 각자를 중심으로 희한한 추리를 하여 『서산, 조선을 뒤엎으려 하다』(고양, 정보와사람, 2006)라는 책을 출판한 바 있었다. 근년에 그가 이 서산대사길을 안내하는 내용의 신문기사를 읽은 바도 있었으므로, 나는 이 길이 그가 개발한 것이 아닐까 라고 짐작하고 있었는데, 오늘 보니 범왕리 신흥마을에서 대성리 의신마을에 이르는 4.2km의 이 산길을 지리산 옛길이라고 한다. 그러나 어쨌든 나는 이 길의 존재에 대해 그동안 전혀 알지 못했으므로, 근자에 개발된 것임은 사실일 것이다. 이 길을 서산대사길이라고 부르는 것은 평안도 안주 출신인 서산대사가 옛 義神寺의 31개 산내암자 중 하나로서 관세음보살을 모신 도량인 圓通庵에서 출가했으므로, 그가 자주 지나다니던 길이라는 데 근거한 것이다. 원통암은 한말에 화재로 폐사된 것을 1997년과 2011년 두 차례에 걸쳐 복원하여 현재 존재하고 있는데, 의신마을보다는 대성마을에 가까운 곳이다.

나는 의신마을에 새로 들어선 지리산역사관을 둘러보느라고 일행에 뒤쳐져 혼자서 서산대사길로 접어들었다. 지리산역사관은 조그만 건물로서 화전민들의 생활상과 빨치산의 실상을 소개하는 내용으로 이루어져 있었다. 의신마을은 빨치산 대장 이현상의 아지트가 있었고, 그가 사살된 빗점골에서 가까운 곳이다. 1964년에 개교하여 192명의 졸업생을 배출하고 1991년에 폐교된 왕성초등학교 의신분교장을 활용한 것이었다.

의신마을에서 화개천을 가로지르는 출렁다리를 넘으면 바로 반달가슴곰

생태학습장인 베어빌리지가 나타났다. 그러나 현재는 건물의 문들이 잠겨 있어 안으로 들어가 볼 수는 없었다. 서산대사길은 현재 포장도로가 개설되어 있는 곳에서 화개천 반대편에 나 있는데, 몇 곳에 데크가 설치되어져 있고, 시종 숲속의 오솔길을 걷는지라 조끼 주머니에 물통 하나만을 넣은 채 맨몸으로 걸었다. 보통은 신흥 쪽에서 의신으로 거슬러 오르는 코스인데, 우리는 반대 방향으로 완만한 경사가 있는 길을 내려가므로 훨씬 더 수월하여 산책하는 기분으로 걸을 수 있었다. 나는 뒤쳐져 걷기 시작하였지만, 아내를 뒤쫓아 좀 속도를 내다보니 신흥마을의 종점에 도착했을 때는 먼저 도착해 있는 아내가 일행 중 세 번째 내가 네 번째였다.

신흥마을에서 우리나라에서 가장 크다는 凡旺里 푸조나무(경상남도 기념물 제123호)를 지나 七佛寺 갈림길에 서 있는 우리의 대절버스까지 걸어 내려왔다. 이곳에는 최치원이 직접 썼다는 三神洞 刻字 바위가 있었는데, 2013년 6월 2일에 왔을 때는 아무리 둘러봐도 그 각자가 눈에 띄지 않아 도로확장 공사로 말미암아 사라진 것이라 생각하고 몹시 아쉽게 여긴 바 있었다. 그러나 오늘 보니 그 각자는 앞쪽을 가린 바위는 없어졌으나 그대로 남아 있었다. 처음에는 다른 곳으로 치워두었다가 다시 옮겨온 것이 아닌가 생각했으나 바위의 규모로 보아 그런 것 같지는 않았다. 이 일대에는 옛날 靈神·義神·神興의 세 절이 있었으므로 삼신동이라 했다는데, 현재 의신사 터는 의신부락으로, 신흥사 터는 신흥부락으로 되었다. 1992년에 경주최씨 문중에서 세운 나지막한 설명문 비석이 있었다.

그곳 범왕리의 개울가에서 점심을 든 후, 다시 버스를 타고서 5km 떨어진 거리에 있는 칠불사까지 올라가 보았다. 2013년 6월 2일에 우봉 최영신 화백을 따라 와본 이후로 처음인 듯한데, 일주문을 들어선 이후 天飛淵路라는 이름의 명상의 길이 닦아져 있었고, 1세기 경 가락국의 시조인 김수로왕 부부가 출가수도중인 일곱 왕자들의 성불을 기원하고 그 모습을 그림자로나마 보기 위해 만들었다는 전설이 있는 연못 影池를 지나 본사로 들어서니, 유명한 亞字房은 또다시 수리 중이고, 대웅전에는 커다란 세 개의 木刻幀이 설치되어져 있었다.

오후 2시 10분까지 버스로 돌아와 나오는 도중 쌍계사 십리벚꽃 길에서 내려 화개장터까지 걸어보았다. 십리벚꽃 길은 화개장터에서 쌍계사 입구까지 6.8km 구간인데 우리는 그 중 4km 정도를 걸은 듯하다. 화개장터에서 소문난전라도맛집이라는 식당에 들러 사무국장인 최봉림 씨가 사주는 은어와 빙어 튀김이 섞인 안주와 더불어 막걸리를 조금 혀만 대어보았다.

화개장터 부근의 둔치에 정거해 있는 대절버스까지 걸어가 4시 무렵 출발하여 돌아오는 도중 다시 하동송림에 잠시 주차하였고, 2번 국도를 경유하여 진주로 돌아와 진양호 물박물관 부근의 무지개동산에 주차하여 목포에서 부쳐왔다는 홍어 4kg 등을 안주로 하산주를 들었다. 나는 이번에도 술에는 혀만 대어보았을 따름이다. 오후 6시 40분 무렵에 귀가하였다.

14 (수) 맑음 –산채&산약초 특성화교육(산청)

아내를 따라 산채&산약초 특성화교육에 다녀왔다. 내가 예전에 청강하다가 밴드 사태로 말미암아 그만 둔 모임인데, 4월 5일에 개강하여 6월 23일인 다음 주 금요일에 종강이라고 한다. 개강 이래 가장 많은 인원이라고 하는 31명이 집결하여 대절버스를 타고서 9시경에 경상대학교 야외공연장 앞을 출발하여 1시간쯤 후에 산청읍에서 경호강 건너편인 산청군 금서면 친환경로 2631번길 12에 있는 산청군문화예술회관에 도착하여, 그 1층의 소공연장에서 이웃인 친환경로 2605번길 39에 소재한 경남한방약초연구소의 김윤근 실장으로부터 「산채&산약초 고부가가치화」라는 제목의 파워포인트 자료로 2시간 동안 강의를 들었다. 이 기관은 2009년에 (재)산청한방약초연구소로서 재단법인이 설립된 이래 2015년에 (재)경남한방약초연구소로 등기이전 한 것이다.

강의가 끝난 후 작년 9월 말에서 10월 초에 걸쳐 열린 제16회에 이르기까지 매년 산청한방약초축제가 개최되는 현장인 산청IC 옆 친환경로 2605번길 6-6에 있는 대장금약선관(청수원)으로 이동하여 오리백숙으로 점심을 들었다. 목조 한옥으로 잘 지은 건물이었다.

점심을 든 후 역시 그 이웃인 친환경로 2605번길 11(매촌리 87-31)에 있는 산청약초시장을 둘러보았다. 이곳은 현재 12개의 점포가 들어서 있는 곳으로서, 개장 4주년을 맞이하여 4월 30일부터 5월 14일까지 15일간 할인행사를 열었던 모양인데, 축제 때 외에는 평소 인적이 드문 곳이라 어느 정도 매출을 올렸을지 좀 의문스러웠다. 아내는 거기서 이런저런 물건들을 좀 샀다.

점심을 든 다음, 그 근처의 친환경로 2605번길 63에 있는 지리산하수오영농조합법인 참들애에 들러 화경판 대표이사로부터 하수오 사업에 대한 설명을 듣고 그의 인도에 따라 공장의 기계들을 견학하였으며, 직접 하수오를 주원료로 하여 여러 가지 다른 재료들을 배합한 약초샴푸를 만들어보기도 하였다.

그런 다음 그 바로 앞의 2605번길 59에 있는 효성식품영농조합법인에 들러 경력 24년째라고 하는 그 기업 대표의 지도하에 오곡현미빵만들기를 실습하였고, 오븐에 들어간 빵이 다 구워질 때까지 역시 그곳의 시설들을 둘러보았다. 우리가 만든 샴푸나 빵들은 모두 집으로 가져왔는데, 하수오 공장을 견학할 때는 머리와 구두에다 방진을 위한 커버를 둘렀고, 빵을 만들 때는 직접 셰프 모자를 쓰고 앞치마를 두르기도 하였다.

오늘의 수업이 모두 끝난 다음, 오후 5시 반 무렵에 경상대학교로 돌아와 해산하였다.

18 (일) 맑음 -매두막봉, 하설산

아내와 함께 삼일산악회를 따라 충북 제천시 덕산면의 매두박봉(1,100m)과 하설산(1,028)에 다녀왔다. 그곳은 월악산국립공원에 속한 지역이다. 오전 7시 반까지 시청 육교 밑에서 대절버스를 탔고, 합천·고령을 경유하는 국도와 중부내륙고속도로를 탔다. 단양에서 일반국도로 빠져 36번 국도를 따라서 충주호의 구담봉·옥순봉에 인접한 장회나루에 이르렀고, 2번 및 534번 지방도를 따라서 오전 11시 11분에 제천시 덕산면 도기리 양주동의 등산로 입구에서 하차하였다.

도기길을 따라 올라가는데, 여러 곳에 월악산국립공원사무소 측이 세운

'탐방로 아님' 및 '출입금지' 표지가 눈에 띄었다. 하설산에는 2012년 6월 17일에 자유산악회를 따라 한 번 온 적이 있었는데, 덕산면 도전리 달농실에서 중간경유지점인 어래산(817)까지는 올랐으나, 그 때도 하설산이 입산금지구역이라 경비원이 지키고 있다는 정보를 입수하고서 도중에 포기하고서 넓은내 쪽으로 빠져 내려온 바 있었다. 나는 산악회 측에서 오늘 그 코스를 간다고 신문에 광고를 내었으므로 입산금지가 해제되었나 하고 생각했던 것이지만 여전하였다. 따라서 등산로도 아주 가느다란 오솔길이 이어진 것으로서 군데군데 넝쿨과 나뭇가지들로 뒤덮여 있었고, 그 때처럼 산딸기가 지천으로 널려 있었다. 이럭저럭 오늘의 최고봉인 매두박봉에 도착하여 일행과 더불어 점심을 들었다. 아내는 산길이 험하다는 인터넷 정보를 보고서 버스에 남아, 일행 45명 중 9명이 함께 하산지점인 덕산면 억수리 용하휴게소 쪽으로 이동하였다.

매두막봉까지는 도중의 안내표지가 전혀 없어도 이럭저럭 도착할 수 있었지만, 거기서 하설산 가는 길은 여기저기서 산길이 끊어졌다. 76세인 전직 경찰공무원 강위생와 나보다도 한 살 위인 정보환 씨, 그리고 강 여사 등 우리 그룹 네 명은 그 때마다 능선 쪽을 택하여 이럭저럭 다음의 최고지점인 헬기장까지 도착하였다. 매두막봉에는 그런 대로 등산객이 나무 판에 새겨 나무에 매달아서 남긴 정상 표지나마 있었지만, 하설산으로 짐작되는 헬기장에는 아무런 표지가 없어 그곳이 과연 우리의 다음 목적지가 맞는지 어떤지도 확인할 수 없었다. 매두막봉에서 점심을 들 때 회장인 김삼영 씨와 사무장인 김종철 씨 등은 감시원이 지키고 있다고 하면서 처음 예정했던 하산지점인 용하휴게소가 아니라 그보다 좀 더 아래 지점인 억수휴게소로 내려가자 하더니, 막상 하산로를 취하자 머지않아 그 길이 끊어져 길도 없는 산속의 비탈진 곳을 엎어지고 자빠지며 내려갈 수밖에 없었으므로, 우리가 과연 어디로 향하고 있는지도 확인할 방도가 없었다. 이따금 눈에 띄는 등산객이 남긴 리본을 제외하고는 산 중에 방향표지 같은 것은 하나도 없었던 것이다.

산불이 났던 적이 있었는지 도중에 지지를 위해 나무 둥치를 잡았더니 손이 온통 새까매졌고, 썩은 나무도 많았으며, 산은 갈수록 절벽에 가까운 가파른 경사지역이 이어지는 지라 두텁게 쌓인 낙엽 위에서 미끄러지고 자빠지기를 거듭하였으니 큰 상처를 입지 않은 것만도 다행이라 하겠다. 도중에 아내는 자꾸만 문자 메시지를 보내와 감시원들이 불법산행을 한 우리를 잡기 위해 대대적으로 기다리고 있다고 하므로 그 문자를 보느라고 일행으로부터 쳐지어 혼자가 된 적도 여러 번이었다. 애초에 산악회 측에서는 오후 4시까지 하산을 완료할 예정이었으나, 천신만고 끝에 5시 20분에야 유명한 용하구곡 쪽에서 흘러내려오는 시내인 광천에 도착할 수 있었다.

오랜 가뭄으로 말미암아 수량이 얼마 되지 않는 냇물에서 대충 몸을 씻은 다음, 건너편의 수풀을 건너 길을 만나니 거기가 바로 억수마을 위쪽 끝의 용하교에 가까운 지점이었다. 밭에서 일하는 주민에게 물어보니 거기서 대절버스가 기다리고 있다는 용하야영장까지는 2km 정도의 거리라고 하므로 엄두가 나지 않아 억수에서 기다리고자 하였으나, 차츰 모여든 일행 6명 정도는 천천히 걸어 용하야영장까지 올라가는 모양이므로 어쩔 수 없이 그들의 뒤를 따라나섰다. 다행히도 도중에 지나가는 승용차를 얻어 타고서 수월하게 도착할 수 있었다. 오늘의 우리 일행은 용하휴게소 부근에서 억수마을 아래쪽 끝에 이르기까지 뿔뿔이 흩어져 各自圖生 식으로 하산하였던 것이다.

억수마을 끝에서 만난 김삼영 회장의 말에 의하면, 그곳 주막 아주머니의 말로는 이곳은 14년째 입산금지구역으로 묶여 있다는 것이었다. 다행히도 국립공원 직원인 감시원들은 오후 5시가 되자 모두 퇴근해 버렸으므로, 일행 중 그들에게 잡혀 1인당 과태료 10만원씩을 물어야 했던 사람은 아무도 없었다. 출발지인 양주동에서 도착지인 용하휴게소까지는 약 8.2km라고 한다.

용하휴게소에서 아내가 가져다주는 수박을 좀 들었고, 7시 10분경 억수마을 끝에서 마지막으로 전원이 합류하여 돌아오는 도중 장회나루를 다시 지나니 오랜 가뭄으로 충주호의 물이 완전히 말라 바닥을 드러내고 있었다. 8시 54분에 안동시 일직면 풍일로 2353에 있는 남안동휴게소에 들러 그곳 식당에서 안동간고등어정식으로 석식을 들었다. 자정이 넘어서 집에 도착하여 샤워를 마치니 12시 반이었다.

25 (일) 맑았다가 오후 한 때 소나기 -청도 남산

아내와 함께 경북산악회에 동참하여 경북 청도군 화양읍·청도읍·각남면의 경계에 위치한 南山(870m)에 다녀왔다. 오전 7시 50분까지 시청건너편 도로가에 나가 신안동 KBS 앞을 출발하여 오는 대절버스를 탔다. 남해고속도로를 따라가다가 동창원에서 일반국도로 빠져나왔고, 진영·수산을 지난 후 다시 밀양 부근의 고속도로를 거쳐 새마을운동의 발상지라고 하는 청도 새마을휴게소에서 한 번 정거하였다가, 9시 40분에 청도우체국 부근의 아파트 단지 앞 도로에서 하차하여 등산을 시작하였다. 오늘 산행은 정상을 거치는 풀코스와 정상 못 미친 지점의 봉수대삼거리에서 천년 고찰이라는 신둔사를 거쳐 하산지점으로 내려오는 코스, 그리고 종점에서 정상으로 올랐다가 원점회귀 하는 코스로 나뉘었는데, 나는 A코스, 아내는 제일 짧은 코스인 원점회귀를 택했다. 남산은 청도의 진산에 해당하는 것으로서, 2002년 12월 29일에도 아내와 더불어 천왕봉산악회를 따라 한번 왔던 적이 있는데, 그 때는 大應寺를 거쳐 낙대폭포가 있는 폭포골로 하여 정상에 오른 다음 건너편의 밤티재 쪽으로 빠졌으니, 정상 부근의 일부 구간을 제외하고서는 이번과 전혀 코스가 다른 것이다.

태고종 소속의 절인 華岳山 普賢寺를 지나 조그만 龍華寺를 거쳐서 주변에 과수원들이 이어진 콘크리트 포장도로를 1km쯤 올라가니 본격적인 등산로가 시작되었다. 이른바 봉수대능선 길이다. 비교적 완만한 경사로를 따라 올라 도중에 625m 쉼터에서 잠시 휴식한 후, 대포산(695)과 상여름바위를 거쳐 봉수대에 다다랐다. 남산봉수대는 조선시대에 구축된 것으로서, 東萊 多大浦 방면에서 일어나는 동태를 서울로 알리는 제2基準의 노선에 속하는데, 남으로는 밀양 盆項山봉수대, 북으로는 八助嶺봉수대와 연결되는 것이라고 한다. 내가 보기에는 근자에 바깥 축대 부분만 복원한 것인 듯했다.

오후 12시 반 무렵에 봉수대삼거리에 도착하여 일행과 더불어 점심을 들었다. 점심 후 대부분은 지름길 쪽으로 빠졌으나, 댓 명 정도만이 정상 쪽으로 향하여 2시 3분에 정상에 도착하였다. 하산 길은 헬기장을 거쳐, 도중에 스틱 두 개를 접고서 가파른 오솔길로 한참 내려오다가 장군샘이라는 곳에 다다라 미약하게 졸졸 흐르는 샘에서 컵으로 물을 떠 수통에다 가득 채웠다.

기독교의 기도원이 있는 곳에 다다르니 널따란 콘크리트 포장도로가 나타났다. 포장도로의 아래쪽 계곡이 청도에서 유명한 남산13곡으로서 골짜기에서 사람 소리가 들려왔으나, 나는 그리로 가지 않고 남산골을 따라 난 기나긴 포장도로를 부지런히 걸어내려왔다. 도중에 날씨가 흐려지고 천둥소리가 계속 들려오더니 마침내 빗방울이 듣기 시작하였다. 내가 멈추어 배낭에다 카버를 씌우고 비옷을 꺼내어 입고 나니 곧장 소나기가 쏟아지기 시작하였는데, 그로부터 얼마 되지 않은 오후 3시 반에 우리의 대절버스가 대기하고 있는 화양읍사무소 부근 지점에 도착하였다. 아내는 남산 계곡에서 혼자 놀다 내려온 모양이다. 오늘 내가 주파한 코스는 총 12km이다.

남의 농장 창고의 넓은 지붕이 있어 비를 피할 수 있는 장소에서 하산주를 마시다가 4시 27분에 출발하였고, 7시경에 귀가하였다. 돌아오는 도중에 비는 머지않아 그쳤고, 진주에는 비 온 흔적이 없었다.

7월

12 (수) 맑음 -의령 이극로·곽재우·안희재·이병철 고택

어제 약속한 바에 따라 조남호·김경수 군을 만나 함께 점심을 들기 위해 정오에 산장을 나와 트럭을 운전하여 12시 반에 덕산의 물레방아식당(산청군 시천면 남명로 59-8)으로 가 김경수 군 및 조남호 내외와 만나 함께 보리밥에 피리조림으로 식사를 했다. 김 군이 자신의 승용차를 운전하여 조남호 군이 답사하고자 하는 의령군의 이극로 유적지를 찾아간다고 하므로 동승하여 함께 다녀왔다. 조 군은 작년 10월 7일에 「코리안 스피릿」 모바일 사이트에 '한글운동과 국학인물열전' 7편으로서 「이극로의 삼신에 대한 믿음과 한글 수호」라는 글을 발표한 바 있다.

의령군 지정면 두곡리 822번지에 있는 李芯世 씨 댁으로서 지금의 도로명주소로는 고루로 3길 4였다. 고루는 이극로의 호로서 그는 '우리나라 사람이 골고루 잘 살아야겠다'는 뜻으로 자신의 호를 고루라 했고, '조국 광복을 위해 물불을 가리지 않겠다'는 뜻으로 물불이라는 호도 썼다는 것이다. 그러나 그 집에 대해서는 아무런 안내 표지가 없어 우리는 동네 사람들에게 물어 물어 간신히 찾아갔다. 별로 크지 않은 이 집은 본채와 별채로 구분되는데, 본채는 1915년에 지은 것이고 靑雲堂이라는 현판이 붙은 별채는 그보다 훨씬 더 후에 세워진 것이라고 한다. 이극로(1893~1978)가 실제로 태어난 집은 본채 뒤편에 위치해 있었다고 그 마을에 사는 먼 친척이 말해주었다.

한글학자 한결 김윤경의 제자인 이극로는 1922년 베를린대학에 입학하여 1927년 경제학박사학위를 취득하였고, 1929년에 귀국한 이후 조선어학회를 주도하였다. 또한 대종교에 입교하여 1942년에 대종교의 찬송가라고 할 수 있는 한얼노래를 작사하였고, 1946년에는 대종교 전강과 참의를 역임하였다. 1942년에 조선어학회사건으로 투옥되어 해방 후 석방되었고, 1948년 김구 선생과 함께 남북연석회의 참석차 평양으로 갔다가 그곳에 잔류하여 북한에서 중책을 맡았다가, 평양의 애국열사릉에 묻혔다. 이런 까닭에 그에 대해 남한에서는 그다지 조명이 되지 않고 있었던 것이다.

의령에 갔던 김에 郭再祐 고택 앞의 懸鼓樹와 白山 安熙濟 생가, 湖巖 李秉喆 생가와 호암이 결혼 후 분가해 살았던 집도 둘러보았다. 예전에는 20번 국도를 따라 현고수와 안희재 고택은 여러 차례 방문하였던 것인데, 이제 오랜만에 가보니 너무 달라져 있어 영 새로 보는 곳인 듯하였다. 안호상의 고택도 안희재 고택의 바로 옆 동네에 있었고, 두 사람은 가까운 친척이라고 한다. 이병철 고택은 이번에 처음으로 가보았는데, 그가 일제 강점기에 와세다대학을 졸업한 인텔리라는 것을 비로소 알았다.

덕산으로 돌아와 선비문화연수원 근처의 시천면 사리 900-53에 있는 우리이모집이라는 식당에서 산청흑돼지구이와 묵은지흑돼지탕으로 석식을 겸한 술자리를 가졌다. 구자익 군 가족도 뒤늦게 와서 함께 어울렸다. 그 자리의 비용 8만 원은 내가 부담하였다.

아내의 채촉 때문에 밤 10시 반쯤에 자리를 파하여 조 군 내외는 선비문화연수원의 한옥체험관에서 1박 하고 나머지 사람들은 진주로 돌아왔다.

천안의 국제뇌과학대학원의 교수이지 그 대학 국학연구원장인 조 교수

의 내외는 방학을 맞아 남원·구례·하동을 거쳐 간밤에 산청으로 와서 지리
산 천왕봉 아래의 중산리 우체국연수원에서 1박하였고, 내일 서울로 돌아
간다고 한다. 그는 55세로서 이미 머리에 백발이 희끗희끗하고, 김경수 군
은 56세로서 한 살 위이다. 조 군은 충주에서 태어나 주로 청주에서 자랐다
고 한다.

16 (일) 흐림 –옥녀봉, 한오봉

아내와 함께 삼일산악회의 7월 산행에 동참하여 전북 완주군 상관면 죽림
리와 임실군 신덕면 월성리의 경계에 위치한 옥녀봉(578m)과 한오봉(570)
에 다녀왔다. 오전 8시 반까지 시청 육교 밑에서 대절버스를 타고, 대전통
영, 익산장수, 전주광양간 고속도로를 달렸다.

아마도 상관면의 죽림 톨게이트에서 고속도로를 벗어나 17번 국도에 접
어들었는데, 기사가 사용한 내비게이션에 무슨 문제가 있었는지 도중에 다
시 749번 지방도로 접어들어 한참 나아가다가, 진주정씨 선산 영역을 표시
하는 비석이 있는 곳에서 다른 쪽 지선(9번 지방도?)으로 빠져나갔다가 얼마
후 도로 돌아 나오더니 이번에는 다시 749번 지방도를 따라 계속 나아가 옥
녀봉 아래에 위치한 임실군 월성리에 닿았으나 이 역시 아니어서 다시 차를
돌렸다.

되돌아 나오는 도중에 일행 중 많은 사람들은 정보환 씨의 주장에 따라 호
남정맥이 통과하는 지점인 불재에서 내렸고, 절반도 못되는 나머지 사람들
만 그냥 차에 남았는데, 기사가 이번에도 9번 지방도의 갈림길에서 한참동
안 정거하여 나아가지 않으므로, 내가 기사 옆 조수석으로 가서 내 스마트폰
의 내비게이션으로 원래의 목적지인 완주군 상관면 죽림리 공기마을을 찍
어 그 방향으로 기사를 안내하였다. 도로 17번 국도에 오른 후 남쪽으로 향
하다가 죽림리에서 국도를 벗어나 孔基마을로 찾아들어가 예정된 도착시간
보다도 1시간 정도 늦은 오전 11시 50분에 그곳 편백림 주차장에 닿았다.

우리 내외는 공기마을에서 내린 일행 중 일부 사람들과 함께 삼일산악회
로부터 배부 받은 산행안내도에 표시된 대로 도중에 편백숲오솔길로 접어

들었다. 산214-1에 위치한 공기골 편백숲은 사유림으로서 1976년에 식재하여 이제 40년 정도 된 것인데, 26만 평의 산에 편백나무 10만 주, 잣나무 6천 주, 기타 삼나무·낙엽송·오동나무 등으로 구성되어져 있다. 그 중 오솔길은 편백숲 속을 오르내리며 나무 향을 느낄 수 있도록 조성된 숲길인데, 도중에 포클레인으로 조성한 임도를 만나 그것을 따라 가파른 산길을 힘들여 올라가다 보니 결국 그 길이 끊어져 버렸으므로, 도로 돌아내려오다가 도중에 다른 쪽으로 조성된 오솔길을 따라 나아갔다.

제1등산로를 따라 나아간 셈인데, 그 능선에서 1.5km 떨어진 쑥재로부터 이어지는 호남정맥 제2구간에 접어들었다. 오후 2시 무렵에 우리 내외가 제일 먼저 오늘의 최고봉 옥녀봉에 다다라 거기서 점심을 들었다. 점심을 끝내고 일어서 나올 무렵 다른 일행이 한두 명씩 정상에 도착하기 시작했는데, 아내는 이번에도 지름길을 택하겠다고 하여 그들과 함께 남고, 나만 혼자 정상에서 50m쯤 되돌아 나온 지점의 갈림길로부터 400m 떨어진 한오봉을 향해 나아갔다. 한오봉에 거의 다가간 지점에서 불재에 내린 우리 일행의 선두 그룹을 만났다. 그들은 호남정맥 제2구간의 최고봉인 경각산(658)을 지나 천신만고 끝에 그곳까지 걸어온 것이며, 뒤에 들으니 지쳐서 오늘 코스의 정상인 옥녀봉까지는 가지 않고 대부분 한오봉에서 제2 등산로를 취해 하산지점으로 내려왔다는 것이었다.

나는 한오봉에서 왜목재 방향을 취해 나아가다가 제3등산로 갈림길에서 오늘 코스 중 제법 이름난 입벌린바위를 보기 위해 계속 왜목재 방향을 나아갔으나, 120m 전방에 있다는 입벌린바위를 발견하지 못하고 그냥 계속 나아가 아마도 상여바위도 더 지난 지점까지 갔다가 되돌아오다가 비로소 등산로에서 좀 돌아내려간 지점에 위치한 입벌린바위를 구경할 수 있었다.

다시 갈림길까지 되돌아와 제3등산로를 취하여 꼬불꼬불 이어지는 가파른 비탈길을 따라 내려와 산책로 시작점에서 3.8km 떨어진 위치에 있는 반환점에 다다랐다. 신책로란 편백나무와 삼나무 숲속으로 1994년도에 조성된 폭 5m의 보행로인데, 그 길을 따라 서쪽 방향으로 한참 걸어 다시 만난 갈림길에서 통문 쪽 방향을 취해 산림욕장과 유황편백탕을 지나 내려왔다.

通門은 여러 겹의 통나무를 쌓아 만든 문이고, 산림욕장이란 편백나무 밀집
지역이며, 그 한참 아래쪽에 위치한 유황편백탕은 숲속에 조성된 족욕체험
장을 말한다. 오후 4시 50분 무렵에 편백숲 주차장에 도착하였는데, 오늘
함께 간 50명이 넘는 일행 중 원래 예정되었던 코스 전체를 다 걸은 사람은
나 하나뿐이었다. 오늘 코스의 총거리는 9km라고 하는데, 나는 입벌린바위
에서 한참을 더 걸어갔다가 되돌아왔으니 실제로는 10km 이상을 걸었을
것이다.

19 (수) 맑음 -복내전인치유센터

아내와 함께 콜택시를 불러 타고서 약속된 시간인 오후 1시 30분 이전까
지 망경한보아파트 106동 7~8 레인 앞으로 가서 그 11층에 사는 김은심 교
수 부부를 만나, 함께 김 교수의 승용차를 타고서 전남 보성군 복내면 일봉리
일봉길 288-97에 있는 대한예수교장로회 천봉산희년교회의 복내전인치유
선교센터로 가서, 오늘부터 22일(토)까지 「포스트 휴먼시대, 생명·신학·교
회를 돌아보다」라는 대주제 하에 3박4일간 열리는 한국교회 생명신학 포럼
福內마을 스콜레(Schole)에 참가하였다. 스콜레란 그리스어로 여가 등을
의미하는 말로서, 오늘날의 스쿨 즉 학문·학파 등을 의미하는 말의 어원이
된 것이다.

남해·호남 고속도로를 경유하여 주암 톨게이트에서 빠져나온 다음, 18번
국도를 거쳐 송광사 입구 '고인돌공원' 서재필기념공원 등을 차례로 지나 오
후 3시 반 무렵에 2011년 10월 15~16 이틀 동안 김은심 교수를 따라 한 번
가 본 적이 있었던 복내전인치유선교센터에 도착하였다. 이곳은 그 동안 별
로 달라진 것은 없으나, 센터에서 6~700m 떨어진 입구 쪽에 양영태 장로가
거주하는 히어리펜션이 들어선 것이 변한 점이고, 우리 네 명의 숙소도 그곳
에 배정되어져 있었다. 예전에 왔을 때는 희년교회 옆에 위치한 평화의 집
3층에 머물렀다.

오후 4시부터 천봉산희년교회에서 개회 예배로써 첫 날의 일정이 시작되
었다. 이 교회는 2000년 10월 3일에 준공된 것이다. 찬송과 소프라노 김재

씨의 축송이 있고, 전 개신대학원대학 총장이었던 나용학 박사의 말씀과 고려신학대학원 원장인 신원하 박사의 격려사가 있었다. 신 씨의 말에 의하면, 생명신학포럼은 2달 전 천안에 있는 고려신학대학원에서 결성되었고, 그 때의 학술회의를 거쳐 오늘 여기서 그 이후 첫 모임을 갖는다는 것이었다.

5시부터 복내마을 스콜레 원장이자 변호사인 양영태 박사의 주제발표 1로서 「하나님 나라의 관점에서 본 생명운동」 발표가 있었다. 양 씨는 서울법대 및 같은 대학 대학원 법학과 출신으로서, 그 후 광신대학교 신학대학원 석사 및 같은 대학 대학원 박사학위를 받았고, 오랜 동안 판사 및 변호사 생활을 하다가 78세의 나이로 은퇴하고서 이곳에 들어온 지 2달째 된다는 것이었다.

양 박사의 발표가 끝난 후 교회 앞쪽의 식당에서 석식을 든 다음, 다음 발표가 있는 7시 10분까지 자유 시간을 가졌는데, 나는 그동안 산모기가 많이 달려드는 진입로를 혼자 걸어내려와 우리 숙소인 힐러리펜션을 둘러보았다. 똑같은 구조로 된 두 채의 단층 건물로 이루어져 있고, 판석이 깔린 넓은 잔디밭이 있었다. 복내마을 스콜레란 사실상 양 박사가 거주하는 이 펜션의 앞쪽 건물에 두어져 있고, 그가 거주하는 뒤쪽 건물에는 일종의 기독교서적 출판사인 코이노니아 영성원이 위치해 있다. 힐러리펜션은 산촌생태마을로 지정된 이곳에다 땅은 교회 측이 제공하고, 건물은 산림청이 지었으며, 군청이 관리한다는데, 양 장로는 이 건물을 한 채 당 1년에 200만 원씩 지불하고서 두 채를 다 빌려 자신의 목적에 따른 주거 및 숙박 시설로서 사용하고 있는 것이다.

7시 10분부터 전 전남의과대학 학장이었고, 의학한림원 정회원인 이현철 박사의 주제발표 2 「생명의 설계도를 따르라」가 있었다. 이 박사는 진화론을 부정하고 창조설을 주장하며, 소우주인 우리 신체에 이루어진 하나님의 섭리를 설명하였다.

8시 20분부터는 복내마을 농생명과학연구소 소장이며, 전 가나안 농군학교 소장인 김종억 박사의 주제발표 3 「생명농업과 100세 건강 자급마을」이 있었다. 김 박사는 일본 新潟대학에서 토양학 전공으로 박사학위를 취득한 사람으로서, 경기도 양평에 있는 가나안농군학교 등 수도권에서 활동하다가 80세의 나이로 4개월 전 이리로 내려온 것이다. 그는 일본 九州에서 태어나 중학생 무렵까지 일본에서 자라다가 해방 3년 후에 귀국했는데, 한국 농업이 일본에 비해 20년 정도 낙후해 있다는 견해를 지니고 있다. 내가 일본에 유학해 있던 시기에 약 10년간 일본의 대학에서 공부한 모양이다.

또한 오늘 모임에는 일봉리장과 복내면민회장, 민선6기로서 3년째 근무하고 있는 이용부 보성군수 등이 참석하였으므로, 주제발표가 끝난 후 송경희 기독병원 원장(정신과 전공)과 토목·건축 전문가인 이찬혁 회장, 군수 등이 차례로 발언하였다. 군수는 복내면 출신으로서 서울시의회 의장 등을 역임한 사람이었다. 또한 연합뉴스TV에서 방영된 이 군수의 대담 프로도 모임에서 상영되었다.

오늘 프로그램을 모두 마친 후, 김 교수의 차를 타고서 히어리펜션으로 내려왔다. 얼마 후 양영태 장로가 와서 첫 번째 건물의 문을 열어 우리를 실내로 안내해 주었다. 이 건물은 상시로 개방해 둔다고 하며 넓은 거실과 우리 내외가 든 방의 벽면에 비치된 서가에 기독교 관계의 한글 서적들이 가득 차 있었고, 우리 내외가 잔 방에는 그 개인이 코이노니아 영성원에서 펴낸 책들 재고본도 한 개의 서가에 가득 꽂혀 있었다. 그는 안쪽에 있는 두 번째 건물에서 혼자 생활하고 있는 모양이며, 4년 전에 부인이 별세하여 현재는 독신이다. 샤워를 마친 후 밤 11시가 넘은 시각에 취침하였다.

20 (목) 맑음 -복내전인치유센터

오전 8시까지 교회 식당으로 올라가 조식을 들었다. 양영태·김종억 박사와 나란히 앉아 좀 대화를 나누어보았다. 양 장로는 복내면에 이웃한 이양면 출신으로서, 그의 부모와 부인 묘소가 이 근처에 있다고 한다.

희망자는 9시 반까지 교회 앞에 집결하여 이박행 목사를 따라 산책길에 나섰다. 김은심 교수는 그 부군인 이 목사가 원치 않으므로 그냥 남고 우리 내외는 참가하였다. 예전에 이 목사를 따라서 한 바퀴 걸었던 길을 그대로 밟아 봉계마을 부근까지 한 시간 정도 돌았다. 산책 도중 이 목사에게 물어보앉더니, 이 산은 38만3천 평으로서 원래는 양영태 장로의 소유였지만, 양 장로가 광주에서 건물을 짓다가 IMF로 부도를 맞아 타인에게 양도하였고, 그것을 넘겨받은 사람이 교회에다 기증하기로 약속했다가 본인의 경제 사정이 좋지 않게 되어 그 약속을 이행하지 못했으므로 지금 재판에 계류 중인데, 조만간 판결이 날 것이라고 했다. 산에 심겨진 나무는 편백·참나무·소나무가 주종으로서 편백나무 일색보다는 이러한 혼합림이 오히려 삼림욕에 더욱 좋은 것이라고 한다.

산책에서 돌아와 교회 부근의 계곡에서 아내 및 김 교수와 더불어 졸졸 흐르는 냇물에 발을 담그고서 발목펌프운동이 시작되는 오후 12시 반까지 대화하며 놀았다. 산책길에 기독교장로회 계통의 신현태 목사와 대화를 나누게 되었는데, 그는 61세로서 경북 안동 출신이며, 경기도 시흥에서 40년 정도 목회활동을 하다가 한동안 멘토 이현필 목사가 만든 강원도 홍천의 개신교수도원에 들어가 있었으며, 2015년에는 강원도 영월군 김삿갓면으로 들어가 현재 어떤 개척적인 사업을 하고 있는 모양이다. 산책을 끝낸 후 교회 앞의 벤치에 앉아 대화를 나누다가 그의 명함을 받고서 내 전화번호를 알려주었더니, 개울에 발을 담그고 있는 동안 계속 카톡 문자를 보내와 그와 대화를 계속했다. 네이버에 접속해 내 이름을 쳐보면 내가 출판한 책들의 개요를 볼 수 있을 것이라고 했더니, 그 중에서 『중국 고대의 천과 그 제사』를 찾아내고서 퇴계학과 그 종교성에 대한 질문을 해오므로 한참동안 그 답변과 관련한 카톡 대화를 나누었다. 내가 퇴직한 후 산청에다 서재를 짓고서 매일 거기를 왕복하고 있다는 말을 듣고서 그리로 찾아오겠노라고도 했다.

교회 안에서 이박행 목사의 인도를 따라 30분 정도의 발목펌프운동을 마친 후 중식을 들었다. 식사 중 양영태 장로가 히어리펜션의 서가에 꽂혀 있던 자신의 저서 중 『행복과 건강과 자기 사랑』(광주, 코이노니아 영성원, 2016) 세 권을 가져와 우리 내외와 김은심 교수에게 한 권씩 나눠주었다.

식사를 마친 후 김 교수의 차에 동승하여 귀로에 올랐다. 김 교수가 올 때의 코스가 아니라 국도를 따라 내려가다가 순천에서 고속도로에 오르자고 하므로, 그녀의 말에 따라 메타세콰이어 가로수가 우거진 18번 국도를 따라 계속 내려왔더니 뜻밖에도 순천이 아니라 장흥에 가까운 곳에서 광양목포 간 10번 고속도로와 연결되는 것이었다. 그 길을 따라 광양까지 동쪽으로 한참을 와서 남해고속도로에 접속하였다.

김 교수는 함양 땅에 만여 평 되는 임야를 소유하고 있는데, 매주 한 번 정도씩 교회 활동을 통해 알게 된 아프리카 카메룬 출신의 경상대 사회과학대학 국제정치학과 대학원생 티모시라는 40대 남자를 데려가 일당 10만씩 주고서 일을 시키고 있다. 그 학생은 박사과정을 수료한 지 이미 여러 해가 되는 데도 지도교수가 논문 제출을 승인하지 않아 아직 학위를 받지 못했고 경제적으로도 어려움을 겪고 있다고 한다.

김 교수의 제의에 따라 남해고속도로 상의 곤양 톨게이트에서 사천시 서포면 방향의 국도로 빠져나가 사천대교를 건너서 사천시 용현면 대포동 412-9(대포길 236)에 있는 어부촌횟집에 들러 전어회무침과 전어구이로 다소 이른 석식을 들었다. 그곳은 예전에 김 교수를 따라가 신도의 밭에서 시금치를 채취한 적이 있는 마을이었다. 김 교수가 청했지만 식사대금은 내가 지불하였다. 지금이 전어축제 기간이라고 한다. 사천시와 진주를 잇는 3번 국도를 따라 진주로 돌아왔다.

23 (일) 흐림 - 한신계곡

광제산악회를 따라 지리산 한신계곡에 다녀왔다. 오전 7시까지 신안동 운동장 1문 앞에 집결하여 출발하였다. 원래 예정은 거림골에서 세석평전을 거쳐 한신계곡으로 내려오는 것인데, 아내는 늘 그렇듯이 백무동에서 한신계곡을 백코스로 다녀온다고 하며, 나도 근년에 거림골을 통해 세석대피소로 올랐던 적이 있었으므로, 백코스를 택하기로 했다. 한신계곡은 비교적 젊었던 시절에 여러 차례 오르내렸던 것이지만, 계곡에 폭포가 많아 여름 산행에 제격인 것이다. 그중에서도 1989년 10월 9일에 조평래 군과 함께 한신폭포 아래서 냉수마찰을 하며 놀았던 기억이 새롭다. 그것이 벌써 30년 전의 옛일이 되었다.

거림골까지 들어갔다가 대부분의 일행을 내려주고서 단성으로 되돌아 나와 통영대전간 고속도로에 올라 산청 생초까지 갔고, 함양군의 휴천계곡을 따라 마천을 거쳐서 오전 10시 20분 무렵 백무동에 도착하였다. 모처럼 와 보니 새로 생긴 펜션들이 많았다. 한신계곡에도 나무 데크로 조성된 길이 많았다. 폭포들 중 첫나들이폭포, 가내소폭포, 오층폭포, 한신폭포가 특히 유명한데, 예전에는 근처에 그 이름을 표시해 두고 있어 찾기 쉬웠지만, 웬일인지 오늘은 그런 표지가 눈에 띄지 않았다. 산악회에서는 B코스를 가내소폭포까지 왕복 6km 정도로 예정해 두고 있고 아내도 거기서 놀다가 돌아갔으나, 나는 백무동에서 6.5km 거리인 세석대피소까지 갔다 오는 것을 목표로 삼고서 계속 올라갔다.

한신폭포가 아닐까 싶은 맨 위쪽의 폭포 아래에서 혼자 점심을 들었고, 그 이후로도 계속 올라 백무동에서 5km, 세석까지 1.5km를 남겨둔 지리 11-10 표지기둥이 서 있는 곳에 다다랐을 때, 거림골에서 내렸던 정보환 씨를 거기서 만났다. 정 씨의 말로는 일행 대부분이 이미 앞서 나아갔다는 것이었으므로, 더 이상 오르는 것을 포기하고서 도로 내려오기로 했다. 오층폭포와 가내소폭포에는 데크 전망대가 조성되어져 있어서 구경할 수 있었고, 첫나들이폭포는 돌아올 때 그 이름이 적힌 나무 기둥을 발견했으나, 바위절벽 아래에 위치해 있는 듯하여 길에서는 보이지 않으므로, 바라볼 수 있는 위치까지 가서 구경하노라고 계속 내려갔지만, 폭포를 조망할 수 있는 장소는 끝내 나타나지 않았다.

오후 3시 25분에 하산을 마치고서 하산주 드는 장소에서 수박을 세 쪽 집어먹은 후, 3시 50분에 그곳 버스 주차장을 출발하여 진주로 돌아왔다. 도중에 원지(산청군 신안면 하정리 원지로 22-10)에 있는 신안추어탕에 들러 석식을 든 다음, 오후 6시쯤에 귀가하였다.

30 (일) 흐림 -생일도 백운산

아내와 함께 광제산악회를 따라 전남 완도군 생일면에 있는 생일도의 白雲山(482.6m)에 다녀왔다. 그 정상인 백운봉은 완도읍의 상황봉(645.1)에 이어 완도군에서 두 번째로 높은 산이다.

오전 5시 30분까지 신안동 운동장 1문 앞에 집결하여 수양관광의 대절버스 두 대로 출발하였다. 참가신청자는 총 88명인데, 4명의 불참자가 있어 실제 인원은 84명인 모양이다. 남해고속도로를 따라 서쪽으로 나아가다가 광양에서 광양목포간 고속도로로 접어들었고, 보성 톨게이트에서 일반국도로 빠져나와 구도로인 2번 국도를 따라 장흥을 거쳐 강진까지 나아갔다. 예전의 2번 국도는 장흥·강진 읍내를 거쳐 갔는데, 지금은 외곽을 둘러가게 되어 있었다.

23번 국도를 따라 강진군 대구면과 마량면을 거쳐 내려와 77번 국도를 따라 고금도로 접어들었고, 고금면소재지에서 830번 지방도를 따라 8시 23분에 약산도의 동쪽 끄트머리인 당목항에 도착하였다. 도중에 대구면을 지나올 때 7월 29일부터 8월 4일까지 개최되는 제45회 강진청자축제를 홍보하는 플래카드와 푸른 깃발들이 도로변에 즐비하였다.

당목항에서 페리에다 대절버스 두 대 중 한 대를 싣고서 9시 13분 생일도의 북쪽에 있는 면 소재지 서성항에 도착하였다. 버스를 타고 오는 도중에 공터마다 땅바닥에다 거물 망을 고착시켜 놓은 것을 보았는데, 그것들은 대부분 다시마 등 해산물을 널어 말리기 위한 것으로서, 그런 일을 하는 인부도 이제는 거의 다 외국인을 고용한다고 한다. 완도군의 읍면 소재지인 여러 섬들 중 내가 아직 가보지 못한 곳은 금일도와 소안도가 있을 따름이다.

서성항에서 집행부가 준비한 충무김밥으로 조식을 들었다. 집행부는 깜박 실수하여 점심으로 나눠줄 주먹밥이 든 박스를 2호차의 짐칸에 실어 두고서 가져오지 않은 모양이었다. 조식을 든 후 일행을 따라 백운산 등산길에 올랐다. 안내판에 의하면 서성항에서 백운산 등산로까지는 3.7km, 등산로에서 도중의 鶴瑞庵까지는 0.9km, 백운봉까지는 1.8km였다. 등산로 갈림길까지는 콘크리트와 자갈을 섞어 포장한 임도가 개설되어져 있었다. 일행 대부분은 학서암 갈림길에서 바로 백운봉 쪽으로 향하였고, 더러 학서암까지 가는 사람이 있어도 모두들 백 코스로 갈림길까지 되돌아가 백운봉 쪽으로 향하였는데, 나만이 갈림길에서 300m 떨어진 학서암까지 갔다가 학서암에서 100m 더 떨어진 위치의 갈림길에 나있는 등산로를 따라 1km 떨어진 백운봉까지 오르는 코스를 택했다. 조계종에 속한 학서암은 숙종 45년인 1719년에 장흥 천관사의 승려인 和湜에 의해 창건되었다고 하는데, 1939년의 일곱 번째 중창을 거쳐 2001년에는 조계종 제18교구 백양사로 이관되면서 현재의 학서암을 재건하여 운영하고 있다고 한다.

백운봉 정상은 태양광 집열판과 더불어 산불감시탑인지 모를 철제 탑이 세워져 쇠 울타리로 둘러쳐져 있었다. 정상에는 서성리까지 2km, 테마공원까지 0.6km라는 길 안내 표지가 보였다. 테마공원이란 육모정 정자와 더불어 12지신을 모형으로 만든 만화 모양의 조각상들이 세워져 있는 곳이었다. 그곳을 거쳐 정상에서 700m 떨어진 지점에서 다시 포장도로를 만나 그 길을 따라서 꼬불꼬불 구부러진 도로를 계속 걸어 12시 20분에 목적지인 금곡 해수욕장에 도착하였다. 골드밸리리조트의 잔디밭 아래쪽 길에 서있는 1호차에서 주먹밥을 배부 받아 리조트의 의자 딸린 나무 탁자로 가서 해수욕장을 바라보며 점심을 들었다. 점심을 든 후에는 수영복으로 갈아입고서 해수욕장으로 내려가 바닷물에 몸을 담가보기도 했는데, 파도가 서핑을 할 수 있을 정도로 높게 일고, 물도 차가와 별로 수영을 하지는 못했다. 사람이 별로 없어 무척 깨끗한 바다이기는 했다.

두 번으로 나누어 버스를 타고서 금곡리 해변 길을 둘러 다시 서성항으로 돌아왔다. 페리에 실을 수 있는 차들의 용량이 차서 곧 이어 도착한 다음 배를 타고서 4시 35분에 서성항을 출발하였고, 배의 객실에서 하산주를 드는 자리에 좀 어울리기도 했다.

5시 15분에 약산도의 당목항을 출발하여 갈 때의 코스를 경유하여 돌아오던 도중 경남 하동군 고전면 전도리 재첩길 189에 있는 섬진강가든에 들러 재첩국으로 석식을 들었고, 밤 9시 10분에 귀가하였다. 오늘은 삼시세끼를 모두 산악회에서 얻어먹은 셈이 되었다. KBS 뉴스9를 통해 북한이 간밤에 기습적으로 발사한 ICBM에 관한 보도를 좀 시청하다가 취침하였다.

8월

1 (월) 흐리다가 소나기 내린 후 오후 늦게 갬 - 바데산

아내와 함께 산울림산악회를 따라 경북 영덕군 남정면 옥산리와 포항시 죽장면 하옥리의 경계에 위치한 바데산(646m)에 다녀왔다. 오전 7시 40분에 시청 앞에서 문산을 출발한 대륙관광버스를 타고서 봉곡로터리를 경유하여 33번국도로 빠진 다음 합천·고령을 지나, 광대·구마및 대구포항간 고속도로를 거쳐 28·7번 국도를 차례로 경유하여 동해바닷가의 영덕군 남정면 장사리에서 930번 지방도로 접어들었고, 그것이 69번 지방도로 연결되어 11시 36분에 달산면 옥계리의 옥계계곡에 도착하였다. 도중에 대구 부근에서부터 소나기가 내리기 시작했으므로, 경북 경산시 와촌면 강학길 103에 있는 와촌휴게소에 정거했을 때 화장실로 가서 여름용 짧은 등산복을 긴 바지와 상의로 갈아입었고, 매점에서 접는 우산도 하나 샀지만, 목적지에 도착할 무렵에는 비가 그쳤다. 참가 인원은 모두 32명이었다.

바데산은 『영덕지』에 1871년 해월 최시형이 일시 거주했다 하여 원래는 해월봉이라 불리었다고 기재되어 있다는 것이지만, 컴퓨터 가이드인 김현석 산행대장의 말에 의하면 해월봉은 그 근처에 따로 있다는 것이다. 그러나 내가 가진 5만 분의 1 도로교통지도에는 바데산 아래의 옥계계곡 쪽 산중턱에 해월리라는 지명은 보여도 그런 이름의 봉우리가 보이지 않는다. 명승인 옥계계곡에는 피서객들이 텐트 등을 잔뜩 펴두고서 물놀이를 하고 있어서 음식 냄새 등이 진동하고, 길에는 승용차가 가득하여 더러 교통체증을 일으킬 정도였다. 이곳 옥계계곡에는 예전에 팔각산 등산하러 두어 번 온 적이 있었다.

우리는 계곡 가의 포장도로를 한참 동안 걸어 옥계교 옆에 있는 등산로 입구에 도착하였는데, 그곳의 안내 표지에 바데산 정상까지는 2.5km, 동대산 정상까지는 7.8km라고 적혀 있었다. 이 산악회는 최근에 그곳에서 300m 떨어진 동대산 입구를 경유하여 계곡 길로 동대산까지 다녀온 모양이다. 비는 그쳤지만, 숲속의 습도가 높고 날씨가 흐려 멀리까지 조망할 수가 없었다.

오르막길을 계속하여 2시간 정도 나아가 정상에 도착하여 아내와 함께 점심을 들었고, 다시 출발하여 곰바위 삼거리와 462m 봉우리를 지나서 사거리 이정표에 다다랐을 때는 이미 3시 10분이었다. 산행대장이 오후 5시까지 하산하라고 했으므로, 오랜 산 벗인 강위생 노인의 권유에 따라 거기서 귀로에 접어들었다. 우리와 함께 갔던 천 여사는 늙어서 귀가 잘 들리지 않는 모양인데, 내가 시간적으로 무리라면서 돌아오라고 뒤에서 불렀지만, 못 들었는지 동대산 가는 방향의 최종 목적지인 644m 봉우리를 향해 계속 나아갔다.

머지않아 귀로의 경방골 계곡 길로 접어들었다. 그곳은 지난주에 갔었던 지리산 한신계곡처럼 물이 풍부하여 계속 계곡을 가로질러 건너야 했다. 비가 와서 물이 불어나면 위험하여 통행할 수 없을 듯한 곳들이었다. 도중에 만난 20m 높이의 비룡폭포와 널찍한 하트 모양으로 물이 고인 호박소가 특히 볼만하였는데, 호박소의 반딧불은 특히 유명하다고 한다.

하옥계곡 입구 쪽으로 하산하여 다시 옥계계곡으로 찾아가서 갈 때의 등산로로 이어지는 자동차로를 만나 4시 50분 무렵에야 간신히 대절버스가 대기하고 있는 장소에 도착하였다. 도착하고 보니 오늘 바데산까지 오른 일행 중에서는 우리 내외가 가장 먼저 돌아온 모양이었다. 사거리에서 헤어진 천 여사는 하산시간을 훨씬 지난 오후 6시 반 무렵에야 맨 꼴찌로 도착하였다.

옥계계곡 주차장에서 홍어무침을 안주로 하는 하산주 자리에 좀 어울렸다가 6시 49분에 출발하여 귀로에 올랐다. 돌아올 때는 구마·남해고속도로를 경유하여 밤 10시 48분에 귀가하였다.

20 (일) 흐리고 산발적인 비 -와운마을

아내와 함께 풀잎산악회의 제202차 산행에 동참하여 전북 남원시 산내면 지리산 북부의 와운마을에 다녀왔다. 오전 8시까지 구 동명극장 건너편에 집결하여 여행누리 대절버스를 타고서 출발했다. 오늘이 이 산악회의 18회 생일이라 야외활동용 손수건 등을 선물로 받았다.

대전통영고속도로와 광주대구고속도로를 경유하여 지리산 톨게이트에서 빠져나온 후 인월과 실상사의 백장암 입구를 거쳐 뱀사골 초입의 반선에 도착하였다. 예전에 많이 다녔던 지리산 뱀사골이지만 이제는 크게 달라져 와운마을까지는 차도가 이어지고, 일반 보행자는 반선에서 와운마을까지 2.5km의 거리를 계곡물을 따라 설치된 데크 등의 오솔길을 통해 나아가도록 되어 있다. 와운마을 초입의 다리를 건너서부터 화개재로 올라가는 등산로가 이어진다. 예전에도 이처럼 화개재 올라가는 길이 여러 개의 다리를 건너서 왔다 갔다 했던지 기억이 어슴푸레하다.

1999년 6월 20일에도 아내와 함께 백두대간산악회를 따라 와운마을에 들어와 와운골 계곡을 따라서 연하천산장까지 올라간 다음, 능선 건너편의 절골 쪽으로 내려가 빗점 부근과 삼정마을을 거쳐 경남 하동군의 의신마을까지 대장정을 했던 적이 있었는데, 당시는 와운골의 명품인 천년송이 별로 알려지지도 않았던 시절이라 본 기억이 없어 이번에 그것을 보러 다시 오게 된 것이다. 오늘 모처럼 와보니 한적한 산골에 불과했던 와운마을이 뱀사골 일대의 가장 이름난 관광지인 명품마을로 변모하여 동네 안에 집들이 제법 많이 들어섰을 뿐 아니라 그 집들도 하나같이 펜션 아니면 가든 등의 영업하는 곳으로 변모하여 일반 가정집은 하나도 없는 듯하였다.

천년송은 마을 뒤편의 명선봉으로 이어지는 능선 상에 위치해 있는데, 천연기념물 제424호로 지정되어 있다. 주소는 남원시 산내면 부운리이다. 아래쪽에 할머니 소나무가 있고 이로부터 20m 남짓 떨어진 위쪽에 할아버지 소나무가 있다. 할머니 소나무는 높이가 대략 20m에 이르며, 가슴높이 둘레는 6m, 사방으로 뻗은 가지의 폭은 12m 가량에 달한다. 할머니 소나무가 더 잘 생겼는데, 할아버지 소나무 옆에 제사를 지내는 제단이 돌로 네모나게 널찍이 만들어져 있었다.

우리 내외는 거기서 능선을 따라 한참을 더 치고 올라가 첫 번째 삼거리가 있는 곳에서 오른편으로 꺾어져 내려왔는데, 도착하고 보니 처음 출발했던 할아버지 소나무 옆이었다. 그곳 벤치에서 점심을 들고난 다음 오후 1시 무렵에 집행부가 하산주를 준비한다는 마을 안의 이장 집인 통나무가든으로 내려가 보았는데, 하산주는 오후 3시부터 시작한다는 것이었다. 그동안 시간 보내기가 무료하여 둘이서 마을 안을 두루 산책해보았다.

아침에 비가 내리다가 등산을 시작할 때부터 그쳤던 것이 그 무렵 다시 부슬비가 내리기 시작했으므로, 최근 프랑스에서 사온 상하 분리형 우의를 꺼내 입었다. 아내는 으슥한 개울가로 들어가기를 원하지 않으므로 혼자서 들어가 있다가 비가 주룩주룩 내리고 혼자 있기도 멋쩍어서 도로 나오려다가 바위 징검다리에서 몸의 균형을 잡지 못해 왼쪽 무릎이 바위에 부딪친 적이 있었는데, 나중에 보니 그 부분의 우의 바지가 세 군데 잘게 찢어져 있었다. 비싼 돈을 주고 사서 한국에 돌아와 처음 착용해 본 것이 첫날부터 손상을 입게 되다니, 참으로 허무하기 짝이 없다. 방수복은 충격에 매우 약한 모양이다.

2시경에 통나무가든으로 돌아와 보니 거기에 아내가 앉아 있고, 하산주도 막 시작하는 참이었다. 돼지고기 삶은 것과 포도·수박 등으로 한상을 받아먹은 후, 먼저 자리를 떠서 하산하였다. 비는 오다 말다를 반복하더니 빗발이 거칠어져 소나기가 되기도 하였다. 출발지점인 반선에 도착하자 시간도 남고하여 나는 혼자서 전적기념관을 찾아가 보았더니, 그곳에는 이제 지리산국립공원북부사무소가 들어서고, 그 앞에 따로 탐방안내소 건물이 있어 1층은 지리산 일반을, 2층은 빨치산 관계의 전시를 하고 있었다. 2층의 제2전시관을 먼저 둘러본 다음 1층의 제1전시관을 둘러보다가 내가 예전에 정령치 부근에서 보았던 마애불 석상들은 고려시대의 개령암지라고 적힌 것을 보았다. 또한 정령치나 달궁 등의 지명은 서산대사의 「황령기」에서 유래함도 알았다. 근자에 자주 들어본 이름인 히어리는 멸종위기의 한국특산식물임도 비로소 알았는데, 반달가슴곰과 함께 지리산 깃대종이라고 한다.

오후 4시경에 뱀사골 입구를 출발하여 진주로 돌아왔다.

27 (일) 맑고 서늘함 – 사두봉, 방화동자연휴양림, 덕산계곡

아내와 함께 산이조아산악회의 87차 정기산행에 동참하여 전라북도 장수군 장수읍과 번암면의 경계에 있는 蛇頭峰(1014.8m, 산악회로부터 배부 받은 지도에는 1016.9m)과 방화동자연휴양림, 덕산계곡에 다녀왔다.

오전 8시까지 시청 앞에 집결하여 대절버스 한 대로 출발하였다. 대전통영·익산장수간 고속도로를 경유하여 장수톨게이트에서 빠져나온 후, 19번 국도를 타고서 계남면 소재지와 장수 읍내를 경유하였고, 읍에서 다시 742번 지방도를 따라 오전 9시 46분에 등산기점인 장수읍 덕산리의 신덕산 마을이 있는 밀목재에 도착하였다. 도중에 벼가 점차 누렇게 물들어가고 사과가 빨갛게 익은 과수원들을 볼 수 있어 가을이 성큼 다가왔음을 느끼게 하였다.

밀목재에서 사두봉을 거쳐 바구니봉재에 이르기까지의 오늘의 주된 등산로는 영취산에서 장안산을 거쳐 수분재로 나아가는 금남호남정맥 1구간의 중간지점으로서, 이미 상당한 높이까지 차로 올라왔기 때문에 비교적 완만한 능선코스에 해당한다. 밀목재에서 1.84km를 오르면 능선에 다다르고, 거기서 540m를 더 나아가면 패러글라이딩을 하는 논개활공장에 이르며, 2.44km를 나아가면 정상인 사두봉에 이른다. 사두봉에서 수분령을 향해 2.4km를 더 나아가면 바구니봉재에 다다르는데, 금남호남정맥은 여기서 끝나고 하산로로 이어진다. 11시에 정상에 다다른 후, 바구니봉재에서 1.6km 떨어진 방화동가족휴양촌(자연휴양림)을 향해 내려가는 도중 공터에서 일행이 점심을 들고 있는 장소에 다다라 우리 내외도 식사를 하였다.

방화동자연휴양림에서 덕산계곡을 거쳐 용림제(덕산제)에 이르는 코스는 1998년 8월 4일 대봉산악회를 따라 아내와 함께 온 적이 있었고, 2001년 11월 11일에도 청록회를 따라 아내와 함께 온 적이 있었는데, 2001년 당시에는 덕산제가 공사 중이었다. 그러나 오늘 다시 와보니 전혀 새로운 곳인 양 느낌이 완전히 달랐다. 자연휴양림에도 건물이 많이 늘어 꽤 정비되어 있는데다가 龍林川을 따라 이어지는 덕산계곡은 수량이 매우 풍부하고 경치가 수려하였다. 이처럼 수량이 풍부한 것은 댐 덕분이 아닌가 싶다.

당시에는 芳花洞인 줄로 알고 있었지만, 오늘 방화폭포에 다다라보니 폭포에 수량은 거의 없고 널따란 바위벽 위로 졸졸 흘러내릴 따름이었지만, 거기 안내판에는 訪花폭포라고 적혀 있었다. 당시는 장안산에 오르기 위해 이

길을 걸었던 것인데, 지금도 안내판에 장안산 생태 탐방로라고 적혀 있었으며, 아랫용소에서 윗용소로 이어지는 오솔길 산책로에 데크가 설치되어져 있고, 용림제 아래의 장안산군립공원관리사무소가 있는 곳에 관광버스 주차장이 있었다. 부지런히 아내의 뒤를 쫓아 오후 2시 35분에 주차장에 당도하여 산행을 마쳤는데, 오늘 걸은 총 거리는 11km쯤 된다고 한다.

하산주 자리에 앉아 뒤늦게 도착한 정보환·강위생 씨 등과 어울렸다가, 오후 4시 남짓에 출발하였다. 진주로 돌아온 후 도동의 진주기계공고 옆 솔밭공원 부근인 공단로43번길 9-1(상평동)에 있는 대하 메기 참게탕이라는 상호의 식당에서 어탕국수로 석식을 들고서 귀가하였다.

9월

3 (일) 맑음 - 괴산 깃대봉

아내와 함께 푸른산악회를 따라 충북 괴산군 연풍면 원풍리에 있는 깃대봉(표지석에 835m, 개념도에는 850m)에 다녀왔다. 이 산은 백두대간 상에 있는 것으로서, 1997년 6월 1일에 이화령에서 하늘재에 이르는 이 일대의 백두대간을 통과한 바 있었지만, 당시의 일기에 이 산 이름이 나타나지 않는 것으로 보아 백두대간 능선을 조금 비켜 있으므로 이곳 정상을 밟지는 않은 듯하다.

오전 8시까지 시청 건너편 농협 앞으로 가서 신안동 공설운동장을 출발해 오는 대절버스를 탔는데, 대륙고속관광의 이 버스는 오늘 첫 운행을 하는 새 차라고 한다. 일행은 모두 48명이었다. 합천·고령을 경유하는 33번 국도를 어어 광주대구·중부내륙고속도로를 경유하여 문경새재 톨게이트에서 3번 국도로 빠져나온 다음, 10시 45분에 수옥폭포 아래편 새터마을의 수옥정폭포주차장에 도착하였다. 그곳에 1993년 10월에 세운 수옥정폭포자랑비라는 것이 서 있었는데, 그것에 의하면 수옥폭포는 문경새재에서 흐르는 계류가 15m의 절벽을 내리지르는 3단으로 된 폭포라고 한다. 폭포 아래에 숙종 37년 연풍현감인 조유수가 당대의 우의정이며 청렴하기로 이름난 삼촌 조상우의 덕을 기리기 위해 지은 작은 정자가 있었는데, 세월의 흐름에 따라 그 정자는 없어졌으나 1960년에 괴산군의 지원을 얻어 팔각정을 건립하여 오늘에 이르렀다고 한다. 그 상류의 두 곳은 깊은 소를 이루는 모양인데, 우리는 이 지역의 명소인 폭포 쪽으로 가보지는 않았다. 주차장이 있는 마을 부근을 일러 한섬지기라고 부르는 모양인지 산행 도중의 안내 팻말에 이 지명이 계속 나타났다.

주차장에서부터 출발하여 마을을 지나 용성골펜션이 있는 곳에서 치마바위골이라는 이름의 계곡으로 들어갔다. 물이 좋아 완만한 경사를 따라 오르면서 개울을 7번 정도 건넜다. 도중에 말용초 폭포라는 곳도 지나쳤다. 우리 부부의 바로 앞에 가는 아주머니가 배낭 아래에다 방울을 달아 있어 그 절렁거리는 소리가 꽤 신경에 거슬렸는데, 그녀는 중년남자와 함께 걸으며 도중에 자꾸만 앉아서 쉬고, 남자는 이곳 멧돼지가 여자를 좋아한다고 농담을 하면서 그녀에게 빨리 가자고 재촉을 하고 있었다.

우리는 한섬지기에서 2km 올라간 지점의 갈림길에서 왼편으로 1.5km 떨어진 전망대 방향을 취해 계속 나아갔다. 도중에 아래쪽으로 조망이 트인 곳이 몇 군데 있었는데, 그 중 넓고 평평한 바위가 있는 곳이 전망대인 모양이나 우리 내외는 일행 몇 명이 앉아서 쉬고 있는 그 지점을 무심코 지나쳤다. 정상 부근은 경사가 매우 가팔랐는데, 깃대봉이라는 명칭은 끝이 삼각형 모양으로 뾰족한 봉우리라 해서 생긴 모양이다. 이 깃대봉을 아래쪽에 있는 널따란 바위절벽의 이름을 따서 치마바위봉이라고도 부른다고 한다. 우리 내외는 정상 부근에 있는 작은 바위에 걸터앉아 건너편으로 월악산국립공원의 봉우리들을 바라보며 점심을 들었다.

정상을 조금 지나니 한섬지기로부터 3.6km 떨어진 지점에 조령3관문을 900m 남겨둔 백두대간 능선이 나타났다. 우리는 거기서 오른쪽으로 3.5km 떨어진 신선암봉 방향을 취하여 나아갔다. 도중에 회장을 비롯하여 정상에서 우리 내외를 스쳐간 일행들이 점심을 들고 있는 곳을 두어 곳 지나쳤다. 선바위갈림길이라는 곳에서 오른쪽 방향을 취하여 도로 치마바위골 쪽으로 내려오는 원점산행을 하게 되어 있는데, 그 갈림길에 아무런 안내판이나 표지가 없어 그쪽 길이 맞는지 불확실했으므로, 거기서 정보환 씨 등과 함께 대기하고 있다가 얼마 후 도착한 회장이 내비게이션을 보여주면서 맞다 하는 말을 듣고서 지능선으로 난 다소 희미한 길을 따라 내려가기 시작했다. 한섬지기를 1.7km 남겨둔 지점에서 아까 오를 때 경유했던 개울 길을 다시 만나 하산하라고 한 시각인 오후 3시 반쯤에 주차장으로 돌아왔다.

그러나 아마도 정상까지 올랐던 사람들 중에서는 우리 내외와 정보환 씨가 제일 먼저 내려온 듯하였다. 거기서 닭백숙과 포도 등을 내놓는 하산주 자리에 앉아 한참을 지내도 여전히 21명만 있을 뿐 바로 뒤에 따라오던 회장 등도 좀처럼 나타나지 않았다. 꽤 오랜 시간이 지난 후에야 일행이 나타나기 시작하였는데, 그들 중 상당수는 선바위갈림길을 지나쳐버려 신선암봉(939)까지 갔다가 다른 갈림길을 취하여 내려왔다고 한다.

하산한 후 일행 중 사고가 나서 헬기가 동원되었다는 말을 들은 바 있었는데, 얼마 후에 그 사람이 사망했다는 소문도 들려왔다. 마침내 내려온 회장 김재화 씨에게 물었더니 사고를 당한 사람은 내 앞에 방울을 달고서 올라가던 여인으로서 평소 심장병이 있었는데, 정상에 오른 후 산울림산악회의 윤명호 회장 등과 함께 5명이 점심을 들고서 선바위갈림길을 향해 올라가던 중 갈림길을 10m 쯤 남겨둔 지점에서 쓰러진 모양이었다. 함께 가던 일행들은 갈림길에 도착하여 한참을 기다려도 그녀가 올라오지 않으므로, 얼마 후 그녀의 파트너가 도로 비탈길을 내려가 그녀가 쓰러져 있는 것을 발견하고서 일행을 불러 여러 사람이 인공호흡 등의 심폐소생술을 시행하였고, 오후 3시쯤에 헬기가 와서 그녀를 신고는 충주에 있는 건국대학병원으로 운반해 갔는데, 얼마 후 사망했다는 소식이 왔다는 것이었다. 헬기에 실려 갈 무렵 그녀는 아직 살아 있었으나, 입술과 혀가 이미 파랗게 변색된 상태였다고 한다.

대학병원까지는 심폐소생술을 시행하던 사람들 중 한두 명이 따라간 모양이고 그녀의 파트너는 회장과 함께 주차장으로 내려와 있다가 오후 6시 3분에 수안보에서 불러둔 택시가 와서 그것을 타고 병원으로 갔다. 그의 수중에 18만 원이 남아 있었고, 산악회로부터 10만 원을 더 빌려서 갔다. 두 사람은 정식 부부는 아니고 올해 64세인 여인 쪽은 어느 봉사단체의 회원이며, 남편은 교사를 하다가 퇴직했던 모양인데 별세하고 두 딸만 있는 상태로서 딸들은 두 사람의 교제를 묵인하고 있었다 하며, 남자 쪽은 가족이 그런 내연 관계를 모르는 모양이었다. 고인은 평소에 산을 매우 좋아 했다고 한다.

갈 때의 코스를 경유하여 밤 9시경에 귀가하였다. 주차장에서 스마트폰을 통해 북한이 오늘 오후 12시 29분에 함경북도 길주군 풍계리에서 제6차 핵실험을 강행하고 "대륙간탄도로켓(ICBM) 장착용 수소탄 시험을 성공적으로 단행했다"고 발표했다는 뉴스를 접하였고, 돌아오는 버스 속 TV의 뉴스 특보를 통해 좀 더 자세한 소식을 접했다. 이번 핵실험은 작년 것에 비해 10배 더 강해진 것이라고 한다.

11 (월) 오전 중 비 온 후 오후는 흐림 − 전북농업기술원, 경남생약농업협동조합

경남지방에 300mm에 달하는 엄청난 비가 내렸다고 한다. 특히 부산 지역의 피해가 심한 모양이다.

아내와 함께 산초모(산양삼산약초모임) 정기 모임에 참석하여 전북 진안군의 전북농업기술원 약용자원연구소와 경남 산청군의 경남생약농업협동조합에 다녀왔다. 3·6·9·12월에 산초모의 정기모임이 있는데, 이번 모임은 지난 번 우리 외송농장의 다음 차례이다.

오전 10시까지 경상대 입구에 모여 경상대가 지원하는 대절버스 한 대로 출발했다. 통영대전고속도로를 따라 북상하다가 장수익산고속도로로 접어들어, 완주군 소양면 화심리 520(전진로 1066)에 있는 60년 동안 3대의 전통을 이어온 곳이라는 두부전문점 원조화심두부에 들러 순두부로 점심을 들었다.

식후에 진안읍 임진로 2770(연장리 796-1)에 있는 전라북도농업기술원 약용자원연구소 허브시험장에 들러 김창수 연구사로부터 PPT에 의한 설명을 듣고 그곳의 농장을 두루 견학하였다. 이곳은 약용작물 중 인삼, 천마, 오미자를 주로 연구하는데, 김창수 씨는 천마 담당이라고 했다.

돌아오는 길에 산청읍 친환경로 2720번길 190에 있는 경남생약농업협동조합(동의보감촌)에 들러 생산자원부의 주 대장으로부터 설명을 듣고, 그곳의 한약재를 제조 포장하는 공장 시설들을 둘러보았다. 이곳은 산청군 금서면 동의보감로의 동의보감촌 판매장 및 금서면 친환경로에 있는 산청약초 판매장과 연계된 것으로서, 생약을 제조하는 각종 공장 설비들을 갖추어 두고서 최종 상품으로 만들어낼 뿐만 아니라 회원들에게 대여 운행하기도 하는 곳인데, 시설이 훌륭한 데 비하여 국비를 투입해 운영하는 곳이라 그런지 아직 채산성을 맞추지는 못하고 있는 모양이었다.

14 (목) 쾌청 –세자매밤꽃식당, 대원사계곡

아내가 운전하는 승용차에 동승하여 신안동 현대아파트 앞으로 가서 배행자 교수를 태운 다음 망경한보아파트로 가 김은심 교수 내외를 만났다. 함께 김은심 교수가 운전하는 승용차로 옮겨 타서 산청군 삼장면 서당길 115-15(덕교리 884번지)에 있는 수제 전통 두부 전문점 세자매 밤꽃식당으로 가서 세가지버섯전과 한우두부버섯전골로 점심을 들었다. 배 교수가 서울의 딸네 집에 가 있는 동안 지나간 생일과 오는 17일 해외여행 중에 있을 아내의 생일을 축하하는 뜻에서 가진 모임인데, 김 교수가 두 사람의 생일 케이크도 준비해 왔다.

식사를 마친 다음 근처의 大源寺 계곡으로 가서 대원사에서부터 유평마을까지 편도 3.5km의 거리를 산책하였다. 대원사 계곡도 가뭄으로 말미암아 수량이 많이 줄어든 듯하였다. 유평마을의 가랑잎국민학교는 이제 폐교된 지 오래되어 경상남도산청교육청 산청유평 학생야영수련원으로 명칭이 바뀌어 있었다. 그 바로 옆에 접한 땅 약200평을 매물로 내놓은 플래카드가 내걸려 있었는데, 김은심 교수가 그 땅 주인에게 전화를 걸어보고는 평당 100만 원인데 80만 원으로까지 깎아줄 수 있다고 한다면서 관광지 치고는 아주 싼 가격이니 우리가 공동으로 그 땅을 매입하여 4층 정도 되는 별장 건물을 짓자는 의견을 내었다. 아내와 배 교수가 적극 찬성하는 듯하고 아내는 나까지 포함하여 네 명이 함께 돈을 내자는 의견도 내었다. 그러나 나중에 배 교수 및 아내와 셋이 있을 때 물어보니 그들의 의견은 그새 바뀌어 회의적이었다. 나로서는 그 예쁜 이름 때문에 예전부터 관심을 갖고 있었던 가랑잎초등 학교 바로 옆의 땅이니 흥미가 있고, 이자가 거의 없는 오늘날 금융기관에다 돈을 묶어두는 것보다는 정말 싼 가격이라면 토지에다 투자하는 편이 나을 것 같다는 생각도 해보지만, 공동소유라는 것은 훗날 좀 문제를 일으킬 소지 가 있다고 본다.

돌아오는 길에 앞서가던 김 교수의 남편 이성민 목사가 행방불명이 되어 한동안 좀 난처한 형국이 벌어졌다. 이 목사는 치매기운이 좀 있는데, 목사 출신이라 그래도 평소 친절하고 예의바른 점은 여전하지만, 오늘도 식사 때 밥 외의 반찬이나 국에는 전혀 수저를 대지 않았고, 자주 보는 우리들을 기억 하지 못할 뿐 아니라, 집에서는 샤워를 하지 않으려 하고 입은 옷 그대로 취 침하는 등 꽤 말썽을 부리고 있다고 한다. 이 목사가 지닌 백 속에 차 키와 김 교수의 핸드폰도 들어 있으므로 그를 만나지 못하면 차를 운전할 수도 없 는데, 아내의 스마트폰으로 연락해 보니 그동안 이미 한 번 전화를 걸어 만류 했음에도 불구하고 이미 승용차를 세워둔 대원사를 지나 더 내려간 모양이 라 내가 종종걸음으로 따라가는 도중에 김 교수가 다른 사람의 승용차에 동 승하여 먼저 내려가 이 목사를 대원사에서 800m 정도 더 내려간 지점의 맹 세이골 자연관찰로 갈림길에서 발견하여 그를 세웠다.

오후 5시 무렵에 집으로 돌아왔다. 오늘 식사를 잘한 까닭인지 내 체중이 또 81kg 정도로 늘어 있었다.

24 (일) 아침에 짙은 안개 –압해도, 암태도 승봉산

아내와 함께 대명산악회의 산행에 동참하여 전남 신안군의 암태도 升峰山 (355.5m)에 다녀왔다. 오전 6시 반까지 장대동의 구 제일은행 앞에서 모여 대형버스 한 대와 중형버스 한 대로 출발하였다. 나는 목포에서 배를 탈 줄로 생각했지만, 압해대교에서 압해도를 가로질러 9시 23분에 송공여객센터 미널에 도착한 다음, 10시 발 페리를 타고서 7km 거리의 바다를 건너 최단 거리에 위치한 암태도의 오도선착장에 도착하였다. 나로서는 압해도와 암 태도를 모두 처음으로 방문하는 것이다. 현재 이곳에 새천년대교가 건설 중에 있어 내년이면 완공될 예정이므로, 그렇게 되면 이미 암태도와 다리로 연결되어 있는 자은도·팔금도·안좌도 및 암태도의 부속도서인 추포도와 안좌도의 부속도서인 자라도 등과도 연결되어 사실상 이것들은 모두 섬이 아니게 되는 것이다. 압해도에서 무안군으로 건너가는 다리 이름은 김대중대교라고 되어 있었다.

오도선착장에 도착한 다음, 중형버스에 탔던 사람들도 페리에 실려 건너온 대형버스에 동승하여 암태도의 등산로 입구인 암태중학교로 이동하였다. 거기서부터 등산을 시작하여 승봉산 정상에 도착하였는데, 정상에는 태양광 패널이 부착된 철탑이 솟아 있었다. 정상을 조금 지난 지점에서 점심을 든 다음, 하산로에 접어들어 수곡임도를 지난 다음 다시 건너편의 큰봉산(222.5)에 올라 마당바위·오리바위를 거쳐 수곡리길 35에 있는 露滿寺를 둘러본 다음, 수곡리 쪽으로 하산하였다. 노만사는 큰봉산에서 남쪽으로 해발 120m 지점의 산에 위치해 있는데, 초라한 대웅전이 별채로서 따로 떨어져 있고, 본채도 조그마한 건물 하나여서 신도가 머무를 수 있을 만한 공간이 못되었다. 1873년에 대흥사의 분회로서 설립되었을 당시에는 초가 건물이었던 것을 1944년에 중수한 것이라고 하는데, 대웅전 부근에 솟아 있는 바위에서 떨어지는 약수 물이 이슬같이 가득하다고 하여 이런 이름이 붙었다고 한다.

하산 후 수곡리의 육모정에서 잠시 쉬다가, 거기까지 이동해 온 대절버스를 타고서 오도 선착장으로 간 다음, 오후 4시 40분에 출발하는 배 시간 때문에 의자도 꺼내지 않고서 선채로 하산주를 든 다음, 9시 반쯤에 귀가하였다.

10월

1 (일) 비 -월출산

아내와 함께 망경산악회를 따라 영암 월출산에 다녀왔다. 8시 20분까지 우리 아파트 앞의 도로변에서 대절버스를 타고 출발했다. 남해고속도로와 광양목포간 고속도로를 경유하여 강진 톨게이트에서 빠져나온 다음, 오전

11시 3분에 월출산국립공원관리사무소 부근 주차장에 도착했다. 가고 오는 길의 들판에 추수를 마친 논이 더러 보였다.

흐리기만 하던 날씨가 가는 도중 부슬비가 내리기 시작하더니, 하차할 무렵에는 제법 빗줄기가 본격적으로 되었다. 차에 가득한 참가자 중에 등산을 포기한 사람이 제법 많았다. 아내와 나는 방수복과 방수커버를 하고서 등산을 시작하였으나, 아내는 천황사에서 돌아내려갔다. 오늘은 바람폭포에서 정상인 천황봉에 올랐다가 사자봉과 구름다리를 거쳐 백코스로 내려오는 일정인데, 구름다리를 거쳐 정상까지는 3.5km의 거리였다.

구름다리 옆의 육모정에 다다랐더니 거기에 점심을 드는 사람들이 가득 모여 있었으므로 나도 그 한 모퉁이의 의자에서 비를 피해 점심을 들었다. 머지않아 우리 일행도 거기에 도착했는데, 어떤 사람이 나를 향해 자꾸만 아래로 내려가자는 듯한 신호를 보내왔지만, 나는 낯선 사람이라 그 신호를 무시하고서 점심을 든 다음 구름다리를 건너 계속 등산로에 올랐다. 사자봉과 통천문을 지나 마침내 정상에 올랐고, 통천문삼거리에서 산성대 방향을 취하여 내려오다가 광암터에서 바람폭포 방향으로 접어들었다. 구름다리를 지날 무렵부터 안개가 자욱하여 시야를 가렸는데, 바람까지 거세게 불어 다만 앞으로 계속 나아갈 뿐 이렇다 할 조망은 아무것도 없었다. 내려올 때는 바람에 불려 한동안 안개가 걷히기도 하였다.

바람폭포에는 물이 전혀 없었고 계곡에도 물이 없었다. 바람폭포 아래쪽에 구름다리로 올라가는 삼거리가 있는데, 나는 원래 계곡 길을 따라 계속 내려올 생각이었지만, 원래 예정된 코스를 따르기로 마음을 고쳐먹고서 300m 쯤 되는 가파른 오르막길을 죽을힘을 다해 올랐다. 그러나 뒤에 알고 보니 그것은 지름길이 아니고 오히려 계곡 길에 비해 훨씬 둘러가는 길인지라, 예정된 시간인 오후 3시 반에서 한참 지난 4시 20분쯤에야 꼴찌로 하산할 수 있었다. 내 생각에는 우리 일행 중 오늘 정상까지 오른 사람은 나 밖에 없었지 않나 싶은데, 사실은 어떤지 모르겠다.

天皇寺는 옛 절터에 승려 正覺이 2004년에 주지로 부임하면서 새롭게 창건한 사찰이다. 이 절에 관한 최초의 문헌은 大覺國師文獻集에 실린 「寶月山

獅子寺」라는 기록인데, 1995년에 실시한 1차 발굴조사에서 목탑지와 법당지가 확인되었고, 獅子寺銘 기와가 발견되면서 본래 명칭이 사자사로 확인되었다. 절 부근의 언덕에 목탑지를 알리는 안내판도 세워져 있었다.

구름다리는 사자산과 매봉을 연결하는 懸垂橋로서 1978년에 시공되었고, 2006년 재시공된 것인데, 내가 1992년 4월 12일 멋-거리산악회를 따라와 처음 이 산에 올랐을 때는 절도 구름다리도 현재의 것이 아니었다.

돌아오는 길에 하동군 고전면 전도리 1087-9(재첩길 282)에 있는 신방촌재첩벚굴식당에 들러 재첩국으로 저녁을 들었다.

7 (토) 흐리다가 오후에 개임 - 남원 김효빈 교수댁

내 1톤 트럭을 몰고서 아내와 함께 전북 남원시 산내면 대정방천길 43에 있는 큰 한옥집으로 김효빈 교수를 찾아 떠났다. 평소처럼 오전 9시에 출발하여 국도 3호선을 따라 북상하다가 도중에 원지마트에 들러 선물로 포도 한 박스를 산 다음, 산청읍에서 금서면의 동의보감촌 앞과 덕양전 앞을 지나 함양군의 휴천계곡과 마천 및 남원 실상사 앞을 지나서 11시 무렵에 뱀사골 쪽 진입로 부근에 있는 그 댁에 도착하였다. 동의보감촌으로 통하는 60번 지방도 가에 예전에는 함박꽃(芍藥)이 많이 심어져 있었는데, 지금은 온통 구절초로 대체되어 있었다.

김 교수는 부산대학교를 졸업한 후 이화여대에서 석·박사 과정을 거치고, 금년 2월까지 진주보건간호전문대학에 근무하다가 명예퇴직한 사람인데, 아내보다 한 살이 적은 63세이다. 작고한 이화여대 간호대학 김수지 교수의 애제자로서, 김 박사가 아래쪽으로 내려오면 늘 그 댁에 가서 여러 날을 머물곤 했다고 듣고 있다. 우리가 갔을 때 그 댁에는 서울에서 선교사 생활을 하며 김수지 박사의 장례식 때 스스로 지은 만시를 낭독했다는 김 교수의 친구가 와서 며칠간 머물고 있었고, 김수지 박사가 결혼식 때 예단으로 받은 것이라는 장식물도 벽에 액자로 걸려 있었다.

그 동네는 同福吳氏 종손인 그녀 남편의 고향으로서, 남편이 그곳으로 돌아와 목회활동을 하고 있는 것이라고 한다. 집 앞에 은행나무 고목이 여러

주 서 있는 한옥 한 채를 구입하여 상당한 세월동안 수리·확장해 온 것이라고 하는데, 잔디 깔린 뜰을 사이에 두고서 본채 앞에 여러 채의 작은 한옥들을 새로 지었고, 본채 옆의 담 밖에는 2층으로 또 커다란 한옥을 지어 거의 완공 단계에 이르러 있었다. 그 1층에는 교회당 같은 강당도 있었으므로, 장차 교회를 이리로 옮겨올 예정이냐고 물었더니 그렇다는 것이었다. 무엇 때문에 이렇게 여러 채의 집과 많은 방들을 마련했는지 물었더니, 자기 집에 러시아의 고려인 작가 아나톨리 김이 『춘향전』을 번역하러 남원으로 와서 3개월 간 머문 것을 비롯하여 세계 여러 나라에 흩어져 있는 한인들 즉 디아스포라가 자주 와서 머무는데, 그들의 숙박을 위한 시설이라는 것이었다. 한옥으로 이 정도의 건물을 짓자면 비용이 많이 들 것이고 목사의 수입으로는 그것을 감당키 어려울 듯하다고 말했더니, 땅도 팔고 김수지 박사를 비롯하여 도와주는 사람들도 있어 10년 정도의 세월을 들여 오늘에 이르렀다고 했다.

김 교수의 승용차 뒤를 따라 운전하여 남원시 인월면 천왕봉로 62-8에 있는 흥부골 남원추어탕이라는 식당으로 가서 추어탕으로 늦은 점심을 대접받은 다음, 그녀와 작별하고서 함양 가는 24번 국도로 접어들어 팔랑치를 넘어서 도중에 오도재 방향으로 가는 1023번 지방도로 접어들었다가, 내비게이션의 인도에 따라 전혀 가본 적이 없는 시골길을 지나 휴천면 소재지로 와서 함양읍으로부터 이어지는 1001번 지방도로를 만나 유림면 소재지까지 왔다. 3호선 지방도인 그 새 길은 비교적 근년에 완공된 것인 모양으로서, 내가 가진 2008년도 판 『영진5만지도』에는 그 중 일부 구간이 공사 중인 것으로 되어 있다. 유림에서부터는 갈 때의 길을 따라서 산청군 금서면을 지나는 60번 지방도를 거쳐 도중에 한방약초축제 기간 중인 동의보감촌에도 들렀다가, 진주시내에 도착해서는 유등축제로 말미암아 교통에 통제되고 있는 남강 다리 구간을 피하여 옥봉동과 뒤벼리를 거쳐 오후 4시 반쯤에 귀가하였다. 그 길로 오는 도중 장대로 21(장대동 어린이놀이터 옆)에 있는 신영화종합기계에 들러 망가진 것을 대신하여 예초기 날을 고정시키는 부품을 새로 하나 구입하였다.

8 (일) 맑음 - 화왕산

아내와 함께 개척산악회의 정기산행에 동참하여 창녕 火旺山(756.6m)에 다녀왔다. 시청 앞에서 7시 50분까지 40인승 대절버스를 타고는, 신안동 운동장 부근 백두대간 등산장비점 등을 경유하여 출발하였다. 남해·구마고속도로를 경유하여 영산IC에서 빠져나온 다음, 국도 및 지방도를 따라 가서 창녕읍 옥천리 주차장에서 하차하여 등산을 시작하였다.

오늘 이 산악회에는 731산악회의 멤버들이 대거 참여해 있었다. 731이란 일제시기에 만주에서 인간의 생체실험을 한 것으로 악명 높은 이른바 마루타부대의 명칭인데, 이 산악회의 경우는 진주중 7회, 진주고 31회 졸업생들을 주로 한 모임이므로 731이라 칭하는 것이다. 그들은 대개 1942년생으로서 나보다도 7살 정도 많은 노인 산악회이므로, 높은 산에는 오르지 않고 주로 둘레길 중심으로 트레킹 정도를 다니고 있다. 대장인 정종섭 전 교장을 비롯하여 총무인 박중춘 경상대 농대 원예학과 명예교수, 고영옥 진주과기대의 특용작물 전공 명예교수 등 아는 사람들이 참가해 있었다.

그들 외에도 박양일 전 희망산악회장, 홍성국 전 쌍백고등학교 교감 등 아는 사람들이 더 있지만, 박 씨는 췌장에 물혹 세 개가 생긴 관계로 약 한 달 전 서울 일산의 중앙암병원에서 진찰을 받았다가 뜻밖에도 식도암 초기증상이 발견되어 현재 죽만 들면서 치료중이라고 하며, 홍성국 씨는 약 2년 전쯤부터 다른 산악회로 옮겼다가 근자에 다시 이 산악회에 나오기 시작했다고 한다.

731은 봉고차를 대절하여 매주 두 번 정도씩 산행을 하고 먼 곳으로 갈 때는 여러 날 동안 합숙하기도 하는데, 비봉과 개척산악회의 월례 산행에도 동참하는 지라 오늘 나와 만나게 된 것이다. 이 산악회의 대장이자 물주인 정종섭 씨는 개척산악회를 따라 금년 6월에 인도네시아 발리 섬의 활화산인 아궁산을 등반하고서 돌아오기도 했다는 것이었다. 그들이 등산 도중에 붙이고 있는 리본에 인쇄된 바로는 870차 산행에 1750산을 등정했다는 것인데, 1750이란 한 산에 여러 개의 봉우리가 있을 경우 그 봉우리들까지 합산한 것이라고 한다. 그리고 이 리본은 몇 천 개씩 인쇄했다가 다 쓰고 나면 새로 인쇄한다고 하며, 그 비용은 동창회에서 부담해 준다는 것이다.

박중춘 교수는 서예·전각·사진 등 예능방면에 소질이 있어 문인화를 그리는 부인과 더불어 정년퇴임 때와 칠순 때 두 차례 화집을 내기도 했었는데, 약 5~6년 전에 폐암으로 말미암은 수술을 받았고, 그 후 전이되어 뇌수술도 받았으며, 현재는 골수로 전이된 암을 치료하는 중이라고 하는데, 경과가 아주 좋아 다시 이 산악회에 나오고 시작했고, 스스로 총무를 자청했다고 한다. 의사로부터 전각은 하지 말라는 말을 듣고서, 이즈음은 새로운 분야인 연필화에 몰두하고 있다.

늘 그렇듯이 이들은 관룡산·화왕산을 둘 다 오르는 오늘 코스를 절반 정도로 줄여 관룡사 쪽이 아닌 화왕산과 관룡산의 갈림길 옥천삼거리로 직등하는 옥천제1탐방로를 취했고, 고영옥 교수가 나에게도 그리로 가자고 권유하므로, 나는 작년 11월 27일에 아내와 함께 와 혼자서 관룡산·구룡산 코스를 돌아온 바도 있어 그들과 동참하였다. 그러나 그들은 삼거리까지 다 오르지는 않고 포장도로를 따라 올라가다가 도중에 옆의 오솔길을 취해 화왕산성 남문 쪽으로 바로 올랐다. 그 길을 따라가면 매표소에서 화왕산 정상까지는 3.5km의 거리이다.

남문으로 들어서서 昌寧曹氏得姓之地 비석 옆을 지나 동문 앞에 다다라 그곳 풀밭에서 점심을 들었고, 식사 후 우리 내외는 정종섭 대장을 따라 성곽의 능선 길로 정상에 오른 다음, 서문까지 내려와 자하곡 제2코스를 따라서 자하곡 매표소로 하산하였다. 정상에서 자하곡매표소까지는 3km의 거리인데, 그 중 서문에서 0.91km의 거리는 최단거리인 반면 급경사로서 매우 힘들므로 환장고개라고 불리고 있다. 나는 1989년에 남명학 답사 차 이 산을 두 차례 오른 것을 비롯하여 여러 번 올랐고 자하곡 쪽 길을 이용한 바가 많으나 대체로 제1코스를 오르내린 듯하고 제2코스는 낯설었다. 오랜만에 지나보니 이쪽 길도 제3코스를 만나는 지점부터 아스팔트 포장도로가 이어지고 도중에 매표소가 설치되어 있는 등 변화가 심했다. 오후 2시 반쯤에 대절버스가 정거해 있는 지점으로 하산하여 731팀과 더불어 하산주 자리에 어울렸다가, 6시 반쯤에 귀가하였다.

14 (토) 맑음 -경주

아내와 함께 오늘부터 19일까지 5박6일 동안 경북 경주시 엑스포로 40에 있는 황룡원에서 열리는 국제본부 MSC(Center for Mindful Self-Compassion)의 한국 본부인 (사)한국명상심리상담연구원(Institute of Korean Meditation and Psychotherapy)이 주최하는 '마음 챙김에 기반한 자기연민(Mindful Self-Compassion)' 프로그램 워크숍에 참여하기 위해 평소처럼 오전 9시 무렵 집을 출발했다. 내가 승용차를 몰고서 남해고속도로를 경유하여 김해에서 대동터널을 지나 경부고속도로에 접어든 다음, 점심 식사를 예약해 둔 11시 반 무렵에 경주시 교촌안길 19-4(구 교동 59)에 있는 경주 최부자 반가 한정식집 瑤石宮에 도착하였다.

경주최씨 고택과 요석궁이 위치한 교동은 신라시대 무열왕의 둘째 딸 요석공주가 살던 궁터로 전해지고 있는데, 이 일대가 요석공주와 원효대사가 만난 곳으로서, 이곳에서 설총이 태어났다고 한다. 세상에 널리 알려진 경주 최부자집의 종가는 조선 중기 무렵 崔彦璥 대에 최씨 집안이 경주시 내남면 이조리에서 교동으로 이주하여 정착한 1779년경에 건립되었다고 한다. 원래 99칸이었다고 전해지며, 이웃한 경주향교에 대한 배려로 기둥을 낮게 만들어 집의 높이를 낮추고 집터를 낮게 닦았다고 한다. 현재의 요석궁 식당 건물은 종가가 아니고 마지막 최부자로 불리는 독립유공자 崔浚 (1884~1970)의 동생 최윤의 집으로서, 이곳 또한 종가와 마찬가지로 여러 차례 화재로 소실되었지만, 2005년부터 한옥의 원형 보존을 위해 매년 보수, 복원 공사가 진행되고 있다.

汶坡 최준은 종손으로 태어나 그 사랑채에서 白山 安熙濟와 더불어 白山商會의 설립을 결의하고 대표에 취임하여 대한민국 임시정부에 거액의 군자금을 보내는가 하면, 해방 후 모든 재산을 기증하여 계림대학과 대구대학을 설립하니, 곧 오늘날 영남대학교의 전신이다.

요석궁의 메뉴는 반월정식 1인당 33,000원, 계림정식 66,000원, 안압정식 99,000원, 요석정식 132,000원이 있다고 적혀 있는데, 아내가 인터넷으로 조회한 바에 의하면 상중하의 세 등급이 있으며, 그 새 가격이 인상되었는지 우리 내외가 예약한 중급인 계림정식의 1인당 현재 가격은 69,000원이며, 상급(요석정식?)은 159,000원이라고 한다. 이 외에 藥仙酒인 담향 하나를 추가하면 29,000원을 더 내야 한다. 이곳에서 결혼식 상견례 같은 것이 열리기도 하는 모양이다.

식후에 아내와 더불어 그 부근의 고적들을 산책하여 둘러보았다. 요석궁에서 도보 5분 거리에 경주향교가 있는데, 신라시대 신문왕이 682년에 國學을 설치했던 곳이라고 한다. 우리는 먼저 도보 10분 거리에 있는 경주김씨 시조 金閼智가 태어난 곳이라는 전설을 간직한 鷄林 숲과 신라왕궁인 月城(일명 半月城)을 둘러보았다. 월성의 남쪽으로는 남천이 흘러 자연적인 방어시설이 되었고, 동·서·북쪽으로는 해자를 팠는데, 현재 해자 터 및 월성 안에는 울타리를 둘러치고서 발굴조사가 진행되고 있었다. 신라의 5대 왕인 婆娑王이 서기 101년에 처음 이곳에다 왕궁을 짓고 월성이라 이름 붙인 후 935년까지 신라의 중심왕궁이 있었던 곳이다. 월성해자는 보통 1개의 구덩이를 파서 만드는 다른 해자와는 달리 불규칙한 연못 형태의 여러 개가 연결되어 있어 溝池와 같은 느낌이 드는 것이 특징이라고 한다.

이 일대인 慶州 東部 史蹟지대는 신라 왕경의 중심부였기 때문에 신라의 옛 모습을 잘 간직하고 있는 곳으로서, 세계문화유산으로 지정되어 있다. 월성 안에 보물 제66호인 석빙고가 있는데, 조선 영조 17년(1741)에 옮겨 세운 곳이다. 나는 월성에 처음 와보는 줄로 알았으나, 이 석빙고를 보니 초등학교 때 수학여행 차 경주로 와서 이곳 계림과 석빙고, 첨성대를 비롯한 여러 곳의 유적들을 장거리로 걸어 다니며 둘러본 기억이 났다.

경주시에서는 2013년 3월부터 비단벌레차라는 전기자동차를 운행하는데, 여기저기서 그것이 눈에 띄므로 그걸 타면 짧은 시간 안에 주요한 유적지들을 두루 둘러볼 수 있겠다 싶어, 동궁과 월지 근처로 하여 반월성을 나온 다음 인왕동 고분군 옆을 지나 첨성대 입구에 있는 매표소까지 걸어가 보았지만, 오늘분의 차표는 이미 예매가 끝났다는 것이었다.

그래서 다시 도로를 따라 교촌한옥마을로 되돌아와 최부자집 종가에 들러보았다. 그 근처에 경주 개 동경이를 사육하여 전시하는 곳도 있었는데,

나의 예상과는 달리 동경이는 긴 털이 북실북실하게 난 종이 아니라 진돗개처럼 보통개의 모양을 한 것인 모양이다. 교동에는 또한 이상한 모양의 울긋불긋한 한복을 대여해 주는 곳도 있어 그것을 차려 입은 젊은 남녀들이 거리를 활보하고 있었다.

남천 가의 주차장에 세워둔 승용차를 몰고서 황룡사지로 가보았다. 등산차 대절버스를 타고서 근처로는 여러 차례 지나가 보았지만 그 터에 직접 내려 본 적은 없는데, 오늘 비로소 가보니 그 곁에 2013년 10월 21에 착공한 황룡사역사문화관이 완공되어 있었으므로, 먼저 그 내부로 들어가 두루 둘러보고 1층의 3D 입체영상관에서 1시간 간격으로 상영하는 15분짜리 영상물도 보았다. 그런 다음 밖으로 나와 황룡사지를 둘러보았다. 그곳에서도 2016년 12월 13일부터 2020년 12월 31일까지 발굴조사가 행해지고 있었다.

『삼국유사』에 의하면 皇龍寺 목탑은 자장율사의 건의로 백제장인 阿非知와 신라 장인들이 국태민안의 염원을 담아 선덕여왕 12년(643)부터 3년의 조성 기간을 거쳐 높이 약 80m인 구층탑으로 완성한 것이다. 여러 차례 중수와 수리를 거치다가 고려 고종 25년(1238) 몽고의 침입으로 가람 전체가 불타면서 목탑도 함께 소실되었다. 황룡사역사문화관 안에 그 1/10 규모로 조성된 탑이 있고, 부분적으로는 실물크기로 복원한 것도 있었는데, 차를 몰고서 그곳을 떠나 오후 4시 무렵 普門관광단지 안에 있는 목적지 皇龍院에 도착해 보니 경내에 바로 그 모양으로 68m 높이로 만든 中道 탑에 세워져 있었다.

우리 내외는 3층의 305호실을 배정받았는데, 우리 방 베란다의 정면에 넓은 잔디밭 뜰을 사이에 두고서 그 탑이 우람하게 버티고 서있다. 황룡원의 정면에는 The-K 호텔, 측면에는 KT 수련관 등이 늘어서 있다. 황룡원은 ㈜불이가 그 소유주로 되어 있는데, 동국제강의 연수원으로서 건립된 것이라고 한다. 중도 탑 부근의 잔디밭 가에 실물 크기의 석조로 된 토함산 석굴암도 조성되어져 있는데, 아직 미완성으로서 조성 중이었다. 뜰의 회랑에서 바라보니 3층으로 이루어진 숙박동(연수동)의 옥상에 한옥 건물들이 보였으므로 거기에도 올라가 둘러보았는데, 역시 숙박시설 및 회의실·휴게실 등이 있었다. 우리 일행 중 일부는 거기에 머무는 모양이다.

이번 워크숍은 참가비가 사전등록의 경우 1인당 98만 원, 7월 21일 이후에 등록하는 경우 115만 원인데, 우리 내외는 예전에 특강 차 경상대 간호대학으로 와서 외송의 우리 산장에도 들른 적이 있었다고 하는 서울의 김정숙 씨가 초청하여 무료로 왔다. 김 씨는 대학에서 정신간호학 전공의 강사로 활동하는 모양이고, 그 남편은 산부인과 의사인데 꽤 부유하다고 한다. 그녀는 오늘밤 늦게 도착하는 모양이다.

오후 5시 반부터 3층 식당에서 저녁식사가 있었고, 7시 30분부터 9시까지 중도 타워 3층의 금강홀에서 환영 및 안내 모임이 있었다. 이 모임의 참가 인원은 60명으로 한정되어져 있다. 지도자는 스티브 힉맨 교수와 비구니인 서광스님으로서, 통역하는 여자 한 명이 힉맨 씨 옆에 앉았다. 이 과정은 Intensive Course로서 국제공인 MSC 지도자 과정을 위한 필수코스이며, 전 과정을 마친 후에는 영어로 된 수료증도 주는 모양이다. 팀장인 서은정 씨를 비롯한 남녀 네 명이 스텝으로서 참여해 있다.

나는 이 모임에 대한 예비지식이 전혀 없이 아내가 함께 가자고 여러 차례 요청하므로 동행한 것이다. 그러나 다른 참여자들은 전국 각지에서 왔고, 이미 몇 차례 이런 모임에 참여했던 사람들이 많은 데다, 이에 관한 상당한 지식을 가진 사람들이 대부분인 듯했다. 힉맨 교수는 미국의 UC 샌디에이고에 근무하는 모양이며, 서광스님도 미국 유학중 그를 알게 된 모양이다.

가까이 앉은 사람들 세 명씩 한 그룹이 되어 서로 여기에 온 동기에 대해 대화하는 자리가 마련되었다. 우리 부부와 한 그룹이 된 남자는 서울에서 왔고, 이미 세 번째 참가하고 있으며, 직장에서 이러한 모임의 지도자가 될 준비를 위해 왔다고 했다. 승복 차림의 비구니가 많고 비구도 한두 명 있었는데, 그에게 불교와 무슨 관련이 있느냐고 물었더니, 불교 철학을 바탕에 깔면서 여러 가지 다른 요소를 차용한 것이라고 했다. 한국에 도입된 지는 5년 정도 밖에 되지 않았고, 세계적인 연락망을 가진 이 단체의 핵심 멤버 중 한 명인 힉맨 씨도 2011년 무렵 처음으로 이 모임에 접했으며, 당시에는 관계자가 2명 정도 밖에 없었다고 하는 것으로 보아 생겨난 지 얼마 되지 않는 모양이다. 강사나 통역자가 앞에서 마이크를 들고 말하는 것이 내 귀에는 발음이 똑똑치 않기도 하여 잘 알아듣지 못했다.

그리고 매일 밤 10시부터 다음날 오전 9시에 일정이 시작될 때까지는 '연민적' 침묵이라고 하여 묵언을 하라고 요청받았다. 묵언이라는 것도 불교적 수행법 중 하나인데, 서광스님은 이 모임은 특정 종교와 관계가 없으며, 인류적 보편성에 바탕을 둔 것이라고 했다. 그리고 내일부터는 오전 6시 30분부터 한 시간 동안 금강홀에서 희망자에 한해 명상을 실시한다. 시작 시간이 지난 후에는 입장이 허락되지 않으며, 한 번 입장한 후에는 자리를 뜰 수도 없으니, 좀 더 느슨한 형식의 명상을 원하는 사람은 9층을 이용하라고 했다.

그래서 오늘밤 오리엔테이션이 끝난 후 엘리베이터를 타고서 중도 타워의 꼭대기인 9층에 올라가 보았더니, 그곳은 大圓精舍라는 이름의 법당이었다. 한 층 전체를 차지한 널찍한 방의 안쪽 벽 가운데에 금빛 좌불 하나가 놓여 있고, 그 양쪽 가로 불상 그림들이 배치되어져 있으며, 안쪽에 안락의자와 테이블이 있고, 입구 쪽의 벽에는 이 시설 설립자로 보이는 부부의 초상화가 커다랗게 걸려 있었다.

15 (일) 흐림 - 경주

오늘부터 18일까지 나흘간 매일 오전 9시부터 12시까지 중도 타워 3층 금강홀에서 오전 프로그램이 있고, 오후 2시 30분부터 5시 30분까지는 오후 프로그램이 있다. 하루 6시간씩 교육을 받는 셈이다. 교육에서는 서광스님과 힉맨 교수가 앞에서 양반다리를 하고 앉아 마이크를 잡고서 번갈아 가며 말을 하고 긴 방석 위에 그냥 앉거나 등받침을 하기도 하고 더러는 의자에도 걸터앉은 참석자들에게 질문을 하여 반응을 유도하며, 어제처럼 참석자들끼리 2명 혹은 3명씩 그룹을 지어 약 10분 정도씩 대화를 나누게도 한다. 오늘은 몇 차례 스크린에다 동영상을 비추어 시청각자료를 이용하기도 하였다. 세 시간의 프로그램 중간에 15분 혹은 20분씩의 한 차례 휴식시간이 있다.

나는 어제와 마찬가지로 기초지식이 없어서도 강의 내용을 잘 알아듣지 못할 뿐 아니라, 강사의 발음이 분명치 않고, 참석자들의 발언은 마이크 없이 하는 데다 내가 뒤쪽 *끄트머리*의 의자에 앉아 있기 때문에 대부분 무슨 소린지 알아차리지 못한다.

금강홀의 오른쪽 입구에는 커피·홍차 등 음료와 냉온의 식수, 과자나 과일 종류가 비치되어 있어 집에서 가져온 텀블러에다 옮겨 담거나 손으로 집어 와서 프로그램 중 자유로이 들 수가 있다.

오전 휴식시간에 방으로 돌아와 잠옷을 겸한 반팔 옷을 긴팔 차림으로 갈아입었는데, 방안의 물건들은 나갈 때 대로였으나, 침대의 이불이 정돈되어져 있고 화장실의 수건들이 새것으로 교체되어 있는 것으로 보아 서비스하는 사람이 다녀간 것을 알 수 있었다. 각자의 침대에는 베개가 하나 밖에 없고, 옷장에 옷걸이가 두 개 밖에 없으며, 화장실에 목욕용 큰 타월이나 세면도구가 비치되어 있지 않는 등 간소하다.

금강홀로 돌아가 보았더니, 각자의 자리에 한 부씩 Christopher Germer와 Kristin Neff가 공저하고 서광스님·김정숙·김나연이 공역한 『마음챙김-자기연민』(서울, 한국명상심리상담연구원, 2014 초판, 2017 개정 3판) 한 부씩이 배부되어져 있었다. 우리 부부를 이 모임에 초청한 김정숙 씨가 공역자 중에 들어가 있는데, 오늘 들으니 그녀는 작년에 이 모임에서 한국 처음으로 지도자 자격을 얻은 사람이라고 한다. 오늘 아침 식사 때 비로소 그녀를 만났으나, 비교적 젊어 보이는데 나로서는 생소하였다. 그리고 저자 두 명은 하버드대 교수인가 된다고 들은 것 같은데, 이 단체의 창시자라고 하는 것으로 미루어 어제 힉맨 씨가 2011년 당시에는 자기 외에 두 명 밖에 없었다고 한 그 두 명이 아닌가 싶다. 오늘 힉맨 씨가 한 말 중에 전 세계에서 이 교육을 받은 사람이 현재 15,000명 정도 된다고 한다.

마음챙김-자기연민을 영어로는 Mindful Self-Compassion이라고 쓰는데, 내가 처음 Mindful Self와 Compassion으로 짐작했던 바와는 달리 마음챙김은 Mindfulness, 자기연민이 Self-Compassion으로서 이 모임의 핵심개념을 이루고 있다.

정오부터 한 시간 동안이 점심이고, 그 이후 오후 2시 30분까지 휴식시간 이어서, 그 동안 아내와 함께 보문관광단지를 산책해 보았다. 황룡원은 단지 의 입구 쪽 끄트머리에 위치해 있고, KT수련관 건너편에 HICO(Gyeongju Hwabaek International Convention Center)라는 이름의 경주 지역의 행사장 대형 건물이 있었으며, 거기서 좀 더 걸어가면 길은 구부러져 호반광 장에서부터 보문호반길로 이어지는데, 우리 내외는 숲이 우거진 그 길을 따 라 보행자전용도로가 끝나는 호수 끝 선덕여왕공원 부근까지 걸어갔다가 돌아왔다. 예전에 경상대 교수들과 함께 현대그룹 측의 초청으로 울산의 현 대자동차 공장 등을 견학하고서 경주의 보문단지로 와 호텔 현대에 1박한 적 이 있었는데, 그 호텔은 거의 보행자도로가 끝나가는 지점에 위치해 있었다. 나는 아내와 헤어져 보행자도로의 끝까지 걸어갔다가 호텔 현대의 정문 쪽 차도로 둘러서 돌아오는 참이었는데, 도중에 아내의 전화연락을 받고서 도 로 보행자도로 쪽으로 내려가 대명리조트 부근에서 합류하여, 힐튼 경주를 지나 HICO 부근까지 그 길을 따라서 돌아왔다.

오후 프로그램 중 15분의 짧은 휴식시간에도 중도타워의 9층에 올라 혼 자서 난간을 따라 몇 차례 두르며 보문단지의 전경을 360도로 조망해 보기 도 하였다. 중도타워는 겉모습만 황룡사 9층탑을 모방하였고, 내부는 빈 공 간의 방으로 되어 있어 각종 활동에 이용할 수 있도록 되어 있다.

밤 9시 KBS 뉴스를 시청하고서 취침하였다.

16 (월) 흐림 - 경주

오늘 미국에서 온 누이들은 큰누나와 미화, 그리고 인숙이 내외와 함께 20 일까지 4박5일 일정으로 제주도 여행을 떠났다.

우리들의 교재인 『마음챙김-자기연민』을 출판한 (사)한국명상심리상담 연구원은 서울 종로구 평창문화로 12-6(평창동)에 있는데, 서광스님이 그 대표인 모양이다. 그녀는 4~5년 전에 MSC를 한국에 처음 도입한 사람이다. 운문사에서 출가했으며, 동국대 디지털대학 심리학과에서 강의하는 모양이 다. 아내의 옆에 앉은 비구니 보우스님은 경기도 평택의 절에 속해 있는데,

고교를 졸업한 후 출가한 지 20년 정도 되었으며, 현재 이 대학 심리학과 2학년에 재학하여 서광스님의 강의를 듣고 있다고 한다.

이 MSC 코스는 8회기로 이루어져 있으며, 매일 오전 오후가 각각 한 회기씩에 해당한다. 교재에 의하면, 1회기는 '마음챙김-자기연민 발견하기', 2회기는 '마음챙김 수행하기', 3회기 '자애 수행하기', 4회기 '연민 목소리 발견하기', 5회기 '깊이 있게 살기', R회기 '안거(Retreat)', 6회기 '힘겨운 감정 만나기', 7회기 '힘든 관계 탐색하기', 8회기 '삶을 포용하기'로 이루어져 있는데, 매 회기마다 명상·주제·실습·일상수행·과제수행 등으로 구성되어져 있으며, 교재는 그 중 핵심명상·기타명상·일상수행만을 다루고 있다. 매 회기마다 수업 형식은 명상·강의·질의토론·그룹학습 등으로 이루어지지만, 예비지식이 전혀 없는 나로서는 그룹을 지어 대화할 때면 강의 내용을 충분히 이해하지도 못했고 토의의 주제도 알지 못하므로 도대체 무엇을 말해야 할지 당황스러운 것이 큰 고충이다.

오늘도 점심 후의 휴식시간에도 아내와 함께 보문단지의 산책에 나섰다. 황룡원에서 연결된 옆길로 바로 곁에 있는 KT수련관의 정원으로 들어간 후 보문호반길로 나왔고, 한국대중음악박물관 옆 공원의 연 밭 연못을 한 바퀴 두른 후, 도로 아래의 터널 통로를 경유하여 한식으로 크게 지은 경상북도관광공사(六部村) 쪽으로 빠져나왔고, 자동차 도로 가의 가로수 길을 따라서 물레방아광장 옆길을 지나 신라 향가인 '讚耆婆郞歌'와 시인 朴木月의 시비가 있는 공원에 들렀다. 박목월의 시 '달'이 새겨진 시비 뒤편의 설명문에 의하면 木月 朴泳鍾은 1915년 경주시 건천읍 모량리에서 태어났고, 62세로 타계하였다.

다시 자동차 도로 쪽의 단풍이 좋은 가로수 길로 나와 어제 아내와 합류하기 전에 혼자서 걸었던 대명리조트·호텔 현대의 정문 앞을 지나 교원공제회가 운영하는 드림센터로 들어간 후, 그곳의 드넓은 정원을 거쳐서 다시 호반길로 나왔다. 어제 내가 도착했었던 선덕여왕공원까지 다다르니 이미 반시간 정도 밖에 남지 않았으므로, 발길을 돌려 호반길로 하여 수상공연장을 지나 KT수련관의 정원으로 다시 들어온 후, 오후 프로그램의 시작 시간인 2시

30분에서 1·2분 늦게 금강홀에 도착하였다.

오늘은 오후 6시 반 무렵부터 8시 반 무렵까지 중도타워와 우리들의 숙소 사이에 있는 넓은 잔디밭에서 WANO BGM이라는 단체의 만찬 모임이 있었다. 15일부터 20일까지 개최되는 원자력 관계의 국제학술단체인 모양인데, 회의 주제로 짐작되는 'Leading Nuclear Safety In A Changing World'라는 테마가 전자 빔으로 우리들의 숙소 벽면과 정면에 설치된 두 대의 대형 스크린에 비춰지고 있었다.

마치 결혼식장처럼 잔디밭에 많은 원형 테이블이 설치되고 뷔페식 식사가 마련되었으며, 참석자들은 대부분 정장 차림이고, 한복을 입은 젊은 여성이 영어로 사회를 보고 있었다. 만찬 행사의 처음과 끝 무렵에 중도타워 정면의 무대 위에서 한국 전통 음악과 무용이 피로되고 있었다. 우리 방에서는 무대를 정면으로 바라볼 수 있기 때문에 방안에서 시종 그 모습을 지켜보았고, 때로는 베란다로 나가 사진을 찍기도 하였다. 중도타워는 9층까지 모두 실내에 불이 밝혀지고 상륜부의 꼭대기에 밝은 불이 깜박이고 있었으며, 원형의 전자 빛들이 두루 돌아가며 탑을 조명하고 있었다. 무대 양측에 마련된 두 개의 대형 스크린에서 공연자나 참석자들의 모습을 클로즈업하고 있었다. 경주시장도 나와서 영어로 인사를 하였다.

만찬을 마친 후 그들은 셔틀버스를 타고서 숙소인 호텔 현대와 힐튼 경주로 돌아갔으며, 일부는 한참 후까지 남아 왼쪽 스크린 부근에 모여 노래를 부르고 춤을 추고 있었다. 하늘에는 초승달이 떠 있었다. 황룡원은 작년 7월에 오픈했다고 하는데, 보문단지 안에서는 황룡사구층탑을 모방한 거대한 중도타워 등이 있어서 가장 한국적인 분위기를 갖추고 때문에 이 장소를 빌려 만찬장을 마련한 모양이다. 우리가 도착한 날부터 이미 이 모임의 준비가 이루어지고 있었다.

밤 9시 KBS뉴스를 시청한 후 취침하였다.

17 (화) 흐리고 정오 한 때 가랑비 - 경주

오늘 오전에는 6회기 '힘겨운 감정 만나기', 그리고 오후에는 R회기 '안거'를 다루었다. 교재 내용을 좀 검토해 보았지만, 거기에 이론이라 할 만한 것은 거의 아무것도 실려 있지 않고, 다만 실천의 세부적 절차만 다루고 있다. 어제는 적당한 표현을 찾을 수 없어서 지도자가 마이크를 잡고서 주로 말하는 부분을 강의라고 적었지만, 그것 역시 일종의 최면술과 같은 것으로서 신체적 접촉 또는 심리적 상상을 통해 고통을 해소하고 마음의 평안을 얻는데 주안점을 두고 있다. 지도자 두 사람이 다 아주 은은한 소리가 울리는 종으로써 시작과 마침을 알리는 신호로 삼고 있고, 서광스님은 매일 이런저런 시를 읊어주기도 하는 등 정서적인 요소가 많다. 참가자의 대부분이 여자인 것은 그런 점에도 연유하는가 싶다. 여성 참가자들은 상당히 만족해하는 듯하다.

그러나 나로서는 아무런 감동이나 효과를 느낄 수가 없다. 6회기에서 명상을 통해 자신이 과거에 겪은 수치심을 기억해 내고서 3명씩 그룹을 지어 서로 돌아가면서 그 경험이 어떠했는지를 말하고 또한 신체적 심리적 치유를 통해 어떤 효과가 나타났는지를 털어놓는 시간이 있었는데, 나로서는 고회성사도 아닌데 자신의 부끄러운 경험을 남에게 털어놓아야 하는 이유를 알 수가 없고, 또한 그러한 방법을 통해 어떻게 심리적 상처가 치유되는지도 알 수 없다고 말했다.

안거에서는 '연민어린 바디스캔' '연민어린 걷기' '애정 어린 호흡' '발바닥' 등을 다루었다. 걷기 시간에 나는 중도타워 9층 법당으로 올라가서 바깥의 난간 가를 여러 차례 돌았다. 그러나 역시 그런 방법을 통해 무슨 치유가 이루어지는지 이해할 수 없었다. 안거 중에 '음식 음미하기'가 있고, 실제로 금강홀의 옆에는 다양한 차와 과자들이 마련되어 있는데, 그런 것을 먹음을 통해 무슨 효과가 있다는 것인지도 모르겠다. 실로 이 모임은 전체가 일종의 수련이라고 하는 편이 타당할 것이라고 본다. 서광스님은 묵언을 강조하는데, 그 점은 선불교의 요소이다.

전체적으로 보면 마음챙김과 자기연민이란 트라우마나 정신적 고통을 명상을 통해 누그러뜨리거나 치유함을 목적으로 하는 것이라고 판단된다. 그 방법에는 불교적 참선 혹은 요가 수행과 비슷한 점이 많으며, 많은 부분이 일종의 자기 최면이라고 생각된다.

황룡원의 식사는 뷔페식이 아니고 매 끼니마다 요리사가 마련한 조금씩 다른 메뉴가 제공되는데, 모두가 채식이고 고기 종류는 한 번도 먹어보지 못한 듯하다. 또한 오늘 중도타워의 각 층들이 어떠한 용도로 쓰이고 있는지 궁금하여 엘리베이터를 타고서 층마다에 내려 보았는데, 1층은 홀 한 가운데에 미륵보살반가사유상이 하나 놓여 있을 따름이고, 2층은 객실이며, 2층과 3층 금강홀의 사이에 M층이라는 것이 있는데 그곳은 주로 Locker인 듯하고, 4층은 화랑홀, 5층은 화백홀, 6·7층은 아직 준비되지 않았는지 엘리베이터가 멈추지를 않았으며, 8층은 입구에 아무것도 적혀 있지 않아 무슨 용도로 쓰이는 것인지 알 수 없었다. 식사나 중도타워의 구성을 통해서도 이곳의 설립자가 독실한 불교 인자인 듯하다는 인상을 받았다.

오늘도 점심을 든 후 아내와 함께 보문호 주변의 산책로를 걸어보았다. 도중의 표지판에 적힌 거리 표지로 보아 이 산책로의 총 길이는 6.5km임을 알 수 있다. 우리는 오늘 황룡원 잔디밭 옆의 薪坪樓라는 현판이 걸린 2층 누각 뒤편으로 하여 산책로로 들어선 다음, 징검다리를 건너서 호수의 반대편으로 갔다. 경주월드라는 대형 놀이터 옆을 지나 물향내쉼터라는 이름의 지금 건설 중인 한옥 형식으로 된 근린생활시설이 있는 곳 부근의 정자까지 가자 오후 프로그램의 시작까지 한 시간이 남았는데, 다 돌기에는 시간이 부족할 듯하여 아직 걷지 못한 지점을 바라보기만 한 후 되돌아왔다. 아내는 오늘도 산책 도중 사진을 찍는 등으로 자꾸만 뒤에 쳐지다가 도중에 되돌아가자고 손짓해 왔으나 내가 듣지 않자 혼자서 먼저 돌아갔다.

나는 돌아올 때 징검다리와 호반1교를 건너 어제 걸었던 우양미술관과 힐튼호텔 쪽으로 넘어온 후 신평루에서 다시 황룡원으로 들어왔다. 오후 프로그램이 시작되기 15분 전쯤이었다. 산책로 가에는 빨간 열매를 맺는 남천으로 생 울타리를 해둔 곳이 많았다. 보문단지의 입구 쪽 끄트머리에 위치한 황룡원의 옆으로는 세계문화엑스포공원과 신라밀레니엄파크가 위치해 있다.

오늘도 KBS 밤 9시 뉴스를 시청한 후 취침하였다.

18 (수) 흐림 - 경주

오늘 아침 비로소 우리를 이 모임에 초청해준 김정숙 선생을 기억해 내었다. 그녀는 경희대 출신으로서 현재 모교인 경희대에서 겸임교수로 일하면서 행복연구소를 창립하여 운영하고 있다. 예전에 어느 지방대학에서 정신간호학 전공의 전임으로 근무할 때 아내의 책을 교재로 채택하여 사용한 바 있었다는 사실을 말하며 아내에게 접촉해 와 아내가 경상대 간호대학의 현실요법 강사로 초청한 바 있었다. 당시 그녀는 회옥이에게 몇 차례 영어 책 번역을 맡겨 그 임금을 지불한 바 있었고, 외송에 와서 나와도 대화한 바 있었는데, 회옥이가 35세 이전에 꼭 결혼할 것이라고 확언하던 것이 기억에 남아 있다.

오늘 오전에는 제5회기의 '깊이 있게 살기', 오후에는 7회기 '힘든 관계 탐색하기'를 다루었다. 중간의 휴식시간에 엘리베이터를 타고서 중도타워의 각층을 다시 한 번 둘러보았다. 각층의 난간을 따라 한 바퀴 돌면 내부를 모두 들여다 볼 수 있는 것이다. 각층의 천정이 높으므로 2층은 한 층을 둘로 나누어 아래층은 숙소로 쓰고, 위층은 M층으로서 남녀의 로커와 집회 장소로 만들어두고 있었다. 4층은 의자가 있는 집회장이고, 5층은 방을 두 개로 나누어 한 방은 의자가 있고, 다른 방은 의자가 없는 집회장으로 되어 있으며, 8층은 바 같은 구조로 되어 있었다.

오후의 휴식시간에 혼자 9층 법당에 올라가 있었더니, 얼마 후 여성 한 명이 들어왔다. 동국대에서 근무한다는 그녀로부터 들었는데, 서광스님은 여러 개의 박사학위를 가지고 있으며, 이 모임에 참석해 있는 비구니들 중에는 운문사 강원의 강사들이 많다는 것이었다.

이 모임의 안내장에 의하면, Steven Hickman 씨는 심리학 박사로서, 임상심리 전문가이자 UCSD 의과대학 임상교수이며, UCSD Center for Mindfulness 창립이사, MSC 국제본부 대표(Executive Director of CMSC)로 되어 있고, 서광스님은 철학박사로서 동방문화대학원대학교 교수이자 (사)한국명상심리상담연구원 원장으로 되어 있다. 그리고 MSC 프로그램은 하버드 의과대학의 임상 지도자 크리스토퍼 거머 박사와 텍사스

대 심리학자 크리스틴 네프 교수가 공동으로 개발한 명상치유 프로그램이
라고 한다.

오늘 아침 식사에 처음으로 작은 새우가 다른 채식 음식에 섞여 조금 들어
있었다. 황룡원의 안내 팸플릿에 의하면, 이 시설은 법회 및 수행, 명상, 전시
및 대관, 세미나 및 연회장으로 사용하는 것으로 되어 있다. 오늘부터 20일
까지 연수동 3층 강당에서 동국산업 관계사 대리급의 2차 집체교육이 실시
되는 모양이어서, 낯선 사람들이 식당과 그 입구의 넓은 방에 보였다.

나는 5박6일의 일정에 대해 잘못 이해하여 속옷과 매일 복용하는 협심증
약을 첫 날과 돌아가는 날을 빼고서 4일분만 준비해 왔으므로, 모두 다 하루
분씩 모자라게 되었다. 그래서 오늘 저녁의 샤워 후에는 입었던 속옷과 양
말·손수건 등을 하루 더 사용하게 되었고, 내일 복용할 약은 집으로 돌아가
저녁 무렵에 복용하면 된다고 말했으나, 아내가 점심 후 휴식시간에 굳이 그
것을 사러 나가서 자기 이름으로 이틀 분을 매입해 왔다. 그러므로 오늘 산책
에는 아내가 동행하지 못하게 되었다. 아내가 경상대 병원에 전화로 연락하
여 확인해서 사 온 약은 항혈소판제인 프레탈정, 혈압강하/협심증의 노바스
크정, 협심증약 바딜정, 고지혈증약 크로우정의 네 종류였다.

혼자 점심 산책에 나서 오늘은 황룡원 동쪽의 신라밀레니엄파크와 남쪽
의 경주세계문화엑스포공원을 둘러보았다. 먼저 밀레니엄파크에서 한옥 집
들이 많이 보이는 쪽으로 가보았는데, 알고 보니 그곳은 한옥호텔 羅宮이었
다. 호텔 정문에 숙박 손님이 아닌 외부인 출입금지라는 글이 보이므로 그것
을 지나쳐 아스팔트로 포장된 도로를 따라 계속 올라가니, 보문정수장 입구
에 다다랐다. 산 뒤편의 덕동호로 연결되는 모양이었다. 그곳에도 출입금지
표지가 보이므로 되돌아 나와 나궁의 정문으로 들어가 보았더니, 이 호텔은
꽤 큰 규모임에도 불구하고 텅 비어있었고 직원도 눈에 띄지 않았다.

호텔에서 연결된 길을 따라 밀레니엄파크로 들어가 보았다. 그곳은 일종
의 테마파크로서 한층 더 넓은 부지에 온갖 시설물이 갖추어져 있었으나, 이
역시 폐장한지 오래되어 시설이 낡아 가고 있어 폐허 수준이었다. 그 오른쪽
끄트머리에는 귀족마을이라 하여 신라의 성골·진골, 6두품·5두품·4두품

가옥들이 만들어져 있었는데, 그 규모가 상당하여 꽤 많은 자본이 투입된 것임을 알 수 있었다. 그 부근에 MBC의 「선덕여왕」, KBS1의 「대왕의 꿈」 촬영장이 있고, 화랑공연장도 있었다.

밀레니엄파크 안의 부자바위 안내문을 통해 이 일대의 이름이 섶들 마을임을 비로소 알았다. 그 옆을 흘러 보문호로 들어가는 냇물 이름이 신평천인데, 황룡원 구내에 있는 2층 누각 薪坪樓 역시 섶들의 한역 이름임을 알 수 있었다.

밀레니엄파크를 둘러보고서도 시간이 좀 남았으므로, 신평천에 놓인 다리를 건너 황룡원 남쪽의 경주세계문화엑스포공원으로 들어가 보았다. 이곳 역시 꽤 큰 규모의 놀이터였는데, 여기는 내외국인의 손님들이 제법 있고, 주차장에 관광버스도 상당히 정거해 있었다. 그 중 가장 큰 규모의 경주타워를 거쳐 엑스포문화센터를 둘러서 돌아왔다. 경주타워는 황룡사 9층 목탑을 음각으로 디자인한 높이 82m의 상징건축물로서, 2007년 대한민국 토목건축 기술대상에서 최우수상을 받았고, 한국관광공사가 선정한 한국대표 관광명소이기도 하다.

서울대 철학과 73학번 동기인 박득송 군이 내일 지리산을 등반하러 산청 중산리에 도착하여 내게 전화를 걸어왔다. 오후 프로그램 진행 중에 부재중 전화 표시를 보고서 문자메시지를 보내어, 내일 저녁 진주에 돌아가면 다시 서로 연락하기로 했다.

밤에 집에서 가져온 책들인 국민대학교 국사학과가 펴낸 『우리 역사문화의 갈래를 찾아서—경주문화권』(서울, 역사공간, 2004)과 한국문화유산답사회 엮음 『답사여행의 길잡이 2—경주』(서울, 돌베개, 1994 초판, 1998 개정판 2쇄)의 내용을 훑어보고서, KBS 밤 9시 뉴스를 시청한 다음 취침하였다.

19 (목) 흐리고 때때로 부슬비 – 경주

오늘 조식에 계란찜이 나왔다. 계란도 육식이라면 그렇다고 할 수 있다. 8회기 '삶을 포용하기'를 끝으로 MSC 프로그램을 모두 마쳤다. 힉맨 씨로부터 수료증 17-B-205호를 수여받았다. 금강홀에 둘러앉아 각자의 소감을 말하는 자리에서, 나는 "아무 것도 모르는 채로 와서 이 프로그램의 목적이 고통의 치유인지 인격적 성장인지 계속 생각해보고 있었습니다."라고 말했다. 최종 코멘트에서 서광스님은 양쪽 다라고 말했다.

모임을 마친 후 우리를 초청해 준 김정숙 선생과 함께 내가 운전하는 승용차로 경주시 외동읍 영지안길 6(괘릉리 1086-12)에 있는 antiques & tea house 애비뉴(AVENUE)로 가서 피자 등 서양음식과 홍차·커피로 점심을 들고, 거창한 오디오 설비를 갖춘 그 옆방에서 음악을 들은 다음, 별채 건물 1층에 전시된 서양 차 도구 및 가구들을 구경했다. 이곳은 아내가 다도 모임 사람들과 함께 와본 적이 있었던 모양이다. 그 집 주인은 현대건설의 주재원으로서 캐나다의 토론토에 장기간 거주하다가 귀국하였으며, 아들은 아직도 거기서 공부하고 있는 모양이다. 남편 되는 사람은 명상을 공부하고, 오디오에 관심이 있어 비싼 설비들을 수집하였으며, 부인은 서양 차 도구와 가구들을 수집했다고 한다. 그 집은 또한 오르골 테라피 연구센터라는 문자도 바깥 벽면에다 붙여두고 있었다.

거기서 김정숙 여사가 MSC의 창립자인 크리스토프 거머와 크리스틴 네프가 공저하고 MSC 센터가 발행한 『Mindful Self-Compassion Teacher Guide, August 2017』이라는 책을 보여 주었다. 이 책은 한국에서는 지도자(teacher) 자격을 가진 서광스님과 김정숙 씨만 가지고 있으며, 다른 사람에게는 소지가 허용되지 않는다고 했다. 매년 내용을 수정하여 새로운 판을 내는 모양인데, 이번 모임에서 힉맨 씨나 서광스님이 명상과 실습 중에 말한 내용은 모두 이 책 안에 수록되어 있다는 것이다. 그녀의 말에 의하면 유럽에서 이 프로그램이 큰 반향을 불러일으키고 있으며, 전 세계적으로 지도자 자격을 가진 사람은 700명쯤 된다고 했다.

김 여사의 말에 의하면, MSC 프로그램의 85%는 초기 불교의 영향을 받은 것이며, 창립자인 독일계 미국인 거머 박사는 어린 시절 인도에서 오랜 세월을 보냈고, 여성인 네프 박사는 심각한 자신의 정신적 고통을 해결하기 위해 이러한 프로그램의 개발에 참여하게 된 것이라고 했다. 통역을 맡은 여성은 한국외국어대학 대학원 통번역학과를 나와 티베트에서 10년 정도 명상 수련을 한 사람이라고 했다. 그리고 서광 스님은 미국 보스턴에서 자기 절을 가지고 20년 정도 거주하다가 2008-9년경에 귀국하였고, 개신교와 가톨릭을 거쳐서 불교에 입문하게 되었으며, 보스턴대학 등에서 수학한 사람으로서 학문적 소양이 깊다고 한다. 거머 박사와 친분이 있다고 했다. MSC는 2010년에 개발을 시작하여 2012년에 프로그램을 시작하였으며, 한국에는 2014년에 도입되어 16년 8월에 지도자 1기를 배출하였고, 공주 마곡사에서 2015년에 첫 수양회를 가진 적이 있는 모양이다.

김 여사는 초등학교 때부터 영국에 유학하여 현재 대학에서 화학을 전공하고 있는 아들과 함께 6년 정도 영국 런던에 거주하였고, 그 기간 동안 런던의 King's College 정신병리학 연구소에 적을 두고 있었으며, 2000년 3월부터 2007년 9월까지 동신대에서 전임으로 근무하다가 가정생활에 충실하기를 바라는 남편의 반대로 사직하게 되었다. 시댁은 상당히 부유하여 산부인과 의사로서 연하인 남편의 수입 외에 부동산 수입이 많은 모양이다. 런던에서 생활할 때는 학비 및 생활비가 1년에 1억5천만 원 정도나 들었다고 한다. 그녀는 경기도 수원에 있는 경희대학교에서 1991년에 학부, 1999년에 MSc, 2002년에 PhD를 취득하였으며, 지금의 남편과는 대학 동창으로서 오랜 기간 교제한 끝에 1994년에 결혼하였다. 그녀는 내년 1월 18일부터와 8월에 황룡원에서 열릴 예정인 MSC 프로그램에도 우리 가족 전원이 참석하기를 바라고 있으며, 회옥이가 귀국하면 그 취업과 결혼에도 적극 힘을 쓸 생각이라고 했다. 그녀 자신은 개신교 신자라고 한다.

식사 후 경주 시내의 대릉원 부근을 거쳐서 40분 정도 운전하여 시외에 있는 신경주역까지 그녀를 바래다주고서, 오후 5시 무렵 신경주역을 출발하여 밤 7시 20분경에 귀가하였다. 그래서 서울대 철학과 73학번 동기인 박득송 군과는 문자 메시지나 통화로 연락하여 다음 기회에 만나기로 하였다.

22 (일) -성불산
아내와 함께 대명산악회를 따라 충북 괴산군 감물면에 있는 成佛山에 다녀왔다. 산악회에서 나눠준 지도에는 530m라고 되어 있는데, 정상석에는 520m로 새겨져 있었다. 오전 8시까지 구 제일은행 앞에 집결하기로 되어 있는데, 예약하지 않은 사람들이 제법 왔으므로, 승용차 한 대를 더 동원하느라고 20여 분 정도 출발이 지체되었다. 이 산악회는 평소 예약제로 운영하지 않았다가 이번에 처음 시행하므로 이런 혼선이 생긴 것이었다.

33번 국도를 따라 고령을 향해 나아가다가 광대·중부내륙 고속도로를 경유해 북상하여 연풍 요금소에서 34번 국도로 빠져나온 다음, 525번 지방도를 따라서 등산기점인 괴산군 감물면 매전리로 접근하였다. 그러나 기사가 길을 잘못 들어 매전저수지를 경유하여 안민동까지 들어가 버렸으므로, 일부는 거기서 내려 산행을 시작하고 나머지는 주민의 설명을 듣고서 돌아 나와 525번 지방도 상의 매전리 등산 기점으로 이동하였다. 그러나 나는 그 지점이 안민동 주민이 알려준 곳과는 일치하지 않는 듯하여 그냥 버스에 남아 있다가, 임진왜란 당시 진주성 전투를 이끌다가 사망한 진주목사 金時敏의 사당인 忠愍祠 부근을 지나 성불사산림휴양단지로 이동하였다. 그렇게 하노라고 오전 11시 35분에 안민동에 도착하였으나 실제로는 12시 반 무렵에야 휴양림 주차장에 도착하여 등산을 시작할 수 있었다.

계곡을 따라 길게 뻗어 있는 휴양림 내부를 향해 걸어 올라가다가 사방댐이 있는 곳에서 우리 내외를 포함한 다섯 명은 성불산소나무감상로 쪽 등산 입구로 접어들었다. 휴양림에서 성불산 정상까지는 2.8km인데, 아내는 구면인 럭키아파트의 박 사장 및 그 친구와 함께 앞서서 1봉 쪽으로 올라가고, 나는 최근에 화공약품 상점을 접었다고 하는 이영근 씨와 더불어 도중에 소나무감상로 쪽 길로 접어들었다. 아래에서 몇 번 아내를 불러 보았으나 응답이 없었는데, 나중에 휴대폰으로 정상 부근에서 만나기로 다짐하고서 그냥 나아갔다. 그쪽 길로 가면 휴양림에서 정상까지 3.2km 거리이다. 그러나 이 씨도 도중의 갈림길에서 2봉 방향으로 올라가고, 나만 혼자 산중턱의 오솔길을 계속 걸었다. 1봉과 2봉 사이의 산비탈이 성불산에서 가장 이름난 소나무감상길로서 여기저기에 나무 데크가 설치되어져 있는데, 근자에 난 산불로 말미암아 구불구불한 모양의 소나무 숲이 대부분 불타 버려 별로 볼 것이 없었다. 2봉과의 갈림길을 지나고서부터 소나무 숲은 사라져 버렸다.

산중턱을 나아가는 길은 마침내 끝나고 흰색 줄을 따라서 길이 상하로 이어지므로, 위쪽 능선 방향으로 한참을 걸어 올라가니 3봉을 1.2km 지나고 정상을 0.6km 남겨둔 지점의 안부에 닿았다. 거기서 정상 방향으로 나아가니 도중에 정보환 씨를 포함하여 매전리에서 출발한 일행들이 하나둘씩 이쪽으로 걸어오고 있었다. 매전리에서 정상까지는 1.8km이고 휴양림 방향은 2.8km이므로 그들은 도중에 점심을 들고서 정상을 먼저 지나 온 것이었다. 정상에 도착한 다음, 찬바람을 피해 서낭당처럼 돌을 쌓아둔 곳에 의지하여 혼자 점심을 들고 있으니, 산행대장과 총무도 매전리 방향에서 오고 있었다. 오늘 휴양림 방향에서 산행을 시작한 사람들 중 정상까지 다다른 사람은 나밖에 없다.

점심을 든 다음 출발하여, 먼저 지나간 매전리 그룹 사람들을 상당히 젖히고서 3·2·1봉을 차례로 지나 사방댐 쪽으로 하산하였다. 1봉에서 3봉까지의 능선 부근을 비롯한 휴양림 쪽 산중턱은 산불로 대부분 타버렸다. 아내는 내가 점심을 들고 있었던 오후 2시 13분에 문자메시지를 보내와 1봉에서 점심을 들고서 하산한다더니, 2시 56분에 이미 버스에 도착했다는 메시지가 뒤이어 왔다. 나는 3시 40분 무렵에 버스에 도착하여 여자 회장이 손수 마련해 온 돼지 수육과 도토리묵을 차려놓은 하산주 자리에 좀 어울렸다.

4시 40분에 출발하여 밤 8시 20분쯤에 귀가하였다. 이 산악회는 돌아올 때 음악을 틀어놓고서 춤을 추는데, 오늘은 도중에 춤을 끝내고서 진주에 도착할 무렵까지 노래방을 펼쳤다. 나로서는 둘 다 고역이었는데, 소문으로만 들었던 78세 천 여사의 노래 솜씨를 오늘에야 비로소 접할 기회가 있었다.

25 (수) 맑음 -윤제림

아내와 함께 경상대학교 7차 산림복합경영의 금년도 제2차 성공사례지 견학에 참여하여 전남 보성군 겸백면 수남리 산1-1(주월산길 222)에 위치한 營農法人 允濟林(윤제포레스트)에 다녀왔다. 오전 10시까지 경상대학교 야외공연장 앞에 집결하여 대절버스 한 대로 출발하였다.

남해 및 광양목포간 고속도로를 경유하여 2번국도로 빠져나온 다음, 오전 11시 40분 무렵 보성군 조성면 봉능리 306(녹색로 4123)의 국도 가에 있는 다향숯불구이에 들러 갈비탕으로 점심을 들었다. 식후에 다시 20분 정도 이동하여 윤제림에 도착하니, 그곳 주인 정은조 씨가 마중 나와 있었다.

　이곳은 정 씨의 부친 允濟 鄭尙煥 공이 1964년에 舟越山의 337hr(약 100만 평) 임야를 매입하여 삼림을 조성했는데, 그 아들인 은조 씨가 이를 계승하여 부친의 호를 붙인 '소통의 숲 윤제림'이라는 이름의 산림복합경영단지로서 운영하고 있는 것이다. 걸어서 근처의 실내로 이동하여 올해 66세인 은조 씨가 파워포인트로 하는 강의를 들었다. 부친인 윤제 공은 산을 매입한 이후 당시의 정부 방침에 따라 유실수인 밤나무 단지를 50hr 정도 조성했던 것인데, 2005년에 부친이 별세한 후 은조 씨가 이를 물려받아 경제수종을 중심으로 한 복합경영을 시작한 것이라고 한다. 강의에 앞서 상영한 동영상 중에 이는 전국에서 제일 큰 사유림이라는 말이 있었는데, 작년에 함양에 갔을 때도 그런 말을 들은 적이 있는 듯하므로 과연 어느 것이 더 큰지는 알 수 없다. 또한 그의 강의를 통하여 나처럼 임업후계자 자격을 취득한 이후에 다시금 산림조합원으로 가입하여야 비로소 5년마다 2억까지의 임야매입자금 등 각종 정부 지원을 받을 수 있다는 것도 알았다.

　정 씨는 산림청과 공모하여 16hr의 땅에 대해 친환경 인증을 받았다고 하며, 60hr의 편백나무 단지를 조성하였고, 핵심센터를 중심으로 28km의 林路에 의해 150hr의 조림지를 유기적으로 연결하였다. 조림지의 세목은 편백·삼나무·잣나무·적송·목백합·테에다소나무 등 조림수 125hr와 고로쇠 특용수 5hr, 동백나무·금목서·은목서·홍가시·구상나무·굴거리·단풍나무 등 조경수 20hr로 이루어져 있다. 지금까지는 이러한 숲 및 작물 조성과 모노레일 건설 등에 주력해 왔던 모양인데, 현재는 숲속야영지구·숲속휴식지구·숲속힐링지구 등 대중을 유치하기 위한 시설을 조성하고 있어 내년 5월 1일에 오픈할 것이라고 한다. 그는 이를 총칭하여 산림복합문화센터로 이름 짓고서 그 회장의 직함을 가지고 있으며, 사단법인 한국산림경영인협회의 회원으로서도 전국적으로 유명한 사람이라고 한다.

강의가 끝난 후, 그가 운전하는 SUV 차량의 뒤를 따라 버스를 타고서 해발 557m인 주월산 정상까지 올라가 보았다. 주월산은 보성군 겸백면과 조성면을 잇는 호남정맥 구간에 속하여 남쪽으로는 사방사업으로 조성한 예당평야와 득량만을 조망할 수 있고, 북쪽으로는 보성강과 철쭉으로 유명한 초암산 등에 인접해 있다. 그 정상 일대는 보성군이 조성한 패러글라이딩장으로 되어 있으며, 거기에 이르기까지 버스도 통행할 수 있는 널찍한 길이 시멘트로 포장되어 있고, 정상에 배 모양을 본뜬 데크 전망대가 조성되어져 있었다. 패러글라이딩장에는 '유료 비행 금지'라는 제목의 안내판이 서 있었다.

　걸어서 내려오는 도중에 편백 숲에 들러 그의 설명을 듣고 질문도 하였다. 임로 가의 가로수는 대부분 플라타너스와 비슷한 모양의 목백합이었고, 비포장 길에는 우리 농장에도 많이 있는 일종의 야생 허브인 꽃향유 풀이 여기저기 눈에 띄었다. 동행한 김은심 교수의 조언에 따라 꽃이나 식물 이름을 금방 확인할 수 있는 앱인 모야모를 내 스마트폰에 설치하였다.

　처음 도착했던 농장 입구까지 걸어 내려와, 그곳에서 재배한 구지뽕 한 박스를 5천 원에 구입한 다음 정 회장과 작별하였다. 거기에는 '호남정맥 숲속캠핑장 조성사업'이라는 제목의 공사안내판이 서 있었는데, 산림복합문화센터 건설에 소요되는 각종 토목 및 건축공사를 보성군이 청현산업주식회사에다 발주한 것으로 되어 있고, 그 부근에는 숲속휴식지구에 설치할 캐빈하우스와 숲속힐링지구에 설치할 트리하우스들도 놓여 있었다. 이것들은 모두 유료로 운영될 것인데, 그것과 이에 부수되는 세미나실·진입로·주차장·상수도·오수정화시설 등의 건설을 위한 비용 대부분을 보성군청이 부담하는 모양이었다.

　오후 6시 반 무렵에 귀가하였다.

30 (월) 맑음 - 상림

　아내와 함께 외송에 들어오는 도중 먼저 중앙시장에 들러 아내는 어제 사지 못한 반찬거리들을 구입하고, 나는 차를 세워둔 농기계상점 거리의 대한 천막사에 들러 망태기와 천막을 사고 그 부근의 다른 상점에서도 망태기를 또 한 뭉치 구입하였다. BI-Mart와 주유소에도 들렀다가 외송 집에 도착한 후, 『해외견문록』하권을 읽어 168쪽까지 나아갔다.

오전 11시 남짓에 미화가 운전하는 승용차를 타고서 나의 친누이 네 명 전원이 도착하였다. 내비게이션이 지시하는 바에 의지하여 의령을 경유하는 22번 국도를 따라 왔다는데, 도중의 가을 경치가 그저 그만이었다고 한다. 우리 농장에서 딴 단감을 까먹으며 대화를 나누다가, 내 트럭에 함께 타고서 안봉리 1051-11에 있는 둔철산오골계농장으로 가 오골계백숙으로 점심을 들고 그 집의 오골계달걀도 한 광주리 구입하였다. 그 비용이 182,000원이었다.

식사를 마친 후 그 부근의 공원 전망대와 산청 8경 중 하나인 淨趣庵에 들러 바람을 쏜 다음, 고개 마루의 척지마을을 거쳐 둔철산 일대를 한 바퀴 드라이브하여 정곡리까지 내려왔는데, 큰누나가 함양의 상림 숲이 좋다는 말을 꺼내어 차로 반시간 남짓 걸리는 거기까지도 가보게 되었다. 산청군 금서면을 거쳐 함양 쪽으로 나아가는 도중 동의보감촌에도 들러 차에 탄 채로 대충 한 바퀴 둘렀고, 화계리를 거쳐 함양군 유림면으로 들어간 후 내비게이션에 의지하여 상림 숲 주차장에 당도하였다.

걷기가 불편한 큰누나와 예전에 와본 적이 있는 미화는 근처의 커피숍에 들러 쉬고 미국에서 온 작은 누나 및 두리가 우리 내외와 함께 상림 숲을 걸었는데, 두리도 예전에 인숙이 내외와 함께 와본 적이 있다는 것이었다. 상림 가에 대규모의 연꽃 밭을 조성한 것은 알고 있고 제철에 구경하러 와본 적도 있었지만, 오늘 보니 숲속에는 그 새 온통 꽃무릇(상사화)을 심어두었다.

국도 3호선을 따라 저녁 무렵 외송 집으로 돌아온 후, 저녁식사를 들고서 간밤에 두 시간 밖에 자지 못했다고 하는 큰누나는 일찌감치 잠자리에 들고, 나머지 다섯 명은 거실에 모여 밤 열 시 남짓까지 대화를 나누었다.

31 (화) 맑음 -지리산 일주
새벽에 저온저장고에 들어가 오디주 한 통과 매실엑기스 두 통을 꺼내어 미화더러 술은 현 서방에게 갖다 주고 효소는 큰누나와 미화가 각각 한 통씩 나누어 가지라고 했다. 조반을 든 후 작은누나와 더불어 떨어진 모과를 줍고, 작은누나와 두리를 단감나무 네 그루가 서 있는 곳으로 데려가 그들이 감 따는 것을 지켜보았다. 그것들도 부산에 사는 큰누나와 미화가 각각 나누어 가지라고 차를 가진 미화에게 맡겼고, 아내는 보관해둔 대추도 따로 나눠 준 모양이다.

오전 10시 남짓에 두리는 친구들 만날 일이 있다면서 미화의 차에 동승하여 돌아가고, 두 누나와 우리 내외는 내가 모는 트럭에 동승하여 지리산 일주 단풍구경에 나섰다. 경자누나가 지리산 단풍이 보고 싶다고 오기 전부터 주문을 했기 때문이다. 심거에서 경호강에 걸친 다리를 건너 어천마을로 접어든 후, 石臺山을 올라 지리산 웅석봉으로 통하는 능선에 도달하였고, 清溪里와 斷俗寺址, 그리고 白雲洞 입구를 지나 덕천강을 거슬러 올라가서 지리산 내대계곡으로 들어갔다.

긴 삼신봉터널을 지나서 청학동 입구에 도착한 후, 묵계 골짜기 쪽으로 내려가서 河東湖를 지난 다음, 하동군 횡천면 소재지에 이르러 2번 국도를 만났다. 예전에 그 길을 지나던 도중 누나를 데리고서 횡천리 746-1에 있는 하동솔잎돼지영농조합법인 건물 2층으로 가서 누나가 원하는 만큼의 소고기 및 돼지고기를 사준 바 있었는데, 누나가 두고두고 그 때 일을 이야기하며 정말 맛있더라고 하면서 꼭 그 가게에 다시 들러 고기를 사고 싶다고 하므로, 오늘도 그 점포에 들러 쇠고기 등심을 10만 원 어치 사주었다.

다시 길을 떠나 정오에 가까운 무렵 하동읍에 도달한 다음, 중앙로 120(읍내리 958)에 있는 다슬기와 재첩 명가임을 표방하는 가릉식당에 들러 재첩회덮밥과 다슬기칼국수로 점심을 들었다. 19번 국도를 따라 섬진강변을 북상하다가 화개장터를 지나 전라남도 구례군으로 들어가 오늘의 주목적지인 피아골로 들어갔다. 내비게이션으로 피아골단풍공원을 찍어 나아갔더니, 도착한 곳은 엉뚱하게도 단풍 명소에 훨씬 못 미친 지점에 있는 일종의 야영장이었다. 다시 운전하여 골짜기를 따라 더 들어갔더니, 도중에 피아골단풍축제가 11월 4일부터 5일까지임을 알리는 플래카드가 자주 눈에 띄었다.

鷰谷寺 앞에 도착하니 예전에는 국보인 부도 두 개 밖에 남아 있지 않았던 듯한데, 그 새 번듯한 사찰이 들어서 있었다. 절 입구의 안내판을 읽어보니, 연곡사는 백제 성왕 22년(544)에 인도 고승인 연기조사가 창건한 사찰로서, 통일신라 말에서 고려 초기에 선종 사찰로서 번성하였고, 도선국사·현각선사 등 고승대덕이 배출되었다. 임진왜란으로 전소되었다가 임란 이후 중창되어 총림을 개설하여 선풍을 일으켰는데, 1907년 항일의병의 근거지라는 이유로 일본군에 의해 전소되었고, 1950년 6.25 전쟁으로 또 다시 전소되는 수난을 겪었다. 1980년대 이후 중흥불사가 이루어지고 있다고 한다.

나는 과거에 도로에서 좀 떨어진 위치에 국보인 부도 두 기가 나란히 서 있는 것을 두어 번 본 기억이 있는데, 그것을 찾아보고자 절 경내를 둘러보니 대웅전 뒤편에 국보 제53호인 東僧塔과 그 옆에 보물 제153호인 東僧塔碑만이 서 있어 좀 의외였다. 동승탑은 통일신라시대를 대표하는 스님의 사리탑으로서 가장 형태가 아름답고 장식과 조각이 정교한 작품이고, 도선국사의 것이라 전해지고 있으며, 일제 때 東京大學으로 반출될 뻔한 위기도 있었다고 한다. 동승탑비의 비신은 이미 소멸되고 龜趺와 螭首만이 남아 있었다. 그리고 그로부터 30 미터쯤 떨어진 위쪽에 국보 제54호인 北僧塔이 있었다. 전체적으로 동승탑과 거의 동일한 모습으로서 네모난 바닥돌 위에 세워진 8각형의 승탑인데, 相輪 부분의 한 군데 없어진 부품을 새 돌을 새겨 채워 넣은 흔적이 보이며, 고려 초기의 것으로서 玄覺禪師 승탑으로 추정된다고 한다.

나는 이것이 전부인 줄로 알았으나 절의 본당으로 내려온 후에 다시 둘러보니 북승탑 아래쪽에 고려 경종 4년(979)에 세워졌다고 하는 보물 제152호인 현각선사탑비가 있는데, 6.25 때 생긴 총탄 자국이 남아 있고, 현재의 탑비는 머리 부분과 몸통 부분이 조각난 것을 복원해둔 것이라고 한다. 그 밖에 보물 제154호 逍遙大師塔이 있는데, 서산대사의 제자로서 임진왜란으로 불타버린 연곡사를 크게 중창한 스님이며, 탑은 1650년에 건립된 것이다. 가장 아랫부분에 보물 제151호인 삼층석탑이 있는데, 통일신라 후기에 만들어진 것으로 추정되는 것이다. 전체적으로 이 절에는 국보 2점과 보물

4점의 건축물이 남아 있는 셈이니, 폐허로 되어 흔적만 남아 있었던 절 치고는 실로 놀라운 일이다.

연곡사를 나와 좀 더 올라가고자 했으나, 내비게이션에 자꾸만 피아골 주차장은 연곡사 아래쪽 200m 지점에 있는 것으로 나타나므로 도중에 차를 세웠다. 그러나 승용차들이 그 길로 계속 내왕하고 심지어는 버스까지도 올라가므로, 걸어가다가 도로 내려와 다시 차를 몰고서 稷田마을까지 올라갔다. 직전은 피밭골로서 피아골이란 이름의 유래가 된 곳인데, 예전에는 이 마을에 주차장이 있었던 듯하나 지금은 공용주차장이 눈에 띄지 않고 길가의 음식점 주변 여기저기에 마련된 주차장 밖에 없었다.

그래서 그 중 한 곳에다 차를 세운 후, 걸음이 불편한 큰누나는 차에 남고 작은누나와 아내는 나의 先導로 자갈을 깐 널찍한 길을 따라 피아골 자연관찰로를 걸어 올라갔다. 원래는 삼홍소와 피아골대피소가 있는 곳까지 가 볼 생각이었으나, 시간적으로 무리일 것 같아 삼홍소까지 거리의 절반 정도 되는 지점인 직전마을 1km 지점의 표고막터에서 좁다란 다리를 한번 건넌 후 되돌아 내려왔다. 직전마을 안에서 차를 세워둔 지점까지 걸은 것을 포함하면 왕복 3km 정도가 아닌가 싶다. 경자누나가 미국에 돌아가면 친구들에게 우리가 지리산 전체를 한 번 둘러본 것을 자랑할 수 있도록 지리산 全圖가 들어 있는 등산용 수건을 하나 사주었다. 차를 세워두었던 곳의 음식점 주인이 자기네 손님이 아니라면서 주차비를 5천 원이나 요구하므로 좀 놀랐지만, 그냥 지불하였다.

차를 몰고서 되돌아 나와 섬진강 가에서 19번 국도를 다시 만난 후, 북상하여 華嚴寺·梅泉祠·泉隱寺 입구를 지나 해발 1,000m 가까이 되는 지점인 지리산 시암재 전망대 앞 주차장에 차를 세워 그곳 식당에서 아메리카노 커피 및 호떡을 사들었고, 경자 누나가 선물용으로 미국에 가져가고자 하는 대나무로 만든 효자손 두 개도 사 주었다. 거기서 좀 쉰 다음 노고단과 서북능선의 갈림길인 성삼재 고개를 넘어 달궁과 뱀사골 입구를 거쳐 내려가는데, 누나와 아내가 절정인 단풍 풍경에 감탄을 연발하고 있었다.

729번 지방도를 따라서 얼마 전에 아내와 함께 방문한 적이 있는 남원시 산내면 소재지의 진주보건간호전문대학 김효빈 교수가 사는 마을에 도착하여 60번 지방도를 만난 다음, 마천 쪽으로 내려와서 휴천계곡을 거쳐 함양군 유림면 소재지까지 왔다. 거기서 다리를 건너 산청군 금서면 소재지인 화계리로 넘어와서 밤중에 어제 방문했던 동의보감촌 앞을 지나 산청읍의 군청 바로 앞인 꽃봉산로 79번길 28-1 대림식당에서 석식을 들었다. 그 집은 내가 예전에 군청에 왔다가 우연히 들러 점심을 든 식당인데, 메뉴는 정식 한 가지이나 반찬가지 수가 스무 개쯤 되고 하나같이 맛이 있는데, 가격은 1인당 1만 원이고 3인 이상인 경우 8천 원으로 깎아준다.

식사 후 근처의 탑마트에 들러 음식재료를 몇 가지 구입한 후 외송 집으로 돌아왔다.

11월

1 (수) 맑음 -경상대학교 지리산학술림

오전 11시 무렵에 외송을 출발하여 산청군 시천면 남명로 224(사리 926-12)에 있는 음식점 우리콩순두부로 가서 8차 산림복합경영과정 교육에 참가하였다. 당초 지난 주 수요일에 있었던 성공사례지 견학(3)을 마칠 무렵 아내가 다음 주 교육에도 함께 참여하자고 하므로 나는 그것이 교실 수업인 줄로 알고서 이미 작년에 이 과정을 수료하여 임업후계자 자격증도 딴 사실을 지적하면서 거절한 바 있었는데, 그 때 내가 다른 사람들도 있는 버스 속에서 불쾌한 목소리로 응답하여 자기를 무안케 했다고 하며 그 후 며칠간 심하게 토라진 바 있었다. 그러므로 그 후 아내에게 문자메시지를 보내어 더 이상 임업 교육에 동참하지 않을 것이니 나에게 참석을 권유하지 말라고 한 바 있었다. 그러나 어제 담당 조교로부터 아내에게 걸려온 확인 전화 내용을 들으니, 이번 교육은 교실이 아니라 산청군 시천면 원리 528에 있는 경상대학교 지리산학술림에서 행해지며 내용은 조경수재배기술 및 전지전정실습이라고 하므로, 그런 것은 나에게도 필요할 것 같아 참석 의사를 표시한 바 있었는데, 그러자 아내가 두 누나에게도 권유하여 넷이서 다함께 가게 된 것이다.

그 식당에서 대절버스를 타고서 경상대학교를 출발한 교육생들과 합류하여 순두부찌개로 점심을 든 다음, 근처에 있는 학술림으로 이동하였다. 2층 건물의 실내에서 오후 1시부터 3시까지 학술림의 석종욱 씨로부터 조경수 재배기술에 관한 이론 교육을 받은 다음, 바깥으로 나가 근처에 심겨져 있는 와송들을 가지고서 조경수전지전정의 실습 교육을 받았다. 과거에 내가 받은 교육과 거의 같은 내용이었다. 나는 7차 산림복합경영과정에만 참여하였지만, 아내는 그 이전부터 경상대학교 임업기술교육정보센터가 실시하는 거의 모든 교육에 참여하여 산양삼산약초·텃밭·버섯 등의 교육을 이미 수료하였고, 이번이 네 번째 코스가 되는 셈이다. 나로서는 이런 교육에의 참여가 대부분 시간낭비로 생각되는 것이지만, 아내는 농장을 경영하기 위해서는 먼저 충분한 전문 지식을 습득할 필요가 있다면서 나의 참여를 적극적으로 권유해왔던 것이다.

거기서 강사 및 참석자와의 대화를 통하여 구지뽕에도 퇴비와 농약을 칠 필요가 있으며, 우리 농장의 구지뽕 나무들이 처음 많은 열매를 맺었다가 결국 전혀 수확이 없는 것은 그것들이 숫나무이기 때문이라는 것, 그리고 체리나무에 열매가 달리지 않는 것은 산속이라 온도가 낮아서가 아니고 농약을 충분히 치지 않았기 때문이라는 것, 피자두 나무가 말라 죽은 것은 지나친 가지치기 때문일 것이라는 등의 새로운 정보를 얻었다.

오후 4시 반쯤에 교육을 마치고서 남사예담촌에서 진양호반길로 접어들어 진주 시내 쪽으로 내려오던 중 진수대교 부근에 있는 경상대 중문과의 정헌철 교수 댁에 들러 중국차를 대접 받으며 대화를 나누었고, 떠날 무렵 그의 하모니카 연주도 들었다.

4 (토) 맑으나 쌀쌀함 –영남대학교

오후 1시부터 경북 경산시에 있는 영남대학교 박물관에서 열리는 2017년 새한철학회 추계학술대회에 참가하기 위해 승용차를 몰고서 아내와 함께 오전 9시경 진주를 출발했다. 아내는 영남대학교 전 총장의 부인으로서 연세대학 재학 시절 기숙사 룸메이트였던 이정해 씨를 만나기 위해 동행했다. 남해 및 중부내륙 고속도로를 경유하여 대구에 도착한 후 남대구에서 다소 교통체증이 있는 시내 길을 한참 동안 통과하여 11시 40분쯤 박물관 앞에 도착했다. 가는 도중 새한철학회장인 영남대 철학과의 정병석 교수에게 전화로 연락해 두었기 때문에 정 교수가 외국에서 온 학자들인 나의 京都大學 동창으로서 東京大學 명예교수인 川原秀城, 臺灣대학 철학과 전임 학과장이자 현재 文學院 부원장인 李賢中, 臺中市 남쪽의 雲林縣 斗六市에 있는 國立 雲林科技大學 漢學應用研究所 교수 겸 소장인 吳進安 씨 및 吳 씨의 부인과 함께 대기하고 있었다. 나는 오늘 동창인 川原 교수를 만나러 온 것이지만, 대만에서 온 두 교수도 나의 유학 시절 대만대학 철학과에서 있었던 이른바 '吳二煥事件'을 잘 기억하고 있었다.

아내는 박물관 앞에서 언니라고 부르는 이정해 씨를 만나 함께 떠나고, 나는 정병석 회장의 승용차에 여섯 명이 동승하여 영남대에서 5분 정도 거리에 있는 경산시 압량면 부적리 509의 뜰안이라는 식당으로 가서 점심을 들었다. 거기서 목포대 교수로서 李賢中 씨의 동창이라고 하는 목포대 金承鉉 교수 등과 합류하여 함께 점심을 들며 대화를 나누었다. 李賢中·吳進安 씨는 둘 다 輔仁대학에서 학부 및 대학원 석사과정을 마친 사람이었다. 박물관으로 돌아올 때는 川原 교수와 나만이 따로 정병석 회장의 승용차에 동승하였다.

박물관 로비에서 川原 교수의 제자로서 東京대에서 박사학위를 취득한 후 금년 9월부터 청주시에 있는 충북대학교 인문대학 철학과의 전임으로서 부임한 元勇準 씨 등을 만나 함께 대화를 나누었고, 다른 구면의 학자들과도 모처럼 다시 만나 인사를 나누었다. 川原 교수로부터는 京都대학 중국철학사 연구실이 발행하는 『중국사상사연구』 제37호(2016. 7. 31) 및 제38호(2017. 7. 31)에 실린 그의 논문 「豊穣한 知의 세계—퇴계학 성립 前後의 주자학에 관하여—」 (1)과 (2)의 별쇄본, 그의 책을 東京대학 대학원 박사과정에 재학 중인 金光來 씨가 번역한 『독약은 입에 쓰다』(서울, 성균관대학교 출판부, 2009) 그리고 北海道 札幌市에 있는 石屋製菓(주)가 만든 과자 『하얀 戀人』한 상자를 선물로 받았다.

학술회의는 세 부로 나뉘어 오후 1시 30분부터 6시까지 계속되고 이어서 20분간 총회가 있었는데, 나는 그 중 외국학자들이 발표하는 섹션1에서 川原 교수와 나란히 앉아 방청하였고, 요청을 받아 吳進安 씨에게 질문하고 川原 씨의 발표에 대해 보충설명을 하기도 했다. 이 섹션에서는 계명대 권상우 교수의 사회로 李賢中 씨가 「中國法家的思維方法與文化影響」, 吳進安 씨가 「儒家的宗教性」, 川原秀城 씨가 「曹植의 易書學庸語孟一道圖說」, 파리에 10년간 거주하였고 대구교대에서 서양철학 중 특히 현상학을 전공하는 金永弼 씨가 한국연구재단의 과제로서 작성한 「한 중 일 '庭園' 문화에 대한 현상학적 독해—상호문화성을 중심으로—」를 발표하였다. 대구한의대 조수동 교수의 사회로 섹션1과 섹션2를 통합한 종합토론이 행해질 때 나는 李賢中 씨에게 황로학의 성립 시기에 대한 질문을 던지기도 하였다.

뒤이어 열린 총회에서는 공주대의 김연재 씨가 정병석 씨의 뒤를 이어 회장으로 선임되고, 신라대의 류의근 씨가 차기회장으로 선임되었다. 나와 구면인 김연재 씨는 알고 보니 서울대 미학과에서 학부 및 석사과정을 마친 후 미국 하와이 대학에 4년간 유학하여 박사학위를 취득하였고, 다시 北京대학에서 두 번째 철학박사학위를 받은 사람이었다. 이번 모임은 내가 예전에 그 명칭이 영남철학회였던 시절 부회장을 맡은 바도 있었던 새한철학회가 개최하는 최초의 국제학술회의였으나, 사드 사태의 여파로 중국 대륙의 학자들은 참석하지 못하였다.

학술회의를 모두 마친 후, 川原 씨와 원용준 교수 그리고 아내를 내 차에 태우고서 정병석 교수의 승용차를 뒤따라 경산시 갑제동 86번지에 있는 동궁식당으로 이동하여 석식을 들었다. 나는 외국학자들 사이에 앉아 川原 씨와 주로 대화를 나누었는데, 알고 보니 그는 1950년 3월생으로서 49년 12월생인 나보다 한 살이 적었다. 정년퇴직은 나보다 한 달 후에 한 모양이다. 그 자리에서 川原 씨로부터 지금 일본 동방학회의 회장을 京都대학 명예교수로서 내가 그 대학에서 박사학위를 받도록 주선해 주었던 池田秀三 씨가 맡고 있고 그 자신은 이 학회의 평의원인데, 나를 이 학회로 초청하여 남명학에 대해 강연하도록 주선해 보겠다는 제의를 받았다.

아내는 이정해 씨와 더불어 석식까지 마치고 왔으므로, 학회의 회식에는 참가하지 않고 승용차 안에서 기다렸다. 돌아오는 길에 칠원에서 길을 잘못 들어 고속도로를 일단 벗어났다가 다시 진입하기도 하여 밤 11시 무렵에 비로소 귀가하였다.

7 (화) 흐림 -장군봉, 신선봉, 갑사

아내와 함께 산울림산악회를 따라 충남 공주시의 계룡산국립공원 구역 북쪽에 있는 장군봉(500m) 신선봉(649)을 거쳐 갑사에 이르는 코스를 답파하였다. 오전 8시 10분까지 시청 앞으로 가서 문산으로부터 오는 대절버스를 타고 출발하였다. 대전통영, 호남고속도로지선을 경유하여 유성 톨게이트에서 32번 국도로 빠져나온 후 국립대전현충원 앞을 거쳐 오전 10시 45분 무렵 공주시 반포면 온천리 박정자 마을 부근의 제2학봉교에서 하차하였다.

걸어서 이동하여 병사골탐방지원센터에서부터 등산을 시작하였다. 계속 오르막길을 1km 정도 올라 장군봉에 도달하였고, 거기서부터는 능선 길을 따라 오후 1시가 넘어서 장군봉으로부터 1.6km 거리인 갓바위삼거리에 다다라 일행 여러 명과 더불어 점심을 들었다. 나와 아내는 그곳에 설치된 등받침 없는 벤치 중 하나에 걸터앉아 서로 마주보고서 식사를 하였다. 다시 1.8km를 걸어 오늘 코스의 최고 지점인 신선봉을 거쳐 큰배재에 다다랐고, 거기서 500m를 더 걸어 남매탑에 도착하였다. 병사골탐방지원센터에서 남매탑까지는 총 4.9km의 거리였다. 이곳까지는 오늘 처음 걸어보는 코스이고, 갑사에서 남매탑을 거쳐 동학사에 이르는 코스는 과거에 몇 번 통과한 적이 있었다. 오늘 코스는 계속 오르내리막이 이어져 계룡산국립공원 중에서 가장 험난한 것이라고 한다.

남매탑의 정식 명칭은 보물 제1284호인 공주 淸凉寺址 오층석탑과 보물 제1285호인 공주 청량사지 칠층석탑이다. 청량사는 신라 성덕왕 23년(724) 懷義가 창건하였다고 하나 구체적인 연혁과 언제 폐사되었는지는 알 수 없고, 다만 '청량사'라는 글이 새겨진 막새기와가 발견되어 청량사지로 불리고 있다. 탑의 전체적인 형태는 백제 양식이라고 하나 고려 중기의 시대적 특징을 나타내고 있다. 탑 바로 아래에 上元庵이라는 절이 있는데, 복원된 것이라고 하며 나는 과거에 이 절을 본 기억이 없다. 상원조사는 남매탑 전설의 주인공인 신라시대 승려의 이름이며, 그의 제자인 회의화상이 그와 호랑이가 물어온 처녀가 부부의 연 대신 의남매 사이로 지내다가 한 날 한 시에 입적한 후 화장하여 사리를 수습해 탑을 건립하게 되었다고 한다.

남매탑에서 갑사까지는 3km 거리인데, 남매탑에서 300m 거리인 삼불봉고개와 그 고개에서 400m 거리인 금잔디고개까지는 다시 오르막길이 이어지다가, 비로소 갑사까지 내리막이 계속되었다. 갑사에서 갑사분소까지는 다시 500m, 거기서 주차장까지 또 한참을 더 내려가야 한다. 갑사에서는 마침 고려불화특별전이 열리고 있어, 대웅전 맞은편 건물의 실내에 수월관음으로 짐작되는 네 개의 그림이 전시되어 있었는데, 아마도 모조품이 아닌가 싶었다. 갑사계곡의 단풍은 특히 유명하여, 갑사 입구의 五里 숲에서 금잔디고개에 이르는 약 3km 계곡의 불타는 단풍이 예로부터 人口에 膾炙되어, 계룡팔경 중 하나인 6경으로 선정되어 있다.

오후 4시 반 무렵에 하산을 완료하여 절 입구 주차장 부근의 공주시 계룡면 중장리 갑사 28-10에 있는 산울림식당에서 있은 파전과 막걸리를 곁들인 하산주 자리에 잠시 앉았다가 오후 6시가 지난 시간에 귀로에 올랐다. 우리 내외는 그 부근의 노점에서 표고버섯과 은행 알, 그리고 군밤을 샀다. 등산 도중에는 우리 내외가 꼴찌에 가까운 줄로 알았으나 하산을 마치고 보니 오히려 선두 그룹이었다.

8 (수) 맑고 포근함 - 거제옥산농원

아내와 함께 9차 산림복합경영과정 교육에 참가하여 거제시 거제면 옥산리 산 50-2번지(옥산1길)에 있는 조경수 생산 전문의 거제옥산농원을 방문하였다. 금년 6월 9일에도 산림텃밭가꾸기 실습교육에 참가하여 한 번 와본 곳이었다.

오전 9시에 경상대학교를 출발하여 거제도에 도착한 후 14번 국도를 따라 해안 길로 동쪽을 향해 나아가다가 2번 지방도로 남쪽으로 꺾어들어 옥산리의 농장에 도착하였다. 오늘도 6월 당시 교육을 맡았던 이태홍 씨가 나와 우리를 인솔하여 농장 안을 두르며 설명을 해주었다.

거제면 서정리 755에 있는 복개천식당으로 가서 낙지볶음으로 점심을 든 후 다시 농장으로 돌아와 농장의 좀 더 높은 곳을 둘러보았다. 거제읍에서 산양삼산약초 모임의 부회장이 도로 가 건물 2층에서 무슨 작업을 하고 있는 것을 보았다. 6월에 이 농장으로 왔을 때는 한 사람 당 하나씩 대통 술을 선물로 받았었는데, 이번에는 식당에서 금목서 꽃으로 만든 술을 한 잔씩 들었고, 헛개 액즙 한 팩씩을 맛보았을 따름이었다.

돌아오는 도중 견내량 신거제대교를 건넌 지점의 통영시 용남면 남해안대로 94 1층에 있는 바다내음특산물직판장에 들렀을 때 나는 어리굴젓과 창난젓 그리고 통영꿀빵을 샀고, 아내는 생굴 한 박스를 샀다. 오후 4시가 지나서 출발지점으로 되돌아와 해산하였다.

12 (일) 맑음 -왕송마을둘레길, 옥량폭포

아내와 함께 개척산악회를 따라 경북 상주시 화북면 입석리로 가서, 731산악회에 동참하여 충북 괴산군 청천면 삼송2리의 王松마을둘레길과 玉樑폭포를 다녀왔다. 오전 7시까지 진주시청 앞에서 대절버스를 타, 남중학교 앞과 신안동 백두대간 앞을 경유하여 출발했다. 33번 국도를 따라서 고령까지 올라갔다가 광대·중부내륙·청원상주고속도로를 경유한 후, 화서 톨게이트로 빠져나와 25번 국도와 49번 지방도를 따라 올라가 10시 5분에 상주시 화북면 입석2리에서 하차하였다. 32번 지방도를 겸한 49번 지방도는 예전에 등산 차 자주 지나다녔던 길인데, 당시는 문경·상주를 거쳐 온 듯하지만, 지금은 새로 만들어진 고속도로들로 말미암아 그리로 접근하는 길이 전혀 달라져 처음에는 어딘지를 잘 몰랐고, 예전에 늘 통과하던 葛嶺에는 긴 터널이 뚫어져 있었다.

오늘 개척산악회는 상주시와 청천면의 경계 지점에 있는 백악산(856m)을 오르기로 되어 있지만, 그곳은 1998년 6월 28일에 아내와 함께 육윤경 씨가 주도하는 산악회에 동참하여 이미 한 번 간 적이 있고, 2007년 3월 11일에는 희망산악회를 따라와 혼자서 오른 적도 있었기 때문에, 일행 중 노장 그룹인 731산악회원 5명이 백악산과는 반대편 방향인 청천면의 왕소나무 둘레길로 간다고 하므로 그쪽에 동참한 것이다. 731 그룹에는 대장인 구면의 정종섭 씨와 박중춘 경상대 명예교수도 포함되어 있었다. 1960년대에 1년간 베트남 전쟁을 다녀온 구자천 씨는 지난번 개척산악회의 화왕산 등반 때도 동행한 바 있었고, 총무는 여성인 고 씨였다.

입석리의 도로에서 화양천이라는 이름의 개울을 하나 건너면 바로 충북 땅의 괴산군 청천면 삼송2리가 된다. 우리는 마을의 오른편으로 돌아 마을 안의 개울가에 괴산군 보호수 105호로 지정된 높이 20m, 둘레 6m의 수령 400년 된 느티나무 세 그루 등이 있는 느티나무 숲을 지났고, 경상북도와의 경계를 이루는 개울 지류를 따라서 왕소나무(龍松) 쪽으로 접근하였다. 이 나무는 원래 천연기념물 제1290호로서 '충북의 자연환경명소'로 지정되어 있기도 했는데, 2012년 8월 28일 태풍 볼라벤의 강풍에 넘어졌고, 1년 이상에 걸쳐 회생을 위한 노력을 기울였음에도 불구하고 마침내 말라죽어 지금은 인공 지붕을 만들어 보호하고 있다. 600년 정도 생장했던 것으로 추정되며, 생장 시 높이 13.5m, 가슴높이의 둘레 4.91m에 이르는 노거수였다. 숲에서 가장 커서 왕소나무, 줄기의 모습이 마치 용이 꿈틀거리는 것처럼 보인다 하여 용송이라고도 한다.

둘레길은 鳥項山(951) 기슭을 따라 조성된 것으로서 약 6km에 달한다고 하는데, 조항산 옆에는 靑花山(984)이 위치해 있어 도중에 그리로 통하는 등산로들도 나타난다. 왕소나무에서 좀 더 지나 의상저수지에 다다랐다. 안내판에는 송면저수지라고 적혀 있었는데, 1985년도에 설치된 것으로서 만수 면적이 19.9hr에 달하는 것이다. 우리는 댐의 둑을 따라 건너편으로 갔다가 도로 돌아 나와 호수가 거의 끝난 지점까지 걸어가 소나무 숲 그늘에서 점심을 든 후 도로 내려와 정신골을 따라 다시 둘레길로 접어들었다. 이 코스는 731산악회의 대장인 정종섭 씨가 둘레길 홈페이지를 통해 찾아낸 것이라고 하는데, 아직 별로 알려져 있지 않기 때문인지 산에서는 시종 우리 밖에 아무도 만나지 못했다.

　최고지점을 지나서 미녀골을 따라 내려와 늑골계곡과 만나는 지점에 있는 이바위라는 곳에 다다랐다. 서로 붙어 있는 두 개의 커다란 바위로 이루어져 있는데, 마을 주민의 말에 의하면 원래 이름은 임바위로서, 두 바위 중 하나는 임금의 인장이고 다른 하나는 임금의 책상으로 전해온다고 한다. 메지밭이라는 곳을 거쳐 마을의 출발지점으로 돌아와 개척산악회의 하산지점인 옥량교 근처의 주차장에 다다라 오늘 산행을 마쳤다. 정종섭 씨가 만보기로 측정해 본 바에 의하면 오늘의 총 걸음은 만 보를 넘는다고 한다. 우리 중 남자들은 옥량교에서 300m 지점인 백악산 하산코스에 있는 옥량폭포까지 올라갔다가 주차장으로 돌아왔다. 옥량폭포는 이 일대의 명소로서 암석이 대들보 및 교량과 같이 폭포 위에 걸려 있고, 깊은 골짜기에서 흘러내리는 물이 바위 사이의 널찍한 구멍으로 흘러내려 떨어지는 기묘한 모습을 이루고 있다.

　오후 4시 40분에 출발하여 도중에 충북 음성군 충북혁신도시 장성로 107의 거성호텔이 들어 있는 빌딩의 포스사우나에 들러 남자들은 6층에 있는 욕실을 이용하였다. 그런데 그 사우나의 신발장이나 옷장은 받아온 열쇠의 전자감응장치로 여닫게 되어 있는데, 아무리 시도해 봐도 열리지가 않아 내가 크게 화를 내어 종업원을 불러서 호통을 치기도 했다. 6시 40분까지 사우나를 마친 후 그 근처인 음성군 맹동면 원중로 1363에 있는 松潭추어탕 진천혁신점에 들러 추어탕으로 석식을 들었고, 떠날 때는 스포츠용 가방을 하나씩 선물로 받기도 했다. 그런데 나중에 포스사우나의 주인이 버스로 와서 작별인사를 했는데, 알고 보니 그는 개척산악회의 회원으로서 오늘 우리를 초청하여 이러한 모든 대접을 한 것이라 내가 화를 내어 고함을 질렀던 것이 퍽 미안하였다.

　그곳은 진천 땅에 위치한 혁신도시인 모양이라, 진천 톨게이트에서 고속도로에 올랐다. 집으로 돌아와 등산 짐을 정리하고 보니 이미 밤 11시가 지나 있었다.

15 (수) 맑으나 초겨울 추위 - 경상대 학술림

아내와 함께 경상대 임업기술교육정보센터의 산림복합경영과정 교육에 참가하여 산청 덕산의 경상대 학술림에 다녀왔다. 11월 24일에는 한 시간 동안의 수업과 더불어 수료식이 있지만 나는 참가하지 않을 생각이므로 사실상 이것이 올해의 마지막 수업이다. 오전 10시에 집을 출발하여 2번 국도를 따라 서쪽으로 나아가다가, 진양호 순환도로 쪽으로 접어들었고, 진수대교를 지나서 원당 및 수곡 쪽 길로 접어들어 칠정에서 덕산 가는 도로를 만났다. 시작 시간인 11시에서 15분쯤 전에 교육 장소에 도착했지만, 그 무렵 오전 10시에 경상대를 출발한 대절버스도 방금 도착해 있었다.

학술림의 2층 강의실에서 한국녹비작물연구회원이며, 땅심살리기연구원장인 이학박사 석종욱 씨로부터 PPT에 의한 '친환경 토양관리' 강의를 들었다. 이 씨는 올해 71세라고 하는데, 나보다 훨씬 젊어 보였다. 부산 수영의 센텀 부근에 살고 있으며, 경북대 농대에서 석사, 경상대에서 퇴비·친환경을 주제로 한 논문으로 작년에 박사학위를 받았다고 한다.

오후 1시 남짓까지 이론 교육을 받은 후 대절버스를 타고서 선비문화연구원 부근인 시천면 사리의 수풀林이라는 식당으로 이동하여 불낙전골로 점심을 든 다음, 다시 학술림으로 돌아와 오후 5시 무렵까지 이론 강의를 들었다. 그런 다음 근처의 지붕이 있는 다른 장소로 가서 퇴비 만들기 실습 교육을 받은 후, 방금 만든 퇴비를 약간씩 나누어 받고서 오늘 교육을 마쳤다.

돌아오는 길에 덕산 장터의 곶감축제장소 부근에 있는 잡화상에 들러 곶감 깎기와 곶감 거는 도구, 그리고 감 따는 작대기 두 개와 앞치마 두 개, 수도의 동파 방지를 위한 싸개 등을 샀다.

밤길을 달려 진주 시내로 돌아온 다음, 신안동 13-4(신안로 99)의 장수촌 식당에 들러 생선구이정식으로 석식을 들고서 귀가하였다.

19 (일) 맑음 - 거금도둘레길 2코스

새희망산악회의 제73차 정기산행에 동참하여 전라남도 고흥군 금산면의 거금도둘레길 2코스 솔갯내음길에 다녀왔다. 원래는 포항의 호미반도둘레

길로 갈 예정이었는데, 최근의 포항 지진으로 말미암아 아직도 피해자들이
대피생활을 보내고 있는 지역으로 놀러간다는 것이 정서적으로 거북하여
17일에 갑자기 산행장소를 변경한 것이다. 아침 8시까지 집결장소인 신안
운동장 산골기사식당 앞으로 나가보았더니 대륙관광의 대절버스가 두 대
대기하고 있었다. 이 산악회는 회장인 안상효 씨가 예전 멋-거리산악회원으
로서 우리 내외와 서로 아는 사이이고, 당시 멋-거리 회장을 지냈던 김근석
씨 및 천 여사의 모습도 보였다. 거금도에는 2006년 8월 13일에 사천 동구
산악회를 따라 적대봉 산행을 다녀온 바 있었으나, 2011년에 거금대교가 개
통된 이후 육로로 가보기는 처음이다.

　남해 및 광양목포간 고속도로를 경유하여 고흥 톨게이트에서 27번 국도
로 빠져나온 후, 그 길을 따라 남쪽 및 서남쪽 방향으로 계속 내려가서 고흥
읍을 지나고 고흥반도가 끝난 다음 소록대교와 거금대교를 거쳐 거금도까
지 진입하였다. 거금도에는 해안일주도로가 있지만, 그 중 둘레길 제3코스
까지는 27번 국도와 겹치는 부분이 많고 나머지는 아직 8번 지방도로 되어
있는 모양이다. 거금도둘레길은 총 연장이 42.2km로서 마라톤 풀코스의 거
리와 거의 같은데, 모두 7개의 코스로 나뉘어져 있으며 그 중 제2코스가 총
거리 11.2km로서 가장 길다. 둘레길이 생긴 것은 2015년으로서 역시 대교
의 개통에 발맞춘 것이리라.

　예전에 페리선착장이 있었던 신촌리의 금진항 부근에서 대교가 끝나고
그곳에 거금휴게소가 만들어져 있었다. 거기에 '꿈을 품다'라는 제목으로 하
늘 너머 우주의 별에 손이 닿는 거인의 나체 형상을 한 은빛 철제 조각상이
서 있었다. 오전 10시 30분에 둘레길 제2코스의 출발지점인 우두마을에 닿
아 해안선을 따라 걷기 시작하였다. 蓮沼 해수욕장 부근에서 한두 번 길을
잃고 헤매기도 하다가 그곳을 지난 지 한참 후에 육모정 정자로 된 고흥7경
전망대를 지났다. 그리고는 27번 국도를 만나 그 길을 따라서 좀 걸은 다음
옥룡벽화마을에 다다랐을 때 정오 무렵이 되었으므로, 그곳 바닷가 창고 같
은 커다란 건물의 흰색 벽 아래 바람을 막을 수 있는 장소에서 일행이 점심을
들었다.

다시 길을 떠나 펜션 건물을 지난 지점의 전망 좋은 언덕 위에 벤치가 하나 놓여 있는 공고지쉼터에 다다랐는데, 거기서부터 이어진 오솔길을 따라 좀 더 들어갔더니 길은 끊어지고 낚시터로 보이는 바위 언덕이 나타나므로 되돌아 나왔다. 우리 내외를 포함한 몇 명 외에는 대부분의 일행이 공고지쉼터 쪽으로는 가지 않고서 도중의 소파 밭에다 스프링클러로 물을 주는 장치가 되어 있는 갈림길 언덕에서 바로 益金해수욕장 쪽으로 내려갔다.

익금해수욕장 부근에서 2코스의 종점인 금장마을까지는 또 한참 동안 국도 27번을 따라가야 했다. 도로 주변에 빨간 열매가 꽃처럼 주렁주렁 달린 가로수가 많았는데, 아쉽게도 칡넝쿨에 뒤덮여 꽃을 피우지 못한 나무가 많았다. 더러는 철 이른 동백꽃이 피어 있는 가로수도 있었다. 익금마을 안과 밭두렁들을 거쳐 오후 2시 48분에 대절버스가 대기하고 있는 27번 국도에 다다라 오늘 트레킹을 마쳤다.

돌아오는 길에 금산면 소재지인 대흥리를 지날 때 거금도 출신인 프로레슬러 김일을 기념하는 김일기념체육관을 차창 밖으로 바라보았고, 거금휴게소에 다시 들렀을 때 이곳 명물이라는 매생이호떡을 세 개 사서 아내와 함께 맛보기도 하였다.

밤에 진주시 변두리의 혁신도시 구역으로 짐작되는 사들로 60번길 15의 생고기전문점 어울림에 들러 1인분 8천 원인 돼지고추장불고기와 된장찌개로 석식을 든 다음, 어딘지 모를 변두리 지역을 한참 거쳐서 내동과 희망교를 지나 출발지점으로 되돌아와 해산하였다. 밤 7시 17분에 귀가하였다.

21 (화) 맑음 -건지길, 한옥마을

아내와 함께 정병호 씨의 이마운틴에 동참하여 전주시의 건지길 트레킹과 한옥마을에 다녀왔다. 오전 8시 반쯤에 시청 육교 밑에서 정 씨가 직접 운전하는 25인승 중형버스를 타고서 신안동 운동장 1문 건너편을 경유하여 출발했다. 버스에는 빈 좌석이 하나도 없고, 대부분이 여자였다.

통영대전, 익산장수 고속도로를 경유하여 26번 전주행 국도로 빠져나온 후, 10시 45분에 전주시 德津區의 乾止山(99.4m) 서남쪽에 있는 전주 천년 고도 옛길의 제1코스인 건지길 입구 연화마을에 도착하였다. 건지길은 전북 대학교 캠퍼스 둘레길로서 풀코스와 하프코스가 있고, 풀코스는 전북대 정문 근처인 힐링숲에서 출발하여 대학로와 서문, 박물관 앞, 덕진공원, 생활관 앞, 북문을 거쳐 이리로 온 다음 전북대 대학본부 앞이 도착지점으로 되어 있는데, 우리는 전북대를 들르는 코스는 생략하고서 바로 그 뒤쪽의 건지산에 올라 풀코스를 따라서 肇慶壇 앞까지에 이르는 약 6km의 거리를 걷게 된 것이다.

출발지에서 완만한 경사면을 따라 서북쪽으로 약 200m를 걸어 올라가면 혼불문학공원에 다다르게 된다. 소설가 崔明姬(1947~1998)의 묘역 주변을 가리키는 것이다. 나는 그녀의 본적지인 전북 남원군 사매면 서도리 560번지 일대의 대하소설『혼불』무대에 조성된 그녀를 기념하는 대규모의 시설 구역에 두 번 들러본 적이 있었는데, 그녀는 실은 전주시 풍남동에서 일본 早稲田대학 법학부로 유학한 지식인 崔成武와 한학자 許晥의 딸인 許妙順의 2남 4녀 중 장녀로 태어났고, 전주에서 자라나 전북대 국문과를 졸업한 후 작가가 되기까지 중고등학교의 국어 교사 생활을 했으며, 51세로 죽은 후 5일장(전주시 사회장)을 치르고서 전주시청 앞에서 영결식, 전북대학교에서 노제를 마친 후 이곳에 묻혔던 것이다.

건지산은 단풍과 편백나무 숲으로 유명한 모양인데, 단풍은 절정기가 이미 지났으나 아직 조금 남아 있기는 했다. 이 산 133.6hr은 1964년에 전북 대학교의 수목원/학술림으로 지정되었고, 일반인들에게 산책로로서 개방되어 있기도 하다. 곳곳에 북숭아 밭도 많았다. 우리는 五松池를 지나 한국소리문화의전당 부근에 있는 편백나무 숲에 마련된 평상들에 삼삼오오로 흩어져서 점심을 들었다. 점심 후에는 전주동물원과 전주승마장 뒷산을 경유하여 정상에 다다랐는데, 나는 흰색의 조그만 집이 한 채 서 있는 그곳이 정상인지도 모르고서 그 아래로 난 샛길로 지나쳐버렸다. 도중의 팻말을 통하여 판소리경연대회로 유명한 전주대사습놀이는 조선조 숙종대의 마상궁술대회 및 영조대의 물놀이와 백일장, 민속 무예놀이를 종합하여 대사습이라

함을 알았다.

4시간 정도의 산책을 마치고서 전라북도 기념물 제3호인 조경단 입구로 내려왔다. 조경단은 전주이씨의 시조인 李翰의 묘역으로서 태조 이성계 이래 역대 왕들이 건지산에 있는 이 묘역을 각별히 지키게 했는데, 특히 고종황제가 광무 3년(1899)에 이곳에다 단을 쌓고 비를 세워 매년 한 차례씩 제사를 지내도록 했다고 한다. 비석에 새긴 '大韓肇慶壇'이란 글씨와 그 비문은 고종이 직접 쓴 것이라고 한다. 이한은 신라시대의 인물로서 그 묘역이 조선시대까지 남아 있었을 리는 없을 터이니 일종의 假墓일 것이다.

등산을 마친 후 다시 버스를 타고서 이동하여 전주한옥마을로 가보았다. 예전에 경상대 인문대학 교수회 모임에 동행하여 한 번 가본 적이 있었으나 그 때와는 분위기가 사뭇 달랐다. 오늘 보니 한옥마을은 대체로 동서로는 기린대로와 경기전길 사이, 남북으로는 태조로와 어진길 사이의 꽤 넓은 구역이었다. 우리는 이성계가 고려 우왕 6년(1380) 남원 황산에서 왜적을 토벌하고 돌아가던 중 승전을 자축하는 연회를 열었던 곳이라고 하는 오목대와 이목대 사이의 주차장 부근에다 차를 세우고서 한 시간 반 남짓 자유 시간을 가졌다.

아내와 나는 소리문화관, 전주김치문화관, 600년 은행나무 등을 둘러보며 큰길들을 모두 경유하여 경기전 담장까지 걸어갔다가 돌아 나와 아내는 먼저 전용버스로 돌아가고, 나는 혼자서 다시 걸어 전주전통술박물관과 최명희문학관을 둘러보았다. 그곳에는 최명희길이 있고, 최명희의 생가 및 문학관도 그 길 부근에 있는데, 생가까지는 가보지 못했다. 생가가 있는 곳은 원래 화원동이라고 하다가 경원동으로 바뀌기도 한 후에 지금은 유명한 豊南門의 이름을 딴 풍남동으로 되어 있다. 한옥마을의 문학관 부근에서 여러 번 그 장소를 물었으나 그곳에다 가게를 내어 장사하는 사람들도 최명희길 29에 있는 문학관을 아는 이가 거의 없었다. 가정집 같은 분위기의 한옥인데 좀 상업적이라는 느낌이 들었다.

한옥마을 안에는 숙박업소와 온갖 상점들이 즐비하고, 10,000원에서 15,000원의 가격으로 한복을 대여하는 업소도 아주 많았다. 그 한복이란 경주 최부자댁 주변에서 본 것과 유사한 것들로서 전통한복이라기보다는 크게 변형하여 모던한 풍미를 띠게 한 것이었다. 젊은 커플들은 물론 중년 부인들도 그것을 입고서 거리를 활보하고 있었다.

어두워진 후에 승차지점인 진주시청 앞에 도착하여 차를 내린 후, 모처럼 시청 뒤편의 예전에 아내가 즐겨 찾던 칼국수집으로 가서 들깨칼국수로 저녁을 들고서 시장에서 쇼핑도 좀 한 후에 귀가하였다.

29 (수) 맑으나 오후에 강추위 -구례 자연드림파크

아내와 함께 산양삼산약초 모임의 전남 구례군 용방면 용산로 107-66에 있는 구례 자연드림파크의 현장견학 교육에 다녀왔다. 집에서부터 승용차를 운전하여 국도 3호선을 따라가 오전 10시 반쯤에 산청군 금서면 매촌리 87-31에 있는 집결장소인 산청약초시장에 도착하였다. 오늘 교육은 무료이며, 산청산양삼영농조합법인의 지원으로 이루어진다고 하는데, 나는 아무것도 모르고서 아내가 가자고 하므로 그냥 따라나선 것이다. 도착해보니 대형 버스 한 대가 준비되어져 있고, 경상대 임업기술교육정보센터의 매니저인 이형일 씨 등 여자 직원 두 명도 와 있으며, 산청군청 산림녹지과의 과장도 나와서 인사를 하였다. 이번 모임은 산양삼영농조합법인이 주선한 것이므로 우리는 그냥 곁다리로 참가하는 셈이어서 견학 인원도 7명으로 제한되어 있었으나 김은심 교수 등은 참석이 허락되지 않은 자기 남편과 여동생 등도 데리고 나와 결과적으로는 경상대 측 인원도 절반쯤 되는 듯하였다.

11시에 출발해 대전통영, 광주대구 고속도로를 경유하여 남원 톨게이트에서 빠져나온 다음, 구례 행 19번 국도를 따라갔다. 도착해보니 구례자연드림파크란 국내 최초의 유기식품 클러스터로서 iCOOP생협 조합원을 위한 식품을 생산하고 있는 곳인데, 27번 고속도로 구례화엄사IC 부근에 위치해 있었다. 2016년 12월 기준으로 총면적 149,336㎡(45,000평)에 공방의 수가 총 17개이며, 총 450개 품목을 생산하고 누적생산금액 10,730,489,969원에, 근무인원이 약520명 정도나 되는 꽤 대규모의 단지였다.

우리는 먼저 레스토랑에서 아이쿱생협 물품을 이용한 한식 뷔페식 식사를 한 다음, 오후 1시부터 두 시간 동안 구례자연드림시네마 1층 드림룸에서 비전제작소 소장이라고 하는 이유경 여사로부터 '6차산업화 추진방향'이라는 제목의 강연을 들었다. 그녀는 경상대 농경제학과 출신으로서 삼성건설의 공사판 현장에서 근무하다가 기자활동을 한 바도 있으며, 남편의 사업실패를 계기로 하여 17년째 강사생활을 하고 있다는 54세의 주부였다. 강연 내용은 아무런 알맹이가 없고 마치 코미디언처럼 청중을 재미있게 하는데 초점을 둔 것이었다. 나는 원하지 않으면서도 그녀가 시키는 대로 다른 청중들과 함께 여러 가지 동작을 하고 그녀가 시키는 대로 구령을 따라 부르지 않을 수 없었다.

강연이 끝난 다음, 안내원을 따라가 과자, 라면, 만두, 베이커리 등의 생산과정을 견학하였고, 그곳에서 생산된 빵과 라면을 시식해보기도 하였다. 전체 생산과정이 자동화되어 있었다. 그 단지 안에는 생산된 맥주를 판매하는 비어락 하우스, 카페, 선술집 등도 있었고, 견학을 마친 다음 매장으로 가서 3할 할인되는 가격으로 이런저런 물건을 구입하기도 하였다.

견학을 마친 다음 강사와 함께 출발장소인 산청약초시장으로 돌아와 해산하였고, 우리 내외는 오후 6시 반쯤에 귀가하였다. 견학을 전후하여 이런저런 음식물로 군것질을 하였으므로, 저녁은 생략할 작정이었으나, 나중에 시장기를 느껴 밤8시쯤에 대구탕으로 때늦은 석식을 들었다.

12월

3 (일) 맑고 포근함 -팔룡산

민들레산악회를 따라 창원 八龍山(328m)에 다녀왔다. 이 산은 원래 마산시에 위치하여 창원과의 접경에 가까운 곳인데, 지금은 마산시와 진해시가 창원시에 편입되었으므로 창원시 마산회원구로 되어 있다. 민들레산악회는 창립한 지 13년쯤 되었다고 하나, 오늘은 참가자가 적어 대절버스 기사를 제외하고서 23명이 동행하였으니 버스 정원의 절반 정도가 탄 셈이다.

8시 30분까지 신안동 공설운동장 1문 앞에 집결하여 출발하였다. 남해고속도로를 경유하여 마산에 진입한 다음, 9시 45분에 봉암수원지에서 1.3km 떨어진 위치에 있는 봉양로의 수원지 입구에 도착하였다. 운치 있는 침엽수림을 따라서 수원지를 향하여 900m 나아간 지점에 있는 정자에서 큰 길을 버리고 비탈진 등산로를 취하여 수원지의 제방 위에 다다랐고, 거기서 부터는 수원지를 끼고서 오른편 길을 1km 정도 걸어 수원지의 반대편 끄트머리에 닿은 후, 등산로를 따라서 왼편 길로 두 차례 꺾어들어 팔룡산 정상으로 향했다. 수원지 산책로의 절반 정도 지점에 봉수정이라는 2층 팔각정이 있어 올라가 보았고, 코스가 거의 끝나가는 지점의 웰빙광장에도 冬陽亭이라는 이름의 보다 규모가 큰 또 하나의 누각식 2층 정자가 있었다.

비교적 완만한 비탈길을 계속 걷다가 정상 부근의 꽤 가파른 바위길을 올라서니 그 꼭대기에 이 일대 산들의 보존 관리와 등산객 조난 구조를 위한 무인 감시 시스템인 철탑이 서 있었다. 정상에서는 마산의 항만을 포함한 시가지 전체와 창원의 일부 지역을 둘러볼 수 있었다. 철책 옆에 어떤 남자가 드러누워 있고 우리 일행이 그에게 무슨 응급처치를 하려고 둘러서 있었는데, 나는 다른 등산객인 줄로 알았지만 나중에 알고 보니 우리와 함께 온 우정산악회의 3명 중 한 명이라는 것이었다. 그는 남보다도 앞장 서 선두그룹으로 정상에 도착한 모양인데, 심장에 이상이 있는지 의식은 있는 모양이지만, 전혀 말을 하지 못하고서 힘없이 누워 있었다. 침으로 손가락을 따라는 말도 있었고, 심폐소생술을 실시하라는 말도 있었지만, 결국 제대로 손을 쓰지 못하고서 우리가 정상을 떠나 탑골 방향으로 내려가 佛巖寺 위쪽에서 점심을 들고 있을 때 119에 연락하여 헬기가 와서 공중을 몇 차례 선회하다가 마침내 그를 실어갔다.

회장은 환자 곁에 남아 있었고, 우리 내외와 더불어 점심을 함께 든 산행대장도 식사를 마친 후 정상으로 다시 올라갔다. 그러나 뒤에 들으니 그를 태운 헬기가 팔룡산 서쪽 기슭에 위치한 삼성창원병원(마산)에 도착했을 때 그의 심장은 이미 멎어 있었다고 한다. 그 동안 너무 시간을 지체했던 것이다. 등산 도중에 일행이 죽은 것은 금년 9월 3일에 있었던 괴산 깃대봉 산행 이후로 두 번째이다. 고인은 57세의 남자였고, 사인은 심장마비였다고 한다. 깃대봉 산행에서 죽은 여인과 마찬가지로 이 사람도 배낭에 방울을 달고 있었다고 한다.

梵鐘閣 기둥에 盤龍山 佛巖寺라는 입간판이 달려 있는 이 절은 규모가 작아 암자 같은 분위기였는데, 자연동굴법당을 갖춘 기도도량이라고 한다. 우리는 점심 식사를 마친 후 그 절에까지 내려가 보았지만 법당에 들어가 보지는 못했다. 반룡산은 이 산의 원래 이름이었는데, 해방 이후 그 음이 변하여 팔룡산으로 부르고 있다. 탑골이라는 명칭의 유래가 된 팔룡산 돌탑은 이 산자락의 양덕동에 거주하는 李三龍 씨가 산중턱에다 1993년 3월 23일부터 남북통일을 기원하는 마음으로 지극정성을 기울여 1,000기를 목표로 하여 2012년 12월 10일 현재 962기를 쌓았다고 하는데, 마산 9景으로 선정되었고 이 산 제일의 명소이다. 나는 인터넷을 통해 이 돌탑의 존재를 알고서 그것을 볼 수 있을 것으로 기대했었는데, 민들레산악회가 배부한 개념도에는 오늘 그 쪽으로 하산하는 것으로 되어 있으나, 정상에서부터 그 길과는 다른 방향인 불암사를 경유하는 것으로 적었으므로, 불암사에서 그 절의 진입로를 따라 내려오다 보니 다들 봉덕2길 106에 있는 창신고등학교에 닿게 되어 방향이 빗나가고 말았다.

창신고등학교 부근에서부터 다시 주민들에게 묻고 물어 오후 2시 무렵 대림아파트 부근의 한샘교회 뒤편에 있는 돌탑입구 공원에 도착하였으나, 돌탑군락지는 거기서부터 다시 400m 위쪽 지점에 있는지라, 그 입구를 표시하는 대형 돌탑 두어 개를 지나 좀 올라가보다가 포기하고서 도로 내려와 한샘교회 부근의 도로변에 주차한 대절버스를 탔다. 오늘의 우리 일행 중 탑골 공원 코스로 내려와 그 돌탑군락지를 구경한 사람은 오랜 산벗인 80대의 강대열 노인 한 사람뿐인 듯하다. 강 노인은 일행으로부터 훨씬 뒤쳐져 정상에 도착했으므로, 정상에서부터 혼자서 1.9km 거리인 탑골까지 내려오게 된 것이다.

진주의 산악인 중 아마도 가장 연장자인 강 노인이 어제 전화로 통화해본 박양일 씨의 근황을 들려주었다. 박 씨는 식도암으로 서울에서 2개월간 입원하여 수술을 받은 바도 있었다고 하나, 죽 말고는 다른 음식물을 일체 삼킬

수 없고, 때로는 약도 목구멍을 넘어가지 않는다고 한다. 나보다 좀 연장자인 박양일 씨도 우리 내외의 오랜 산벗인데, 그가 속해 있는 731산악회의 정종섭 대장이 근자에 한 말로는 아주 초기에 우연히 암을 발견하게 되어 매우 다행이라고 했으나, 실상은 그처럼 낙관적인 것이 아닌 모양이다. 오늘 산악회에서 예정하고 있었던 저녁식사 비용은 고인에 대한 부조비로 쓰기로 하고, 오후 3시 50분 무렵 일찍 귀가하였다.

5 (화) 맑으나 강추위 -만대산

아내와 함께 산울림산악회를 따라 경북 고령군 쌍림면과 경남 합천군 합천읍 및 율곡면의 경계에 있는 萬代山(688.1m)에 다녀왔다. 8시 20분이 지난 무렵 시청 앞 육교 아래에서 대절버스를 타고 봉곡로터리를 경유하여 출발했다. 오늘도 지난 일요일과 마찬가지로 23명만이 참여했다.

33번 국도를 경유하여 고령군 쌍림면 소재지에 도달한 후, 26번 국도로 접어들어 왼쪽으로 나아가서 오전 9시 51분에 등산로 입구인 쌍림면 山州里의 주차장에 도착했다. 산행대장인 김현석 씨는 普祥寺 경내를 경유하는 코스로 산을 오르라고 했지만, 500년 된 은행나무 고목이 서있는 지점을 지나 포장도로를 따라서 올라가는 도중에 등산로 입구를 나타내는 표지목이 서 있었으므로 다들 그것이 가리키는 방향으로 나아갔다. 묘지들이 있는 지점을 지나 산 능선에 오르니 거기에 보상사로부터 0.5km를 지나왔고 정상까지는 2.2km가 남았다는 '만대산숲길' 안내 표지가 보였다.

능선 길을 따라 계속 올라가다보니 도중에 수도지맥임을 표시하는 등산객이 남긴 게시물이 눈에 띠었고, 11시 반쯤에 헬기장에 도착하여 먼저 도착한 일행이 점심을 들고 있는 것을 보고서 우리 내외도 거기서 식사를 하였다. 정상은 거기서 반시간 정도 더 나아가야 하는 지점에 있었는데, 표지석은 없고 흰 철판에다 해발 688m임을 표시해두고 있었다.

그 무렵부터는 선두 그룹에 끼어 합천읍과 합천군 묘산면의 경계를 이루는 매화재를 지나 좀 더 나아간 지점에서 아내와 나는 다른 3명의 일행과 함께 高靈申氏世德碑 방향으로 가는 지름길을 취해 능선을 따라 내려오기 시작했다. 그쪽 길은 다니는 사람이 별로 없는지 잡목에 가려 길이 희미했다.

그 능선길이 끝난 지점에 고령신씨의 시조이자 신숙주의 선조인 申成用의 묘역이 있고, 그 아래에 실묘된 2·3·4대 다섯 선조의 假墓도 있었다. 이곳은 전국의 8대 명당 중 하나에 든다는데, 『한국지명유래집』 경상편에 의하면 『신증동국여지승람』이나 『대동여지도』에는 可帖山이라 되어 있으나 고령 신씨가 이 산에 시조묘를 쓰면서 만대에 걸쳐 영화가 지속되기를 바라는 의 미에서 만대산이라 이름 지었다고 전해진다는 것이다. 왕릉처럼 크게 만든 시조묘에는 1686년에 후손인 우의정 翼柛이 지은 「고령신씨시조지묘」 비 석이 서 있고, 그 옆에 2016년에 세운 번역문의 흰색 철판이 세워져 있었다.

시조묘와 上代 선조묘소의 원편으로 좀 떨어진 곳에는 萬代軒이라는 현판 이 걸린 재실과 그 뒤편의 追慕齋가 있고, 그 아래쪽 길옆에 萬代淵이라는 연 못이 조성되어져 있으며, 더 아래로 내려오면 묘소 입구에 2002년에 만든 거대한 규모의 고령신씨시조세덕비가 서 있었다. 그러나 오늘날 이 지역에 는 고령신씨의 후예가 전혀 살고 있지 않다고 한다.

더 아래로 내려와 산주길 147-12에 있는 보상사에도 들러보았다. 가장 안쪽에 있는 거실 밖에 '元曉佛敎'라고 새긴 菁南 吳濟峰이 글씨를 쓴 현판이 걸려 있었다. 때마침 방을 나온 스님에게 원효불교를 표방한 이유를 물어보 았으나 그도 잘 모르는 모양이었다. 원래는 해인사에서 분리해 나온 절로서, 그 당시의 설립자인 스님은 작고하고 이 스님 혼자서 35년 정도 이 절을 지키 고 있는 모양이다. 원효종은 다솔사의 효당 최범술 스님이 표방한 것으로서, 청남은 효당과 사형사제 관계이기도 하며, 효당 자신이 해인사의 승려였던 시절도 있었으니 서로 관계가 있을 듯하지만, 더 이상 상세한 내력을 알 수는 없었다.

오후 2시 10분에 주차장으로 돌아와 진주시내로 돌아와서는 신안동 실내 체육관 맞은편에 있는 신안로 7-28번지의 삼다도주물럭이라는 이름의 식 당에 들러 동태탕으로 송년 모임을 가졌다. 2000년 새해를 울릉도에서 함께 보낸 고등학교 교장으로서 정년퇴임한 강 선생 및 산행대장 김현석 씨와 합 석하였는데, 김 씨는 현재 60대로서 1972년 무렵부터 산행을 시작하여 안

가본 곳을 위주로 등산을 해오고 있으며, 사진에도 취미를 가진 모양이다.

10 (월) 오전에 부슬비 –용초도

아내와 함께 소나무산악회를 따라 통영시 한산면에 있는 龍草島에 다녀왔다. 오전 8시 30분까지 시청 앞에 집결하여 오늘도 21명의 적은 인원이 출발하였다. 대전통영고속도로를 따라가 9시 23분에 통영시 항남동의 여객선터미널에 도착한 다음, 11시에 용초도를 경유하는 2항차 배가 출항할 때까지 그 부근의 서호전통시장을 둘러보았다. 도로 가의 이야꿀방이라는 점포에서 하나에 천 원씩 하는 통영꿀빵을 세 개 사먹었는데, 그 집 앞의 나무로 만든 긴 의자에 걸터앉아 꿀빵을 먹다가 의자 바닥에 삐죽이 돋아난 못에 걸려 비옷 밑 부분이 찢어지고 말았다.

왕복 요금이 9,400원인 한산누리호를 타고서 40분쯤 후에 용초도에 닿았다. 한산도 남단의 추봉도와 비진도 사이에 있는 섬인데, 6.25 당시의 포로수용소 유적지가 남아 있는 곳이다. 용초 항이 있는 큰 마을에 도착했을 때까지도 약간 빗방울이 내렸기 때문에 일행 중에는 그냥 거기에 남은 사람들이 적지 않았고, 남녀 각각 5명씩으로 구성된 10명만이 마을 뒤편의 산길로 올라가기 시작했다. 나는 등산복 바지를 버리지 않기 위해 양쪽 발에 스페츠를 착용했지만, 얼마 지나지 않아 비가 그치고 햇빛이 났기 때문에 사실상 별로 소용은 없었다. 산 능선 부분에 포로수용소 유적지가 있다고 하지만 우리는 거기를 10m쯤 비켜서 지나갔기 때문에 보지는 못했고, 가늘게 이어지던 산길이 묵혀둔 매실 밭을 지날 무렵에는 그나마 끊어지고 말아 길도 없는 산길을 더듬어 섬 뒤편의 해변에 비죽이 솟아나와 있는 작은 곶의 끄트머리 지점인 용바위까지 나아갔다. 거기로 가는 도중의 바닷가에 축구공만한 몽돌들이 널려 있는 지점도 지나쳤다. 용바위 부근의 바다에는 해녀가 두 명 물질을 하고 있었지만, 채취한 수산물은 주인이 따로 있어 팔지는 못한다고 했다. 뒤이어 다른 지름길 코스로 온 3명도 합류하여 널따란 바위들로 이루어진 해변에서 점심을 들었다.

점심 후 뒤에 온 3명은 왔던 코스로 되돌아가고, 처음의 10명만이 콘크리트로 포장된 길을 따라 다시 다른 쪽 능선으로 올라갔다. 그곳에는 포로수용소의 급수장(저수시설) 등이 널따랗게 자리하고 있었다. 우리는 능선에서 등산로를 취해 정상인 해발 191.1m의 수동산 방향으로 우측을 향해 한참동안 나아갔는데, 그 도중에서도 좀 아래 비탈진 곳에 길이 280cm, 너비 260cm, 높이 170cm 규모의 한국군 초소 유적을 보았다. 이는 포로수용소 1구역과 3구역의 중앙에 있는 한국군 주둔지역에 위치하였는데, 시멘트와 강돌로 조성되었으며 벗겨진 상부를 제외하고는 거의 원형으로 남아 있었다.

3시 10분 정상에 도착한 다음, 한산도 방향으로 내려가는 가파른 능선 길을 취하여 바닷가에 닿았고, 해안선으로 이어진 포장된 길을 따라 작은 마을을 거쳐서 오후 3시 10분경에 출발지점인 큰 마을의 용초 항으로 돌아왔다. 거기에 남아 있던 일행 중 네 명은 이미 다른 배를 타고서 한산도를 넘어가, 군내 버스를 타고서 제승당 입구까지 간 다음 다시 다른 배를 타고서 통영 항으로 향한 모양이었다.

선착장 부근에 용초도 포로수용소 유적 안내도가 서 있었다. 이에 의하면, 이 유적의 정식 명칭은 유엔 제1B용초도 전쟁포로수용소(약칭 제1B 용초도 전쟁포로수용소 및 귀환군 집결소)로서 제1 거제도 포로수용소의 포로인원 증가와 포로의 집중관리 차원에서 육지와 먼 거리인 이곳에 1952년 6월 19일부터 1953년 8월 5일까지에 걸쳐 설치되었다. 포로수용소가 설치되면서 주민들은 한산도 진두를 비롯한 여러 마을에 흩어져 소개민 수용소에 수용되었다. 수용소 사령부는 용호리 내 작은 마을과 큰 마을에 각각 1,2구역 8개 수용동, 비진도와 마주보이는 마을 뒤편에 3구역 8개 수용동을 설치했다. 수용소 외곽 경비는 한국군이, 수용소의 행정 및 관리 책임은 미군이 맡았다.

1952년 6월 30일부터 거제도에서 북한인민군 장교 및 사병 8,040명이 이송되었으며, 1953년 4월과 9월 두 차례에 걸쳐 송환되었다. 연이어 북한 포로수용소에서 귀환한 국군 포로들은 1953년 8월 5일부터 용초도 포로수용소에 수용되어 사상교육 및 군사훈련을 받고 대부분 재입대하거나 귀향했다. 최종적으로는 1954년 4월에 폐쇄되었다.

한편 소개민 소용소에서 생활했던 주민들은 1954년 4월부터 마을에 들어와 복구사업에 참여하였으나 정신적, 육체적 고통을 받아야 했다. 현재 포로수용소 잔존 유적지는 20개소에 이른다고 한다.

우리는 돌아올 때 4시 20분의 배를 타기로 되어 있었으나, 실제로는 4시 15분에 이미 배가 출항하였다. 나는 올 때와 마찬가지로 3층 갑판에서 조타실 뒤편의 좀 높은 곳에 걸터앉아 찬바람을 피하며 바다 풍경을 바라보았다.

진주로 돌아와서는 서진주 톨게이트를 경유하여 서진주 로터리와 덕산아파트 사이에 있는 축산물판매장에 붙어 있는 餐友 상차림식당(서진주식당)에서 1인당 5천 원씩 하는 한우국밥으로 석식을 들었다. 회옥이가 진주교육대학 부속초등학교를 다녔을 때 같은 반 학부형이었다고 하는 한의사 내외와 같은 식탁에 앉았는데, 그들 내외가 진주시청 앞에서부터 우리 집 근처까지 자기네 승용차에 태워주었다.

17 (일) 강추위 - 제석산

아내와 함께 삼일산악회를 따라 전남 순천시 낙안면과 별량면의 경계에 위치한 帝釋山(563.3m)에 다녀왔다. 8시 30분까지 시청 육교 밑에 집결하여 대절버스 한 대로 출발하였다. 45명 정도의 인원이었다. 서진주 쪽으로 나아가 대전통영, 남해, 광양목포 고속도로를 경유하여 벌교로 접근하였다.

10시 8분에 보성군 벌교읍 회정리의 조정래 태백산맥문학관 주차장에서 하차하였다. 작년 4월 17일 산사랑축동사랑산악회를 따라 월출산에 갔다가 돌아오는 길에 석식을 들었던 현부자네꼬막정식 식당 바로 맞은편이었다. 그곳의 길 안내 표지에 '소설 태백산맥 문학기행길'이라는 문구가 있고, 등산로 입구에도 '소설 태백산맥 조정래등산길'이라고 커다란 돌에 새겨져 있었다. 벌교는 '조정래 태백산맥'이 최대의 관광 포인트인 모양이다. '태백산맥 관광안내도'에 의하면 문학관 조금 아래쪽에 '조정래 고택'이 위치해 있다. 그러고 보면 제석산도 이 소설에 자주 등장하는 장소인 모양이다.

우리는 벌교 쪽에서 등산을 시작했는데, 현부자집에서 정상까지는 3.6km이며, 정상은 실제로는 순천 땅에 위치해 있는 것이다. 점차 고도를 높여 대치재·남끝봉·신선대(531m)를 거쳐 12시 18분에 정상에 도착하였다. 일행은 거기서 좀 더 나아간 지점의 헬기장과 산불감시초소가 있는 벌교 패러글라이딩 체험장 부근에서 점심을 들고 있었다.

내려올 때는 순천시 별량면 대룡리 282번지의 桐華寺 쪽으로 하산하였다. 전체 코스는 약 7.5km라고 하는데, 정상을 지나서부터는 길 안내 표지가 전혀 눈에 띄지 않았고, 때로 비포장 혹은 포장된 농로를 따라 걷기도 하다가 거기서 벗어나 소로로 접어들기도 하였다. 오후 1시 48분에 동화사 앞 주차장에 이르러 하산을 완료하였다.

그리로 내려가는 길 가에는 드문드문 농장 건물이 있고, 도로 포장 및 농지 이용 관계로 주민과 사찰 측이 서로를 공격하는 성격의 안내판이나 플래카드들을 내걸고 있는 것이 계속 눈에 띄었다. 요지는 이 곳 산지가 동화사 소유로서 임대차 계약이 2015년 12월 26일부로 종료되었으므로 이후 무단경작을 금한다는 것과 차량 통행으로 말미암아 수행환경이 악화되므로 차량 통행을 제한한다는 사찰 측의 경고문 및 도로 포장이 주민은 물론 사찰 측에도 편리함에도 불구하고 군 당국이 해주겠다는 새로운 포장을 사찰 측이 방해한다는 내용의 주민 측 항의였다.

동화사는 제석산 기슭에 위치함에도 불구하고 절 입구의 천왕문에 '開雲山 桐華寺'라는 현판을 내걸고 있었다. 개운산은 제석산의 옛 이름인 듯했다. 이 절은 조계종 제19교구 본사인 화엄사의 말사로서, 구전에 의하면 최초 개산은 서기 868년 신라 말 도선국사에 의했고, 1097년 고려 대각국사 의천에 의해 완전한 개창을 보았으며, 임진·정유의 왜란에 두 차례 파괴되어 폐허로 변했다가, 이후 점차로 중수되었다고 절의 안내판에 보인다. 건물들은 대체로 근자에 세워진 것으로 보였고, 경내에 문화재로는 보물 제831호인 삼층석탑과 전라남도 유형문화재 제61호인 대웅전이 있다. 삼층석탑은 신라시대 석탑 양식을 계승한 고려 초기의 것이리라고 하는데, 2층 기단 위에 3층의 탑신을 세웠고, 상륜부도 꼭대기의 보주가 유실된 것을 제외하고는 잘 남아 있으며, 전체적으로 안정감이 있고, 비례가 조화를 이루고 있었다. 대웅전은 정유재란으로 불탄 것을 1601년 중건했다가 1696년(숙종

22년)에 고쳐지은 것으로서 다포 양식의 건물이다.

하산주를 마친 다음, 3시 경에 출발하여 순천만 톨게이트에서 고속도로에 올랐다. 아직 해가 남아 있을 때 진주시청에 도착하여 아내와 함께 그 부근 자유시장에 들러 어제 사지 못했던 물메기 등 음식재료들을 구입하여 귀가 했다.

19 (화) 맑고 포근함 -통도사 암자순례길

내 음력 생일을 맞아, 우리 가족 세 명 전원이 정병호 대장의 이마운틴클럽을 따라 양산 통도사 암자순례길 제1코스를 다녀왔다. 오전 8시 20분 남짓에 시청 건너편 육교 밑에서 금산과 신안동 운동장을 거쳐 오는 25인승 전용 버스를 타고서 혁신도시를 거쳐 남해고속도로에 올랐다. 일행은 운전기사를 겸한 정 대장을 제외하고서 13명이었는데, 남자는 나와 또 한 명의 노년층 부부를 포함해 두 명 뿐이었다. 다른 차를 잘못 타고서 떠난 여성 두 명을 도중의 진영휴게소에서 태워 총 15명이 되었다.

정 대장이 카톡에 올린 바에 의하면, 이번 산행의 이름은 '통도사 무풍한 솔길 힐링트레킹'이고, 코스는 지산마을에서 출발하여 축서암~비로암~극락암~반야암~서축암~지장암~백운암~사명암~안양암을 거치고, 통도사 큰절과 영축산문을 경유하여 주차장에 도착해서 마치며, 시간은 중식을 포함하여 4시간 30분으로 되어 있다. 그러나 이는 통도사의 거의 전체 지역 암자들을 포괄하는 것이라 꽤 무리여서, 양산시가 발행한 관광지도에는 '통도사 암자순례길'이라 하여 제1코스(5.5km/ 2시간 30분)와 제2코스(6.5km/ 4시간)로 나누고 있다. 실제로 '舞風寒솔길'은 통도사 입구의 靈鷲山門에서부터 큰절 입구까지 이어지는 소나무 고송이 주를 이루는 진입로를 이르는 것이어서 암자순례 길과는 다른 것이다.

우리는 10시 25분에 통도사 입구의 주차장에 도착하여 산문과 무풍한솔길을 걸어서 큰절에 도착한 다음, 큰절 공양간에서 점심을 얻어먹고, 오후부터 암자 순례를 시작하여 안양암~수도암~백련암~옥련암~사명암~서운암~취운암~보타암을 거쳐 다시 무풍한솔길을 경유하여 오후 3시 18분에 주차장으로 되돌아왔다. 양산시 관광지도(「자연과 함께 하는 양산여행」) 뒷면에 보이는 통도사 암자순례길 중 큰절 서쪽의 제1코스를 순서는 다르지만 일단 완주했고, 여기에다 제2코스에 포함된 안양암 하나를 더 보탠 셈이 된다.

나는 젊은 시절 1971년 겨울부터 72년 여름까지 반 년 동안 통도사 비로암에 머물렀지만, 그 당시에 비해 지금은 寺勢가 대단히 융성하여 부유함이 눈에 넘치고, 큰절이나 암자들이나 새로운 건물들이 많이 들어서 있다. 수도암에 이르렀을 때 절에서 커피를 대접하겠다고 하므로 승낙했더니 뜻밖에도 방안으로 들어오라고 하여 그곳의 나이 지긋한 주지로부터 한동안 법문을 듣게 되었다. 그에게 물어서 오늘 비로소 알게 된 바이지만, 내가 머물던 당시의 비로암 주지였던 원명 스님은 후에 10년간이나 통도사의 방장이 되어 이 절의 사세를 진작시키는데 큰 공헌이 있었고, 지금은 도로 비로암 주지로 돌아가 있다는 것이었다. 수도암 주지의 말로는 속세나 절이나 다 세력 잡은 사람들이 주관하는 것이며, 원명스님 역시 세력에 의해 방장이 된 것이라고 했다. 비로암에 머물기보다 암자는 주로 義母에게 맡겨두고서 당시 그 자신은 주로 큰 절의 종무소로 내려가 있었는데, 온순한 성품인 듯하기는 했으나 역시 事判僧인 모양이다.

오늘 들른 여러 암자로 이르는 소나무가 우거진 오솔길들은 모두 운치가 있었고, 암자 하나하나가 거의 다 독립된 절의 규모였다. 그 중 특히 서운암은 암자 위쪽 언덕 위에 통일발원 16만 陶瓷대장경을 봉안하기 위해 여러 채의 藏經閣을 따로 짓고, 그 옆에는 33飛天像을 전시하는 별도의 목조 건물도 있었다. 장경각에서 서운암으로 내려가는 긴 돌계단 길의 좌우에 꽃나무인 듯한 키 큰 풀들이 무성하였는데, 알고 보니 서운암 주변의 5천여 평에 매년 4월이면 들꽃축제(전국문학인꽃축제)가 열린다고 한다. 서운암 담장 바깥에 장독대도 즐비하였는데, 그 부근에 된장을 판매하는 집도 따로 있었다.

큰절의 說法殿에서는 어제인 12월 18일부터 내년 1월 16일까지 30일간 제47회 화엄산림대법회가 열리고 있었다. 법사들은 전국의 유명한 스님들을 초빙하였고, 매일 일정한 주제를 내걸고서 신도들을 상대로 하여 오전 오후에 걸쳐 법문을 펼치는 모양이다. 이 법회는 1925년 극락암 경봉스님이 어려운 노인들을 보살피기 위해 만일염불회를 개설한데 이어 1927년 보우·해담스님과 함께 극락암 무량수각에서 삼칠일간 법문하시는 것으로 시작되었다고 한다. 그 강의 내용이 바로 곁에 있는 공양실 안벽에서도 실시간 동영상으로 대형 TV 화면을 통해 생중계되고 있었다. 공양시간은 조공은 오전 6시, 오공은 오전 11시 30분, 약석은 오후 5시부터 누구에게나 무료로 제공되는데, 일반 대중을 위한 공양간 옆에 스님들을 위한 방이 따로 마련되어져 있고, 양쪽 모두 탁자와 의자가 갖추어져 있었다.

진주시청에서 차를 내려, 시청 뒤편의 아내가 좋아하는 칼국수 집에 들러 각자 좋아하는 음식을 시켜서 석식을 든 다음, 6시 반에 귀가하였다.

21 (목) 맑음 - 삼각산

봉황산악회를 따라 아내와 함께 부산광역시 기장군 장안읍에 있는 삼각산에 다녀왔다. 오전 8시 40분까지 신안로터리에 집결하여 상봉아파트를 출발해 오는 대절버스를 탔다. 봉황산악회는 여성 산악회인데, 갈 때 올 때 모두 버스 안에서 계속 춤을 추었다. 남해고속도로를 따라가다가 김해에서 대동터널을 지나 양산으로 빠져나온 후 경부고속도로를 잠시 경유하여 7번 국도를 따라 영천·법기를 지난 후, 아마도 기장군의 정관신도시를 경유하여 장안읍으로 진입하였다.

오전 10시 58분에 장안사 입구의 버스주차장에 도착하였다. 장안사에는 2003년 4월 13일에 아내와 함께 보라매산우회를 따라 울산광역시의 대운산에 올랐다가 시명산과 장안사 부속 암자인 척판암·백련암을 거쳐 큰절까지 내려와 그 날 등산을 마친 바 있었다. 오늘은 장안사 주차장에서 남쪽으로 바로 치고 올라가 324·311·359봉을 경유하여 12시 43분에 삼각산 (469m) 정상에 도착하였다. 삼각산은 비슷한 높이의 세 봉우리가 잇달아 있다 하여 이런 이름이 붙은 모양인데, 첫 번째 봉우리에는 표지석이 세워졌다가 받침대만 남기고서 지금은 비석 몸체가 철거되었고, 두 번째 봉우리에 469m 정상 표지석이 있는데, 조금 더 나아가니 세 번째 봉우리에도

466.7m임을 표시하는 삼각산 정상 표지석이 서 있었다. 거기서 좀 더 나아 간 지점의 다소 평평한 능선에 이르러 경찰 출신의 강위생 노인 및 삼현여고 윤리교사를 정년퇴임한 정동원 씨, 그리고 낯선 중년 여인 한 명과 더불어 다섯 명이 함께 점심을 들었다.

식사를 마친 다음, 좀 더 나아가 정관면과의 경계를 이루는 임도 못 미친 지점의 안부사거리에서 계곡 쪽으로 하산하여 두 번째 계곡인 박치골에 이 르러 장안사로 이어지는 넓은 포장도로를 만나 1,400m 남짓 되는 그 길을 따라서 오후 2시 34분에 출발지점으로 되돌아왔다. 안내판에 의하면 부산 광역시 기장군 장안읍 장안리 598에 위치한 長安寺는 신라 문무왕 13년 (673) 원효대사가 창건하여 雙溪寺라고 했다가 哀莊王(800~809)이 다녀간 후 장안사로 개칭했다고 한다. 그렇다면 장안읍에 있어 장안사가 된 것이 아 니라 이 절 이름이 현재의 지명을 만든 셈이다.

장안사 대웅전은 임진왜란 때 불탔던 것을 효종 8년(1657)에 현재의 건물 로 중창한 것인데, 정면 3칸, 측면 3칸의 겹처마, 팔작지붕의 다포계 양식으 로서, 1979년 경상남도지정 기념물이 되고, 1995년 기장군이 부산광역시 로 편입된 이후에는 부산광역시지정 기념물이 되었다가, 부산 지역에서 건 립 연대가 가장 오래된 다포식 건축물이라 하여 2012년에 보물 제1771호로 승격되었다. 거기에 안치된 석조석가여래삼불좌상도 보물 제1824호로 승 격되었는데, 대웅전 앞의 설명문에는 아직도 부산광역시지정 유형문화재로 기재되어 있는 것으로 보아 더욱 최근에 보물로 지정된 모양이다. 그밖에도 이 조그만 절에는 대웅전과 應眞殿·冥府殿에 부산광역시지정 유형문화재 9 점, 부산광역시지정 민속문화재 3점이 있다. 그러나 이 셋 이외의 건물들은 대부분 근자에 이루어진 것으로 보였다.

그 밖에도 이 절 뒤편에는 절 주변에 산재해 있던 부도와 탑비들을 수습하 여 함께 봉안해 둔 부도탑이 있고, 원효와 요석공주의 사랑 이야기를 테마로 한 '원효 이야기 숲'도 있어서 한 바퀴 둘러보았다. 3시 44분에 출발하여 왔 던 코스를 경유하여 해 진 이후에 진주로 돌아왔다.

24 (일) 비 -용마루길, 상림

청솔산악회의 271차 정기산행에 동참하여 전남 담양군의 용마루길과 경남 함양군의 上林에 다녀왔다. 오전 8시까지 우리 아파트 부근의 구 진주역에서 모여 대절버스 한 대를 타고서 원래는 담양군의 천자봉(748m)·병풍산(822)·삼인산(581)에 다녀올 예정이었으나, 비가 오므로 변경하여 추월산 아래 담양호반의 용마루길로 가게 된 것이었다. 용마루길은 총 구간길이 3,9km로서 나무데크로 이루어진 것이 2.2km, 흙길이 1.7km인데, 금년 6월 4일에도 추월산 등반을 마친 후 이리로 와서 나는 두 번째 흙길이 시작된 지 얼마 후의 1.8km 지점까지 걸은 바 있었는데, 오늘은 옛 마을터까지에 이르는 전체 구간 왕복 약 8km를 걸은 것이다.

광대고속도로 도중의 지리산휴게소에서 잠시 정거한 후, 오전 10시 12분에 추월산 아래 담양호반에서 하차하여 11시 14분에 옛 마을터 종점에 닿았다. 비는 그쳤다가 내렸다가 하기를 반복하였지만, 그 길을 산책하는 사람들은 제법 많았다. 출발지점으로 되돌아온 후 주차장 부근의 목포맛집이라는 음식점에서 주최 측이 제공한 어묵 국과 밀감 등을 곁들여 점심을 들었다.

오후 1시 19분에 그곳을 출발하여 담순로의 메타세콰이아 길을 거쳐 순창까지 이른 다음, 광주대구·대전통영 고속도로를 경유하여 되돌아오던 도중 아직 시간이 많이 남아 2시 45분에 함양의 상림 공원에 도착하여 4시까지 자유 시간을 가졌다. 이곳에는 얼마 전 미국 누이들이 왔을 때도 함께 들른 바 있었는데, 그 때 중간 정도까지 걸은 것과 달리 오늘은 연밭 단지와의 사이로 난 포장도로를 따라서 북쪽 끄트머리의 물레방아 있는 곳까지 걸어갔다가 상림 숲 안을 걸어서 되돌아왔다. 이곳에는 예전부터 여러 차례 들른 바 있었는데, 지금은 손질이 많이 가해져 예전과는 사뭇 다른 모습으로 되었다. 숲 안의 산책로나 수로가 정비되고, 비석 등의 위치가 달라져 있는가 하면 공원 가로는 광대한 면적의 연꽃 밭이 조성되고 공원 안에도 꽃무릇이 두루 식재되었다. 예전에 보지 못했던 것으로는 그 주변의 세종 왕자 한남군 묘 등을 두르는 최치원 산책로라는 것이 만들어져 있고, 공원 안에 역사인물 공원이라는 것도 조성되어져 있었다.

후자는 함양에 부임했던 관리들의 선정비와 함양과 관련 있는 유명 인물 11명의 흉상이 조성된 곳이었다. 개중에는 1886년 4월부터 1887년 6월까지 함양군수를 지낸 趙秉甲의 선정비가 있는가 하면, 흉상의 인물로는 崔致遠·趙承肅·金宗直·梁灌·兪好仁·鄭汝昌·盧禛·姜翼·朴趾源·李炳憲·文泰瑞 등이 있었다. 그 중 내게 낯선 덕곡 조승숙(1357~1418)은 고려 말의 杜門洞 72賢 중 한 사람이고, 의재 문태서(1880~1912)는 구한말 호남의병대장이었던 인물이었다. 함양의 물레방아는 연행사의 일행으로서 중국 청나라를 다녀온 연암 박지원이 1792년 함양군 안의현감으로 부임하여 용추계곡 입구인 안심마을에다 국내 최초로 만들면서 실용화되었다고 한다. 공원 안에는 예전에 보지 못했던 경남남도 유형문화재 제32호 함양 吏隱里 石佛도 있었다. 고려시대의 불상으로 추정되는 것이라고 한다.

31 (일) 맑음 -이수도

청솔산악회와 함께 1박2일의 거제 利水島, 통영 煙臺島·晩地島 여행을 떠났다. 오전 9시 30분까지 구 진주역 앞에 집결하여 기사를 포함하여 42명이 대절버스 한 대로 출발하였는데, 개중에 남자는 18명이었다. 대전·통영고속도로를 따라가다가 견내량의 통영타워휴게소에 잠시 주차하였다. 화장실 벽에 붙은 '역사 속의 견내량'이라는 제목의 게시물을 보니 이곳 見乃梁은 한산대첩 때뿐만이 아니라 세종 원년(1419)의 대마도 정벌 당시 조선 수군의 집결지로서 삼군도체찰사 李從茂가 여기에서 전선 22척과 수군 17,285명의 병력을 이끌고 출진했던 해협이라는 것이었다.

거제도 장목면에 다다라 외포리 1372번지 大鷄마을에 있는 김영삼대통령기록전시관과 생가에 들렀다. 이곳에는 과거에도 몇 번 방문했었는데, 올 때마다 달라지더니 이번에는 생가 옆에 2층 양옥으로 된 기록전시관이 들어서 있었다. 생가는 김영삼 씨가 1928년에 태어나 장목초등학교를 다녔고, 서울대학교 철학과 4학년에 재학 중이던 1951년도에 이화여대 3학년이던 동갑 손명순 여사와 결혼하여 신접살림을 차렸던 곳이며, 1954년 거제에서 전국 최연소인 26세의 나이로 국회의원에 당선한 곳이기도 하다. 1893년 목조기와 건물 5동으로 세워진 생가는 2000년 8월 부친인 김홍조 옹에 의해 대지와 건물 일체가 거제시에 기증되어 2001년에 현재의 모습으로 중건하였는데, 현재는 본채와 사랑채 및 사주문을 합하여 목조기와 건물 3동으로 축조되어져 있다. 나는 이 건물의 변천과정을 모두 목격한 셈이다. 옛날에는 부친이 아직 생존 중이라 생가에서 바라보이는 왼편 산에 모친의 무덤만 있었는데, 지금은 부친도 함께 묻힌 모양이다.

11시 30분에 김영삼 생가를 출발하여 외포항에서 조금 더 올라간 지점의 거가대교가 바라보이는 矢方(살방) 항에서 이수도아일랜드라는 정원 48명의 24톤 여객선을 타고서 7분 정도 소요되어 1,300m 떨어진 거리에 있는 이수도로 이동했다. 도선의 운항 시간은 있지만, 오늘은 새해 해맞이 손님이 800명 정도나 몰린지라 계속 운항하고 있었다. 배삯은 대인의 경우 왕복 8,000원이었다. 이수도의 옛 이름은 학섬인 모양인데, 지금도 남아 있는 防矢萬弩石을 둘러싸고서 시방과의 사이에 화살과 학의 관계를 둘러싼 전설이 남아 있다.

이수도는 면적 0.384㎢, 해안선 길이 3.7km, 최고점 77.8m, 인구는 2012년 기준으로 43세대 78명의 작은 섬이다. 지금은 거의 모든 세대가 선착장 부근에서 민박이나 펜션을 운영하는 모양이다. 팸플릿에 민박과 펜션이 16집이나 실려 있었다. 이 섬의 모든 민박·펜션에서는 5인 이상 단체 손님인 경우 1박 3식에 7만 원의 가격을 제시하고 있는데, 오늘은 대목이라 우리가 머물게 된 이수도길 16-8 김경오 씨 댁의 가고파민박에다 1인당 9만 원을 지불했다고 한다. 2층에 남녀가 각각 방 하나씩을 배정받았고, 1층에도 여자들을 위한 작은 방을 하나 배정받았다. 우리가 든 집은 완공된 지 얼마 되지 않은 곳이라고 한다. 대구의 산란해역이라 마을 여기저기에 대구나 물메기 등을 말리기 위해 바깥에다 걸어놓은 풍경이 눈에 띄었다.

생선회를 중심으로 한 풍성한 점심 밥상을 받은 후, 오후 2시에 출발하여 섬을 한 바퀴 도는 둘레길을 산책하여 3시 34분에 돌아왔다. 섬의 남쪽 길을 경유하여 마을 공동묘지가 있는 곳에 3층으로 된 목조 누각이 서있는 이물섬 전망대(利勿島는 학섬과 마찬가지로 이 섬의 별칭)에 올랐다가 동쪽 끄트머리의 해돋이전망대와 북쪽 해변의 해안전망대를 거쳐 해안낙시터를 경유해 벽화마을로 돌아온 다음, 선착장 부근의 왼쪽 곶 *끄트머리*까지 가서 섬을 완전히 한 바퀴 돌았다.

5시 반에 석식을 들었는데, 저녁 밥상에는 물메기탕이 나왔다. 방에 돌아와 TV를 좀 보다가, 손님 중 한 명이 말린 대구 두 마리를 마리당 25,000원에 사와 회를 만들어 남녀가 함께 나눠들기도 하였다. 일찌감치 잠자리에 들었다.

2018년

2018년

1월

1 (월) 맑음 – 이수도 첫 일출, 연대도, 만지도

오전 5시 무렵 다들 잠을 깨고서 방의 불을 켰다. 아내와 6시 40분에 만나 플래시를 켜고서 함께 어제 들렀던 이물섬전망대로 향했다. 처음에는 꼭대기인 누각 3층에 올랐으나 거기는 사람들이 바다 쪽을 가리므로 내려와 공동묘지의 빈 풀숲에서 오전 7시 33분에 바다 위로 떠오르는 무술년 개띠 새해의 첫 일출을 맞았다. 나는 이제 70세 古稀의 나이가 되었고, 아내는 65세가 되었으나 만으로는 아직 63세라 경로우대를 받기에는 아직 모자라며, 회옥이는 33세가 되었다.

거기서 사슴목장을 통과하는 능선 길을 따라 숙소로 돌아왔는데, 예전에는 여기서 사슴을 길렀는지 전망대 등에도 사슴 모양을 본뜬 의자 등이 설치되어 있었으나 지금은 한 마리도 눈에 띄지 않았다. 8시 20분에 대구를 넣은 떡국에다 굴비 반찬과 함께 조식을 들고서, 부두로 나와 도선을 타고 9시 2분에 시방 항에 도착하여, 언덕 위 도로 가에다 세워둔 대절버스에 올랐다.

10시 40분에 통영시 산양면 미남리 822-6에 있는 달아 항에 닿아, 11시에 출발하는 90인승 16진영호를 타고서 약 10분 만에 그 앞에 펼쳐진 섬들 중 하나인 연대도에 닿았다. 승선요금은 왕복에 대인 8,000원이었고, 이 역시 운항 시간과는 무관한 대절 배였다. 연대도와 만지도 등 이 일대의 섬들은 통영바다목장해역의 일부로서 전자는 면적이 781,481㎡이며, 옛날 왜적의 침략에 대비한 봉화대가 설치되었다 하여 이런 이름이 붙었다. 우리는 남쪽의 몽돌해수욕장을 경유하여 길이 2.3km에 달하는 한려해상 바다백리길 4구간인 연대도 지겟길을 따라 섬을 한 바퀴 빙 돌았다. 정상인 연대봉(220m)으로는 출입이 금지되어 있었다. 연대 항으로 돌아오니 煙臺島賜牌地解免紀念碑와 매년 정월 초순에 남해안 별신굿을 올리는 장소로서 동네사람들은 '배선대'라고 부르는 3단의 콘크리트 기단 위에 세워진 '別神將軍' 비석이 눈에 띄었다. 연대 항에 마련된 포장마차 같은 주점을 빌려서 주최 측이 마련한 닭고기 떡국과 김치깍두기로 점심을 들었다.

오후 1시에 이웃한 섬인 만지도를 향해 출발하였다. 만지도는 국립공원 명품마을 제14호로 선정되었고, 면적은 0.35㎢, 25세대 35명이 거주하고 있는 작은 섬이다. 섬을 한 바퀴 도는 탐방로는 전체 길이가 2.5km인데, 현재는 연대도와의 사이에 2014년에 준공된 길이 98.1m, 넓이 2m의 현수교 출렁다리가 놓여 있다. 우리는 이 출렁다리를 건넌 다음 남쪽 해안을 따라서 약 300m 이어지는 풍란향기길이라는 데크 길을 따라 만지 항까지 나아간 다음, 섬의 북동쪽으로 이어지는 만지도옛길을 따라 해발 99.9m인 만지봉 정상에 다다랐다. 도중에 수령 200년인 해송전망대도 경유하였다. 정상에는 남근 모양의 비석이 서 있고, 그 주변에 두어 주의 다른 넝쿨나무가 휘감아 올라간 오래된 팽나무가 있었다.

선두 그룹인 우리들 몇 명을 인솔한 김계세 회장은 거기서 왔던 길로 되돌아가고자 하였으나, 만지 항에서 촬영한 안내도를 통해 더 이어지는 길이 있음을 안 나의 권유에 의해 섬의 동쪽 끄트머리에 위치한 욕지도전망대까지 간 다음, 좀 되돌아와 도중의 할배바위에서 남쪽 해안을 두르는 동백숲길로 접어들었다. 아내를 포함한 일행은 회장을 따라 콘크리트 포장길을 따라 재를 넘은 다음, 만지 항에서 올 때의 데크 길을 경유하여 연대 항으로 돌아갔으나, 뒤쳐져 혼자 걷고 있던 나는 역시 안내도에 표시된 대로 바닷가로 이어진 다른 데크 길을 따라 만지항까지 되돌아온 다음, 이번에는 산중턱으로 난 흙길을 따라서 출렁다리에 이르렀다.

2시 36분에 연대 항에 도착한 다음, 3시에 출발하는 16진영호를 타고서 달아 항으로 돌아왔다. 3시 30분에 달아 항을 출발하여 이순신 장군의 승첩

지인 당포 항을 지나 미륵도를 빠져나와서 통영시내로 들어갔으나, 시내의 교통 정체가 장난이 아니었다. 그래서 고속도로상의 교통 체증을 피하기 위해 14·33번 국도를 경유하여 5시 30분에 진주의 출발지점으로 돌아왔다.

2 (화) 맑음 -대방산

아내와 함께 산울림산악회를 따라 남해군 창선면 옥천리에 있는 臺方山 (468m)에 다녀왔다. 오전 8시 10분 무렵 시청 앞 육교에서 문산 쪽으로부터 오는 대절버스를 타고 바른병원 앞과 봉곡로터리를 경유하여 출발했다. 컴퓨터처럼 기억력이 비상하나 한갓 이발사일 따름인 등반대장 김현석 씨가 인솔했다.

3번 국도를 따라 먼저 사천시(삼천포) 대방동에 위치한 경상남도 문화재 자료 제93호인 大芳鎭 掘港에 들렀다. 나로서는 예전에 여러 번 와보았던 곳이지만, 실로 오랜만에 다시 들렀다. 굴항이란 고려시대 말에 왜구의 침략을 막기 위해 설치했던 군항 시설의 하나로서, 현재의 것은 조선 순조 때 진주 병마절도사가 진주목 관하 73개 면의 백성을 동원하여 돌로 둑을 쌓아 만든 것으로서 1820년(순조 20)에 완공하였다. 仇羅梁營 소속으로서 임진왜란 때는 이순신 장군이 수군기지로서 이용하였다 하여(?) 둑 위에 충무공 동상이 세워져 있기도 하다. 남해 창선도의 적량첨사와 군사적 연락을 취하던 기지로서, 당시에는 300여 명의 수군과 전함 2척이 주둔하고 있었다 한다. 근처의 와룡산에서 삼천포 대교를 건넌 지점까지 이어지는 케이블카가 조만간 완공을 앞두고 있었다.

다음으로는 창선·삼천포대교를 건너 昌善島로 들어가 창선면 대벽리에 있는 천연기념물 제299호 왕후박나무를 둘러보았다. 왕후박나무는 녹나무과에 속하는 후박나무의 변종으로서 이곳 외에 진도와 홍도에 자란다고 한다. 이 나무는 나이가 500년 정도로 추정되며, 높이는 9.5m, 밑동의 둘레가 11m로서, 가지는 밑에서 11개로 갈라져 있다. 마을 사람들이 이 나무를 신성하게 여겨 매년 나무 앞에서 마을의 평안과 풍어를 비는 제사를 지내고 있다. 이곳에서도 임진왜란 때 이순신 장군이 왜병을 물리치고 이 나무 밑에서 점심을 먹고 휴식을 취했다고 전해지는 모양이다.

　1024번 지방도를 따라 좀 더 나아가서, 오전 10시 율도리의 율도고개에 다다라 등산을 시작하였다. 오늘 코스는 약 10km라고 한다. 산행의 해발고도는 낮지만 해수면에 가까운 곳에서부터 시작하니 난이도에 있어 다른 산과 별로 다를 바가 없고, 길이도 상당하여 창선도를 북쪽에서 남쪽으로 거의 관통하다시피 한다. 비교적 낮은 지대에서는 이 섬의 명물인 고사리 밭이 여기저기 눈에 띄었다.

　늘 그렇듯이 비탈길을 한참 올라 마침내 능선에 다다랐는데, 능선에 이른 이후에도 산봉우리들을 만날 때마다 오르막과 내리막이 계속 이어지고, 산길은 오솔길과 비포장 혹은 포장된 임도가 번갈아 나타났다. 358m인 속금산을 지나 한참을 더 나아가서 雲臺庵 쪽과의 갈림길을 지난 다음, 거의 직선에 가까운 완만한 비탈길을 한참 동안 오르니 거기가 353m인 국사봉이었다. 국사봉 옆에 돌로 둘러싸고 중간에 칸을 지른 무슨 건물 터 같은 것이 보이고, 그 입구에 신성 표시인 듯한 금줄이 쳐져 있었다. 국사봉에서 내리막길을 500m 쯤 나아가니 다시 비포장 임도를 만났는데, 아내는 산행대장 등과 어울려 거기서 점심을 들고 있었다. 율도고개에서 등산을 시작할 때는 내가 꼴찌에 쳐졌는데, 거기에 도착할 무렵에는 이미 20명 정도를 앞질러 우리 일행의 중간쯤이었다.

　함께 어울려 식사를 한 다음, 다시 꼴찌로 출발하여 혼자서 1km 정도를 더 올라가 오후 1시 48분에 정상에 닿았다. 정상에서는 남해 본섬과 지족해협 및 거기에 놓인 창선대교가 지척으로 바라보였다. 정상에 위치한 산불감시초소에 붉은색 상의 제복을 입은 중년 남자 한 명이 지키고 있었다.

　정상에서 절골 방향을 취해 400m 정도 나아가니, 옥천리 산75번지에 경상남도 기념물 제248호인 烽燧臺가 있었다. 밤에는 횃불(烽)로 밤에는 연기(燧)로 급한 소식을 전하던 전통시대의 통신제도가 봉수인데, 대방산 산정부에 위치한 이 봉수대는 고려 명종 때 설치되어 조선시대까지 사용되었던 것으로 추정되는 것이다. 조선시대의 다섯 봉수로 가운데서 동래에서 서울로 연결되는 제2 봉수로에 속한 것으로서, 남해 금산 봉수대로부터 북쪽의 삼천포 角山 봉수대로 연결하고 있던 것이다. 지름 13m, 높이 3m의 석축과 煙臺로 추정되는 遺址, 그리고 건물 터만 남아 있던 것을 지금은 전체적으로 새로 지었는데, 그것을 통하여 옛 봉수대의 안팎 모습을 잘 살펴볼 수 있었다. 기단에 올라 원통형의 봉수대를 한 바퀴 둘러보노라니, 그 안쪽 남의 눈에 띄지 않는 곳에 산행에서 자주 만나는 최재열 씨가 지족해협 쪽을 바라보며 점심을 들고 긴 캔 맥주도 하나 비운 모양으로서 혼자 앉아 있었다. 그는 산행 때마다 이처럼 좋은 기를 받을 수 있는 경치 좋은 곳에 자리 잡아 혼자서 점심을 드는데, 오늘도 일행 중 가장 앞서나가 여기서 여유로운 시간을 보내고 있었던 것이다.

정상에서 절골을 따라 1.9km쯤 내려갔다가 다시 조금 올라간 곳에 상수원 보호구역인 옥천수원지 및 운대암 쪽과 상신마을 쪽과의 갈림길이 있었다. 거기서 다시 아스팔트 포장길을 따라 좀 올라가 운대암에 들러보았는데, 암자라고 하기는 제법 규모가 큰 조계종 소속의 사찰로서, 대웅전 대신에 무량수전이 절의 중심 구실을 하고 있었다. 그러나 문화재는 없었고, 절의 유래를 설명하는 안내판도 없는 것으로 보아 근자에 들어선 것인 듯하였다.

절 구경을 마친 후, 혼자서 포장도로를 터벅터벅 걸어 상신마을로 내려왔다. 3시 20분에 마을회관을 겸한 상신리사무소 앞에 서 있는 대절버스에 도착하였다. 마을회관의 마당 옆에는 기와지붕을 하고 '상신쉼터'라는 현판이 걸린 사각형 누각도 세워져 있었다. 주최 측이 하산주와 떡국을 내놓았는데, 우리 내외는 최재열 씨와 같은 테이블에 앉았다.

4시 25분에 그곳을 출발하여 먼저 문산을 거친 후, 어두워진 다음 우리 내외는 아파트로부터 가까운 거리인 진주의 바른병원 앞에서 하차하였다.

7 (일) 맑음 - 성지산

동부산악회를 따라 전라북도 무주군 적상면과 설천면의 경계에 위치한 덕유산국립공원 구역 내의 成芝山(992.2m)에 다녀왔다. 오전 8시 30분까지 제일은행 앞 구 동명극장 건너편에 집결하여 출발했다. 대전통영고속도로를 따라서 북상하다가 무주 톨게이트에서 빠져나와 19번 국도와 49·727

지방도를 경유하여 오전 10시 6분 적상면 포내리의 괴목마을에 도착하여 등산을 시작하였다.

대절버스 한 대에 가득 탄 사람들 중 막상 6시간 정도 걸리는 거리의 등산에 참여한 사람은 10명뿐이었다. 아내는 하산 지점에서 올랐다가 갔던 길로 도로 내려오는 백 코스를 선택하여 버스에 남았다. 오늘의 종주 코스에서는 오르는 지점의 도중 능선에 있는 대호산(592.1)과 주능선이 시작되는 지점에 있는 성지산, 그리고 하산지점에 있는 백운산(559.1)의 세 개 산을 지나게 되는데, 일행 중 제일 뒤에 처진 나는 산중에 아무런 안내 표지가 없어 어디가 어딘지도 모르고서 그냥 계속 걸었다. 이따금씩 등산객이 남긴 리본이 나뭇가지에 달려 있어 우리가 가는 행로가 틀리지 않음을 확인할 수 있을 따름이었다. 나중에 알고 보니 첫 번째 측량 기준점이 있었던 봉우리가 대호산인 듯하고, 두 번째 측량 기준점이 있고 내가 산 친구인 정보환 씨와 만나 자신의 블로그에 올릴 산행 메모 작성을 위해 멈춰 서 있는 그를 앞서 먼저 지나간 지점이 성지산인 듯하다.

주능선은 적상면과 설천면의 경계를 따라 북쪽으로 계속 이어져 있었다. 도중에 바위가 험준한 주능선을 벗어나 다른 사람이 둘러서 지나간 듯한 흔적이 있는 길인 듯 아닌 듯한 선을 따라가 보았으나, 건너편의 능선을 만나고 보니 아무래도 그쪽 방향은 아닌 듯하여 도로 인적도 없는 주능선 쪽으로 치고 올라가 우리 일행이 지나간 발자취를 발견하기도 하였다. 주능선 일대에는 눈이 아직 다 녹지 않아 발자국을 발견하기가 쉽고, 산 위에는 낙엽이 짙게 깔려 있어 경사가 급한 곳에서는 매우 미끄러우므로, 나는 오늘 적어도 10번은 엉덩방아를 찧은 듯하다.

도중에 한글로 '국립공원'이라고 새겨진 콘크리트로 만든 빗돌을 두 번 만났으나, 첫 번째 것은 길가에 세로로 눕혀져 있었고, 두 번째 것은 세워져 있기는 했으나 역시 밑바닥의 철근이 절단되어 나무 둥치에 기대어져 있을 따름이었다. 나는 간밤부터 설사 기운이 있어 앞서간 우리 일행 여덟 명이 점심 식사를 들고 있는 바위 밑으로 가보기는 하였으나, 설사 기운이 있는데다 시간도 부족하여 함께 식사를 하지 않고서 그냥 지나쳤다.

이때부터는 정보환 씨와 더불어 제일 앞서 걷다가, 두 번째 국립공원 빗돌을 지나고 또한 두 번 안부를 지난 다음, 전면의 청량산(1127.3)에는 못 미친 지점에서 하산지점 쪽으로 뻗어나간 지능선을 만나 그 능선을 따라서 걷기 시작하였고, 뒤따라오는 일행에게도 소리로 신호하여 그쪽 길로 오도록 인도하였다. 그러나 그 능선 길은 갈수록 희미해지더니 백운산인 듯싶은 작은 봉우리 두 개를 지나고부터는 아예 눈에 띄지 않는 경우가 많아, 마지막에는 길도 없는 급경사의 내리막을 잡목을 제치면서 걸어 겨우 인가가 두어 채 서 있는 지점의 시멘트 포장도로를 만났다.

그 포장길을 따라가다 보니 '깊은 골 로뎀마을 펜션'이라고 쓴 문구가 있는 아치문에 다다라 727번 지방도를 만나게 되었다. 나는 앞서간 일행 한 명이 거기서 가리키는 방향을 따라 혼자서 제일 앞서 걸어갔는데, 알고 보니 그 쪽은 우리의 대절버스가 대기하고 있는 무주양수발전소 지역홍보관으로 향하는 것이 아니고, 오히려 그 반대 방향의 하중리에 닿는 것이었다. 되돌아서 무주양수발전소가 있는 지점까지 무주호반을 따라 2km 남짓 되는 길을 걷고 있으려니, 정보환 씨로부터 전화가 걸려와 펜션 길 입구에서 나머지 일행을 만나 함께 걸었다. 앞장서서 지능선 길로 접어들었던 정보환 씨는 아니라고 했지만, 아무래도 오늘 우리는 주능선에서 하나 앞선 지점의 지능선으로 잘못 접어든 듯하다.

무주지역홍보관 정문 부근에서 오후 4시 30분경에 우리를 태우러 오는 대절버스를 만나, 그 차를 타고서 진주로 돌아오는 도중 덕유산휴게소에 다다라 산행을 하다 늦게 돌아온 일행 10명은 그곳에서 깍두기 하나를 반찬으로 하여 하산주 음식으로 떡국을 들었다.

전기안전공사에 근무하는 정보환 씨의 말에 의하면 이 무주양수발전소는 상부의 적상호에서 내려오는 물을 받아 야간의 유휴전력을 활용하여 주간에 소모 전력의 약 80%에 해당하는 전기를 생산하는 것인데, 이즈음은 야간에도 남아도는 전기가 없기 때문에 전국적으로 양수발전소는 사실상 가동하지 않는 상태라고 한다.

20 (토) 황사와 미세먼지, 大寒 -소금산, 간현봉

뫼사랑토요산악회를 따라 강원도 원주시 지정면 간현리에 있는 小金山 (343m)과 艮峴峰(384.8m)에 다녀왔다. 아내도 함께 신청해 두었으나, 갑자기 경남수필문학회에서 발표해야 할 일이 생겨 가지 못했다. 그 대신 처제가 지난번 이수도 일출 때 만난 적이 있는 친구 권영희 씨와 함께 참가했다.

오전 6시까지 시청 옆 상대우체국 앞에서 대절버스를 타고, 운동장 1문을 거쳐서 출발했다. 중앙고속도로를 경유해 북상하다가 동명휴게소에 내려 김밥으로 조식을 들고, 오전 10시 30분에 간현관광지 주차장에 도착했다. 간현은 정철의 「관동별곡」에도 나올 만큼 경치가 빼어난 곳이라고 한다.

섬강을 따라서 나아가다가 간현교를 지나서 그 지류인 삼산천교를 건넜고, 등산로 입구에서 데크 길을 따라 500m 정도 꼬불꼬불 산을 올라간 곳에 지난 1월 11일에 개통식을 한 소금산 출렁다리가 있었다. 길이 200m, 높이 100m, 폭 1.5m로서 경기도 파주 감악산의 출렁다리보다 50m가 길어 국내 최장이자 最高인 산악보도교라고 한다. 내년부터는 유료화할 것이라고 하는데, 최근에 개통된 이 다리 때문인지 사람들이 구름같이 모여들어 심한 교통체증을 빚고 있었다. 한 달 앞으로 다가온 2018평창동계올림픽을 의식하여 만든 것인 모양이다. 소금산은 금강산이 지닌 산세를 갖추었다 하여 이런 이름이 붙었다고 한다.

처제가 내 반찬을 여러 가지로 준비해 왔다는 문자 메시지를 아내로부터 받은 바 있었는데, 등산 도중에 서로 떨어져 버려 나는 정상을 좀 지난 다음 정자쉼터의 벤치에서 예전부터 등산 활동을 통해 아는 사이인 강 여사와 함께 점심을 들었다. 소금산 등산로의 총 연장은 3.5km인데, 내려올 때는 또 404개의 철 계단을 지나야 하며 그 경사가 매우 가팔랐다.

소금산을 다 내려온 다음, 간현봉으로 접어드는 입구를 알지 못해 앞서가는 일행을 따라서 상점들이 밀집한 가는골마을까지 나아갔다가 그것이 출발지점 쪽으로 나아가는 길임을 그제야 알고서 도로 돌아가 간현수련원에서 반대 방향의 산 쪽으로 오르는 포장로로 접어들어 그것이 끝나는 지점에서 비로소 간현봉 방향으로 올라가는 등산로를 만났다. 그 쪽 길은 좀 한적하였다. 그러나 내가 가진 5만분의 1 도로교통지도에는 소금산은 전혀 나타나지 않고 간현봉도 이름은 없이 다만 그 높이가 386.7m라고 잘못 기재되어 있을 따름이다. 간현봉 등산로는 총 길이 4.16km이었다. 그런데 우리는 산길이 아닌 평지도 걸었기 때문에 오늘 총 9.5km를 걸은 모양으로서, 오후 3시 50분에 대절버스가 대기하고 있는 간현관광지의 주차장으로 되돌아왔다. 오늘 산행에서는 모처럼 내원 김병간 전 교장, 대학병원 가정의학과의 계약직 의사인 추산 김창환, 가람뫼 등 아는 사람들도 만났다.

돌아올 때 합천군 합천읍 충효로 124에 있는 대박가든(구 왕우렁쌈밥)에 들러 돼지고기 두루치기로 석식을 들었고, 밤 9시 무렵에 귀가하였다.

21 (일) 미세먼지 -병풍산

아내와 함께 둘레산악회를 따라 전남 담양군 수북면과 장성군 북하면의 경계에 위치한 屛風山(822m)에 다녀왔다. 오전 8시까지 시청 옆 상대우체국 건너편에 모여, 신안동 공설운동장 4문을 경유해 출발했다. 대전통영·광주대구 고속도로를 경유하여 담양 톨게이트로 빠져나온 후, 29·24·13번국도와 5번 지방도를 경유하여 10시 20분에 담양군 수북면 대방리의 대방저수지에서 하차했다.

거기서 2.24km를 계속 올라 天子峰(725)에 닿았고, 다시 서쪽 방향으로 1.25km 능선을 걸어 병풍산 정상에 도착하였다. 산 이름은 평야에서 보면 산세가 북쪽을 막아주는 병풍을 둘러놓은 모습과 비슷하다고 하여 '병풍산'으로 불린다고 한다. 천자봉에서 병풍산으로 가는 도중에 일행과 어울려 점심을 들었다. 능선 일대에는 눈이 조금 남아 있었다. 정상 부근에서 전라도 사람들이 아이젠을 착용하고서 우리와 반대 방향으로 걸어오는 것을 보았는데, 눈이 깊지 않아 우리는 아무도 아이젠을 착용하지 않았다. 금년에는 새로 사 둔 아이젠을 한 번 착용해보지도 못하고서 겨울이 다 가버리는가 보다.

정상에서 다시 서쪽 방향으로 600m 정도 내려가 투구봉(신선대)에 조금 못 미친 지점의 안부에 갈림길이 있어 거기서 870m를 걸어 내려와 임도가 있는 만남재에 다다랐다. 만남재에서 출발지점인 대방제까지는 계곡을 따라 내려가는 등산로로 2.58km인데, 우리는 집행부 측에서 가리키는 임도를 따라 국제청소년교육재단까지 내려왔기 때문에 좀 더 걸은 지도 모르겠다.

국제청소년교육재단은 재단법인인데, 입구에 '聖岩門'이라는 액자가 내걸린 일주문이 서 있고, 그 안에 담양군 청소년수련원을 비롯하여 성암 국제수련원, 전라남도 자연환경연수원, 성암천문대, 자연사박물관, 민속박물관 등의 시설이 있다고 한다. 경내에 2011년 11월 3일에 초대 이사장 이대순 씨가 세운 설립30주년기념식수 표지목이 있었다. 내가 가진 『1:75,000 초정밀 전국지도』(서울, 랜덤하우스중앙, 2004)에는 이곳이 '청소년야영장, 대각동'이라고만 나타나 있고, 그 위쪽 차도가 끝나는 곳의 지명이 '성암'이라고 표시되어 있다. 담양군 청소년수련원 앞의 운동장 가에 '우리 재단을 방문한 나라들'이라는 표지와 함께 수십 개 국가의 국기가 깃대들에 걸려 있었다.

입구를 향해 내려오는 포장도로 가에 '國唱李捺致記念碑'가 세워져 있었다. 비문에 의하면 이날치(본명 敬淑, 1820~1892)는 조선조 말기에 이 고장인 潭陽郡 水北面 大舫里에서 태어나 헌종·철종·고종 3대에 걸쳐 판소리 서편제의 수령으로서 이름을 떨쳤던 대명창이라고 한다. 고종은 그에게 무과 先達의 벼슬을 제수하였고, 그는 주로 광주에서 활동했다는 것이었다.

오후 3시 26분에 대방제로 하산을 완료하여, 4시 3분에 그곳을 출발해 진주로 돌아와 이현동 129-1번지 윈골프랜드 옆에 있는 하동사람이라는 음식점에서 동태찌개로 하산주를 겸한 석식을 들었다. 7시경에 귀가하였다.

오늘의 이 산악회는 신문에 광고도 내지 않고서 알음알음을 통해 모인지라 내가 아는 사람이 거의 없었는데, 다만 예전에 나를 교수님이라고 부르며 술에 취해 자꾸만 쫓아 다니다가 끝내 상대를 해주지 않자 욕설 비슷한 소리를 했던 남자가 하나 섞여 있었다. 그는 오늘은 별로 술을 마시지 않아 전혀 실수가 없고, 나에 대한 태도도 시종 깍듯하였다.

28 (일) 맑음 -장산 행

대명산악회를 따라 강원도 영월군 上東邑에 있는 壯山(1408.8m)으로 갔다. 오전 6시까지 구 제일은행 앞에 집결하여 33번국도와 광대·구마·중앙 고속도로를 거쳐 북상했다. 안동휴게소에서 집행부가 마련해온 조식을 들고, 죽령터널을 지나 남제천IC에서 82번 지방도로 빠져나왔고, 5·38·31번 국도를 경유하여 영월군 中東面 磽田里 81-1에 있는 수령 270년 된 보호수인 솔고개(松峴洞) 소나무를 구경한 뒤, 오전 11시 8분에 강원도 태백시 혈동의 백두대간이 지나가는 지점인 화방재 아래편에 있는 어평 주차장에서 하차하였다.

거기서 500m 전방에 기도 굿당인 함백산 마고할머니 산당이 있는 방향으로 골짜기를 따라 나아가기 시작했다. 그 일대에는 얼음과 눈이 있어서 아이젠·스페츠를 착용하느라고 나는 일행으로부터 뒤쳐져 가장 끝에서 걷기 시작했는데, 앞 사람의 뒤꽁무니가 보이거나 눈밭에 그 발자취가 있는 방향으로 무작정 나아가다 보니 어평 마을로 보이는 두어 채 집이 있는 곳 부근에서 언덕의 농로로 접어들어 머지않아 고랭지 채소밭에 다다랐고, 거기서부터는 이따금씩 나타나는 붉은 리본이 눈에 띌 뿐 전혀 길이 보이지 않는 산속으로 앞 사람의 발자취에만 의지하여 계속 올라갔다.

오늘의 일행 중 등산에 나선 사람은 총 18명인데, 그들도 제각기 길을 찾지 못하여 무릎까지 푹푹 빠지는 눈밭 속을 이리저리 헤매며 우왕좌왕 나아갔다. 결국은 앞서간 산행대장 일행이 되돌아오면서 도로 내려가자고 하는 바람에 고랭지 채소밭이 다시 나타나는 지점까지 되돌아와 비교적 양지바른 길 위에서 점심을 든 다음, 하차한 지점까지 돌아오고 말았다. 오늘 우리가 헤맨 산복 일대는 함백산 정상의 철탑이 바라보이는 곳으로서, 산행대장의 말에 의하면 장산 정상에 가까운 지점까지 접근했다는 것이었다.

여평 주차장에서 한참을 기다리다가 마침내 연락을 받아 되돌아온 대절 버스를 타고서 오후 3시 1분에 출발하여 귀로에 올랐다. 오늘 산행은 편도에 5시간이나 걸리는 먼 거리를 달려와 완전히 허탕치고 만 셈이지만, 그 대신 금년 들어 처음으로 아이젠과 스페츠에다 두터운 겨울 장갑까지 끼고서 모처럼 몇 시간 눈밭을 헤매고 다녔으니 큰 후회는 없다고 하겠다. 돌아오는 길에 충북 단양군 단성면 중방리 74번지에 있는 (구 단양) 삼거리식당 옆의 농수산물 직거래 장터 건물을 빌려 그 안의 탁상과 의자에서 집행부가 진주에서 마련해 온 돼지갈비찜으로 석식을 들었고, 밤 9시 10분에 귀가하였다. 일찍이 철수했기 망정이지 약 5시간이 소요될 8km 정도 되는 예정된 코스를 눈밭 길을 무릅쓰고서 그냥 주파했더라면 오늘 자정 무렵까지도 귀가하지 못할 번했다.

2월

4 (일) 강추위, 立春 -백마산

아내와 함께 동부산악회를 따라 경북 김천시 농소면과 성주군 초전면의 경계에 위치한 白馬山(715.5m)에 다녀왔다. 오전 8시 30분까지 장대동 제일은행 앞에 집결하여 대절버스 한 대로 출발했다. 나는 33번 국도를 경유하여 중부내륙고속도로를 따라 북상할 줄로 짐작했었는데, 뜻밖에도 산청·함양·거창을 경유하는 국도 3호선을 따라 계속 나아갔다. 이 길은 예전에 김천 이북 지역으로 등산갈 때 으레 지나다니던 곳인데, 이런저런 다른 길들이 생긴 이후로 김천시 지경까지 통과해보기는 참으로 오랜만이다. 산청읍에서 중년 부부 두 명이 탄 것으로 보아 그들 때문에 이 코스를 취한 것이 아닌가 싶다. 그 부부는 뒤에 알고 보니 인천 실미도와 베트남 다낭 여행에서 우리 내외와 동행한 적이 있었다고 한다.

국도 3호선은 지금은 거창 읍내로 들어가지 않고서 교외 지역을 우회하는데, 가고 오는 도중에 예전에 자주 들렀던 송천휴게소에 멈추었고, 거창을 지나서부터 김천시 지례면 도곡리까지는 옛날 그대로의 2차선 도로가 이어지고 있었다. 도중에 김천시 구성면에서부터인가 지방도로 접어들어 일시 59번 국도를 경유하였고, 길을 잘못 들어 성주군 벽진면과의 경계에 위치한 별미령 부근까지 나아가기도 했다가 되돌아와 오전 11시 15분에 김천시 농소면 봉곡리 사실마을에서 하차하였다.

원래는 거기서 1km 정도 올라간 위치에 있는 高方寺 주차장에서 하차할 예정이었는데, 대형버스를 돌릴 수 없을까 염려하여 사실마을에서 내려 콘크리트 포장도로를 따라 절까지 걸어 올라간 것이다. 날씨가 매우 차고 바람도 매섭게 불어 아내를 비롯하여 한 차 가득한 사람들 대부분은 그냥 남고 10여 명만이 등산길에 나섰으나 강대열 영감이나 등반대장 등 고방사를 좀 지난 지점에서 되돌아온 사람들도 있기 때문에, 정상까지 오른 사람은 10명 정도에 불과했다. 창립한 지 4반세기 정도의 역사를 지닌 이 산악회는 지난달 9일 무주 성지산으로 갔을 때도 정작 산에 오른 사람은 10명에 불과했다.

농소면 봉곡리 485번지에 위치한 백마산 고방사는 신라 눌지왕 2년(418) 아도화상에 의해 김천 직지사와 더불어 창건되었다고 하는데, 현재는 원래의 장소로부터 1km 정도 떨어진 이곳으로 옮겨져 있고, 이렇다 할 특이한 점이 없는 조그만 사찰이었다. 대웅전 대신 普光明殿을 법당으로 삼고 있었다.

나는 고방사 경내로부터 낙엽으로 뒤덮인 가파른 언덕을 치고 올라 절 옆 능선에 접어든 다음, 봉곡리에서 2.9km 떨어진 정상까지 능선 길을 따라 계속 올라갔다. 도중에 뺨까지 가리는 모자와 스키용 두터운 장갑으로 갈아 착용하고서 오후 1시 6분에 정상에 도착했는데, 정상 부근 높은 곳에는 눈이 좀 남아 있었다. 백마산 정상은 구미 금오산에서부터 이어지는 금오지맥의 대표적 봉우리 중 하나인 모양이다. 우리가 산악회로부터 배부 받은 개념도에는 고방사에서부터 정상 부근의 전망바위 쪽으로 올라가 능선 코스로 하여 고방사로 다시 내려오는 것으로 되어 있었다. 그래서 정보환 씨와 더불어 정상에서 반대쪽 방향의 전망바위를 지나 데크로 조성된 널찍한 전망대까지 내려가 보았지만, 그리로는 더 이상 등산로가 없어 되돌아와 올라갔던 코스로 하산할 수밖에 없었다.

고방사까지 되돌아온 다음, 나는 올랐던 포장도로를 그대로 걷기보다는 능선 길을 취해 계속 내려왔는데, 희미했던 그 길은 얼마 후 끊어지고 말아 나뭇가지들을 헤치며 봉곡리 마을 있는 곳까지 내려왔다. 사실마을에서 다시 정보환 씨를 만나 우리 일행이 머물고 있다는 봉곡2리 마을회관을 찾느라고 백련사를 지나서 봉곡1리까지 비스듬한 언덕길을 한참 올라갔다가 되돌아와 오후 3시 무렵 마침내 내가 처음 하산했던 지점 부근에 있는 마을회관에 닿았다.

회관 방안에서 아내 등 우리 일행을 다시 만나 그곳에서 비로소 점심을 들었고, 산악회 측이 마련한 두부와 김치 그리고 감자탕을 곁들인 하산주 자리에 어울려 석식을 겸한 식사를 하였다. 오후 4시 20분에 그곳을 출발하여 일시 903지방도를 경유하여 다시 국도 3호선에 오른 다음 6시 45분에 귀가하였다.

11 (일) 맑음 - 김해 백두산, 장척산

아내와 함께 상대산악회를 따라 김해시 대동면에 있는 白頭山(353m, 정상 표지석에는 352.9)과 대동면·상동면의 경계에 위치한 장척산(531m, 정상 팻말에는 534.8)에 다녀왔다.

오전 8시 30분까지 시청 육교 밑에서 대절버스를 타고, 남해고속도로를 경유하여 김해시까지 간 뒤, 서김해TG로 빠져나와 10시 5분에 대동면 소재지인 초정리의 초정마을에서 하차하였다. 2005년 1월 9일에도 아내와 함께 보라매산우회를 따라 와 이곳에서 내려, 백두산을 경유하여 낙남정맥 코스를 따라서 동신어산(460)을 지나 낙남정맥의 동쪽 끝인 상동면 매리의 고암마을까지 걸었던 적이 있었다. 당시는 초정마을에서 포장도로를 따라 400m 떨어진 위치에 있는 원명사로 가서 거기서부터 등산로에 접어들었던 것인데, 오늘은 원명사 쪽으로 가지 않고 포장도로 가의 '백두산 1.10km'라는 팻말을 보고 거기서 바로 산길로 접어들었다.

그 길을 따라 오르막을 계속 나아가니 바로 백두산 정상으로 연결되었는데, 그곳에는 작은 정자와 함께 2009년에 만들어졌다는 데크 전망대가 있었다. 전망대에 마련된 안내판에는, 백두산이라는 이름의 유래에 대해 "『조선지지자료』(김해)에 하동면(현재 대동면) 초정리에 있는 산으로 백두산이 기록되어 있다. 『한국지명총람』에는 백두산의 이칭으로 방산(舫山)을 수록하였다. 백두산 지명과 관련해 대홍수 때 산이 100마(碼) 정도 남아 유래했다

는 설, 산경표 상의 끝점인 백두산에 대칭되는 시작점이 되는 산이라서 이름
이 유래했다는 설 등이 있다."고 적혀 있었다.

낙남정맥 삼거리에 도착한 다음, 예전에 갔던 동신어산 방향으로 나아가
지 않고 좌회전하여 낙남정맥 코스를 따라 신어산 방향으로 나아갔는데, 이
일대의 등산로를 누리길이라고 부르는 팻말이 몇 군데 눈에 띄었다. 백두산
으로부터 서북 방향의 능선을 따라 5.1km 나아간 곳에 오늘 산행의 최고봉
인 장척산이 있고, 거기서 낙남정맥 코스를 따라 2.9km 더 나아가면 신어산
이다. 우리 내외는 장척산 중턱에서 점심을 든 후, 신어산 방향으로 가지 않
고 북쪽의 지능선 코스를 취하여 3.7km 떨어진 거리에 있는 롯데야구장 쪽
으로 나아갔다. 오후 3시 15분에 롯데자이언츠의 상동야구장 바깥에 있는
주차장에 닿았다. 야구장은 사각형 건물 안에 있는 모양인데, 아마도 연습장
인 듯했다. 안내판에 따르면 오늘의 총 주행거리가 9.9km인데, 산악회 측이
배부한 개념도에는 9.6km라고 되어 있고, 5시간 10분이 걸렸다.

3시 51분에 그곳을 출발하여 일행 중 삼현여고 윤리교사를 정년퇴직 한
분이 도중의 땅바닥에 놓여 있는 롯데야구장 방향을 가리키는 종이 표지를
보지 못했는지, 계속 지능선을 타고가 매리 쪽으로 하산한 모양이므로 그리
로 가서 그분을 태운 후, 진주로 돌아와 솔밭로 81997)1(상평동)에 있는 큰
들곰탕에 들러 소고기곰탕으로 석식을 들고서 6시 20분경에 귀가하였다.

18 (일) 맑음 - 창녕 영취산

아내와 함께 삼일산악회에 동참하여 창녕군 계성면과 영산면의 경계에
위치한 靈鷲山(681.5m)에 다녀왔다. 오전 8시 반 무렵 시청 육교 밑을 출발
하여, 남해·중부내륙 고속도로를 경유하여 영산 요금소에서 일반국도로 빠
진 후, 79·5번 국도로 영산면 소재지를 경유하고, 1080번 지방도로 접어들
어 9시 46분 계성면 사리의 법성사 주차장에서 하차하였다. 산 이름은 보통
영취산으로 부르지만, 이 일대의 사찰들에서는 모두 영축산이라 적고 있었
다. 부처님이 화엄경을 설한 인도 王舍城(라자그리하)의 산 이름을 딴 불교
식 독법이다.

가파른 소나무 숲길을 한참 동안 오른 후부터 긴 암릉 코스가 이어졌다. 사리마을 입구에서 영취산 정상까지는 3km 거리인데, 정상 300m쯤 아래의 계곡에 九峰寺라는 절이 있고, 사리에서 옥천저수지 방향으로 좀 더 올라간 지점의 산기슭에는 청련사라는 절도 바라보였다.

11시 53분에 정상에 도착하였고, 거기서 창녕군이 소나무 둥치에다 붙여 둔 '영취산 숲길'이란 표지를 보고서 좀 더 나아가 병봉(674) 쪽으로 가는 길과의 갈림길인 삼거리를 지난 지점에서 먼저 간 아내와 우리 일행들을 만나, 둘이서 마주보고 앉아 점심을 들었다.

구봉사 계곡을 사이에 끼고서 건너편 능선으로 둘러오는 코스의 하산 길에서도 한참동안 암릉을 지난 다음, 나지막한 소나무들이 많은 마사토 구간을 거쳐 구봉사까지 이어지는 콘크리트 포장도로를 만났고, 정상에서 2.3km 내려온 지점의 구봉사 입구 갈림길에서 다시 포장도로를 따라 700m를 더 걸어 오후 1시 57분에 사리마을 입구의 법성사 주차장에 도착하였다. 올라갈 때는 늘 그렇듯이 내가 끄트머리쯤에 뒤쳐져 있었는데, 아내와 함께 대절버스로 되돌아와 보니 선두였다. 오늘 걸은 전체 코스도 길가의 표지판에 적힌 거리를 합산하면 총 6km인데, 산악회에서 배부한 개념도에는 약 7km라고 적혀 있다.

진주로 돌아와 상대동 304-5번지에 있는 서울설렁탕 도동점에서 설렁탕으로 석식을 든 다음, 5시 30분에 귀가하였다.

3월

11 (일) 맑음 - 해파랑길 4코스

봄 날씨가 되어 종일 포근했다. 집안에서나 바깥에서나 겨울옷을 벗고 봄옷으로 갈아입었다.

소나무산악회를 따라 울산광역시 울주군 서생면의 해파랑길 4코스에 다녀왔다. 오전 8시 30분까지 시청 앞에서 집결하여 70명이 대형버스 한 대와 중형버스 한 대에 나누어 타고서 출발했다. 우리 내외가 탄 대형버스 안에서는 가는 도중 이 산악회의 과거 산행 일지를 방영했는데, 작년 12월 10일 통영시 한산면 용초도 산행 때의 우리 내외 모습 특히 아내의 모습이 자주 비쳤다. 남해고속도로를 따라가다가 진영에서 약 한 달 전에 개통된 600번 부산외곽고속도로에 진입하여 낙동강 가의 김해금관가야휴게소에 한 번 정거한 다음, 부산광역시 기장군 정관면의 정관신도시로 들어가 65번 고속도로에 접속하여 조금 북상한 다음, 온양 톨게이트에서 14번 국도로 빠져나와 약 두 시간 후인 10시 35분에 울주군 온산읍 강양리 회단지에서 하차하였다. 회야강이 동해와 만나는 지점에 위치한 그곳 회단지는 간판을 붉은색 바탕에 흰글씨로 적고 비슷한 규격으로 통일해두고 있었다.

명선교라고 하는 비상하는 학의 모습을 본뜬 보도용 사장교를 통해 회야강을 건너 서생면의 鎭下해수욕장에 닿았다. 이는 임진왜란 당시 加藤淸正의 본거지였던 西生浦倭城에서 1km 정도 떨어진 바닷가에 위치하여 폭 100m와 800m 두 개의 유영장을 갖춘 울주군의 대표적인 해수욕장인데, 내가 중고등학교 시절 친구들과 함께 여러 차례 왔던 적이 있는 곳이다. 해파랑길 4코스는 원래 부산광역시 기장군 장안읍의 임랑해수욕장에서 시작하여 고리원자력발전소 부근인 월내리를 거쳐서 울주군 서생면의 북쪽 끝인 진하해수욕장까지 이어지는 19.6km 7시간이 소요되는 거리인데, 우리는 오늘 그 중 해안선을 따라가지 않는 산길이 많은 부산시 구간을 빼고서 울주군 구간 약 10km를 위에서 아래쪽 역방향으로 걷게 된 것이다. 이 코스는 대부분 艮絶곶 소망길 전체 다섯 구간과 일치하며, 국토종주 동해안 자전거길과도 겹친다.

그 중간부분에서 통과하는 간절곶은 전국에서 해가 제일 먼저 뜨는 곳(호미곶보다 1분, 정동진보다 5분)이라 하여 해맞이명소로서 유명한 곳이다. 진하해수욕장에서는 중 또는 승복을 입지 않은 사람들이 올리는 바닷가 모래톱의 기도(혹은 굿) 장면을 두 군데서 보았다. 우리 내외는 솔개해수욕장을 지나 간절곶의 시계탑 광장에 햇볕 막이 지붕 아래에 마련된 둥그런 나무 의자에 걸터앉아서 점심을 들고, 근처에서 사온 국화빵도 몇 개 들었다. 간절곶에서는 TV드라마 '메이퀸' '욕망의 불꽃' 등에 사용된 드라마하우스 건물 안에 들어가 보기도 하고, 2000년 정월 초하루를 기하여 세워진 대형 돌 표석을 배경으로 기념사진을 찍기도 하였다. 또한 그곳에는 포르투갈 신트라 시와 문화교류협약을 체결하여, 유럽 최서단의 해가 가장 늦게 지며 내가 가본 적이 있었던 호카곶(Cabo da Roca)의 상징탑을 2018년 1월 1일자로 설치해 두고도 있는 등 제법 관광지로 개발되어져 있었다.

우리 내외는 나사리 해수욕장을 거쳐 간절곶소망길이 끝나는 지점임을 표시하는 기념비가 있는 지점에서 가까운 서생면 소재지 신암항의 길가에 세워진 新岩里遺蹟 표지판을 본 후, 오후 2시 25분에 종착지점인 서생종합복지센터 체육공원에 도착하였다. 신암리 유적은 1935년 일본인 齊藤忠에 의해 즐문토기유적으로 처음 알려진 이후, 1966년에 서울대학교박물관, 1974년에 국립박물관에 의해 발굴조사가 행해졌고, 1989년에 신종환 씨에 의해 지표조사가 실시되기도 하여, 우리나라 신석기시대 전 시기에 걸쳐 형성된 남해안의 대표적인 신석기 유적 중 하나로서 알려졌다. 그 이후 한국수력원자력주식회사 고리원자력본부에 의해 시행된 신고리 3·4호기 전원개발사업 이주단지 조성 과정에서 다시 발굴조사를 하였는데, 일본 繩文土器를 비롯해 일본 九州産 석재(黑曜石·사누카이트) 등도 출토되어 일본과의 교류 양상에 있어서 중심적 역할을 했던 것으로 판단된다고 한다.

돌아올 때는 31번 국도를 경유하여 장안 IC에서 65번 고속도로에 접속하여 갈 때의 코스로 왔다. 진주 시내의 호탄길21번길 7 남강워터피아 옆(호탄동 616-5)에 있는 청담아구찜에 들러 아구탕(9,000원)으로 석식을 들었다.

18 (일) 맑음 – 호미반도둘레길 1·2코스

아내와 함께 새희망산악회를 따라 경북 포항시 동해면의 호미반도둘레길 1·2코스에 다녀왔다. 실은 작년 11월 19일의 이 코스를 신청해둔 바 있었지만, 당시는 새희망산악회 측에서 포항 일대의 지진 피해로 말미암아 거금도 둘레길 2코스로 변경한 바 있었다. 오전 8시까지 신안동 운동장 산골기사식당 앞에 집결하여 대절버스 2대로 출발했다.

남해고속도로를 경유하여 지난주처럼 진영에서 기장까지 2월 7일에 개

통된 600번 부산외곽순환고속도로를 통과해 부산 기장에서 65번 동해고속
도로에 접속하여 포항까지 북상하였다. 동해고속도로도 내게는 비교적 낯
선 길인데, 이는 부산 해운대에서 강원도 속초까지 이어지는 4차선 도로로
서, 2008년 12월에 부산울산 구간이 개통되고, 2015년 12월에서 2016년
에 걸쳐 울산포항 구간이 모두 개통되었으나, 전체적으로 보면 아직도 부분
적으로 미개통된 구간이 있는 모양이다. 몇 년 전 큰누나 및 대환 형 등과 더
불어 이 길을 경유한 듯도 하다.

　도중에 경주의 외동문무대왕휴게소에서 한 번 정거한 후, 포항에서 31번
국도로 빠져나왔고, 다시 호미반도를 일주하는 929번 지방도로 접어들어
오전 11시 4분에 2코스의 끝 지점인 흥환간이해수욕장에 도착하였다. 호미
반도해안둘레길은 포항시의 청림동주민센터에서부터 호미곶해맞이광장
까지에 이르는 총 24.4km를 네 코스로 나눠두었는데, 우리는 오늘 그 중 1
코스인 연오랑세오녀길(6.1km)과 2코스인 선바위길(6.5km)을 역방향으
로 걷기로 한 것이다. 그러나 1코스의 시작부분은 포항시 남구에 위치한 포
항제철소(POSCO)에 너무 인접해 있기 때문인지 생략하기로 하고, 동해면
소재지인 도구리의 도구해수욕장까지만 걷기로 하였기 때문에, 오늘 실제
로는 총 9.5km 코스인 것이다.

　우리 내외는 바닷가를 따라 이어진 자갈 및 모래사장 길과 나무 데크 길,
그리고 마을들을 차례로 지나며 선바위길이 끝난 지점에 위치한 방파제 아
래의 넓적한 바위 위에서 점심을 들었다. 방파제 위의 옆에서 밥과 술을 들고
있던 남녀 댓 명이 울릉도의 특산물이라고 하는 전호나물을 좀 나눠주어 맛
보기도 했다. 해변 여기저기에 갈매기 떼가 많아 방파제는 온통 갈매기 배설
물로 얼룩져 있었다.

　1코스로 접어들어서는 임곡리에 있는 연오랑세오녀 테마공원에 들렀다.
이는『삼국유사』紀異篇에 기록된 延烏郎 細烏女 설화에서 세오녀가 짠 비단
을 御庫에 보관하고 제사를 지내던 곳을 迎日縣이라 하고 지명을 都祈野라
했다고 한 데서 이 장소를 그 도기야에 비정한 것이다. 2014년 8월 28일에
착공하여 2016년 3월 31일에 준공하였고, 총 예산 363억 원을 들여 조성하

였는데, 아직도 메인홀인 貴妃庫는 공사 중이었다. 가로 12m, 세로 7.2m, 높이 9.2m의 2층 팔작지붕 형태로 지은 日月臺에 올라 바다 풍경을 바라보기도 하였다. 실은 부산광역시의 기장 구역에도 연오랑 세오녀 전설의 현장이라고 하는 곳이 또 한 군데 있는 것을 본 적이 있었다.

대체로 이 둘레길은 동해안 트레킹 코스인 해파랑길과 겹치며 동해안자전거길과도 겹치는 부분이 있다. 국도 31호선 옆으로 난 자전거 길을 따라 오후 2시 17분에 도구해수욕장의 종점에 도착하였는데, 택시를 타고 온 사람을 제외하고서는 우리 내외가 가장 먼저 도착했다고 한다. 오후 3시로 통보된 도착시간까지는 아직 좀 남았으므로 나는 혼자서 도구해수욕장의 긴 백사장을 따라서 데크 및 깔개 길이 거의 끝나고 마지막 정자가 서 있는 지점까지 걸어갔다가 되돌아왔다. 그쪽의 일부 구간은 해병대 제9227부대가 상륙훈련을 하는 군 작전구역이었다.

돌아오는 도중 장안휴게소에 이어 함안휴게소에서 내려 그 구내의 등산장비점에서 산티아고 트레킹에 대비하여 등산양말 12개와 둥근 챙의 모자 하나를 구입했다. 진주에 도착한 후 동부로 79(호탄동 620-8)에 있는 돈바리 감자탕·오리 체인점에서 오리불고기로 석식을 든 후 귀가하였다.

25 (일) 미세먼지 –만천하스카이워크, 도담삼봉

아내와 함께 아름다운산악회를 따라 충북 단양군 적성면 애곡리에 있는 만천하스카이워크와 단양읍에 있는 도담삼봉에 다녀왔다. 오전 8시까지 시청 앞에 집결하여 대절버스 한 대로 30여 명의 인원이 출발하였다.

33번 국도를 경유하여 고령에서 12번 광대고속도로를 만나 논공휴게소에서 한 번 쉰 다음, 451번 고속도로를 따라 남대구 톨게이트를 지나서, 55번 중앙고속도로에 접어들어 계속 북상하였다. 한국에서 가장 길다는 죽령터널을 지나 단양군에 접어들어, 5번 국도를 따라 스카이워크 아래쪽의 남한강변 옷바위 일대에 설치된 단양강 棧道를 바라보면서 충주호를 가로지르는 상진대교를 지난 직후, 스카이워크 진입로에 접어들어 상진터널 앞에서 한참을 대기하다가 차 한 대가 빠듯하게 지날 수 있는 긴 천주터널을 빠져나와 관리사무소에 도착하여 단체요금 1인당 1,500원을 지불하고서 스카이워크 입장권을 끊었다. 수양개 생태공원을 지나 차에 탄 채 꼬불꼬불한 옷바위길을 따라 올라가 11시 54분에 스카이워크 앞에 하차하였다.

만천하(만학천봉을 줄인 말?)스카이워크는 해발 320m, 남한강 수면에서 200여m 높이의 깎아내린 듯한 바위 절벽 옷바위의 꼭대기에 위치한 만학천봉전망대와 짚와이어, 알파인코스터, 수양개생태공원으로 구성되는데, 알파인코스터는 금년 중에 오픈할 예정으로서 아직 개장하지 않은 모양이다. 이 철제 전망대는 우리나라에서 최고로 높은 것이라 한다. 입구에서 전망대까지 오르는 나선형 보행로를 따라 600여m를 올라가면 소백산, 월악산, 금수산 등 명산들을 360도로 감상할 수 있는 정상이 나오고, 거기에 바깥으로 돌출된 세 개의 하늘길이 있어 바닥 일부가 유리로 되어 있으므로 내려다보면 아찔한 느낌을 준다.

우리가 배부 받은 안내문에는 스카이워크 둘레길을 자유산행 한다고 되어 있고, 남한강가의 잔도도 두르는 것으로 보이지만, 그 일대에서는 점심을 들 곳이 마땅찮다고 하여 만학천봉전망대에서 내려온 후 바로 근처의 도담삼봉으로 이동하였다. 12시 53분에 도담삼봉 주차장에 도착하여 오후 3시까지 자유 시간을 가졌는데, 이곳은 예전에 여러 번 와본 적이 있었기 때문에 도담삼봉 정면에 위치한 예전에 못 보았던 정도전의 동상이 있는 곳으로 이동하여 그곳 잔디밭 숲속의 널찍한 바위 위에서 점심을 든 후, 2000년 12월 28일자로 세워진 동상과 崇德碑를 둘러보았다. 나는 삼봉 정도전이 영주인가 봉화 사람인 줄로만 알고 있었는데, 서울대 사학과의 한영우 교수가 쓴 비문 및 동상 뒷면에 새겨진 글에 의하면 외가인 단양에서 태어났고 유년시절에 도담삼봉을 즐겨 찾았다고 되어 있다.

단양팔경 중 제1경인 石門 쪽으로는 예전에 이미 가보았기 때문에 오늘은 그 반대방향을 취하여 도담삼봉터널(높이 5.2m) 및 그 위의 정자와 남한강변의 다리 두 개(삼봉교 153m, 도전교 584m)를 지나 1.6km 지점의 옛 도로를 개수하여 보행로 및 자전거 길로 만든 것이 끝나는 지점까지 걸어갔다가 되돌아온 다음, 매포천 생태하천에 조성된 네 개의 무지개모양 木橋가 있는 하늘다리 끝까지 걸었다가 돌아왔다. 남한강변의 다리들은 1984년에서 85년에 걸쳐 만들어진 것이고, 하늘다리는 2014년에 조성된 것이었다. 옛 다리들 곁으로 고가도로 방식의 새 길이 이루어져 있어 차량통행으로 말미암아 좀 시끄러운 점이 흠이었다.

하산주에 곁들인 명태 국을 아내 몫까지 두 그릇 든 후, 오후 3시 36분에 도담삼봉을 출발하여 7시 13분에 귀가하였다. 이 산악회는 갈 때부터 음악을 틀고 춤을 추더니, 돌아올 때는 단속이 심한 군위까지의 구간에는 가라오케 노래자랑을 하고, 이후로는 진주에 도착할 때까지 고막이 터질 듯 높은 볼륨으로 음악을 틀고서 춤을 추었다. 요즘은 이렇게 하는 산악회가 좀 드문 편이다.

4월

1 (일) 심한 미세먼지 –사천·하동·남해·고성 벚꽃 구경

처제 내외와 함께 장모님을 모시고서 삼천포 실안의 유자집장어로 가서 장어구이를 들기로 약속한 날이라, 오전 11시 남짓에 황 서방이 장모님을 처제의 승용차에 태워 우리 집 앞으로 왔다. 그러나 정작 처제는 친구들과 함께 경주 토함산으로 등산을 가고서 함께 오지 않았다.

넷이서 사천 방향으로 나아가는데, 도처의 가로수로 심어둔 벚나무들에 벚꽃이 만개해 있었다. 그래서 도중에 먼저 船津으로 들어가 벚꽃 구경을 하고자 했는데, 성터 부근에 교통 정체가 심한 것을 보고는 그냥 돌아 나왔다. 가는 도중 길가의 행상에게서 국내산 망고를 사서 맛보기도 하였다.

유자집장어의 입구에 도착해보니 때마침 개인사정으로 임시 휴업한다는 게시물이 나붙어 있었다. 망설이던 끝에 황서방의 제의에 따라 사천대교를 넘어가 사천시 서포면 소재지의 서포로 267-1에 있는 대성식당에 들렀다. 그 집의 장어구이는 양념을 하여 다 구워져 나오는 것이었는데, 5만 원에 밥과 조개 국을 포함한 다른 반찬들까지 따라 나와 양이 푸짐하였으나 별로 내 입맛에 맞지는 않았다.

식사를 마친 후, 내 제안에 따라 하동군 진교면으로 이어지는 1003번 지 방도를 따라 가로수로 심어져 있는 벚꽃구경을 나섰으나, 그 길에는 아직 별 로 많이 피어 있지 않았다. 내친 김에 진교에서 1002번 지방도를 따라 남해 도로 들어가 설천면 일대의 벚꽃 구경을 하였고, 갔던 길로 도로 돌아 나와 다시 서포로 온 후, 사천시를 거쳐서 龜溪서원 앞과 진주시 금곡면 소재지를 지나 고성군 개천면의 연화산도립공원 중 옥천사 뒤편에 있는 긴 벚꽃 길로 도 들어가 보았다가 진주로 돌아왔다.

2 (월) 맑음 - 진주 인근 벚꽃 구경

아내의 의견에 따라 어제에 이어 진주 인근의 벚꽃 구경에 나섰다. 먼저 동일기계에 들러 엔진톱 체인을 새로 하나 구입한 후, 말티고개를 넘고 집현 면 쪽을 경유하여 금산면 일대를 한 바퀴 둘렀다. 지금은 전국 도처에 벚나무 가로수가 조성되어 있는 때문인지 금산의 벚꽃은 예전만큼 화려하지 못하 다는 느낌이었다. 26·23번 군도를 경유하여 진성면까지 이어진 벚나무 가 로수 길을 지나, 구 2번국도로 짐작되는 인적 드문 산길을 따라 문산읍의 국 제대학교 앞을 경유하여 진주혁신도시와 뒤벼리를 지나 평거동 강변길을 따라서 내동면의 남강댐 물문화관에 이르렀다. 그곳 주차장의 세븐일레븐 매점에서 아메리카노 커피와 아이스크림을 든 후 초콜릿을 먹으며 걸어서 물문화관까지 올라가 주위의 풍경을 조망한 후, 지난 주 금요일에 경유했던 진양호 호반 코스로 접어들었는데, 오늘은 벚꽃이 만개해 절정에 이르러 있 었다.

아내의 의견에 따라 반찬이 많이 나오면서 가격은 만 원에 불과한 산청읍 군청 앞의 대림식당에 들러 정식으로 점심을 들고자 했는데, 손님은 많고 직 원은 적어 매우 불친절할 뿐 아니라 상당히 오래 기다렸음에도 불구하고 음 식이 나오지 않고 우리보다 늦게 온 사람이 먼저 밥상을 받는 등 불쾌한 일들 이 있어, 반시간도 더 기다린 끝에 식사를 하지 않고서 그곳을 나와 버렸다.

산청읍의 정곡리를 거쳐 60번 지방도를 따라 둔철산과 정수산 사이의 고 갯마루인 척지마을로 올라가던 도중 정곡척지로 361-7의 척지솔향기마을

펜션 옆에 있는 인도 라자스탄 여행에서 만났던 사람의 별장에 들러보았는데, 그곳의 집 공사는 끝나 있었으나 주인이 부재중이며, 새로 지은 것이 아니라 솔향기펜션에 있던 건물 하나를 옮겨 놓은 데 불과했다. 그 길에도 벚꽃이 만개해 있었으나, 척지마을 일대는 지대가 높아 아직 완전히 피지는 않았다.

신안면 둔철산로 575-2에 있는 둔철식당에 들러 그곳의 전원주택 건축공사 현장에서 일하는 인부들이 드는 함바정식(16,000원)으로 늦은 점심을 들었다. 순식물성 반찬이었지만 그런대로 음식이 정갈하였다. 식당 주인아주머니에게 물어보았더니 그 일대 전원주택 단지의 현재 땅값 시세는 기반 설비가 되어 있는 경우 60~70만 원, 그렇지 못한 경우에는 50~60만 원이라는 것이었다.

우리 농장으로 들어와 보니 지난주 토요일까지 별로 피지 않았던 자두(오얏)꽃이 만발해 있는 등 그곳도 온통 꽃 천지였다. 다만 복사꽃은 이제 피기 시작할 뿐 아직 만발하지는 않았다. 엔진톱에다 오늘 새로 사온 체인을 장착하고서 지난주 토요일에 발견한 밑둥치만 베어진 채 다른 나무에 기대어져 있는 굵은 참나무를 자르려고 했으나, 웬일인지 톱이 좀처럼 파고들지를 않아 아무리 노력해도 결국 성공하지 못했다. 남은 시간 동안 잘라둔 나무들을 정리하고자 했으나, 시간이 부족하여 그것도 다 마치지 못했다. 오후에 형제유리샤시에서 벌써 데크 쪽 유리문의 그물망 덧문을 새로 제작해와 원래의 자리에다 붙여주었다.

진주로 돌아오는 길은 지난 주 토요일에 경유했던 오미에서 판문동까지 이어지는 시골길을 경유했는데, 거기에도 벚꽃이 만개해 있었다. 평거동 강변의 벚꽃 길을 다시 한 번 경유하여 오후 6시 남짓에 집으로 돌아왔다.

3 (화) 흐린 후 오후에 개임 −촛대봉, 황장산

아내와 함께 산울림산악회를 따라 지리산 불무장등 능선의 촛대봉(721.5m)과 황장산(942.1)에 다녀왔다. 오전 8시 10분까지 시청 앞에 집결하여 문산을 출발해 오는 대절버스를 타고서 봉곡로터리를 경유하여 떠났다. 이 능선은 지리산 주능선상의 삼도봉에서부터 시작하여 아래로 화개장 터까지 이어지는 것인데, 나는 2002년 9월 15일에 알파인산악회를 따라서 불무장등을 지나 통꼭봉까지 내려온 적이 있었으나, 그보다 더 아래쪽의 황장산 이하는 걸어본 적이 없었던 것이다.

남해고속도로를 경유하여 하동군 고전면 전도리에서 19번 국도로 빠진 후 섬진강변을 따라서 북상했는데, 도중의 하동군 악양면까지는 도로가 넓혀져 예전의 운치 있던 벚나무 가로수 터널이 많이 훼손되어져 있었다. 이 일대는 전라남도 보성에 이어 우리나라에서 두 번째로 녹차 생산량이 많은 곳인데, 금년은 우리 농장과 마찬가지로 寒害로 큰 피해를 입어 차밭의 잎들이 대부분 갈색으로 변해 있었다. 수확할 때는 그러한 말라죽은 잎들을 모두 잘라내고 그 아래에서 새로 돋아나는 순을 채취해야 하는 모양이다. 유명한 이곳의 벚꽃은 며칠 사이에 이미 철을 지나 한물가고 있었다.

오전 10시에 구 화개장터인 하동군 화개면 탑리에 도착하여 등산을 시작하였다. 탑리에서 오늘의 최고봉인 황장산까지는 6.6km로서 3시간 30분 정도 걸리는데, 산행대장은 도중의 촛대봉을 지난 지점인 새끼미재에서 만항마을을 거쳐 쌍계사 입구의 지리산사무소 쪽으로 빠지라고 말하고 있었다. 탑리에서부터 계속 오르막길인데, 능선 주변에 진달래가 많았다. 산속의 나무들은 아직 신록이 돋지 않아 앙상한 가지째로인데, 진달래도 아직 꽃이 피우지 않은 나무가 많았다. 나는 지난겨울 간벌할 때 줄기가 매끈하지 않은 것들은 진달래나무가 아닌 줄로 알고서 모두 베어 버렸는데, 오늘 보니 진달래나무 줄기에 군데군데 돌기물이 있거나 얼룩이 있는 것도 많았다.

도중에 318봉을 지나 하동군의 법하마을과 구례군의 기존마을을 연결하는 지리산둘레길이 지나가는 작은재를 통과하였다. 거기서부터 황장산까지는 4.9km가 남았다. 촛대봉을 조금 지난 지점에서 점심을 들고 있는 산행대장 일행을 만나 우리 내외도 그 부근에서 식사를 하였는데, 아내는 대장 일행을 따라 가기 위해 먼저 일어서고, 나는 식사를 마친 후 촛대봉에서 600m 내려간 지점의 새끼미재에서 1.9km 거리인 황장봉으로 향하였다.

내가 새끼미재를 지난 지 얼마 되지 않아 우리 일행 중 개인택시 기사를 하는 사람이 벌써 황장산까지 갔다가 돌아오고 있는 것을 만났다. 아마도 오늘의 우리 일행 중 황장산까지 다녀온 사람은 이 사람과 나 둘뿐인 듯하다. 그러니까 우리는 남보다 왕복 3.8km의 산길을 더 걸은 셈이다.

오후 2시 37분에 황장산 정상에 도착하였고, 3시 18분에 새끼미재로 돌아와 만항마을 쪽으로 하산하였다. 마을에서부터는 콘크리트 포장도로가 이어지고 있었다. 집이 두어 채 밖에 없는 만항마을 일대에는 고사리 농사를 짓는 밭이 계속 이어지고 농부들이 이미 고사리 수확을 시작해 있었다. 지난번 등산에서 이미 왼쪽 엄지발까락을 다쳐 발톱 아래에 피멍이 들어 있는데, 경사가 가팔라 그것이 더 도져서 내일부터 시작되는 산티아고 길 순례에 지장을 주지 않을까 걱정이 되었다. 새로 신고 간 등산화가 내 발에 좀 작은지 능선을 오를 때부터 양쪽 발가락이 좀 아팠는데, 콘크리트 포장 길을 내려올 때는 더욱 심했다.

도중에 길을 잘못 들어 남의 녹차 밭 속을 지나기도 하면서 하산하라고 한 오후 4시 30분에 가까워가는 시각에 비로소 쌍계사 입구의 주차장에 닿았다. 5km나 되는 십리벚꽃 길을 걸어가서는 도저히 시간을 맞출 수 없으므로 택시를 탔는데, 평일임에도 불구하고 관광객이 많아 교통정체가 심하므로 결국 12,000원이 넘는 요금을 지불하고서 내린 다음 걸어서 집합장소에 도착하였다. 알고 보니 집합장소인 대형버스 주차장은 내가 택시를 내린 곳 바로 아래쪽에 있었는데도 불구하고 기사는 그런 말을 전혀 하지 않았던 것이다.

주차장에는 벚꽃축제 행사 중인지 색이 든 애드벌룬을 두 개 띄우고 텐트들을 많이 세워 장사판이 벌어져 있었다. 우리 일행은 그 중 가설무대 바로 앞쪽에 있는 매점으로 자리를 옮겨 낙지가 든 지짐과 도토리묵을 안주로 하산주를 들고, 기부 받은 10만 원으로 가설무대에서 노래자랑을 벌이기도 하였다. 내가 주차장 쪽으로 걸어서 내려가는 도중에 한국토지주택공사로부터 두 번 전화가 걸려와 큰누나가 거주하고 있는 내 소유의 부산 민락동 화목맨션 아파트에 대해 물어왔다.

오후 6시 2분에 그곳을 출발하여 어두워진 후에 귀가하였다.

28 (토) 맑음 - 산초모 모임

산초모 봄 정기모임이 있는 날이라 아내와 함께 오전 9시 반 경에 집을 나섰다. 내가 승용차를 몰아 내비게이션에 의지하여 하동군 진교면 구고속도로 486-6번지(안심리 376-2)에 있는 임업기술정보센터 산림테크노포럼 총무인 안홍령 씨의 집으로 찾아갔다. 안 씨는 아직 미혼인데, 거기에 2,500평 정도의 땅을 소유하고 있고, 2층 집도 손수 지어 오늘 집들이를 하는 셈이며, 거기서 좀 떨어진 곳에 3만 평 정도의 임야도 소유하고 있는 모양이다.

11시 집합시간이 좀 지나 참석하기로 한 회원들이 다 모이기를 기다려 진교면 양포리 발꾸미마을에 있는 자연산 회 전문의 국화네횟집으로 장소를 옮겨 군민의 날 '알프스 하동 밥상 경연대회'에서 금상을 받았다는 금상물회로 점심을 들었고, 거기로 경북 달성군에 사는 회장 이석출 씨 내외가 좀 뒤늦게 찾아왔다. 이 회장은 작년부터 약속한 바에 따라 우리 농장과 김은심 교수 농장에 대한 선물로서 3년 정도 재배한 산양삼 뿌리 묘종 각 한 박스씩을 가져왔다.

다시 안 씨 댁으로 돌아가서 산림테크노포럼 사무국장인 김종영 씨의 사회로 총회를 가졌다. 산초모 모임의 새 회장으로서 현 부회장인 김홍길 씨가 선출되고, 총무로는 안홍령 씨가 겸임하게 되었으며, 1년에 정기모임 2번 임시모임 2번 정도씩을 가지기로 결정되었다.

저녁 무렵 안 씨의 길 인도에 따라 산초모 회원인 정소암 씨가 최근에 개업한 식당으로 가서 석식을 들게 되었다. 하동군 화개면 용강리 418-1 쌍계사 입구의 새 다리 부근에 있는 찻잎마술이라는 식당이었다. 금년 1월 중에 개업했다고 하는데, 식당과 찻집, 차 선물 센터를 겸한 곳이었다. 입구에 'Food, Tea Market'이라는 간판이 내걸리고, 그 아래에 '장모는, 쉐프, 사위가, 서빙하는, 특별한, 녹차음식, 식후에, 차는 공짜'라는 문구가 적힌 팻말들이 달려있었다. 그곳의 인테리어 디자인이 매우 세련되었고 음식도 정갈하여, 5월 12일에는 그룹 총수 20명이 다녀갔다고 할 정도였다. 이 모든 것이 정 씨의 아이디어와 솜씨에서 나온 것인데, 그녀에게 이런 재능이 숨어 있는 줄은 비로소 알았다. 전임 총무 김지선 씨의 말에 의하면 정소암 씨는 과거에도 이런 음식점을 경영하다가 건강상의 문제로 접었던 적이 있다는 것이다.

그녀의 명함에 영문으로는 이름을 Susan Jung이라고 적었으니, 소암은 호인지도 모르겠다. 그녀는 이곳 대표로 되어 있고, 과거에 우리가 산초모 모임을 가진 바 있었던 화개면 쌍계로 401의 다오영농조합법인은 김재중 씨가 팀장으로 되어 있는데, 아마도 그녀의 남편인 모양이다. 그녀의 남편도 오늘 뒤늦게 이리로 와서 사위와 더불어 다함께 독특한 모자와 앞치마가 포함된 제복을 입고서 서빙을 하고 있었다.

우리는 거기서 식전에 기본제공인 녹차씨 기름, 차꽃 꿀, 녹차꽃 와인, 그리고 차를 든 다음, 정 씨의 추천을 받아 다채로운 반찬과 함께 재첩샤브(섬진강월츠) 최치원 비빔밥(고운비빔밥) 삼겹살찜(별천지찜)을 들었고, 식후에 각자 야생 차꽃(녹차꽃) 속의 꿀을 추출한 화밀인 차꽃眞 선물도 받았다.

남해고속도로를 따라 밤늦게 귀가하였다.

29 (일) 맑음 - 희리산

아내와 함께 상록수산악회의 20주년 산행에 동참하여 충남 서천군 종천면 지석리에 있는 희리산(希夷山, 327.1m)에 다녀왔다. 오전 8시 30분까지 제일은행 앞에 집결하여 대절버스 한 대와 SUV 승용차 한 대로 출발했다. 이 산악회는 1년에 몇 번 밖에 산행을 하지 않는다는데, 회장이 유고하여 대명산악회의 여자 회장이 총무라는 이름으로 사실상의 회장 역할을 하고, 그 산악회의 산행대장이 산행대장의 역할을 하고 있었다.

대전통영·익산장수·호남고속도로를 경유하여 전주에서 21번국도로 빠져 군산시로 들어간 후, 동군산 IC에서 서해안고속도로에 올라 서천 톨게이트에서 4번 및 21번 국도로 빠져나왔다. 11시 16분에 국립희리산해송자연휴양림의 입구에 있는 바다로21 서천김공장 앞에서 하차하였다.

희리산은 조그만 야산에 불과하지만, 산 전체가 해송 천연림으로 덮혀 있고, 한국의 200대 명산에 속한다고 한다. 정상에 오르면 서해바다가 바라보이고 뒤편으로는 커다란 흥림저수지가 눈에 띄며, 양쪽 산 능선 사이의 계곡에 자연휴양림이 조성되어져 있다.

왼쪽 능선으로 올라 제1호, 2호 쉼터를 차례로 경유하여 두 능선의 접경에 위치한 제3호 쉼터에서 일행과 더불어 점심을 들었다. 그런 다음 헬기장으로 되어 있는 희리산 정상에 닿았는데, 정상의 표지석에는 해발 329m라고 새겨져 있으나, 현지의 등산안내도나 산악회로부터 배부 받은 개념도에는 모두 327.1m였다. 왼쪽 능선의 등산로 입구로부터 정상까지는 4.2km이고, 정상에서부터 하산로의 휴양림까지는 2km, 바다로21까지는 1.8km였다. 아내와 나는 정상 아래쪽의 제5호 쉼터를 경유하여 휴양림 관리사무소 및 그 앞의 산천호라는 호수 쪽으로 내려오는 코스를 취하여 오후 3시에 출발지점으로 하산하였다.

산행 전에 산악회의 창립일을 기념하는 것으로 짐작되는 시산제가 있었지만 우리 내외는 거기에 참석하지 않았고, 경상대 윤리교육과의 이대군 교수가 그 부인인 중앙중학교 윤리교사 및 아들과 더불어 이번 산행에 참여해 있었다. 부인은 본교 84학번인 윤리교육과의 이 교수보다 한 해 후배로서 1985년 무렵에 내 수업을 수강한 적이 있다고 했다.

회옥이는 김정숙 교수가 지도하는 현실요법 실습에 참여하기 위해 어제 상경했다가 우리가 귀가한 직후인 오후 7시 반 무렵 돌아왔다.

5월

6 (일) 부슬비 -기찬묏길 1코스

아내와 함께 매화산악회를 따라 월출산둘레길인 기찬묏길 1코스에 다녀왔다. 원래는 전북 정읍시 정읍과 고부면·덕천면의 경계에 위치한 斗升山(斗星山, 444m)에 가기로 예정되어 있었는데, 비가 와서 등산은 안 된다 하여 오전 8시 시청 앞을 출발하여 버스 안에서 참가자의 의견을 물어 코스를 변경하였다. 두승산은 고부 출신인 전봉준 및 강증산과 인연이 깊은 산인 모양이다.

10번 고속도로를 따라가다가 강진무위사 요금소를 빠져나와 영암 방향의 13번 국도를 따라가 10시 52분에 월출산국립공원 주차장에 도착하였다. 기찬묏길 1코스는 주차장에서 기찬랜드까지 5.3km 구간인데, 나는 과거 2015년 5월 30일에 원정산악회를 따라와 이 코스를 한 번 답파한 적이 있었고, 2016년 4월 17일에는 아내와 함께 산사랑축동사랑을 따라와 코스 도중의 기체육공원에서 산성대 쪽으로 오르는 코스를 걸은 적이 있었다.

오늘은 그리로 가는 도중의 고속도로 휴게소에서 스마트폰 가죽커버를 하나 2만 원에 구입하고, 지구레코드가 만든 '불세출의 가수 배호골든' CD 1·2집 한 세트를 3만 원에 구입하였다. 배호 앨범의 카세트테이프 2장 한 세트는 예전에 구입해둔 것이 있지만, 이즈음은 트럭의 오디오에도 카세트테이프를 틀 수 있는 장치가 달려 있기 때문이다.

샤모니에서 산 아래 위 비옷에다가 이번에 스페인에서 산 판초를 덮쳐 입고서 오르내리막이 있는 숲속 길을 한참동안 걷다가 기체육공원과 2층 누각을 지난 지점의 나무 탁자와 그네가 있는 쉼터에서 아내와 둘이서 점심을 들었다. 비는 그쳤지만 우리가 식사를 마칠 때까지 아무도 지나가는 사람이 없었다.

한 시간 반 정도 걸리는 코스를 다 걸은 다음, 기찬랜드에 도착하여 오후 2시 반의 집합시간까지 남은 한 시간 정도를 그 구내에 있는 가야금산조기념관에 들러 1층과 지하층의 전시실을 둘러보면서 지냈다. 이곳 영암군 회문리에서 구한말에 가야금산조의 창시자인 金昌祖(1856~1919)가 탄생하였다 하여 이런 기념관을 짓고, 그 곁에다 김창조의 사당과 재실도 마련해 놓은 것이다. 서울대 출신의 인간문화재 梁勝姬(1948~)씨가 김창조의 손녀인 인간문화재 金竹坡(1911~1989)의 맥을 이었다 하여 기념관 안에 그녀의 이름과 기증품이 돋보이게 전시되어 있을 뿐 아니라, 개관 3주년을 기념하여 2017년 9월 1일 그녀가 이 기념관에서 영암 초·중·고 145명의 제자들과 함께 개최한 제17회 산조 축제 가야금 향연의 팸플릿과 국가무형문화재 제23호 가야금산조 및 병창보유자인 그녀의 탁상용 2018년 개인 Calendar도 아무나 집어갈 수 있게 다수 비치해 두고 있었다.

돌아오는 길에 보성녹차골 휴게소에서 기념품점 겸 식당의 안쪽 방을 빌려 닭고기튀김과 수박을 안주로 하산주를 들었는데, 우리 내외는 정보환 씨와 더불어 셋이서 한 테이블에 앉았다.

11 (금) 맑음 - 산골형제농장, 영양산나물축제

경상대학교의 산림테크노포럼 2018년도 제2차 우수농장 견학에 참여하여 아내와 함께 경북 영양군 수비면에 있는 산골형제농장(밤하늘) 및 영양읍의 생활체육공원에서 5월 10일부터 13일까지 열리고 있는 제14회 영양산나물축제에 다녀왔다. 오전 8시까지 경상대 공용주차장 옆 진입로 가에 집합하여 28명이 40인승 대절버스 한 대로 출발하였고, 도중의 고령휴게소에서 이석출 회장과 대구 사람 한 명이 합류하여 총 30명이 되었다. 테크노포럼의 직원 두 명도 동참했다.

33번 국도를 경유하여 고령까지 간 다음, 광대·구마·중앙고속도로를 따라 북상하였고, 안동에서 당진영덕고속도로(30번)로 접어든 다음, 동청송·영양 IC에서 빠져나와 34번 및 31번 국도를 경유하여 오전 11시 35분에 영양읍에 도착하였다. 반변천 가의 31번국도 상에서 시인 오일도의 생가가 근처에 있음을 알리는 표지를 보았다.

영양읍에서 건물 2층에 있는 전통한식요리전문점 고은(古隱)에 들러 점심을 들었다. 참나물, 더덕 등 토종의 맛을 갖춘 산채정식이었는데, 네 개의 접시에 서너 종류씩 담긴 다양한 반찬들이 모두 산채이고 고기라고는 국에 섞인 다슬기뿐이었다. 오늘 우리가 방문할 농장의 주인 권명달 씨도 점심 자리에 합석했던 모양이다. 영양군은 인구 16,000명으로서 전국에서 주민이 적은 군 중 끝에서 두 번째라고 한다.

식후 우리 버스에 탑승한 권 씨의 인도에 따라 설명을 들으면서 88번 국도를 따라 동북 방향으로 한참을 이동하여 울진군과의 접경 부근에 있는 그의 농장으로 갔다. 테크노포럼의 안내문에는 농장의 위치가 영양읍 옥골 1길 16-1이라고 되어 있으나 그것은 권명달 씨의 명함에 적힌 주소와 같은 것으로서, 농장이라기보다는 권 씨의 자택 주소인 듯하다. 권 씨는 산림공무원으로 지내다가 정년을 2년 정도 남겨두고서 명예퇴직 하여 수만 평에 달하는 자신의 농장에서 명이나물·눈개승마·곰취·방풍나물·산당귀·머위나물·산두릅·송이·산양삼 등을 재배하여 큰 성공을 거둔 모양이며, 여러 곳에서 견학 오는 단체들이 많고 체험 농장도 겸하고 있었다. 인터넷 블로그 및 밴드를 통해 천 명 가까운 단골고객을 확보하여 영업하고 있는 모양이며, 그의 고객은 주로 수도권에 거주하는 40대 중반에서 60대에 이르는 주부들이라고 한다. 그 농장에서는 방문객들이 자유로이 생산물을 채취해 갈 수 있게 개방해두고 있었다. 그는 하루에 10만 원 정도씩의 연금도 받고 있는 모양인데, 농장의 생산물 거래는 신용카드로 결제하지 않아 그 수입이 공개되지 않으므로 연금 수령에 지장을 줄 위험은 없다고 한다. 농장 견학 중 나는 이석출 회장으로부터 산양삼 재배 및 묘종 이식에 관한 요령을 배웠다.

돌아오는 도중에 수비면 사무소 앞에 한 번 정거하여 화장실을 이용하였고, 영양읍으로 돌아와 권 씨와 작별하였다. 그런 다음 영양군민회관 앞 잔디 운동장에서 열리는 산나물 축제장으로 가서 오후 3시 46분부터 4시 30분까지 자유로 견학하였다. 아내는 거기서 표고버섯·가죽·취나물 등 이런저런 물건들을 구입하였는데, 나는 명란젓을 한 통 샀다.

돌아오는 길에 다시 고령휴게소에 들러 이석출 회장 등 대구 사람 두 명과 작별하였고, 그곳 휴게소식당에서 안동간고등어구이로 석식을 들었다. 밤 9시 무렵에 귀가하였다.

13 (일) 흐리다가 오후에 개임 -백자산, 삼성산

아내와 함께 상대산악회의 경북 경산시에 있는 栢紫山(486m) 三聖山(554) 산행에 참가하였다. 오전 8시 시청 앞 육교 밑에서 대절버스 한 대로 출발했다. 남해고속도로를 따라 가다가 동창원 요금소에서 22번 국도로 접어들어 진영·대산을 지났는데, 대산에서 어제 오늘 이틀간에 걸쳐 열리는 제25회 창원수박축제를 보고서 차를 멈추어 주최 측이 수박 한 덩이를 구입했다. 남밀양 IC에서 55번 고속도로로 접어들어 청도요금소에서 25번 국도로 빠져나온 다음, 10시 6분에 경산시 백천동의 삼보사 부근에서 하차했다.

삼보사를 100m 정도 남겨둔 지점에서 산길을 취해 오름길을 한참 걸어 첫 번째 정상인 백자산에 도착하였다. 주차장으로부터 1.8km 정도 떨어진 지점이었다. 새벽까지 비가 내렸는데, 아침이 되어 그쳤으니 등산하기에는 좋으나 숲길의 습도가 좀 높았다. 백자산은 경산 소재지의 정남 방향에 위치한 주산으로서 현성산의 맥을 이어받고 있으며, 잣나무가 많았다 하여 백짐산 또는 백자산이라 이름 지었다고 하나, 오르는 도중 잣나무는 보지 못했다.

거기서 계속 동남 방향으로 한참을 나아갔다. 대체로 소나무 숲이 울창하고, 도시 근처에 위치해 있으나 사람이 별로 없어 한적하였다. 백자산은 내가 학회 참가 관계로 몇 번 방문한 적이 있는 대구한의대와도 멀지 않다. 도중의 484봉에도 등산객이 나무판에다 적어 걸어놓은 봉우리 이름 팻말이 눈에 띄었고, 거기서 좀 더 나아간 지점에 철탑이 있고, 철탑에서 우리의 등산로를 벗어나 다른 쪽으로 얼마간 더 나아간 지점에 현성산이 있었다. 거기에 2016년 11월 경산불교산악회가 현성산둘레길 개통을 기념하여 세운 정상비가 서 있었는데, 그 비석에는 높이가 472m라고 새겨져 우리가 산악회로부터 배부 받은 개념도의 475와는 좀 차이가 있었다. 초입의 갈림길에 같은 경산불교산악회의 이름으로 내건 목판에 '아름다운 현성산 둘레길' 개념도도 눈에 띄었다.

현성산 갈림길에서 계속 더 나아가면 925번 지방도가 지나가는 고개에 닿는데, 거기서 삼성산 방향으로 난 산복도로 가에 아내를 포함한 우리 일행 대부분이 여기저기 나뉘어 앉아 점심을 들고 있었으므로 나도 아내가 있는 자리에 합석했다. 아내는 점심을 든 후 다른 몇 사람과 더불어 지방도를 따라서 산행 종점인 상대온천 방향으로 내려가고, 나는 거기서 단풍나무 가로수가 늘어서 있는 임도를 따라 삼성산 방향으로 계속 나아갔다.

남산면 상대리와 남천면 신방리의 경계에 위치한 오늘의 최고봉 삼성산에는 백자산의 경우와 마찬가지로 2000년 1월 1일에 경산시가 세운 정상비가 서 있고, 거기서 조금 더 나아간 보다 높은 지점에 2006년 2월 경산옥산산악회가 세운 다른 비석이 하나 더 있는데, 두 비석에 모두 높이가 554.2m로 적혀 있었다. 경산시장 명의로 세운 비석의 뒷면에 '불성 원효대사, 설총

선생, 삼국유사를 저술하신 일연선사 삼 성현이 삼성산 자락에서 태어났다' 고 적혀 있었다. 원효의 출생지가 지금의 경산시 소재지 부근에 압량면이 있 듯이 신라의 押粱 땅임은 널리 알려져 있으나, 설총이 그의 아들이라 할지라 도 요석공주와의 사이에서 태어났으므로 이곳이 그의 출생지일 가능성은 없으며, 일연이 이 부근에서 태어났다는 것도 처음 듣는 말이다. 근처인 대 구광역시 가창면과 경상북도 청도군 이서면과의 경계에 삼성산(668.4)이 또 하나 있는데, 이것과는 다른 곳이다.

오후 2시 무렵에 삼성산 정상에 도착한 이후 가파른 내리막 능선 길을 따 라서 2시 50분에 상대온천으로 하산을 완료하였다. 오늘 걸은 총 거리는 약 9.5km이다. 그곳에 있는 상대온천관광호텔은 경산 일대에서 꽤 유명한 모 양인데, 대구한의대에서 학회 모임이 있었을 때 두 번 와서 투숙한 적이 있었 다. 그 중 두 번째는 2016년 12월 23일 2017년도 한국동양철학회 연합학술 회의에 참석하여 박홍식 회장과 신규식 차기회장, 그리고 퇴계 종손인 총무 이사 이치억 씨 등과 함께 머물렀던 때이다. 내가 삼성산 정상에 도착한 직후 이미 거기에 도착한 아내는 호텔 대중탕에 들어가 온천욕을 한 다음, 내가 하산주 자리에 앉아 있을 때 나왔다.

갈 때의 코스를 따라서 돌아와 6시 50분에 귀가하였다. 이 코스도 대구한 의대 학회 모임 때 내가 승용차를 몰고서 통과한 기억이 있다.

19 (토) 대체로 맑으나 때때로 흐림 –매봉산

뫼사랑토요산악회를 따라 양산시 원동면과 밀양시 단장면의 경계에 위치 한 매봉산(754.9m)에 다녀왔다.

오전 8시까지 시청 서문 부근 우체국 앞에 집결하여 운동장 1문을 거친 다 음 50여 명이 대절버스 한 대로 출발하였다. 남해고속도로를 따라가다가 김 해에서 대동 1·2·3터널을 경유하여 양산시 경내로 들어갔고, 1022지방도 를 따라 물금과 낙동강 가를 꼬불꼬불 감돌아가다가, 양산 배내골로 향하는 69번 지방도로 접어들어 삼거리에서 1077번 지방도를 통해 어영교를 건너 서 어영마을 쪽으로 들어갔다. 10시 48분에 어영마을 부근의 아름빌 펜션

& 캠핑장에서 하차하였다.

등산로는 처음부터 뚜렷하지 않아 나무꾼이 나무하러 다니던 정도의 좁다란 오솔길로 이어졌고, 아무런 안내 표지나 시설이 없고 가끔씩 등산객이 나뭇가지에 매달아 놓은 리본이 눈에 뜨일 따름이었다. 우리는 도둑골 왼쪽의 산 능선을 타고서 계속 올라갔다. 표지는 없어도 작은매봉산(428)을 지난 것까지는 알겠는데, 그 이후 묘를 지나서 제1·2·3·4 전망대를 차례로 지나간다고 개념도에 나타나 있으나 그것 비슷한 것은 눈에 띄지 않았다. 오늘 산행의 최고봉인 757봉에 다다라 일행 근처에서 아내와 더불어 점심을 들었다. 점심을 들 무렵에는 날씨가 흐려 꽤 쌀쌀하였다.

식사 후 오른편 능선 길을 타고서 나아갔는데, 746봉에 다다르니 '영축지맥/746m/준·희'라고 적힌 표지가 나무에 걸려 있었다. 이 능선이 통도사 뒤편의 영축산과 이어지는 모양이다. 거기서 좀 더 나아간 곳에 '매봉/753'이라고 그다지 크지 않고 납작한 바위 조각을 세워 검은 색으로 적은 글씨가 눈에 띄었다. 이곳이 정상이지만, 우리가 산악회로부터 받은 개념도에 적힌 것과는 높이가 달랐다.

아내는 정상에서 바로 출발지점 쪽으로 내려가는 지름길로 먼저 하산하고, 나는 거기서 조금 더 나아가 676봉에서 694봉 갈림길을 지나 헬기장을 거치는 오늘의 정식 코스로 나아갔다. 그러나 헬기장은 눈에 띄지 않았고, 자꾸만 급경사의 내리막길이 이어지더니 지도에 없는 비포장 임도가 나타나는 것이었다. 임도가 나타난 지 얼마 되지 않아 길가에 우리 산악회의 종이 쪽지 하나가 놓여 있는 것을 보았으나, 먼저 그곳에 도착한 일행이 그 아래쪽으로 조금 내려가 보더니 사람이 지나간 자취가 없고 길도 뚜렷하지 않다면서 아니라고 하여 임도를 따라 계속 나아가므로 나도 그들을 따라 갔다.

그러다가 그들이 하산 길 표시를 하고서 내려가는 길로 따라갔더니 머지 않아 포장된 도로가 나타났고, 도로를 피해 능선 길을 취해도 그 아래에서 또 도로를 만나기를 되풀이하다가 양산 배내골과의 경계인 69번 지방도 상의 배태고개에 다다랐다. 원동면 영포리 배태마을에서 산 너머 배내골 초입의 대리 고점마을로 이어지는 도로인데, 거기에도 영축지맥의 표시가 있었다. 양산시가 세운 안내판에 의하면, 과거에는 이곳의 길이 좁고 험난하였는데, 1970년대 당시 손기현 원동면장이 양산시 동면 출신인 육군참모총장 서종철 대장에게 건의하였고, 서 대장은 고광도 군수사령관에게 지원을 요청하여 이 도로가 닦여지게 되었다는 것이다. 그러한 내용의 비석이 1971년 9월 13일 양산군 원동면 이천삼리 주민 일동 명의로 세워져 있었는데, 그 곁에 같은 내용의 비석을 근자에 크게 새겨 새로 세워두고 있었다.

우리는 그 도로를 따라 원동면 쪽으로 내려오다가 원동로 2583번지에서 옆으로 난 오솔길로 접어들었다. 그러나 그 길은 묘지까지만 연결되는 것이어서 머지않아 끊어지고 능선에 희미하게 보이는 옛길을 따라 내려오다 보니 배태길 111번지에서 울타리를 친 전원주택을 만나 다시금 길이 막히고 말았다. 할 수 없이 주인의 싫은 소리를 들으며 그물망 울타리를 넘어서 그 주택 안을 경유하여 포장된 진입로를 만나게 되었다.

거기서부터는 영포천 주변에 조성된 영포리의 전원주택들이 이어졌다. 나는 영포마을까지 시멘트 포장된 계곡 길을 따라 내려왔으나, 다른 일행은 69번 지방도를 따라 내려왔다가 영포마을 입구에서 다시 만나게 되었다. 그곳에는 2014년 3월 30일과 4월 6일에 KBS 2TV의 인기 프로인 1박2일이 '봄꽃 기차여행'이란 주제로 촬영되었음을 알리는 안내판이 있었다. 영포리 매화마을에서는 또한 2006년부터 매화축제가 개최되고 있으며, 현재 원동지역 400여 농가에서 매실을 재배한다는 안내판도 세워져 있었다.

69번 지방도와 1077번 지방도가 갈라지는 삼거리의 어영교에서 일행 9명이 기다리다가 우리를 태우러 나오는 대절버스를 탔다. 일행 중에는 정보환 씨처럼 694봉에서 양산 배내골 쪽 능선으로 잘못 빠져나간 사람들도 있어 버스를 그쪽으로 돌려 배내골 입구에서 마지막 3명을 태우기도 했다. 정보환 씨는 배내골로 내려가 밀양호가 바라보이는 지점으로부터 69번 지방도를 따라 1시간 반이나 걸려 배태고개를 지나 영포리 쪽으로 다시 걸어왔다고 한다. 어영교에서 회장과 통화하여 들은 바로는, 임도에 놓여 있었던 산악회의 개념도 종이는 회장 일행이 놓아둔 것이며, 그리로 따라 내려가면 출발지점까지 무사히 당도할 수 있다는 것이었다.

예전에 부모님의 기일 미사를 위해 가톨릭 영성의집으로 갈 때 거쳐 갔던 코스를 따라 에덴밸리 C.C.를 지나고 스키용품점 동네를 거쳐서 양산시 상북면 쪽으로 내려왔다. 에덴밸리의 산 능선에는 예전에 보지 못했던 풍력발전기들이 여섯 대쯤 돌아가고 있었다.

진주에 도착하여 혁신도시 지구 김시민대교 건너편에 있는 에나로 69(충무공동)의 하동사람이라는 식당에 들러 양푼이 동태찌개(8,000원)로 석식을 들고서 밤 9시경에 귀가하였다.

20 (일) 맑음 -공작산

아내와 함께 동산산악회를 따라 강원도 홍천군 화촌면과 동면의 경계에 위치한 孔雀山(877m)에 다녀왔다. 진주시청 건너편 시루떡집 앞에서 사천 탑마트를 출발해 오는 대절버스를 오전 5시에 탑승하였다. 33번 국도를 경유하여 고령에 닿은 다음, 광주대구·중부내륙고속도로를 따라서 북상하였고, 동충주요금소에서 19번 국도로 빠져나온 후 연세대 원주캠퍼스를 거쳤다. 남원주요금소에서 다시 중앙고속도로에 올라 춘천 방향으로 북상하다가 홍천요금소에서 44번 국도로 빠져나온 다음, 444·406 지방도를 따라서 오전 9시 40분에 406 지방도가 통과하는 언덕인 공작峴(당무로)에 도착하였다.

공작현의 고도가 이미 해발 500m쯤이라고 하니 2.7km 떨어진 정상까지는 400m 정도를 더 오르면 되는 것이다. 아내는 버스 속에 남고, 나는 일행으로부터 뒤쳐져 끄트머리에서 내 페이스대로 걸었다. 공작산은 산림청이 선정한 100대 명산에 든다고 하는데, 정상 부근에 가파른 바위 길이 많아 한참 동안 설치된 로프를 잡고서 오르내려야 했다. 산세의 아름답기가 공작새 같다하여 이런 이름이 붙여진 모양이다. 동산산악회는 100대 명산 탐방을 진행 중이며, 오늘이 그 68번째가 된다. 정상 부근에서 우리 일행 중 한 사람이 나를 알아보고서 인사를 하였는데, 알고 보니 그는 작년의 키르기스스탄 여행 때 민박집 비슷한 숙소에서 우리 내외와 한 방을 썼던 적이 있는 사람이었다.

정상에 도착하니 Black Yak의 100대 명산 도전이라고 새겨진 타월을 가진 남녀 단체 3명이 사진을 찍고 있었고, 머지않아 우리 팀 사람들도 만나기 시작했다. 우리 팀에서는 머리카락이 하얀 내가 제일 뒤에 쳐져 있다는 소문을 듣고서 걱정했는지 정상을 떠난 무렵부터 만나는 사람마다 안부를 묻는 말을 하였고, 총무 등으로부터 몇 차례 전화나 문자메시지를 받기도 했다. 정상을 지난 후 우리 일행이 점심을 들고 있는 곳 두 군데를 지나쳤고, 나는 헬기장에서 전 회장 등 아는 사람 몇 명이 섞여 둘러앉아 있는 자리에 끼어서 식사를 하였다. 정상에서부터 오늘의 목적지인 壽陀寺까지는 7km쯤 더 나아가야 한다.

아내는 버스에 남은 총무 및 다른 여자 3명과 함께 수타사에서부터 거꾸로 올라 藥水峰(수타산, 558)에 도착한 다음, 수타사 계곡숲길 쪽으로 내려가 귕소를 지나 원점으로 돌아갔는데, 그 코스도 썩 좋았다고 한다. 풀코스를 걸은 나머지 사람들은 100대 명산이라고는 하지만 울창한 숲에 가리어 정상에서를 제외하고서는 주변 풍광을 별로 감상할 수 없었다. 약수봉에서 용담을 거쳐 수타사까지는 아직도 3.2km가 남았는데, 약수봉에 도달하기 전 푹 꺼진 장소에서부터 꼭대기까지 계속 치고 올라야 하니 이번 코스 중 제일 힘든 구간인 듯했다. 우리도 귕소 부근의 계곡 숲길로 내려와 물길을 따라서 수타사로 향했다. 수타사 주변으로는 생태숲 산소길 코스 3.8km가 개발되어져 있는 모양이다.

절 안 사천왕문 건물 뒤편의 목판에 게시된 略史에 의하면, 이 절은 신라 聖德王 7년(708)에 원효대사가 牛跡山 日月寺로 창건하였고, 근세조선 세조 2년(1457)에 移基 중창하여 孔雀山 水墮寺로 개명하였으며, 광무 15년(1878)에 다시금 절 이름을 壽陀寺로 바꾸었다고 한다. 이 절의 大寂光殿이 강원도 유형문화재 제17호로 지정되어져 있고, 숙종 2년(1676)에 塑成된 사천왕과 현종 11년(1674)에 조성된 大鐘이 있을 따름이다. 이 절 부근의 수타계곡은 8km 길이로서 여름철 계곡 피서지로 이름난 곳이다.

오후 4시 무렵에 하산을 완료하였다. 오늘의 총 산행 거리는 12km라고 한다. 돌아오는 도중 중부내륙고속도로 입구 부근의 충주요금소를 빠져나간 지점에 있는 충북 충주시 대소원면 장성리 265-17(성종두담길 315)에 있는 성마루국밥에 들러 우렁제육쌈밥(13,000원)으로 석식을 든 후, 갈 때의 코스를 경유하여 밤 10시 20분 무렵에 귀가하였다.

21 (월) 맑음 -천하태평 장미농원

돌아오는 길에 아내와 함께 산청읍 부리 434번지(산청대로 1766번길 90)에 있는 천하태평 장미농원에 들러보았다. 이곳에서 20일부터 6월 10일까지 장미 축제가 열린다는 경남일보의 보도를 보았기 때문이다. 이 장미축제는 올해로 10회째를 맞았다는데, 공직을 퇴직한 노명수 씨 부부가 그동안 농업기술센터의 재배 지도와 화훼 관련 연구소의 품종 수집 협조로 6000㎡의 전시장에 200여 품종의 다양한 장미를 전시한다는 것이다.

현장에서 노 씨 부부를 만나 좀 대화를 나누어보았는데, 그는 농촌지도소에 근무하다가 59세로 정년퇴직한 사람으로서 올해 63세인데, 내 장인 안학룡 씨도 기억하고 있었다. 그를 통해 경상대학교 지질학과를 정년퇴직한 金又漢 씨도 우리 농장 부근의 단계리에서 농장을 운영하고 있다는 사실을 알았다. 그로부터 장미 3종을 9만 원에 구입하고, 부인으로부터 상치도 좀 얻었다. 산청읍의 군청 맞은편에 있는 대림식당으로 가서 그 집의 유일한 메뉴인 정식(1인당 만 원)으로 석식을 들고서 귀가하였다.

27 (일) 맑음 -서해안 마실길 2·3코스

아내와 함께 아름다운산악회의 정기산행에 참여하여 부안 서해안 마실길 2-3코스를 다녀왔다. 오전 8시까지 시청 앞에 집결하여 대절버스 한 대로 출발한 후, 남해, 호남, 고창담양, 서해안고속도로를 경유하여 부안 요금소에서 30번 국도로 빠져나온 후, 11시 5분에 2코스의 출발지점인 변산해수욕장 아래편 松浦에서 하차했다. 이곳에 공원이 생긴 지는 5년 정도밖에 되지 않았다고 한다.

부안 서해안 마실길은 현재 해안코스가 8코스, 내륙코스가 9부터 14까지 6코스 개발되어져 있다. 그 중 제2코스는 노루목 상사화길이라 하여 송포에서 鼓絲浦를 거쳐 成川까지 6km이고, 제3코스는 적벽강 노을길이라 하여 성천-적벽강-격포해수욕장-격포항에 이르는 7km이다. 그러나 출발에 앞서 대절버스의 기사는 시간관계상 오후 3시까지 채석강공용주차장, 즉 격포 터미널에 도착하라고 말했다.

우리는 송포에서 출발하여 가리비조개껍질에다 소원을 적은 것들이 잔뜩 붙어 있는 야산 입구를 지나 여러 개의 야산들을 거쳐 고사포해수욕장에 다다랐다. 소원을 적은 나무 판들이 다닥다닥 나붙어 있는 야산도 있었다. 코스 도중에 군사 시설물이 많았고, 군부대도 있었다.

이곳은 25년 전인 1993년 7월 22일에 한국사상사학회의 하계연구발표회 및 수련회에 참석하여 신임회장인 김삼룡 원광대총장을 따라와 고사포해변의 원광대 임해수련원에서 1박한 후, 다음날 조식을 들고서 배를 타고 건너편의 하섬에 있는 원불교수련원으로 들어가 있다가 오후에 고사포의 임해수련원으로 돌아 나와 해산한 바 있었다. 당시 나는 3명의 학회 참석자들과 함께 승용차를 타고서 변산해수욕장과 彩石江, 來蘇寺, 반계 유형원 유적지, 개암사와 부안읍 등 변산반도의 명소들을 두른 바 있었다.

우리 내외는 성천항의 바닷가에 위치한 사각형 나무 정자에서 점심을 든 후, 다시 근처의 야산에 올라 3코스의 하섬전망대를 거쳐 나아가는데, 뒤에 따라온 참가자 중 한 명이 자꾸만 시간이 부족하다면서 그 곁의 30번 국도를 따라 걷자고 주장하였는데, 그런 와중에 때마침 우리들의 대절버스가 그 국도를 지나가는 것을 보고서 그것에 승차하여 3km쯤 떨어진 위치의 종착지점인 격포주차장까지 가게 되었다. 회장도 고사포에서 시간이 부족하니 2코스만 걷자고 말했다 하며, 대절버스를 타고서 우리보다도 먼저 터미널에 도착한 사람도 있었다. 그러나 나로서는 3코스를 온전히 걷지 못한 데 대한 아쉬움이 남았다. 오늘 코스의 도중에는 도처에 구절초 비슷하게 생긴 하얀 꽃이 많았다. 아내는 그 꽃이 구절초가 아니라 마가렛이라고 했다.

예정시간보다 꽤 이른 오후 2시 13분에 채석강 공용주차장에 도착했으므로, 남는 시간을 이용하여 아내와 함께 채석강을 보러 갔다. 변산반도의 명승지인 채석강에는 과거 여러 번 왔었고, 그 건너편의 3코스 종착지점인 격포항에도 1999년 3월 21일 백두대간산악회를 따라 내변산의 직소폭포 등을 경유하는 등반을 왔다가 들른 적이 있고, 2011년 11월 13일에는 알파인 가이드를 따라 위도에 왕래할 때 배를 타거나 내린 바 있었다. 그런데 오늘 보니 이 일대에는 새로운 빌딩과 집들이 많이 들어서고 대형 터미널까지 설치되어 영 딴판으로 변해 있었다. 채석강은 만조여서 별로 볼 것이 없고 접근할 수도 없었으며, 그 옆 격포해수욕장의 바다 쪽에 관광 유람선 선착장이 설치되어져 있었다.

30번 국도를 타고서 올 때의 코스를 차례로 경유하여 오후 7시 남짓에 귀가하였다.

6월

5 (화) 진주는 비 위쪽은 맑음 - 간월도, 해미읍성, 김좌진 생가, 한용운 생가

아내와 함께 산울림산악회를 따라 충남 서산시 부석면의 看月島와 해미면의 海美邑城, 홍성군 갈산면의 김좌진 생가와 결성면의 한용운 생가에 다녀왔다. 오전 7시 10분까지 시청 앞으로 가 문산을 출발해 오는 대절버스를 타고서 봉곡로터리 등을 경유하여 출발했다. 창립 23주년 기념으로 등산용 물컵을 하나씩 받았다. 대전·통영, 익산·장수간 고속도로를 경유하여 완주 요금소에서 21번국도로 빠져나온 후, 동군산 요금소에서 다시 서해안고속도로에 올라 북상하다가 홍성 요금소에서 29번 국도로 빠졌고, 40번 국도를 타고서 총길이 6,458m인 서산A지구방조제를 따라 안면도 방향으로 나아가다가 오전 10시 48분에 간월도에 도착하였다. 간월도리는 내가 2009년 5월 17일 안면도국제꽃박람회로 가다가 경유한 적이 있는 곳이다. 도중에 마이산휴게소에 잠시 정거했을 때, 그곳 매점에서 지난번에 구입해 둔 작은 것에 이어 중국산 렌치 큰 것을 또 하나 구입하였다.

간월도는 원래 섬이었는데 1984년 현대건설이 방조제 공사를 한 이후 뭍이 되었고, 간·만조에 의해 오전 10시부터 오후 6시까지 물길이 열려 걸어서 왕래할 수 있다고 한다. 지금은 천수만에 면한 반도의 남쪽 끄트머리로 되어 있다. 조그만 섬에 간월암이라는 암자가 하나 들어서 있는데, 이는 조선 태조 이성계의 왕사였던 무학대사가 창건하였으나 폐사되었다가 1941년 만공선사에 의해 중창되어 오늘에 이르고 있다고 한다. 나는 무학대사가 경남 합천군에서 태어난 것으로 알고 있으나, 여기에 오니 안내판에 적힌 전설에 그가 이곳에서 출생하였고, 왕사가 된 이후로는 이곳 등지를 賜牌地로 받아 이곳에서 수도하던 중 달을 보고서 홀연히 도를 깨우쳤다 하여 암자 이름을 간월암이라 하고 섬 이름도 간월도라 하였다고 적혀 있었다. 또한 성철 등 많은 수도승들이 이곳에서 得力하였다고 되어 있다.

법당은 현재 수리중이고, 절 주위의 바닷가 산책로에는 사람 얼굴을 새긴 나무기둥들에 연결된 끈에 소원을 적은 흰 종이들이 많이 매달려 있고, 초파일이 지난 지 얼마 되지 않아서인지 여러 색깔의 청사초롱도 많이 매달려 있었다. 입구에는 꼬부라진 목장승이 여러 개 세워져 있었다. 간월도는 서산 9경 중 제3경으로 지정되어져 있다.

절 구경을 마치고서 대절버스가 대기하고 있는 선착장으로 돌아온 후, 그곳 간월도1길 139-2의 부영호수산이라는 상점에서 서산 명물이라는 어리굴젓 15,000원 짜리 한 통을 샀는데, 나중에 우리 일행이 차를 타고서 간월항으로 나와 항구할매라는 이름의 젓갈 상점에 들러서 우르르 몰려 어리굴젓을 살 때 그들 틈에 끼어 만 원 짜리 한 통을 더 구입하였다.

간월도에서 29번 국도를 타고 북쪽으로 25분 정도 이동하여 서산9경 중 제1경인 해미읍성에 도착하였다. 서산시 해미면 남문2로 143(읍내리 32-2번지)에 있는 이곳은 고창의 모양성, 순천의 낙안읍성과 더불어 현재 남아 있는 3대 읍성 중 보존상태가 가장 양호한 것이기 때문에, 나는 과거에 이미 여러 차례 방문한 적이 있었다. 국가사적 116호로 지정되어져 있다.

동문 밖의 나무그늘에서 점심을 든 후 오후 1시 15분경에 중년의 문화관광해설사를 만나 그의 안내에 따라 성안을 두루 둘러보았다. 이곳은 왜구를 방어하기 위한 최적지로 선정되어 德山에 있던 충청병영을 이설하기 위한 대상지로 정해 조선 태종 17년(1417)부터 세종 3년(1421)까지에 걸쳐 축성을 완료하여 이곳으로 충청병영을 이설하였다가, 효종 2년(1651)에 청주로 충청병영이 이전된 이후 충청도 5진영 중 하나인 湖西左營이 들어섰고, 무장을 파견해 호서좌영장과 해미현감을 겸직하게 되면서 읍성의 역할을 하게 되었다. 여러 번 와본 곳이기는 하지만 오늘은 해설사를 따라 성안 곳곳을 두루 둘러보았다.

정약용도 천주교인이란 죄명으로 해미읍성에 열흘간 귀양을 왔던 적이 있었고, 이순신이 무과 급제 후 세 번째 관직으로 선조 12년(1579)에 충청병마절도사의 군관으로 부임하여 10개월간 근무한 곳이기도 하다. 성 뒤편 언덕의 누각인 淸虛亭은 충청도 병마절도사로 부임한 曹淑沂가 성종 22년(1491)에 세운 것이라고 한다.

2시 42분에 해미읍성을 떠난 후 남쪽으로 이동하여 홍성군 갈산면 백야로 546번길 12에 있는 白冶 金佐鎭 장군 생가지에 들렀다. 이곳에서도 여성 해설사가 예약되어져 있어 우리를 인도하였으나, 나는 이번에는 그녀를 따라다니지 않았다. 1991년부터 성역화 사업이 시행되어 지금은 드넓은 터에 생가, 사당인 백야사, 백야기념관, 백야공원 등이 들어서 있었다. 청산리 전투를 이끈 김좌진 장군은 조선 말기에 세도정치를 주도한 신 안동김씨 출신으로서 김옥균과는 9촌간이라고 한다. 그는 41세의 젊은 나이에 중국 외삼촌의 막내딸인 영숙이가 살고 있는 흑룡강성 海林의 정미소에서 공산주의자에 의해 암살되었다. 김두한은 그의 실제 아들이 아니라는 주장이 있으나, 기념관 안에는 그의 아들로 기록되어져 있었고, 여기서 좀 떨어진 위치의 바닷가 남당리에 그의 기념관도 있으나, 웬일인지 횟집의 간판을 달고 있다고 한다. 나는 1999년 공주대학교에서 열린 한국동양철학회 학술회의 및 수련회에 참석하여 2월 4일에 홍성군 서부면 양곡리에 있는 남당 사당인 暘谷祠와 남당 묘소를 참배하였고, 남당의 출생지인 남당리까지도 가본 적이 있었다.

김좌진 생가지에서 다시 남쪽으로 좀 더 이동하여 결성면 만해로 318번지 83에 있는 만해 한용운의 생가지에 도착하였다. 이곳도 1992년에 생가를 복원하고 사당인 만해사와 만해문학체험관, 해방 이후에 활동한 민족시인 20명의 시비가 세워진 민족시비공원 등이 조성되어져 있었다. 김좌진 생가지와 마찬가지로 황폐했던 곳을 개발하여 일시에 조성한 것이기 때문에 별로 특징이라 할 만한 것이 없었다. 홍성군은 또한 화가인 고암 이응로 등 근세의 인물들을 많이 배출한 곳이다.

4시 28분에 만해 생가지를 출발하여 21번 국도를 경유해 광천요금소에서 다시 서해안고속도로에 들어섰고, 왔던 길을 경유해 만경강을 지나고 17·20번 국도를 경유해 완주요금소에서 다시 고속도로에 접어든 후, 완주군 소양면 전진로 1051(화심리 532-1)에 있는 화심순두부 본점에 들러 순두부백반으로 석식을 들었다. 이곳도 작년 9월 11일에 산초모 모임 사람들과 함께 진안군에 있는 전북농업기술원으로 갈 때 들러서 점심을 든 적이 있는 곳이다.

밤 9시 반 무렵에 귀가하였다.

10 (일) 아침까지 비 오다가 흐리고 이따금 빗방울 −섬진강둘레길

아내와 함께 선우산악회를 따라 전남 곡성군으로 가 섬진강둘레길 트레킹에 참가했다. 오전 7시 40분까지 시청 옆문 우체국 앞에 집결하여 대절버스 한 대를 타고서 신안동 운동장을 경유하여 출발했다. 13일의 지방선거를 앞두고서 시장 및 도의원, 시의원 후보 등이 총출동하여 선거운동을 벌이고 있었다.

가는 도중에 장상환·조규태·정헌철 등 명예교수에게로 전화를 걸어 작년에 자두를 수확했던 6월 26일에서 28일 정도 사이에 그들이 우리 농장으로 와서 자두를 수확하여, 각자 가져가고 싶은 만큼 가져가고 남는 것은 해외여행 중 우리 내외가 문을 잠그지 않고 둔 저온저장고 안에다 박스에 담아 보관해두기로 합의했다.

남해·호남고속도로를 경유하여, 가고 올 때 모두 求禮IC驛을 통과한 것으로 미루어 아마도 서순천요금소에서 17번국도로 빠진 듯하다. 17번 국도로 섬진강을 따라 서북 방향으로 나아가다가 압록유원지에서부터는 오늘 걷게 될 코스를 옆에 끼고서 곡성읍내까지 나아갔다. 오전 9시 45분에 谷城舊驛 부근에서 하차했다.

구역이라 함은 전라선 철도가 고속화하여 새 노선을 개설함에 따라 1999
년에 곡성역이 신 역사로 옮긴 뒤로 옛 철로는 폐기되었는데, 지금은 1933
년에 개설된 구 역사 일대를 공원화 하여 기차마을을 조성한 것이다. 여기에
도 기차마을을 한 바퀴 두르는 레일바이크 등 다양한 놀이 시설들이 마련되
어져 있다.

곡성에는 동악산이나 최악산·설산·봉두산 등반 혹은 태안사 방문 등을
위해 과거 여러 차례 방문했었는데, 2010년 9월 5일에는 대봉산악회를 따
라 곤방산 등반을 왔다가 섬진강 부근의 심청이야기(한옥)마을로 내려온 바
도 있었다.

우리는 읍내를 한참동안 걸어서 통과하고, 장미꽃이 다양하게 심겨진 꽃
길을 따라 梧谷面 소재지를 지난 다음, 느티나무가 우거진 숲길을 따라서 섬
진강 가에 조성된 산책로로 접어들었다. 강변길도 흙으로 된 것은 없고 대부
분 콘크리트 포장이 되어 있으며, 더러는 덱으로 조성되어 있기도 했다. 초
입에 침실 습지보호지역이라고 하는 2,037㎢에 달하는 광대한 습지 구역을
지나기도 했다. 섬진강둘레길은 마천목장군길이라고도 하는데, 이 고장 출
신으로서 조선 태종을 도와 제2차 왕자의 난을 평정한 공으로 좌명공신에 녹
훈되고 회령군에 책봉된 馬天牧이라는 사람을 기리는 이름으로서, 도중에
그의 전설과 관련된 도깨비공원 입구도 지나가면서 바라보았다.

섬진강둘레길은 보통 다섯 개 구간으로 나뉘는데, 3구간으로 나누기도 한
다. 구 곡성역사를 개조한 섬진강기차마을에서 시작하여 압록유원지까지
총 15km이다. 17번 국도와 섬진강 상류 사이를 계속 따라가는 것인데, 국도
가로는 방대한 면적의 철쭉(영산홍) 화단이 조성되어져 있고, 도중의 침곡역
에서 가정역 사이 제3구간 5.1km는 레일바이크를 이용할 수도 있다. 우리
내외는 정오 무렵 柯亭驛 부근에 도착하여 등받이 없는 나무 의자에 마주 보
고 걸터앉아서 점심을 들었다.

가정역을 지난 4구간부터는 옛 철로를 따라가는 철로길이 이어졌다. 잡초
로 뒤덮였던 폐 선로에 자라난 나무나 풀을 제거하고서 걸어갈 수 있는 길로
대충 조성해둔 것인데, 도중에 뱀을 만났을 정도로 아직도 황폐하고, 선두를

걷던 우리 부부가 도중에 아무도 만나지 못했을 정도로 이용하는 사람도 거의 없었다. 철로는 2.1km를 지나 이정마을에서 끝나고 거기서부터 섬진강이 보성강(옛 大荒川)을 만나는 압록유원지까지 2.4km는 제5구간 강둑길로 되어 있다.

우리는 오곡면 鳳鳥里에서 梨來亭이라는 정자가 있는 마을로 내려오니 강가로 내려가는 길이 있어 처음에는 그리로 가려고 했으나, 도로 가에 17번국도 방향을 가리키는 둘레길 표지가 있어 도로를 따라 걷기 시작하였다. 얼마 떨어지지 않은 곳에서 수령 470년 정도에 나무둘레가 754cm나 되는 느티나무 보호수가 있는 압록리 391-1에 이르렀더니, 거기서부터는 걷는 길이 끊어지고 차량의 왕래가 빈번한 국도를 따라갈 수밖에 없게 되었는데, 아내가 그 위쪽의 철로에서 다시 섬진강둘레길 표지를 발견했으므로 도로 올라가 폐선로를 따라 걷게 되었다. 그러나 그 길도 압록유원지를 1.3km 남겨두고서 다시 17번 국도와 합쳐지게 되므로 할 수 없이 국도 갓길을 따라 걷게 되어 오후 2시 40분 무렵에 압록유원지의 커다란 다리 아래 보성강 건너편에 주차해 있는 우리들의 대절버스에 도착하였다. 일행 중 우리 내외가 1등으로 도착하였다. 압록유원지는 곡성팔경 중 하나인 鴨綠歸帆의 현장인데, 지금은 대형 高架 다리들이 설치되는 등 너무 개발되어져 있어 이렇다 할 경치가 없었다.

오후 4시까지 여기에 도착하라고 했으므로, 남는 시간 동안 섬진강과 보성강의 합류지점에 설치된 鴨綠亭이라는 정자에 올라가 시원한 바람을 맞으며 시간을 보냈다. 한참 후에 도착한 집행부 일행도 길을 잘못 든 모양이었는데, 제5구간의 이름이 강둑길이라고 되어 있고, 우리가 보지 못한 대나무 숲 등을 통과하게도 되어 있는 모양이라, 우리 내외도 과연 그 코스를 제대로 걸은 것인지 알 수 없다. 1

돌아오는 길에는 곤양읍내에서 다솔사 방향의 지방도를 따라가다가 예전에 아내와 함께 들렀던 듯한 기억이 있는 다솔사 입구 조금 못 미친 지점의 황금성이라는 중국집에 들러 콩국으로 석식을 들었다. 그런 다음 원전에서 2번 국도에 접어들어 아직 완전히 어두워지기 전에 귀가하였다.

14 (목) 맑음 - 지리산털보농원

오전 11시부터 산청군 삼장면 평촌유평로 23번길 124-45에 있는 김문금 씨와 그 부인 이환숙 씨가 운영하는 펜션인 지리산털보농원에서 산초모 번 개모임이 있고, 오후 5시 반에 시내 국민은행 뒤의 반반스프링스 커피숍에 서 학림회 모임이 있었다. 10시에 집을 출발하여 내가 승용차를 몰고서 아내 와 함께 출발하였다. 참석자는 신임 회장 김홍길 씨와 신임 총무 안홍영, 남 해에서 농장을 운영하는 최형규 씨, 그리고 주인인 김 씨 내외 및 김은심 씨 내외, 우리 내외를 포함하여 총 9명이었다. 전임 회장이며 포텍 신임회장인 이석출 씨 내외와 포텍 사무국장 김종영 씨 내외는 평소 이런 모임에 빠지지 않고 참석해 왔으나, 근자에 두 사람 사이에 심각한 갈등이 있다는 소문이 있더니 그래서인지 모두 오지 않았다.

먼저 김 씨네 농원 안에 새로 설치된 정자와 곁달아 낸 건물을 둘러보고, 그들 내외가 28년째 만들고 있는 바보의 숲을 산책하며 가까운 장래에 평상 을 설치할 것이라는 언덕 등을 둘러본 다음, 김 씨 내외가 거처하는 건물의 안방에서 닭찜과 닭백숙 등으로 점심을 들었다. 식후에 바깥으로 나와 김 씨 가 마련해 준 대나무 통에다 각자 석분에다 푼 물감으로 그림을 그리고, 김 씨가 나뭇가지를 잘라 만든 건물 이름들이 적힌 현판에도 색칠을 하였다. 그 런 다음 김 씨 부인이 구워주는 두릅전 등을 들며 놀다가 작별하여, 우리 내 외는 칠정에서 수곡과 완사, 그리고 진양호를 둘러서 진수대교를 건너 돌아 오는 코스로 귀가하였다.

김 씨는 진주시의 외곽 지역인 장재실에서 태어나 어린 시절부터 그림을 무척 좋아했다고 하며, 지금도 예술가적 재능을 살려 회화·조각 등의 작품 활동을 하고 있다. TV에 자주 나오고, 최근에도 종편 TV인 A채널 팀이 이곳 을 방문하여 그들 내외가 살아가는 방식을 촬영해 갔던 모양이다.

17 (일) 흐림 - 유명산

아내와 함께 동산산악회를 따라 경기도 가평군 설악면과 양평군 옥천면 의 경계에 위치한 100대 명산 중 하나 유명산(862m)에 다녀왔다. 오전 5시까지 시청 건너편의 육교 부근 시루떡집 앞에 집결하여 사천을 출발하여 오는 대절버스를 탔다.

33번 국도를 경유하여 고령까지 간 후, 광주대구·중부내륙고속도로를 따라 북상하여 양평 요금소에서 6번 국도로 빠져나온 다음, 곧 청평·설악산 쪽으로 가는 37번 국도로 접어들어 오전 9시 16분에 산행기점인 양평군 옥천면 신복리의 농다치고개에서 하차하였다. 이곳이 이미 해발 500m 정도 되는 지점이라고 한다.

처음에는 일행의 중간 정도 되는 위치에서 아내와 함께 걷다가 아내가 뒤에 오는 사람들에게 비켜주라고 하므로 길가에 서서 다른 사람들을 모두 보낸 후 오늘도 후미에서 내 페이스로 걸었다. 다른 사람들과 함께 앞서거니 뒤서거니 하며 걷는 것보다 이쪽이 내 취향에도 맞는 것이다.

집에서 오전 4시 57분에 이번에 여행하는 조지아의 수도 트빌리시에서 Mamatrio라는 이름의 레스토랑을 경영한다고 김영우 교수로부터 소개받은 바 있는 서울대 철학과 후배 조호현 씨에게로 문자메시지를 보내어 우리가 트빌리시에서 묵게 되는 6월 21일과 26일 중에 한 번 만나자고 제의한 바 있었는데, 오전 10시 17분에 그로부터 회답이 왔다. 뜻밖에도 그는 8월에 가 볼 계획이고, 현재는 Irakli라고 하는 현지인 친구가 일하고 있다는 것이었다.

농다치고개에서 1.8km 떨어진 소구니산에 이르렀더니 이 코스가 한강기맥에 속한다는 표지목이 서 있었다. 소구니산의 높이는 우리가 배부 받은 개념도에는 798m라고 되어 있으나, 정상의 표지석에는 800m라고 새겨져 있어 좀 차이가 있다. 거기서 1km 정도 더 걸어 11시쯤에 유명산 정상을 340m 남겨둔 지점의 헬기장에 도착하여 일행과 더불어 점심을 들기 전에 조 씨에게 전화를 걸어보았다. 그의 말로는 지금은 서울의 로스쿨 학원에서 강의를 하고 있으며, 몇 달에 한 번 정도씩 조지아에 다녀온다는 것이었다. 그곳 식당에 투자한 것은 4개월 쯤 전이라고 했다.

유명산 정상 부근에서 무슨 사고가 있는지 오늘도 헬기가 떠서 오랫동안 선회하였다. 유명산의 본래 이름은 이 일대에서 말을 길렀다 하여 대동여지도에는 마유산으로 되어 있다. 그러나 1973년에 엠포르산악회가 국토 자오선 종주 등산 중 이 산에 이르러 산 이름이 없자, 일행 중 홍일점인 진유명씨의 이름을 따라 유명산이라고 하자 하여 어이없게도 이후 이런 이름이 되었다고 한다. 100명산 중 하나라고 하지만 그다지 높지 않고, 녹음이 짙게 드리워져 있어 주변의 풍광을 둘러볼 수도 없었다. 산 아래에 국립유명산자연휴양림이 있는데, 정상에서 한참 더 걸어내려간 지점의 합수지점에서 그리로 가는 계곡 길이 있지만, 지금은 등산로 휴식기간제가 적용되어 출입금지로 되어 있다.

합수점까지 한참을 내려간 후 다시 가파른 산길을 오르기 시작하여 1.4km 떨어진 지점의 마지막 봉우리인 漁飛山(829, 개념도에는 822)에 이르렀다. 어비산에서 등산 스틱을 접고서 내리막길로 2.3km를 걸어 오후 2시 22분에 종점인 가평군 설악면 가일리의 어비산장에 도착하였다. 오늘의 총 산행 거리는 8km 정도라고 한다. 내려오는 도중 몇 군데의 전망대에서 비로소 유명산 일대의 산군과 계곡 모습을 바라볼 수 있었다. 동산산악회에서는 지난달의 100명산 산행 때도 그러더니 오늘도 나의 동정에 유독 신경을 많이 쓴 모양이다. 아마도 내 머리가 이미 백발인데다가 뒤에 쳐져서 걸으니 혹시 길이라도 잃어버린 것이 아닐까 걱정한 모양이다.

산장 주차장에서 수박과 배즙 등을 좀 든 후, 오후 3시 무렵에 출발하여 37번 국도를 경유하여 올 때의 코스로 접어든 후 중부내륙고속도로 북상주요금소에서 3번 국도로 빠져나가 경북 상주시 경상대로 2882(개운동)에 있는 開雲宮이라는 이름의 토속음식점에 들러 오리백숙으로 저녁식사를 들었다. 이 식당은 동산산악회가 과거에도 더러 이용한 적이 있는 곳이라고 한다.

식후에 경북대학교 상주캠퍼스 앞을 지나 남상주요금소에서 잠시 30번 고속도로에 접어들었다가 다시 45번 중부내륙고속도로로 진로를 바꾸었다. 예정했던 것보다도 반시간쯤 일찍 귀가하여, 샤워를 하고서 KBS 뉴스9를 시청한 후 취침하였다.

7월

3 (화) 비 - 신돌석·이색 유적지

산울림산악회를 따라 경상북도 영덕군 축산면 도곡리의 申乭石 장군 유적지와 병곡면 괴시리의 牧隱 李穡 출생지 등을 둘러보았다. 원래는 포항시 북구 죽장면과 청송군 부동면 항리의 경계에 위치한 해월봉(610m)과 구리봉(595)에 갈 예정이었는데, 제7호 태풍 쁘라삐룬의 북상으로 말미암아 일기가 불순하므로 도중에 영덕 스페셜 관광으로 전환한 것이다. 태풍 때문에 참가자도 25명에 불과하였다.

오전 7시 50분쯤에 우리 아파트 부근의 바른병원 앞에서 문산을 출발해 오는 대절버스를 타고 33번 국도와 광대·구마·대구포항간 고속도로를 경유하여 포항 요금소에서 7번 국도로 빠져나온 후, 영덕군 남부의 장사해수욕장에서 잠시 휴식하였다. 그런 다음 다시 7번 국도를 타고서 오전 11시 30분 무렵에 축산면 신돌석장군길 218(도곡리 산60-5)의 신돌석장군유적기념관 忠義祠에 도착하였다. 이곳은 그의 생가인 도곡리 528-1번지로부터 1.6km 떨어진 지점인데, 영덕군에 의해 1996년에 조성된 것이다. 신돌석은 1878년 이곳 도곡리(복디미)에서 平山 신씨 집안 평민의 아들로 태어나 본명은 泰浩였고, 어릴 때 이름이 돌석이라고 한다. 1896년 경기도 광주의 金河洛 의병부대가 이곳 영덕으로 이동해 오자 18세의 어린 나이로 참가하여 중군장으로서 활약하였고, 을사조약이 체결된 다음해인 1906년 3월에 영해 지역의 청년들을 모아 寧陵義兵陣을 조직하고서 2년 8개월 동안 각지를 전전하며 본격적인 투쟁에 나섰는데, 1908년 12월에 의병진을 일단 해산하고서 활동무대를 만주로 옮기고자 계획하던 중 일제의 앞잡이에 의해 영덕군 지품면 눌곡리에서 살해되어 30년의 짧은 생애를 마쳤던 것이다.

다음으로 槐市마을을 찾아갔다. 이곳은 마을 북쪽에 濠池가 있어 호지촌이라고 불리던 곳인데, 이색이 원나라로부터 돌아와 博士 歐陽玄의 괴시마을 이름을 따서 고친 것이라고 한다. 이 마을은 경북 동해안의 다른 지역에 비해 고가옥 30여 호가 밀집하여 전통 건축물이 잘 보존되고 있었다. 이색은

稼亭 李穀의 아들로서 외가인 이곳에서 태어났으며, 이곳에 관한 시를 여러 편 남기고 있는 모양이다. 또한 영해는 같은 시대의 인물인 懶翁禪師의 출생지이기도 하다.

우리는 다음으로 영덕 블루로드의 종착지인 병곡면 병곡리의 고래불해수욕장을 방문하였다. 이곳은 2013년 3월 3일에 아내와 함께 망진산악회의 블루로드 C코스 트레킹에 참여하여 와보았던 곳이다. 다시 좀 내려와 축산항에 도착하였다. 이곳은 새 수도인 세종신도시를 기준으로 하면 정동진에 해당하는 곳이라고 한다. 여기서 와우산과 죽도산을 연결하는 총 연장 139m의 보도현수교인 블루로드 다리를 왕복한 후 덱 계단을 따라 죽도산 등대전망대에 올랐는데, 이 역시 2013년 4월 28일에 경상산악회의 블루로드 B코스 트레킹 때 거쳐 간 바 있었다. 죽도산은 원래 섬이었다가 이후 자연적으로 육지와 연결된 육계도이다.

다음으로는 해맞이공원을 방문하여 해안의 약속바위까지 산책해 내려가 보았고, 이어서 그 부근의 풍력발전단지도 방문하였다. 후자에는 날개 하나의 길이가 40m인 풍력발전기 24기가 늘어서 있는데, 안개가 짙게 끼어 있어 그 중 하나가 씩씩 소리를 내며 돌아가는 모습과 그 곁에 진열된 전투기들만을 둘러보고서 돌아설 수밖에 없었다.

포항시 북구 송라면 동해대로 2829에 있는 보경사한식뷔페에 들러 우동 한 그릇씩을 들고서, 귀로에는 구마고속도로와 남해고속도로를 경유하여 밤 9시경에 귀가하여 KBS 뉴스9를 시청하였다.

6 (금) 아침에 비 내린 후 흐림 -인제대, 김해한옥체험관

점심 후 아내와 함께 장대동 시외버스 터미널로 가서 사상의 부산서부터미널로 가는 버스를 탔다. 사상에 내린 후 지하철 2호선으로 갈아타고서 금련산 역에서 내려 그 구내에 있는 좋은강안병원 817호실로 찾아가 큰누나를 문병하였다. 외송의 자두 두 상자를 가져가 그 중 하나는 누나에게 주고 다른 하나는 인제대로 가져갔다.

누나의 문병을 마친 후, 다시 지하철 2호선을 타고서 사상까지 되돌아와 경전철로 갈아타고서 인제대(활천) 역에서 내렸고, 택시로 바꿔 타고서 오후 5시 가까이 되어 경남문화 발전 기획포럼 '경남유학의 재발견' 워크숍이 열리는 인제대 探俱館 421호 세미나실로 갔다.

이 모임은 지난번 진주의 藥食 식당에서 경남문화발전연구소의 김태영 박사와 김영우 교수 그리고 김경수 군과 내가 모여 석식을 들 때 논의되었던 것으로서, 경남문화발전연구원이 주최하고 김영우 교수가 소장으로 있는 인제대 한국문화와 문화전략연구소가 주관하는 방식으로 열리게 되었다. 참가자는 청중 없이 나와 울산대의 손영식, 뇌과학대학원대학의 조남호, 김경수, 김영우, 김태영, 그리고 건국대·서울대·인천대 등에서 강사로 뛰고 있는 이현선 박사뿐이며, 그 외에는 인제대에서 일하는 학생 몇 명이 서비스를 담당하게 되었다. 참여수당은 경발연이, 나머지 대회 진행 일체의 경비는 연구소가 맡기로 하며, 김해한옥체험관에서 1박하기로 하였다. 수당은 나의 경우 30만 원, 다른 사람들은 20만 원씩인 모양이다.

나는 김영우 교수로부터 전화상으로 오후 4시 반까지 오라는 말만 들었지만, 김 교수는 내 이메일 주소로 구체적인 프로그램 등을 보냈다고 하나 받지 못했는데, 현장에 가보니 시작 시간이 오후 4시였다.

김태영·김경수 박사를 제외한 나머지 발표자와 토론자는 모두 서울대 철학과 출신이므로, 사실상 철학과 동창회 같은 모임이 되었고, 식순에는 제1부 발표, 제2부 종합토론으로 되어 있었지만 워크숍이란 형식을 갖추기 위한 것일 뿐 사실상 발표는 없고 산만한 토론이 좀 있었을 따름이었다.

인제대에서의 모임을 마친 후 김해시 가락로 93번길 40(봉황동)에 있는 김해한옥체험관으로 가서 아내와 나는 아래채에, 그 밖의 참가자는 별채에 방을 배정받았다. 구내의 약선음식전문 식당 정림에서 석식을 든 다음, 아내는 먼저 아래채의 방으로 가고, 나머지 사람들은 별채로 모여 술을 들면서 잡담을 나누었다. 김태영 박사는 뒤늦게 식당으로 와서 합류하였다. 나는 간밤의 수면 부족 탓으로 밤 10시 무렵 아래채로 돌아가 먼저 취침하였지만, 나머지 사람들은 다음날 오전 1시 무렵까지 대화를 계속한 모양이다. 특히 내가 평소에 '천하의 손영식'이라고 부르는 손 교수가 쉬지 않고 입을 놀려

장광설을 펼쳤다고 한다. 목포 출신인 손 교수도 이미 나이가 63세로서 정년을 4년 정도 남겨두고 있고, 청주 출신인 조남호 교수는 56세인가 된다고 하니 '少年易老學難成'을 실감하게 된다. 손 교수나 조 교수가 모두 대학원생 시절부터 선배인 나를 눈여겨보았고 내 영향을 받아왔다고 하니, 뜻밖이라고 할 수밖에 없다.

8 (일) 맑음 – 신산서원, 남명 부인 묘소, 사천바다케이블카

알고 보니 우리가 하룻밤 묵었던 김해한옥체험관은 정문 앞 길 건너편으로 수로왕릉의 담장과 마주해 있었고, 북쪽으로는 대성동고분군과도 인접해 있는 곳이었다. 그래서 이 일대를 가야사누리길로 정해두고 있었다. 아침에 일어나 아내와 함께 산책하여 수로왕릉으로 들어가 그 내부를 한 바퀴 둘러보았다. 예전에 여러 번 왔지만, 오늘 보니 경내가 한층 더 넓어진 듯하고 공원처럼 깨끗이 정비되어 있었다.

숙소로 돌아와 어제 석식을 들었던 정림에서 조석을 들었고, 조남호 군이 아직 山海亭에 가보지 않았다고 하므로 함께 그곳에 들러보기로 했다. 우리 부부는 김경수 군의 승용차에 타고 나머지 사람들은 김영우 교수의 차에 분승하여 내비게이션에 의지해 산해정이 있는 大東面 大東路 269번 안길 115의 신산서원으로 갔다. 이곳 역시 과거에 여러 차례 방문했던 곳이지만, 모처럼 와 보니 서원 바로 코앞에까지 집들이 들어차 마치 처음 와보는 곳인 듯한 느낌이 들었다. 김 군은 서원 바로 앞의 보신탕집은 예전부터 있었던 것이라고 하지만 나로서는 그런 기억이 없고, 과거에는 꽤 아래쪽의 마을까지 거의 집에 없고 좁다란 언덕길을 따라 한참을 걸어 올라와야 비로소 이곳에 닿을 수 있었던 것이다. 지금은 이 일대의 땅 2만 평을 사티 요가를 하는 단체가 매입해 개발하려 한다는 것이었다.

우리 차가 먼저 도착해 보니 서원 출입문은 잠겨 있었고, 거기에 연락처 전화번호를 적어 두었으므로, 김 군이 전화를 걸어 얼마 후 관리원이 1톤 트럭을 타고 와서 문을 열어주었다. 조남호·손영식 교수 등은 사당에 참배하여 절을 하고 김 군과 우리 내외는 문 밖에서 지켜보기만 했다.

나의 제의에 의해 일행은 다시 차를 타고서 그 아래편 야산 위에 있는 남명의 정실부인 南平曺氏 등의 무덤을 찾아가 보았다. 예전에는 야산 남쪽으로부터 올라가는 길이 있었던 것이지만 지금은 그 통로가 눈에 띄지 않았고, 그 대신 옆쪽으로 포장된 길이 나 있어 그 길을 따라 올라가 도중의 적당한 위치에다 차를 세워두고 걸어서 밭들을 지나 뒤편으로 산꼭대기에 다다르니 거기에 貞敬夫人과 그 일족의 묘소가 있었다. 무덤은 벌초를 하지 않아 무성한 잡초에 뒤덮여 있었다.

오늘 보니 정경부인 묘소와 신산서원 사이에 고가 고속도로가 통과하고 있고, 바로 옆에 대동터널이 뚫려 있었는데, 서원 관리인의 말에 의하면 원래는 서원 바로 위로 고속도로가 지나갈 예정이었으나 문화재라 하여 앞쪽으로 꽤 물려서 지금과 같은 모양이 되었다는 것이었다. 이 도로를 통해 대동터널을 통과한 적이 여러 번 있었지만, 그것이 신산서원 바로 앞을 지나고 있음은 오늘 비로소 알았다.

차를 세워둔 곳으로 돌아와 김영우 교수의 차에 탄 사람들과 작별 하고서, 우리 내외는 김경수 군의 차에 동승하여 진주로 돌아왔다. 12시 반쯤에 집에 도착하였는데, 오는 도중에 아내가 다가오는 13일이 장모의 생신인데, 내일쯤 장모님을 모시고서 장모님이 좋아하는 삼천포 실안마을의 유자집 장어구이로 가서 함께 점심을 드는 것이 어떠냐는 것이었다. 나는 내일 중에 외송으로 들어가 자두와 복숭아를 딸 예정이므로 오늘로 하자는 의견을 내어 아내가 장모 및 처제와 통화하여 그렇게 하기로 했다.

얼마 후 황 서방 내외가 처갓집으로 가서 장모님을 모시고 우리 아파트 앞으로 왔으므로, 그 차에 동승하여 함께 유자집으로 가서 장어구이 2.5kg(10만 원)과 무료로 제공하는 점심을 들었다.

그리고는 그 근처의 사천시 사천대로 20(대방동)으로 가서 금년 봄에 개통했다는 사천바다케이블카를 탔다. 케이블카는 일반캐빈과 크리스탈캐빈의 두 종류가 있는데, 전자는 1인당 15,000원에 경로우대권(12,000원)이 있고, 후자는 20,000원에 우대권이 없다. 차이는 크리스탈의 경우 바닥이 투명하여 발아래를 내려다 볼 수 있다는 것이다. 캐빈은 총 26대로서 모두 프랑스제인 모양이다. 아내의 의견에 따라 우리 내외와 처제는 크리스탈캐빈을 타고 황 서방은 퇴행성관절염으로 걸음이 불편한 장모님을 모시고 남았다. 케이블카는 대방정류장을 출발하여 바다를 건너서 삼천포 대교가 있는 초양정류장으로 갔다가 다시 대방정류장을 거쳐 산꼭대기의 각산정류장까지 갔다가 대방정류장으로 되돌아오는 코스였다. 대방정류장 전망대에 올라와 있는 황 서방의 말에 의하면 통영 미륵산의 케이블카보다도 조망이 더욱 뛰어나다는 것이었다.

오늘 김해에서 연꽃이 피어 있는 것을 보았으므로, 돌아오는 길에 진주 예하리의 당주연못에 들러 예년처럼 연꽃구경을 하고자 했으나, 이곳은 꽃봉오리가 더러 맺혀 있고 그것이 벌어진 것도 몇 개 있기는 했으나 아직 시기상조이므로 그냥 돌아왔다.

황 서방의 공장에 들러 황 서방을 내려준 다음, 우리 내외는 집 앞까지 와서 처제 및 장모님과 작별하였다. 황 서방은 이즈음 자동차 부품보다는 농기계 부품을 주로 생산한다고 하는데, 주문이 꽤 밀려 있어서 바쁜 모양이고, 공장을 팔려는 계획은 접었다고 한다. 그렇다면 공장을 팔아서 갚겠다던 내 돈 1500만 원은 언제 갚아줄지 알 수 없다.

10 (화) 흐리고 때때로 부슬비 – 묘각사

오후 5시부터 서울시 종로구 숭인동 묘각사에서 열리는 2018년 한국동양철학회 하계 학술발표 좌담회에 참가하기 위해 아내와 함께 집을 나서 오전 9시 10분에 출발하는 동양고속버스를 탔다. 원래는 오후 1시 무렵의 버스를 스마트폰으로 예매해 두었었는데, 오늘이 파출부 아주머니가 오는 날이라 아주머니의 일에 방해가 된다고 아내가 일찍 떠날 것을 주장했던 것이다.

오후 1시 무렵 서울의 강남고속터미널에 도착했더니, 아내의 진주여고 동창이며 가톨릭대학 간호대학장을 거쳐 현재는 한국간호회장을 맡아보고 있는 김희승 씨 내외가 그 부근의 신세계백화점 정문 앞에서 기다리고 있었다. 김 씨의 모친 김정희 여사는 장모의 친구이자 시조시인 겸 수필가이기도 한 것이다. 장모는 예전에 적십자부녀회 등 사회활동을 했으므로 그 당시 서로 알게 된 사이인 모양이다.

그 부군은 서울문리대 지질학과 출신으로서, 진주 귀곡동(까꼬실) 출신의 海州鄭氏인데, 두 사람은 중매로 결혼한 후 둘 다 프랑스의 아미앵으로 유학을 떠났고, 귀국 후 대전의 대덕연구단지에서 근무하다가 정년퇴직하여 경상대 지질학과에서도 3년 정도 강의한 바 있었으며, 1985년에 그것마저도 마치고서 현재는 부인과 함께 국내외로 여행하며 사진촬영 등으로 소일하고 있다고 한다. 그들 내외는 서초동에 살고 있는 모양이다.

김 씨 내외를 따라 서초구 신반포로 176, 11층 식당가에 있는 평양면옥 신세계백화점 강남점에 들러 온면과 만두 등으로 점심을 대접 받고, 그 1층에 있는 veloccino라는 커피숍에 들러 커피를 마시며 오후 3시 반 무렵까지 대화를 나누었다. 김 씨 내외와 작별한 후 아내는 1층 화장품 판매대의 시세이도(資生堂) 점포에 들러 화장품들을 구입하고 내 양말 한 켤레도 샀다.

지하철 3호선과 6호선을 갈아타고서 동묘 역에 내려, 걸어서 얼마 되지 않는 거리인 종로구 종로63가길 3(숭인동 178-3)에 있는 낙산 묘각사로 향했다. 오후 4시 반 남짓에 그곳에 도착했다. 묘각사는 생각했던 것보다는 규모가 작아 법당과 템플 스테이 건물을 포함하여 모두 세 채에 불과했다. 그곳에 와 있는 민족문화문고의 주인 문용길 씨로부터 일본 東京大 명예교수 戶川芳郎 씨의 『漢代의 학술과 문화』(東京, 硏文出版, 2002) 한 권을 구입하였고, 5시 30분부터 석식을 든 후, 오후 6시 30분부터 총무인 김명석 연세대 교수의 사회로 신규탁 회장의 인사와 고문인 나의 축사, 그리고 기념촬영을 마친후, 제1주제 '동양철학의 의의-보편학과 지역학 사이'의 발표에 들어갔다. 오상무 고려대 교수의 「나의 중국철학 연구방법: 과거, 현재, 그리고 미래」, 이봉규 인하대 교수의 「한국 유학 연구: 간략한 회고와 전망」 발표가 있었다. 잠시 휴식을 가진 다음, 박재현 동명대 교수의 사회로 제2주제 '동양철학의 현재성-철학사와 철학 사이'의 발표에 들어가, 성균관대 김성기 교수가 「공자의 부활과 동이문화의 의미」, 경희대 허우성 교수가 「비폭력 원리와 '불멸의 민족혼'이 충돌하면 한국의 인문학자는 어떻게 해야 할까?」, 김성환 군산대 교수의 「동아시아 도교학의 지평과 전병훈」을 발표하였다. 밤 10시부터 11시까지 서울대 양일모 교수가 좌장이 되어 종합토론을 가진 다음, 4층의 남자 숙소에서 맥주와 소주 등을 둘러싸고서 다음날까지 이어진 간담회 모임에 참여해 있다가, 나는 오전 2시 무렵 회장의 인도에 따라 먼저 자리를 일어나 허우성 교수가 자고 있는 방으로 가서 취침하였다. 아내는 발표가 끝난 후 종합토론에는 참석하지 않고 먼저 자리를 떠서 3층의 자기 방으로 가서 혼자 취침하였다.

오늘 와서 보니 이 학회도 참가비 2만 원씩을 받고 있었으므로, 나도 회장에게 참가비를 주었다. 내가 기억하기로는 지금까지 이 학회에서 참가비를 징수한 적은 없었으나, 이제는 국내에서도 이것이 대세로서 정착되어 가는 모양이다. 이번 학회 모임에서 정인재, 허우성 등 옛 지인들을 다수 만났다. 이것이 내가 재직 중은 물론 정년퇴임 이후에도 이 학회에만은 가능하면 계속해서 참가하려고 하는 이유이다.

좌담회 중에 신 회장이 자기 임기가 이제 반 년 정도 밖에 남지 않았는데, 차기 회장은 수석부회장인 대진대학교의 권인호 교수에게 넘길 뜻을 밝히며 내 의견을 물어왔다. 부회장 중에서 나이순에 따라 회장을 맡는 것이 관례이기는 하나, 나로서는 지난번 박홍식 회장 때 부회장으로 포함된 권인호 씨와 김윤수 씨에게는 회장직을 맡기지 않는 것이 좋으리라는 의사를 과거에 신 회장에게 표시한 바 있었다. 두 사람 다 진정한 학자로 볼 수 없다는 뜻에서였다. 그러나 이미 작정하고서 하는 말이라 나로서는 노코멘트라고 하며 신 회장의 결정에 맡긴다는 뜻을 피력할 수밖에 없었다. 신 회장 역시 그를 탐탁하게 여기지는 않을 터이지만, 이미 수석부회장으로 되어 있는 이를 배제한다는 것은 부담스러웠을 터이다.

발표 도중에 대한불교관음종 대본산인 묘각사의 총무원장 겸 주지 靈山泓坡 스님에 들어와 뒷자리에 앉아 있다가 발표의 사이에 인사말을 하였는데, 이 절은 특히 템플 스테이로 유명하며, 근래의 대통령 몇 사람도 다녀갔다고 한다. 외국인 템플 스테이 참가자 누계는 3만 명에 달하며, 금년의 경우 7월 중순인 현재까지만 하더라도 외국인 1,500명, 내국인 3,000명 정도가 다녀갔다는 것이다. 회장인 신규탁 씨는 주지스님과 연분이 있어 일본 東京大學에 유학할 때도 스님의 도움을 받았었다고 한다.

과거에도 이따금씩 허리가 불편할 때가 있었으나 곧 나았는데, 오늘은 아침에 잠을 깰 때부터 그 증상이 꽤 심하여 걸을 때마다 왼쪽 엉덩이가 결리므로 종일 쩔뚝거렸다.

11 (수) 아침까지 비 내리다가 개임 -묘각사

조식 후 주지 방으로 가서 차를 들며 인사하는 시간을 가졌다. 그 자리에서 주지 이홍파 스님이 편저한 『태허조사 一大事因緣을 말하다』(서울, 도서출판 梵聲, 2010)과 108염주 등이 든 봉투를 선물로 받았다. 이 절의 법당은 1층에 '圓通寶殿'이라는 현판을 내걸고서 천수관음을 본존으로 모셨고, 2층에는 '大佛寶殿'이라는 현판을 내걸었다. 주지가 앉은 자리 뒷면에는 『묘법연화경』 등의 책들이 보였다.

돌아오는 길에 선물 받은 책을 좀 뒤적여보았더니, 이는 주지의 스승이며 이 절의 개창조인 太虛 泓宣(1904~1979)에 관해 학자들이 쓴 논문 등을 모아놓은 것이었다. 이에 의하면 태허조사는 서울시 종로구 견지동 44번지 지금의 조계사 후문 쪽으로부터 50m쯤 떨어진 곳에서 거부인 비단·포목상의 아들로 태어나 현재의 경복고등학교 전신인 경성예비고등전문학교에서 수학하였고, 당시 각황사 즉 현재의 조계사에서 擎雲 元奇(1852~1936) 스님의 설법을 자주 듣고서 1930년 26세 때 조계산 선암사로 경운 스님을 찾아가 출가하였다. 다음해인 1931년 27살 때 일본 慶應대학에 유학하였고, 당시 東京 남동쪽 池上에 있는 日蓮宗의 대본산 本門寺를 자주 찾아가 그 영향을 받았다. 1940년 36세 때 낙산의 현재 자리에다 묘각사를 창건하였고, 해방 후 1957년(54세)에는 법화 계통을 규합하여 一乘佛教顯正會를 창립하기도 하였으며, 1965년(62세) 『법화경』 「方便品」에 있는 "佛之知見 開示悟入"의 첫 글자와 마지막 글자를 따서 佛入宗을 창시하여 그 종정에 취임하였다.

태허의 은사인 경운은 華嚴宗主였으나, 태허 자신은 『법화경』을 所依經으로 표방하여 불입종을 창시하였고, 다시 그 제자인 영산은 이를 관음종으로 개칭한 것이다. 오늘날 관음종은 한국 불교의 5대 종파 중 하나라고 한다.

어제 상경할 때 오늘 오전 10시 10분의 돌아가는 차표도 스마트폰으로 예매해 두었으나 오늘 아침에 보니 웬일인지 그 예매 표시가 사라지고 없었다. 지하철을 타고 강남고속버스터미널로 가서 물어보았더니 어제 날짜로 예약된 것이라 그 가격은 이미 지불되어 되찾을 수 없다고 하므로, 별 수 없이 1인당 19,500원을 지불하고서 동양고속버스의 10시 10분발 승차권 두 장을 새로 발권하는 수밖에 없었다.

15 (일) 맑음 - 단양 태화산

백두대간산악회를 따라 충북 단양군 영춘면과 강원도 영월군 영월읍의 경계에 위치한 太華山(1,027m)에 다녀왔다. 오전 7시까지 시청 앞에 집결하여 도중에 한두 군데를 들러서 총 24명이 출발하였다. 이 산악회는 약 20년 전 아내와 내가 백두대간을 구간 종주할 때 참여했었던 것인데, 그 당시의 기사 이정진 씨가 아직도 운전을 맡아 있고, 산행대장인 조상제 씨도 나를 알아보았다. 그러나 당시의 회장이었던 정상규 군은 이미 오래 전에 따로 비경마운틴클럽을 조직하여 이탈하였고, 산행대장이었던 오두환 씨도 작년 무렵부터 더 이상 나오지 않는다고 한다.

33번 국도와 광주대구, 중앙고속도로를 거쳐 단양에서 빠져나온 후, 만천하 스카이워크 부근을 지나 영월로 향하는 59번 국도를 따라 나아가다가, 10시 55분에 595번 지방도 가에 위치한 단양군 영춘면 상리의 북벽에서 하차하였다. 태화산이라는 이름의 산은 전국 다른 곳에도 몇 개 있지만, 이곳의 태화산은 산림청과 블랙야크가 선정한 전국 100명산에 공통으로 올라 있다고 한다. 산림청과 블랙야크의 100명산은 서로 20%쯤 불일치한다고 들었다.

오늘의 총 거리는 11.5km로서 꽤 긴데, 출발 당시에는 허리 때문에 자신이 없어 하산 지점에서 백코스로 좀 걷고 말까라고 생각했으나, 가는 도중에 허리 상태가 좀 좋아져 별로 큰 불편이 없는 듯하므로 용기를 내어 등산에 참여한 것이다. 아내는 그대로 버스에 남아 하산 지점의 고씨동굴에 들렀던 것으로 만족했다.

이 산은 육산이라 등산로가 비교적 순탄했다. 100명산 치고는 안내판이나 시설물이 적은 듯하였다. 계속 숲 속을 걸었고, 조망대 같은 곳을 지나면서 숲 바깥의 풍경을 두어 번 바라본 데 지나지 않으므로, 무엇 때문에 100명산에 들었는지 알기 어려웠다. 아마도 높이가 1,000m를 넘는 점이 크게 고려된 게 아닐까 싶다.

도중에 일행과 더불어 점심을 들었고, 또 한참을 걸은 후 오후 2시 28분에 마침내 정상에 도착하였으며, 정상에서 다시 전체 코스의 절반 정도를 더 걸어 오후 5시 21분에 영월군 김삿갓면에 있는 고씨동굴로 하산하였다. 이 동굴에 한 번 들러보고 싶었으나, 오후 5시까지만 입장이 허락되고, 또한 매표한 후 1시간 반 정도를 기다려야 비로소 입장할 수 있으며, 들어갔던 코스로 되돌아 나와야 한다고 하므로, 포기할 수밖에 없었다. 우리나라의 대표적인 석회암 동굴로서 임진왜란 때 횡성고씨 일가가 은거한 데서 고씨동굴로 불리우고 있다 한다. 내부는 추울 정도로 시원했다고 한다. 천연기념물 제219호로서, 총 연장 3,388m 중 약 620m(관람 구간의 이동거리는 약 1.5km)만이 관광 개발되어 일반에 공개되어 있다.

주차장 부근의 공용화장실에 들러 윗몸을 씻고서 옷을 갈아입었는데, 그 과정에서 차고 다니던 방수 시계를 잃어버렸다. 세수를 위해 끌러둔 것을 깜박 잊고서 챙기지 못하고 대절버스가 대기하고 있던 곳으로 돌아온 사이에 누군가가 가져간 모양이다. 배낭 속을 여러 번 두루 뒤지고 두 번이나 화장실로 되돌아가서 둘러보았으나 결국 찾을 수 없었으니 나와의 인연이 다 된 것이라고 포기할 수밖에 없다. 이 시계는 일본에서 구입했던 것으로서, 해발고도 측정 등 다양한 기능을 갖추고 있으나, 나는 그동안 해외여행 할 때 현지 시간을 보는 정도로 이용하는 데서 그쳤던 것이다.

오후 6시 35분에 출발하여, 도중에 단양읍의 고수동굴 앞 상점가에 있는 경남식당에 들러 석식을 든 후, 밤 11시 30분 무렵에 귀가하였다.

8월

5 (일) 맑음 -대포 전어마을

처제 내외가 장모님과 함께 우리 내외를 사천대교 부근 대포의 전어마을로 점심 초대를 한다고 하므로, 오전 10시 반쯤에 처제가 장모님을 태우고서 우리 아파트 앞으로 몰고 온 승용차에 동승하여 황 서방 공장이 있는 진주시 금곡면 검암리 차현마을로 갔다. 황 서방을 합하여 다섯 명이 1009번 및 30번 지방도를 경유하여 사천시 대포길 266(대포동)에 있는 언덕위라는 예전에 가 본 적이 있는 식당에 들러 전어회와 전어구이로 점심 겸 저녁을 들었다. 사학과 명예교수 정현재 씨 내외도 우리보다 뒤에 다른 일행과 더불어 그리로 왔다.

돌아오는 길에 드라이브 삼아 사천만의 해안가 길을 경유했는데, KAI 못 미친 곳의 SPP해양조선은 조선업의 불황으로 말미암아 이미 폐업하여 문을 닫고 있는 것을 보았다. 차현마을의 공장으로 되돌아가 황 서방이 내린 후 처제가 다시 운전대를 잡아 우리 집 부근인 진주대로 872-10(칠암동)의 처제 친구가 경영하는 까페봉봉에 들러 얼음과자와 커피를 들었다.

7 (화) 흐리고 가끔 부슬비 내리다가 오후에 갬 -해월봉, 구리봉

아내와 함께 산울림산악회를 따라 경북 청송군 부동면과 포항시 북구 죽장면의 경계에 위치한 海月峰(610m)과 구리봉(595)에 다녀왔다. 우리 아파트 부근의 바른병원 앞에서 7시 30분에 문산을 출발한 대절버스를 기다렸다가 타고서, 33번국도와 광주대구·중앙고속도로를 경유하여 북상한 다음, 안동분기점에서 영덕 가는 30번 고속도로를 타고 영덕 톨게이트에서 빠져나온 다음 7번 국도를 따라 동해안의 강구 항에 다다랐고, 강구에서 다시 지방도로를 따라 영덕군 달산면 옥계리의 옥계계곡에 도착하였다. 참석인원은 총 42명이었다. 안동에서 30번 고속도로를 따라 동해안으로 빠진 것은 처음인 듯한데, 도로가 아주 새 것인 듯하여 기사에게 이 길이 언제 새겼는지를 물었더니 1년 반 전이라 했고, 도중의 휴게소 상인에게 물었더니 2년 전이라고 했다.

12시 25분에 등산 1코스의 출발지점인 '仙境玉溪' 표지석과 팔각산장이 있는 곳에 도착하여 13명이 계곡을 따라서 걸어 들어갔는데, 아무래도 등산로를 찾을 수가 없어 되돌아 나와 전화연락을 받고서 다시 돌아온 대절버스를 탔다. 옥계계곡은 포항 일원에서 유명한 관광지로서 37경의 관광명소가 있고, 계곡 입구에 조선 정조 때 孫星乙이 건립한 枕漱亭이 있다고 한다. 이곳은 지난달 3일에 등산하러 오려고 했다가, 비가 와서 영덕군 일대의 이색·신돌석 등 유적지 관광으로 대체하고 말았던 적이 있었다. 국제신문의 개념도에는 분명 이리로 등산로가 나 있는데, 도중에 주민이 송이버섯을 재배하는 곳도 있어 일부러 등산로를 막아버린 모양이었다.

옥계계곡을 출발하여 하산지점인 청송군 부동면의 얼음골로 가서 2코스로 등산을 시작하였다. 얼음골에는 1999년도에 청송군이 1억3천2백만 원을 들여 만들었다고 하는 높이 62m의 국내 最高인 인공폭포가 있다. 인공폭포의 물은 시간에 따라 제한 급수되고 있어, 우리가 도착했을 때는 수량이 풍부했으나 등산을 마치고서 돌아온 지 얼마 되지 않아 물이 끊겨버렸다. 겨울철에는 이곳 인공폭포에서 빙벽대회가 열리기도 하는 모양이다. 징검다리를 밟고서 계곡물을 건넌 곳에 약수터가 있고, 그 뒤편이 겨울철이면 따뜻한 바람이 불어오고 여름철에는 차가운 바람이 불어온다는 너덜지대인 얼음골(풍혈, 빙혈)인데, 그쪽으로는 출입이 금지되어 있는 모양이다. 국가지질공원 및 유네스코세계지질공원으로도 지정되어 있는 곳이다. 보통은 해월봉·구리봉 산행을 할 때 이곳 얼음골에서부터 시작한다.

이미 시간이 오후 1시를 넘긴 지 오래되었으므로, 얼음골 상점가에서 점심을 든 후 2시 무렵부터 등산길에 나섰다. 등산로 입구에는 해월봉까지 소요시간이 50분이라고 표지판에 적혀 있었으나, 경사가 가팔라 생각보다 꽤 시간이 걸렸다. 구리봉은 해월봉에서 얼마 떨어지지 않은 곳으로서 꼭대기에 무덤이 하나 있었다. 우리는 능선 길을 계속 걸어 내려가 개울을 건넌 다음 項里 버스주차장이 있는 마을에 도착하였는데, 거기가 바로 원구리인 듯하였다. 원구리는 항리에 속한 하나의 마을인 모양이다. 거기서 해월봉까지의 거리는 2.5km라고 안내판에 적혀 있었다. 마을에서 출발지점인 얼음골까지는 거리가 얼마 되지 않았는데, 풀코스를 완주한 우리 일행은 아내를 포함하여 7명뿐이었고, 오후 4시 30분경 얼음골에 도착하였다.

『영덕지』에 1871년 해월 최시형이 일시 거주했다 하여 근처의 바데산이 원래는 해월봉으로 불리었다고 기재되어 있다는 것이지만, 오늘날의 해월봉이 바로 그것임은 표영삼 씨의『동학 2—해월의 고난 역정』(서울, 통나무, 2005)에서 읽은 듯하다.

5시 15분에 얼음골을 출발하여, 돌아올 때는 구마·남해고속도로를 경유하여 밤 9시 반쯤에 귀가하였다.

12 (일) 흐리고 가끔 부슬비 -대구 용문산, 닭지봉

아내와 함께 상대산악회를 따라 대구광역시 달성군 화원읍과 옥포면의 사이에 있는 龍門山(602m)과 닭지봉(671)에 다녀왔다. 오전 8시까지 시청 육교 밑에 집결하여 55명이 대절버스 한 대와 작은 차 하나에 나눠 타고서 출발했다. 33번국도로 고령까지 올라간 후 광주대구고속도로에 진입하여 화원옥포TG에서 화원읍 쪽으로 빠진 다음, 용문사 아래쪽의 화원자연휴양림 주차장에서 하차했다.

용문산은 거기서 그다지 멀지 않은 위치에 있으나, 가파른 비탈길을 한참 오르니 정상에 아무런 표식이 없고, 거기서 좀 더 나아간 지점에 다만 비슬산 능선이라는 팻말이 보일 따름이었다. 내가 가진 5만분의 1 지도책에도 602봉이라고만 나타날 뿐 산 이름은 보이지 않는다. 아마도 용문사 맞은편 봉우리니 근자에 이런 이름이 붙지 않았을까 싶다.

용문산에서부터 점차 고도를 높여가며 능선을 따라 비슬산 방향으로 나아가는데, 닭지봉에는 산악회 사람들이 개인적으로 붙인 것으로 보이는 표지가 하나 나무에 붙어 있고, 닭지만당은 거기서 0.1km 떨어져 있다는 표지도 그 옆에 보이지만, 그 방향으로 100m쯤 이동해보아도 역시 아무런 표지가 없었다.

먼저 간 아내 및 김삼룡 전 회장 일행과 합류하여 함께 점심을 든 후, 673

봉을 지나 687봉 아래에서 비슬산 능선을 버리고 청룡산·앞산 방향의 능선길을 취하여 골재 쪽으로 내려온 다음, 그쪽 능선도 버리고서 용문사 방향의 용문골로 내려왔다. 골짜기에는 가뭄 탓으로 물이 말라 있었고, 하류의 여기저기에 물이 고인 곳이 좀 있으므로 거기서 윗도리를 벗고 손수건을 물에 적셔 상체를 좀 닦았다.

용문사에 들러 보았더니 조그만 절인데 보수공사 중이었고, 작은 부처상들을 많이 배열한 극락전을 대웅전 대신으로 삼고 있었다. 절 아래쪽의 電氣佛事功德碑에 琵瑟山龍門寺라는 문구가 보였다. 용문사 아래쪽에 용문폭포가 있다고 지도에는 보이지만, 그 계곡 일대의 물도 말라 있었다. 오후 2시무렵에 하산을 마치고서 근처의 개울로 가서 옷을 갈아입었는데, 벗은 옷이 온통 땀에 절어 있었다.

3시 21분에 출발하여 진주시 상대동 766-6번지 연암도서관 입구에 있는 참조은식당에 들러 김치찌개로 석식을 든 후, 6시 무렵에 귀가하였다.

19 (일) 맑음 -무주구천동 어사길

아내와 함께 새희망산악회의 81차 정기산행에 동참하여 전라북도 무주군 설천면의 무주구천동 어사길을 다녀왔다. 오전 8시까지 신안동 운동장 부근 산골기사식당 앞에 집결하여 대절버스 두 대로 출발하였다. 이 산악회는 예전 멋-거리산악회의 회원이었던 안상효 씨가 창립 당초부터 회장을 맡아 6년째 계속해 오고 있다. 통영대전고속도로를 따라 북상하다가 덕유산 톨게이트에서 19번 국도로 빠져나온 후, 9시 50분에 삼공리의 대형버스 주차장에 도착했다. 주차장에서 목적지인 백련사까지 갔다가 되돌아오는 데는 12.8km의 거리라고 한다.

한참을 걸어올라가 탐방지원센터에서부터는 백련사까지 이어지는 임도를 벗어나 어사길에 접어들었다. 나는 과거 1988년 10월 1일에 혼자서 백련사까지 다녀온 적이 있었고, 1991년 2월 24일에도 멋-거리산악회를 따라 삼공리에서 백련사를 거쳐 덕유산 정상인 향적봉까지 다녀온 적이 있었는데, 당시에는 아마 백련사까지도 임도조차 놓여 있지 않고 그냥 등산로였던 듯하다.

구천동이라는 명칭은 葛川 林薰(1501~1584)의 「德裕山香積峰記」에 成佛功者 九千人이 살았다는 屯地로서 九千屯이라 불리었던 데에서 유래하는 모양이다. 어사길이란 덕유마을이 형성되기 전부터 지역주민들이 이용하던 길이라 하여 옛길로도 불리는데, 암행어사 박문수가 구천동에서 자신의 위세만을 믿고 이웃 주민들에게 횡포를 부리는 자들을 벌하고 사람의 도리를 바로 세웠다는 내용이 소설 『朴文秀傳』에 실려 있는 데서 유래한다.

구천동 33경은 제1경인 羅濟通門으로부터 33경인 향적봉까지를 이르는데, 그 중 15경인 月下灘으로부터 32경인 白蓮寺까지가 오늘 우리가 걷는 구천동천 계곡에 위치해 있다. 이 물은 33경을 둘러서 대청호를 지나 금강을 통해 서해바다로 흘러간다고 한다. 어사길은 탐방지원센터로부터 25경인 안심대까지는 계곡물 건너편 임도와는 반대쪽으로 데크 및 흙과 바위 길로 이어지다가 안심대에서 임도와 합하게 된다. 안심대란 생육신 중 한 사람인 김시습이 떠돌이 승려가 되어 전국을 방랑하다가 사육신의 시체가 길가에 버려져 있다는 소문을 듣고서 상경하여 지키는 관군들이 잠시 쉬기 위해 사라진 틈을 타서 그 시체들을 수습하여 양지바른 곳에다 묻어준 후 수배령을 받아 쫓기다가 이곳에 이르러 자기도 모르게 잠이 들었는데, 탁발을 나갔다가 백련사로 돌아가던 노승을 만나 그의 도움으로 안심하여 백련사에서 몸을 숨길 수가 있었다고 하는 전설에 기인한 것이다. 개울 중간 중간에 나무다리가 있어 어사길과 임도를 연결한다. 길은 매우 완만한 경사로 이어져 마치 평지를 걷는 듯한 산책로였다.

아내와 나는 안심대 위쪽의 제28경인 구천폭포에서 높고 널찍한 바위 위에 걸터앉아 점심을 들었다. 가뭄으로 수량은 많이 줄었고, 상수원보호구역이라 하여 계곡 물로의 접근을 금지하고 있었다.

백련사 일주문 부근에 부도를 모아둔 곳이 있었고, 그곳에 전라북도 유형문화재 제43호로 지정된 梅月堂 浮屠도 있었는데, 이는 김시습의 것이 아니라 조선 정조 8년에 백련사에서 생을 마친 雪欣 스님의 사리를 모신 것이었다. 또한 이 절의 대웅전 현판은 韓石峰의 글씨라고 적혀 있고 낙관도 있는데, 그것 역시 石峯 韓濩의 것이 맞는지 의문이 들었다.

내려올 때는 임도를 따라 왔는데, 6.25 전쟁 당시 인천상륙작전으로 퇴로가 막힌 인민군을 토벌하는 과정에서 전사한 지역 대원들을 추모하는 구천동수호비를 보았다.

오후 3시경에 하산하여 4시에 귀로에 올랐고, 돌아오는 길에 함양읍내에서 늘봄가든이라는 식당에 들러 오곡밥정식으로 석식을 들었다.

24 (금) 맑음 - 대가야박물관

오늘 오전 10시 30분부터 고령의 대가야고분군 아래에 있는 대가야박물관 강당에서 사단법인 남명학연구원의 2018년 학술세미나 '죽유 오운의 학문과 사상'이 개최되므로, 오전 9시 48분에 우리 아파트 앞으로 마중 온 한국선비문화연구원 연구위원 구진성 씨의 승용차에 같은 연구위원인 김경수 군과 함께 동승하여 33번 국도를 따라서 고령으로 향했다.

우리가 도착했을 무렵에는 개회식이 끝나고 1부의 첫 번째 주제발표로 경상대학교 윤리교육과의 손병욱 교수가 「竹牖 吳澐의 학문과 사상」을 발표하고 있었다. 경북대학교 국문과 정우락 교수의 사회로 이어서 사재명 남명학연구원 연구위원이 「죽유 오운의 강학과 교육」, 강구율 동양대학교 교수가 「죽유 오운의 생애와 詩세계의 몇몇 특징」을 발표한 다음, 발표자와 토론자는 근처의 고령군 대가야읍 장기터길 10-6에 있는 녹원家로 자리를 옮겨 영양솥밥으로 점심을 들었다. 내 옆에 고령군수인 郭龍煥 씨가 앉아 있어, 조구호 사무국장의 소개로 인사를 나누었는데, 그는 禮谷 郭율의 후손이라고 했다. 부산교통의 조옥환 사장도 와 있었는데, 그는 87세의 고령임에도 불구하고 정정해 보았다. 나를 무척 반가워하였다. 손병욱 교수의 부친인 향토사학자 손성모 씨도 조 사장과 동갑인데, 아직 정정하시다고 한다.

2부의 사회는 명지대학교 사학과의 한명기 교수가 맡기로 예정되어 있었으나, 그가 오지 않아 조구호 씨가 대신 맡았다. 김학수 한국학중앙연구원 교수가 「죽유 오운의 가계와 생애」, 권인호 대진대 교수가 「남명학파와 죽유 오운」, 최은주 한국국학진흥원 연구원이 「『東史纂要』「列傳」의 서술방식과 죽유 오운의 글쓰기 경향」, 김강식 한국해양대학교 교수가 「임진왜란 시기 죽유 오운의 의병활동과 의미」, 강문식 서울대 규장각 학예연구원이 「『죽유집』의 편찬 과정과 주요 내용」을 발표하였다.

종합토론은 박병련 남명학연구원 원장이 좌장을 맡아 장윤수 대구교육대학교 교수, 김영필 대구교육대학교 교수, 이종묵 서울대학교 국문과 교수, 구진성, 정병호 경북대학교 한문학과 교수, 추제협 계명대학교 교수, 박용국 경상대학교 외래교수, 김경수 등이 맡았는데, 좌장의 요청으로 내가 총평 성격의 최후 발언으로서 김학수 씨가 언급한 金坽의 『溪巖日錄』에 대한 보충적 설명을 하였다. 오늘의 발표자와 토론자는 대부분 다 내가 이미 잘 알고 있는 사람들이다.

발표자와 토론자는 점심을 들었던 녹원가로 다시 가서 점심때와 같은 메뉴로 석식을 들었고, 원장과 이종묵 씨, 죽유 가문의 종손인 오용원 한국국학진흥원 연구위원 및 김경수 군 등과 더불어 그 근처의 순자네추어탕으로 자리를 옮겨 2차를 하였다. 종손으로부터 근자에 죽유 관련 1차 자료들 대부분을 구입하였다는 말을 들었다. 또한 오늘 모임에서는 나와 아는 사이인 성심여대 교수였던 안병욱 씨가 작년 11월경부터 한국학중앙연구원의 원장직을 맡아 있다는 소식도 들었다.

2차 모임에 같이 갔던 구진성 씨가 합석하지 않고 밖에서 김경수 군에게 전화를 걸어 고향인 창녕군 남지로 급히 가보아야 한다고 재촉하므로, 김경수 군과 나는 먼저 자리를 떠서 그가 운전하는 차로 함께 진주로 돌아왔다. 한국선비문화연구원의 연구위원으로는 이 두 사람 외에 서울대 사범대학장을 지낸 79세의 조창섭 씨가 있는 모양이다.

선비문화축제 기간 중인 10월 19일에 있을 국제학술회의에는 川原秀城 東京大 명예교수 외에 중국 南開大學의 孫衛國 교수가 초청되었으며, 경상대학교 남명학연구소와 공동으로 개최하되 경상대 측은 4명의 해외학자를 더 초청할 예정이라는 소식도 들었다.

26 (일) 많은 비 – 해인사소리길, 성주 성밖숲, 황강마실길

아내와 함께 청솔산악회를 따라 해인사소리길과 성주 성밖숲, 그리고 황강마실길을 다녀왔다. 오전 8시까지 우리 아파트 옆의 구 역전에 집결하여 44명이 출발했다. 이 산악회는 인기가 좋아 이즈음은 신문광고를 내지 않는데도 이처럼 예약손님들이 대절버스 한 대를 가득 채우는 것이다.

33번 국도를 따라 고령까지 북상한 다음, 광주대구고속도로에 올라 광주 방향으로 조금 나아간 다음, 해인사 톨게이트에서 1084지방도로 빠져 대장경테마파크 부근의 소리길 입구에 닿았다. 원래는 여기서 먼저 청량사를 거쳐 남산제일봉(1010m)에 오른 다음, 하산 길에 치인리 주차장을 거쳐 소리길로 접어들어 원점회귀를 하려고 했었던 것이지만, 비가 많이 와서 등산은 무리라고 판단하여 가는 도중에 해인사소리길과 합천 청와대, 그리고 황강소리길(황강마실길) 코스로 변경했던 것이다. 나는 2013년 10월 15일에 대장경세계문화축전 행사 관계로 치인리의 해인사관광호텔에서 1박한 후 모처럼 해인사를 구경하고, 그 일대의 소리길을 15분 정도 산책한 다음, 버스를 타고 내려와 대장경테마파크를 둘러본 바 있었다. 나는 당시 소리길이 그것뿐인 줄로 알고 있었는데, 알고 보니 대장경테마파크에서부터 해인사까지 7.3km 약 3시간 정도의 코스가 개발되어져 있었다. 특히 소리길 입구에서부터 해인사 부근의 영산교까지에 이르는 4km 구간은 봄에는 꽃으로 가을에는 단풍으로 계곡물을 붉게 물들인다 하여 紅流洞이라 불린다. 소리길이란 "귀를 기울이면 물소리, 새소리, 바람소리, 세월 가는 소리를 들을 수 있다 하여" 붙인 이름이라고 2012년 10월 28일에 세운 소리길 입구의 비석에 새겨져 있었다.

나는 스페인 산티아고 순례길에서 사 온 판초 우의를 입고서 일행과 함께 소리길 입구에서부터 청량사 갈림길을 지나 약 2km 떨어진 무릉교 탐방지원센터까지 40분 정도 걸리는 거리를 걸었는데, 탐방지원센터에서는 호우경보가 내렸다 하여 더 이상의 진입을 허용치 않았다. 도중의 일부 구간에서는 아직도 데크 공사가 진행되고 있었다. 우리는 매화산로 659의 황산 주차장까지 도로 내려와 해인사 가는 도로가에서 대절버스에 다시 올랐다.

탐방지원센터 직원의 말로는 다른 둘레길도 모두 출입이 통제되었을 것이라고 하므로, 다시 스케줄을 바꾸어 성주의 성밖숲에 가보기로 했다. 59번 국도를 따라 가야산 등산로 입구 중 하나인 백운대를 지난 후 33번 국도로 접어들어 성주읍에 도착하였다.

성주읍 남쪽의 伊川에 걸쳐진 京山2橋를 지나 그 다리 밑에서 비를 피해 점심을 든 다음, 걸어서 다시 다리를 건너와 하천을 따라 좀 올라가 성밖숲에 다다랐다. 천연기념물 제403호로 지정된 京山里 城밖숲은 성주읍의 서쪽을 흐르는 하천인 이천 가에 조성된 마을 숲으로서, 현재 숲에는 나이가 약 300~500년 정도로 추정되는 왕버들 55그루가 자라고 있다. 성밖숲은 조선시대 성주읍성의 서문 밖에 만들어진 인공림으로서 풍수지리설에 의한 裨補林藪인 동시에 하천의 범람으로 인한 수해를 예방하기 위한 수해방비림이기도 하다. 왕버들은 한자로 河柳라고 적고 있듯이 주로 습지나 냇가에서 자라는데, 청송 주왕산 부근의 注山池 속에 있는 왕버들이 수백 년 동안 죽지 않고 지금까지 살아 내려오는 것도 그러한 이유라고 하겠다. 왕버들 나무 아래에는 맥문동을 잔뜩 심어 그 또한 이곳의 명물이 되어 있었다. 이 숲 약 1.5ha은 2017년 제17회 아름다운 숲 전국대회에서 공존상(우수상)을 수상하였다고 한다. 그 부근에서 두 줄기의 하천이 하나로 합쳐지는데, 작은 쪽 강물에 이 지방 명물인 참외가 둥둥 떠서 계속 흘러오고 있었다. 이 지역은 성주 참외특구인 것이다.

성밖숲을 둘러보고 난 이후에도 시간이 아직 오후 1시 남짓 밖에 되지 않았고, 비도 좀 수그러들었으므로, 다시 해인사 톨게이트와 고령 톨게이트를 지나 합천읍내로 들어와 황강마실길을 걸어보게 되었다. 竹竹亭과 涵碧樓, 炳湖寺 아래를 지나 예전에는 없었던 보행로를 따라서 군민생활체육공원으로 접어들었다. 거기에는 2011년부터 2016년까지에 걸쳐 조성된 황강을 가로지르는 갈마산 징검다리도 놓여 있었다. 군민생활체육공원은 규모가 꽤 컸는데, 이 고장 출신인 전두환 전 대통령의 호를 따서 일해공원이라고도 불리는 모양이지만, 오늘날에는 그러한 명칭이 별로 사용되지 않는 모양이어서 마실길 1코스 안내판에서 한 번 눈에 띄었을 따름이다. 마실길은 황강

자전거길로도 사용되고 있었는데, 우리는 출발지로부터 약 4km 지점인 월평2구 버스 정거장에서 산책을 마쳤다. 그러니까 오늘 우리는 총 7~8km 정도 걸은 셈이 아닐까 싶다.

오후 3시 무렵에 트레킹를 마친 후 합천축협 등록우 전자 경매시장에서 하산주를 들까 하다가 비를 피하기에 적합지 않다는 판단에서 다시 이동하여 삼가에 이른 후, 그곳 33번 국도의 아래에서 하산주를 든 후 평소보다 좀 이른 시각에 진주로 돌아왔다.

9월

2 (일) 맑았다가 저녁부터 비 –장태산자연휴양림, 형제산

아내와 함께 매화산악회를 따라 대전광역시 서구 장안동에 있는 장태산자연휴양림과 형제산(302m)에 다녀왔다. 2011년 3월 13일에도 아내와 함께 본성산악회를 따라 장태산에 간 적이 있었으나, 당시는 수리 중이라 하여 같은 대전시 서구의 시내 쪽에 가까운 구봉산과 뿌리공원에 들렀던 것이다. 장태산은 충남 금산군 진산면·복수면 및 논산시 별곡면에 인접해 있다.

오전 8시에 시청 앞을 출발하여 통영대전고속도로와 대전남부순환고속도로를 거쳐 구봉산 부근의 서대전 인터체인지에서 고속도로를 벗어나 흑석지구를 지나서 남쪽 방향으로 접어들었다. 오전 11시 무렵 장태산휴양림 제1주차장에 도착하였다.

대형주차장에서 형제산까지는 불과 740m 거리이니까 반대쪽으로 410m 떨어진 출렁다리 쪽으로 방향을 잡았다. 출렁다리는 정말 꽤 출렁거렸는데, 거기서 나무계단을 따라 계속 올라가니 정상은 얼마 떨어지지 않은 위치에 있었다. 정상 건너편에 壯泰樓라는 현판을 단 팔각정 전망대가 있었고, 그 옆에 문재인 대통령 내외가 대전관광명소 12선 중 하나인 이곳을 다녀갔다는 사진을 곁들인 안내판이 있었다. 근처에 장태산이라는 이름의 산이 따로 있는 것은 아니기 때문에 형제산의 별칭이 아닌가 싶었다.

산악회로부터 배부 받은 개념도에 따르면 우리는 전망대에서 일단 정상으로 되돌아왔다가 형제바위 전망대와 생태연못을 거쳐 숲속어드벤처 쪽으로 진행하는 것으로 되어 있지만, 그렇게 해서는 코스가 너무 짧아 싱겁기 때문에 부회장을 비롯한 다른 일행을 따라서 전망대에서 3.24km라고 하는 장태산등산로를 따라 북쪽 방향으로 계속 나아갔다. 그렇게 하더라도 거리는 얼마 되지 않았다. 좀 더 욕심을 내자면 안평산 분기점에서 북쪽으로 계속 올라가 휴양림 외 지역인 총 10.2km의 장태산둘레산길을 시도해 볼 수도 있겠지만, 그렇게 하자면 시간이 부족할 듯하여 포기하였다.

분기점 부근에서 자연휴양림 내부의 숲속의 집 방향으로 나아가다가 일행과 가까운 장소에서 우리 내외는 벤치에 걸터앉아 둘이서 점심을 들었고, 숲속의 집을 거쳐 전시관에 들렀다가 신축중인 산림문화휴양관 앞을 지나 메타세콰이어 산림욕장을 걸어서 관리사무소 쪽으로 내려왔다.

전시관에서 이곳 휴양림은 고 林昌鳳 회장이 20여 년간 손수 나무를 심고 길을 닦아 이루어진 것임을 알게 되었다. 임 회장은 원래 건설 사업을 하였으나, 사회의 부패상에 염증을 내어 1972년에 사업을 접고서 나무를 가꾸며 여생을 살겠다고 결심하고서 전 재산 200억 원을 투자하여 장안동 산 67번지 일대에 약 24만여 평의 땅을 사서 20만 그루의 나무를 심고 직접 가꾸어 나가기 시작했다. 그러던 중 산림청의 권유를 받아 1992년 7월 17일에 전국 최초로 민간휴양림을 조성하였고, 연간 방문객이 30만 명에 이르며 대전 8경 중 하나로 지정되는 명소가 되었다.

그러나 자금난으로 인하여 2001년 12월에 경매 처분에 들어가자 2002년 2월의 3차 경매에서 대전시가 이를 매입하여 공립의 자연휴양림으로 전환된 것이다. 1922년 논산 향안리에서 출생한 임 씨는 2002년에 타계하였고, 2006년에 대전시가 메타세콰이어 숲속에다 그의 업적을 기리는 흉상을 세웠다.

이 숲의 가장 두드러진 수종인 메타세콰이어는 메타와 세콰이어라는 단어의 합성인데, 세쿼이어(Sequoia)는 북미 서안 캘리포니아 주 인근에 서식하는 세계에서 제일 큰 나무 중의 하나로서 redwood라고도 한다. 세쿼이어의 어원은 북미 인디언 중 유일하게 문자를 가진 민족인 체로키 족의 문자를 만든 현자의 이름에서 유래하였다. 메타세콰이어라는 나무 이름을 처음 명명한 사람은 일본인 식물학자 三木茂로서, 현존하는 나무가 아닌 화석 속의 잎을 발견한 후 세콰어어 나무의 원형이라는 뜻에서 Meta라는 말을 붙이게 되었다. 그러던 중 1941년에 중국 揚子江 상류에서 王戰이라는 공무원에 의해 메타세콰이어가 화석 속의 나무가 아닌 현존하는 나무라는 것이 밝혀졌으며, 그 후 세계 학회에도 알려져 '살아 있는 화석'으로 불리기 시작했다. 우리나라에도 1950~60년대에 들어와 전국적으로 심겨지게 되었다. 발견 당시 겨우 몇 천 그루만이 중국 중부의 700~1,400m 고도 지역에서 살아남아 있었으며, 이후 씨와 삽수를 통해 전 세계에 옮겨 심어졌고, 경상북도 포항 근처에서도 이와 비슷한 화석식물인 Metasequoia occidentalis가 발견되었다.

관리사무소에서 동쪽으로 조금 걸어 들어간 곳에 숲속어드벤처라는 다층구조로 된 건물이 있었다. 공중에 설치된 덱 길을 따라 제법 들어간 후 단양에 있는 만천하스카이워크처럼 달팽이모양으로 꾸불꾸불 둥글게 이어진 통로를 따라 여러 층의 철제 누각을 올라간 후에 툭 트인 전망대에 이르는 구조였는데, 많은 사람들이 걸으므로 건물 자체가 제법 흔들거렸다.

오후 2시 15분에 하산을 완료하였지만, 하산 예정 시간인 3시 반까지는 제법 남았으므로, 아내와 더불어 내려올 때 걷지 않았던 길로 다시 올라가 야생화원과 만남의 숲 일대를 산책해 보았다.

2시 55분 무렵에 출발하여 돌아오던 도중 진안의 인삼랜드 주차장 모퉁이에서 하산주를 들었다. 산행에서 자주 만났던 金國成이라는 이름의 중년 남자와 합석하였는데, 알고 보니 늘 이상한 옷차림을 하는 그는 우리 내외가 과거에 다년간 회원으로 있었던 망진산악회의 회원으로서, 현재 그 산악회의 고문이라고 한다. 망진산악회는 진주시의 산악회 중 유일하게 경남산악연맹에 등록된 것으로서, 그는 이 연맹의 회장을 지낸 적도 있었다. 매번 등산 때마다 카메라를 가져와 사진을 찍는데, 찍은 사진들을 어떻게 하느냐고 물어보았더니 분류하여 경남산악연맹으로 보낸다는 것이었다. 그러나 진주시에서 가장 오랜 역사를 가진 망진산악회는 노인들 모임에서 탈피하여 젊은이들을 받아들이기 위해 봉고차가 아닌 대절버스를 빌리고 차 안에서의 음주가무도 허용했던 것이지만, 역시 모이는 사람이 별로 없어 지금은 1년에 4번 정도 5주째 일요일이 있는 달에만 산행을 하는 모양이다.

4 (화) 아침까지 부슬비 내린 후 개임 –세종시, 뿌리공원

아내와 함께 산울림산악회를 따라 세종특별자치시의 행정중심복합도시와 대전시 중구에 있는 뿌리공원에 다녀왔다. 오전 8시경 우리 아파트 부근의 바른병원 앞에서 문산을 출발하여 시청을 거쳐서 오는 대절버스를 탔고, 봉곡로터리를 경유하여 총 48명이 통영대전고속도로 및 대전남부순환고속도로를 따라서 북상하여 남세종 톨게이트에서 1번 국도로 빠져나가 10시 40분에 행정중심복합도시의 전경을 한 눈에 둘러볼 수 있는 밀마루전망대에 도착하였다.

2009년 3월에 개관한 밀마루전망대는 높이 42m(해발 98m)의 9층 꼭대기까지 이어지는 유리벽으로 둘러싸인 누드형 엘리베이터 전망대이다. 거기서 사방으로 바라보이는 행정중심복합도시는 72.91㎢에 인구밀도 68인/㏊인 세종시 안에서도 정부청사 등이 들어있는 핵심지구인데, 세종시 건설계획은 2007년부터 2030년까지 3단계로 이루어지고, 지금은 그 중 2단계인 2016~2020년까지의 성숙단계로서 인구 30만을 목표로 삼고 있다.

다음으로 세종호수공원으로 이동하였다. 호수제1주차장에다 차를 세운 후 걸어서 둘러보았다. 세종시의 중심 행정타운 남쪽에 위치한 인공호수로서 금강의 강물을 끌어와 총 698,004㎡(211천평)으로 조성한 것이며, 그 중 호수 면적은 국내 최대인 322,800㎡(98천평)이다. 2010년 10월에 착공해 2013년 5월에 개방한 것이라고 한다. 호수를 한 바퀴 두르는 산책로의 길이가 8.8km로서, 우리 일행은 모두 중간의 무대섬을 가로질러 되돌아갔으나, 우리 내외만이 1시간 30분 정도 걸리는 전체 코스를 한 바퀴 다 돌았다. 산책 도중에 평일에는 12시와 20시에 하루 2회 20분간 가동되는 호수 내의 분수들도 바라볼 수 있었다. 점심시간을 이용하여 목에 패용한 신분증을 차고서 나와 있는 공무원들의 모습도 더러 볼 수 있었다.

주차장으로 돌아와 점심을 든 다음, 예약된 오후 2시의 시간에 맞추어 정부세종청사 6동에 있는 종합안내동으로 가서 두 팀으로 나뉘어 남녀 각 한 명씩 가이드 두 명의 안내에 따라 6동에서 2동까지 이어지는 옥상정원을 산책하였다. 정부종합청사는 꿈틀거리는 용의 형상을 하여 15개 동의 건물 전체를 브릿지와 옥상정원으로 하나로 연결하였는데, 그 옥상정원은 구불구불한 언덕모양으로 지어졌으며, 총 길이 3.6km, 79,194㎡의 세계최대규모로서 2016년 기네스북에 등재되었다. 합계 218종 1,173,859주의 식물이 심겨져 있다. 제2 팀인 우리들의 뒤쪽에도 유사시에 대비하여 남자 직원 한 명이 걸어서 따라오고 있었다. 이 청사에는 중앙행정기관 40개 부처가 이전을 완료하여 약 1만5,000명의 공무원이 근무하고 있는데, 그들 대부분은 이사해 오지 않고 서울에서 출퇴근하고 있는 모양이다.

끝으로 제1동인 국무조정실·국무총리비서실 부근에 있는 대통령기록관으로 이동하였다. 4층으로 이루어져 2015년에 준공되었는데, 이승만부터 이명박까지 역대 대통령이 남긴 문서, 사진, 영상, 집기 등을 모아서 보존하고 있는 곳이다. 세종시를 떠나 대전으로 이동하는 도중의 도로 중앙에는 태양광패널로 양측 도로의 분리대를 설치해 두고 있었다.

대전광역시 중구 뿌리공원로 79(침산동)에 있는 뿌리공원에 도착하여 오후 4시 52분부터 5시 반까지 자유 시간을 가졌다. 우리를 그리로 안내한 컴퓨터 등반대장의 설명으로는 이곳이 단재 신채호의 외가가 있던 곳으로서 그가 태어난 곳이라고 하지만, 아무데도 그런 설명이 없어 사실여부는 확인할 수 없다.

세계유일의 성씨테마공원으로서, 입구에 세워진 1997년 11월의 비문에 의하면 1985년의 인구조사에서 확인된 바로 우리나라의 성은 275개이고 본관은 3349개라고 한다. 2015년의 통계청 자료에서 1,000명 이상인 성씨는 153성과 본관 858개로 확인되었다는데, 이곳에는 그 중 200여 개 성씨와 본관의 조형물을 세워두고 있다. 그 외에 한국족보박물관 등도 있으나 이미 오후 5시까지의 관람 시간이 끝나 들어가 보지 못했다. 아내와 나는 42번의 오씨와 104번의 순흥안씨 조형물을 찾아보았다.

1997년 8월에 오씨대전종친회가 세운 조형물에 의하면, 오씨는 周나라 太王의 아들인 太伯이 吳 나라를 건국하여 25대 夫差 때 멸망한 후, 그 손자 鎔羊이 衛王으로부터 오씨로 得姓하였고, 7세손 瞻이 신라 지증왕 원년 서기 500년에 우리 땅으로 와서 고려 태조로부터 門下侍郞 平章事 諡 武惠公으로 추증된 데서 비롯하며, 현재 인구는 약 70만 명으로서 우리나라 13大姓으로 발전하였고, 여러 본관이 있으나 근본은 同祖同根이라 하였다. 이는 고려 成宗 3년에 宋朝學士로서 東渡하여 檢校禮部監과 軍器監을 지낸 仁裕에서 海東의 오씨가 비롯한다는 해주오씨의 족보에 적힌 내용과 크게 다른 것이지만, 지금은 이런 설로써 오씨대동종친회를 결성하고 있는 모양이다. 뿌리공원에는 2011년 3월 13일에도 한 번 방문한 적이 있었다.

뿌리공원을 떠난 후 추부 톨게이트에서 통영대전고속도로를 빠져나와 37번 국도를 따라서 금산으로 향했다. 금산읍에서 6시 11분부터 7시 무렵까지 시간을 보내며, 다모아인삼튀김에서 인삼튀김과 인삼막걸리로 하산주(?)를 든 다음, 아내 등 다수의 참가자들은 거기서 도로 건너편 우리의 대절버스를 세워둔 금산읍 인삼광장로 38의 가람삼업사로 가서 쇼핑을 하였다. 아내는 거기서 2400g 들이 도라지淸 골드 한 통과 근당 4만 원 하는 최고급 수삼 한 근을 구입하였다.

다시 문산과 진주시청을 거쳐 밤 9시 반쯤에 귀가하였다.

6 (목) 흐리고 오후 한 때 빗방울 –이순신공원

오늘이 아내의 생일이라 경상대학교 간호대학의 선배교수들인 배행자·김은심 명예교수가 우리 내외를 청하여 통영시 광도면 죽림2로 76-163에 있는 美伯일식에서 함께 점심을 들었다. 예전부터 몇 번 들었던 적이 있는 곳이며, 배 선생과 김 선생은 이미 여러 차례 다녀간 모양이다.

아내가 우리 승용차를 운전하여 신안동 현대아파트 앞으로 가서 배 선생을 태운 후 오전 11시까지 김 선생이 사는 망경동 한보아파트 앞으로 갔더니, 김 선생은 부군인 이성민 목사를 대동하여 이미 주차장 부근에 나와 있었다. 우리 차는 아파트 옆길 가 주차장에다 세워두고서 김 선생이 운전하는 승용차에 다섯 명이 함께 타고서 통영대전고속도로를 경유하여 통영으로 향했다. 김 선생은 실제로는 혼자 운전함에도 불구하고 보통 승용차와 사륜구동 승용차를 두 대 소유하고 있다.

미리 예약해 둔지라 내비게이션에 의지하여 도착하자 안쪽의 단독 방으로 안내되었다. 그 식당은 싱싱한 해물 등이 풍성하게 나오는 일종의 다찌집인 모양이다. 1인당 2만 원이라 한다. 치매를 앓고 있는 김 선생의 남편 이 목사는 김 선생이 떠먹여주지 않으면 하루 종일 전혀 식사를 들지 않는다고 한다. 손톱도 깎지 않아 길게 자라 있는 모양이다. 그러나 외모로는 치매에 걸린 사람인 줄을 전혀 알 수 없고, 다만 얌전하여 말이 거의 없다. 오늘은 김 교수가 떠먹여 주는 대로 많은 양의 음식을 대부분 다 받아먹었다.

식사를 마친 다음, 통영까지 온 김에 바람 쐬러 용남면에 있는 이순신공원에 가보기로 했다. 그곳도 김 교수가 배 교수를 대동하여 이미 여러 번 와본 적이 있는 모양이었다. 나는 통영시의 남망산에 있는 이순신 동상에는 몇 번 가본 적이 있었으나 이곳은 처음이다. 한산대첩이 벌어졌던 바다를 정면으로 마주하고 있는 위치의 망일봉 남쪽에 위치한 것으로서 해변의 언덕 위에 교육관계의 漢松재단 이사장 河源大 씨가 기증하여 2005년 8월 14일에 세워진 이순신 동상이 있는데, 臺石 뒷면에 새겨진 글에 "이충무공 탄신 460주년을 맞아 한산대첩 그 날의 현장이 내려다보이는 이곳 망일봉에 한산대첩 기념공원을 만들면서"라는 문구가 보이는 것으로 보아 원래 이름은 한산대첩기념공원으로 예정되어져 있었던 것이 아닌가 싶었다. 동상의 대석 앞면에는 '必死則生 必生則死'라는 내용의 장군이 丁酉年 9월 15일에 초서로 쓴 친필 글씨가 새겨져 있었다.

댁 계단으로 이어진 해안산책로를 따라 바닷가의 암석들이 있는 곳까지 걸어 내려갔다가 우리 내외는 '토영이야~길'이라는 이름의 바다산책로를 따라 선촌마을 쪽으로 좀 더 걸어보았다. 그러나 숲속으로 이어진 그 길은 바다를 따라서 동쪽으로 계속 나아가므로, 도중에 되돌아서 해군위령탑이 있는 곳으로 돌아왔다. 아내가 위령탑 부근의 화장실에 들른 사이 나는 그 근처의 산책로를 둘러보며 대기하였는데, 그 사이 아내는 벌써 나와서 이순신 동상 쪽으로 가버린 모양이라 혼자서 자갈이 깔린 넓은 길을 따라 주차장까지 와서 일행과 다시 합류하였다.

원래는 진주시내의 경성식육식당에서 회옥이와 함께 가족 석식을 들기로 예정되어 있었으나, 이미 배가 너무 불러 더 이상 음식이 들어갈 수 없으므로, 다른 날로 미루고서 바로 귀가하였다. 우리가 통영에 가 있는 사이에 회옥이로부터 전화가 걸려와 한보아파트 길 가 주차장에 매주 목요일마다 장이 서는데, 달걀장수가 자기 자리에다 세워둔 우리 차를 비켜달라고 한다는 것이었으나 통영에 있으므로 그 요청에 응할 수 없었다. 배 교수를 신안동 자택 부근에 내려준 후 망경동 한보아파트로 돌아와서 미안하다는 뜻으로 그가 파는 달걀 최고급품 두 판을 사서 한 판은 운전을 해준 김은심 교수에게 선물하였다.

오후 4시경에 귀가한 후, 회옥이가 퇴근하여 돌아오자 다시 회옥이가 사온 생일케이크를 잘라 한 쪽 드는 것으로 석식을 대신하였다.

9 (일) 맑음 - 느림보강물길, 만천하스카이워크

아내와 함께 개척산악회를 따라 충북 단양군에 있는 느림보강물길 트레킹과 만천하스카이워크를 다녀왔다. 오전 7시 50분까지 시청 앞에 집결하여 신안동 백두대간 등산장비점 앞을 경유하여 출발했다. 33번국도와 광주대구·중앙고속도로를 경유하여 도담리의 남한강에 걸쳐진 삼봉대교와 하덕천대교를 건너 단양군 가곡면 덕천리의 하덕천에서 하차했다.

일행 중 오랜 산 친구인 옛 희망산악회의 박양일 회장 및 개척산악회의 제2대 회장 홍성국 씨 등이 있어 모처럼 만난 반가움을 누렸다. 박 회장은 후두암 치료를 받은 걸로만 알고 있었지만, 척추협착증도 앓고 있어 등산을 전혀 못하다가 약 1년 만에 처음으로 나와 본 것이라고 했다. 그래서인지 얼굴이 예전보다 좀 더 살찐 듯하고 배도 나와 있었다. 후두암 치료의 후유증으로 지금도 밥은 계속 말아서 들고 있는 모양이다. 진주 교외에 4만 평 정도 소유하고 있는 임야 중 밭으로 개발해둔 4천5백 평은 더 이상 손수 가꿀 수 없어 타인에게 팔기로 계약되어 있다고 했다. 돌아가신 아버지의 말처럼 독은 먹고 살아도 나이를 먹고는 살 수 없는 가보다.

홍성국 씨는 경상대 총학생회장을 지냈고, 개척산악회를 창립한 사람으로서, 대학 1학년 때인 1974년에 세석산장에서 전설적인 지리산 도사 우천 허만수 씨와 함께 찍은 사진을 가지고 있는데, 이것이 허 씨의 남아 있는 유일한 사진이라고 한다. 경남과기대의 고영옥 명예교수와도 오랜만에 만났다.

우리가 산악회로부터 배부 받은 개념도에는 하덕천으로부터 시작되는 코스가 느림보강물길 2코스 석문길이라고 되어 있지만, 현지에서 눈에 띈 안내판에는 코스의 번호가 없고 코스 자체도 꽤 달랐다. 2코스는 남한강변을 따라서 도담삼봉까지 이어지는 야산길인데, 거리는 5.9km이다. 산길을 걷다가 중간 지점의 덱으로 마련된 쉼터에서 점심을 들었다. 걷는 도중 계속 총 쏘는 소리가 들려오므로 근처에 사격장이 만들어졌나 하고 의심했었는데, 나중에 들으니 과수원 같은데서 새를 쫓기 위해 자동으로 발사되는 공포 소리라는 것이었다.

점심 후 얼마간 더 나아가니, 갈림길에서 석문 쪽 방향으로는 나무를 가로 대어 막아두었고, 도담삼봉은 오른쪽 방향의 아래로 나아가라고 가리키고 있었다. 그러나 석문길은 당연히 담양팔경의 하나인 석문을 지나가는 것으로 생각했기 때문에, 우리 일행은 막아둔 나무를 치우고서 석문 방향으로 걸었다. 나중에 안내도를 참조하니 석문길은 갈림길에서 아래쪽으로 향하여 매포읍 하괴리를 경유하는 것이 맞았다. 석문을 지나 우리가 걸어온 방향으로 한참을 더 나아온 지점의 두 번째 전선철탑이 있는 곳까지는 재작년 10월 9일에 걸어본 적이 있었다. 그러나 당시에는 느림보강물길 안내표지를 전혀 보지 못했기 때문에 그런 것이 있는 줄도 몰랐는데, 이제 보니 석문 쪽 길이 그 코스가 아니기 때문인 듯하다. 석문을 지나 도담삼봉 가까운 지점의 정자 있는 곳 부근에서는 덱 공사가 진행되고 있는 관계로 입구에서 출입을 통제해 두고 있었다.

도담삼봉에서 다시 대절버스를 타고서 단양읍 강가 도로를 경유하여 상진리의 단양관광호텔 앞까지 온 다음, 다시 내려서 단양강 잔도를 걸어 5코스인 수양개역사문화길로 접어들었다. 그 종착 지점에서 또다시 대절버스를 타고 320m 높이의 萬壑千峰 꼭대기에 있는 만천하스카이워크까지 올라가 보았는데, 예전에 처음 왔을 때 공사 중이었던 짚와이어는 이미 완공되어져 사람들이 타고서 공중을 날고 있었다. 위태로운 곳을 두려워하는 아내는 만천하스카이워크에는 이미 와본 적이 있다고 하면서 도중에 남 먼저 도로 내려갔다.

스카이워크 아래에서 다시 버스를 탄 후 옛 철도 노선을 이용한 것인 듯한 여러 가지 색깔의 네온사인이 비추고 있는 수양개빛터널과 아내 말로는 TV에서 본 적이 있다고 하는 이끼터널을 지나서 남한 최대의 구석기유물 출토지 부근에 세워진 수양개선사유물박물관 앞을 거쳐서 적성대교를 건너 단성면 상방리의 어느 공원 주차장에서 하산주를 들었다. 그곳은 사적 265호인 신라의 단양적성비가 있는 곳에서 가까운 지점이다.

돌아오는 버스 안에서 가까이 앉은 친환경농법 전문의 고영옥 교수로부터 그의 전공 분야에 관한 말을 좀 얻어 들었는데, 모과·대추·포도·키위·머루·블루배리·아로니아 등은 모두 농약을 칠 필요가 없다는 새로운 지식을 얻었다. 구지뽕나무도 약을 칠 필요가 없는데, 금년에 약을 쳐서 열매가 좀 열었다고 생각한 것은 오해이고, 실은 우리나라에서 재배하는 구지뽕나무의 대부분은 열매를 맺지 않는 품종이라고 했다. 매실도 1년에 두어 차례만 약을 치면 된다고 한다. 밤 9시 무렵에 귀가하였다.

11 (화) 맑음 -이갑열미술관

아내와 함께 1001번 지방도를 따라서 신안면의 어천마을을 지나서 웅석봉 고개를 넘어 오전 11시 반까지 단성면 청계리에 있는 이갑열 교수의 미술관 겸 자택을 방문하였다. 이 교수의 안내를 받아 미술관에 진열된 그의 최근 조각 작품들을 둘러본 후, 1층 거실에서 아내가 준비해 간 음식물 등을 들며 그 집 부부와 대화를 나누다가, 이 교수의 자녀들이 사주었다는 BMW SUV 차량을 타고서 청계리 89-6에 있는 청계닭집으로 가서 닭찜으로 점심을 대접받았다. 4인분 한 마리가 4만 원인데, 맛이 있었다. 저녁 무렵까지 대화를 나누다가 7년 전쯤에 새로 지은 이 교수의 2층으로 된 작업실을 둘러본 후, 남사예담촌 앞과 진양호반 길을 경유하여 귀가하였다. 이 교수는 아들과 딸 각각 한 명씩을 두었는데, 장남인 아들은 미국에 유학하여 현재 서울에서 광고회사에 근무하고 있고, 딸은 볼티모어 필하모닉 오케스트라의 부수석으로서 바이올린을 담당하고 있다 한다.

16 (일) 흐림 -능가산 봉래구곡, 곰소젓갈발효축제

백두대간산악회를 따라 부안 楞伽山의 蓬萊九曲에 다녀왔다. 능가산은 변산의 다른 이름이다. 7시에 시청 앞을 출발하여 신안동 운동장 1문 앞을 경유한 다음, 남해·호남·고창담양·서해안 고속도로를 따라 나아갔고, 줄포IC에서 빠져나와 710·736번 지방도 등을 거쳐서 오전 10시에 전라북도 부안군 변산면 중계리 사자동에 있는 내변산탐방지원센터 주차장에 도착하였다.

내변산에는 1994년 8월 27일에 장터목산장 등산장비점의 안내산행을 따라 와서 내소사 부근에서 야영한 다음날 종주를 시도하다가 일기불순으로 관음봉·세봉을 거쳐서 철수한 바 있었고, 1999년 3월 21일에는 백두대간산악회를 따라와서 내소사로부터 남여치까지 종주한 바 있었다. 오늘 간 내변산탐방지원센터로부터 출발하는 코스는 처음이다. 전체적으로 보면 당시에 비해 덱으로 조성된 길이 많았다.

A·B 코스로 나뉘어 A코스는 봉래구곡-직소폭포-관음봉-옥녀봉-바드재를 경유하는 13.3km 구간이고, B코스는 사자동-봉래구곡-직소폭포-관음봉-사자동으로 원점회귀 하는 10.8km 구간인데, 나는 A코스에 참가하려 했으나 아내의 거듭된 권유로 결국 B코스를 돌았다.

백두대간산악회는 1996년에 창립되었는데, 나는 아내와 함께 1997년 5월 3일부터 1998년 6월 7일까지 그 산악회의 제1차 백두대간 구간종주에 참여한 바 있었고, 2000년 5월 7일에는 낙남정맥 구간종주에도 참가하였으며, 2003년 3월 16일부터는 이 산악회의 초대 회장이었던 정상규 군이 새로 조직한 비경 팀의 제3차 백두대간 구간종주를 따라서 1차에 못 갔던 코스들을 답파한 바 있었다. 그런데 이 산악회의 단골기사인 금화관광의 이정진 씨도 당시의 그 사람이고, 함께 백두대간이나 낙남정맥을 종주했던 사람들이 아직도 많이 남아 있어서 당시의 우리 내외를 기억하고서 반가워하는 사람이 대여섯 명 정도나 되었다.

봉래구곡이라 함은 변산반도국립공원의 신선대(신선봉) 신선샘에서 발원한 물줄기가 내변산을 지나 서해바다 입구인 해창까지 이어지는 계류로서 약 20km의 구간에서 만들어진 아홉 곳의 계곡을 말한다. 그 중 제5곡인 蓬萊谷의 넓은 바위 위에 '봉래구곡'이라는 글자가 새겨져 있다고 한다. 그래서인지 현재 봉래구곡이라고 하는 것은 이 제5곡인 봉래곡을 가리키는 말이 되었다. 오늘 아내와 나는 봉래곡을 거쳐 제4곡인 仙女湯과 제2곡인 直沼瀑布에 가까이 다가가 보았을 따름이고, 제3곡인 噴玉潭도 도중에 있다고 하나 안내 표지가 눈에 띄지 않아 지나치고 말았다. 직소폭포 위쪽의 제1곡인 大沼는 어디쯤 위치해 있는지 알 수 없고, 제6곡 金剛沼 이후는 아마도 탐방지원센터로부터 아래쪽에 있는 모양인데, 그 중 7곡 影池, 8곡 百川, 9곡 暗池는 지금은 부안호 댐에 잠겨버렸다.

코스의 초입에 전라북도 기념물 제77호인 實相寺址가 길가에 있었다. 신라 신문왕 9년(689)에 처음 짓고 조선시대에 효령대군이 고쳐 지은 것이라고 하는데, 1950년의 화재로 모두 불타고 지금은 초라한 모습의 건물로 남아 있었다. 자연보호헌장탑이 있는 곳쯤에서 예전에 종주했던 남여치로 가는 코스를 만나 이번에는 당시와 역방향으로 나아갔다. 선녀탕 부근까지는 길이 평탄하여 산책로를 걷는 느낌이었는데, 점점 가팔라져 오늘의 최고봉인 관음봉(424m)까지의 코스는 꽤 힘들었다. 관음봉을 지나서 우리 일행의 남녀 네 명이 점심을 들고 있는 지점에 머물러 우리 내외도 그 곁에서 함께 식사를 하였다. 그런데 등산 활동을 통해 오래 전부터 알고 지내는 그 사람들은 베테랑 산객들임에도 불구하고 오늘은 B코스를 걷는다고 하며, A코스로 가는 사람들은 이미 다 지나갔다고 하므로, 나도 아내의 권유를 받아들여 B코스를 택하기로 하였다. 세봉(402.5)을 지나 예전에 내소사 쪽으로 돌아갔던 세봉삼거리에서 300m 쯤 더 내려간 곳에 세봉삼거리갈림길이 있고, 그곳 길바닥에 B코스 사람들이 나아가라는 방향표지 종이쪽이 놓여 있었으므로, 그것이 가리키는 대로 2.3km를 더 내려와 오후 2시 50분 무렵 사자동에 이르렀다. B코스를 취한 일행은 모두 18명이었다.

주차장 부근에서 다소 무료하게 시간을 보내고 있다가 오후 4시 무렵 출발하여 A코스의 하산 지점인 바드재에 다다랐고, 거기서 버스 안에 남아 있는 우리 내외를 제외한 다른 사람들은 간단한 하산주를 든 다음, 4시 반쯤에 출발하여 9월 14일부터 오늘인 16일까지 제12회 곰소젓갈발효축제가 열리고 있는 부안군 진서면의 곰소항으로 갔다. 그 주변에 염전도 많고 면 소재지인 곰소 일대는 온통 젓갈상점 일색이었다. 거기서 대형버스를 세울 수 있는 변두리로 이동하여 광장을 둘러싸고서 즐비하게 늘어선 도매 점포 중 가운데의 한 상점에 들러 나는 가리비젓갈 한 통을 1만원에 사고, 아내는 황태 10개를 6만 원에 샀다.

다시 줄포IC에서 고속도로에 접어들어 한 시간 반쯤 이동하여 어두워진 이후 승주·선암사IC로 빠져나온 다음, 선암사 입구인 순천시 승주읍 신성길 2(구 서평리 444-1)에 있는 쌍암기사식당에 들러 그 집 전문인 백반정식으로 석식을 들었다. 전라도라 그런지 반찬이 푸짐하고 모두 맛있었다.

밤 9시에 귀가하여 KBS 뉴스9를 시청하고서 취침하였다.

30 (일) 맑음 - 자지산, 금산인삼시장

아내와 함께 상록수산악회를 따라 충청남도 금산군 제원면 천내리에 있는 紫芝山(467m)에 다녀왔다. 오전 8시까지 제일은행 앞에 집결하여 대절버스 한 대로 출발했다. 통영대전고속도로를 따라 북상하다가 금산IC에서 68번 지방도로 빠져나와 9시 55분에 난들(천내2리)에 있는 기러기공원 주차장에 도착했다.

잠수교를 통해 금강을 가로질러 낙안들마을로 건너간 다음, 콘크리트 포장도로를 따라 원편으로 한참동안 걸어 베데스타 수양관을 지나고 난들교 앞에 다다른 다음, 비로소 등산로 입구에 도착하였다. 인터넷을 통해 검색해 본 바로는 자지산 등산은 보통 여기서부터 시작하는데, 오늘 우리는 7.6km

에 달하는 전체 행정의 약 1/3에 해당하는 거리를 걸어와 비로소 입구에 도착한 것이다.

자지산은 바위로 이루어진 작은 산이므로, 내가 가진 5만분의 1 도로교통지도는 물론이고 기러기공원에 게시되어 있는 금산군 관광안내지도에도 그 이름이 보이지 않았다. 자지산이란 이름 외에 성재산·중봉산이란 이름도 있는 모양이다. 성재산이란 산성이 있다 하여 붙은 이름인 모양인데, 등산로 입구에 보이는 지도나 산악회로부터 배부 받은 개념도에도 성터의 위치가 보이기는 하지만, 나는 오늘 등산하면서 섬 같은 것은 보지 못했다. 중봉산이란 이름은 임진왜란 때 충청도에서 의병을 일으킨 유학자 重峯 趙憲과 관련이 있는 모양이다. 자지산이란 이름의 발음이 이상하여, 그와 관련된 이런저런 전설이 입구의 안내판에 적혀 있었다.

무난한 산길이 이어지다가 정상 가까운 지점에서부터는 바위 길이 계속되어 더러 밧줄을 타고 오르기도 하였다. 주변의 경치가 그런대로 좋았다. 정상을 조금 지난 지점에서 먼저 간 아내 및 낯이 익은 일행들과 만나 점심을 들었다. 이후로도 430봉, 440봉, 410봉 등이 이어지지만 그만저만한 봉우리들이고 끄트머리의 부엉이봉(429)은 이정표에는 부엉산이라고 보이지만 현장에는 바위 위에 올려놓은 돌과 그것을 떠받치고 있는 바위 자체에 페인트로 두 군데 '부엉이 봉'이라 적혀 있을 따름이었다.

부엉이봉에서 등산 스틱은 접었지만, 그 후로도 한두 개의 봉우리는 더 있다가 내리막길로 접어들어, 부엉산으로부터 670m 거리인 금강 가까운 지점의 전망대에 다다르자 거기서부터는 둘레길 덱이 이어지고 있었다. 전망대에서부터 448m 거리인 금강 가의 바위 절벽에 2006년부터 2007년 사이에 만들어진 높이 80m의 원골인공폭포가 있었다. 하루 중 정오부터 오후 2시까지만 폭포가 가동된다고 하는데, 내가 그 아래를 통과할 무렵에는 기세 좋게 떨어지고 있었으나, 다시 잠수교를 건너서 기러기공원에 도착하여 하산주 자리에 좀 어울려 있다가 나와 보니 이미 그쳐 있었다.

돌아오는 길에 오후 3시 22분부터 4시 30분까지 금산 읍내의 인삼시장에 들렀다. 아내와 더불어 수삼시장에 가보았으나 얼마 전 금산에 들러 사둔 수삼이 아직도 남아 있으므로 새로 사지는 않았다. 예전에 더러 들러서 물건을 구입하곤 했던 인삼쇼핑센터에도 들러보았지만, 웬일인지 앞뒤 문을 모두 잠가두고 있었다. 그 주변의 거리 매점에서는 인삼막걸리와 차를 무료로 제공하면서 손님을 끌고자 하였다. 10월 5일부터 14일까지 금산인삼축제가 열린다는 홍보물도 여기저기 눈에 띄었다.

길이 3,170m로서 죽령터널에 이어 국내에서 두 번째로 긴 육십령 터널을 지나서 해가 지고 어두워진 후에 진주에 도착하였다. 5주째 일요일에만 산행하는 상록수산악회는 현재 회장이 없으며, 대명산악회의 여자 회장이 총무를 맡고 그 산악회의 등반대장이 일일대장을 맡고 있는지가 이미 오래인데, 돌아오는 코스 내내 차 안에서 시끄러운 음악을 틀고 디스코를 추더니, 함양휴게소에 주차한 이후로는 진주에 도착할 때까지 또 노래방을 계속하였다. 내가 경험한 바로는 대명산악회와 더불어 진주에서 가장 시끄러운 산악회가 아닌가 싶다.

10월

2 (화) 맑음 – 남한산성둘레길

아내와 함께 산울림산악회를 따라 경기도 광주시에 있는 도립공원 남한산성둘레길에 다녀왔다. 오전 7시 10분까지 바른병원 앞으로 나가 문산을 출발하여 시청을 거쳐 오는 대절버스를 30분경에 타고서 봉곡로터리를 경유하여 출발하였다. 통영대전·경부고속도로를 거쳐 북상하다가 제2중부고속도로에 접어들어 이천시를 거쳐 동서울 톨게이트를 통과한 직후, 6번 국도로 빠져 하남방향으로 나아갔다. 그런데 기사의 내비게이션이 이상하여 하남위례길이라는 안내도 간판이 있는 지점에서 차도가 끝나버린지라, 다시 차를 돌려 43번 국도와 342번 지방도를 경유하여 반시간 이상 더 나아간 끝에 정오 무렵 목적지인 남한산성 동문에 도착하였다.

이미 시간이 늦어 동문에서 점심을 든 후 산행을 시작하려 하였으나, 그곳에서는 식사를 허용하지 않는다고 하므로 좀 더 나아가 도립공원 관리사무소 부근의 주차장에서 점심을 들었다. 이곳까지 오는 도중에 보니 북쪽 지방에는 가을이 빨리 오는지 들판에 이미 추수를 마친 논이 더러 보였는데, 주차장 가 벚나무 아래의 벤치에서 아내와 둘이 식사를 하고 있는 도중에는 벚나무 이파리 하나가 낙엽이 되어 도시락 위에 떨어졌다.

식사를 마친 다음 다시 대절버스를 타고서 동문인 左翼門으로 이동해 가서 둘레길 트레킹을 시작하였다. 사적 제57호인 남한산성은 조선시대 뿐 아니라 삼국시대부터 천연의 요새로서 중요한 역할을 하던 곳이다. 백제의 시조인 온조의 왕성이었다는 기록이 있고, 나당전쟁이 한창이던 신라 문무왕 12년(673) 한산주에 쌓았다는 주장성이라는 기록도 있다. 현재의 본성은 신라 주장성의 옛터를 기초로 하여 인조 2년(1624)부터 시작하여 인조 4년(1626)까지에 걸쳐 대대적으로 축성하였고, 그로부터 10년 후인 인조 14년(1636)에 병자호란이 발발하여 인조가 이곳에서 47일간 청나라 군에 항전하다가 결국 다음해 남한산성에서 나와 송파 삼전도에서 항복한 것으로 주로 기억되는 곳이다. 해발 500m 정도의 산에 성곽의 전체 길이는 11.76km이고 면적은 2.3㎢이며, 내부는 넓고 평탄하여 넓은 경작지와 풍부한 물을 갖추었고, 성의 외부는 급경사를 이루어 적의 접근이 어려운 천혜의 전략적 요충지를 이루었다. 성곽의 형태 또한 단순하지 않아 하나의 閉曲線으로 이루어진 것이 아니라 본성, 봉암성, 한봉성, 신남성과 5개의 옹성으로 이루어진 복잡한 구조이다. 인조 4년에 중앙부의 가장 큰 폐곡선인 본성이 완성되었고, 병자호란 이후 방어력을 높이기 위해 동쪽의 외성을 비롯하여 여러 차례 증축을 거쳐 현재의 모습을 갖추게 된 것이다.

탐방 코스는 5개가 있는데, 오늘 우리가 걷는 제5코스는 그 중 가장 크고 포괄적인 것으로서, 총 7.7km, 200분 거리라고 한다. 그러나 등반대장 김현석 씨의 말로는 오늘 우리는 외성인 벌봉(蜂巖)·남한산 일대와 連珠峰 甕城까지 두르므로 총 거리는 12km쯤 될 거라는 것이었다. 남한산성 탐방로는 우리나라에서 가장 인기 있는 트레킹 코스이며, 2014년에 남한산성이 유네스코 세계유산 리스트에 등재되었다.

우리는 동문에서부터 급경사를 따라 長慶寺 방향으로 올라가 내성 성벽

주위를 돌기 시작했다. 그 일대에는 지금도 무슨 공사가 진행되고 있어 물자를 운반하기 위한 모노레일이 건설 중이었다. 성벽의 여러 곳에 적의 눈에 띄지 않게 만든 비밀통로인 暗門들이 있고, 초소 건물 터인 軍舖址 및 지휘와 관측을 위해 지은 將臺 터가 남아 있었다. 남한산성에는 5개의 장대가 있었으나, 18세기 중엽에 이르러 남장대와 서장대는 다시 수축하였으나, 한봉성과 연주봉옹성의 축성으로 동장대와 북장대는 상징적인 의미만 있을 뿐 군사적인 실효성이 없어졌기 때문에 다시 짓지 않았던 것으로 추정된다.

우리 내외는 일행의 뒤를 따라 오르다가 長慶寺信地甕城을 지나 동장대 터에 이르렀을 때는 이미 일행으로부터 뒤쳐져 떨어져 버렸는데, 제12암문을 지나 벌봉 방향으로 나아가다가 그쪽에서 되돌아오는 등반대장을 만나 그 때부터는 그와 행동을 함께 했다. 벌봉을 거쳐 산성 일대에서 가장 높은 지점인 南漢山(522.1m)에도 이르렀다. 병자호란 당시 남한산성 내부의 동태를 훤히 조망할 수 있는 벌봉을 청군에게 빼앗겨 곤란을 겪었는데, 이러한 약점을 보완하기 위하여 숙종 연간에 이곳에다 봉암성을 쌓았다. 본성에 대하여 새로 쌓은 성이므로 新城이라 하고 동쪽의 성이므로 東城이라고도 하였다. 성의 길이는 2,120m이다. 고사에 밝고 기억력이 비상한 김현석 씨는 이곳에 백제 온조왕 때 토성으로 쌓은 하남위례성의 흔적이 남아 있다고 하였으나, 제12암문 바깥에 여러 위례둘레길 표지들이 보이는 점을 제외하고서는 아무데서도 그러한 내용을 설명한 안내문은 보이지 않았다.

벌봉 부근에서 보험회사 측으로부터 전화를 받았는데, 상대방 차에 대한 보상액이 130만 원 정도로 정해졌다고 하므로 경악을 금할 수 없었다. 애초에 내가 단골로 이용하는 장오토클럽에서는 상대방 차의 수리비를 20만 원 이내로 추정하였고, 그 후 상대방이 80만 원을 주장하므로 그 액수가 너무 커서 보험처리를 결정했던 것이다. 그런데 뒷문 교환은 물론이고 앞문 일부의 도색과 앞뒷문 사이를 지탱하는 부분의 수리, 그리고 나흘간의 렌터카 비용까지 포함하면 그 정도 된다는 것이다. 내 차 수리비 50만 원 남짓까지 포함하면 전체 보험료는 180만 원을 넘는 셈이다. 그러나 이는 상의가 아니고 통지 수준이니 따져본들 소용없는 일이고, 수리비가 일단 50만 원을 초과하면 3년 동안 할증되는 보험료는 동일하다 하니, 비용이 많이 든다하여 특별히 내게 더 불리할 것도 없는 듯하다.

셋이서 다시 내성 북쪽 성벽을 따라 북문인 全勝門이 다다랐다. 남한산성에는 동·서·남·북에 4개의 대문이 있는데, 북문은 병자호란 당시 영의정 김류의 주장에 따라 군사 300여 명이 나아가 청군을 기습공격하려다가 적의 계략이 빠져 전멸하고 만 이른바 '법화골 전투'의 현장이다. 병자호란 당시 남한산성에서 있었던 최대의 전투이자 최대의 참패였다. 정조 3년 성곽을 개보수할 때 전승문이라는 이름이 붙여졌다. 선조 때의 기록을 보면 산성 내에 동문, 남문, 수구문 총 3개의 문이 있었다고 하므로, 북문은 인조 2년에 신축한 성문인 모양이다.

조선시대에 한양은 20만 명이 넘는 인구를 가진 도시였다. 나는 당시 일본 江戶의 인구가 100만이었다는 말을 듣고서 상대적으로 서울이 퍽 작다고 생각했었으나, 18세기 산업혁명 시기 런던의 인구가 5만 명이었다는 사실을 감안하면 결코 작은 규모가 아니었다. 이에 비해 남한산성 일대의 산성리는 인조 5년에 廣州府의 邑治를 산성 내부로 옮기면서 인구가 폭증하기 시작하여 한양 다음으로 큰 소비도시를 이루었는데, 갑오경장 이후 광주유수부가 폐지되고 1914년 조선총독부에 의한 행정구역 통폐합까지 일어나 산성 내에 있었던 광주군청이 경안동으로 옮겨가면서 한적한 마을로 점차 변모해 갔다고 한다.

서문에 다다르기 전 연주봉 옹성에도 들러보았다. 그 일대에서는 서울의 강남 지역을 훤히 조망할 수 있었는데, 송파에 세워진 제2롯데월드타워도 가까이 바라보였다. 근처에 있는 30층 높이의 하얀 색의 사각 빌딩인 제1 롯데타워에 비해 월등하게 높은 한국 제1의 고층빌딩으로서, 123층 높이에 555m이며, 건설에는 6500억 원의 비용이 들었다고 한다. 거기서 얼마 떨어지지 않는 곳에 서문인 右翼門이 있었다. 서문은 4개의 대문 중 가장 규모가 작고, 산성을 처음 쌓을 때부터 있었던 것으로 보인다. 이는 인조 15년 (1637) 1월 30일 왕이 세자와 함께 청나라에 항복하기 위해 남한산성을 나간 바로 그 문으로서, 산성의 서쪽 사면은 경사가 급해 물자수송이 어렵지만 광나루와 송파나루 방면으로 나아가는 가장 빠른 길인 것이다.

서문에서 600m 더 나아간 곳에 守禦將臺가 있었다. 남한산성 방위의 총 사령관이었던 수어사는 조선시대 군사제도인 5군영 제도 중 하나인 수어청 의 수장이기도 하다. 남한산성에 있던 5개의 장대 중 유일하게 남아 있으며, 인조 2년 축성 때 단층으로 지어 서장대라 불리던 것을 영조 27년에 다시 짓 고서 수어장대라는 편액을 달았다. 수어장대 2층 내부에는 無忘樓라는 인조 와 효종의 옛 일을 잊지 말자는 의미의 편액이 달려 있었는데, 현재 이 편액 은 수어장대 오른편에 보호각을 지어 보관하고 있다.

그 반대쪽의 입구에는 淸凉堂이라는 사당이 있는데, 남한산성을 쌓을 때 동남쪽 축성의 책임자였던 李晦 장군과 그 부인의 넋을 기리기 위해 건립된 것이다. 이회는 공사비를 횡령했다는 누명을 쓰고서 죽임을 당했고, 이 소식 을 들은 부인 송 씨는 한강에 몸을 던져 자결하였는데, 후에 누명이 벗겨지고 그가 맡은 공사가 가장 잘된 것으로 알려지면서 사당을 지어 초상을 안치하 고서 넋을 기린 곳이다. 서장대가 있는 산 이름이 청량산이므로 청량당이라 하였다. 사당 내부에 이회 장군과 그의 두 부인 그리고 실제로 성벽을 쌓았던 승려 벽암대사의 초상화가 걸려 있는데, 원래의 것은 1950년에 불에 타서 새로 그린 것이다. 수어장대 옆에는 조선 최초의 측량점인 度支部測量小三 角點이 남아 있었다.

서암문인 제6암문을 지나서 더 내려오다가 오후 5시인 하산 시간이 가까 워져 오는 지라 그 때부터는 성터를 따라가는 트레킹 루트를 버리고서 숲속 의 오솔길을 거쳐 남문인 至和門에 다다랐다. 남문은 정문에 해당하는 것으 로서 4개의 문 중 가장 크고 웅장하다. 인조 2년에 수축되기 전부터 이미 있 었던 것이며, 정조 때 지화문이라는 현판을 달았다. 인조는 이 문을 통해 산 성으로 들어왔던 것이다.

남문을 떠난 다음, 18~20세기 무렵에 설치한 39개의 선정비 등을 모아 놓은 비석군을 지나 사적 480호인 行宮에 들렀다. 경로우대자인 나를 제외 하고서 나머지 두 명은 4,000원의 입장료를 지불하였다. 조선시대 20여 개 의 다른 행궁들과 달리 숙종 조에 종묘와 사직에 해당하는 左殿과 右室을 건립하여 임시수도의 역할을 할 수 있게 하였다는 점에서는 유일한 것이다. 남한산성 행궁은 축성과 함께 인조 3년(1625)에 상궐(내행전)과 하궐(외행전)이 건립되어 1909년까지 잘 보존되었으나 일제강점기에 훼손되었다. 1999년부터 발굴조사를 실시하고 지속적인 복원사업을 실시하여 2002년에 상궐에 해당하는 왕의 침전 內行殿을 준공하고, 2004년에 좌전 등을 중건하였으며, 2007년에 사적 제480호로 지정된 것이다. 외삼문 북행각에 남한산성과 행궁의 역사를 전반적으로 소개하는 기념관이 마련되어 있었다. 나는 서울 유학 시절을 비롯하여 1997년 2월 2일에도 남한산성에 온 적이 있었으나, 당시에는 이 행궁이 터만 남아 있었다.

행궁을 나온 다음, 인조 3년에 군사훈련을 하기 위해 건립한 지휘소인 演武館 앞을 지나, 현종 13년(1672)에 지어진 정자로서 양반들이 풍류를 즐기던 곳으로 추정하는 地水堂을 거쳐 오후 5시 무렵 주차장으로 돌아왔다. 지수당에는 원래 정자를 중심으로 3개의 연못이 있었다고 하나 현재는 2개만 남아 있다.

돌아오는 도중 청주시 서원구 남이면 청남로 889(부용외천리 489-2)의 남청주IC 부근에 있는 청주본가 청원점에 들러 왕갈비탕으로 석식을 든 후, 밤 10시 10분에 귀가하였다.

7 (일) 맑음 – 선유도, 전주한옥마을 일대

아내와 함께 청일산악회를 따라 전북 고군산군도 仙遊島의 대봉(140m)과 大長峰(142) 그리고 전주한옥마을 일대의 慶基殿·殿洞聖堂·豐南門을 다녀왔다. 오전 7시 30분까지 중앙시장 고용센터 앞에 집결하여 출발했다. 통영대전·익산장수·순천완주 고속도로를 경유하여 완주 톨게이트에서 21번 국도로 빠져나간 후 군산방향으로 나아가, 세계 최장의 새만금방조제를 지나 오전 10시 30분에 선유도의 선유대교 앞 주차장에 도착했다.

선유도에는 2007년 5월 13일에 군산에서 배를 타고 들어왔고, 2017년 3월 5일에는 버스를 타고서 무녀도까지 들어와 걸어서 선유대교를 건넌 적이 있었다. 당시까지는 선유대교와 장자대교 및 그리로 통하는 도로와 터널

등이 아직 완공되어 있지 않았는데, 2009년부터 올해 2월까지의 공사로 이 제는 완공되었고, 4호선 국도가 장자도를 거쳐 대장도까지 통해 있었다. 오 늘은 완공된 다리와 도로도 볼 겸 아직 오르지 못한 望主峰(104.5)과 대장봉 을 오른다기에 다시 한 번 와본 것이다.

우리는 걸어서 선유교를 통과한 다음, 지난번에 여객선매표소 부근에서 택시를 타고 도착한 바 있던 다리 아래 지점까지 걸어내려가 여객선터미 널과 선유2구를 통과하여 명사십리해수욕장을 건너 선유3구의 망주봉으로 향하였다. 그런데 산행대장은 5개월 전에 분명 바위 절벽에다 관청이 설치 해 놓은 밧줄을 잡고서 정상까지 올라갔었다고 하는데, 지난달부터 그 밧줄 이 철거되고 없었다. 아마도 사고 때문인 듯하다. 그러나 오늘도 정상에는 이미 올라간 두어 명의 사람들이 바라보였다. 우리도 올라갈 수는 있겠지만, 밧줄이 없이는 내려올 때 사고가 날 가능성이 크므로 포기하고서, 대신 그곳 에서 좀 더 나아간 지점에 위치한 대봉전망대에 올라가 보았다.

대봉 정상에서 법원의 과장으로서 정년퇴직하였고 몽골 여행을 함께 한 바 있었던 73세의 남편과 74세의 부인 자리에 합석하여 점심을 들었다. 아 내는 오늘 점심 반찬을 준비해 두고서 깜박하여 가져오지 않았으니, 반찬은 그들의 것을 나눠먹고 과일 등 후식은 우리가 가져간 것을 함께 들었다. 전망 대를 내려온 다음 장자대교 옆의 1986년에 완공된 옛 다리를 지나 장자도로 건너갔고, 다시금 대장도로 건너갔다. 산행대장은 왼편으로 올라가 오른편 의 장자할매바위 쪽으로 내려오라고 했으나, 할매바위에서부터 올라가는 덱 길만이 눈에 띄었으므로 그 길로 올라갔다가 내려올 때는 덱이 없는 왼편 길로 왔다. 과장 부인과 아내는 대장봉에 오르지 않고서 산행대장과 함께 바 로 출발지점으로 되돌아갔다. 과장과 나는 4번 국도를 따라서 장자대교·선 유터널·선유대교를 차례로 건너 오후 2시 50분에 주차장으로 돌아왔다. 오 늘 트레킹의 총 거리는 8km 정도라고 하지만, 망주봉 대신 대봉을 올랐으므 로, 그보다 좀 더 걸은 듯하다.

본래 선유도는 고려와 조선 초기에 群山島라 불렸다. 바다 위의 여러 섬이 산봉우리처럼 무리지어 있는 데서 붙여진 이름이다. '군산도'에 관한 기록

중 가장 오래된 된 것은 北宋의 사신 徐兢이 지은 『宣和奉使高麗圖經』이다. 서긍은 이 책에서 '군산도'라는 제목을 특별히 설정하여 자세한 기록을 남겼는데, 당시까지 이곳은 중국과의 왕래에 중요한 기항지였던 것이다. 1123년 서긍 일행을 영접하기 위해 김부식이 이곳을 방문하기도 했다. 고군산이란 지명이 처음으로 사료에 보이는 것은 이순신 장군의 『亂中日記』인데, 이 지명은 세종 때 옥구현 진포 북쪽 즉 지금의 군산시에다 새로 설치한 수군기지 群山鎭과 구별하기 위한 것으로 생각된다. 동일한 권역에다 이렇게 수군 진을 두 군데나 설치한다는 것은 군산 지역의 경제적·군사적 중요성을 고려했기 때문이다. 선유도라는 명칭은 1909년에야 비로소 등장한다. 오늘 보니 선유도의 국도 4호선에는 2층 버스도 몇 번 눈에 띄었는데, 그만큼 관광객이 많이 찾는다는 뜻이 되겠다.

돌아오는 길에 오후 4시 40분부터 5시 50분까지 전주한옥마을에 들렀다. 태조 이성계가 황산대첩에서 대승을 거둔 후 돌아가는 길에 연회를 베풀었다는 장소인 오목대 부근의 주차장에서 하차한 후, 태조로라 불리는 길을 따라 한옥마을을 스쳐지나간 후 그 끄트머리의 경기전에 들렀다. 작년 11월 21일 전주 건지산에 트레킹을 왔다가 한옥마을에도 들러 두루 둘러보았기 때문에 오늘은 주로 경기전 부근에서 시간을 보냈다.

경기전에 모셔진 태조어진은 국보 제317호로 지정되어져 있는데, 고종 9년(1872)에 새로 모사한 것이며, 구본은 초상을 물에 씻어내고 백자항아리에 담아 진전 북쪽에다 묻었다고 한다. 『명종실록』에 의하면 태조어진이 26축 있었다고 하나, 현재 남아 있는 것은 경기전의 것이 유일하다. 永興 濬源殿의 태조 어진은 사진으로만 전하고 있다. 경기전 어진이 흰 수염의 노년 모습인데 반하여, 준원전의 것은 장년의 모습을 그린 것이다.

모처럼 구내의 全州史庫에도 들렀다. 조선왕조에서 실록을 편찬한 것은 태종 때의 『태조실록』이 처음이며, 세종 때 정종·태종의 실록을 추가로 편찬하여 각 2부씩 등사하여 서울의 춘추관과 충주사고에 보관하였다. 그러나 그 보존이 걱정되어 세종 27년(1445)에 다시 두 부를 더 등사하여 전주와 성주 사고를 신설하고서 분장하였다. 임진왜란 때 세 사고의 실록이 모두 소실되고 오직 전주사고의 것만 보존되었다. 정유재란 때 전주사고도 소실되고 현재의 것은 1991년에 복원된 것이며, 국보 제151호 『조선왕조실록』은 1997년 유네스코 세계기록문화유산으로 지정되었다.

전주이씨의 시조 李翰과 그 부인 경주김씨의 위패를 모신 사당인 肇慶廟 앞으로도 모처럼 다시 한 번 지나쳤다. 이한은 신라 때 司公 벼슬을 지낸 사람이라고 하는데, 이성계는 그의 21대 후손이다. 조경묘는 영조 때 세워졌고 철종 때 보수된 것이라고 한다. 나는 건지산을 찾았을 때 거기서 광무 3년(1899)에 만들어진 그의 묘역 肇慶壇을 방문한 바 있었다.

2010년에 개관한 어진박물관에도 처음으로 들렀고, 1919년에 철거되었다가 2004년에 복원된 경기전 서편의 부속건물들에도 아마 처음으로 들른 듯하다. 예전에는 경기전에 그냥 출입할 수 있었는데, 2012년부터 유료화되었으나 나는 경로우대로 무료였다.

경기전 부근인 완산구 전동에 있는 사적 제288호 전동성당에도 모처럼 다시 들렀다. 정조 15년(1791)에 이른바 珍山사건의 중심인물인 윤지충과 권상연, 그리고 순조 원년(1801)에 호남의 첫 사도인 유항검과 윤지헌이 풍남문 밖인 이곳에서 처형되었는데, 이들의 순교를 기리고자 1908년에 프랑스 신부 보두네(Baudounet)가 성당 건립에 착수하여 1914년에 완공한 것이다. 로마네스크 복고양식인 이 건물은 서울의 명동성당을 건축한 사람과 같은 중국인이 공사를 맡은 것으로 들은 듯하다.

인접한 보물 308호 풍남문에도 새로 들렀다. 1994년 2월 4일에 이곳에 들렀을 때는 누각 위층에 오르기도 했었는데, 지금은 오를 수 없게 되어 있는 모양이다. 전주부성에는 동서남북에 각각 출입문이 있었으나 지금은 이 남문만이 남아 있다. 고려 공양왕 1년(1389)에 처음으로 세웠으며, 정유재란에 이어 영조 때도 화재로 불타 다시 세우면서 풍남문이라 이름 하였다. 풍남이란 豐沛의 남쪽이란 뜻이며, 풍패란 중국 한나라 고조가 태어난 곳이므로, 조선왕조의 발원지인 전주를 그곳에다 비유한 것이다.

전주에서 돌아오는 길에 소양 톨게이트에서 순천완주고속도로에 오른 다음, 진안 톨게이트에서 30번 국도로 빠져나가 전북 진안군 진안읍 외사양길

31(마이산북부주차장 내)에 있는 기사식당 전주가든(청기와집)에 들러 산채비빔밥에다 흑돼지불고기와 된장찌개를 보탠 밥상(10,000원)으로 석식을 들고서, 밤 9시 30분경에 귀가하였다.

13 (토) 맑음 -정구 유적

어제 석식 자리에서 경북대학교 국문과의 鄭羽洛 교수와 남명 후손인 曺鍾明 씨 등이 寒岡 鄭逑가 만년을 보냈던 泗陽精舍의 복원 행사에 참석하는 문제에 대해 대화하는 것을 엿들은 바 있었다. 나는 한강의 유적지를 대부분 다 가보았지만, 사양정사에는 가본 적이 없으므로, 남명 후손들이 그 행사에 참석한다면 나도 그들의 승용차에 동승하여 함께 가볼 뜻을 말한 바 있었다. 조종명 씨는 처음에는 가볼 듯이 말하더니 나중에 가지 않겠다고 하므로, 아내와 둘이서 내 승용차를 운전하여 가보기로 작심하였다.

평소처럼 오전 9시에 집을 나서 내비게이션에 의지하여 사양정사가 있다는 寒岡近隣公園을 찾아갔다. 33번 국도를 따라 고령까지 갔다가 광주대구고속도로에 올라 남대구IC까지 간 다음, 대구광역시 북구 한강로 17(사수동 833)의 금호 서한 이다음 아파트 구내에 있는 한강근린공원을 찾아갔다. 이 아파트는 2016년 7월에 입주를 시작한 것으로서 총 9동 977세대가 사는 곳인데, 아파트의 건립에 즈음하여 구내의 근린공원으로서 한강공원을 조성하고 사양정사라는 이름의 누각도 세워서, 오늘 오전 10시부터 한강공원 준공 및 사양정사 복원 고유제를 거행하는 것이다.

사수동이 위치한 금호지구는 금호강에 면한 것으로서 경상북도 칠곡군과 접한 곳인데, 원래는 칠곡군에 속했다가 대구시로 편입된 것이다. 한강은 만년에 칠곡군 왜관읍 가실1길에 위치했던 蘆谷精舍에서 2년 정도 거주하다가 정사에 화재가 나 가지고 있던 장서 대부분을 소실하고서, 72세 때인 광해군 6년(1614)에 이리로 이사하여 광해군 12년(1620) 78세로 작고할 때까지 마지막 6년간 거주했던 것이다. 한강 당시에는 노곡정사와 사양정사가 모두 향리인 星州牧에 속했다고 하며, 모두 교통이 편리한 강가에 위치해 있었다. 이러한 장소들에 살 곳을 정한 것은 모두 제자들의 권유에 의한 것인 모양이다. 당시에는 이곳 마을 이름이 泗濱이었는데, 공자가 태어난 곳의 강 이름을 빌어 泗水로 바꾸고 사양정사를 세워 많은 후학을 길러냈을 뿐만 아니라, 제자들의 도움을 받아 그의 대표작 중 하나인 『五先生禮說』을 찬하기도 했다. 또한 말년의 몇 해 동안은 중풍을 얻어 신체의 일부가 마비되었으므로, 병 치료를 위해 배를 타고서 제자들과 함께 동래온천으로 떠난 여행기인 『蓬山浴行錄』의 출발지가 된 곳도 바로 이곳이다.

우리 내외가 도착했을 때는 사양정사에서 아직도 고유제가 진행되고 있었다. 잠시 후인 11시 반 경에 한강 종손댁 사람인 정우락 교수가 도착하였으므로, 그에게 부탁하여 사양정사가 실제로 있었던 장소인 아파트 안의 공원처럼 조성된 공터까지 가보기도 하였다. 한강공원 입구 고유제의 時到記 등록처 앞에 한강선생 유허비가 서있었다. 2007년 8월 15일에 李佑成 교수가 지은 것으로 새겨져 있으나, 실제로는 불과 몇 년 전에 정우락 교수 자신이 작성하여 이 교수가 별세하기 전에 한 번 보이고서 문구 몇 군데를 수정받은 것에 불과하다고 한다. 공원 주변에 한강의 시를 새긴 돌들이 여러 개 서있고, 사양정사라는 현판을 단 누각이 세워진 언덕 건너편에는 한강의 제자인 東萊鄭氏 養拙齋(수)·景寒齋(天澍) 兩代유적비도 서 있었다. '泗陽精舍重建記'는 경상대학교 한문학과의 許捲洙 교수가 썼다.

정우락 교수에게 청하여 그의 승용차에 동승하여 노곡정사의 옛터에도 가보았다. 노곡은 우리말 갈실을 한자로 옮긴 것인데, 지금은 가실로 되어 그곳의 언덕 위에 漆谷 佳室聖堂이 서 있었다. 성당의 구 주소는 칠곡군 왜관읍 낙산리 614, 615번지였다. 이 성당은 1923년에 프랑스인 박도행(Victor Louis Poinel)이 설계하고 중국 기술자가 공사를 담당한 것으로서, 경북에서 가장 오래된 성당이라 하여 2003년에 경상북도 유형문화재 제348호로 지정되었다. 로마네스크 양식의 건물이며, 지상 1층, 지하 1층, 연건평 217㎡였다. 한국전쟁 때는 양측 군인들이 병원으로 쓰며 전쟁의 해를 피할 수 있었다고 한다. 가실에서 한티까지 45.6km에 달하는 트레킹 로드 한티가는길도 조성되어져 있었다.

노곡정사 터를 떠나 한강공원으로 돌아오는 도중에 칠곡군 지천면 신동서원길 15-10에 있는 경상북도 문화재자료 제117호 泗陽書堂 講堂에도 들러보았다. 효종 2년(1651)에 한강을 기념하여 사수동의 사양정사 자리에다 향인들이 건립했던 것으로서, 숙종 20년(1694)에 서당이 지금의 장소로 이건 되면서 정구를 중심으로 이 마을 출신인 한강의 중요 문인 石潭 李潤雨를 배향하고 송암 이원경을 별사에 모셨다고 한다. 건립 당시에는 廟宇와 講堂, 兩齋, 대문, 廚庫 등을 마련하여 서원의 격식을 갖추었으나, 고종 5년(1968)의 서원철폐령에 의하여 지금은 강당만 남아 있는데, 정 교수의 말에 의하면 이것도 후대에 복원된 것이라고 한다. 사수동에 있었던 것을 이리로 옮긴 이유는 수호를 위해서였던 모양이다.

같은 마을인 상지3길 21(지천면 신리 239-1번지)의 石潭宗宅에도 들러보았다. 종손은 오늘 사양정사 복원 고유제에 참석하러 가고, 종부가 집에 남아 우리를 맞이하였다. 興學門이라는 현판을 내건 대문 안으로 들어서니 마당 앞부분에 李侯潤雨興學碑와 그 번역문을 새긴 비가 두 개 서 있었다. 인조 6년에서 8년까지(1628~1630) 潭陽府使로 재직하다가 떠날 때 府民들이 淸德碑를 세우고 文道들은 흥학비를 세웠는데, 현재의 담양향교 입구에 남아 있던 흥학비를 모사하여 2016년 종택에다 다시 세운 것이었다. 그곳에서 낮은 담을 건너 오른쪽에 단청을 하여 커다랗게 새로 지은 石潭祠가 있고, 정면에 사랑채가 있으며, 그 건너편에는 안채가 있는데, 모두 10년쯤 전에 새로 지은 것이었다. 마을 이름인 上枝는 우리말 웃갓을 한자로 적은 것이며, 정교수의 고향인 한강 종손 댁이 있는 갓마을(枝村)도 나는 선비가 머리에 쓰는 갓에서 유래한 것일 줄로 짐작하고 있었으나, 사실은 모두 가지(枝)의 발음이 축약되어 갓이 된 것이라고 한다.

한강공원 부근으로 다시 돌아와 사수동 964(한강로 6길 15-1)에 있는 '맛있는 갈치'라는 상호의 식당에서 정 교수로부터 갈치구이정식으로 늦은 점심을 대접 받았다. 정 교수는 올해 54세인데, 평소 글을 많이 쓰는 편이며 저서도 많고, 현재는 경북대학교 영남문화소장을 맡아 있으며, 경북 지방의 종가 100곳 정도를 단행본 한 권씩으로 소개하는 시리즈의 편찬 책임도 맡아 있다고 한다.

갈 때의 코스를 따라서, 아직 해가 남아 있는 중인 오후 5시 반쯤에 진주의 집으로 돌아왔다.

14 (일) 흐림 -금오도 비렁길 2·3코스

아내와 함께 상대산악회를 따라 여수 금오도 비렁길 2·3코스에 다녀왔다. 오전 7시 30분까지 시청 육교 밑에 집결하여 50명이 출발했다. 남해고속도로를 따라가다가 이순신대교를 건너 여수시로 나아간 후 돌산도로 건너가 9시 35분에 금오도의 여천 항으로 떠나는 페리가 출발하는 돌산도의 남쪽 끄트머리 부근 신기마을에 도착했다. 그 옆에 화태도로 이어지는 긴 사장교인 화태교가 이미 완공되어 있었으나 통행하는 차량은 아주 드물었다. 이 길에는 국도 77호가 통과하여 여수시 화정면의 하태도·월호도·개도·제도·백야도를 이어서 여수시 화양면으로 연결된다.

10시 30분에 출발하는 한림페리 9호를 탔는데, 배 앞면 옆에는 금오페리 7호라고 적혀 있었다. 11시 5분에 여천선착장에 닿았다. 여수로부터의 거리는 25km라고 한다. 1인당 왕복 운임이 11,200원에다, 차량 운임이 192,000원으로서 1인당 4,267원에 해당하니, 45,000원씩 내었지만 사실상 1인당 배삯만 해도 15,467원이 드는 셈이다.

우리는 원래 두 팀으로 나누어 A팀은 2코스에서 5코스까지 13.5km, B팀은 3코스에서 5코스까지 10km를 걸을 예정이었다. 나는 과거에 이미 1·2코스를 걸은 바 있었으므로, 오늘은 B팀에 끼일 생각이었다. 그러나 신기항 매표소에는 지난번 태풍으로 인하여 시설물이 파손되어 4코스(심포입구, 학동입구)의 통행을 금지한다는 공고문이 나붙어 있었으므로, 별 수 없이 계획을 변경하여 A팀은 1·2·3코스 12km, B팀은 2·3코스 7km를 걷기로 하였다. 우리 내외는 역시 B팀에 끼이기로 하였다. 여천에서 다시 대절버스를 타고서 이동하여 1코스의 출발지점인 함구미에다 일부를 내려준 후, 섬의 북쪽 해변을 통과하는 863번 지방도를 거의 다 둘러서 여수시 남면의 소재지인 우학리 우실마을에 도착한 다음, 다시 20번인 금오서부로를 경유하여 2코스의 출발지점인 두모(초모) 마을로 이동하였다. 2·3코스는 각각

3.5km의 거리이다.

트레킹을 시작할 때 이미 정오 무렵이었는데, 굴등전망대에 도착하여 그곳에 설치된 테이블에 앉아 둘이서 바다 풍경을 바라보며 점심을 들었다. 배 안이나 선착장에 이 지역의 바다는 토종고래 상괭이의 출몰지역으로서 국제적인 멸종위기종이므로 보호하자는 문구들을 볼 수 있었는데, 우리가 점심을 드는 전망대에서도 바다 위에 무슨 동물이 머리를 내밀었다가 금새 다시 잠수하는 모습이 여러 차례 눈에 띄었는데, 일행 중에 그것이 바로 상괭이라고 하는 사람이 있었다. 돌고래의 일종인 모양이다.

점심을 마친 다음, 촛대바위를 경유하여 2코스의 종점이자 3코스의 출발지점인 직포에 도착하였다. 예전에 나는 이곳에서 택시를 불러 우학리를 경유하여 여천여객선터미널로 돌아갔던 것이다. 직포에서부터는 정상인 매봉까지 계속 오르막길이어서 등산을 방불케 하였다. 동백 숲이 우거져 대낮에도 어두컴컴한 터널이 많았지만, 꽃피는 철이 아니어서 아쉬웠다. 그러나 운치는 있었다. 길바람통전망대와 매봉전망대를 경유하였고, 내리막길에서는 깎아지른 절벽 사이로 아득한 아래에 바닷물이 바라보이는 출렁다리인 비렁다리를 경유하여 3코스의 종착지점 학동에 도착하였다.

그곳 매점에서 아이스케이크를 하나씩 사서 입에 물고 400m쯤 떨어진 언덕 위의 자동차도로에 정거해 있는 대절버스 쪽으로 이동하여 오후 3시 40분에 닿았다. 버스에 사람들이 좀 있기는 하였지만 그들은 트레킹에 참여하지 않은 모양이고, 우리 내외가 1등으로 도착한 듯하다. 거기서 4시 반까지 머물며 일행이 다 도착하기를 기다리다가, 이동하여 다시 우실마을을 거쳐 여천으로 가서 오후 5시 30분에 출발하는 한림9호 페리를 탔다. 갈 때와 마찬가지로 우리 내외는 시종 3층의 갑판에서 바다 풍경을 바라보았다.

돌아오는 길에 이미 깜깜해진 후 여수시 돌산읍 우두리 강남 동로 59의 청솔아파트 3차 옆에 있는 통일식당에 들러 1인당 만 원인 게장정식으로 석식을 들었다. 집에는 밤 9시경에 도착하였다.

17 (수) 맑음 - 안동 예안면, 농업기술센터

아내와 함께 산림테크노포럼의 견학에 참여하여 경북 안동시 예안면과 안동시내의 농업기술센터에 다녀왔다. 이 모임은 아내가 회원이고 나는 아내의 요청에 따라 부부동반 하여 참석할 따름이므로 내 회비도 매번 아내가 부담해 왔으나, 오늘 처음으로 나의 참가비 2만 원을 아내에게 전달하였다. 오전 8시까지 경상대학교 공용주차장에 집결하여 21명이 우등버스 한 대로 출발하였다.

33번 국도를 따라 고령까지 올라간 후 광대고속도로에 올라 남대구까지 갔고, 중앙고속도로에 접어들어 남안동에서 일반국도로 빠져나왔으며, 오전 11시 5분에 예안면 소재지에서 500m쯤 떨어진 위치에 있는 안동시 禮安面 鼎山里 686-1 권장록 씨의 지황 밭에 도착했다. 우리가 도착했을 때는 이미 밭가의 야외에서 안동시농업기술센터에 의한 2018년 지황 신품종 시범재배 현장평가회가 진행되고 있었다. 0.3hr의 밭에다 재래종과 고경·토강·다강·원강 등 5종류의 품종을 금년 4월에 심고는, 그 뿌리 일부를 채취하여 현장에다 전시해 두고 있었다. 나로서는 한약의 소재인 지황의 이름은 듣고 있었지만, 실물을 보는 것은 처음이었다. 지황 농사를 위한 기능성복합영양제인 성숙비 두 팩도 받았다.

평가회가 끝난 다음 이웃한 예안면 소재지로 이동하여 임예로 1884의 노래연습장 건물 한쪽 모퉁이에 붙어 있는 해물전문식당 달빛가든에서 정식(7,000원)으로 점심을 들었다. 안동에 오니 곳곳에서 '한국 정신문화의 수도 안동'이라는 문구가 눈에 띄었다. 면소재지에 월곡이라는 지명이 여러 군데 눈에 띄었는데, 알고 보니 1974년에 월곡면 7개리와 예안면 9개리가 합병하여 오늘날의 예안면이 된 것이었다. 조선시대에는 고려시대의 예안현이 예안군으로 되었다가, 1914년에 예안군이 폐지되고 안동군에 속하게 되었다.

점심을 든 다음 다시 예안면사무소 앞으로 가서 약속된 농업기술센터 직원이 도착하기를 기다렸고, 예안면 북부의 道村里로 가는 길 어귀에 위치한 삼계리 44의 천궁 고온기 생육활성화를 위한 차광재배기술 개발 시험장소로 가서 그 직원으로부터 지황 및 천궁 재배에 관한 설명을 들었다. 천궁은 미나리과에 속한 약용식물이다. 이곳에서 재배하는 천궁은 주로 일본원산인 일천궁이며, 토종인 토천궁은 약효는 좋아도 일천궁에 비해 생산량이 절반 정도 밖에 되지 않는다고 한다. 또한 차광을 한 것과 노천에 재배한 것은 눈으로 보아도 확연한 차이가 있었다.

천궁 재배지를 떠난 다음, 한 시간 정도 이동하여 안동시 경동로 1484-10에 있는 안동시농업기술센터에 들렀다. 거기서 천궁 재배지에서 만났던 센터 직원의 안내에 따라 온실로 된 커다란 식물원을 비롯하여 구내의 드넓은 농업생태공원을 대충 둘러보고서 1,000㎡에 달하는 인삼 육묘 묘삼 시범하우스에서 재래종 인삼재배에 관한 설명을 들었다. 그곳에는 작년 11월에 파종된 묘삼이 재배되고 있었다. 안동의 인구는 17만인데, 이 농업기술센터는 전국에서 5위 이내의 규모라고 하며, 전국에 두 곳 밖에 없는 약초담당부서도 있다.

농업기술센터란 농촌지도소의 다른 이름인 모양인데, 안동시 농촌지도소는 1958년에 설립된 이래 39년간 龍上洞에 있는 청사를 사용해 왔으나, 1995년 안동시군의 통합과 더불어 1996년 12월 이곳에다 총 25,000평의 시험농장과 연면적 730평 규모의 새 청사를 착공하여 1997년 11월에 준공을 보게 된 것이다.

어두워진 이후 진주의 출발지점으로 되돌아오니, 경상대 구내에는 개교 70주년을 기념하는 축제의 야시장이 열리고 있었다. 총무로부터 오늘 얻어 온 지황 뿌리를 좀 나누어 받아 오후 7시 15분에 귀가하였다.

18 (목) 쾌청 - 한국선비문화연구원

점심 후 제초작업을 계속하여 대충 한 차례 마쳤다. 오늘도 샤워를 마치니 오후 4시 무렵이었다. 나를 덕산의 한국선비문화연구원까지 데려다 준 후 승용차를 몰고서 먼저 집으로 돌아갈 아내가 밤길 운전을 불안해하므로 평소보다 반시간쯤 일찍 외송을 떠났다. 아내가 돌아간 후, 나는 김경수 군을 만나 304호실에 독방을 배정받은 다음, 본관 3층에 있는 김 군의 연구실로 가서 차를 들며 대화를 나누었다.

오후 6시 반쯤에 일본과 중국에서 오는 발표자들이 김해공항으로부터 한 문학과 강정화 교수 등의 승용차 두 대에 분승하여 도착하였으므로, 함께 걸어서 덕산 입구의 산청군 시천면 남명로 200번길 170에 있는 약선산채 음식전문점 조은날로 이동하여 최구식 선비문화연구원장, 이상필 경상대 남명학연구소장 등 20명 정도가 합석하여 석식을 들었다. 나도 건배사를 하였다.

식사를 마친 후 川原 교수 및 중국 南開대학 歷史學院의 孫衛國 교수와 더불어 숙소로 돌아와 401호실인 川原 교수의 방에 들러 그가 東京대학 『한국조선문화연구』 제16·17호(2017년 3월, 2018년 3월)에 발표한 논문 「士禍와 淸隱의 學」 (1) (2) 및 금년 10월 6일에 奈良의 天理대학에서 있었던 제69회 조선학회대회에서 행한 공개강연 「조선실학—동서학설의 융합과 이퇴계의 규범—」 별쇄본, 그리고 北海道 産 초콜릿 '하얀 연인' 한 박스를 선물로 받아 내 방으로 돌아왔다.

19 (금) 맑음 - 한국선비문화연구원

오늘도 우리이모집에서 조식을 든 후 일본 및 중국의 학자들과 함께 덕천 강변의 지리산둘레길을 따라서 덕천서원까지 산책하였고, 덕산 읍내를 가로질러 산천재까지 거의 다 가서는 시간이 부족하여 선비문화연구원으로 돌아왔다.

오전 10시부터 본관 1층의 대강당에서 2018년 한국선비문화연구원과 경상대 남명학연구소의 공동 국제학술대회가 개최되었다. 김경수 군의 사회로 개회식이 있어, 최구식 한국선비문화연구원장과 이상필 경상대학교 남명학연구소장이 개회사를 하고, 이재근 산청군수가 축사를 하였다.

이어서 오전의 주제발표로 정출헌 부산대 교수가 「성종 14년(1483), 신진사류, 그리고 도학의 전회」, 최석기 경상대 한문학과 교수가 「조선시대 『중용』 해석의 양상과 특징—圖說을 중심으로」, 張廣村 중국 魯東대학 교수가 「論伊藤仁齋的學術思想淵源及宗旨」를 발표할 예정이었으나 병으로 오지 못하여 같은 대학의 여자 박사인 姜娜 씨가 대신 발표하였고, 마지막으로 川原秀城 일본 東京대학 명예교수가 「조선조 중기 淸隱의 學」을 발표하였다.

구내식당에서 점심을 든 후 川原 교수와 함께 김경수 군을 따라 그의 연구실로 가서 함께 차를 마시다가, 아직 정리되지 않은 채 3층 자료실에 보관되어 있는 내가 기증한 한국 도서들도 둘러보았다.

오후의 주제발표는 두 섹션으로 나뉘어 1섹션 '동아시아 유교문화의 현재적 성찰'은 2층 201호실, 2섹션 '남명학, 임진왜란, 선비들의 山水 인식'은 대강당에서 속개되었다. 나는 川原 교수와 함께 내가 토론할 사람들이 발표하는 1섹션에 참가하였다. 거기서는 강정화 경상대 한문학과 교수의 사회로 강명관 부산대 한문학과 교수가 「페미니즘 시대의 유학」, 武田祐樹 일본 二松學舍大學 SRF 연구원이 「林羅山의 五山문학 이해와 그 비판」, 孫蘊 중국 魯東대학 여자 박사가 「和合共生, 大象無形: 習近平用典中的跨文化傳播思想」, 川邊雄大 일본 二松學舍大學 강사가 「戰前期 臺灣 公學校의 한문교과서에 대하여」, 김기주 계명대 교수가 「제4차 산업혁명시대 유학의 한계와 가능성」을 발표하였다. 경상대 남명학연구소는 중국 魯東대학, 일본 二松學舍대학과 협약을 맺어 작년에 二松學舍대학에서 첫 번째 국제학술회의를 개최한 이후 오늘 한국에서 두 번째 모임을 갖는 모양이다.

오후 4시 40분부터 대강당에서 있었던 총평에서는 조창섭 선비문화연구원 부원장이 좌장이 되어 나와 경상대 한문학과 장원철 교수가 각각 일본과 중국의 발표자 3명씩에 대해, 그리고 경상대 한문학과의 이상필·허권수 교수가 한국의 발표자 4명씩에 대해 토론할 예정이었으나, 장원철 교수는 몸이 불편하다는 이유로 출석하지 않았다. 川原 교수가 준비해온 이번 발표논문의 원본에 해당하는 논문 「士禍와 淸隱의 學」 2편의 별쇄본 각 7부씩은 내가 골라준 사람들에게 기증하였다.

오늘의 모든 순서를 마친 다음, 다시 우리이모집으로 가서 석식을 들고 거기서 한참동안 대화를 나누다가 숙소로 돌아왔다. 밤에 내 방에서 김경수 군과 川原 교수, 중국 南開대학의 孫衛國 교수가 모여 발표 사례비 송금에 따른 수속 문제를 협의한 데다, 孫 교수는 그 후 따로 다시 와서 임진왜란에 관한

자기 저서를 우송할 내 집 주소를 묻고, 한동안 임진왜란과 관련한 대화를
나누다가 자기 방으로 돌아갔다.

20 (토) 맑음 - 한국선비문화연구원

아침에 우리이모집에서 조식을 든 후 일본 학자 3명 및 중국의 孫 교수와
더불어 산천재와 남명기념관 그리고 別廟를 둘러보았다. 남명 묘소에도 들
를 예정이었으나 일본의 川邊·武田 씨가 덕산을 떠날 시간이 가까워졌다면
서 먼저 돌아간다고 하므로, 우리 세 명도 뒤이어서 그냥 돌아왔다. 남명기
념관에는 내 저서들이 여러 개 전시판매되고 있었다.

오전 10시부터 선비문화연구원 본관 앞마당에 설치된 특설무대에서 문
묘제례악 연주와 함께 남명제례가 거행되었다. 나와 川原·孫 교수는 앞 열
세 번째 줄 가운데의 이름이 적힌 귀빈석 의자에 나란히 앉았고, 우리가 앉은
자리의 앞 열 첫 번째 줄에는 김경수 경남도지사와 조규일 진주시장, 이재근
산청군수, 산청 지역의 국회의원 등이 앉았다. 조옥환 사장이 나를 조카인
조 시장에게 남명학의 오늘이 있도록 한 사람이라면서 소개하였다. 제단 옆
의 대형 화면에 외국에서 온 귀빈으로서 川原·孫 교수의 이름이 비쳤고, 지
사도 축사 중에 그들의 이름을 언급하였다. 제례에서는 경남지사가 초헌관
이 되고, 정우락 교수가 奠茶官의 역할을 맡았다.

제례가 있은 다음, 그 자리에서 최구식 선비문화연구원장과 김경수 지사
그리고 국회의원의 인사말이 있었고, 뒤이어 의병출정극 '의병이여 일어나
라'가 공연되었다. 식장에서 모처럼 예전에 함께 남명학연구원의 상임연구
위원이었던 부산 동주여자전문대학의 한상규 교수를 만났다. 그는 퇴직한
이후 최근에 결성된 김해남명조식정신문화연구원의 원장 직을 맡고 있으
며, 명함에는 시인이라고도 적혀 있었다.

구내식당에서 점심을 든 후, 오후에는 야외의 반원형 공연장에서 큰들문
화예술센터가 주관하는 마당극 '남명'을 보았는데, 계단식 좌석이 이미 만원
이라 뒤쪽에 서서 한동안 바라보다가 방으로 돌아왔다.

오후 2시 남짓에 김경수 군으로부터 전화연락이 왔으므로, 그의 승용차에

동승하여 川原·孫 교수와 더불어 덕산을 떠났다. 남명의 묘소는 차 안에서 바라보기만 하였고, 南沙 마을에 이르러 면우 곽종석의 생가 옆에 새로 들어선 유림독립운동기념관과 생가 터의 尼東書堂을 둘러본 다음, 외송의 내 산장으로 들어와 산머루 즙을 마시며 대화를 나누었다.

나의 저서와 장서들도 보여주었는데, 원래는 사학사 전공으로서 근래 20년 정도 임진왜란을 전문적으로 연구하고 있다는 孫 교수는 내가 발견한 『孤臺日錄』을 이미 알고 있었다. 그는 국제일본문화연구센터의 초청으로 한 달 반쯤 전부터 일본 京都의 桂에 있는 센터 숙소에 머물고 있으며, 1년간 일본에 체재할 예정이다. 중국 교수들은 100명 중 한 명도 나와 같은 별장을 가지고 있지 않다고 하였다. 川原 교수도 자신의 한 달 연금이 일본 돈 25만 엔(즉 한국 돈 250만 원에서 300만 원) 정도 된다고 하면서 내가 자기보다 경제적으로 여유 있다고 하였다. 그의 처는 京都대학 재학 시절에 만난 동창생으로서 약제사인데, 고용되어 받고 있는 임금이 별로 많지 않은 모양이었다. 김경수 군이 지난번에 빠트리고서 가져가지 않은 한국 관계 책들 몇 종류를 오늘 그에게 넘겨주었는데, 그 중의 尹宣擧와 金元行 문집은 川原 교수가 탐을 내므로 그에게 주었다.

외송을 떠나 진주로 돌아온 후 이현동의 하연옥에 들러 川原 교수가 들고 싶어 하는 진주냉면으로 석식을 들고, 김 군이 별도로 마련해온 송이버섯 세 개도 잘게 찢어 참기름에 찍어서 함께 들었다.

근자에 개수한 동방호텔의 8층에 그들의 숙소를 정해준 다음 김경수 군은 돌아가고, 나는 이미 어두워진 이후 두 외국교수와 더불어 남강 둑을 산책하여 진주성으로 들어가 촉석루와 義妓祠·義巖 그리고 壬辰大捷癸巳殉義壇을 함께 둘러본 후 강변길을 걸어서 호텔로 돌아갔다. 호텔에서 孫 교수와 작별한 다음, 콜택시를 불러 밤 7시 남짓에 귀가하였다.

21 (일) 맑음 –남명 유적지

아침에 김경수 군이 집으로 데리러와, 그의 승용차를 타고서 9시 반쯤에 함께 동방호텔로 갔다. 그리하여 호텔을 체크아웃한 후 川原 씨를 포함한 셋이서 먼저 합천군 삼가면 외토리에 있는 용암서원과 뇌룡사 그리고 남명이 출생한 집을 방문했다. 남명이 출생한 외갓집은 그 새 한층 더 잘 정비되어 있었다.

그곳을 떠난 다음, 김해시 대동면 주동리에 있는 신산서원과 지금은 신산서원의 강당으로 변해 있는 山海亭을 찾았고, 사당 안에서 川原 교수와 둘이서 절을 하였다. 서원 입구의 문은 원래 닫혀 있었지만, 김경수 군이 전화를 건 지 얼마 후 담당자가 와서 문을 열어주므로 내부로 들어갈 수 있었다. 서원을 나온 다음, 그 아래편에 있는 남명의 부인 南平曹氏의 무덤도 방문하였다. 우리는 진입로를 알지 못해 예전에 한 번 통과한 적이 있는 위쪽의 남의 밭을 경유하여 들어갔지만, 알고 보니 아래쪽에 원래의 진입로가 남아 있었다. 신산서원으로 접근하는 길은 개울 쪽에 조만간 새로 만들어질 것이라고 한다.

답사와 참배를 모두 마친 다음, 공항으로 가는 길에 김해시 대동로 29(불암동 184-5)에 있는 불암장어구이에 들러 민물장어구이로 점심을 들었다. 어제까지로써 한국선비문화연구원의 공식적인 손님 접대는 모두 끝났으므로, 오늘 점심값 79,000원은 내가 부담하였다.

川原 씨로부터 오늘 새로 들은 바에 의하면, 그의 연금은 월 25만 엔이 아니라 20만 엔이며, 그의 부인도 현재 연금을 받고 있는데 1년에 20만 엔 정도라고 한다. 그리고 그의 재직 중 연봉은 피크일 때가 1천만 엔 정도였다고 한다. 이를 10배 정도한 금액이 한국 돈이니, 일본 최고의 명문인 東京대학의 교수 수입이 이 정도로 박한 데 대해서는 놀라움을 금할 수 없었다. 연봉은 나의 경우와 비슷하며, 연금은 절반 수준인 것이다. 그의 말로는 한국도 언젠가 그렇게 될 것이라고 했다. 한국선비문화연구원이 조만간 그에게 송금할 사례비는 180만 원 정도라고 하니, 거의 그의 한 달 연금에 해당하는 셈이다. 그는 퇴직 후 다른 대학에 취직할 수도 있었지만, 남에게 아쉬운 부탁을 하는 것이 싫어서 그렇게 하지 않았다고 한다. 그리고 오늘 그로부터 들은 바에 의하면, 東京大學에는 일본 전국으로부터 신입생이 들어오지만, 京都大學의 입학자는 거의 關西지방 출신자에 국한된다고 한다.

오후 2시경에 그를 김해공항까지 바래다주고서 김 군과 나는 진주로 돌아왔다. 川原 씨는 오후 4시 비행기로 東京으로 돌아가며, 김 군은 오늘 저녁 또 LH 간부들이 선비문화연구원으로 들어오므로 그들과 함께 포도주를 들 것이라고 한다.

27 (토) 맑음 -고도원의 걷기명상

아내와 함께 오후 2시 반부터 6시 남짓까지 진주성 일원에서 있은 고도원의 잠깐멈춤 걷기명상에 참여했다. 촉석루 쪽 정문 안쪽에서 등록 및 개회와 내빈 소개가 있었는데, 진주시장 부인 오명옥 씨, 진주시청 행정복지과장인가 되는 황혜경 씨, 고도원 씨 등이 인사말을 하였다. 오 여사는 아내와 더불어 과기대에서 다도 공부를 같이 한 사이이다. 내 제자인 상대동행정복지센터의 행정팀장 하주영 양도 와 있고, 아내의 제자인 남해군의 보건소장 김향숙 씨도 같은 산림치유사 일행 4명과 더불어 참여했으며, 경상대 학생처장을 지냈던 고영두 교수 및 그의 동생인 경남과기대 명예교수 고영욱 씨 내외도 와 있었다. 오늘 모임에는 300명 남짓이 등록했다고 하는데, 1인당 3,000원의 참가비를 낼 뿐이라 다 합쳐도 100만 원이 채 못 되는 적은 돈이니, 충주시에 있는 깊은산속옹달샘의 직원들과 가수나 연주자 등이 다수 참여하는 이번 모임에 진주시가 적지 않은 후원을 하는 모양이다.

걷기명상이란 고도원 씨와 시장 부인이 앞장서서 나아가고 참가자들이 두 줄로 서서 침묵하여 서서히 뒤따라 가다가 징 소리에 맞춰 한동안 멈추기도 하는 산책이다. 촉석루 옆 雙忠碑閣에서 남강가로 내려갔다가 서장대 부근에서 다시 올라와 조선조 말의 嶺南布政司(도청) 정문을 거쳐서 박물관 광장으로 내려오는 코스였다.

박물관 앞 광장에서 윤나라 씨와 옹달샘 직원들의 인도에 따라 스마트폰으로 연결된 스피커의 음악에 맞춰 댄스를 하고 포옹을 하는 '힐링허그 사감포옹'(사감이란 사랑과 감사의 줄임말)이 있었으나, 늙은 나는 계면쩍어 그 자리를 벗어나 근처의 벤치에 앉아 바라보기만 하였다.

준비된 과자와 음료수를 받아 근처의 야외공연장으로 이동하여 여류 해

금연주자 신날새, 기타의 김현동, 보컬 최성무 씨 등 젊은 음악가들의 공연을 듣고, 끝으로 깊은산속옹달샘 대표인 고도원 씨의 인문학 특강 '꿈과 꿈 너머꿈'으로 마무리를 하였다. 박경리문학관에서 20년간 근무하였다는 여성 고창영 씨가 고도원 씨의 불림을 받아 앞으로 나가 자작시를 낭송하기도 하였다. 전체적으로 보면 감성이 풍부한 모임이라 여자들이 좋아할 만하다.

28 (일) 맑았다가 정오 무렵 한 때 흐림 ─청량사, 남산제일봉, 가야산소리길

아내와 함께 청솔산악회를 따라 합천군 가야면의 청량사·남산제일봉과 가야산소리길을 다녀왔다. 금년 8월 26일에 같은 산악회를 따라 이 코스를 걷기 위해 한 번 왔으나 호우로 말미암아 예정된 코스를 변경할 수밖에 없었으므로 다시 온 것이다. 오전 8시까지 구 진주역 앞에 집결하여 출발한 다음, 33번 국도를 따라 올라가 고령에서 광대고속도로에 접어들었고, 해인사 IC에서 일반국도로 빠졌다. 59번 국도를 따라 청량사 버스정류소 있는데서 황산주차장 쪽으로 빠진 다음, 청량사 아래쪽 갈림길에서 하차하여 등산을 시작했다. 이 코스는 예전에 1989년 11월 19일 가야의 정상원 씨 댁을 방문했다가 그를 만나지 못하고서 한 번 올라 청량사와 남산제일봉을 거쳐 치인리 쪽으로 내려간 적이 있었다. 도중의 들판에는 가을 추수가 2/3쯤 마쳐진 듯하였다.

청량사에 다다라 절 안을 둘러보느라고 아내와 떨어져 뒤쳐졌다. 절 입구에 千佛山淸涼寺라는 문구가 보였는데, 천불산은 남산제일봉과 매화산의 古名이라고 한다. 예전에는 매화산과 남산제일봉이 같은 봉우리를 가리키는 것으로 알려져 있었지만, 지금은 정상인 1010m 봉우리가 남산제일봉이고, 매화산은 954.1m로서 그 동남쪽으로 좀 떨어진 곳에 위치해 있다. 청량사는 통일신라 무렵의 사찰로 추측될 뿐 창건 기록이 남아 있지 않은데, 『삼국사기』에 최치원이 자주 찾았던 절로 기록되어 있다고 한다. 대웅전에는 보물 265호인 석조 석가여래좌상을 본존불로 안치하고 있고, 그 앞마당에 보물 253호인 석등과 보물 266호 3층 석탑이 남아 있는데, 모두 통일신라시대의 것이라고 한다.

하차 지점에서 청량사까지 3km 정도는 아스팔트와 콘크리트로 포장된 차도가 이어져 있었고, 그곳을 지나서부터 본격적인 등산로였다. 산은 바야흐로 늦가을 단풍이 절정이었다. 남산제일봉 정상 가까운 곳에는 바위 봉우리들이 가팔라 온통 철제 및 목제 계단들로 칠갑이 되어 있었다. 정상에서 다시 아내의 모습이 눈에 띄어 뒤에서 불러보았으나 내 목소리를 듣지 못했는데, 그 후 다시 사라져 하산 길로 아무리 내려가 봐도 눈에 띄지 않더니, 회장인 김계세 씨를 비롯한 우리 일행이 주저앉아 식사를 하고 있는 곳에서 비로소 다시 만났다.

경상대 출신인 62세의 국어교사 팀에 끼어 점심을 든 다음, 아내와 나는 먼저 일어서 하산 길을 재촉했다. 몇 해 전 대장경축제 때 창원에서 있었던 심포지엄의 좌장을 한 후 이곳으로 옮겨와 독방에서 1박한 적이 있는 해인사 관광호텔을 지나 치인리의 상점가를 종단한 다음, 소리길 코스로 접어들었다. 이 소리길 코스도 대장경축제 당시 해인사 부근의 일부 구간을 걸었던 적이 있었는데, 실은 오늘의 산행거리 총 12km 중 약 절반을 차지하는 긴 코스이다.

아내는 소리길에 접어들자 단풍과 계곡의 물소리에 반해 천국에 온 듯하다고 감탄을 금치 못하였다. 도중의 해인사 입구로부터 큰절까지에 이르는 계곡 4km 정도를 紅流洞이라고 부르는데, 나는 그 홍류동에서 최치원이 머물렀다는 장소인 籠山亭에 이르러 주변을 둘러보다가 다시 아내와 떨어져 뒤쳐졌다. 농산정 정자에서 계곡 건너편의 큰길 가 언덕에는 최치원을 기념하는 커다란 비석들이 서 있고, 그가 학문하던 장소라고 하는 곳에 조그만 기와집이 한 채 서 있는데, 지금은 그의 사당으로 변해 있다. 그 옆에는 紅蓮庵이라는 암자가 있고, 홍련암 앞이 가야산 입구인 일주문이었다. 해인사 큰절 왼편에도 또한 최치원이 은거했다는 學士臺가 남아 있다고 한다.

나는 오늘 집을 떠나올 때 깜박 잊고서 스마트폰을 챙겨오지 못했는데, 그 때문에 큰 곤욕을 치렀다. 지난 8월 26일에 도착한 적이 있었던 소리길탐방지원센터를 지나 황산마을 주차장을 거쳐서 소리길 입구 쪽으로 계속 내려오다가, 집합장소를 확인하기 위해 산악회로부터 배부 받은 개념도를 꺼내

보니 산행종료 지점은 황산마을 주차장 부근으로 되어 있었다. 지나오면서 보니 그곳에는 승용차들만 주차해 있고 대형버스는 없었는데, 지도에 그렇게 표시되어 있으므로 왔던 길을 도로 올라가 황산마을 주차장에 도착해 보아도 역시 버스는 눈에 띄지 않았다. 큰길가의 청량사 버스정류소로도 올라가 보았으나, 거기에도 다른 산악회의 버스 한 대가 보일 뿐이었다.

할 수 없이 도로 내려와 하산시간인 오후 3시 반을 염두에 두고서 걸음을 재촉하여 소리길 입구까지 내려왔으나 거기에도 대형버스는 보이지 않았고, 대장경테마파크 입구의 큰길가로 나가보았으나 역시 다른 산악회의 버스 두 대가 정거해 있는 것이 눈에 띌 따름이었다. 낭패하여 아침에 내린 청량사 아래쪽 갈림길로 가보고자 하던 차에 마침 근처를 지나는 빈 택시 한 대가 눈에 띄므로 그것을 타고서 그 장소까지 가보았지만, 거기에도 아무것도 없었다. 도로 돌아와 청량사 버스정류소 부근의 기사가 말하는 장소를 이곳저곳 둘러보던 중에 개념도 아래쪽에 집행부의 전화번호가 적혀 있는 것에 생각이 미쳐 기사로 하여금 그리로 전화해 보게 했더니, 마침내 택시를 타고서 나를 찾아 나선 회장과 연락이 닿아 청량사 버스정류소 부근에서 회장의 택시로 옮겨 탔다. 알고 보니 청솔산악회의 대절버스는 대장경테마파크 주차장에서 승용차들이 주차한 곳 건너편에 있는 대형차 주차장에 정거해 있었으므로, 그 일대까지 갔어도 눈에 띄지 않았던 것이었다.

11월

6 (화) 맑음 - 영주 갈곶산·봉황산·부석사·소수서원

아내와 함께 산울림산악회의 경북 영주 갈곶산·봉황산·부석사·소수서원·무섬마을 탐방에 참여하였다. 오전 7시 25분쯤 바른병원 앞에서 문산을 출발하여 시청을 거쳐 오는 대절버스를 타고서 봉곡로터리를 경유하였다. 이 산악회는 한아름산악회와 더불어 매달 화요일에 출발하며 이발사들이 조직한 것이다. 오늘은 39명이 동행했다. 33번 국도를 따라 올라가 광대·중앙고속도로를 경유하여 북상하다가 영주IC에서 일반국도로 빠져나와 영주시·봉화읍을 지났고, 915번 지방도로 접어들어 봉화군 물야면 오전리의 물야저수지에서 샛길로 빠져 나가, 오전 11시 13분 저수지 북쪽 끄트머리의 생달마을에서 하차했다. 915번 지방도의 도중에서 이몽룡 생가가 있다는 마을도 지나쳤다. 『춘향전』의 남자 주인공인 이몽룡은 서울 삼청동에 거주한 것으로 되어 있는데, 왜 여기에 생가가 있다는 것인지 모르겠다.

생달마을 위쪽으로도 上雲寺(용문사)까지 아스팔트 포장도로가 이어져 있지만 노폭이 좁아 버스는 올라갈 수 없으므로, 여기서 내려 절까지 2.7km쯤 되는 거리를 걸어 올라가야 하는 것이다. 절 이름은 우리가 산악회로부터 배부 받은 개념도에는 용문사, 「소백산자락길」지도에는 용운사라고 표시되어 있는데, 현지의 안내판에는 모두 상운사로 되어 있으니, 근자에 개명한 것이 아닌가 싶다.

이 길은 경상북도 청송군 주왕산국립공원으로부터 강원도 영월군의 관풍헌까지 이어지는 외씨버선길 240km 총 13개 길 중 10길인 약수탕길의 끄트머리이고, 상운사에서부터 백두대간이 지나가는 늦은목이 재까지 0.9km는 11길인 마루금길의 초입에 해당한다. '외씨버선'이란 도중인 영양 출신의 시인 조지훈의 시 '승무'에 나오는 말이다. 이 길은 옛 보부상들이 지나다녔던 길로서 물야저수지의 동쪽 끄트머리에 보부상위령비가 세워져 있다. 약수탕길이란 조선 제일의 약수라는 두내약수탕과 오전약수탕을 지나간다 해서 붙은 이름이며, 마루금길이란 해발 1,000m 정도의 고지능선 (마루금)을 오르락내리락한다 하여 붙은 이름이다. 이 길은 또한 소수서원 선비촌에서부터 시작하여 소백산 둘레를 한 바퀴 두르는 소백산자락길 143km 총 12자락 중 동쪽 끄트머리의 9자락 후반부에 해당하기도 한다. 늦은목이를 기준으로 9자락의 처음 절반인 3.7km는 방물길, 우리가 걸어 올라온 나머지 절반 3.5km는 보부상길이라고 부른다. 해발 800m의 백두대간 늦은목이 재에서 일행과 합류하여 점심을 들었는데, 그 아랫부분에 있는 옹달샘은 내성천 109.5km의 발원지로서, 봉화군과 영주시와 예천군을 지나 문경시 영순면 달지리에서 낙동강과 합류한다. 재에 오르기 전 길가의 그 샘에 들러서 물을 한 잔 떠 마셨다. '늦은목이'의 '늦은'은 느슨하다는 뜻이며, '목이'는 고개를 뜻하는 말이니, 느슨한 고개 또는 낮은 고개라는 뜻이다. 나는 1997년 8월 16일에 백두대간 구간종주를 위해 고치령에서 박달령까지 이 코스를 오늘의 역방향으로 지나간 적이 있다. 이 고개는 남한을 대표하는 긴 강인 한강과 낙동강의 분수령이 된다.

늦은목이에서 1km 떨어진 갈곶산(966m)까지가 백두대간 코스이다. 갈곶산에 오르니, 거기에 오늘 우리가 내려가기로 되어 있는 봉황산(822)으로 향하는 길은 출입금지라는 푯말이 서 있었다. 따라서 그쪽 길에는 아무런 등산안내 표지가 없고, 봉황산 정상에 도착하여도 땅바닥에 측량기준점을 표시하는 십자가 새겨진 돌이 박혀 있고, 그 위쪽 나뭇가지에 봉황산이라 쓴 흰 리본이 하나 걸려 있을 따름이었다. 이곳은 부석사의 뒷산으로서 풍수상 빼어난 위치라고 한다.

부석사의 가장 북쪽에 위치한 慈忍堂에 도착하니, 절로 들어가는 길은 몇 개의 밧줄로 단단히 연결하여 차단해 두었다. 입장료를 내지 않고 들어오는 사람들을 막기 위한 조치인 듯했다. 자인당 안에는 北枝里 석조여래좌상 3구가 안치되어 있는데, 원래 부석사 동쪽 절터에 있었던 것을 옮겨놓은 것으로서, 양편에 모셔진 두 분은 비로자나불로서 보물 제220호이고, 가운데 것은 2010년에 보물 제1636호로 지정된 석가여래좌상이다. 통일신라 9세기의 불상 양식으로서 세 구 모두 같은 시기 동일인에 의해 제작된 것으로 보인다고 한다.

자인당에서 조금 더 내려온 곳에 국보 제19호인 祖師堂이 있다. 부석사를 창건한 의상대사의 상을 모신 곳으로서 고려 우왕 3년(1377)에 세워진 맞배지붕 양식의 건물이다. 출입문 좌우 안쪽 벽에는 고려시대에 그려진 제석천과 梵天 그리고 사천왕상이 있었는데, 1916년에 건물을 수리하면서 떼어내어 지금은 부석사 성보박물관에 보관하고 있는 것을 예전에 본 적이 있었다. 우리나라의 사원 벽화 가운데서 가장 오래된 것이다. 조사당 처마 밑에 禪扉花 나무가 철책으로 둘러싸여 보호되어져 있었다. 학명은 골담초라고 하는데, 의상대사가 꽂아둔 지팡이에서 자라난 나무라는 전설이 있는 것으로서, 처마 밑에서 비와 이슬을 맞지 않고서도 항상 푸르게 자라고 있으며, 퇴계가 이것을 보고서 지은 시도 소개되어 있었다.

부석사 큰절로 내려와 보물 제240호 삼층석탑, 국보 제18호 무량수전, 그 안의 역시 국보인 塑造여래좌상, 국보 제17호 무량수전 앞 석등, 飛石 등을 다시 한 번 둘러보았다. 경상북도 유형문화재 제130호로 지정된 두 기의 삼층석탑도 둘러보았는데, 부석사에서 약 200m 떨어진 옛 절터에 남아 있던 것을 1966년에 옮겨온 것이라고 한다. 끝으로 절 입구에 세워진 보물 255호 당간지주를 보았다.

오후 3시 반쯤에 부석사 대형버스 주차장에 도착하여 오늘의 사행을 모두 마쳤다. 그 일대에서는 근처에서 생산된 영주 사과를 팔고 있는 노점들이 즐비하였다. 약 13km 떨어진 순흥의 선비촌으로 이동하여 오후 5시까지 한시간 남짓 자유 시간을 가졌다. 과거에 여러 번 왔던 곳이지만 모처럼 들러보니 그 새 또 크게 달라져 선비촌과 소수서원이 하나로 이어져 있었고, 그 부근에 예전에는 보지 못했던 소수박물관도 있어 들러보았다. 소수서원 안쪽에도 충효교육관 등 과거에 보지 못했던 건물들이 있고, 선비촌 가에는 한국선비문화수련원 등도 들어서 있었다. 순흥은 성리학을 도입한 安珦의 고향으로서, 이곳에다 우리나라 최초의 서원인 백운동서원을 지을 때 지금의 부석사 정도 규모였던 宿水寺 절터에다 건설하여 그 입구에 보물 제59호인 통일신라시대의 당간지주가 남아 있다.

원래는 영주군의 남쪽 끄트머리에 위치한 수도리 무섬마을에도 들를 예정이었지만, 이미 날이 어두워져 가므로 포기하였다. 그곳은 17세기 중반에 형성된 반남박씨와 선성김씨의 집성촌으로서 조지훈이 청년시절을 보낸 곳이기도 하다는데, 48가구 100여 명이 살고 있으며, 우리나라에 8개 있는 민속마을 중 하나라고 한다.

돌아오는 길에 풍기를 경유하여 6시 12분 안동시 일직면 풍일로 2353에 있는 남안동휴게소의 예미정이라는 한식뷔페에 도착하여 석식을 들었다. 바깥에다 안동간고등어리고 크게 간판을 내걸었지만, 나와 있는 것은 구운 것이 아니라 삶아서 썰어 놓은 것으로서 별 맛이 없었다. 원래의 안동간고등어는 전라도의 젓갈처럼 소금을 많이 쳐서 매우 짠 것이었다고 한다. 돌아올 때는 구마·남해고속도로를 경유하여 밤 9시 55분에 귀가하였다.

12월

2 (일) 맑았다가 밤부터 부슬비 -대청호 오백리길 4구간, 금산 칠백의총

아내와 함께 좋은산악회의 대청호 오백리길 4구간(호반낭만길) 트레킹에 참여하여 대전광역시 동구에 다녀왔다. 제일예식장까지 걸어가 오전 8시 이전에 대절버스를 탄 다음, 대전통영, 경부고속도로를 따라 북상하다가 판암 톨게이트에서 4번국도로 빠져나와 지방도를 따라서 대청호반 왼편을 아래쪽 끄트머리 부근에서부터 거쳐 올라갔다. 오전 10시 23분에 오백리길 4구간의 출발지점인 마산동삼거리에서 하차했다.

대청호오백리길은 총 21구간이 있는데, 오늘 우리가 걷게 된 4구간은 마산동삼거리 즉 윗말뫼에서부터 호수의 남쪽 끝인 신상교까지 11.5km로서 5시간이 소요될 것으로 예상된다. 우리는 버스를 타고 신상교로부터 역 코스로 올라간 후 출발지점에서 하차한 것이니, 전체코스를 버스를 타고서 이미 대충 한 번 훑어본 셈이다.

원마산 버스정류장이 있는 마산동삼거리에서 하차하여, 근처의 개머리산에 있는 犬頭山城 안내판을 읽어보고 있으려니, 일행은 어쩐 일인지 3코스를 역방향으로 나아가기 시작하였다. 영문도 모르고서 그들을 뒤따라갔는데, 송시열·송준길의 문인인 宋尚敏 효자정려를 지나서 彌勒院에 조금 못 미친 지점의 馬山洞에서 바다를 향해 돌출된 야산 방향으로 나아갔다. 거기로도 오백리길 안내 리본 등은 있었으나, 그 리본이 가리키는 방향을 따라가다 보니 경치는 좋고 갈대밭도 있으나 머지않아 길은 호수 속으로 사라져버렸다. 그래서 우여곡절 끝에 도로 마산동삼거리의 출발지점으로 되돌아와 포장된 차도를 따라 걷기 시작하였다. 도중에 몇 번을 호반 길로 나아가보려 시도하기도 하였으나 매번 결과는 마찬가지였다. 5년만의 만수위로 말미암아 트레킹 코스가 대부분 물에 잠겨버린 것이었다.

차도에서 1.3km 쯤 들어간 지점의 곳에 2005년 MBC에서 방송된 권상우와 김희선 주연의 드라마 '슬픈연가'의 촬영지가 있다고 되어 있으나, 그쪽으로 나아가던 중에 되돌아 나오는 아내 일행을 만나 그들이 길이 끊어졌다고 하므로 포기하고서 돌아오는 수밖에 없었다. 그러나 아내에게 물으니 촬영지까지는 가보았다는 것이었다.

이미 점심시간이 다 되었으므로, 가래울에서 도로를 피하여 오백리길을 따라 들어가 적당한 장소에서 점심을 들기로 하였다. 추동습지보호구역에 있는 데크 전망대에 도착하여 아내 및 일목회원인 폭포수 씨와 함께 벤치에 걸터앉아 식사를 하였다. 그 일대에는 갈대숲이 우거져 경치가 볼만 하였다. 식사 후 4코스 전체구간의 절반도 채 못 되는 대청호자연수변공원 부근의 秋洞취수탑 근처 주차장에 이르러 오늘의 트레킹을 종결하였다. 만수위로 말미암아 제대로 걷지는 못하였으나, 이 코스가 아름다운 길임은 오늘 걸은 부분만으로도 미루어 알 수 있었다.

돌아오는 도중 금산 요금소로 빠져 다시금 금산의 인삼시장에 들렀다. 아내와 더불어 수삼센터에서 6년근 수삼 5채를 165,000원에 사서 근처의 다른 장소에서 5,000원 주고 씻었으며, 아내는 따로 자신의 콜레스트롤 치료에 좋다는 계피도 구입하였다. 오후 2시 20분부터 한 시간 가량을 인삼시장에서 보낸 후, 다시 근처의 금성면 의총길 50에 있는 사적 제105호 錦山 七百義塚에 들렀다.

임진왜란 당시 의병장 趙憲과 의승장 靈圭가 이끄는 칠백여명의 의병이 왜적과 싸우다가 모두 순절하자 그들의 유해를 함께 모셔둔 곳이다. 사당인 從容祠에는 칠백의사 외에 눈벌 싸움에서 순절한 高敬命과 그 幕佐 및 士卒, 그리고 鷟堂村 싸움에서 순절한 邊應井과 무명의사 등 21위의 위패를 모시고 있다. 이곳에는 과거에도 몇 번 들른 적이 있었는데, 오늘 다시 들른 것은 여기서 하산주를 들기 위함이었다.

돌아오는 버스 안에서는 계속 가라오케로 노래자랑을 하였다. 밤 7시 15분에 귀가하였다.

9 (일) 맑음 -철마산, 영남루

아내와 함께 상대산악회를 따라 경북 청도군 청도읍 음지리와 경남 밀양시 상동면 옥산리의 경계지점에 위치한 鐵馬山(634m)에 다녀왔다. 오전 8시까지 시청 육교 부근에 집결하였다. 대절버스의 차창에 뿌옇게 김이 서려있어 바깥 풍경이 잘 보이지는 않았지만, 남해고속도로를 경유하여 동창원에서 국도 25호선으로 접어든 후, 남밀양IC에서 신대구부산고속도로에 오르고, 밀양IC에서 24번국도로 빠져나온 다음, 다시 25번 국도를 따라 북상하여 9시 46분에 청도읍 초현리에서 하차한 것이 아닌가 싶다. 그 일대에는 화악산과 남산의 지맥 사이에 발달한 좁고 깊은 계곡을 따라 한재천이 흘러 초현리에서 청도천과 합류하고 잇달아 동창천과도 합류하여 밀양강을 이루는데, 한재천 일대에는 여기저기에 한재미나리 단지가 조성되어 있었다. 이 개울 일대는 미나리 재배가 주산업인 모양이었다.

우리는 902번 지방도를 따라 좀 걸어가다가 철마산 홍해사 방향의 계곡길로 접어들었다. 도중의 갈림길에서 원적암 방향으로 들어섰다가 민가 비슷한 암자에서 곧 길이 끊어졌으므로, 보일 듯 말 듯한 오솔길을 따라가 다시 홍해사로 올라가는 시멘트 포장길을 만나 그 길을 올랐다. 나는 교장으로 정년퇴직한 사람과 더불어 둘이서 제일 마지막에 쳐졌는데, 컨테이너로 만든 절 같지도 않은 법당이 서있는 홍해사 뒷길로 접어들었을 때 비로소 우리 일행의 꽁무니를 보았고, 그 부근에서 김재용 산행대장을 만나 비로소 철마산으로 올라가는 능선 길로 접어들 수가 있었다. 더 뒤에 쳐졌던 교장선생도 도중에 포기하려고 했다가 산행대장이 인도하여 뒤따라 올라왔다.

산길은 대체로 평탄하였으나, 올라갈수록 가팔라지고 땅이 얼어 있는데다가 낙엽이 수북이 쌓여 꽤 미끄럽기까지 했다. 도중에 옥단춘굴이 있다고 했으나, 길을 잘못 들었는지 굴 같은 것은 보지 못했다. 내가 어렸을 때 옥단춘전이나 숙영낭자전 등의 활동사진이 있었던 것 같은데, 여기에 왜 옥단춘의 이름이 붙은 굴이 있는지 알 수 없다.

한재 음지리 갈림길을 지나고, 문필봉(627.3)과의 갈림길에서 이미 정상에 갔다가 돌아오는 아내 등의 일행 몇 명을 만났다. 그들은 대부분의 일행이 위태로운 바위 리지로 이루어진 문필봉 쪽으로 가지 않았다고 하므로, 나도 원래 경유하게 되어 있는 문필봉을 버리고서 곧바로 철마산 방향으로 향했다. 정상 부근에 철마산성이 있는 모양이지만, 돌로 쌓은 축대 같은 것을 한두 개 보기는 했으나 흔적이 별로 뚜렷하지 않았다. 먼저 '鐵馬山頂上'이라는 네모나고 길쭉한 표지석이 서 있는 해발 630m의 작은철마산에 다다랐다. 아내 등은 여기까지 왔다가 되돌아갔던 것이지만, 그 부근에서 다시 만난 산행대장이 철마산 정상은 500m 쯤 더 나아간 지점에 있다고 하므로 혼자서 별로 인적이 없는 능선 길을 더 걸어 마침내 둥그스름한 표지석이 서 있는 철마산 정상에 닿았다. 내가 거기에 도착한 직후 화악산으로 이어지는 반대쪽 능선에서 삼현여고 윤리교사를 정년퇴직한 사람이 올라오고 있었다.

작은철마산 아래쪽의 평평한 곳에서 일행 여러 명이 점심을 들고 있었지만, 나는 아내와 합류하기 위해 왔던 길을 되돌아가 한재 음지리 갈림길에서부터는 음지마을 쪽으로 방향을 잡았다. 그러나 가도 가도 아내 일행은 보이지를 않았고, 그쪽 길은 경사가 가팔라 꽤 위태로웠다. 두 개의 스틱에 의지하여 그늘로 이어진 산길을 가까스로 내려와 커다란 밤나무 농장을 지날 무렵 오후 12시 51분에 이미 대절버스에 도착하여 도시락을 함께 먹으려고 나를 기다리고 있다는 아내의 문자메시지를 받았다. 1시 10분에 나도 음지마을의 우리 대절버스가 서 있는 '빨간지붕 미나리 김정근 농장'이라는 간판이 달린 2층집 식당 건물 건너편의 공터에 도착하였다. 아마도 아내는 도중에 일행으로부터 떨어져 혼자서 계속 걸어 제일 먼저 하산한 듯하였다. 둘이서 버스 옆에 펴둔 하산주 테이블에 둘러앉아 하산주 안주를 곁들여 점심을 들었다.

오후 3시까지 하산하라고 했지만, 일행 대부분이 한 시간 이상 일찍 하산을 완료하였으므로, 돌아오는 길에 밀양시 상동면 소재지를 지나 밀양시내의 영남루에 들렀다. 거기서 오후 3시 20분까지 40분 남짓 자유 시간을 가졌다. 주차장에서부터 걸어올라, 나는 2010년 10월에 복원해 둔 작곡가 朴是春(1913~1996, 본명 順東)의 옛집을 거쳐 오랜만에 다시 한 번 영남루에 오른 후, 그 부근 단군의 영정과 위패를 비롯한 역대 왕조의 시조 왕 위패를 모신 天眞宮, 밀양박씨 시조를 기리는 密城大君之壇을 둘러본 후 계단을 따라 산 위로 더 올라가 이 고장 출신인 四溟大師 惟政의 동상이 서 있는 지점까지 갔다가 되돌아 내려왔다.

돌아오는 길에 진주 부근의 문산휴게소에 들러 아내와 나의 겨울용 장갑 두 켤레(3만 원)를 샀고, 상대동 299-11(돗골로 141) 구 교육청 부근에 있는 옛서울설렁탕에 들러 산악회가 제공하는 석식으로 콩나물해장국(5,000원)을 든 후 콜택시를 불러서 귀가하였다.

10 (월) 맑음 -통영몽돌하우스

배행자·김은심 교수가 오전 11시 무렵 우리 아파트 지하 1층 차고로 와서 내가 운전하는 승용차에 우리 부부와 함께 타고서 네 명이 통영으로 갔다. 김은심 교수가 소개한 굴·해물요리전문점 대풍관으로 점심을 들러 떠난 것이다. 김 교수의 남편 이 목사는 치매가 심하고 거동마저 불편하여 이즈음 낮에는 본교 간호대학 졸업생이 운영하는 치매노인 데이케어센터에 맡겨두고 있는 모양이다.

대전통영고속도로를 경유하여 정오 무렵 예약해둔 통영시 동호동 174-1번지 생생굴마을(대풍관)을 내비게이션에 의지하여 찾아갔다. 1인당 25,000원 하는 A코스요리를 시켰는데, 석화찜(굴구이), 생굴회, 굴무침, 굴전, 굴튀김, 굴밥, 해물된장찌개 등이 나왔고, 마지막으로 멍게비빔밥을 주문하여 들었다. 전번에 내가 김 교수의 다음 차례로 전어를 한 턱 내겠다고 말한 바 있었는데, 이미 전어 철이 지났으므로 그 대신 오늘 밥값을 내가 지불하였다.

식사를 마친 후, 2년쯤 전에 경상대 사학과를 명예퇴직 한 김상환 교수와 그 부인 이지희 씨가 경영하는 통영시 용남면 장평리 162의 통영몽돌하우스 펜션과 몽하카페를 찾아갔다. 예전에 남망산공원 안에 있었던 김상환 교수 댁이 경영하는 찻집과 그 아래쪽 산비탈의 저택 및 방갈로들을 두어 번 방문한 적이 있었으므로, 페이스북 친구인 그가 이즈음 경영하는 펜션과 카페도 그 자리에 있는 것이 아닐까 생각했었지만, 내비게이션에 의지하여 찾아가 보니 전혀 다른 곳으로서, 견내량 해협을 내려다보는 전망 좋은 언덕에 자리 잡아 있었다. 마침 월·화요일은 김 교수가 그곳을 지키는 날이라 아무런 연락 없이 불쑥 찾아갔지만 다행히 그를 만날 수 있었다. 남망산공원에 있었던 찻집과 저택은 그의 가족이 40년 정도를 살았던 곳이기는 하지만, 개인 소유가 아니고 그의 부친이 통영시로부터 위탁받아 관리하고 있었던 것이라고 한다. 11년 전에 이곳에다 2천 평 정도의 땅을 사서 옮겨온 것이며, 통영 문화계의 명사이기도 했던 김 교수 부친은 작년에 별세하시고 현재는 노모가 함께 살고 계시다는 것이었다.

김 교수는 1960년 통영에서 태어나 경북대학교 사학과를 졸업하고서 경상대 등에서 한국사를 강의하였고, 사진과 관련된 다양한 활동을 하고 있다. 금년 4월 19일부터 5월 4일까지 서울 은평구 증산서길 65에 있는 Photographers Gallery Korea에서 4월의 작가 초대전을 개최하였고, 그후 대구에서 개인전을 가지기도 하였다. 최근에는 TVN에서 이곳을 아지트로 하여 몇 주에 걸쳐 부부 네 쌍의 여행 프로 「따로 또 같이」를 촬영하여 3회에 걸쳐 방영하고 있는 바도 있어 카페의 TV에서는 그 프로를 방영하고 있다. 김한길·최명길 부부 등이 출연하는 프로인 모양이다.

우리가 카페에서 차를 주문하여 들고 있는 도중에 경상대 사학과의 정재훈 교수가 자기 집에서 사용하던 크리스마스 장식물들을 전해주러 찾아왔으므로, 나는 우리 일행과는 다른 테이블에 따로 앉아 그들과 어울려 남자들끼리 대화를 나누었다. 정재훈 교수는 중앙아시아사 전공으로서, 근자에 몽골제국에 관한 저서로 국내외에 걸쳐 여러 가지 상을 수상한 바 있었다. 근자에 김상환 교수가 중국 천산남로를 다녀온 것은 페이스북을 통해 알고 있는데, 그 여행도 정재훈 교수 등의 학술답사에 사진 촬영 담당자로서 동행했었던 것이라고 한다.

김은심 교수의 남편이 데이케어센터에서 집으로 돌아올 시각이 가까워져오므로, 오후 3시 무렵 그곳을 떠나 진주로 돌아왔다.

15 (토) 맑음 -무직산

아내와 함께 뫼사랑토요산악회를 따라 전북 순창군 구림면 錦川里에 있는 斌織山(578.5m)에 다녀왔다. 오전 8시까지 시청 옆 우체국 앞에서 대절버스를 타고 신안동 운동장 1문을 거쳐서 34명이 출발했다. 통영대전, 광주대구 고속도로를 경유하여 순창읍에서 27번 국도로 빠진 다음, 21번국도 가의 인계면 소재지와 구림면 소재지를 지나 729번 지방도를 경유하여 10시 14분에 금천리의 금평교 앞에 도착하였다.

2010년에서 2011년 사이에 건설된 길이 72m 폭 8m의 이 다리를 건너 안내도에 호정소등산로라 적힌 오른편 길을 따라가 마침내 산길로 접어들었다. 내가 가진 5만분의 1 지도를 포함하여 어느 도로지도에도 무직산은 나타나지 않는데, 길 가의 안내도에도 이 산 이름은 보이지 않았다. 구림면에는 또한 유명한 회문산(830)이 있고, 이 산 오른편 임실군 덕치면과의 경계에는 성미산(588)도 있는데, 이것들은 지도에 보인다.

코끼리 모양으로 생긴 옥새바위를 지나 깊은 골짜기를 거친 다음 구림천이라고도 하는 淄川이 크게 감돌아 한반도 모양을 이룬 모습을 가장 잘 바라볼 수 있는 자리에 설치된 덱 전망대에 도착하였고, 거기서 또 한참을 더 올라가 처음으로 만난 어느 봉우리 부근에서 점심을 들었다. 식후에 얼마간 더 나아간 지점에서 나무판에다 적어 걸어둔 무직산 팻말을 보았다.

산 위는 눈이 좀 쌓여 있어 꽤 미끄러웠다. 아내를 비롯한 일행 중 몇 명은 아이젠을 꺼내 착용하기도 하였다. 올라갈 때는 내가 끄트머리 부근에 쳐졌으나 내리막길에서는 대부분의 일행을 앞섰으므로, 아내의 전화연락을 받고서 거의 다 내려온 지점에 있는 밀양박씨 가족묘에서 기다리기도 하였다. 오늘 산행에는 아내의 제자 두 명도 참여하였다.

하산을 완료한 지점에서부터는 호정소 수변산책로를 따라 출발지점으로 되돌아왔다. 거기서부터 나아가는 방향의 800m 지점에 공룡발자국이 있다고 하였으나 찾아보지 못했다. 이 부분의 치천을 호정소라 부르는 것은 중간에 보가 있어 강물이 고여 제법 넓게 퍼져 있고, 한반도 지형의 아래쪽 끄트머리를 이루는 지점 부근의 길에 그것을 바라보며 걸을 수 있도록 긴 덱이 설치되어져 있기 때문이다. 시냇가 산책로를 따라서 오후 2시 10분에 버스가 멈추어 있는 금평교로 되돌아왔다. 오늘 우리가 걸은 코스는 총 7.06km였다.

간단한 하산주를 마친 다음 2시 43분에 그곳을 출발하여 귀도에 올라, 공설운동장 1문 가의 진주시 신안로 120-1에 있는 양가네추어탕에서 추어탕(10,000원)으로 석식을 든 다음, 5시 30분 무렵 귀가하였다. 예전의 산 친구였던 나와 동갑인 이병국 씨가 그 부근에서 식당을 경영한다는 말을 들은 바 있었는데 오늘 그 식당 명함을 집어보니 그의 이름이 적혀 있었다. 우리 집 거실에서는 회옥이가 교회 친구들과 더불어 무슨 파티를 벌이고 있었다.

19 (수) 맑고 포근함 – 장성호수변길

아내와 함께 미림산악회의 장성호수변길 트레킹에 참여하여 전남 장성읍에 다녀왔다. 오전 8시 30분까지 공설운동장 1문 앞에 집결하여 출발하게 되었다. 그런데 어제 다운로드 받은 카카오택시 앱을 사용하여 택시를 부르려 하다가, 어쩐 일인지 택시 측이 내 위치를 잘못 파악하여 럭키아파트로 가는 바람에 도착이 늦어져서 결국 집합시간에서 몇 분 늦게 다른 일행과 합류하였다. 도착 지점도 진주시외버스주차장으로 잘못 인식되어 있었다고 한다. 돌아올 때도 연습 삼아 다시 카카오택시를 불렀는데, 역시 도착지점이 진주시외버스주차장으로 잘못 인식되었다. 나도 등산 경력이 20~30년 정도 되어 웬 만한 산악회를 가도 아는 사람들이 제법 있게 마련인데, 이 산악회에는 아무도 없었다. 나는 신문 광고를 보고서 신청했지만, 신안·평거동 등지 주민이 회원의 대부분이라고 한다.

남해·호남 및 고창담양 고속도로, 1번국도와 898번 지방도 등을 경유하여 오전 10시 50분에 장성댐 아래의 주차장에 도착하였다. 장성댐 제방 위에는 1976년도에 이은상이 짓고 김충현이 쓴 영산강유역농업개발기념비가 높다랗게 서 있었는데, 이에 의하면 박정희 대통령 때 4대강 유역개발사업의 하나로서 추진하여 담양·장성·광주·나주 네 곳에다 새로 큰 호수를 만든 것 중 하나였다. 제당은 연장 620m에 높이 38m이고, 총저수량은

103,883천㎥(만수면적 750hr)에 달하는 꽤 광대한 것이었다. 곳곳에 옐로우시티라는 장성군의 별칭이 보이고, 색깔도 주로 노란 색이었다. 장성호수변길은 비교적 근자에 조성된 것으로서, 현재는 성미산 아래의 수성마을까지에 이르는 7.5km 구간이 조성되어져 있으나, 종점인 수성마을에서는 앞으로 더 개설해 나아가기 위한 공사가 진행 중이었다. 주차장으로부터 1.7km 지점에 2017년 4월부터 금년 6월 사이에 건설된 보도 현수형 출렁다리가 설치되어져 있는데, 길이 154m, 폭 1.5m, 주탑높이 21m로서 호수물이 골짜기를 따라 움푹 파여 들어가 7.8km를 둘러가야 하는 트레킹 길을 크게 단축한 것이었다.

길은 낙엽으로 덮여 있고, 약간의 고저가 있으며, 덱과 평지가 번갈아 나타났다. 몇 개의 골짜기를 지나 마지막 골짜기 안쪽에 있는 아래수성마을에 도착하니 풍차와호수라는 식당도 있고, 민가가 몇 채 있었다. 종착지점인 수성리에 도착하기 직전의 마지막 조망 덱 벤치에 걸터앉아 아내와 둘이서 점심을 들었다. 수성리에는 버스 정류장도 있었다. 해발 381.3m인 성미산에는 망점산성이라는 백제시대 이래의 산성이 있는 모양인데, 정상의 3개 봉우리를 연결한 780m 길이에 폭 5m로서, 조선시대 초에 폐성되어 현재는 북벽의 일부와 서쪽 돌출부분의 遺構만 존재한다는 내용의 설명문이 있었다.

돌아올 때는 아래수성마을까지 차량이 통행할 수 있는 임도를 따라 오다가 마을에서부터 다시 트레킹 길로 접어들었다. 그러니까 왕복으로는 약 15km를 걸어 오후 3시에 주차장으로 돌아왔다. 3시 40분에 출발하여 진주로 돌아오는 도중, 경남 사천시 곤양면 북문길 28에 있는 덕원각에 들러 생선구이정식(15,000원)으로 석식을 들었다.

23 (일) 맑음 -화방산(천불산)

아내와 함께 대명산악회를 따라 전남 강진군 군동면과 작천면·병영면의 경계에 위치한 花芳山(千佛山, 402m)에 다녀왔다. 오전 8시 30분까지 제일은행 앞에 집결하여 대전통영·남해 고속도로를 따라 서쪽으로 나아가다가 광양IC에서 2번국도 및 목포 가는 고속도로로 접어들어 장흥IC에서 빠져나온 다음, 구 2번 국도를 따라서 군동면의 남미륵사 입구를 지난 직후, 4번 지방도를 따라서 조금 더 올라가 10시 54분에 군동면 화산리의 삼화마을에서 하차하였다.

오른쪽 포장도로를 따라 걸어 올라가다가 비포장 산길로 접어들었다. 도중에 큰바위얼굴이라고 불리는 廣大바위가 바로 위로 바라보이는 장소에 그 바위에 얽힌 전설이 적힌 안내판이 있었다. 삼화마을로부터 1.9km 나아간 곳의 산봉우리에 전망 좋은 바위가 있고, 거기서부터 왼편으로 방향을 틀어 800m를 더 나아간 곳에 큰바위얼굴이 있으며, 큰바위얼굴에서 1.1km를 더 나아가면 화방산 정상이었다. 표지석에는 千佛(花芳)山이라고 적혀 있었다. 정상 못 미친 지점의 평평한 길가에서 법원의 사무직 국장으로 정년퇴직한 73세의 임 씨 내외와 더불어 점심을 들었다.

점심 후 가파른 경사 길을 한참동안 올라가 마침내 정상에 도착하였고, 정상을 300m쯤 지난 능선의 갈림길로부터 500m 정도 내려온 지점에서 화방사를 만났다. 조계종에 속한 조그만 절이었는데, 유서 깊은 곳이라고 말하는 사람이 있었다. 하산 후에는 송년회를 겸하여 돼지불고기를 구운 하산주 파티가 있었다. 임 국장 내외 및 오랜 산 친구인 정보환 씨와 합석하였다. 오늘 코스는 총 8.5km 정도라고 한다.

오후 3시 58분에 그곳을 출발하여 밤 7시 무렵 귀가하였다.

25 (화) 맑으나 쌀쌀함 –삼천포수산시장, 온 요양병원

크리스마스라 장모님 및 처제 내외와 함께 삼천포로 가서 생선회로 점심을 들고 돌아왔다. 오전 11시 15분 무렵에 처제가 자기 승용차에다 장모님을 태우고서 우리 아파트 입구로 왔고, 우리 내외가 탑승한 후 금곡에 있는 공장으로 가서 황 서방을 태웠다. 그 때부터 황 서방이 운전대를 바꿔 잡아 삼천포로 향했다. 먼저 사천시 어시장길 79(동동)에 있는 갈매기식당에다 장모님을 모신 다음, 황 서방 내외는 맞은편에 있는 삼천포수산시장 건물로 들어가서 단골인 용이네집에 들러 생선과 해산물을 구입하여 회를 떠서 갈매기식당으로 배달하게 했다.

나는 수산시장에 건물이 들어선 모습은 처음으로 보았으므로, 그 내부로 들어가 두루 한 바퀴 둘러보았다. 과거 바닷가에 해산물 상점이 잡다하게 늘어서 있던 것과는 달리 건물 안으로 점포들이 모두 들어와 있고, 그 규모가 엄청나서 마치 부산의 자갈치시장을 보는 듯한 느낌이었다. 각 점포들에는 '제2기 상인대학 수료점포' 등의 문구를 써 붙인 팻말을 늘어뜨린 곳이 많았다. 나는 이 수산시장 건물을 처음 보았을 뿐 아니라, 오늘 보니 조그만 야산으로 이루어진 노산공원의 꼭대기에 풍차가 보이고, 삼천포대교 부근에서는 거북선도 눈에 띄었다.

오늘 점심 값은 우리 내외가 부담하였는데, 생선회와 산낙지회 및 매운탕으로 풍성하게 점심을 든 후, 말린 물메기 다섯 마리를 사서 돌아오는 길에 사천시 농협장례식장 부근인 구암두문로 154-28에 새로 들어선 온 요양병원에 들러보았다. 경상대 의대 출신으로서 정신건강의학과 전문의인 병원장 강여화 씨가 아내와 아는 사이로서 근자에 카톡으로 홍보 메시지를 보내왔으므로 들른 것이었다. 그녀의 남편은 같은 경상대 출신으로서 진주 시내에서 심당내과를 개원해 있는 모양이다. 그녀는 문산에 있는 진주정신병원에서 근무하다가 한 달 전인 11월 1일에 독립하여 이 병원을 개원하였다. 총 7층에 52실이 있고, 299병상을 갖추었는데, 현재는 72명이 입원해 있으며, 모두 5인실에 들어 있다고 한다. 입원비는 한 달에 60만 원부터인데, 재활치료비 등은 별도라고 했다. 아내는 퇴행성관절염에다 방광염을 앓고 있으며 약간의 요실금과 치매 증세도 있는 장모의 상태가 더 악화되어 거동을 못하시게 되면 이러한 재활요양병원에 입원시킬 생각을 가지고 있는 모양이다.

황 서방을 다시 공장으로 바래다준 후 진주로 돌아왔다.

2019년

2019년

1월

6 (일) 맑음 - 당골산

아내와 함께 푸른산악회의 거제 산달도 당골산(235m) 산행에 참가하였다. 오전 8시 20분까지 시청 건너편 농협 앞으로 나가 신안동 운동장 1문을 출발하여 오는 대절버스를 탔다. 참가자는 50명이 넘어 좌석이 없는 사람도 일부 있었다.

남해 및 대전통영 고속도로를 경유하여 통영에서 거제도로 들어가는 14번 국도로 빠져나온 후, 지방도로 접어들어 견내량에 걸린 옛 다리인 거제대교를 건너서 1018번 지방도를 따라 거제도의 서남쪽 해안 길로 둔덕면 사무소가 있는 마을을 지나 거제면 법동리의 사슴산이 있는 곳에서 산달연륙교를 건너 산달도로 들어가 9시 45분에 연륙교 아래의 페리선착장에서 하차하였다. 예전에는 법동선착장에서 이곳까지 페리가 왕복하고 있었는데, 작년 9월에 새 사장교 다리가 개통되어 버스를 타고 들어갈 수 있게 된 것이다. 그래서 그런지 우리 외에도 다른 산악회의 대절버스가 여러 대 들어와 제법 성황을 이루고 있었다.

우리는 섬의 북동쪽 해변 길을 좀 걸어가 산후마을의 해오름이라는 한글 현판이 걸린 팔각정이 있는 곳에서부터 등산을 시작했다. 山達島에는 당골산(당골재산, 235m), 뒷들산(뒷산, 217.2), 건너재산(209)이라는 세 산이 남북으로 이어져 있고, 이 산줄기를 기준으로 좌측은 산달1구, 우측은 산달2구라고 부르며, 1·2구에는 각각 山前·山後 마을이 있다. 섬의 면적은 2.97

㎢, 해안선 길이 8.2㎞로서 거제만 한복판에 위치해 있다. 당골산의 옛 이름은 소토골산이었던 모양인데, 이들 세 봉우리 사이로 달이 솟아오른다 하여 삼달이라 불리다가 후에 산달도로 바뀌었다고 한다. 1972년 부산대학교 박물관이 신석기시대(BC8000)의 패총 2개를 발굴하여 신석기시대부터 인류가 살아왔음을 알 수 있게 되었다. 『조선왕조실록』에는 1430년에 산달포절도사가 대마도 어부들을 잡아 예조에 보고한 사실이 있고, 『경상도지리지』에는 소를 키우던 목장이 있었다고 하며, 조선 성종 원년(1470)에 우도수군절도사 수영이 설치되었다는 기록도 있는 모양이다.

당골재산까지는 꽤 가파른 경사였고, 거기서 할묵재를 지나 다음 목적지인 뒷들산까지의 오름길도 꽤 힘들었다. 뒷들산에서 펄개재를 지나 건너재산으로 오르는 길은 비교적 완만하고 그 정상 부근에 전망덱도 설치되어져 있었다. 이미 시간이 정오 무렵이므로 일행은 거기서 점심을 들었는데, 우리 내외는 덱의 긴 의자에 걸터앉아 식사를 했다. 봄 날씨처럼 화창한데다 주변 산과 바다의 풍경이 그저 그만이었다.

점심을 든 후에는 스틱을 접어서 배낭 옆 포켓에다 넣고 산전마을 쪽 등산로 입구로 내려왔다. 일행 중에는 코스가 짧다 하여 섬의 남쪽을 돌아서 산달 2구 쪽 해안선으로 둘러가는 사람들도 있었으나, 우리는 예정된 대로 산달1구 방향을 취했다. 바닷물은 맑고 해안 여기저기에 굴과 가리비 껍질이 지천으로 쌓여 있었다. 굴 양식을 하는지 바다에 흰 부표도 많이 떠 있었다.

산전마을은 제법 크고 항만 시설도 있어 이 섬의 행정중심지가 아닌가 싶었다. 수령이 오래되어 마을에서 보호하고 있는 느티나무와 팔각정이 있고, 옛날 수영이 있었던 곳이라는 표석도 눈에 띄었다. 마을에서 선착장까지의 해안에는 경상남도의 지원으로 해삼양식장이 설치되어져 있으므로 접근을 금지한다는 팻말이 여기저기 나붙어 있었다. 오늘 우리가 걸은 코스는 6㎞ 정도 되는 모양이다.

오후 1시 27분에 출발지점으로 되돌아온 후 어묵을 섞은 떡국으로 식사를 하였고, 일행이 모두 도착한 후 다시 대절버스를 타고서 그곳을 떠나 섬을 천천히 한 바퀴 돌고서, 오후 3시 48분에 귀로에 올라 아직 해가 남아 있는 중에 귀가하였다. 돌아오는 도중 고성의 공룡휴게소까지는 버스 안에서 음악을 틀어두고서 춤을 추는 사람이 몇몇 있었는데, 운전석 뒤편의 선반 아래에 대절버스 안에서 승객이 자리를 떠나 돌아다니거나 춤을 추는 행위를 금지하며 위반할 경우에는 벌금이나 일정기간의 운행정지를 명한다는 내용의 대통령령이 게시되어져 있었다. 그러나 주최 측에서 요구한 바이니 기사로서는 고객의 요구를 거절할 수 없었을 터이다. 이 산악회는 2007년 1월에 창립했다고 한다.

9 (수) 흐리고 쌀쌀함 -통영

학림회 모임에 참가하여 오후 3시까지 부부동반 하여 경상대학교 법대 부근의 대경학술관 앞 주차장으로 갔다. 통영 캠퍼스의 김기범 교수가 거의 참석하지 않으면서도 꼬박꼬박 회비를 내고 있으므로 간사인 최태룡 교수가 부부동반 하여 통영에서 한 번 모임을 갖자고 제안했기 때문이다. 2017년에 최 씨가 간사를 맡아 참석률이 매우 저조한 모임의 분위기를 일신하기 위해 새로 입회 절차를 거친 이후 회비납부자는 확 줄어 오늘 참석한 김기범·오이환·윤문숙·이강영·최태룡을 포함한 7명뿐이다. 이 외에 중문과 출신의 김영철 선배가 실로 오랜만에 참가하였고, 우리 내외 외에 최태룡 씨도 부부동반 하여 승용차를 몰고 왔다.

윤문숙 씨가 좀 늦게 도착하는 모양이므로 우리 내외는 사범대 물리교육과의 이강영 교수를 태워 먼저 출발하였다. 이 씨는 아인슈타인의 전기 비슷한 것을 집필하기 위해 출판사 측으로부터 경비지원을 받아 가족동반 하여 다음 주 쯤 유럽으로 3주 정도의 답사여행을 떠난다고 한다. 북통영 IC에서 대전통영고속도로를 빠져나가 미륵도로 건너가는 다리 부근에 있는 경상대학교 해양과학대학(옛 통영수산학교) 해양생물교육연구센터로 향했다. 거의 같은 시간에 김영철·윤문숙 씨를 태운 최태룡 교수 내외의 차도 도착하였다.

오늘 자고 갈 사람은 부부동반 한 두 쌍 밖에 없는 모양이므로, 이 건물 3층에 있는 4인용 숙소인 322호실에다 가방을 두고서 최 교수 내외가 든 옆방인

321호실로 가 좀 대화를 나누다가, 다 함께 걸어서 항남동에 있는 통영여객선터미널 부근으로 이동하여 서호시장과 중앙시장을 둘러보며 산책하였다. 중앙시장에서 이강영 씨가 젓갈을 사므로 최 교수 부인도 이어서 샀고, 나도 뒤따라 명란·창란·멍게젓을 4만 원 어치 샀다. 아내는 곶감 두 박스를 샀다.

그런 다음 되돌아서 여객선터미널 부근인 항남동의 조흥저축은행 앞에 있는 다솔식당(구 다솔실비)으로 가서 김기범 교수를 만났다. 알고 보니 통영 캠퍼스의 해양환경공학과에 20년 가까이 근무하고 있는 김 교수는 구 서울문리대 해양학과 출신이며, 한국의 국비유학생으로서 일본 四國의 愛媛대학에 유학하여 박사학위를 취득한 玄土會 회원이기도 하므로, 그 모임 회원 시절의 나를 기억하고 있었다. 통영에 흔한 다찌 집의 하나인 그곳 식당에서 1인당 3만원씩 하는 해물 코스 요리로 석식을 들었고, 이어서 김기범 교수의 인도에 따라 항남동 통영해안로 307-1에 있는 로피아노라는 이태리 정통 커피전문점 3층으로 가서 밤의 항구 모습을 바라보며 대화를 나누었다. 나는 카페라테를 시켰다.

로피아노란 Terre di Loppiano를 줄인 말로서 '로피아노의 땅'이란 뜻인데, 로피아노는 1964년 이탈리아 피렌체 인근에 세워진 포꼴라레 운동의 첫 번째 소도시라고 한다. 사랑과 연대성을 바탕으로 공동체적인 삶을 살고 있는 곳으로서, 70여 개 나라에서 온 800여 명의 사람들이 민족·종교·신분·연령에 상관없이 서로간의 사랑을 유일한 지양으로 삼아 생활하고 있다. 전 세계에서 매년 3만 명 이상이 이곳을 방문하여 농장과 공장 등 여러 곳을 견학하고 있으며, 로피아노는 그들의 수익금으로 농민과 가난한 사람들을 돕고 있다고 한다. 이 카페의 커피는 콜롬비아 산 아라비키 제품으로서 테레 디 로피아노에서 원두를 오더한 후 트리에스테의 전통 있는 회사에서 로스팅 한 것이므로 이런 이름의 상호를 내건 것이다.

그곳을 나온 다음, 김기범·이강영 씨는 김 씨가 살고 있는 죽림지구로 가서 한 잔 더 하는 모양이고, 김영철·윤문숙 씨는 택시를 대절하여 바로 진주로 간다고 하며, 최태룡 교수 내외와 우리 부부는 밤 9시 무렵 택시를 타고서 오늘의 숙소가 있는 해양생물교육센터로 돌아왔다. 여성 회원인 심리학과의 윤문숙 명예교수는 나와 함께 이 모임에서 가장 출석률이 높은 사람 중 하나인데, 이즈음 모일 때마다 혼자서 끊임없이 지껄여대므로 좀 정신이상이 아닌가 하는 느낌을 가졌었는데, 오늘 그녀와 함께 걷고 또한 가까이 앉았던 아내도 역시 그런 소감을 말하였다. 그녀는 경북 영덕 출신으로서 경기여고를 나왔는데, 놀라울 정도의 기억력을 가지고 있다.

10 (목) 맑고 포근함 – 통영

간밤에 잔 숙소는 도로 하나를 사이에 두고서 바다와 접해 있어 창밖으로 바다와 미륵도 풍경이 바라보였다. 아침에 최태룡 교수 내외와 더불어 각자의 차를 운전하여 다시 여객선터미널로 가서 유료주차장에다 차를 세운 후, 근처에 있는 식당으로 가서 복국으로 조식을 들었다. 동피랑 등을 보러간다는 그들 부부와 헤어져 우리 내외는 근처의 서호시장으로 다시 가 엄청 많은 양의 생선을 사서 스티로폴 박스에 담아 승용차 트렁크에다 실은 다음, 어제 김기범 교수가 소개한 길을 걸어보기 위해 미륵도의 도남관광지에 있는 금호리조트(주)통영마리나로 향했다.

그 부근 주차장에다 차를 세운 후, 마리나 리조트 옆의 통영국제음악당으로 걸어올라가 보았다. 윤이상을 기념하여 세운 것인지, 경내의 바다를 면한 언덕에 그의 탄생 100주년을 기념하여 작년에 베를린으로부터 옮겨온 윤 씨의 무덤이 있었다. 한글·영문 이름에다 생졸년만을 새긴 조촐한 비석 윗부분에 處染常淨이라는 문구가 초서로 새겨져 있었다. 날아가는 갈매기 한 쌍의 모양을 한 곡선 지붕의 이 음악당은 근처의 섬들로 왕래하면서 바다에서 바라보기만 했고 실제로 와 보기는 처음이다. 그 옆에 통영스탠포드호텔앤리조트라고 하는 마리나 리조트와 더불어 통영 최대 규모인 관광숙박업소가 들어서 있는 것도 처음 보았다.

산책로라는 것은 수륙-일운자전거도로를 말하는 것이었는데, 마리나 리조트로부터 공설해수욕장, 등대낚시공원을 거쳐 일운 마을의 통영한산마리나호텔까지 이어지는 4km 남짓 되는 꽤 넓은 포장도로였다. 도중에 2인승 자전거를 빌려 둘이서 나란히 앉아 페달을 밟으며 나아갔다. 중간에 나라에서 바다와 육지에서 죽은 고혼들을 제사지내던 수륙제 터가 있다 하여 수륙이라는 말이 붙었다.

출발지로 되돌아온 다음, 다음으로 미륵도의 한가운데쯤에 있는 박경리 기념관에 들러보았다. 나는 거기가 박 씨의 고향인가 하고 생각했으나 그렇지 않고, 그녀는 통영 시내에서 태어났음을 기념관에 들러보고서야 알았다. 『토지』1부의 일어판 육필원고도 전시되어 있었고, 나는 거기서 『日本散考』라는 그녀의 책을 한 권 샀다. 무덤은 산중턱에 위치해 있어 한참을 걸어올라가야 했는데, 펜션의 사유지라 도중 여기저기에 펜션 건물들이 보였다. 무덤의 비석에는 아무것도 새겨져 있지 않고, 긴 골짜기 사이로 바다가 좁게 바라보이는 전망 좋은 위치에 자리 잡고 있었다.

거기서 얼마 떨어지지 않은 곳인 이순신의 전적지 唐浦 부근 산양읍 산양일주로 1504에 있는 카페 '달이 떴다고 전화를 주시다니요'에 들러 다도해바다 풍경을 바라보며 나는 아메리카노 커피, 아내는 아포카도를 들었다. 이곳도 김 교수가 소개했는데, 카페 이름은 섬진강 시인 김용택의 시 첫 구절에서 취한 것이었다.

통영 시내로 돌아와 서호시장에 다시 들러 원조할매우짜라는 식당에서 이곳 명물인 빼떼기죽과 우짜로 점심을 들었다. 빼떼기란 고구마를 잘게 썰어 햇볕에 말린 것이고, 우짜는 우동과 짜장면을 섞은 것인데, 후자는 이 집에서 3대째 이어오고 있는 음식이라고 했다. 시장에서 문어와 오징어 등을 사서 문어를 삶느라고 꽤 많은 시간을 소비하였다.

진주로 돌아온 다음, 아내를 봉곡동 처가 앞에 내려주고서 오후 5시쯤에 귀가하였다.

13 (일) 맑음 -포록산·동망산

아내와 함께 상대산악회를 따라 거제시 동부면의 抱鹿山(274 혹은 280.7m)·東望山(287 혹은 289.1)에 다녀왔다. 오전 8시까지 시청 육교 밑에 집결하여 50여 명이 출발했다. 통영대전고속도로와 지난주 일요일에 경유했던 1018번 지방도를 거쳐 동부면 북부의 오망천교에서 하차하였다.

거기서 첫 목적지인 포롱산까지는 1,580m 거리인데 꽤 가팔랐다. 우리가 산악회로부터 배부 받은 개념도는 국제신문이 제작한 것으로서, 거기에는 이 산의 높이가 280.7m로 나와 있으나 정상의 돌에 새긴 표석에는 274m라고 적혀 있었다. 이런 일은 흔히 있는데, 각자 측정한 고도계의 오차 때문인 모양이다. 포롱산에서부터 동망산까지는 고만조만한 얕은 봉우리들을 여러 개 통과하였는데, 등산로 주변이 대체로 소나무 숲으로 이루어져 풍치가 있고, 낙엽이 짙게 깔려 있었다. 국제신문의 개념도에는 도중에 287m라고 표시된 또 하나의 동망산이 있으나 표지가 없어 알지도 못한 채 지나쳤고, 247m의 전망바위에 이르니 우리 내외보다 앞서간 사람들이 거기서 점심을 들고 있었다. 그 일대에는 제법 바위로 이루어진 능선이 있었다.

우리 내외는 거기서 좀 더 나아가 오늘의 최고봉인 두 번째 동망산 정상에 이르러, 무너진 채 돌담의 흔적만 남아 있는 봉수대 가운데에서 점심을 들었다. 봉수대 옆에 길쭉한 흰 바탕의 나무판에다 검은색 붓글씨체로 동망산이라 적어둔 표지가 작달막한 나뭇가지에 걸려 있었는데, 그것에는 높이가 287m라고 되어 있다. 봉수대에서 종착지인 가배성과 덕원해수욕장 부근의 KT거제수련원까지는 불과 500m 거리였다. 수련원에서부터 봉수대를 거쳐 주위를 한 바퀴 두르는 등산 겸 산책로가 개설되어 있어 여기저기에 그 코스와 거리를 표시하는 둥근 표지가 서 있었다. 오늘 우리가 걸은 거리는 총 8.1km라고 한다.

오후 1시 30분쯤 하산을 마쳤는데, KT거제수련원 아래쪽 입구의 도로에 가로수로 심은 동백들이 아직 철이 아닌데도 꽃을 활짝 피우고 있었다. 양지 바른 곳이라서 그런 듯하다. 시간이 이르므로 일행이 다 내려오기를 기다려 2시 14분에 출발하여 명승 제2호인 남부면의 해금강 근처에 있는 바람의 언덕에 이르러 오후 3시 40분까지 한 시간 동안 자유 시간을 가졌다. 아내와 함께 도장포에서부터 산책로를 따라 걷기 시작하여 풍차가 있는 곳 근처까지 갔다가, 이 일대는 예전에 와본 적이 있으므로 나는 아직 가보지 못한 전망대를 향해 산을 오르고 아내는 대절버스가 멈추어 있는 도장포를 향해 돌아갔다. 3백 및 4백m 거리인 야산의 정상 부근에 있는 두 개의 전망대까지 올라가보았는데, 목조 2층 팔각정 건물로서 2층까지 올라가보아도 주변의 나무들로 말미암아 조망은 별로 트이지 않았다. 잔대나무 숲을 지나 좀 더 걸어보았다가 해금강주차장 쪽으로 향하는 내리막길이 시작되는 지점에서 되돌아와 바람의 언덕에 서 있는 풍차를 바라보고는 도장포로 돌아왔다.

진주로 돌아올 때는 학동리에서 1018번 지방도를 따라 동부면 소재지와 거제면소재지를 거쳐 7번 지방도를 경유하여 사곡리에서 14번 국도를 만난 다음, 신거제대교를 지나 통영대전고속도로에 진입하였다. 도중에 통영의 새로운 중심지인 광도면의 죽림신도시를 지나쳤다. 바다를 매립한 터에다 건설한 것이라고 한다.

진주시내의 상대동 299-11(돗골로 141)에 있는 옛서울설렁탕에 다시 들러 콩나물국밥으로 석식을 든 후 6시 반 무렵 귀가하였다. 석식 자리에서 정보환 씨와 마주 앉아 다른 사람들이 거의 다 떠난 무렵까지 계속 이어지는 그의 말을 들었다. 내일 아침 그의 농장에 가보기로 했다.

19 (토) 맑음 –봉화산·매봉산·장막산·큰산

아내와 함께 뫼사랑토요산악회를 따라 통영시 도산면에 있는 봉화산 (310 혹은 325·326.7m)·매봉산(281 혹은 311·276)·장막산(260)·큰산 (251.5 혹은 251)에 다녀왔다. 오전 8시까지 시청 우체국 앞에 집결하여 8시 20분에 운동장 1문을 거쳐 출발했다. 통영대전고속도로를 경유하여 북통영IC에서 빠져나온 후 77번 국도를 따라서 9시 34분에 도산면의 서쪽 끄트머리에 있는 저산리 유촌에서 하차하였다.

오늘 산행은 도산면을 가로질러 왼편에서 오른편으로 진행하다가 장막산에서부터는 남쪽으로 내려와 그 끄트머리에서 마치게 되는 것이다. 전체 코스를 커버하는 A코스는 11.5km 약 5시간, 장막산을 지나 큰산으로 가지 않고 종착점인 송계마을로 바로 빠지는 B코스는 9.5km 약 4시간이라고 한다. 이곳은 섬은 아니지만, 산행 중 사방으로 바다가 바라보이는 산길이다.

계속 오르막길을 올라 산봉우리에 위치한 첫 번째 전망 덱에 도달해서부터는 비교적 평탄한 길이 이어지므로 나는 거기에 아무 표시가 없으나 봉화산으로 착각하였다. 그러나 봉화산은 전망 덱까지 왔던 거리보다도 더 멀리 나아가서 있었다. 11시 무렵 봉화산 정상에 도착하였다. 지도상에는 거기에도 봉화산전망덱이 있는 것으로 되어 있으나 덱이 아니라 한쪽으로 목책이 둘러져 있는 정도였다. 정상석에는 310m라고 새겨져 있으나, 우리가 산악회로부터 배부 받은 부산일보가 작성한 개념도에는 326.7이라 되어 있고, 현지의 등산안내도에는 325로 보이는 등 제각각이었다. 등산안내도에 의하면 다음 봉우리인 매봉산은 311m였다.

매봉산에 도착하니 무엇인지 모를 철탑에 세워져 있고, 그 옆에 컨테이너도 하나 있었다. 그곳을 지나니 도중에 산불감시초소가 있고, 거기서 1km 정도 더 나아가면 포장도로가 지나가는 범골고개가 있는데, 거기서 도로를 따라 한참을 더 걸어가 장막산 바로 아래 지점의 철망이 쳐져 있는 널찍한 장소에서 먼저 간 아내를 만나 일행 여러 명과 함께 점심을 들었다.

장막산은 내가 가진 도로지도책에는 모두 탄막산으로 되어 있다. 산기슭의 지법마을에 도산면사무소가 있고, 그 부근에 편백 숲길이 있는 모양인데, 우리가 진행하는 코스에서는 편백 숲이 보이지 않았다. 정상에는 전망 덱이 있었다. 장막산에서 700m 더 나아간 곳에 갈림길이 있어 거기서 1.1km를 내려가면 바로 종착지점인 송계마을에 닿는데, 아내를 비롯하여 일행 중 여러 명이 그 길로 내려갔고, 나는 남쪽으로 계속 걸어 오후 2시 34분 무렵 마침내 마지막 봉우리인 큰산에 도착하였다. 거기서는 다도해인 바다가 탁 트여 삼면으로 조망이 넓었다.

거기서 돌탑이 서 있는 갈림길까지 1km 정도를 되돌아와 하산 길에 접어들었다. 가파른 경사 길을 한참 내려가 만성수산 버스정류장이 있는 곳에서 2번 지방도를 만난 다음 그 길을 따라 걸어서 3시 20분쯤에 꼴찌로 우리들의 버스가 서 있는 일구수산 건물 앞에 도착하였다. 일행은 이미 하산주를 마쳤고, 내가 도착하자 바로 버스가 출발하였다.

진주시내로 돌아와 지난 달 15일 순창 무직산에서 돌아왔을 때에 이어 운동장 부근에 있는 신안로 120-1의 양가네추어탕에 다시 들러 추어탕으로 석식을 들었다. 마침 주인인 이병국 씨가 있었으므로, 식사 후 그에게 말을

건네 보았더니 20년 전에 만났던 나와 동갑인 사람이 맞았다. 그는 1999년
4월 5일 당시 경상대 총동창회산악회의 부회장이었던 이병윤 씨의 형으로
서 백두대간산악회를 따라 설악산 등반을 갔다가 돌아오는 버스 속에서 나
와 동갑이라 하여 서로 말을 놓자고 제의하므로 내가 승낙한 바 있었던 것이
다. 그도 처음에는 나를 잘 알아보지 못했고 나도 좀 낯설었다. 석식 자리에
서 내 옆에 앉았던 김은석 씨는 농촌개발원의 공무원으로 근무하다가 정년
퇴임한 경상대 농학박사로서 청수대안이라는 이름의 개인 등산 블로그를
운영하고 있고, 건너편 테이블의 백산 이호영 씨도 남도고을이라는 개인블
로그를 운영하는모양이다. 백산은 오늘 우리가 갔던 코스를 이미 3번 커버
했으며, 정보환 씨와 마찬가지로 경상남도의 해안 길을 부산까지 답파했었
다고 한다.

오늘 산행에서는 이 산악회의 전임 회장이 10월 30일부터 11월 2일까지
3박4일간의 중국 삼청산·황산 산행 계획을 말하며 참가자를 모집하므로 우
리 부부도 동참하기로 했다. 나는 중국 제일의 산이라는 황산에 이미 두 번
오른 바 있었지만, 근년에 개발된 듯한 서해대협곡에는 가보지 못했으므로
참가를 신청한 것이다. 6시 45분 무렵에 귀가하였다.

20 (일) 아침까지 비 온 후 개임 -면봉산

백두대간산악회의 324차 새해 첫 산행에 동참하여 청송군 현동면과 현서
면, 포항시 죽장면의 경계에 위치한 眠峰山(1120.6 혹은 1121, 1113m)에
다녀왔다. 오전 8시까지 시청 앞에 집결하여 운동장 1문을 경유하여 출발했
다. 33번 국도를 경유하여 고령까지 간 후 광주대구·구마고속도로를 경유
하여 대구에 접근한 후 경부·익산포항고속도로를 경유하여 영천시에서 69
번 지방도로 빠져 영천호의 서부와 북부를 둘러 포항시 죽장면으로 올라갔
고, 여헌 장현광을 향사하는 立巖서원이 있는 죽장면 소재지에서 31번 국도
로 접어든 후 현내천을 따라 좌측 산골짜기로 꺾어 들어가, 11시 19분에 무
학사 부근의 무학대에서 하차하였다. 이 산악회는 약 20년 전 우리 내외가
백두대간 구간종주에 참여했던 터인지라, 고문인 서원식 씨와 산행대장 조

상제 씨 등 낯익은 사람들이 여러 명 있다. 금화관광의 기사 이정진 씨도 당시의 그 사람이다.

산행 들머리에서는 길이 분명치 않았고, 능선에 위치한 첫 번째 봉우리인 곰바위산(895)까지 2km 구간은 경사가 가팔라 꽤 힘들었다. 나는 이번에도 일행으로부터 떨어져 꽁무니에 쳐져서 내 페이스대로 올랐다. 곰바위산 정상 바로 아래에서 점심을 들고 있는 일행을 만나 비교적 젊은 편인 40~50대 정도로 보이는 남녀 한 쌍과 어울려 점심을 들었다.

능선 일대에는 눈이 얕게 쌓여 있고, 경사가 가팔라 꽤 위험하였다. 오랜 산 친구 한 명이 끼인 세 명은 우리 근처에서 식사를 한 후 뒤이어 출발하여 도중에 나를 지나쳐 가더니 첫 번째 재인 망덕고개에서 대절버스가 대기하고 있는 두들마을 쪽으로 하산해버린 모양이었다. 아내는 그 안쪽의 큰마을에서부터 서원식 고문을 따라 C코스로 오른다고 하더니, 아침에 깜박하고서 콜레스트롤 약을 두 번 복용하였다 하여 등산을 포기하고 말았으므로, 두들마을에서 그들과 함께 내게로 전화를 걸어 도중의 탈출을 권유하였다.

다음 경유지인 베틀봉(934) 부근에는 산불이 났던지 삼림이 훼손된 구간이 꽤 넓었는데, 함께 점심을 들었던 남녀 한 쌍이 앞서 가다가 도중 여러 곳에서 멈춰서 내가 접근해 오기를 기다려 주기를 반복하였는데, 그들이 그 구간에서 일행이 지나간 산복도로가 아니고 반대쪽 길로 들어가므로 그들을 따라갔다가 도중에 길이 끊어져 눈 덮이고 가파른 산비탈을 경유하여 그쪽의 야트막한 산봉우리까지 오르느라고 죽을힘을 다 썼다. 베틀봉은 임도의 고개에서 건너편 산꼭대기 방향으로 좀 더 올라갔다가 되돌아오는 코스인데, 우리는 베틀봉과 반대방향의 봉우리로 나아간 셈이므로 베틀봉에는 들르지 못했다. 다시 임도를 따라 곰내재에 다다르니 거기서 청송군과 포항시를 잇는 새로운 임도로 연결되는 것이었다. 원래 C코스는 이 임도를 따라 올라와 곰내재에서 베틀봉으로 갔다가 되돌아와 면봉산 쪽으로 향하게 되어 있었던 것이다.

곰내재에서 오늘의 최고봉인 면봉산까지는 이미 지나온 곰바위산까지의 거리와 비슷할 정도로 먼데, 그 부근 철쭉군락지 일대에도 산림이 훼손된 구간이 있었다. 비교적 완만한 경사로를 힘써 주파하여 마침내 면봉산 정상에 다다라 다시금 그 젊은 남녀와 합류하였다. 면봉산 정상에는 기상레이더 관측소가 있어 공처럼 둥그런 레이더가 설치되어져 있고, 건너편으로 국내 최대의 천체망원경이 있는 보현산천문대가 바라보인다. 정상에는 2007년 12월에 청송군 측이 세운 비석이 있는데, 거기에는 산의 높이를 1,120.6m라고 하였으나, 정상에서 하산 길을 따라 조금 내려온 곳에 포항시가 세운 또 하나의 보다 큰 비석이 있어 거기에는 '포항의 최고봉'이라 하여 1113m로 적고 있었다. 그 뒷면에 새겨진 포항시의원 김중린 씨가 쓴 비문에 의하면 "산이 높아 조수가 쉬어가는 곳이라 하여 면봉산이라 부르며 또한 능선이 완만하여 민봉산이라 불리어 지기도 하고 옛날에는 文峰山이라고 불렀다"고 되어 있다.

하산 길에서는 나도 꽤 빠르므로 정상에서부터 그 남녀 한 쌍과 더불어 앞서거니 뒤서거니 하며 종착지점인 두들마을까지 내려왔다. 보현산과 이어지는 밤티재(800)에서부터는 포장된 임도가 있어 그 길을 따라 걸었다. 안내판에 의하면 죽장 두마와 영천 화북 정각을 잇는 3.27km의 이 임도는 경상북도에서 산림보호와 경영 목적으로 1999년부터 2001년까지 시공한 곳이라 하며, 밤티재 부근의 일부 구간 0.32km는 2017년에 신설한 것이라는 표지석이 있었다. 사과밭이 많은 두마리 마을까지 다 내려오니 보현산천문대로 가는 길임을 표시한 화살표 표지도 서 있었다. 오후 5시 25분에 하산하였다.

30분쯤에 차가 출발하여 도중에 작은보현산을 경유하는 A코스에서 내려오는 일행 4명을 더 태웠다. 오늘의 일행은 총 44명인 모양이다. A코스는 무학대를 출발하여 밤티재에서 건너편 능선에 있는 작은보현산을 경유하여 하산하는 코스로서 13.5km이고 내가 택한 B코스는 밤티재에서 임도를 따라 계곡 길로 내려오는 코스로서 12.5km이다. 나는 2017년 3월 1일에 영천시 자양면 보현리의 거동사에서부터 작은보현산과 갈미봉을 경유하는 코스를 따라 그쪽 능선을 절반 정도 답파한 바 있었다.

진주로 돌아오는 도중에 합천군 삼가면 서부로 55(소오리 395-10)에 있는 삼가브랜드육타운에 들러 밤 8시 무렵 한우국밥(8,000원)으로 늦은 석식을 들었다. 아내는 거기서 한우사태와 한우양지를 59,530원 어치 샀다. 밤 9시 40분 무렵 귀가하였다.

27 (일) 맑음 -망치산

아내와 함께 한가족산악회를 따라서 거제시 사등면에 있는 望峙山 (361.8m)에 다녀왔다. 오전 8시까지 자유시장 롯데리아 옆에 집결하여 구동명극장과 봉곡동 경남은행 맞은편에서 사람들을 더 태운 후 31명이 출발했다. 통영대전고속도로와 14번 국도를 따라 거제도로 들어갔는데, 이 산악회는 여성 위주라 회장·부회장·총무·고문이 모두 여성이고, 산행대장 한 사람만 남자였다. 금년 들어 임원이 바뀌었다고 하며, 목적지로 향하는 버스 속에서 산행 개념도를 나누어 주었는데, 인터넷에서 출력한 것 그대로서 성포리 쪽에서 망치산에 이르는 코스와 지석마을 쪽에서 도중의 등산로로 접근하는 코스만 선으로 표시되어 있을 뿐 출발지와 하산지 및 경유지에 대한 아무런 안내가 없고, 다만 소요시간 4시간이라 적혀 있을 따름이었다. 내가 출발지와 하산지를 알려달라고 말했음에도 불구하고 집행부 측은 사전 지식이나 준비가 전혀 없어서 스마트폰으로 산행지도를 계속 조회하고 있을 뿐 도착할 때까지 아무런 안내가 없었다.

사등면 사무소가 있는 성포리에 차가 도착하였는데, 우리 옆에 앉았던 정보환 씨 등이 이곳이 아니고 지석리에서 산행을 시작해야 한다고 주장하여 차는 왔던 길로 조금 되돌아가 10시 20분에 시내버스 지석정류소 부근에서 하차하였다. 지하로를 경유하여 14번 국도를 가로질러 지석마을로 들어간 후, 김해김씨 四君派 支石門中이 세운 커다란 재실인 錦湖祠와 松柏齋 옆을 경유하여 마을 안쪽까지 들어갔다가 길이 막혀 되돌아 나온 후, 마을에서 600m 쯤 떨어진 한국불교 태고종 사찰인 大望山 明星庵 방향으로 나아갔다. 콘크리트 포장도로를 따라 한참 올라가 명성암 입구의 갈림길에서 뿔뿔이 흩어졌는데, 우리 내외는 산 친구인 정보환 씨를 따라서 명성암과 그 입구 부근에 있는 경주이씨 菊堂公派 性榮公門族 墓苑을 둘러본 후 셋이서 위쪽으로 향하는 콘크리트 포장도로를 따라 계속 올라가 마침내 대망산(247) 부근의 체육공원에 다다랐다. 거기와 다른 한 곳인 망치산 정상에서 등산로안내 표지판을 보았을 뿐, 이 산에는 다른 이정표가 거의 없고 그 흔한 등산 리본 하나도 눈에 띄지 않았다.

체육공원에 세워진 등산로안내표지판에 의하면 우리가 처음 도착했던 성포리 쪽에서도 이 산으로 올라오는 등산로가 있었고, 체육공원에서부터 정상에 이르기까지는 비탈진 길이 꽤 넓게 이어져 있었다. 망치산 정상에 목조 2층 육모정이 하나 서 있어 성포리에서 연륙교로 연결된 가조도와 삼성중공업 조선소 등 근처의 바다 일대를 바라볼 수 있었으나 표지석이나 전망대의 현판도 없어 여기가 망치산이라는 것을 인식할 수 없게 되어 있었다. 시각이 이미 정오 가까운 무렵이었으므로, 셋이서 육모정 부근의 바위에 걸터앉아 점심을 들었다.

우리가 식사를 마칠 무렵 일행 두 명이 다른 길로 올라왔는데, 그들은 이곳이 정상이 아니라고 자꾸만 고집하였으나 내가 집에서 인터넷으로 조회해 보았으므로 틀림없다고 일러주었다. 지석고개 쪽 길을 취하여 나아가니 도중의 편백 숲 속 여기저기에 벤치가 놓여 있었다. 전망대에서 700m쯤 더 나아가 대리마을 방향과의 갈림길에 이정표가 하나 서 있고, 그곳을 지나서부터는 길이 점차 희미해졌다. 도중에 망복산(320.5) 뒷산(267) 등이 있으나 이 역시 아무런 표지가 없었다. 뒷산을 지나 직선 방향으로 좀 더 나아가니, 마침내 농장으로 연결되는 포장된 길과 사등리 쪽으로 내려가는 7번 지방도 및 지석리 쪽으로 향하는 4번 지방도가 만나는 지점 근처에 당도하였다. 아내는 내가 통과해야 한다고 한 지석고개 방향으로 나아가는 오르막길은 타인의 사유지인 농장이 있어 통과할 수 없다고 하면서 자꾸만 7번 지방도 쪽으로 내려가자고 주장하므로 몇 번 오르락내리락하다가, 결국 아내의 강한 반대를 무릅쓰고 농장 뒤의 비탈진 산길을 헤치고서 마침내 공장이 들어서 있는 지석고개(굽국재)를 지나 거제시추모의집과의 길림길이 있는 4번 지방도로 접어들었다.

거기서부터는 아스팔트 포장도로를 따라 계속 내려와 마침내 청곡리에 도달하였고, 지하도를 지나서 14번 국도에 올라 그 길을 따라서 지석마을 방향으로 나아가 오후 2시 반 무렵 마을 공터에 주차해 있는 우리들의 대절버스에 도착하였다. 등산 활동을 통해 아는 사이인 최재열 씨도 우리 내외와 거의 같은 시각에 도착하였고, 점심 후 우리 뒤에 처졌던 정보환 씨는 우리의 발자취를 따라 농장 부근으로 내려왔으나, 7번 지방도를 따라 올라가 4번 지방도로 접어들어 둘러 오느라고 우리보다도 한참 후에 도착하였다.

돼지고기 삶은 것과 도토리묵 그리고 사이다로 하산주를 든 후 3시 50분에 거기를 출발하였는데, 그냥 돌아가기에는 시간이 너무 이르므로 도중에 통영시로 들어가 산복도로를 통과하여 미륵도의 당포 방향으로 조금 나아가다가 차를 되돌려서 죽림신도시로 빠져나온 다음, 14번 및 33번 국도를 경유하고 사천에서 남해고속도로에 올라 진주에 도착하였다. 우리 내외는 시청 앞에서 내려 택시를 타고 6시 무렵 귀가하였다. 거제와 통영 일대에는 가로수로 심은 동백나무에 붉은 꽃들이 만발해 있었다.

2월

10 (일) 흐리고 오후 한 때 빗방울 – 산성산, 구곡산, 감딤산

아내와 함께 삼일산악회를 따라 기장군의 산성산(繡嶺山, 368m)·구곡산(434)·감딤산(308.5, 310)에 다녀왔다. 오전 8시까지 시청육교 밑에 집결하여 48명이 출발했다. 산성산은 기장군 기장읍 서부리·대라리와 철마면 안평리의 접경이고, 구곡산은 기장군 기장읍과 해운대구의 접경에 위치해 있다.

남해고속도로를 따라가다가 진영휴게소에서 정거했는데, 그곳 화장실 앞의 매점에서 아내가 원하던 세라믹 칼를 팔고 있는 것을 보고서 두 개 샀다. 예전에 내가 사주었으나 아마도 비행기를 타다가 검색에 걸려 압수된 적이 있었는데, 그 이후 아내가 못내 아쉬워하여 다시 입수하기를 절실히 원했던 것이다. 가격은 하나 5천 원에 불과했다.

진영에서부터는 부산외곽순환도로를 경유하여 9시 52분에 기장시장 부근인 부산광역시 기장군 기장읍 서부리(차성서로 101번길 27)에 있는 대한 불교조계종 소속의 사찰 普明寺 부근에 도착했다. 거기서부터 오르막 산길 을 1.7km 걸어 첫 번째 정상인 산성산에 도착했다. 정상에 철제 울타리를 친 集水池 터와 정자가 하나 있을 뿐 표지석은 없었다. 이 산의 원래 이름은 수령산인데, 부산시지정기념물 제59호인 機張山城이 있다고 하여 이즈음 은 주로 산성산으로 불리고 있다. 기장의 진산인 셈이다.

산성은 2012년 3월에서 6월에 걸쳐 기장군청의 위촉에 의해 울산문화재 연구원이 발굴조사를 실시했는데, 중앙에 집수지가 있고, 包谷式 2단으로 쌓은 것이다. 내부에서 삼국시대 토기편이 출토되기도 하여 고려시대 이전 에 쌓은 것으로 추정되는 모양이다. 삼국시대에 축성되었다고 쓰인 안내판 도 있었다. 삼국시대 이래 동래군의 속현인 갑화양곡현의 역사를 규명할 수 있는 유적이라고 한다. 집수지는 지름 14m, 깊이 2m50cm로서 현재까지 남해안지역에서 조사된 평면 원형 형태의 것 중에서 가장 큰 규모라고 한다.

산성산에서부터 구곡산 부근 헬기장까지의 능선에는 차 한 대가 지나다 닐 수 있을 만큼 넓은 길이 이어져 있었다. 산성산 부근에 근년에 산불이 나 새로 심은 편백나무들이 계속 보였고, 헬기장 부근에도 예전에 산불이 나 벚 나무 등을 새로 심어두었다.

아내는 감기 기운이 있어 산성산에서 백코스로 도로 내려가는 B코스를 취 한다고 하더니, 그 팀은 예정을 변경하여 우리 뒤를 계속 따라와 헬기장으로 가는 도중의 안적사 갈림길에서 탈출하여 종착지점까지 4시간 반 정도를 걸 었다고 한다.

헬기장에 도착하여 이 산악회의 김삼영 전 고문 등 4명과 합류하여 점심 을 든 다음. 아스팔트 도로를 따라 좀 내려오다가 다시 산길을 취했다. 헬기 장 오른편의 산길은 장산너덜길이라고 하는 모양인데, 이는 내가 예전에 오 른 바 있었던 해운대의 茛山(634)이 근처에 있기 때문이다. 포장도로를 버 리고서 산길에 오른 지 얼마 후에 표지석은 없으나 내가 등산길에서 자주 보 았던 준.희라는 사람이 개인적으로 나무에다 붙여둔 437.6m라는 흰색 표 지판이 있는 돌무더기로 이루어진 봉우리에 닿았으므로 나는 거기가 구곡산인 줄로 알았으나, 알고 보니 거기서 얼마쯤 더 나아간 곳에 구곡산 표지석이 있는 봉우리가 따로 있었다.

구곡산에서 또 한참을 걸어 감딤산 표지석이 있는 봉우리를 만났고, 다시 297(298)m의 오신봉을 지나 몇 개의 작은 봉우리를 더 거친 다음, 부산·울산간고속도로 아래의 지하도를 통과하여 오후 4시 45분에 기장읍 내리의 내리초등학교 부근에 정거해 있는 대절버스에 도착하였다. 점심 이후로 계속 김삼영 고문 팀 네 명과 함께 걸었고, 그들은 등산의 달인들이며 별로 쉬지 않고 걸었음에도 불구하고 꼴찌로 도착하였다. 일행 중 20명 정도만 풀코스를 걸었던 모양이며, 개중에도 산악회에서 지도에 표시한 길을 따라 걷지 않고 다른 지름길을 취한 사람들이 더러 있었던 모양이다. 산행대장 김재용 씨가 측정해본 바에 의하면, 오늘 우리가 걸은 코스는 13.7km였다고 한다. 나는 거의 7시간을 걸은 셈이다.

진주로 돌아와 금산면 장사리 987-29번지 1층의 롯데리아 옆에 있는 24시전주名家콩나물국밥이라는 식당 금산점에 들러 1인당 4천 원인 콩나물국밥과 한 접시에 3천 원인 만두로 석식을 들었다. 작년 8월 17일에 신장개업한 점포였다.

17 (일) 맑음 - 회문산

아내와 함께 백두대간산악회를 따라 전북 순창군의 회문산에 다녀왔다. 이 산에는 1998년 7월 7일 제헌절 휴일에 나의 제안에 따라 육윤경 선생 등 산모임의 10명이 함께 다녀온 바가 있었으니 이번으로 두 번째이다. 벌써 21년 전의 옛일이 되고 말았다. 육 선생은 그 새 건강이 악화되어 산에 다니지 않은지 오래되었다고 들었다.

오전 8시까지 시청 앞에 집결하여 운동장 1문 앞을 경유하여 출발했다. 통영대전, 광주대구고속도로를 경유하여 순창IC에서 빠져나온 후, 27번 국도를 따라 임실 방향으로 향했다. 임실군 덕치면에서 구 27번 국도로 빠지니 '김용택의 작은 학교'라는 안내판이 보이고 바로 섬진강 상류에 이르렀다. 10시 8분 덕치면 사무소가 있는 마을에 닿아 하차하였는데, 그곳 버스 정거장 이름이 회문이었고, 이 일대를 회문리라 하는 모양이다. 파출소 옆길로 하여 등산로에 접어들었다. 시점인 덕치치안센터에서 첫 번째 목적지인 깃대봉까지는 3.1km로서 계속 오르막길이다. 아내와 나는 일행의 마지막에 쳐져서 우리 페이스대로 걸었다. 그러는 쪽이 뒤따라오는 사람이 없으므로 마음이 편한 것이다.

깃대봉 조금 못 미친 지점의 홍성문대사 옛 집터에 이르니 이미 정오 가까운 무렵인지라, 그곳에서 일행과 함께 점심을 들었다. 홍성문은 조선조 중엽의 승려로서 회문산의 동굴에 들어가 10년 수도하여 도통한 후 「回文山歌」라는 노래를 지었는데, 이로 하여 당대의 으뜸가는 풍수가로서 이름을 떨치게 되었고, 회문산이라는 이름도 이 노래에서 유래한다는 설이 있다. 설화에 의하면 그는 임실군 운암면의 한 마을에서 태어났다고 하며, 「회문산가」에서 24혈의 명당을 말하고 '五仙圍碁' 혈을 언급했는데, 그곳에 묘소를 쓰면 당대부터 운이 틔어 59대까지 갈 것이라고 예언했다고 한다. 이곳은 그가 입산하여 생활한 옛 집터라는 것이다.

거기서 조금 더 올라간 곳에 '빨치산 교통호'라는 표지판이 있었다. 6.25 이후 이곳은 인민군 빨치산들의 교통호(?)로 쓰이기도 하고 거주지로 이용되었는데, 국군토벌대와 빨치산에 의해 낮과 밤에 따라 주도권이 바뀌어 인근 주민들 중 상대편에 협조한 자를 골라 처형하였기 때문에 무고한 민간인들의 피해가 2,300명에 이르렀다고 한다.

마침내 해발 775m의 깃대봉에 올랐고, 거기서부터는 내리막과 오르막길이 반복되었다. 눈이 내린 흔적도 약간 있었다. 깃대봉에서 조금 더 나아간 곳에 천마봉(715)이 있는데, 내 일기에 의하면 첫 번째로 왔을 때 반대쪽에서 출발하여 거기서부터 능선을 따라 일중리 쪽으로 내려갔다고 하였으므로, 천마봉에서부터의 길은 예전에 밟았던 것인 듯하다.

삼연봉을 지나, 회문산 정상을 700m쯤 남겨둔 지점인 서어나무갈림길에서 아내는 일행 중 다른 여자 한 사람을 따라 자연휴양림을 지나 매표소 방향으로 탈출하였고, 나 혼자서 비교적 완만한 능선 길을 계속 걸어 올랐다. 우리가 받은 개념도에는 회문산 정상을 장군봉이라고 하였지만, 정상을

400m 남겨둔 지점에 장군봉 갈림길이 있고, 거기서 1.4km 떨어진 지점에 장군봉이라는 봉우리가 따로 있어 바라보였다. 837m인 회문산 정상의 표지석에는 '큰지붕'이라고 새겨져 있었다.

정상에서 반대편으로 300m 떨어진 거리에 '작은지붕'이라고 하는 헬기장이 있는 봉우리가 있는데, 그리로 향하는 도중에 '天根月窟'이라는 篆字體 글자가 새겨진 바위벽을 통과하였다. 그곳의 설명문에 의하면, 邵康節이 팔괘를 읊은 詩句인 '天根月窟閑往來/ 三十六宮都是春'에서 취한 문구라는 것이다. 설명에 의하면 천근은 남자의 성기, 월굴은 여자의 성기를 의미하며, 삼십육궁은 소우주인 육체를 의미한다고 하니, 이는 결국 남녀의 성교를 읊은 내용이 된다. 우리나라의 산에 오르면 이런 노골적인 성행위를 의미하는 상징물들을 자주 접하게 된다. 작은지붕에서 400m 떨어진 안부의 좀 더 큰 헬기장으로 향하는 도중에서도 女根木이라고 하는, 뿌리 부근에서부터 여러 갈래의 곡선으로 둥치가 갈라진 소나무를 지나쳤다. 치열했던 빨치산 토벌전에도 살아남은 盤松이라고 한다.

첫 번째로 왔을 때 본격적인 등산을 시작했던 지점인 안부의 헬기장에서부터 일행이 지나간 산길을 벗어나, 도로를 따라서 회문산자연휴양림이 있는 계곡 방향으로 1km 정도 나아가, 서어나무갈림길에서부터 내려온 지점의 서어나무를 만난 다음, 거기서부터 다시 1,200m를 계곡을 따라 걸어 내려와 오늘 산행의 종점인 매표소 및 관리사무소 앞 주차장에 닿았다. 도중에 사방댐 부근에 있는 회문산역사관에 들렀고, 휴양림이 거의 끝나가는 지점에서 蘆嶺門을 통과하였다. 순창군과 임실군의 경계인 갈재(蘆嶺, 354m)에서 유래한 노령산맥의 줄기에 위치한 회문산은 지형적인 요새로 구한말 면암 최익현 선생을 위시한 의병활동의 근거지였고, 6.25 전란 전후 빨치산 활동으로 전북도당 유격사령부 자리와 임시간부학교였던 노령학원 터가 남아 있다는 설명문이 붙어 있었다. 오늘 산행은 도상거리로 약 12km라고 한다.

오후 3시 45분에 주차장에 도착하여 오늘 산행을 마쳤고, 4시 무렵 그곳을 출발하여 돌아오는 도중 산청군의 단성IC에서 고속도로를 빠져나가 원지에 들러 원지로 4번길(하정리 934-1)에 있는 뽕잎해물칼국수&낙지볶음에 들러 낙지와 전복 등 조개들이 들어 있는 해물탕 4인분에다 뽕잎해물칼국수로 석식을 들었다. 푸짐하여 먹을 만하였다.

24 (일) 맑음 - 닭이봉, 철마산

아내와 함께 대명산악회를 따라 충남 금산군 군북면 외부리에 있는 닭이봉(510m)과 철마산(468.5)에 다녀왔다. 오전 8시 반까지 제일은행 앞에 집결하여 50명이 대절버스를 타고 출발했다. 통영대전고속도로를 따라 올라가 10시 18분에 금산의 인삼랜드 주차장에서 내려 콜핑 매장 옆으로 난 길을 따라 들어가 산행을 시작했다.

용문동천이라고 하는 계곡을 따라 한참 나아가다가 산길을 오르기 시작했다. 인삼랜드에서 오늘의 정상인 닭이봉까지는 2.12km였다. 화창한 봄 날씨인데, 다만 오늘도 전국적으로 미세먼지가 있다고 한다. 11시 42분에 정상에 이르렀는데, 오른편으로 좀 더 나아간 곳의 성터봉에 산성의 흔적이 있고, 그 아래 공터에서 산행대장을 비롯한 일행이 점심을 들고 있었다. 우리 내외도 그 근처의 낙엽 위에 자리를 잡아 점심을 들었다.

닭이봉에서 왔던 방향으로 꺾어들어 다음 목적지인 철마산까지는 2.41km의 거리인데, 도중에 용문동천 쪽으로 빠져 내려가는 지름길이 있는 일월이재를 지나쳤다. 철마산에서 다시 인삼랜드 방향으로 접어들어 400m 정도 더 나아가면 선명하지 않은 길이 한참 이어지다가 천마산 바위성이라고 하는 전망대에 다다른다. 깎아지른 바위 절벽 위에서 대전통영고속도로 쪽을 바라볼 수 있는 위치이다. 거기서 좀 더 내려오면 부탕골이라고 하는 골짜기에 다다르고, 계곡물을 따라서 고속도로까지 내려와 고속도로의 울타리 뒤편을 따라서 오후 2시 12분에 인삼랜드로 돌아왔다. 고속도로 옆을 따라 좀 더 높은 곳까지 올라가면 시멘트로 조성된 정식 통행로가 나 있는 모양이지만, 우리는 그 길을 이용하지 않았다.

인삼랜드에서 돼지고기 수육과 딸기·상치 등을 들면서 하산주 자리에 좀 앉아 있다가, 그곳을 출발하여 대전 방향으로 좀 더 올라간 후 추부에서 빠져 37번 국도를 따라 도로 금산읍 방향으로 내려왔다. 거기서 4시 30분까지 40

분 남짓 자유 시간을 가졌는데, 대부분의 일행은 인삼막걸리를 드는 모양이었지만, 술을 들지 않는 우리 내외는 수삼시장과 금산인삼쇼핑센터 등을 좀 둘러보다가 금산읍 인삼약초로 48-8에 있는 웰빙인삼튀김집이라는 매점에서 7개에 만 원 하는 인삼튀김을 들었다. 예전에는 금산인삼쇼핑센터에서 인삼제품을 더러 구입하곤 했었는데, 근자에 들러보면 손님이 거의 없어 그 건물 안의 수많은 매점을 둘러보는 사람은 우리 내외뿐인 듯하였다.

금산을 출발한 이후 진주에 도착할 무렵까지 계속 차 안에 음악을 크게 틀고서 버스 복도에서 춤을 추는 사람들이 있었다. 이즈음은 산행할 때 버스 안에서 춤을 추는 경우는 오히려 드문 편인데, 이 산악회는 유난히 좀 심하다. 회장이나 산행대장 등 집행부는 함께 어울리지 않고 기사 부근의 앞자리에 앉아 있기만 하면서 참가자들에게 이런 서비스를 제공하는 것이다. 버스 안에는 '차량 내 음주가무행위 절대 금지'라는 표지가 붙어있고, 위반 시 회사와 운전사 그리고 승객에 대한 행정처분 내용에 대해서도 구체적으로 명시하고 있지만, 주최 측이 요구하면 기사로서는 거부할 수 없는 것이다.

진주로 돌아온 후 출발장소 부근에서 카카오택시를 불러 타고 집으로 돌아왔다. 이 택시를 탈 때는 도착지점 뿐만 아니라 출발지점도 입력해야 한다는 것을 비로소 알았다.

3월

3 (일) 맑음 -송해공원

아내와 함께 매화산악회의 제47차 산행에 동참하여 대구광역시 달성군 玉浦面 奇世里에 있는 玉淵池 宋海公園에 다녀왔다. 8시까지 시청 앞에 집결하여 48명이 출발했다. 오늘 콜택시를 부를 때 카카오택시를 이용하여 출발지와 도착지를 모두 입력했더니, 이번에는 택시가 다른 곳으로 가지 않고 정확하게 우리 아파트 입구에서 대기하였다.

남해·구마고속도로를 따라가다가 칠서휴게소에 정거했을 때 아내가 1톤 트럭 뒤의 짐칸에 덮는 그물망을 하나 구입하였다. 화원 IC에서 빠져나가 5·

26번 국도와 3번 지방도를 따라 조금 이동하여 오전 9시 50분에 송해공원 제2주차장에서 하차하였다. 한국의 국민 MC이자 개그맨인 宋海의 이름을 딴 것인데, 그는 본명이 宋福熙이고 본관은 은진으로서 1927년 황해도 재령에서 출생하였는데, 배우자인 石玉伊 씨는 본관이 충주로서 1934년 이곳 기세리에서 태어났으므로, 실향민인 그는 2011년에 달성군 명예시민이 되고, 2012년에는 달성군 홍보대사로 위촉되었으며, 2016년 본인의 동의를 얻어 이곳에다 657,000㎡ 규모의 송해공원을 조성하게 된 것이다. 그는 6.25 때 혈혈단신으로 남하선을 타고 부산에 도착하였고, 이후 24세의 나이에 대구 달성공원에서 통신병으로 군복무를 시작하였는데, 이 때 7세 연하인 석 씨와 부부의 연을 맺게 되었으나, 결혼식을 올린 것은 불과 몇 년 전이라고 한다. 송 씨는 부인의 출생지인 이곳을 제2의 고향이라 생각하고 수시로 방문하였으며, 1983년 기세리 뒷산인 함박산(432.3m) 기슭에다 두 사람의 묏자리도 마련하였는데, 석 씨는 작년에 죽어 먼저 묻혔고, 송 씨의 것은 그 옆에 假墓의 형태로 남아 있다. 그는 올해 93세로서 만으로는 91세에 해당하는 모양이다.

우리는 기세마을 바로 아래의 송해공원 제2주차장에서 시산제를 거행하였다. 제사를 마친 다음 준비한 음식물로 음복을 하고서, 아내와 나는 3.5km에 달하는 옥연지둘레길을 산책하였다. 옥연지 일대의 수변공원인 송해공원은 봄이면 만개하는 벚꽃 길로 유명하다는데, 우리것보존협회로부터 서울의 청계천, 가평의 자라섬에 이어 작년에 전국에서 세 번째로 대한민국을 대표하는 관광명소로 선정되어 대상을 수여받았다고 한다.

옥연지둘레길 중 동쪽 길은 3번 지방도가 통과하여 차량의 통행이 제법 있으므로, 우리는 물레방아와 百歲橋·百歲亭을 거쳐서 먼저 서편 데크길로 접어들었다. 백세교 일대에는 생태연못이 조성되어져 있고, 물위에는 여러 가지 야간조명시설물들이 설치되어져 있었다. 공원에는 용의 알이라고 하는 둥근 모양의 큼직한 돌들이 비슬산 관광호텔 주변으로부터 옮겨져 와 여기저기에 배치되어져 있고, 인도네시아의 화산지대로부터 옮겨 온 대형 硅化木도 보였다. 용의 알은 중생대 백악기의 땅속 화강암에서 발달하는 것으로서, 核石(Core Stone)이라고도 한다.

서편 데크길을 따라가다가 제1전망대인 담소전망대에서 250m 떨어진 거리인 산68-1번지 산중턱의 금동굴을 찾아가보기도 하였다. 아마도 예전에 금광으로 사용되었던 동굴인 모양인데, 산림욕장 금굴체험장 콘텐츠로 조성하는 공사가 진행되고 있었다. 둘레길을 한 바퀴 둘러서 동편 데크길을 걷다가 기세리 459번지에 있는 카페블로썸에 들르기도 하였다. 거기서 나는 돌체라떼, 아내는 레몬에이드와 와플을 주문(15,000원)하여 함께 들었는데, 와플에는 크림을 잔뜩 얹어 우리 취미와는 맞지 않았다. 그 집 카운트에 송해 씨가 이곳을 방문하여 젊은 주인 장종호 씨와 함께 찍은 사진 두 장이 제법 크게 확대되어 접수창구의 옆벽에 붙어 있었다.

풍차를 거쳐서 다시 백세교를 건너 오후 1시 40분에 출발지점으로 되돌아와, 닭고기탕 등으로 이루어진 푸짐한 하산주 자리에 앉았다. 오전에 음복 음식을 들기도 하여 전혀 배가 고프지 않았으므로 도시락을 준비해 갔었지만 점심은 걸렀다. 제1주차장 가에 임시로 설치된 매장에서 아내는 외송의 연못에다 심을 미나리 등을 구입하기도 하였다.

4시 무렵에 그곳을 출발하여, 돌아올 때는 광주대구고속도로 상의 달성군에 위치한 논공휴게소를 거쳐 고령에서 33번 국도로 빠져나온 다음, 6시 무렵 귀가하였다.

17 (일) 맑음 - 비렁길 4·5코스

아내와 함께 대교산악회를 따라 여수 금오도 비렁길 4·5코스를 다녀왔다. 오전 7시 반까지 한일병원 건너편의 대교주유소에 집결하여, 남해고속도로를 경유하여 광양 부근의 옥곡IC에서 861번 지방도로 빠진 후, 이순신대교를 건너서 여천공단 쪽으로 진입하였다.

9시 30분에 돌산도의 신기선착장에 도착하여보니, 그 부근의 공사 중이었던 돌산-화태간 사장교는 이미 완공되어 차량이 통행하고 있었다. 10시 30분에 출발하는 한림페리 9호를 타고서 3층 선미의 浮艜 위에 걸터앉아 굴뚝으로부터 나오는 기관의 연기를 마시며 바다 풍경을 바라보고 있었는데,

머지않아 금오도의 여천여객선터미널에 도착하였다. 요금은 4,500원이었다. 아내는 터미널에서 방풍나물과 취나물 등 반찬거리를 비닐봉지 두 개 분량이나 사서 차 속에 갖다 두었다.

나는 2014년 1월 5일에 망진산악회를 따라와서 비렁길 1·2코스를 답파하였고, 작년 10월 14일에는 아내와 함께 상대산악회를 따라와서 3·4·5코스를 걸으려고 하다가 태풍으로 시설물이 파괴되어 2·3코스로 변경하여 마친지라, 오늘은 나머지 4·5코스를 걷는 것이 목표였다. 그러나 이 산악회는 오늘 3·4코스를 목표로 삼고 있으므로, 배 속에서 회장에게 문자메시지를 보내 4코스의 출발지점인 학동에서 우리 내외를 하차시켜 달라고 요청하였다.

그리하여 일행이 3코스의 출발지인 직포에 내릴 때 주먹밥을 받아온 뒤, 되돌아오는 대절버스를 타고서 학동에 내린 다음, 둘이서 4코스를 걷기 시작하였다. 4코스는 3.2km로서 1시간 30분 소요, 심포에서 장지까지의 5코스 역시 3.3km로서 1시간 30분이 소요된다고 한다.

학동의 도로 가에서 하차한 후, 비렁길이 시작되는 바닷가 마을까지 걸어 내려와 트레킹을 시작했을 때가 이미 정오 가까운 시각이었으므로, 첫 번째인 사다리통전망대에 도착하자 그곳에서 도시락을 꺼내 점심을 들었다. 다시 걷기 시작하여 오후 1시 25분에 4코스의 종점인 심포에 도착하였고, 버스 속에다 배낭을 두고 지팡이와 물만을 지참하고서 5코스로 출발하였다. 아내는 회장이 말한 오후 3시까지의 돌아가는 시간을 걱정하므로, 도중의 막포전망대에서 먼저 돌려보내고, 나 혼자서 걸어 숲구지전망대를 지나 종점인 장지마을의 이정표가 있는 지점에까지 다다른 다음, 마을까지 내려가지는 않고서 장지마을과 그 앞의 안도를 잇는 안도대교 공사현장을 바라본 후, 되돌아서 오후 3시를 갓 넘긴 무렵에 심포로 돌아왔다. 5코스의 출발지점에는 상당 부분 포장된 차도가 이어졌고, 오늘의 전체 코스 주변에 흐드러지게 피었다고 할 정도는 아니지만, 그래도 빨간 동백꽃이 제법 피어 있었다. 오늘 나는 9.8km를 걸은 셈이 된다.

심포의 대절버스가 주차한 곳 부근에 '더 이상은 못 참겠다, 국립공원 해체하라!'라는 문구가 쓰인 플래카드가 걸려 있었으므로, 마을 주민에게 그것이 무엇을 의미하는지를 물었다. 주민의 말에 의하면 다도해해상국립공원지정으로 말미암아 토지의 매매가 제한되고 개발도 어렵기 때문이며, 비렁길 탐방객이 성가셔서 그런 것은 아니라고 했다.

3시 30분 무렵 심포를 출발하여 여천터미널로 되돌아온 다음, 4시 20분의 페리를 타고서 2층 갑판 옆면의 의자에 앉아 졸면서 돌산도로 되돌아왔다. 진주로 돌아온 다음, 정촌면 예하리 909-1 강주연못 앞의 강가名가에 들러 옛날육개장과 소머리곰탕 중 하나로서 석식을 들었는데, 우리 내외는 날라다주는 대로 곰탕을 들었다. 양이 풍부하고 반찬이 맛있었다. 맞은편에 앉은 여자 회장과 잘 모르는 남자에게 오늘 우리가 모인 장소인 대교주유소와 대교산악회는 어떤 관계인지를 물었더니, 남자 쪽이 내게 설명해 주었다. 이 산악회는 자기가 창립하여 10년간 회장으로 있다가 11년째인 올해 현 회장에게도 배튼을 넘겨주었으며, 대교주유소는 친구의 누님이 경영하는 것인데, 자기도 그 옆에다 사무실을 개설하여 대교건설이라는 토목회사를 운영하고 있으며, 산악회가 발족할 즈음 때마침 김시민대교가 준공되었으므로, 그 점도 고려하여 산악회 이름을 대교라 지었다는 것이었다.

카카오택시를 불러 타고서 밤 8시 무렵 귀가하였다.

21 (목) 대체로 흐리고 오전 한 때 부슬비 -노성산

아내와 함께 봉황산악회를 따라 충청남도 논산시 魯城面과 上月面의 경계에 위치한 老城山(348.9m)에 다녀왔다. 오전 8시 40분까지 신안로터리에 집결하여 상봉아파트를 출발하여 오는 대절버스를 탔다. 오늘 일행은 29명이었다. 이 산악회의 간부는 여성들로 이루어져 있다.

통영대전, 익산장수, 호남고속도로를 경유하여 서논산IC에서 4번 국도로 빠진 뒤, 11시 8분에 노성면 校村里의 노성향교 앞에서 하차하였다. 향교와 그 바로 옆의 明齋故宅을 둘러보았는데, 나는 혼자 명재고택에서 260m 거리인 魯城闕里祠까지 다녀왔다. 기념물 제118호인 노성향교는 노성초등학교 자리에 위치해 있었던 것을 임진·병자의 양란을 겪은 후 지금의 자리로 옮겨왔다고 하는데, 西齋 자리에 守直舍인 慕化堂이 들어서 있는 것이 특이하다. 지명인 교동은 이 향교에서 유래한 것이다. 국가민속문화재 제190호로 지정된 明齋 尹拯의 고택은 내가 한국동양철학회의 답사 관계로 이미 여러 번 방문했던 곳이다. 근처의 죽림리에 있는 이 집안의 사설학교 宗學堂까지도 가본 적이 있었다. 양반가 치고는 대문과 행랑채가 없는 것이 특징인데, 이는 후대에 훼철된 것이라고 한다.

명재고택의 오른쪽에 위치한 궐리사는 차를 타고 지나가면서 바라보기만 했었는데, 오늘 비로소 방문하게 되었다. 기념물 제20호인 궐리사는 공자의 영정을 모신 곳으로서, 조선 숙종 13년(1687)에 송시열이 건립을 추진하였고, 權尙夏 등 송시열의 제자들이 숙종 42년(1716)에 노성 尼丘山에 세웠던 것을 순조 5년(1805)에 지금의 위치로 옮긴 것이라고 한다. 궐리사는 수원과 이곳에 두 군데 있는 것으로 알려져 있으나, 실은 진주 교외의 반성면에도 하나 있다. 궐리사의 남쪽 마당에 높이 3.91m, 지름 38cm인 각주석 돌기둥(石柱)이 하나 서 있는데, 거기에 음각으로 새겨진 闕里라는 글자는 권상하의 글씨라고 한다. 기단부에 북두칠성을 의미한다고 하는 7개의 별 모양이 둥글게 패여 있고, 옥개석도 있다. 그 부근에 2009년에 만들었다고 하는 孔子와 顔子·曾子·子思·孟子의 석상도 있었다.

공자가 자란 마을을 의미하는 궐리사가 이곳에 있음은 이곳 지명과 유관할 것이다. 『세종실록지리지』권149 尼山縣 조에 의하면, 이 현은 원래 백제 熱也山縣이었다가 신라 때 尼山縣으로 개명하였고, 조선 태종 14년 甲午에 石城縣과 합하여 尼城縣으로 되었다가 丙申에 다시 나누어 尼山縣監을 두었다고 한다. 『輿地圖書』尼山 조에는 魯山은 尼山縣의 鎭山이라고 되어 있고, 『한국지명유래집』충청편 老城山 조에는 노성면 소재지 북쪽에 있는 산으로서, 『신증동국여지승람』에 魯山 혹은 城山이라 하며, 魯山城이 있는데, 둘레가 1,950척 높이가 8척 우물이 4개 있다고 되어 있다. 두산백과에는 魯城山이라 하였고, "정상 부분에 백제시대에 축조된 태뫼식 석축산성인 노성산성(사적 제393호)이 있다"고 되어 있다. 이곳 지명이 원래 尼山, 魯山이었으므로, 마침내 현재의 노성산을 공자의 출생과 불가분의 관계를 가진 尼丘山으로 부르게 되고, 그 기슭에다 공자의 향리를 의미하는 궐리사를 세우게 된 것일 터이다. 노론과 소론이 분당하게 된 懷尼분쟁은 스승인 송시열이 거주했던 대전의 懷德과 제자 윤증이 거주했던 尼山에서 유래한 말이다.

우리는 근처의 愛鄕공원에다 차를 세우고서 1코스를 따라 산을 올랐다. 정상까지는 2.3km의 거리라고 한다. 차가 다닐 수 있을 정도로 길이 넓게 닦여져 있고, 부근의 금강대도라는 절에서 계속 종소리가 들려왔다. 정상 부근에 이르니 덱과 흙길이 나타나고 무너진 성벽도 보였다.

12시 25분에 정상에 도착하였는데, 거기에는 2003년에 세워진 尼城山亭이라는 정자가 있었고, 곁에 국기게양대가 있었다. 정상 일대에서 주위로 산으로 둘러싸인 평야의 모습을 조망할 수 있었다. 우리 내외는 정상을 지나 반대편 성벽 이래의 네모나고 평평한 바위 위에 올라가 점심을 들었다.

하산 길에 아내는 2코스를 따라 내려가고 나는 거기서 능선을 계속 걸어 옥리봉을 지나서 궐리사 쪽으로 내려왔다. 정상에서 궐리사까지는 1,950m 거리인데, 능선 길이 끝나는 지점에 위치해 있었다.

명재고택 주변에는 예전에 보지 못했던 초가집들이 몇 채 들어서 있고, 집 뒤편으로 사색의 길이라는 것이 있으며 그 도중에 선비계단이라는 곳도 있는 모양이다. 고택의 안뜰에 100개도 넘을 장독대가 있는 것은 奉祭祀接賓客이 양반가의 일상임을 감안하더라도 너무 많다는 느낌이다.

오후 2시 28분 애향공원에 거의 도착해 갈 무렵 거기를 출발한 대절버스를 만나 도중에 탑승했다. 돌아오는 버스 속에서는 차가 고속도로에 접어들자 말자 춤을 추기 시작하여 진주에 도착할 때까지 계속되었다. 도중의 장수 방향 완주주차장에서 하산주를 들었다. 오늘 산행에 동참한 이는 거의 다 노년층에 접어든 사람들이었다.

24 (일) 맑으나 쌀쌀한 바람 - 지리산둘레길 22코스, 화엄사

아내와 함께 강종문 씨의 더조은사람들을 따라 2019 암자순례길 트레킹을 다녀왔다. 이 산악회는 2012년 3월에 발족한 것이라고 한다. 신문에 난 광고에는 구층암 암자순례라고만 되어 있고, 신청 후에 받은 문자메시지에는 구층암순례길+산수유축제라고 되어 있으므로, 구례의 산수유축제를 둘러보고 난 후 구층암을 중심으로 화엄사 부속암자 순례에 나서는 줄로 짐작하였지만, 실제로 가보니 지리산둘레길 22코스를 걷는 것이 주였고, 거기에다 화엄사 구층암 하나를 덧붙인 것이었다.

오전 7시 반까지 신안동 운동장 1문 앞에 집결하여 대절버스 한 대로 38명이 출발하여, 남해 및 순천완주 고속도로를 경유하여 구례화엄사IC에서 빠져나왔다. 정확한 하차 지점을 찾지 못하여 3월 26일까지 산수유축제가 진행되고 있는 구례군 산동면의 지리산온천 일대를 두른 다음, 산동면 소재지를 거쳐서 9시 28분에 지리산둘레길 22코스의 중간지점인 산동면 계천리의 계천교가 있는 玄川마을 입구에서 하차하였다.

둘레길 22코스는 지리산둘레길 전체 코스의 마지막 구간으로서 전남 구례군 산동면 소재지로부터 전북 남원시 주천면 소재지에 이르는 15.9km인데, 오늘 우리는 그 중에서 현천마을로부터 계척마을에 이르는 1.8km와 계척마을에서 밤재에 이르는 5.2km를 합해 총 7km를 걷게 되는데, 실제로는 밤재에 오르지 않고 그 아래의 밤재터널 입구까지만 걸으므로 약 6km 구간이다. 구례군 산동면 일원은 산수유축제가 전국적으로 유명하며 지금 그 축제가 막 끝나가려는 무렵인데, 면내 곳곳에 산수유와 개나리의 노란 꽃들이 가득하였다. 나는 2017년 3월 13일에 아내와 함께 하동군 화개면 쌍계리에 있는 정소암 씨의 다오영농조합법인에서 열린 산초모정기모임에 참석했다가, 오후에 정 씨의 인도에 따라 산수유 始木地인 계척마을까지 올라와 본 적이 있었고, 2015년 10월 4일에는 매화산악회를 따라와 산동면의 밤재터널에서부터 밤재와 견두산을 지나 산동면의 산 능선을 따라서 곡성군 고달면과의 경계인 고달터널까지 걸은 바 있었다.

오늘 우리는 지리산둘레길을 따라 산수유길 5코스이기도 한 현천제에 다다른 다음, 남도 이순신길 백의종군로 1코스의 시작점이기도 한 산수유 시목지 桂尺마을을 지나서 편백 숲길을 한참 동안 걸은 다음, 남도오백리 역사 숲길의 시작점인 구례 쪽 밤재입구까지 나아가, 11시 47분에 도착하였다. 밤재입구에는 밤재까지의 거리가 2.1km라고 적혀 있었다. 밤재입구의 공원에서 시산제를 지내고, 비빔밥과 제사음식으로 점심을 들었다.

거기서 버스로 이동하여 구례군 마산면에 있는 화엄사로 향했는데, 내가 제법 오랫동안 와보지 못한 새 큰절 바로 아래에 새 주차장이 설치되어져 있었다. 이 주차장에 내려 보는 것은 처음이다. 오후 2시 무렵부터 3시 30분까지 거기서 자유 시간을 가졌는데, 아내와 나는 먼저 큰절 오른편 개울 가로 난 길을 따라 제법 한참을 올라가 화엄사 큰절에서 비교적 가까운 위치에 있는 九層庵에 닿았다. 옛날에 구층탑이 있어 이런 이름이 붙었는지 모르겠지만, 현재는 그런 것이 없고 신라말기에 만들어진 것으로 추정되는 3층 석탑이 있는데, 꽤 많이 파괴된 것을 복원하지 못하고 듬성듬성 쌓아 놓은 상태였다. 요사채 건물에 두 개와 그 반대편 건물에 하나 모과나무 고목을 다듬지 않고서 세운 기둥이 이 암자의 가장 두드러진 특징이다.

우리 내외는 인터넷을 통해 알아본 홍매화가 이 암자에 있는 줄로 알았지만, 아무데서도 그것은 보이지 않았다. 큰절 입구의 화엄사 종합안내도에 구층암 뒤편의 길상암에 화엄사 매화가 있다고 적혀 있었으므로 그것인가 하고 좀 더 올라가 보았는데, 鳳泉庵이라는 암자가 나타나더니 그 오른편으로 오솔길이 나 있었으므로 그 길을 따라 좀 더 올라가보았더니 山王之位라는 석판 앞에서 부부로 보이는 한 쌍의 남녀가 기도를 올리고 있었다. 구층암 올라오는 길에 플래카드에 적혀 있던 4월 5일부터 7일까지의 봉천산신대재가 열리는 장소인 구층암 봉천산신터라는 곳이 여기가 아닌가 싶었다. 거기서 길은 끊어졌으므로, 봉천암으로 도로 내려와 반대편의 차나무 숲길 사이로 난 길을 따라 계속 올라가다가 차나무 숲이 끝난 지점에서 벌목하는 사람들을 만나 물어보았더니, 길상암은 봉천암과 구층암 사이에 있다는 것이었다. 아내는 내가 그쪽으로 올라가는 것을 반대하여 山王之位에서 내려온 후 먼저 내려갔었는데, 얼마 후인 2시 49분에 홍매화와 그 앞에서 찍은 자기 사진을 문자메시지로 보내왔다.

봉천암에서 내가 하산길인 줄로 알았던 안쪽 오솔길을 따라 좀 내려오니 吉祥庵이 있고, 그 앞마당에 홍매화가 한 주 있었으나 아무런 설명문이 없었다. 그 조금 아래편에 천연기념물 제485호로 지정된 화엄사 매화가 있었다.

수령 450년으로 추정된다고 적혀 있는데, 속칭 돌매화로 알려져 있는 야생
종으로서 홍매가 아니고 백매였다. 큰절을 향해 내려오던 길에 개울을 건너
서 노고단 쪽으로 올라가는 등산로를 만났는데, 예전에 여러 번 통과했던 길
이지만, 그 새 새로 단장하여 돌로 포장되어 있고 더 넓어진 듯하였다. 그 길
을 따라 내려오던 도중에 도로 개울을 건너서 큰절 쪽으로 가보니, 아내가
사진을 찍어 보낸 홍매화는 뜻밖에도 큰절의 국보건축물인 覺皇殿 바로 옆
에 위치해 있었다. 조선 숙종 때 각황전을 중건하고 이를 기념하기 위해 桂波
선사가 심었다고 전해지는 것으로서, 장륙전이 있던 자리에 심었다고 하여
丈六花라고 하며, 다른 홍매화보다도 꽃이 검붉어 黑梅花라 불리기도 한다
는 것이다.

황전IC에서 순천완주고속도로에 접어든 후, 진주로 돌아와서 인사동
149-6 서부탕 옆에 있는 미가 코다리(북어)찜에 들러 4인이 하나씩 코다리
찜(大, 35,000원)으로 석식을 든 후 귀가하였다.

31 (일) 맑음 – 사천시 벚꽃구경
오전 중 처제가 장모님을 태우고서 우리 아파트 앞으로 와 우리 내외를 포
함한 네 명이 함께 벚꽃구경을 나섰다. 황 서방은 공장의 물건 구입을 위해
부산으로 갔다고 하며, 회옥이는 주일예배에 참석하였다. 먼저 삼천포에 속
하는 사천시 사천대로 177-110(실안동)에 있는 장모님이 선호하는 유자집
장어구이에 들렀는데, 아직 시간이 오전 11시경이라 그 부근의 실안 바닷가
를 좀 드라이브하다가 다시 돌아가서 장어 2kg과 장어국·공기밥으로 다소
이른 점심(84,000원)을 들었다.

그런 다음 실안 구 도로를 따라서 벚꽃 가로수를 구경하였고, 되돌아서 사
천대교를 넘어 사천시 서포면으로 건너가 비토섬을 한 바퀴 다 둘렀으며, 하
동군 진교면으로 가는 1003번 지방도 일대의 벚꽃 가로수도 둘러보았다. 도
로 사천대교까지 와서 화장실에 들른 동안 나는 그곳 노점상으로부터 참외
와 사과 4만 원 어치를 사서 처제 집과 우리 집이 반씩 나누고, 우리 집 것의
절반 정도는 장모님께 드렸다. 사천대교를 다시 건너서 사천만의 해변 길을

따라 처제가 소개하는 용현면 온정리 종포마을의 종포풍경식당 앞을 지나서, 벚꽃으로 유명하여 며칠 전 회옥이가 교회 친구들과 함께 다녀온 선진리를 거쳐 진주로 돌아왔다.

오늘 돌아다닌 사천시 일대 전체가 벚꽃 가로수로 유명하며 지금이 그 절정인 듯하지만, 서포면의 비토섬 전체도 벚꽃 가로수로 이루어진 것은 오늘 처음 보았다. 비토섬은 판소리 『수궁가』의 무대로 선전되어 있는지라 4월 6일부터 7일까지 비토별주부전축제가 열리고, 4월 26일부터 28일까지는 사천시의 대표축제인 와룡문화제가 열린다는 홍보 플래카드가 곳곳에서 눈에 띄었다.

4월

2 (화) 맑음 – 느림보강물길, 슬금산, 대성산

아내와 함께 산울림산악회를 따라 충북 단양군의 느림보강물길 석문길 코스와 도담삼봉, 슬금산·대성산 산행을 거쳐 단양강 잔도까지 걷고 왔다. 오전 7시 50분 무렵 바른병원 앞에서 문산을 출발해 시청을 경유하여 오는 대절버스를 타고서 봉곡동 로터리를 거쳐서 출발했다. 오늘 참석자는 총 41명이라고 한다. 그 중 나이 많은 천 여사가 착각하여 시청 쪽으로 가는 바람에 그녀가 봉곡로터리로 올 때까지 기다리느라고 그곳 출발시간인 8시에서 반시간이나 더 늦어 비로소 출발했다.

합천·고령을 경유하는 국도와 광대·중앙고속도로를 거쳐 11시 34분에 석문길의 출발지점인 단양군 가곡면의 下德泉里에 도착했다. 이곳에서 종착지점인 도담삼봉까지의 거리는 5.9km이다. 그러나 현장에 게시되어 있는 느림보강물길 등산로 표지판에 의하면, 석문길은 4km, 그 외에 삼봉길 1.8km, 고수재길 0.8km, 금굴길 1.5km 등 총 네 개가 있는 것으로 되어 있어, 도담삼봉까지의 거리가 이정표와는 다르다. 그런가 하면 단양군 문화관광과가 2017년 10월에 발행한 「단양 느림보길 여행」이라는 안내 지도에 의하면, 단양에는 느림보강물길, 느림보유람길, 소백산자락길의 세 종류 트래킹 코스가 있는데, 그 중 느림보강물길의 1코스는 삼봉길이나 표지판에 있는 것과는 완전히 다른 곳이고, 2코스는 석문길, 3코스 금굴길은 표지판의 고수재길과 금굴길을 합한 것이며, 4코스 상상의거리, 5코스 수양개역사문화길 등 총 다섯 개가 있다. 아마도 전자는 느림보강물길 개설 당시의 것이고, 후자는 근년에 개편한 것인 듯하다. 나는 작년 9월 9일에도 석문길을 걸은 바 있었으나, 당시는 착각하여 석문을 경유하는 능선 코스를 계속 걸었었는데, 오늘은 이 코스를 제대로 걸어 일행이 다 간 석문 방향으로 가지 않고 도중에 계곡 쪽으로 내려와 도로가를 따라가고 터널을 지나서 도담삼봉으로 갔다.

거기서 도담삼봉을 마주보는 자리에 위치한 연인들을 위해 설치된 탁자 딸린 빨간 의자 위에 걸터앉아 아내와 둘이서 점심을 들었다. 지금은 남한강의 수위가 크게 낮아져 평소에는 물에 잠겨 잘 보이지 않는 도담삼봉의 1/3 정도가 수면 위로 드러나 있었다.

안내지도 상의 1코스 삼봉길은 예전에 아내와 더불어 걸은 적이 있었던 것인데, 오늘은 그 중 정자가 있는 下槐里에서부터 등산을 시작하여 터널 위를 지나 가파른 절벽 길을 한참동안 기어올라 능선에 다다랐다. 깎아지른 절벽 아래로 남한강이 내려다보이는 능선 길에도 몇 개의 봉우리가 있는데, 우리가 그 중 別谷橋(삼봉대교) 부근에 위치한 가장 높아 보이는 봉우리에 도착했더니, 그곳에는 정상 표지 대신에 추락주의 안내판에다 뾰족봉(396.9m)라 썼고, 그 아래에 "슬금산이 아닙니다 슬금산은 심곡리에 있습니다"라고 적혀 있었다. 심곡리라는 곳은 단양읍으로 접근하는 충주호반의 5·59번 국도변에 위치해 있는데, 내가 가진 5만분의 1 도로지도에는 그곳에 슬음산(671.1)이라는 산이 있는 것으로 표시되어 있다. 그러므로 산행대장인 김현석 씨는 뾰족봉 표지 다음의 삼각점이 있는 봉우리를 슬금산이라고 하였으나, 이 역시 맞지 않는 말이다.

대성산 삼림욕장으로 접어들어 忠陽亭을 지나서 단양읍의 진산인 대성산 정상에 다다랐다. 충양정은 충청도의 충과 단양의 양을 합하여 명명한 것으로서 2001년에 건립된 것이고, 거기서 나무 계단을 한참동안 더 걸어올라 도착한 대성산 정상에는 봉수대 모양의 돌탑이 서 있다. 그 표지석에 높이는 해발 380m라 하였으며, 왼쪽 3km 지점에 슬금산이 있는 것으로 표시되어 있다. 그러므로 여기에 새겨진 슬금산은 대성산에서 남쪽으로 꽤 떨어진 위치에 있는 슬음산이 아니고 아까 우리가 거쳐 온 뾰족봉을 가리키는 것임이 분명했다.

대성산에서 단양읍 방향으로 내려오다가 도중에 上津里의 상진초등학교 방향으로 접어들었고, 초등학교에서 700m 떨어진 상진리의 유진빌라 입구에서 남한강을 만나 강변 데크길을 걸었다.

상진대교를 지난 지점에서부터 시작되는 단양강 잔도는 길이가 1.2km라고 한다. 이곳도 예전에 걸은 적이 있었는데, 잔도의 도중 여기저기에 발아래 절벽으로 강물이 아찔하게 내려다보이도록 설계되어 있었다. 오후 4시 28분에 잔도가 끝난 지점의 만천하스카이워크 주차장에 도착하여 흑돼지 고기 등이 나오는 하산주 자리에 어울려 석식을 때웠다.

북쪽의 단양 일대는 진주보다도 계절의 변화가 꽤 늦어 이제 목련꽃이 막 피어나려 하고, 여기저기에 매화가 피어 있으며, 벚꽃은 아직 시기가 멀었다. 이발사들이 조직한 이 산악회의 산행대장인 김현석 씨는 한국의 역사지리 등에 밝고 특히 숫자에 대한 기억력이 비상하여 우리 내외가 컴퓨터라 부르고 있는 터이다. 그런데 그 자신이 오늘 한 말에 의하면, 어려서 가정형편이 어려워 학교를 다니다 말다 하기를 되풀이하다가 결국 초등학교 4학년에 중퇴하였으며, 근자에 대장암 수술을 받은 그 자신뿐만 아니라 부인까지 병들어 7개월째 병원 신세를 지고 있다고 한다.

5시 32분에 출발하여, 다시 단양IC에서 다시 중앙고속도로에 접어들어 갈 때의 코스로 진주까지 되돌아와 밤 9시 15분쯤에 귀가하였다. 돌아오는 길에 처음에는 조용한 음악을 틀다가 도중부터 광대고속도로 상의 논공휴게소에 정차할 때까지 음악을 크게 틀고서 차내에서 춤을 추는데, 기사가 운전 도중 마이크를 잡고서 음악 속에다 일행의 흥을 돋우는 짤막한 멘트들을 넣는 것이었다. 조용한 음악을 틀 때는 금잔디라는 내가 알지 못하는 예쁘고 젊은 여자가수의 노래를 감상하였는데, 김용임과 생김새뿐만 아니라 가창

법과 제스처까지 꼭 닮아 있었다. 아내의 말에 의하면 김용임은 나이가 들어 이즈음은 TV에도 잘 나오지 않는다고 한다.

3 (수) 맑음 -벚꽃 구경

오늘도 외송 갈 때는 남강변·진양호반·척지마을, 돌아올 때는 오미리에서 진양호공원·남강변을 경유하며 벚꽃 구경을 했다. 다만 오미리에서 진양호공원으로 돌아오는 도중 진주시 명석면 가화리에서 대평면 신풍리 가는 옆길로 접어들어 온정노인요양원 앞을 거쳐서 東山齋까지 편도 3.6km의 코스를 왕복하며 도중의 벚꽃 가로수와 동산재 일대 신풍나루터의 드넓은 진양호 풍경을 바라보았다. 벚꽃은 이제 절정을 지났는지 곳곳에서 꽃바람을 날리기 시작하고 있다.

7 (일) 흐리다가 오후부터 천둥 번개 치고 비 -구례 계족산

아내와 함께 푸른산악회를 따라 전남 구례군 간전면과 문척면의 경계에 있는 鷄足山(703m)에 다녀왔다. 오전 8시 20분까지 시청 건너편 농협 앞에 집결하여 공설운동장을 출발해 오는 대절버스를 탔다. 이 산악회는 창립한 지 11년 되었다고 한다. 남해 및 순천완주 고속도로를 경유하여 황전IC에서 17번 국도로 빠진 후 18·19번 국도를 따라서 구례읍을 통과하여 오전 10시 9분에 간전면 소재지인 간문리의 간전농공단지에 도착하였다. 구례군도 가로수로 대부분 벚나무를 심었는데, 벚꽃이 진주보다는 아직 볼만하였다.

등산로 입구에서 계족산까지는 3.3km 거리인데, 중상봉(495) 화정재를 거쳐 산불무인감시탑이 서 있는 계족산 정상에 도착하여 우리 아파트에 이웃한 럭키아파트에 사는 임채식 씨 부부와 더불어 점심을 들었다. 법원의 과장으로서 정년퇴직한 임 씨는 나보다 두 살 위인데, 그 부인은 임 씨보다도 한 살 위라고 한다. 함양군 출신으로서, 그 고장 출신 서울대 철학과 후배의 장인이기도 하다.

오전 중에는 흐리기만 하였으나, 오후에 천둥 번개가 계속 치더니 결국 비가 내리기 시작하여 빗방울이 점점 더 굵어졌다. 정상에서 오늘 하산 예정지점인 간전면 삼산리까지는 4.4km 거리인데, 우리는 도중의 광대바위(730)까지는 분명 거쳤으나, 이정표가 있는 삼산재갈림길에서 왼쪽 방향으로 하산해야 할 것을 앞에 보이는 길을 따라 걷다보니 어쩌다 반대쪽으로 내려오게 되어 문척면의 중산리로 하산하였다. 도중에 포장된 임도를 만나 표고버섯·고로쇠·천마 등을 재배하는 中山농장에서 200m 아래의 입구까지 내려온 다음 도로를 만나서, 오후 3시 무렵에 집 몇 채가 서 있고 버스 정류장이 있는 중산로 355번지에 도착하였다. 내가 NAVER 지도를 통해 조회해보니 삼산리로 내려가는 길은 통제구간이라고 빨갛게 표시되어 있었으니, 그 때문에 그쪽 길이 분명하지 않았던 지도 모르겠다. 어느 집 마루에 걸터앉아 비를 피하면서 대기하다가, 회장의 전화연락을 받고서 거기까지 우리 일행을 태우러 온 버스를 타고 섬진강변까지 내려온 후 다시 삼산리 쪽으로 올라갔다. 아내와 임채식 씨 내외 및 회장까지 포함하여 17명이 중산리 쪽으로 내려온 것이었다.

삼산리 도로 가의 정자 두 채가 있는 곳에서 하산주 자리에 어울렸다가, 출발하여 갈 때의 코스를 경유해 밤 7시 50분 무렵 귀가하였다. 도중에 남해고속도로 상의 정체가 심하여 곤양에서 다솔사 쪽으로 빠져서 2번 국도를 따라 진주까지 왔는데, 우리가 탄 버스가 원전 부근에서 고장이 나 속도를 크게 줄여 어찌어찌 간신히 진주까지 돌아왔다.

10 (수) 맑음 – 산초모 정기모임

아내와 함께 오전 10시부터 12시까지 경상대학교 농대 농업과학교육원 459동 305강의실에서 있은 산초모 정기모임에 참석하였다. 이 대학 자연과학대학 생명과학부 미생물학과를 금년 2월에 정년퇴직한 鄭永倫 교수와 함께 한 인삼 재배에 관한 간담회였는데, 정 교수 및 회장·총무를 포함하여 모두 9명이 참석하였다. 전 총무인 김지선 씨가 섭외한 모양이었다.

정 교수는 남해군 설천면 문항리 출신으로서 1979년부터 80년대 초까지 인삼연구소에 근무하다가 미국에 유학하여 1988년 오하이오 주립대학교에서 미생물학 전공으로 박사학위를 받았다. 20년 전부터 진주시 문산읍 월아산로 950번길 25-3(이곡리 116)에서 자본금 50억 원 정도의 ㈜제일그린 산업이라는 벤처기업을 설립하여 대표이사로 근무해 오고 있는데, 퇴직 후에는 이 일에 전념할 모양이다. 직원은 7명이라고 한다.

간담회를 마친 다음, 대학로의 진주대로 530 대영폴리비안빌딩 2층 201호에 있는 소풍이라는 식당에서 밀푀유전골(20,000원)로 점심을 들었다. 이 장소는 3년 전까지 경상대 철학과 출신으로서 내 제자였던 김진룡·황미란 부부가 두향이라는 상호의 순두부집을 경영하고 있었는데, 김 군의 허리병으로 말미암아 음식점을 접고서 현재는 평거동에서 한방의료기기 사업을 하고 있는 모양이며, 소풍의 안주인은 그들의 친구라고 한다.

식후에 경상대로 돌아와 각자의 차를 몰고서 정 교수의 회사로 가서 대표이사실에서 정 교수와의 대화 모임을 계속하였다. 그곳에서는 세머루·土利·늘푸른세상이라는 유기농업자재를 생산하고 있었다. 아내는 거기서 하나로 텃밭세트라고 하여 늘푸른세상·토리골드·무진촌·알기파워 한 세트와 늘푸른세상 2kg 들이 한 봉지를 구입하였다. 여자 직원의 안내를 받아 공장 안을 한 바퀴 둘러본 다음, 그곳을 떠나 진주시 집현면 덕오리 317에 있는 김홍길 회장의 농장으로 가서 농장을 둘러보고 대화를 나누다가 헤어졌다.

그 농장은 765평으로서 별로 크지 않은 것인데, 김 회장은 현대자동차를 퇴직한 후 한방의료 및 풍수지리 공부를 하여 撝辰丹이라는 약품을 생산하고 있으며, 그 재료가 되는 약용식물들을 여기서 재배하고 있는 모양이다. 원래는 논이었던 땅에다 트럭으로 흙을 수없이 갖다 부어 지대를 높여서 지금은 밭으로 사용하고 있었다. 그는 오늘도 자기가 만든 공진단을 가져와서 일행에게 두 알 한 통씩 나누어주었고, 정 교수에게도 열 통 한 세트를 선물하였다. 우리 농장에서 가져간 모과도 거기서 포대와 박스에 담아서 일행 모두에게 나누어주었고, 오늘 참석하지 않은 포럼의 이석출 회장 분은 안 총무에게 맡겨두었다. 김지선 씨도 기능성 차광조끼를 가져와 회원들에게 하나씩 나눠주었다.

농장 안에서 유채 비슷한 모양의 꽃이 핀 갓나물을 보았다. 1m 정도 높이로 자라는 그 식물의 열매가 바로 조미료인 겨자(芥子)의 재료가 되며, 겨자와 개자는 같은 것임을 오늘 비로소 알았다. 나는 지금까지 성경 등에 나오는 개자가 어떤 식물인지에 대해 궁금해 하고 있었던 것이다. 오후 6시 무렵에 귀가하였다.

27 (토) 맑음 –고도원의 걷기명상

아내와 함께 오후 2시부터 6시까지 진주시 飛鳳山 鳳凰橋~大鳳亭 일원에서 열린 고도원의 2019 '잠깐멈춤' 걷기명상에 참여하였다. 말티고개에 있는 봉황교 소공원에서 집결하였는데, 약 300명 정도 모였다고 하며, 아내의 제자로서 남해군에서 보건소장을 하고 있는 김향숙 씨도 참석하였다. 먼저 내빈소개가 있었다. 작년 진주성에서 있었던 같은 모임의 경우와 마찬가지로 고도원 씨와 진주시장 부인 오명옥 씨, 그리고 시청의 시민생활지원센터 소장 황혜경 씨의 인사말이 있었다. 다음으로 걷기명상을 했는데, 소공원에서부터 새로 생겨 아직 단청도 하지 않은 대봉정까지 능선의 포장된 길이 아닌 중턱의 비포장 길을 따라서 걸었다. 대봉정 아래 비탈진 잔디밭에서 윤나라 씨의 주도로 예술치유의 시간을 가졌는데, 클레이아트로 자기 손을 그리는 작업이었다. 그런 다음 다과를 나눠주고 대봉정에서 작년 10월 27일 진주성에서 열렸던 모임의 사진전시회가 있었다.

4시 무렵부터 대봉정 아래 잔디밭에서 인디밴드 그루블라썸에 의한 힐링 음악회가 있었다. 이 밴드는 여성 보컬 조지은과 형제 연주자인 기타리스트 정재욱 및 베이시스트 정재홍으로 이루어진 3인조로서 싱글 앨범 4장을 냈다는데, 오늘은 피아노, 하모니카 및 플루트 그리고 드럼의 세 명을 더 동반하였다. 마지막으로 고도원의 잠깐멈춤 특강이 있었는데, 고 씨는 금년에는 30분 정도의 연설에서 말이 막혀 여러 번 우물쭈물하다가 5분 정도 앞당겨 어설프게 마쳤다. 그는 현재 국립산림치유원의 공직을 맡아 있는 모양이다.

비봉산에는 그 새 능선 일대의 포장된 도로 말고 비포장 길도 이리저리로 나 있었는데, 그 비포장 길 중의 하나를 따라 봉래초등학교 쪽으로 내려와 택시를 타고서 진주향교를 지나 집으로 돌아왔다. 집 앞의 얼치기냉면숯불갈비에서 뚝불정식으로 석식(2만 원)을 들었다.

28 (일) 맑음 -봉하마을, 화포천, 수로왕릉

아내와 함께 강종문 씨의 더조은사람들 제182차 산행에 동참하여 김해 봉하마을과 화포천 그리고 수로왕릉에 다녀왔다. 오전 7시 반까지 신안동 운동장 1문 앞에 집결하여 30명에다 어린이 몇 명이 무료로 끼어 출발했다. 오늘도 강 씨 내외가 함께 참여했다.

좋다가 8시 52분에 노무현 전 대통령의 고향 봉하마을에 도착했다. 이곳에는 2009년 7월 5일 대봉산악회를 따라 김해 무척산에 올랐다가 돌아오는 길에 들리려고 한 적이 있었는데, 일행 중 강하게 반대하는 사람이 있어 마을 입구의 공장지대까지 왔다가 되돌아간 바 있었다.

우리는 마을 뒷산인 봉화산(140.7m)에 오르기 위해 대통령 묘역 옆을 지나 먼저 마애불에 다다랐고, 이어서 노 씨가 떨어져 자살한 부엉이바위 위에 다다랐다. 峰下라는 마을 이름은 조선 시대에 봉수대가 있었던 봉화산 아래라는 뜻이라고 한다. 현재 약 40가구 120여 명의 주민이 살고 있다. 김해시 진영읍 본산리에 있는 경상남도 유형문화재 제40호인 마애불은 고려시대의 작품으로 추정된다고 하는데, 바위틈에 끼여 옆으로 드러누워 있었다. 부엉이바위로는 접근을 차단하는 나무 벽 울타리가 쳐져 있었다.

이어서 봉화산 정상에 있는 호미든 觀音開發聖像에 다다랐다. 자유당 정권 시절인 1959년에 불교학도 31명이 농촌발전의 기원을 담아 12척으로 봉안한 불상이라고 하는데, 불이 나 타버린 것을 1998년에 24척 크기로 다시 세웠다. 그 인근에 머리와 감로수병 및 연꽃을 양손에 든 시멘트로 만든 것으로 보이는 보다 큰 관음상이 그 부분만 지상에 드러난 모습으로 안치된 것도 있었다.

부근에 정토원이 있어 그곳에도 들러보았다. 노무현 씨 서거 후 49제를 지냈던 곳이라 하는데, 壽光殿이라는 중심 건물 안에 여러 부처의 소상들과 아울러 김대중·노무현 두 대통령의 사진이 봉안되어져 있었다. 다음으로 子菴 봉수대에 이르렀다. 사자바위 정상부(134.8)에 위치한 것으로서, 현재 복원 공사 중이었다. 산길에는 여기저기 노무현 씨가 자주 다니던 길이라 하여 '대통령의 길'이라고 적힌 안내팻말들이 있었다.

원래는 거기서 산 능선을 따라 한참 더 나아가 체육공원 갈림길에서 편백숲을 지나 慈廣寺 부근의 도로로 하산할 예정이었는데, 우리가 나누어받은 부산일보가 제작한 개념도에는 그리로 등산로가 나 있는 것으로 되어 있으나, 실제로 가보니 길이 좁아 희미하고 가시 있는 풀들이 많아 포기하고 되돌아왔다. 그래서 도중의 지름길로 도둑골을 따라서 600m 정도 떨어진 약수암 쪽으로 내려왔다. 대한불교대각종 소속의 약수암은 지금은 백호정사로 개명하였고, 점을 치고 굿도 하고 궁합을 보며 천도제를 지내는 등 민간신앙으로 이어가는 조그만 곳이었다.

거기서 노무현 대통령이 퇴임한 후 고향으로 내려와 자전거를 타고서 자주 지나다니던 '대통령의 자전거길'을 따라 자광사에 다다른 다음, 화포천 습지보호지역으로 들어갔다. 화포천의 면적은 김해시 진영읍·한림면 일대에 걸친 1,244㎢이며 약 20km에 이르는 국내 최대의 하천형 배후 습지로서 다양한 물고기와 습지수생식물들이 서식하는 곳인데, 인근에 공장지대가 있어 그 폐수와 쓰레기로 황폐해졌던 것을 대통령의 귀향 이후 그것을 되살리는 운동을 펼쳐 2009년 '한국의 아름다운 하천 100선'에 뽑혔으며, 2012년에 생태공원이 완공되었다. 노 씨가 무농약 오리농법을 제창한 것은 신문 등을 통해 접한 바 있었는데, 논에 방사된 오리 두 마리가 눈에 띄기도 했다.

생태학습관 부근의 파고라·벤치 등이 있는 쉼터에서 점심을 든 후, 오후 1시 50분부터 2시 30분까지의 자유 시간에 아내와 더불어 황새교·수달교를 지나 노랑부리저어새교·큰기러기교를 한 바퀴 둘러오는 길을 따라 산책하였고, 화포천습지생태학습관에도 두 번 들어가 그곳 여자 직원의 설명을 들으며 2·3층의 전시물들을 관람하기도 했다.

시간이 남으므로 김해시의 수로왕릉으로 가서 3시부터 반시간 동안 자유 시간을 가지기도 하였다. 돌아오는 길에 다시 한 번 봉하마을에 들러 대통령 생가와 대통령의 집 입구, 그리고 묘역과 잔디공원, 안내소인 여민정 등을 둘러보았다. 대통령의 집은 제16대 대통령인 노무현 씨가 2008년 2월 25일 퇴임한 이후 2009년 5월 23일 자살하기까지 1년 남짓 생활했던 곳으로서, 고 정기용 건축가가 단층으로 지은 집이다. 작년 5월 1일 이후 월·화요일을 제외하고서 예약한 사람에 한해 주중에는 하루 총 5회 회당 10명씩, 주말에는 총6회, 단체관광은 오후 2시에 일반인들에게 개방하고 있다. 사랑채에 한해 실내까지 들어갈 수 있다. 묘역에는 '대통령 노무현'이라고 새겨진 돌이 하나 놓여 있고, 넓은 경내의 바닥에 1만 5천여 개의 박석이 깔렸는데, 그것을 기부한 사람들의 이름과 메시지 등이 새겨져 있었다. 오후에 다시 가보니 꽤 사람들이 많았는데, 연간 70만 명 정도가 방문하는 모양이다.

4시 40분 좀 일찍 진주로 돌아온 까닭에, 저녁식사 대신으로 가죽나물 통조림 하나와 강 대장이 중국에서 직접 제작한 등산양말 한 켤레 씩을 선물로 받았다.

5월

5 (일) 맑음 -천사대교, 승봉산

아내와 함께 민들레산악회를 따라 전남 신안군의 압해도와 암태도 사이에 지난 달 4일 개통한 천사대교를 지나 巖泰島의 승봉산(355.5m)에 다녀왔다. 오전 7시 반에 시청 우체국 쪽 옆문 앞에 집결하여 대절버스 한 대로 출발한 다음, 신안공설운동장 1문 앞에서 사람들을 더 태웠다. 남해 및 광양-목포간 고속도로를 경유하여 영산호를 지나고 압해대교를 건너 압해도에 진입하였는데, 압해도의 눈에 띄는 밭들에는 모두 대파를 심어두었다. 가는 도중 차내의 TV를 통해 소프라노 조수미가 출연하여 자신의 지난 세월을 회고하는 「대화의 희열 2」 프로를 시청하였다. 천사대교는 7,224m 길이에 왕복 2차선 도로가 있고 한국에서 네 번째로 긴 것이라 하는데, 그것을 보러 온 사람들로 말미암아 암태도로 들어갈 때 한 시간 돌아올 때도 한 시간 정도 지체되었다. 그래서 12시 21분이 되어서야 비로소 등산 시작지점인 암태중학교 앞에 도착할 수 있었다.

나는 이 산에 아내와 함께 2017년 9월 24일 대명산악회를 따라 와 한 번 올랐던 적이 있었다. 그 때와 똑 같은 코스로서 암태중학교 강당 옆으로 난 등산로를 따라 오르기 시작했다. 도중에 해발 309m 지점의 조망처가 있는데, 그 부근에서부터 능선 길을 따라 부처손이 자생하여 승봉산 정상까지 이어지고 정상을 지나서도 어느 정도 계속되었다. 이곳 능선 일대에는 아직도 철쭉이 만발해 있었다.

오후 1시 49분에 철탑이 있는 정상에 도착하여, 그 부근 나무 그늘에서 아내와 둘이 점심을 들었다. 이미 날씨가 꽤 따뜻해져 반팔 반바지 차림이 적당할 듯하였다. 정상에는 면사무소까지 3.6km, 노만사까지 2.6km라는 이정표가 서 있었다. 한참을 내려온 다음 임도를 만나서 다시 건너편 산에 올라 3시 25분 ??? 5m의 큰봉산 정상에 다다른 다음, 하산 길에 우리바위·아분바위를 둘러보고서, 그 아래 200m 지점에 있는 신안군의 향토유적 전통사찰 제1호라고 하는 露滿寺에 도착하였다. 그러나 타고 온 대절버스가 대기하고 있는 노만사 진입로의 수곡리 육모정 부근까지는 포장도로를 따라 또 한참 더 걸어내려와야 했다. 노만사는 조계종 제22교구에 속하는 조그만 사찰인데, 경내에 소원성취석이라는 것이 있어 돌덩이가 하나 놓여 있고, 그것을 무릎에 들어 올리면 어느 정도 소원이 이루어지고, 가슴팍에 들어 올리면 절반의 소원이 이루어지며, 머리위로 힘껏 들어 올리면 온갖 소원이 이루어진다고 적혀 있었다.

우리보다 앞서 가는 사람들을 별로 보지 못했으므로, 나는 우리 내외가 선두 그룹일 줄로 생각했으나, 4시 7분에 종착지점에 도착해 보니 일행은 이미 다 내려와 있었다. 아마도 오후 4시까지 하산하라고 했으므로, 그 시간에 맞추기 위해 대부분 큰봉산은 오르지 않고서 임도를 따라 지름길로 내려온 모양이었다.

4시 18분에 출발하여 서영암 톨게이트를 경유하여 진주에 도착한 다음, 평거동 164번길 10-2의 신안동 복음병원 부근에 있는 돼지고추장불고기라는 식당에 들러 한식뷔페로 매우 늦은 석식을 들고서, 9시 50분에 귀가했다.

7 (화) 맑음 -봉수산 임존성, 예당호 출렁다리

아내와 함께 산울림산악회를 따라 충남 예산군 대흥면·광시면과 홍성군 금마면의 경계지점에 있는 鳳首山(483.9m)과 任存城, 그리고 예산군 응봉면에 지난 달 6일 개통한 禮堂湖 출렁다리에 다녀왔다. 문산을 출발하여 시청을 거쳐 오는 대절버스를 오전 7시 50분경 바른병원 앞에서 타고 봉곡로터리를 경유하였는데, 오늘은 예약하지 않은 사람들이 많이 와서 좌석이 없어 되돌아간 사람을 제외하고서도 모두 54명이나 된지라, 버스 안 복도에다 임시좌석을 여러 개 놓았다. 통영대전·익산포항·호남·천안논산·당진대전 고속도로를 경유하여 신양분기점에서 빠져나온 후 616·619호지방도를 타서 11시 2분에 대흥면 소재지 부근의 봉수산자연휴양림에 닿았다. 이 휴양림은 2007년도에 개장했다고 한다. 엊그제 암태도 산행 때의 경험을 고려하여 나는 반팔 반바지 차림을 하였다.

휴양림에서 등산로 2코스를 따라 약 700m를 올라 사적 제90호인 임존성에 도착하였고, 뒤이어 휴양림에서 1.5km 지점에 있는 북문지에 닿았으나, 북문의 흔적은 눈에 띄지 않았다. 북문지에서 350m쯤 더 나아가 정상 부근의 봉우리인 북서치에 닿았고, 그 아래의 정상으로 향하는 등산로에서 정오 무렵 점심을 들었다.

식후에 배낭은 점심 든 자리에다 놓아두고서 스틱만 집고서 임존성을 둘러보러 다시 北西雉 쪽으로 나섰다. 임존성은 능선을 따라 크고 작은 6개의 봉우리를 에워싼 테뫼식 산성인데, 둘레가 2468.6m, 면적은 553,697㎡에 달한다. 성안에서 출토된 유물 중에 '任存' 또는 '任存官'이라는 글자가 새겨진 기와가 있으므로, 이곳이 역사서에 등장하는 임존성임을 뒷받침한다.

임존성은 『三國史記』와 『舊唐書』 등에 따르면 '백제의 장수 黑齒常之가 임존산에 울타리(柵)을 쌓고 당나라의 劉仁軌에 맞서 싸운 곳'이자 '백제의 왕자들이 모두 항복하였으나 장수 遲受信만은 끝내 항복하지 않고 지켜낸 곳'이다. 王建이 고려를 건국하는 과정에서 후백제의 甄萱과 전투를 벌인 곳으로도 알려져 있다. 임존성은 백제가 도성을 지키기 위하여 군사적 요충지에다 쌓은 거점 성으로서, 사비성이 함락된 직후 達率 흑치상지가 이곳을 근거지로 하여 처음으로 부흥운동을 일으켰던 것이며, 그 후 周留城을 근거지로 하여 부흥운동을 일으켰던 의자왕의 사촌 복신과 승려 도침도 전황의 전개에 따라 두 곳을 오가며 흑치상지와 더불어 협동작전을 펼쳤던 것이다. 그러나 이 운동은 주도층 내부의 대립으로 서로 죽고 죽이는 참극 끝에 새 왕으로 추대된 왕자 풍은 고구려로 망명하고 흑치상지는 당나라에 투항하여, 그의 역공으로 마침내 이 성도 함락되어 백제 부흥운동은 끝나게 된 것이다. 주류성의 위치는 충남 서천군 한산으로 추정될 뿐, 여러 가지 이설이 있는 모양이다.

나는 일행을 따라 성을 둘러보다가, 일행이 다들 도중의 지름길로 나아가나 나는 계속 아래쪽으로 걸어내려가고자 했는데, 뒤따라오던 등반대장 김현석 씨가 일행이 간 길로 가자고 하므로 포기하고서 그 말에 따랐던 것인데, 김 씨는 오히려 그 후 혼자서 성을 한 바퀴 다 둘러보았다고 한다. 돌아오는 길에 높은 곳에서 아래쪽으로 근자에 복원된 성곽의 모습이 눈에 띄므로 사진으로 촬영해 두었다.

큰비티고개를 지나 등산로 5코스를 따라서 대흥면사무소가 있는 大興東軒 쪽으로 내려왔다. 예산군 대흥면은 전국에서 여섯 번째로 슬로시티로 지정받은 곳이라 도중에 그 느린보꼬부랑길의 일부도 걸었다. 대흥동헌과 의좋은형제 효제비가 있는 이곳은 내가 한국동양철학회 회장을 하고 있었던 시절 수덕사에서의 학회 모임을 마치고서 2012년 2월 10일에 일행 중 일부와 함께 답사 차 방문했던 적이 있었다. 대흥동헌의 정문에는 '任城衙門'이라는 현판이 달려 있는데, 그 설명문에 의하면, '임성'은 통일신라 때 대흥지역을 부르던 명칭이라고 한다. 그 부근에 '古蹟 第九十号 任存城'이라 새겨진 석비도 세워져 있었다.

그 외에도 동헌의 뒤뜰에는 흥선대원군의 척화비, 영조의 11녀인 화령옹주의 태실, 드라마 「산 넘어 남촌에는」의 촬영지임을 표시하는 설명문들이 있었고, 동헌 앞쪽에 연산군 2년에 건립된 '禮山李成萬兄弟孝悌碑'閣이 있는데, 비는 원래 佳芳橋 옆에 서 있었던 것을 예당저수지가 생겨 물에 잠기게 되었으므로 이리로 옮겨놓은 것이다. 동헌 일대가 의좋은형제공원으로 조성되어져 있었다. 나는 산행대장을 따라서 예당호생태공원도 둘러보고 왔다. 예당호 출렁다리에서부터 시작되는 덱 길이 이리로 이어지게 되어 있는데, 도중의 일부 구간은 아직 공사 중이며, 금년 9월경에 완공될 것이라고 한다.

대절버스를 타고서 예당호출렁다리로 이동하였다. 예산지명 1100주년
을 기념하여 만든 것이라는 플래카드가 눈에 띄었다. 예당저수지는 1929년
에 착공하여 64년에 완공된 것으로서 길리 8km, 넓이 4km로서 국내 최대
규모이고, 출렁다리는 길이 402m, 주탑 높이 64m로서 역시 국내 최대이
다. 길이 131m인 부잔교를 건너서 있는 물넘이 수변공원은 아직 조성중이
고, 출렁다리에서 반대편으로 5.4km인 느린호수길 역시 덱으로 조성되어
대흥면의 생태공원까지 이어질 예정이지만, 이것도 아직 미완성이다. 나는
아내와 더불어 주탑에 오른 다음, 부잔교를 따라 걸어서 수변공원까지 갔다
가 되돌아와 아내는 화장실로 가고, 나 혼자 느린호수길을 따라 걸어서 도로
가로 이어진 길까지 좀 걷다가 되돌아왔다. 예당호 조각공원 부근에 있는 하
산주 장소로 가서 일행과 어울려 석식을 대신하여 안주를 좀 든 다음, 오후
5시 45분에 출발하여 예산수덕사IC에서 당진대전고속도로에 올라 밤 10시
경에 귀가하였다.

9 (목) 맑음 –직하재

정오부터 하동군 북천면 직전2길 5번지(직전리 1191)의 櫻下齋에서
2019 한국 스웨덴 수교60주년 기념 텍스타일전의 오프닝 리셉션이 열리므
로 아내와 함께 참석하였다. 스웨덴의 텍스타일 작가 카밀라 스쿠럽
(Camilla Skorup)과 서울 북촌의 전통보자기 작가 최은경의 전시 및 워크
샵이 있는 모양이다. 모처럼 승용차를 운전하여 갔는데, 하동까지 가는 국도
2호선의 새 길이 종전에는 다솔사 입구 원전마을까지만 이어져 있었는데,
오늘 보니 이미 완공되었는지 북천까지 그 길을 따라서 갈 수 있었다. 경상대
영문과의 황소부 명예교수 내외, 영어교육과의 유귀열 명예교수 내외, 진주
교육대 전 총장 정보주 교수 가족, 정헌철 교수의 동생인 차인 정헌식 씨 등
평소 아는 사람들이 여럿 눈에 띄었다. 직하재 주인 문여황 경남과기대 교수
는 강우차회 관계로 나와 아는 사이이며, 그 부인 장계림 씨는 경상대 간호학
과 출신으로서 아내의 제자인 것이다.

직하재는 문익점의 10대손인 직하재 문헌상이 약 350년 전에 건립한 고택으로서, 문여황 교수의 조부인 篁南 文永彬(1891-1961)은 경술국치 후 상해로 망명하였다가 독립자금 조달을 위해 귀국하여 백산상회 상임감사, 동아일보 발기인, 卍黨 후원 등에 참여한 애국지사이다. 전답 1,000여 두락을 백산상회에 투자하여 500주를 보유하였다고 한다. 경내에 재실도 있고, 두 군데 연못도 있어 터가 꽤 넓었다.

이 모임은 5월 9일부터 11일까지 개최되는데, 그 댁 야외에서 열린 뷔페식 점심과 개회식에 참석한 후, 다음에 열린 카밀라 스쿠럽의 스웨덴 직조 워크샵과 미술사가 오정엽 및 서양화가 몽우 조셉 킴의 미술힐링강연에는 참석하지 않고서 자리를 떴다. 개회식에 윤상기 하동군수 내외 및 김남경 경남과기대 총장이 참석하여 연설하였고, 과기대 부총장도 참석하고 학생들은 버스 한 대를 타고서 단체로 왔다.

돌아오는 길에 완사에서 수곡 쪽으로 빠져 남사마을과 단속사지 및 청계리를 거쳐 외송으로 들어갔다. 나는 금년 들어 처음으로 잔디를 깎았고, 아내는 정신순 씨로부터 토마토 및 더덕 묘종을 얻어 텃밭에다 심었다. 별채 옆에서 잔디밭으로 옮겨 심은 겹동백 나무는 말라죽어가므로 뽑아서 버렸다.

16 (목) 맑음 - 보훈둘레길

아내와 함께 봉황산악회의 대전시 유성구 탐동 대전국립현충원 보훈둘레길 산행에 참여하였다. 오전 8시 40분까지 신안로터리로 나가 상봉아파트를 출발하여 오는 대절버스를 탔다. 오늘의 참여인원은 25명이었다.

이 산악회의 창립25주년 기념 산행이라, 먼저 함양의 오도재로 가서 산신제를 지냈다. 우리 내외는 산신제에 관심이 없어 그 동안 부근의 휴천면 월평리(오도재 조망공원)에서 함양읍 죽림리(팔령마을)까지 이어지는 10.2km의 임도 산책로를 따라 걸어보았는데, 그 입구에는 함양군이 세운 산책을 권유하는 팻말이 서 있었으나, 얼마 가지 않아 도로와 만나는 지점쯤에 입산통제를 알리는 팻말들이 서 있어 그 지점에서 되돌아왔다. 오도재(悟道嶺)은 마천면 삼정리 靈源寺 도솔암에서 수도하던 靑梅 印悟祖師(1548~1623, 西山의 제자)가 이 고개를 오르내리면서 득도했다 하여 이런 이름이 붙었다고 한다.

산신재 때문에 시간이 흘렀으므로, 대전으로 가는 도중 진산의 인삼랜드 휴게소에서 점심을 들었다. 현충원에 도착한 다음, 오후 1시 28분부터 둘레 길을 걷기 시작하여 3시 50분에 출발장소 부근의 주차장으로 되돌아왔다. 보훈둘레길의 총 길이는 10.04km인데, 묘역 주변의 산길을 한 바퀴 둘러오는 코스로서 색깔별로 총 7개의 구역으로 구분해 두었다. 대전국립현충원은 명산 계룡산의 맥을 이어받은 이상적인 명당이라 한다. 330만㎡(100만평) 대지 위에 국가와 사회를 위해 희생한 순국선열과 호국영령의 유해를 모신 곳이다.

나는 그 중 2.2km의 초록길에서 지름길인 보훈배롱나무길을 취한 외에는 전체 코스를 다 걸었고, 일행을 따라 먼저 간 아내는 배롱나무길을 지난 다음부터는 산길이 아닌 묘지 구역 안을 걸어 반시간쯤 먼저 종점에 도착하였다. 이 묘역에는 사후에 경기도 전곡 땅에 묻혔었던 함석헌 선생의 유해도 후일 이리로 이장해 왔고, 6.25 때 영천 전투에서 부상하여 다리를 절던 김토근 자형도 묻힌 바 있다. 함 선생의 묘소는 아마도 애국지사 묘역에 있을 터이고, 자형 묘소는 사병 묘역에 있을 터이지만, 그것들도 각각 여러 개의 구역으로 분산되어 있으므로, 장소를 알지 못하고서는 찾아갈 수 없는 것이다.

오후 4시에 출발하여 돌아오는 도중 다시 인삼랜드에 들러 하산주 자리를 가졌고, 어두워져 가는 7시 30분 무렵에 귀가하였다.

26 (일) 맑음 -달마고도

아내와 함께 중앙산악회를 따라 전남 해남군의 達摩古道 트레킹을 다녀왔다. 오전 8시 30분 장대동 어린이놀이터에서 출발하는 것으로 되어 있었는데, 택시를 타고서 그 10분 전쯤에 도착해보니 대절버스가 막 출발하여 가고 있는 것이었다. 급히 택시를 내려 쫓아가서 시외버스터미널 부근의 교차로에서 신호대기 중인 그 버스에 올랐다. 이미 좌석이 차서 복도에 임시의자를 놓고 앉은 사람들도 있었다. 오늘 산행의 참가자는 총 53명이었는데, 개중에는 예약하지 않고 온 사람도 있고, 다른 6개 산악회가 동참하여 이처럼 만석을 이루었으므로, 미리 예약해둔 우리 내외의 자리는 고사하고 대기하지도 않고서 출발한 것이었다.

남해고속도로를 따라가다가 광양에서 목포 가는 10번 고속도로에 접어들었고, 보성IC에서 2번 국도로 빠져나와 강진에서 18번 국도, 다시 해남에서 13번 국도로 접어들었으며, 시인 金南柱의 생가 부근을 지나 806번 지방도를 따라서 미황사 쪽으로 나아갔다. 지방도 도중의 논밭으로부터 일행 중 노루 새끼라고 말하는 사람이 있었지만 아마도 고라니일 것으로 짐작되는 짐승 하나가 우리가 탄 버스에 뛰어들어 쿵 소리가 나면서 진동도 느꼈다. 11시 28분에 미황사 아래로 꽤 떨어진 첫 번째 주차장에 도착하였다.

주최 측은 '달마산 트레킹'이라고 적었지만 그것이 달마고도인 줄도 알지 못했을 듯하고, 일행 중 실제로 달마고도를 걸은 사람은 오랜 산벗인 78세의 강위생 씨, 77세인 이영근 씨 그리고 우리 내외밖에 없었다. 달마고도는 미황사의 옛 부속암자들을 잇는 코스로서 4개 구간 총 17.7km인데, 40명의 인부가 250일간 작업하여 기존의 길 9km에다 9km를 더 연장하여 2017년 11월에 개통하였다. 중장비를 투입하지 않고서 재래식 장비만을 사용하여 덱 등이 없이 달마산의 7부 능선을 한 바퀴 두르는 보행로로 개발한 것이다.

오늘 우리가 걷기로 예정된 코스는 1코스 2.71km에다 2코스 4.37km의 절반쯤 지점인 미라골잔등에서 0.5km 떨어진 달마산 주능선 상의 달마산 정상 불썬봉(489m)에서 오른편으로 300m 떨어진 지점의 문바우재를 넘어 0.8km 아래의 미황사로 내려오는 코스였다. 達摩山 美黃寺를 기점과 종점으로 치면 총 7km 정도 되는 거리이다. 그러나 우리 4명 중에서도 앞서간 이영근 씨는 주능선을 넘을 엄두를 내지 못하고서 2코스의 도중에서 왔던 길로 되돌아갔고, 아내는 이영근 씨를 따라가려다가 뒤따라오는 강위생 씨를 만나 용기를 내어 다시 전진하다가 나와 함께 건너편 완도와의 사이에 끼인 바다를 향해 조망이 좀 트인 너덜 길에서 점심을 들고 다시 나아가다 반대편으로부터 오는 낯선 가족 산행 팀을 만나자 그들이 내가 가는 코스로는 오후 3시 반의 하산시간까지 되돌아갈 수 없다고 하는 말을 듣고서 그들을 따라 다시 왔던 길로 되돌아갔으며, 강위생 씨는 2코스를 답파하고서도 욕심을 더 내어 5.63km의 3코스에까지 접어들었다가 도중에 등산객이 매어둔 리본을 보고서 정식 길도 아닌 산길을 따라 주능선 상의 하숙골재를 거쳐 집합시간에서 30분이나 늦게 종착지점인 주차장에 도착하였으니, 실제로 예정된 코스대로 걸은 사람은 나 하나 뿐인 것이다. 나는 오후 2시 55분에 하산하였고, 아내는 예정된 하산시간에 거의 임박한 시점에 미황사로 돌아와 마중나간 대절버스를 탔다.

원래는 하산을 완료한 다음 인근의 땅끝마을에 들러서 하산주를 들기로 했었으나, 일행이 다 탄 줄로 알고서 버스를 출발하여 거의 땅끝마을로 향하는 도로를 만난 시점에 강위생 씨를 태우기 위해 차를 되돌려 다시 올라오는 사태도 있었기 때문에, 땅끝마을 방문은 생략하고 주차장에서 하산주를 들었다.

4시 17분에 출발하여 7시 39분에 진주의 출발지점에 도착하였고, 우리 내외는 택시를 타고서 7시 50분에 귀가하였다. 갈 때는 복도에다 임시의자를 놓고서 앉았으나, 돌아올 때는 차내에서 요란한 음악소리에 맞추어 춤추는 사람들이 많았으므로 앉아올 수 있었다.

29 (수) 맑음 -백년전에, 노후주택단지

아내와 함께 산림테크노포럼의 함양 '백년전에' 농장 견학에 참여했다. 오전 7시 반쯤에 승용차를 몰고서 출발하여 신안동 현대아파트 입구로 가서 배행자 교수를 태운 다음 경상대학교로 향했다. 8시 30분쯤 대절버스를 타고서 출발하여 중간경유지인 산청군 신안면사무소 앞(원지)에서 여러 사람을 더 태운 다음, 함양군 병곡면 원산지소길 186에 있는 백년전에 도착하였다. 농장 입구에 세워진 '백년전에' 간판에는 아래쪽의 찻잔과 수저 표식 옆에 팬션이라고 적혀 있었다.

우리 내외는 2017년 6월 6일에도 김은심 교수 내외 및 배행자 교수와 더불어 이곳을 한 번 방문한 바 있었다. 당시 만났던 이상준 대표와 그 부인 조순조 씨를 다시 만났는데, 전혀 처음 보는 사람인 듯 낯설었다. 이 씨는 강원도 홍천 출신으로서 올해 60세인데, 대기업의 임원으로 근무하면서 부동산 컨설팅 관계의 일을 하다가 14년 전에 귀농하여 이곳에다 23,000평의 복합영농단지를 조성하였고, 함양군 백전면에는 12만평 규모의 노후주택단지를 개발해 두고 있다.

이 씨의 인도를 따라 예전에 걸었던 산길을 올라가던 도중 The-K손해보험의 내 사고 담당자로부터 전화를 받았다. 상대방인 이종기 씨가 차를 맡긴 산청군의 정비공장으로부터 수리비가 100만 원이 넘는다는 통보를 받았다는 것이었다. 내가 사고 당일인 엊그제 이 씨로부터 32만 원이면 수리할 수 있다는 말을 들었다고 했더니, 그러면 그 차를 이 씨가 말하는 곳으로 옮겨 맡기고서 수리비에 해당하는 금액을 보험회사 측이 내게 입금해 주면 되지 않겠느냐고 했다. 그래서 내가 이 씨에게 다시 연락을 취해 그런 내용을 전했더니, 얼마 후 이 씨가 전화를 걸어와 자기가 맡긴 정비공장에서 이미 차를 해체해 놓은 상태라 원래 상태대로 도로 붙이려면 비용이 더 든다고 하더라는 것이었다. 그래서 다시 보험회사 측과 연락하여 그대로 추진하기로 했다.

뒤늦게 2년 전 이상준 씨를 따라가 도인체조 지도를 받았던 장소까지 올라가 이 씨의 강의를 들은 다음, 백년전에 간판이 붙은 집까지 도로 내려왔다. 2년 전에는 여기저기서 산양삼 밭을 보았는데 이번에는 전혀 눈에 띄지 않으므로 이 씨에게 물어보았더니, 다른 곳으로 옮겨 심었다는 것이었다. 주거 근처에 조성해둔 텃밭에도 가보았는데, 바닷물을 섞은 물로 재배한 케일과 겨자채 등을 심은 텃밭에다 부직포를 깔고 왕겨를 뿌렸으며, 주위를 둘러친 철제 울타리 아래에도 토마토 등의 식물들을 심어두었다. 바닷물에는 지구상의 온갖 미네랄이 포함되어 있고, 병해충도 방지해 준다고 했다.

그곳을 떠나 함양읍 용평리 707-5(중앙길 11-2)에 있는 대웅한우촌이라는 식당에 들러 갈비탕(10,000원)으로 점심을 들었다. 그곳은 식당 옆에 마천식육점을 겸해 있었는데, 백년전에와 마찬가지로 이곳 역시 포택의 부회장인 김은심 교수가 소개한 것이었다.

식후에 다시 대절버스를 타고서 백전면 평정리 357-3에 있는 이상준 씨의 노후주택단지로 가보았다. 백전면 복지회관 주차장에다 차를 세운 후 같은 포텍 회원으로서 이석출 회장과 같은 시기에 교육을 받았다는 김군산 목사가 운전하는 12인승 그랜드 스타렉스 현대 차에 몇 차례에 걸쳐 나눠 타고서 거기서 1km 정도 떨어진 농장까지 올라갔다. 이상준 씨는 자신의 승용차를 몰고서 먼저 도착해 있었다. 이 씨는 이곳에다 매입해 둔 12만 평의 땅을 1,600~2,000평 정도의 규모로 나누어 철제 울타리를 치고 호두나무를 심어서 50세대에게 평당 10만 원으로서 평균 1,600평을 1억6천만 원 정도의 가격으로 분양하는데, 알음알음을 통하여 거의 다 분양이 되고 서너 개 정도만 남아 있는 상태라고 한다.(32가구 중 22집의 분양이 완료되었다고 들은 듯도 하다.) 집터는 농장 아래쪽에다 가구 당 200평 규모의 공동주택단지를 만들어 공동생활을 할 수 있도록 하여 따로 개발하며, 농장에서는 6만 평 규모의 호두나무 단지를 조성하여 가구 당 월 500만 원 정도의 노후 소득을 올릴 수 있게 한다는 것이었다. 1년에 200만 원 정도를 받고서 농장 관리도 해주는 모양이다. 대부분 정부의 지원 자금을 받아 추진한 모양이며, 임업경영체 등록을 하였고, 직불금을 받을 수 있다고도 했다. 농장 안에는 4km 정도 길이의 도로도 자비로 개설해 두고 있었다. 그는 도시에 머물고 있는 베이비부머들을 위해 요양원을 겸한 노후대책 시설로서 이러한 사업을 개발했다는 것이었다.

농장으로부터 걸어 내려오다가 도중에 다시 김군산 목사가 운전하는 스타렉스 승용차에 차례로 타고서 복지회관까지 내려왔다. 백전면 복지회관은 2층 규모로서 2층에는 탁구대가 놓여 있고 1층에 헬스 시설도 있으나, 거의 이용하지 않는지 텅 비어 있고 방으로 들어가는 출입문에는 열쇠가 채워져 있었다.

31 (금) 맑음 -천하태평 장미농원, 금호못
아내가 치과에 다녀오기를 기다려, 평소보다 한 시간 남짓 늦게 출발하여 외송 가는 길에 산청군 신안면 원지로 7에 있는 원지건축자재백화점에 다시 들러 어제 사오자 말자 파손된 수도꼭지를 교환받고 사물을 고착시키는 플라스틱 끈을 한 봉지 샀다. 그런 다음 다리 건너 단성면으로 가서 대나무 파는 곳에 들러 높은 가지에 달린 자두를 터는 대나무작대기를 한 묶음 사려고 했는데, 주인이 그냥 가져가라고 하는 것이었다. 삶은 옥수수 몇 개 들이 한 상자를 답례품으로 드렸다.

그곳을 떠나 산청읍 산청대로 1766번길 90(산청읍 부리 434)의 노명수 씨네 천하태평 장미농원에 들러 17만 원 들여 장미를 다섯 포기 구입했다. 그곳은 면적 6,000㎡의 농원에 장미 200여 종 5,000주를 심어 5월 중순에서 6월 상순까지 축제를 하고, 10월 1일부터 20일경까지는 전시를 한다. 나는 작년과 재작년의 그 기간 중에 여기 들러 구입한 한 주에 4만 원 정도씩 하는 비싼 장미들을 관리를 잘못하여 거의 다 죽여 버리고 말았는데, 지금까지 그 원인을 퇴비를 지나치게 많이 준 탓으로 이해하고 있었으나, 노 씨의 말로는 심은 지 한 달 이상 지난 경우에는 퇴비를 줘도 무방하다는 것이므로, 그 탓은 아니고 수분이 부족했거나 잡초로 뒤덮였거나 그 밖의 무슨 다른 원인인 모양이다. 산청읍까지 갔던 김에 산청군청에다 차를 대고서 그 앞의 대림식당에 모처럼 다시 들러 반찬이 푸짐한 정식으로 점심(20,000원)을 들고서 오후 1시가 넘어 농장으로 들어갔다.

2층 서재에는 올라가지도 않고 거실에서 작업복으로 갈아입고 바깥일에 나서 먼저 전정가위로 시들어 가는 장미들의 마른 가지들을 잘라주고, 주차장 가에다 새로 사온 장미를 심을 구덩이를 다섯 개 판 다음, 예초기로 오후 4시 무렵까지 제초작업을 하였다. 얼마 후 나무그늘이 구덩이를 덮을 무렵이 되자 파둔 구덩이에다 장미를 심고서 물을 듬뿍 주었다. 박문희 장로에게 전화를 걸어 언제 올 것인지 물었더니 5시 이후에야 올 수 있다는 것이므로, 약속이 있다고 말하고서 수도 관계의 일은 그에게 맡겨두고 샤워를 마친 다음 우리 내외는 평소의 출발시간에 외송을 떠났다.

내비게이션에 의지하여 내 제자인 정병표 씨가 담임목사로 있는 진주시 금산면 금산순환로 74의 대한예수교장로회 진주새금산교회로 찾아갔다.

정 목사는 우리가 도착한 오후 6시 남짓 된 무렵까지 교회 입구에 나와 기다리고 있었다. 그는 나보다 10살이 적다 하니 올해 61세이다. 목사의 정년은 70세이며, 그 교회에는 나와 함께 성지순례여행을 했었던 신학생이 현재 부목사로 있는 등 목사가 모두 3명 소속되어 있다고 한다.

그 교회는 장상환 교수가 사는 두산위브 아파트 부근에 있었다. 교회 규모는 그다지 크지 않으나 바깥에 꽤 넓은 주차장이 있고, 장차는 그곳으로 교회를 옮기고서 주차장은 그 바깥쪽으로 다시 옮길 예정인 모양이었다. 교회 1층 식당 등을 둘러본 후, 정 목사의 방으로 가서 얼마 동안 대화를 나누었다. 목사 방은 꽤 넓었는데, 마치 도서관처럼 많은 장서들이 사방의 벽면을 꽉 채우고 있었다.

그의 승용차에 동승하여 금산면 중천로 39번길 24-8에 있는 長市라는 식당으로 가서 한우떡갈비한상(1인당 13,000원)으로 정 목사 내외와 더불어 석식을 들었다. 그 식당은 진주시 비봉로 14(본성동 2-11) 현대자동차 중부영업소 건너편에 있는 일식전문점 長成과 마찬가지로 장성혁 씨가 주인으로 있는 곳이었다. 상호는 주인의 이름을 딴 듯했다.

식후에 금호못으로 가서 호수 안쪽의 운치 있는 산책로를 넷이서 함께 걸었고, 도중의 Angel in Us Coffee에 들러 2층 베란다에서 호수를 바라보며 차를 들면서 대화를 나누었다. 그리고는 그 부근의 호수를 가로지르는 긴 다리 옆으로 옮겨진 퇴계가 靑谷寺를 방문한 후 금호못을 지나다가 읊은 시가 새겨진 비석도 바라보았다. 원래 있었던 장소로부터 옮겨졌을 뿐 아니라, 비신도 윗부분이 깨어지고 아랫부분은 잘린 모양이었다. 금호못을 한 바퀴 다 두른 다음, 다시 정 목사의 승용차를 타고서 교회로 돌아와 2층의 예배실 등을 둘러본 후, 밤 9시가 넘어서 귀가하였다.

6월

2 (일) 맑음 -부석사, 소백산자락길 11코스

좋은산악회를 따라 경북 영주시의 소백산자락길 11코스를 다녀왔다. 자유시장 부근의 롯데리아 앞에 7시 20분까지 집결하여 8시 무렵 구 제일예식장 앞을 경유하여 출발했다. 오늘 산행에는 삼일산악회 회원들이 지원 산행으로 대거 참여하였으므로, 최근의 중국 여행에 동참했던 사람들을 여럿 만났다. 남해·구마·중앙고속도로를 경유하여 풍기IC에서 931번 지방도로 빠진 다음, 순흥면의 소수서원 앞을 경유하여 11시 50분에 부석사 주차장에 도착하였다. 가는 도중 멈춘 휴게소에서 버스에 올라온 상인으로부터 어깨에 걸치는 여행용 작은 지갑 2개를 만 원에 사서 아내와 더불어 하나씩 나누었다.

총 12자락까지 있는 소백산자락길 중 오늘 우리가 걸을 11자락은 영주시 부석면의 부석사에서부터 시작하여 단산면의 좌석리에 이르기까지 총 13.8km로서 4시간이 소요될 예정인데, 그 길은 다시 부석사에서 사그레이까지의 과수원길 6km, 사그레이에서 모산까지의 올망길 4km, 모산에서 좌석까지의 수변길 3.8km로 나뉜다. 우리 내외는 과거에도 소백산자락길의 다른 코스를 부분적으로 걸은 적이 있었고, 오늘은 11코스 전체를 걸을 줄로 알고서 참여하였으나, 부석사에 도착할 무렵 버스 기사가 오후 1시까지 부석사에 다녀올 것을 권유하여 결국 그렇게 되는 바람에 일정이 크게 어긋나 전체 행정의 절반 정도까지 나아가는 데서 그쳤다.

太白山浮石寺에는 국보 5점, 보물 6점, 경상북도 유형문화재 2점이 있는데, 나는 오늘 그 중 국보인 무량수전 앞 석등, 무량수전, 소조여래좌상, 보물인 삼층석탑, 당간지주를 둘러보았다. 부석사에는 과거에 이미 여러 차례 방문하여 이 절이 소장한 문화재 대부분을 둘러본 바 있었던 것이다.

다시 차를 타고서 이동하여 임곡2리 마을에서 하차하였다. 기사는 다리가 있는 이곳에서부터 자락길이 시작된다는 것이었으나, 도착해 보니 우리는 이미 차를 타고서 11자락을 3km 이상 지나온 셈이었다. 임곡2리에서 부석북부분교를 개조한 소백산예술촌과 고마을을 경유하여 숲실로 나아가게 되어 있었으나, 남들을 따라서 사과테마공원 가를 지나 어찌어찌 나아가다보니 예술촌으로 가는 길은 놓쳐버리고서 바로 숲실에 닿았다. 길은 계속 포장된 차도를 따라가는 것인데, 주변이 온통 사과나무 과수원들이었다. 땡볕 속을 걷다가 터가 넓은 어느 시설 안으로 들어가 널따란 잔디밭 가의 나무 그늘에 둘러앉아 일행과 더불어 점심을 들었다.

숲실에서 사그레이까지가 2km, 사그레이에서 양지마을까지가 1.6km인데, 우리의 대절버스는 사그레이와 양지마을의 접경에 있는 정자 옆에 주차해 있었다. 아내는 버스에 남고, 나는 배낭만 차에 두고서 일행 10여 명을 뒤따라 양지마을까지 다시 걸었다. 한참 후에 대절버스가 양지마을로 이동해 와 느티나무 고목이 있는 마을 입구에서 하산주를 들었다. 일행 중 삼일산악회원인 김재용 씨가 자기 휴대폰에 다운 받아둔 산길샘[나들이] 앱으로 측정해본 바에 의하면, 부석사에 다녀온 1.9km를 포함하여 오늘 우리가 걸은 총 거리는 9km 정도 된다는 것이었다.

오후 4시 50분경에 양지마을을 출발하여 밤 9시경에 귀가하였고, 10시경에 취침하였다. 김재용 씨로부터 들은 정보에 따라 둘레길을 주로 걷는다는 워킹진주연합회의 홈페이지에 접속하여 금년 8월 31일부터 9월 3일까지 4일 동안의 일본 오제습지 야생화 트레킹에 관한 정보를 얻고서, 귀가한 후 그 담당자인 박순철 씨에게 전화를 걸어 우리 부부도 동참하겠다는 의사를 전했다. 김재용 씨가 지난번 그의 요청에 따라 여행기를 보냈으나 되돌아왔던 자기 이메일 주소를 활성화 시켰다고 하고 김삼영 씨도 원하므로, 밤 9시 26분에 그들 2명에게 함께 했던 중국 여행기를 이메일 첨부파일로 보냈다.

4 (화) 맑음 -금대봉, 대덕산, 검룡소, 황지

산울림산악회를 따라 강원도 태백시와 정선군의 경계에 위치한 杜門洞재에서부터 禁臺峰(1418.1m)까지의 백두대간 능선에 이어, 태백시와 정선군 및 삼척시의 경계를 따라서 大德山(1310.3)에 이른 다음, 태백시 구역 내의 한강 발원지 儉龍沼 및 낙동강 발원지인 黃池연못에 다녀왔다.

오전 6시 20분 무렵 바른병원 앞에서 문산 및 시청을 거쳐 오는 대절버스에 오른 다음, 봉곡로터리를 경유하여 총 42명이 출발하였다. 33번 국도를 따라 고령에 이른 다음, 광대·구마·중앙고속도로를 차례로 거쳐 영주IC에서 28번 국도로 빠져 영주시에 도착하였고, 이어서 36·31번 국도를 따라 태백시에 이른 다음, 38번 국도를 따라 두문동재터널을 지나서 정선군에 있는 두문동재 삼거리에서 산길을 타고 꼬불꼬불 올라가 10시 58분에 백두대간 능선상의 정선군 고한읍 두문동재(1,268)에 다다랐다. 나는 1997년 10월 18일에 백두대간산악회의 태백산지구 제31차 백두대간 구간산행에 참여하여 화방재에서부터 피재(삼수령)에 이르는 구간을 답파하면서 두문동재에서부터 금대봉까지 이어지는 1.2km의 이곳 싸리재를 통과한 바 있었다. 싸리재는 또한 불바래기능선이라고도 한다. 불바래기란 불을 바라본다는 뜻으로서, 과거 화전민들이 밭을 일구기 위해 산 아래에서 놓은 불을 이 능선에서 맞불을 놓아 진화한 데서 유래하는 이름이라고 한다.

두문동은 고려 말기 유신들이 조선 개국에 반대하여 벼슬살이를 거부하고서 은거하여 살던 곳으로서, 경기도 개풍군 광덕산 서쪽의 골짜기에 위치해 있다. 조선 초 경기도 두문동에 살던 이들 가운데 일부가 삼척 땅에 유배온 고려의 마지막 왕 공양왕을 뵈러 왔다가, 공양왕이 타살되었다는 소식을 듣고서 태백의 건의령에서 관모와 관복을 벗어버리고 이 고개 밑에 있는 정선 땅에서 두문동이란 이름을 짓고 터전을 잡게 된 것이라고 한다.

금대봉탐방안내센터에서부터 오늘 산행이 끝나는 검룡소 부근의 세심탐방안내센터까지 7.3km는 탐방예약제 구간으로 지정되어 하루 300명의 예약자에 한해 금년 4월 19일부터 9월 30일까지 09시부터 15시까지만 출입이 허용된다. 금대봉~대덕산 일원은 '천상의 화원'이라 하여, 태백시 화전동 산47~61번지 일대의 590hr 126만 평 땅을 환경부가 자연생태보전지구로 지정해 두고 있다. 산행대장인 김현석 씨가 20년 전에 이곳에 왔을 때도 예약제가 시행되고 있었는데, 그 당시에는 한층 더 엄격했었다고 한다. 그러나 실제로 통과해 보니 야생화들이 여기저기에 보이기는 하지만 그다지 화려하지 않고 그 수가 많은 것도 아니어서 알프스의 산상 노천화원에다 비할 바는 못 되었다.

오늘의 최고봉인 금대봉 또는 그 부근의 백두대간 상에 양강(한강·낙동강) 발원봉이라는 곳이 있고, 금대봉에서 대덕산까지 4.9km 구간의 초입에 긴 나무 덱 계단이 설치되어져 있고, 그 덱이 끝나는 지점쯤에 고목나무샘이라는 우물이 있다. 전자는 그 봉우리를 기준으로 하여 백두대간의 좌우편으로 떨어지는 빗물이나 흐르는 물이 각각 한강과 낙동강의 수원을 이룬다는 뜻이고, 후자는 실제로 한강의 발원 샘이라고도 하는데, 흘러나온 물이 땅속으로 스며들어 사라져 버리므로 공식적으로 인정받지는 못하고 있다. 분주령으로 향하는 도중에 몇 군데 널찍한 피나무 군락지 쉼터가 있는데, 우리는 그 중 첫 번째로 만난 쉼터에서 점심을 들었다. 덱이 끝난 이후부터 분주령에 이르기까지 약 2.5km의 능선 길은 매우 평탄하여 산책로 같은 느낌이 들었다.

아내는 분주령에서 지름길을 취해 검룡소 방향으로 나아가고, 나는 산행대장 등과 함께 거기서 1.5km 떨어진 대덕산을 거쳐서 검룡소탐방지원센터(세심교 옆에 있다 하여 세심탐방안내센터라고도 한다)로 내려온 다음, 거기서 600m 떨어진 거리의 검룡소를 방문하고서 되돌아 나와, 오후 3시 58분에 지원센터에서 900m 떨어진 주차장에 다다라 오늘 산행을 마쳤다.

태백시 창죽동 산1-1의 명승 제73호인 검룡소에서는 석회암 지대를 뚫고서 하루 2,000여 톤 가량의 지하수가 용출되고 수온은 사계절 9℃ 정도이며, 20m 이상 계단모양의 폭포를 이루면서 흘러내린다. 그리고 이는 514.4km를 달려서 서해로 흘러드는 長江을 이루는 것이다. 1996년에 태백시의 태백문화원에서 메워진 연못을 복원하고 주변을 정비하였다.

산길샘[나들이]을 통해 오늘 걸은 거리를 재보았더니 11.147km로 나타났다. 산행 중 오랜 산군인 79세의 천 여사가 근자에 청도 문복산에 올랐다가 오른쪽 팔다리가 마비되는 사태가 발생하여, 거기서 가까운 대구의 병원에 입원했다는 소식을 들었다.

돌아오는 길에 35번 국도를 경유하여 태백시의 낙동강발원지인 黃池연못에도 들렀다. 해발 680m인 그곳에는 상·중·하 세 개의 연못이 있는데, 上池에 깊이를 알 수 없는 水窟이 있어 가뭄이나 장마에도 변함없이 하루 약 5,000톤 常溫 15℃의 물이 용출되며, 이 물은 황지천을 이루고서 흘러내리다가 낙동강과 합류하게 되며, 1300리를 흘러 부산에서 바다로 들어간다.

전설에 의하면 이곳은 원래 황 씨 성을 가진 부자가 살던 집터였다고 하는데, 그가 몹시 인색하여 중에게 시주를 거부하고서 못쓸 짓을 한 대가로 뇌성벽력과 함께 그 집터의 땅이 꺼져 연못으로 변하였으며, 현재 둘레가 100m인 上池는 집터, 50m인 中池는 황부자의 방앗간 터, 30m인 下池는 변소(통시) 터로 일러지고 있다. 경내에 당시 老僧에게 시주하며 용서를 빌어 구제되었으나, 피난하는 도중 뇌성벽력이 치자 중의 당부를 잊고서 뒤돌아보아 돌로 변한 며느리의 석상이 1991년 라이온스클럽에 의해 세워져 있었다.『구약성서』소돔과 고모라 이야기에 나오는 롯의 아내 설화와 꼭 닮아 있다. 근자에 부근의 인가를 매입하여 상지에서 솟아나온 물이 곧바로 흘러내려갈 수 있도록 조처한 모양이다.

　태백시는 삼척군에서 떨어져 나온 신생 탄광도시였는데, 현재는 석탄 생산이 거의 중단되어 인구가 급격히 감소하였으므로, 원래 하나였던 삼척·동해시와 더불어 다시 통합하려는 움직임도 있는 모양이다. 5시 25분에 태백시를 출발하여 올 때와 마찬가지로 그 변두리 지역의 고원체육관에 들러 화장실을 이용한 다음, 안동시 풍산읍 안교리 123번지에 있는 안동황우촌 풍산직영점에 들러 갈비탕으로 늦은 석식을 들었다. 구마·남해고속도로를 경유하여 11시 25분에 귀가해, 샤워를 마치고서 자정이 가까운 시각에 취침하였다.

9 (일) 맑음 -용화산, 미륵산, 미륵사지

　아내와 함께 상대산악회를 따라 전북 익산시에 있는 龍華山(342m)과 彌勒山(430.2)에 다녀왔다. 시청 육교 부근에 오전 8시까지 집합하여 버스 하나 가득 채우고도 남는 인원이 출발했다. 대전통영·익산장수·호남고속도로를 거쳐 익산 요금소에서 720 지방도로 빠진 후 724지방도를 경유하여 오전 10시 14분에 익산시 금마면 동고도리에 있는 서동공원 내의 마한박물관 앞에 도착하였다. 薯童공원이란 백제 무왕과 신라 선화공주의 사랑 이야기를 테마로 한 조각공원인 모양인데, 그 공원을 둘러보지는 못했다.

　마한관이란 간판이 붙은 박물관은 익산에서 꽃피웠던 마한 문화를 널리 알리기 위해 2008년에 개관한 것으로서, 2013년에 제1종 전문박물관으로 등록한 것이다. 마한은 한반도의 서쪽, 현재의 경기·호서·호남지방에 존재했던 소국연맹체로서 중국 역사서에서는 고조선 준왕(箕準)이 衛滿에게 쫓겨 바닷길을 통해 韓의 땅에 와서 韓王이 되었다고 기록하고 있으며, 준왕이 南來한 지역에 대해서는 『제왕운기』 『고려사』 지리지 등에서 악산 금마로 기술하고 있다고 한다. 익산 지역에는 마한의 중심인 乾馬國이 있었을 것으로 추정하고 있는 모양이다. 마한 54개국 중의 하나인 伯濟國의 세력이 성장하여 百濟로 발전하게 되자 마한 세력은 점차 백제로 흡수 편입되었던 모양이다. 5월 2일부터 7월 7일까지 '익산의 마한, 백제를 품다'라는 주제의 특별전을 열고 있었다.

박물관 내부를 둘러본 후, 그 옆에서부터 시작되는 등산로를 따라 산길을 오르기 시작했다. 경사가 완만하여 산책로 같은 느낌이 들었다. 서동공원에서 용화산까지는 2.6km의 거리인데, 나는 1998년 2월 22일에 석류산악회를 따라 와서 미륵산 뒤편의 深谷寺에서부터 미륵산 정상을 거쳐 미륵사지로 내려온 적이 있었지만, 그 반대편인 이쪽으로부터도 등산로가 나 있다는 것은 비로소 알았다. 등산로 가에 철조망이 이어져 있고, '직사공용화기 사격장으로 현 구간 통과시 도비탄에 의한 위험지역이오니 우회 등산로를 이용'하라는 내용의 육군 제7557부대장 명의로 된 경고문이 곳곳에 나붙어 있었다.

정정렬명창길이라는 둘레길을 따라가다가 미륵사지를 4.5km 남겨둔 지점에서 0.5km 전방에 미륵산성이 있다는 이정표를 보고는 등산로를 버리고서 그 방향으로 나아가 보았다. 이 산성의 대표적 유물인 동문 유지에 닿았는데, 대부분 근자에 복원한 것이었다. 전라북도 기념물 제12호인 익산의 미륵산성은 미륵산 동쪽 골짜기에 있는 包谷式 산성으로서 1,822m의 길이에 높이 4~5m, 폭 약 5m로서, 백제 무왕 때 세운 것으로 전해지고 있다. 고려 태조 왕건이 후백제의 신검을 공격해 항복을 받았다는 이야기도 전하는데, 기준성·용화산성으로도 불린다. 혼자 거기서 좀 떨어진 위치의 성내 건물지도 둘러보았다.

익산 지역 최대 규모의 산성인 미륵산성을 둘러보고서 역 방향으로 미륵산 정상에 올랐으며, 거기서 능선 길을 따라 冷井 약수터로 내려왔다. 그 부근에서 '간재선생묘소' 방향 표지를 보고서 그 방향으로 나아갔으나, 얼마 후 艮齋 田愚의 묘소까지는 둘레길로 2.4km가 남았다는 표지를 보고서 발길을 돌려 간재선생길을 따라서 야트막한 산 능선을 걸어 미륵사지의 국보 석탑 부근으로 내려왔다. 그 석탑은 이미 복원 공사가 완료된 형태였다. 철제 벽을 따라서 오후 3시 10분에 미륵사지 주차장에 서 있는 우리의 대절버스에 도착하여 오늘 산행을 마쳤다. 산악회로부터 배부 받은 개념도에는 오늘의 거리가 약 9km라고 되어 있으나, 산길샘으로 측정해 본 결과 내가 걸은 거리는 10.6km였다.

정비가 끝난 미륵사지를 새로 한 번 둘러보았고, 그 경내에 있는 국립익산박물관에도 들렀다. 1997년 전라북도 미륵사지유물전시관으로 처음 문을 열었다가, 2015년 국립미륵사지유물전시관으로 전환되었고, 금년 2월 26일에 국립익산박물관으로 변경된 것이다. 거의 완공되었으나, 6월 28일까지 외부 공사가 진행되는 모양이었다. 익산 지역의 왕궁리 유적과 미륵사지는 공주·부여 지역과 더불어 2015년에 백제역사유적지구로서 유네스코 세계유산에 등재되었다. 익산의 왕궁리 유적은 泗沘 시기 후기에 수도 부여의 기능을 보완하기 위해 조성된 複都의 왕궁으로서 지어진 것이라고 한다.

3시 58분에 출발하여 진주로 돌아온 후 연암도서관 부근인 모덕로 47번길 5의 모덕골식당에서 콩나물해장국(5,000원)으로 석식을 든 후, 산딸기 4kg 한 광주리를 단돈 3만 원에 구입하여 7시 반 무렵 귀가하였다.

13 (목) 맑음 - 새재마을

배행자 교수가 말한 大源寺 계곡으로 들어가 보기 위해 오전 10시에 아내와 함께 집을 나서 승용차를 몰고서 망경한보아파트의 김은심 명예교수 및 신안현대아파트의 배행자 명예교수를 차례로 태운 다음, 3번국도와 겁외사를 경유하여 지리산으로 들어갔다. 도중에 덕산의 선비문화연구원에 들러 김경수 군에게 빌린 책 『직하학 연구』를 돌려준 다음, 대원사계곡으로 들어갔다. 나는 계곡 입구의 평촌리 버스주차장에서부터 근년에 새로 생긴 둘레길을 따라 유평까지 3.5km를 걸어 올라가는 것인 줄로 짐작하고 있었으나, 김·배 두 교수는 그 길이 나 있는 줄도 모르고 있었고, 그냥 차를 타고서 계속 올라가자는 것이었다. 알고 보니 배 교수가 말한 것은 대원사 앞에 작년 4월에 완공된 폭 2m에 58m 길이의 方丈山橋를 말한 것으로서, 그 다리를 한 번 건너보자는 것이었다. 그들은 이미 70대로서 나보다도 더 나이가 든 데다 평소 운동도 아니 하여, 먼 산길을 걷는 것은 엄두도 내지 못할 정도이다.

다리를 건너 반대편 둘레길을 100m 쯤 올라간 다음 계곡물 가로 들어가 좀 시간을 보내다가, 김은심 교수가 말한 식당을 찾아 거기서 5.2km 떨어진 새재마을까지 올라가 보았다. 김 교수가 말한 조개골산장은 민박 위주이며 음식은 닭백숙과 다슬기탕 밖에 안 된다는 것이므로, 주차장 바로 앞 산청군 삼장면 평촌유평로 942의 산꾼의쉼터라는 식당에서 자연산 잡어튀김과 다슬기탕, 그리고 도토리묵으로 점심(99,000원)을 들었다. 오늘 점심은 내가 샀다.

식사를 마친 다음, 조개골 쪽 등산로를 따라 조금 걸어보았다. 계곡에는 예전에 못 보던 출렁다리가 걸려 있고, 그 다리를 건너서 조개골로 나 있는 등산로도 잘 정비되어져 있어 영 생소하였다. 다리 부근에는 산동백의 흰 꽃과 작고 검은 열매가 달린 산뽕나무가 있어, 다른 사람들을 따라 오디를 좀 따먹어보았다. 예전 1990년 11월 4일에 아내와 함께 대원사계곡으로 단풍 구경을 나와 평촌리의 버스 주차장으로부터 2.25km를 걸어서 대원사까지 들어왔고, 다시 5.2km 떨어진 이곳 새재까지 들어온 다음, 무재치기폭포를 보기 위해 산으로 올랐다가 길을 잘못 들어 이곳 조개골을 거쳐 4.8km 떨어진 치밭목대피소까지 갔다가 밤중에 유평마을로 내려온 적이 있었던 것이다. 당시 아내는 평소의 구두차림이었고, 지쳐서 더 이상 못 걷겠다고 하는 것을 달래고 달래어 간신히 내려온 바 있었기 때문에 아직도 기억에 선명하게 남아 있다. 이미 거의 30년 전의 일이 되었다. 당시에 비해 새재마을도 너무나 달라져 있었다.

수덕사의 견성암, 석남사와 더불어 우리나라의 3대 비구니사찰 중 하나라는 대원사 앞으로 돌아와 다시 방장산교 아래의 카페 부근 계곡물에 발을 담그고서 한 시간 정도 대화를 나누다가, 갔던 길을 따라서 진주로 돌아와, 배행자 교수와 김은심 교수를 차례로 그들의 아파트 앞까지 바래다 드리고서 귀가하였다.

16 (일) 맑음 –대원사계곡길, 남사예담촌

아내와 함께 대교산악회를 따라 산청의 대원사계곡길에 다녀왔다. 오전 8시까지 시청 육교 근처에서 대절버스를 타고, 구 한일병원 부근의 대교주유소를 경유하여 출발했다. 만석이었다. 9시 25분에 대원사주차장에 도착하였다. 산행거리는 편도 3.5km, 왕복 7km인데, 주차장에서부터 계곡을 따라 1.1km를 걸어가다가 도중의 맹세이골 부근에서부터 대원사까지 1.1km는 도로 옆길을 걷는 코스였다. 이 길은 작년에 완공된 것으로서, 지난 13일 배행자·김은심 교수와 더불어 다녀온 바 있었지만, 당시는 방장산교 부근에서만 놀고 말았기 때문에 며칠 후 새로 온 것이다. 코스의 대부분은 데크 길이었고, 야자수로 만든 깔개를 덮어둔 곳도 많고, 맨땅은 적었다. 소문으로 들은 바와 같이 시종일관 수량이 풍부한 바위 계곡과 숲을 따라가는 길이어서 과연 경치가 수려하였다.

종착지인 유평마을에 도착해서는 정오인 점심시간이 되기까지 가랑잎초등학교로 들어가 한 시간 정도 남는 시간을 보내려고 했으나, 1994년에 폐교된 이후 현재는 학생야영수련원으로 사용되고 있어 입구를 잠가두었으므로, 그 부근의 계곡 가로 나아가 나무그늘 아래의 평상에 앉아서 시간을 보내었다. 이곳 유평리는 유평·외곡·삼거리·중땀·아랫새재·윗새재 등 6개 마을을 아우르는 행정구역 명칭으로서, 원래는 밤밭골 즉 栗田이었는데, 음이 변하여 유평으로 된 것인 듯하다. 박정희 정권 때 여기저기 흩어져 있던 산간마을과 외딴집을 없애고 독가촌을 만들면서 이곳을 중심으로 마을이 커졌다고 한다. 대원사를 지나 첫 번째로 만나는 마을이자 지리산 등산로 입구라, 현재는 탐방객을 대상으로 한 가게와 식당들이 자리 잡고 있다.

가랑잎초등학교는 이곳의 유일한 학교로서 1960년 당시 학생수가 100명이 넘을 정도였다는데, 부산의 한 신문기자가 가을 운동장의 낙엽 속에서

뛰노는 아이들의 모습을 보고서 가랑잎국민학교라는 이름을 붙여준 것이 사실상 정식 명칭인 유평분교보다도 더 널리 알려지게 되었다. 나는 청년 시절 마산 교외의 가포결핵요양소에 입원해 있다가 시내의 시민외과에서 정 중령이라는 군인 출신의 원장으로부터 우폐상엽절제수술을 받고서 시내 산 중턱의 다른 군용병원에 입원해 있었을 때, 당시 실습 나온 마산간호고등학교 학생이자 애인이었던 산청읍 출신의 장영숙 양으로부터 이 학교 이름을 처음으로 듣고서 감명을 받았던 것이다.

정오 무렵부터 유평마을에서 가장 큰 식당인 甲乙에서 한방닭백숙과 도토리묵으로 점심을 들었다. 닭백숙이라 하면 보통 쌀과 닭고기를 섞어 끓인 죽을 연상하게 되는데, 이 집 것은 통닭을 그대로 찐 것이었다. 4명 당 큰 것으로 백숙 한 그릇과 죽 한 그릇씩이 배정되었다.

점심을 든 후, 우리 내외는 일찌감치 자리를 떠서 올라갔던 길로 되돌아 내려왔고, 대원사에 들러보았다. 이 절은 2007년에 템플스테이 운영사찰로 지정되어, 지금은 절 옆에 템플스테이용 전용 건물도 새로 들어서 있었다. 주차장에 도착할 무렵 긴 다리를 건넌 곳에 있는 소막골(牛幕谷)야영장에도 둘러보았다. 데크 시설이 된 일반야영장 16개소와 그 밖의 일반야영장 12개소가 마련되어져, 인터넷 사전예약제로 운영되고 있었다.

나는 오늘 오전 9시 24분부터 14시 42분까지 산행을 하여 도상거리 9.31km, 오르내림 포함 총 거리 9.86km를 걸었는데, 고도는 465m와 252m 사이였다.

오후 3시가 넘어서 주차장을 출발하여, 진주로 돌아오는 도중에 산청군 단성면의 남사 예담촌에 한 시간 정도 머물렀다. 이곳은 한국에서 가장 아름다운 마을 제1호로 지정된 바 있는데, 나는 일찍이 이 마을에 본가가 있는 윤리교육과 손병욱 교수의 소개로 여기서 폐가를 구입하여 별장을 지을 계획을 가진 바 있었다. 아내와 더불어 그 집을 다시 한 번 찾아보러 높은 돌담길을 따라 들어갔다가, 길을 잘못 들어 내가 한국동양철학회장을 지내던 시절 덕산에서의 학술발표회를 마치고 이곳으로 와 1박 한 적이 있는 泗陽精舍에 다시 들르게 되었다. 경상남도 문화재자료 제453호로 지정되어져 있는 그 집은 后山 許愈와 俛宇 郭鍾錫의 문인인 溪齋 鄭濟鎔(1865~1907)의 아들과 장손이 남사로 이전한 후 선친을 추모하기 위해 마련한 것이었다.

그 집 대문 앞의 밭 안에 세종대왕 시절 영의정을 지내고 도첩제를 실시했던 敬齋 河演(元正公 河楫의 손자)이 고려 말에 모친을 위해 심었다는 수령 620년 된 토종 감나무가 남아 있었다. 그 다음으로 찾아간 골목에서도 경상남도 문화재자료 117호로 지정된 崔氏古家에 이르렀고, 세 번째로 찾아간 골목에서 비로소 예전에 내가 사기를 고려한 적이 있었던 집에 다다른 듯한데, 높은 담장과 대문만 남아 있고 내부는 폐허로 되어 있었던 그 집은 이미 다른 사람이 사서 새 집을 짓고 솟을대문에다 常春齋라는 현판을 걸어두고 있었다.

이 마을은 전체적으로 보아 당시보다는 많이 관광지화 되어 곳곳에 한방 足浴체험 등의 홍보물을 내걸고 있었고, 岐山國樂堂이라는 것도 들어서 있었다. 예담원이라는 향토음식점에다 전화를 걸어 내일 저녁식사를 예약하려고 있으나, 저녁은 20인 이상의 단체손님만 예약을 받는다고 했다. 오후 4시 55분에 남사 마을을 떠나 진주로 돌아왔다.

23 (일) 새벽에 비 내린 후 개임 -거림~백무동

아내와 함께 산아조아산악회의 제108차 정기산행에 동참하여 지리산 거림~백무동 코스를 다녀왔다. 이 산악회는 낯이 설어 아는 사람이라고는 예전에 안나푸르나 트레킹에 동참했었던 57세의 강병섭 씨 밖에 눈에 띄지 않았다.

시청 앞에서 대절버스를 타고서 만석이 되어 복도에다 보조의자 몇 개를 놓은 상태로 출발하여, 도중에 산청군 단성면 묵곡리의 성철스님 생가에 위치한 劫外寺에 잠시 주차하였다. 성철은 1912년 이곳에서 이상언·강상봉의 장남으로 태어났으며, 속명은 英柱였다. 소학교를 졸업하고 서당에서 『자치통감』을 배우면서 한문 문리를 터득한 후 다른 이에게 더 배우지는 않았다고 한다. 1936년 봄 가야산 해인사로 출가하여 河東山 스님을 은사로 수계 득도하였고, 1993년에 열반하였다. 겁외사란 '상대 유한의 시간을 초월한 절'

이라는 뜻으로서, 산청군의 협조와 따님인 不必스님의 원력으로 2001년에 창건되었다.

나는 2017년 7월 23일에도 아내와 함께 광제산악회를 따라 와서 B코스를 선택하여 아내는 백무동에서 가내소폭포까지 올라가고, 나는 최상부의 한신폭포를 더 지나 세석대피소에서 1.4km 떨어진 위치의 지리11-10 표지 기둥이 서있는 지점까지 올라갔다가 백 코스로 내려온 바 있었다. 그러므로 오늘은 A코스를 취해 거림에서부터 오르기로 하였다.

9시 17분에 산청군 시천면 내대리의 거림주차장에 도착하여 등산을 시작하였다. 길상사를 지나서 거림탐방지원센터가 있는 곳에서부터 본격적인 등산로가 시작되는데, 거기서 세석대피소까지는 계속 오름길로 약 5.5km 의 거리이며, 세석에서 함양군 마천면의 백무동까지는 내림길로 6.5km이다. 그러나 이정표에는 대부분 거림에서 세석까지의 거리를 6km로 적고 있다. 세석에서 가까운 계곡 가에서 먼저 올라간 아내를 만나 거기 계곡 물가에서 함께 점심을 들었다.

모처럼 세석대피소에 도착해 보았는데, 예전에는 이곳 세석평전 일대에 야영장이 넓게 조성되어져 있고 대피소도 규모가 작았으나, 지금은 대피소의 위치도 예전보다는 좀 더 높은 곳으로 옮겨져 있는 듯하고 규모가 꽤 컸으며, 주변의 야영장은 모두 없어지고 녹음이 우거져 있었다. 대피소 부근에 헬기장 같은 것이 하나 조성되어져 있을 따름이었다.

오늘 박문희 장로가 외송의 우리 집 덱과 그네 및 바깥 탁자에다 오일스테인을 바르기로 예정되어져 있는데, 오전 12시 반 무렵에 전화가 걸려왔으나 내가 받지 못하여 문자 메시지를 보내왔다. 이미 사둔 오일 스테인으로는 모자라 두 통 더 사서 칠하겠다는 내용이었다. 답신을 보냈으나 산중이라 통신 상태가 좋지 않아 전달되지 않았다. 백무동계곡을 내려오는 도중 오후 2시 42분 이후에 다시 두 차례 전화를 받았으나 역시 통화가 이루어지지 못한 채 끝났는데, 아마도 그 때쯤 작업이 끝난 모양이었다. 내 쪽에서 연락을 취해 보아도 역시 통화불능지역이라는 문자만 떴다.

4시 17분에 하산을 완료하였다. 오늘은 도중에 안내 표지가 눈에 띄지 않

아 오층폭포는 어디 있는지 보지 못했고, 가내소폭포와 첫나들이폭포는 전
망대에 서서 바라볼 수 있었다. 한신계곡은 칠선계곡·뱀사골계곡과 더불어
지리산의 3대 계곡으로 일러지는 곳으로서, 유명한 폭포가 네 개나 있는데
다가 계곡물을 따라 내려오는 코스라 여름철 산행에 적합한 곳이다.

하산주 자리에 앉아 인사하러 온 강병섭 씨와 대화를 나누면서 수박 등의
과일을 좀 집어먹다가 4시 44분에 박 장로에게 전화를 걸어보았다. 새로 더
산 오일 스테인 두 통의 가격 5만 원에다 자신의 인건비 20만 원을 보탠 25만
원을 송금해 달라는 것이었다. 며칠 전 수도 공사 때도 하루 인건비가 20만
원이었는데, 좀 비싸다는 느낌이지만 깎자고 말할 수는 없는 것이다.

오늘 산행은 휴식시간을 포함하여 7시간이 소요되었고, 도상거리로는
13.43km, 오르내림을 포함한 총 거리는 14.09km였으며, 고도는 최고가
1,612m, 낮은 곳이 435m였다. 휴대폰에 다운 받아둔 앱으로 만보기도 작
동시켜 보았는데, 27,971보를 걸은 것으로 나타났다. 그러나 거리는
19,579m, 시간은 5시간 24분으로 나타나 있으니, 이 경우는 휴대폰을 몸에
부착한 것이 아니라 가방 끈에다 매달아 둔 터라 좀 정확하지 않은 듯하다.

오후 5시 16분에 백무동 주차장을 출발하여 휴천계곡을 경유하여 진주로
돌아와, 진주대로 920번길 11-6(칠암동)에 있는 콩세상웰빙밥상에서 석식
을 든 후 걸어서 집으로 돌아왔다. 근자에 진주의 맛집을 찾아 아내와 함께
방문했던 적이 있는 곳인데, 나는 청국장밥상, 아내는 순두부밥상을 들었고,
둘 다 가격은 각각 8,000원이었다.

30 (일) 흐림 -황금산, 팔봉산

아내와 함께 청솔산악회를 따라 충남 서산의 황금산(129.7m)과 팔봉산
(321.5)에 다녀왔다. 오전 6시 반까지 우리 아파트 부근의 구 진주역 앞에
집결하여, 복도에다 임시 좌석 두어 개를 놓고서 출발했다.

통영대전고속도로를 따라 올라가, 대전 부근에서 호남고속지선을 탔고,
유성 JC에서 당진대전, 당진JC에서 서해안고속도로를 거친 다음, 서산IC에
서 32번 국도와 70번 지방도를 차례로 경유하고, 29번·38번 국도를 거쳐

오전 10시 30분에 서산시 대산읍 독곶리에 있는 황금산 입구에 도착하였다. 황금산은 황해로 튀어나온 반도의 끝자락에 위치해 있는데, 그 바로 옆에 대규모의 삼성아토피아(삼성화학) 공단이 위치해 있었다. 이곳은 원래 섬이었던 모양인데, 매립에 의해 지금은 오른편이 육지와 이어져 있다.

주차장에서부터 바로 정상으로 올랐더니 그곳에 있는 돌탑에는 높이를 156m라고 새겨두고 있었다. 그러나 우리가 산악회로부터 배부 받은 개념도나 5만분의 1 도로지도에는 129.7m로 되어 있다. 정상 바로 아래에 黃金山祠라는 현판이 붙은 사당이 위치해 있는데, 산신과 林慶業 장군을 모시고 매년 4월 1일 고기를 부르는 제사를 지낸다고 한다. 황금산 뒤쪽 바다는 물이 깊고 물살이 급한 위험지대라 황금목 또는 황금항이라 칭하는 곳이다. 항해의 안전을 위해 이곳에다 사당을 지은 것인데, 임경업 장군은 명나라에 구원병을 요청하러 다닐 때 태안을 거쳐 갔기에 이곳과 연관이 있다고 한다. 황금바다에서 멀지 않은 연평도에도 임경업을 모신 충렬사가 있다. 옛날부터 산신령과 임 장군의 초상화를 모시고서 고사를 지내고 치성을 드리던 조그만 당집이 있었는데, 일제강점기부터 퇴락하기 시작하여 거의 형태도 없었던 것을 1997년에 삼성종합화학주식회사의 일부 도움을 받아 서산시에서 복원하여 황금산사라 이름 지은 곳이다.

우리는 몽돌해변을 지나 이곳 제1의 명소인 코끼리바위까지 갔다가 정상을 거치지 않고 도중의 능선에서 내리막길로 주차장까지 되돌아왔다. 몽돌해변이라 하지만 조그만 만을 뒤덮은 돌들이 자갈처럼 동글동글하지 않고 각이 져 있어서 그 이름에 걸맞지 않았다. 코끼리바위라 함은 국내외에서 여러 번 보았듯이 코끼리의 코처럼 생긴 아치형 바위가 있어서 이런 이름이 붙었다. 썰물 때는 이 해안선을 따라서 끝골이라는 이름의 북쪽 끝까지 해변트레킹을 할 수도 있다고 한다.

주차장 가의 바다가 바라보이는 풀밭에 앉아서 점심을 들었고, 식후에 대절버스를 타고서 이동하여 서산시 팔봉면 양길리로 가서 다시 팔봉산에 올랐다. 나는 2012년 4월 22일에도 오늘의 코스로 이 산을 주파한 적이 있었는데, 아내는 그 때 같이 오지 않았음에도 어쩐지 이름이 익숙하다 하여 함께 오른 줄로 알고서 주차장에 남아 근처의 서산 아라메길을 한 시간 정도 산책하는 데서 그쳤다. 서산 9경 중 팔봉산은 5경, 황금산은 7경인데, 팔봉산이라고 하지만, 꼭대기가 바위로 이루어져 오르기에 위태롭게 된 곳은 1봉에서 정상인 3봉을 거쳐 4봉까지 정도이고 나머지는 흔히 보는 산봉우리에 불과하다 8봉을 지난 하산 지점에 서태사라 불리는 절이 하나 있는데, 중 한 명 정도가 거주하며 기와지붕도 없이 사각형 컨테이너 모양의 나무로 지어진 건물로서, 입구의 간판에도 한글로 서태사라 적혀 있을 따름이었다. 그곳 주지는 나보다도 몇 살 손위인데, 절 이름을 한자로 어떻게 적느냐고 물었더니, 瑞泰寺라고 일러주고서 '서산과 태안 사이'라는 의미라고 했다. 그래도 그 절까지는 대부분 포장되어 차량 통행이 가능한 진입로가 있어, 그 길을 따라서 오후 3시 39분에 어송리의 주차장에 도착하였다.

오전 중 가는 도중에 머문 휴게소에서 아내는 만년 청솔산악회장인 김계세 씨에게 찬조금 10만 원을 기부하였다. 지난번에 이 산악회를 따라서 합천 해인사 소리길로 갔을 때 하산 시에 내가 일행과 만나지 못하여 김 씨가 나를 찾느라고 택시를 타고서 돌아다닌 것에 대한 답례라고 한다. 진주로 돌아오는 도중 인삼랜드 휴게소에서 주먹밥에다 김치 등과 냉국을 반찬으로 석식을 들었다. 밤 8시 30분에 귀가하였다. 취침 전 트럼프 미국 대통령 방한에 따른 판문점에서의 남·북·미 세 정상의 깜짝 만남을 다룬 KBS 뉴스9 특집을 시청하였다.

7월

5 (금) 맑음 - 김은심 교수 농장

김은심 교수가 배행자 교수를 태우고서 오전11시 무렵에 외송리의 홍화원휴게소로 와서 자기 승용차에다 우리 내외까지 태운 다음, 산청군 생초면에서 금서면 소재지로 들어가 60번 지방도를 만났고, 그 길을 따라서 함양의 휴천계곡을 경유하여 함양군 마천면 의탄리까지 갔으며, 이어서 의탄천을 따라 지리산 칠선계곡 입구의 추성리 칠선로 194 칠선산장식당으로 가, 넷이서 함께 흑돼지삼겹살과 곰취전으로 점심(58,000원)을 들었다. 점심 값은 내가 냈다. 그곳은 몇 년 전에 아내와 함께 들른 적이 있었던 식당인데, 칠선계곡에서 흘러내리는 물이 합수하여 흐르는 경치 좋은 장소를 오롯이 내려다볼 수 있는 곳이었다.

식사를 한 다음 함양군 휴천면 대천리의 대천저수지 부근에 있는 김 교수의 농장으로 들어가서 비닐하우스 안에다 18평 규모로 지어둔 김 교수의 집에 이르렀다. 건축 허가를 내기 어려워 편법으로 이런 식의 집을 지었다고 한다. 이곳에는 과거 한두 번 와본 적이 있었는데, 그 때와는 사뭇 분위기가 달라져 근처에 저수지가 없었다면 어디가 어딘지도 알아차릴 수 없을 정도였다. 1001번 지방도로 가의 미천마을에서 진관동을 거쳐 오도재 부근까지 올라가는 진입로가 포장이 되어 있었고, 거기서 갈라져 김 선생 농장으로 들어가는 농로 일부도 포장되어 있었다.

예전에는 아무것도 없었던 듯하지만, 김 교수는 그새 아프리카 카메룬(?)의 유학생으로서 경상대 국제관계학과에서 박사학위를 받은 같은 교회 신자 티모시 씨의 도움을 받아 이 집 근처에다 먼저 컨테이너 집을 지었고, 이 집을 지으면서는 계곡에다 조그만 철제 정자도 한 채 만들어두었다. 이 집은 거실과 방 두 개에다 화장실이 딸린 것인데 5천만 원 정도의 비용이 들었으며, 내부는 편백나무로 되어 있고 보통의 아파트 규모 정도는 되었다. 비닐하우스 안에다 세운 것이라 처음 도착했을 때는 매우 더웠다.

진주에서 승용차로 한 시간 정도 걸리는 이곳까지 매 주 한 번 정도씩 들어와 여러 가지 일을 하고 휴식도 취해 왔는데, 약 10년 정도 김 교수와 함께 들어와 온갖 궂은일을 도맡아 해주던 티모시 씨가 최근에 한국으로부터 강제출국명령을 받을 위기에 처한 즈음 중국 山東省의 靑島대학에 교수 겸 연구원으로서 취직이 결정되어 떠나게 되었다고 한다. 김 교수는 원래 이곳에다 암치유센터를 세우겠다는 꿈을 가지고서 18,000평 정도의 땅을 구입해 두었던 것인데, 남편인 이 목사가 치매를 앓아 요양시설에 통원하고 있는 처지라 이미 그런 꿈은 접은 모양이며, 지금은 컨테이너 집이 있는 곳 부근의 6580평 땅도 1억3천만 원에 팔고자 내놓은 상태이다. 장차는 이 집 외의 대부분 토지를 매각하고 싶은 모양이었다.

7 (일) 맑음 - 덕유산 칠연폭포, 동엽령, 빙기실계곡

아내와 함께 자연산악회의 전북 무주군 안성면에서 덕유산의 七淵폭포와 동엽령을 거쳐 경남 북상면 병곡리로 내려오는 산행에 참여했다. 오전 8시까지 시청 앞에 집결하여 출발했다. 일행은 총 50명이었다.

예전에 칠연폭포에 가본 적이 있었고, 1995년 9월 17일에는 망경산악회원들과 함께 오늘의 코스를 주파한 적도 있었으며, 병곡횟집에서 무지개송어 회를 든 적도 두 번 있었다. 당시에는 60령을 넘어 장수군의 장계리에서 19번 국도를 따라 안성까지 올라갔었던 것인데, 오늘은 통영대전고속도로상의 덕유산휴게소에서 덕유산IC로 빠져 19번 국도에 접속한 다음 곧바로 727번 지방도를 경유하여 오전 9시 52분에 안성탐방지원센터에 하차하여 등산을 시작하였다. 지도에 따라 거리가 좀 다르게 표시되어 있으나, 도중의 이정표에 의하면 안성탐방지원센터에서 칠연폭포 갈림길까지는 1.2km, 갈림길에서 칠연폭포까지 300m 거리를 들어갔다가 되돌아 나온 다음 동엽령까지는 다시 3km이니, 오르막길은 총 4.2km이고, 동엽령에서 2.5km를 내려와 다시 계곡물을 만나는 목교가 서 있는 지점에서 그보다 더 아래에 있는 철교를 지나 병곡마을까지는 1.5km로 되어 있으니, 합하면 4km인 셈이다. 그러면 오르막길과 내리막길을 합하여 총 8.2km이다.

아내는 칠연폭포에 들르지 않고서 동엽령으로 직행하였고, 뒤따라가던 나만 혼자 폭포까지 올라가보았다. 칠연이란 물줄기에 패인 일곱 개의 못이 한 줄로 늘어서서 일곱 폭의 아름다운 폭포를 이룬다고 하여 이런 이름이 붙었다. 폭포 가에 전망대 세 곳이 마련되어져 있었는데, 나는 그것들에도 모두 접근해 보았다. 오늘 진주에서는 이곳까지만 오거나 동엽령까지 올라갔다 백코스로 되돌아가는 산악회가 몇 개 있었다. 와 보고서 비로소 알았으나, 병곡계곡 코스는 토옥동계곡 코스와 더불어 덕유산에서 두 군데 있는 미개방구간으로서 출입금지로 되어 있었다. 그러나 나는 과거에 이곳들 모두를 지나다닌 바 있었다. 과거에 비해 지나치다 싶을 정도로 등산로가 잘 다듬어져 있고, 처음 오르기 시작한 지 얼마 지나지 않은 구간에는 몇 군데 돌과 시멘트로 포장된 곳도 있었다.

동엽령에 도착하여 비로소 아내를 다시 만났다. 그녀는 데크 옆의 의약품 등이 비치된 건물 안에 들어가 다른 산악회를 통해 온 지인과 더불어 점심을 이미 마쳐 있었다. 동엽령 일대는 바람이 불어서 제법 한기를 느낄 정도인데, 그곳은 좁아도 방안이라 따뜻하였다. 우리 일행은 동엽령을 지나 병곡계곡 쪽 산길 가에서 점심을 드는 사람들이 많았다. 병곡계곡도 곳곳에 나무계단을 해둔 곳이 많았지만, 그런대로 옛 모습을 간직하고 있었다. 해발 1,320m인 冬葉嶺은 남북 덕유산의 한중간에 위치한 것으로서 과거에는 동업이재로 불리었던 모양이다. 안성과 병곡 즉 영호남을 연결하는 최단거리의 옛길로서 보부상들에게 막걸리를 빚어 팔았던 주막이 있었고, 同業을 가진 보따리장수끼리 반갑게 인사를 나누며 넘나들던 고개라 하여 이런 이름이 붙었다고 한다. 현재는 빙기실계곡 대하골에 주막터만 남아 있다. 병곡을 빙기실이라고도 하는데, 이 명칭은 계곡이 나누어 흐른다는 分溪에서 유래되었다고 한다.

병곡에 도착해 보니 실내에서 송어를 키우는 양어장건물이 있고, 거기서 좀 더 내려가 자동차도로를 만나는 지점인 거창군 북상면 병곡리 1004에 병곡횟집이 있었다. 그러나 예전에는 이렇지 않고, 노천 양어장 가에 병곡횟집이 있지 않았던가 싶다. 대절버스는 횟집에서 포장도로를 따라 500m 정도 더 내려간 지점의 빙기실(병곡)마을에 대기해 있었다. 오후 2시 37분에 도착하였다. 이 마을은 현재는 빙기실농촌체험휴양마을로 되어 있어, 월성권역 달빛고운캠핑장이라는 것도 들어서 있었다. 오늘 나는 도상거리 8.95km, 오르내림을 포함한 총거리로는 9.34km를 걸은 것으로 산길샘에 나타나 있다.

4시 반 무렵 빙기실마을을 출발하여, 4번 및 37번 지방도를 따라서 북상면 소재지와 수승대를 지나 위천면 소재지에 이르고, 다시 37번 국도를 만나 함양 쪽으로 내려온 다음, 지곡IC에서 통영대전고속도로에 올랐다. 진주에 도착하기 전 산청군 단성면 성내리 683-6의 단성IC 입구에 있는 성화식당에 들러 돼지삼겹살석쇠불고기정식(만 원)으로 석식을 들었다. 그곳에는 대절버스가 세 대나 정거해 있어 손님들로 북적이므로, 한참동안 바깥에서 기다려야 했다. 그 집 옆에 포도넝쿨을 올린 지지대가 있는데, 쇠 지지대 사이를 철사 줄로 얼기설기 엮어 놓았을 따름이지만 탐스러운 포도송이가 엄청나게 많이 매달려 있었다.

14 (일) 흐리고 오후에 때때로 비 - 인현왕후길

아내와 함께 황매산악회의 제246차 산행에 동참하여 경북 김천시 증산면 수도산 일대의 인현왕후길에 다녀왔다. 우리는 출발지점인 시청 앞에서 대절버스를 탔고, 육거리와 신안동 공설운동장 1문 앞을 경유하여 38명이 함께 했다.

통영대전고속도로를 경유하여 함양 지곡에서 광주대구고속도로로 접어들었고, 거창 톨게이트에서 모처럼 거창 읍내로 빠져 24번 및 3번 국도를 따라 김천시 대덕면 소재지에 이른 다음, 30번 국도를 따라 증산면 쪽으로 향했다. 30년 전인 1989년 7월 30일에 제자인 조평래 군과 더불어 寒岡의 武屹九曲을 탐방하러 대덕면 소재지에서 걸어서 증산면의 평촌리까지 올라간 바 있었고, 8월 20일에는 지례면 소재지에서 증산면 소재지까지 차를 타고 온 바 있었으며, 1994년 12월 4일에는 아내 및 창환이와 더불어 수도산 등반 차 이리로 들어와, 靑巖寺와 修道庵 등을 둘러본 바 있었다.

지금은 그 때에 비하면 너무나 길이 잘 닦여져 있어 포장도로를 따라 평촌리까지 들어오니 무흘구곡전시관이라는 건물이 들어서 있고, 그곳에서 갈림길을 따라 수도리로 나아가는 도중 무흘구곡 중 제7곡인 인월담과 제8곡인 와룡암은 차창 밖으로 내다볼 수 있었다. 오전 10시 35분에 수도리 버스 종점에 도착하여 오늘의 산행을 시작하였다.

수도리에서 아스팔트 포장도로를 따라 500m쯤 올라가면 인현왕후길이 시작된다. 거기서부터 수도암으로 올라가는 길을 버리고서 차 한 대가 통과할 만한 너비의 비포장 길을 따라 계속 걸으면, 1번부터 7번까지 3.9km에 이르는 스토리존 구간이라는 것이 있어, 쉼터마다 각각 인현왕후와 관련된 사실들을 설명해둔 게시판이 있다. 인현왕후길 전체는 8.1km인데, 스토리존 구간은 새로 개설한 모양이어서 대체로 평탄한 숲길이며 길 폭도 거의 같았다. 나머지 구간은 종래의 산길을 개조한 모양이어서 경사가 있고, 노폭도 일정하지 않았다. 우리는 오늘 전체 구간 중 용추소공원까지만 걷게 되고, 거기서 출발지점인 수도리 버스 종점까지에 되돌아오는 1,500m는 생략하였다. 정자가 있는 스토리존의 7번 쉼터에서 청암사로 이어지는 갈림길이 나 있지만, 그리로 가는 길은 출입금지로 되어 있었다.

스토리존 쉼터들에 게시된 설명문의 내용을 종합해보면, 仁顯王后 (1667-1701)는 조선 19대 왕 숙종(1661-1720)의 繼妃로서 여흥민씨이다. 장희빈의 계략으로 폐서인 되었을 때, 이곳 수도산 청암사에서 3년간 머물던 중 숙종의 교지를 받고서 환궁하였다. 그 후 인현왕후는 청암사에 서찰과 선물을 보내 감사의 뜻을 전하였고, 이때의 인연으로 조선시대 말에는 궁녀들의 시주로 불사를 일으켜 현재의 절의 모습을 찾을 수 있었다는 기록이 전해지고 있다는 것이다.

그녀는 閔維重의 차녀로서, 仁敬왕후가 이른 나이에 세상을 떠나면서 1681년 15세의 나이로 계비가 되었는데, 숙종은 가례 전부터 나인 張玉貞 (1659-1701)에게 총애를 쏟고 있었던 터였으나, 숙종의 어머니인 明聖왕후는 장 씨를 싫어하여 그녀를 궁궐 밖으로 내쫓아 버렸다. 그러나 인현왕후는 임금의 총애를 입은 궁인을 오랫동안 물리칠 수 없다 하여 명성대비에게 재입궁을 간청하기도 하였고, 명성대비가 세상을 떠난 후 숙종에게 간청하여 마침내 그녀를 입궁시켰다.

1688년 장옥정이 왕자 昀을 출산하게 되자, 이듬해 1월 숙종은 그 왕자를 원자로 책봉하고서 장옥정을 희빈으로 책봉하였고, 이를 반대하던 서인이 정계에서 축출되는 己巳換局이 일어나자, 1689년 인현왕후도 폐출되고 장희빈이 국모로 되었다. 궁궐에서 쫓겨난 인현왕후는 갈 곳이 마땅치 않았는데, 어머니인 은진송씨 집안 외가와 인연이 닿은 수도산 청암사에서 사람들의 눈을 피해 머물게 되었다. 청암사에서는 국모였던 인현왕후를 모시기 위해 사대부가의 집처럼 단청이 없는 한옥을 새로 지었는데, 그것이 지금의 極

樂殿이다. 김천과 왕후의 외가가 위치한 상주와는 한 생활권이었기 때문에, 어려운 처지에 외가에서 보내준 시녀 등의 도움을 받으며 오늘날의 길을 따라 수도암과 청암사 사이를 거닐며 생활할 수 있었다.

1694년 甲戌換局이 일어나 남인이 숙청되자 숙종은 마음을 바꾸어 인현왕후를 서궁으로 입궐시켰고, 이후 왕비로 복위시켰다. 그녀는 복위 후 청암사에 서찰을 내리고 수도산 일대를 보호림으로 지정하며 전답을 하사하였다. 이 일을 기억하고자, 2013년 김천시에서 인현왕후길을 조성하게 되었다고 한다.

그러나 내 생각으로는, 이러한 스토리는 野談의 수준을 벗어나지 못한 것이다. 무엇보다도 그녀의 어머니는 宋浚吉의 딸로서, 송준길의 집으로는 대전 懷德의 宋村에 同春堂이 있다. 성준길이 병자호란을 만나 피난하여 일시 남덕유산 부근의 거창군 북상면 월성리로 와 거주한 적이 있었다고 하나, 그녀의 외가가 성주에 있었다는 설정은 성립될 수가 없으며, 더구나 서인의 핵심인물인 그가 남인의 본거지인 영남 땅에 거주했을 리가 없다. 또한 그녀는 폐위된 후 서울 안국동의 본댁인 感古堂에서 거처했다는 기록이 있다. 그리고 일국의 국모를 지내고 서인의 핵심세력을 배경으로 가진 그녀가 崇儒抑佛이 국시였던 당시에 머나먼 영남 땅까지 내려와 깊은 산중의 절에 거처했다는 것도 있을 수 없는 설정인 것이다.

전라도 땅에는 춘향의 묘소, 흥부 마을, 심청 마을, 홍길동 마을 등이 있지만, 이것들은 원래 허구인 소설이나 판소리에 바탕을 둔 것이니 크게 따질 것도 없다. 그러나 창원시에서 일본 땅 對馬島의 반환을 촉구하는 '대마도의 날'을 제정한다거나 김천시에서 이처럼 인현왕후길을 조성하는 것은 역사적 사실을 왜곡하는 것이니, 논란거리가 된다고 하겠다.

스토리존 7구간의 벤치에서 점심을 들고서 다음 목적지인 용추교로 향하는 도중, 긴 계단 길을 다 내려온 지점에서 개울물을 만나 양치질을 하고나서부터 비가 내리기 시작하였다. 마침 오늘 아침 스페인에서 사온 통옷 판초를 대신하여 일본 북알프스 산행 때 上高地 마을에서 산 여름용 판초를 가져왔으므로 유용하게 사용하였다. 이 판초의 소매가 짧은 것은 여름용이라 바람이 잘 통하도록 하기 위한 것인 듯하며, 富士山 등반 때 이 판초를 입고서도 배낭이 다 젖어 그 속에 든 디지털카메라를 버릴 수밖에 없었던 것은 배낭을 판초 안에 걸치면 바람도 잘 통하여 덜 덥다는 사실을 지각하지 못했기 때문이었다.

무흘구곡의 제9곡인 용추폭포를 지나서 1시 34분에 목적지인 출렁다리 주차장에 대기하고 있는 버스를 탔다. 오늘 내가 걸은 총 거리는 도상 6.81km, 총 6.96km였다. 고저는 825m, 550m였다. 만보기로는 11,090 보이지만 이는 믿을 수 없다.

주차장에서 도토리묵과 수박 등으로 하산주 자리를 가진 후, 3시 36분에 출발하여 갈 때의 3번 국도를 따라 내려오다가 거창 지역에서부터 지금은 지방도로 된 옛 3번 국도로 접어들었고, 용추폭포 주차장을 자니서부터 다시 지금의 3번 국도에 올랐다가 산청군 생초IC에서 통영대전고속도로에 올라 진주로 왔다. 산청휴게소에 주차했을 때 아내가 모자 세 개와 통수건 한 개를 사서 그 중 수건과 모자 하나를 내게 주었다.

21 (일) 비 온 후 오후 늦게 그침 -무주 백운산

백두대간산악회의 330차 정기산행에 동참하여 전북 무주군의 덕유산 북쪽 끄트머리에 있는 白雲山(1,010m)에 다녀왔다. 대전통영고속도로를 따라 북상하는 도중에 새 임원진 소개가 있었는데, 나는 그 중 고문인 서원식, 회장인 이삼규, 남자 부회장인 이민주, 산행대장 조상제 씨 등과 서로 아는 사이이다. 서원식·이민주 씨는 1997년 5월 3일부터 내가 이 산악회의 백두대간 구간종주에 참여했을 때 같이 걸었던 사람들인 듯하고, 이삼규·조상제 씨는 그 이후의 백두대간산악회 등반 모임 등을 통해 알게 된 사이이다. 기사인 금화관광의 이정진 씨도 그 당시 백두대간 구간종주 이래로 계속 이 산악회의 버스를 몰고 있다.

오전 7시 40분까지 시청 앞에 집결한 후, 신안동 공설운동장 1문을 경유하여 출발했다. 대전통영고속도로를 따라 북상하다가, 덕유산IC에서 19번 국도로 빠져나온 후 49번 지방도와 37번 국도를 경유하여 오전 10시 무렵

羅濟通門 조금 못 미친 지점에 위치한 신두마을에 도착하여 등산을 시작하였다. 집행부는 오늘 비가 오지 않을 거라고 했으나, 출발한 이후부터 계속 부슬비가 내렸고, 결국 일행 중 아내를 비롯한 12명은 등산을 포기하고서 차에 남았다. 그 사람들은 종착 지점인 수성대 주변의 길을 만 보 정도 걸었다고 한다.

오늘 산행의 총 거리는 9.8km인데, 별로 산군들이 찾지 않는 곳인지 길이 희미한 곳이 많았다. 나는 작년 1월 7일에도 동부산악회를 따라 이 근처로 와서 무주호 부근인 좀 더 아래쪽의 성지산과 백운산을 오른 적이 있었는데, 당시의 백운산은 도로교통지도상에 백운봉(550.1)으로 나타나는 것으로서 이것과는 다른 것이다. 당시와 달리 오늘은 산 위에 이정표가 전혀 없는 것은 아니지만 매우 드물었다.

등산을 계속할수록 빗발은 점점 더 굵어져 소나기 수준이 되었다. 주차장에서 2.4km 떨어진 백운산 정상에 도찰할 무렵까지 길은 가파른 오르막이 계속되었고, 그 이후 깃대봉(1,055)을 거쳐 청량산(1,122)으로 갔다가 돌아오는 삼각점(1,120)에 이를 무렵까지도 바위로 이루어져 위험한 오르막길이 많았다. 앞 사람들이 걸어간 길을 뒤쫓아 가므로 빗물에 젖은 등산로가 더욱 미끄럽게 되어 있었다. 주변의 풍경은 아무것도 보이지 않고 또한 둘러볼 여유도 없이 그저 안개가 자욱이 낀 산길을 계속 걸어 앞으로 나아갈 따름이었다. 나는 일본 북알프스 산행 때 上高地에서 산 여름용 판초를 걸쳤는데, 그 옷은 바람이 잘 통하여 별로 더운 줄을 몰랐다.

산행로의 도중에 좀 평평한 곳을 만나, 비가 내리는 가운데 비옷들을 걸친 채로 둘러앉아 점심을 들었다. 오늘의 최고봉인 청량산은 산악회로부터 배부 받은 개념도에는 보이지만, GPS 등에 나타나지 않고 그리로 가는 길을 찾을 수도 없었으므로 포기하는 수밖에 없었다. 삼각점을 지난 이후로 다른 사람들은 아무 일 없는데, 나만 진흙탕 비탈길에서 세 번 미끄러져 엉덩방아를 찧었다. 나이 탓인지 모르겠다.

오후 3시 40분경에 종착 지점인 37번국도 가의 水城臺에 도착하였다. 그곳은 무주구천동 33경 중 4경인 와룡암과 5경인 학소대, 6경인 一士臺가 모여 있는 곳인데, 수성대는 무주구천동에서 3대 경승지 중 하나인 일사대의 별칭이다. 그곳에 을사보호조약 때 음독자살한 淵齋 宋秉璿이 고종 23년(1886)에 짓고서 은둔한 棲碧亭이 남아 있으며, 당시 선비들이 그를 조선 제일의 선비라 하여 東方一士 라고 부른 데서 일사대라는 명칭이 유래하였다고 한다. 송병선은 주자의 武夷九曲을 본떠서 이곳 일대를 武溪九曲이라 명명하였는데, 일사대는 그 중 제4곡이다. 나는 화장실로 가서 옷을 갈아입기 위해 와룡암 표지판을 지나 학소대까지 들어갔지만, 거기서 300m 떨어진 곳에 있다고 하는 서벽정은 아내만 보고 나는 보지 못했다.

오후 4시 45분 무렵 수성대를 출발하여 갈 때의 코스를 경유하여 진주로 돌아오는 도중에 원지의 뽕잎해물칼국수에 들러 해물칼국수(6,000원)로 석식을 들었다. 주최 측은 문어가 들어가는 해물탕을 시키려고 하였는데, 주문에 착오가 있었던 모양이다. 금년 2월 7일 이 산악회를 따라 전북 순창의 회문산에 갔다 돌아올 때도 이 식당에 들러 해물탕과 해물칼국수로 석식을 든 바 있었다.

산에서 미끄러져 넘어질 때 왼쪽 팔꿈치에 무리가 갔던지, 당시에는 아무 일 없었으나 귀가 후 그 부위에 통증이 있고, 한밤중에 한기가 들어 자다 일어나서 좀 더 두꺼운 이불을 꺼내 덮기도 하였다.

28 (일) 비 ─윤필암, 묘적암, 대승사

강종문 씨가 운영하는 더조은사람들의 제189차 산행에 동참하여 경북 문경시 산북면 전두리 四佛山(功德山)의 潤筆庵과 妙寂庵, 그리고 그 큰절인 大乘寺를 다녀왔다. 2000년 7월 23일에도 아내와 함께 가람뫼산악회를 따라와서 四佛巖과 공덕산(912.9) 그리고 대승사를 둘러본 바 있었다.

간밤에 강종문 씨에게 문자메시지를 보내 콜핑 등산장비점을 경영하는 그에게 파손된 일제 것을 대신할 판초 우의를 하나 갖다달라고 했더니, 판초와 함께 보통 우의도 하나 가져왔으므로 둘 다 구입하였다. 가격을 물어보니 9만 원이라고 하므로 아내에게 5만 원을 빌려서 지불하였는데, 받고 보니 중국제 EXPEAK 우의의 가격이 그 카버에 28,000원이라고 적혀 있으므로 좀 의아하였는데, 나중에 내면의 포장 비닐을 보니 거기에는 58,000원이라고 적혀 있어 비로소 납득이 갔다.

오전 7시 반까지 신안동 운동장 1문 앞에 집결하여 24명이 출발하였다. 33번 국도를 따라서 고령까지 갔다가, 광주대구, 중부내륙고속도로를 경유하여 북상주IC에서 3번국도로 빠진 다음, 점촌을 지나 34번 국도와 59번 국도를 따라가다가 923번 지방도로 접어들어 10시 14분에 대승사 입구의 윤필암·묘적암 쪽 갈림길에서 하차하였다. 요즘처럼 고속도로가 발달하기 전에는 보통 거창과 김천·상주·문경을 경유하여 이 59번 국도를 따라서 경천호 옆을 지나 단양 쪽으로 자주 오갔던 것이다.

아스팔트 포장길을 걸어 올라가 여승들의 암자인 윤필암에 도착하였다. 본채의 현판에는 '閏筆庵'이라 적혀 있었다. 꽤 큰 규모의 그 암자 건물들을 두루 둘러본 다음, 입구에서 산길로 접어들어 400m 쯤 올라간 지점에서 예전에 대승사로부터 600m를 걸어 올라왔던 갈림길과 만났다. 거기서 좀 더 올라간 지점의 전두리 산38-1에 있는 사불암, 즉 대승사 사면석불은 일연의 『삼국유사』권2 塔像 제4에 나타나는 신라 진평왕 9년(587)에 하늘로부터 내려왔다는 바로 그 돌로서 대승사 창건 연기가 된 것이라고 하는데, 높이 3.4m, 폭은 2.3m에 이르며 사방에 여러 부처의 모습이 새겨져 있다고 하나 지금은 마모되었는지 하나도 보이지 않았고, 경북 유형문화재 제403호로 지정되어져 있을 따름이니, 이것이 과연 『삼국유사』에 나오는 그 돌이 맞는지 좀 의심이 들었다. 지금은 그 돌 출입로에 말벌이 집을 지어 있어 일행 중에는 벌에 쏘인 사람도 있었다.

공덕산과 묘봉의 갈림길인 오늘의 최고봉 쌍연봉(828)에 다다라 점심을 들었는데, 식사 중 갑자기 소나기가 쏟아지기 시작하여 식사를 하는 둥 마는 둥 하고 급히 새로 산 판초를 꺼내 입고서 발길을 재촉하였다. 묘봉(810m)을 지나 내려오는 도중에 U자 모양으로 벌어진 기묘한 모양의 바위를 지났는데, 그것이 아마도 부부바위인 듯했다.

오늘 산행의 주된 목적지인 묘적암은 산길에서 부도들을 만난 후 100m 정도 올라간 지점에 위치해 있다. 일행 중 아무도 그리로 가는 사람이 없었으나, 나 혼자 입구에 '등산객 출입금지'라고 내걸려 있는 그곳까지 들어가 보았다. 고려 말 나옹화상이 출가했던 곳이라고 하나 그런 설명문은 보이지 않았고, 일자형인 하나의 본채 건물로 이루어져 있어 윤필암보다 규모도 훨씬 작았다. 그러나 본채 옆에 잇달아 ㄱ자 형태로 지어진 별채에서 진주 飛鳳樓의 隱樵 鄭命壽 옹이 丁巳年(1977) 여름에 쓴 '一黙如雷'라는 액자를 발견한 것은 뜻밖이었다.

오후 1시 30분 무렵에 출발지점으로 되돌아와서 하산을 완료하였다. 오늘의 산행 코스는 산악회로부터 배부 받은 유인물에는 4.62km라고 되어 있으나, 내 휴대폰의 산길샘에는 도상거리 4.71km, 총 거리 5.2km이며, 고저는 851m, 210m라고 나타나 있다. 산길샘은 늘 실제보다도 수치가 좀 더 높게 나타나는 듯하다.

오후 2시 반에 출발한다고 했으므로, 비에 젖은 옷을 새것으로 갈아입을 겸 배낭과 스틱을 차 안에 두고서 대승사 안내판이 서 있는 갈림길에서 1km쯤 걸어들어가 큰절을 구경하고서 돌아왔다. 대승사로 가는 길가에 雲達山人 退耕 權相老가 지은 '四佛山開山祖亡名比丘之碑銘幷序'가 새겨진 비석이 서 있었고, 도중의 정자 중 하나에서 발가벗고 옷을 갈아입었다. 이 절의 木刻幀附 관계문서(4장)는 사찰 안내판에 보물 575호라 되어 있으나, 템플스테이 안내 팸플릿에는 대웅전에 모셔진 木刻阿彌陀如來說法相이 국보 321호라고 되어 있으니, 그 새 승격한 모양이다. 내가 혼자서 이 절을 다시 찾은 이유는 보물로 지정된 목각탱을 다시 한 번 보기 위함이었는데, 막상 가보니 예상했던 것에 비해 규모가 별로 크지 않았으므로, 내가 기대하고서 찾았던 것은 아마도 2000년 5월 28일에 방문했던 상주시 서북쪽 노음산 기슭에 있는 南長寺의 보물 922·923호인 목각탱이었던 듯하다. 대승사의 또 다른 부속암자인 般若庵에서는 조선 초의 승려인 得通 己和가 1415년에 『金剛般若經五家解說義』를 저술했다고 한다.

내가 주차장으로 돌아오자 말자 대절버스가 오후 2시 10분에 출발하여, 갈 때의 코스를 경유하여 진주로 돌아왔다. 오늘로서 여름장마는 끝이 나고 내일부터는 본격적인 무더위가 시작되는 모양이다. 소나기 때문에 점심을 허겁지겁 마쳤으므로, 보통 산행 가는 날은 하산주 안주로 석식을 때우지만, 집으로 돌아와 옛 진주역사에 들어선 얼치기냉면숯불갈비에 들러서 돼지양념갈비와 된장찌개로 식사(36,000원)를 들었다.

8월

6 (화) 폭염과 남부 지방은 부슬비 -태안해변길 5코스, 안면도자연휴양림, 안면암

산울림산악회를 따라 충남 태안군 안면도의 태안해변길 5코스 노을길과 안면도자연휴양림 및 安眠庵에 다녀왔다. 오전 6시 무렵 집을 나서, 바른병원 앞에서 문산을 출발하고 시청을 경유해 오는 대절버스를 타고서 봉곡로터리를 거쳐 출발했다. 유규철 총무는 뇌경색을 앓은 후 건강상태가 좋지 않은 모양이라 동행하지 않았고, 여자 총무인 이덕순 씨가 인솔하고 컴퓨터 산행대장인 김현석 씨가 안내를 맡았다. 대전통영·익산장수고속도로를 경유하여 완주IC에서 21번 국도로 빠져나온 후, 동군산IC에서 서해안고속도로에 접어들었고, 홍성IC에서 40번 국도로 빠진 다음 96번 지방도를 따라 간월도와 서산A·B지구 간척지를 지나 태안군 남면에서 77번 국도를 탔다.

오전 10시 15분에 태안군 남면의 남쪽 끄트머리인 드르니항에 도착하여 오늘의 트레킹을 시작하였다. 드르니항에서 250m 길이의 대하랑꽃개랑 인도교를 건너서 700m 정도 걸어가면 오늘 코스인 노을길의 출발지점 백사장항에 닿으며, 거기서부터 종착지인 꽃지해변까지는 12km의 거리이다. 태안해안은 국립공원으로 지정되어 있으며, 여기에 7개의 트레킹 코스가 있는데, 우리는 오늘 그 중 5코스를 걸으며, 9월 3일에 천리포·만리포를 포함하는 2·3코스의 일부를 커버하기로 예정되어 있다. 김현석 씨의 설명에 의하면 안면도는 원래 섬이 아니었고 현재의 태안군 남면에 붙어 있었던 것인데, 1638년(인조 16년) 金堉이 지금의 드르니항과 백사장항 사이를 관통하는 운하를 판 이후 섬으로 되었다는 것이다.

태안해안 일대에는 유명한 해수욕장이 많은데, 오늘 우리가 지나는 코스에도 백사장·삼봉·기지포·안면·두여·밧개·두에기·방포·꽃지 등 여러 해변이 있고, 그것들은 대부분 서로 이어져 기다란 모래사장을 이루고 있다. 삼봉·밧개·두에기·방포에서는 야트막한 야산을 넘어가기도 하지만, 대체로는 평탄한 해변 길이라 배낭은 차 안에다 둔 채 맨몸으로 걸었고, 안면해변에서 점심을 든 이후로는 등산화도 벗고서 맨발에다 끈이 달린 슬리퍼 차림으로 걸었다.

나는 7월 28일에 등산을 다녀온 후 왼쪽 무릎의 안쪽 관절이 불편하여 치료를 받고 오늘 아침까지 약을 복용하였지만, 통증이라고 할 수는 없으나 그 부위의 불편한 느낌은 계속 남아 있다. 연골이 닳아서 그렇다고 하니 치료법은 없을 터이고, 장차는 걷지 못하게 될 지도 모른다는 불안감이 있다. 한여름의 땡볕 속이지만, 해안길이 대부분 소나무 숲으로 이어져 있어 그늘 속을 걸을 수 있으니 그나마 다행이었다.

삼봉이라 함은 바위 봉우리가 셋이 있다 하여 붙은 이름이고, 꽃지해변에 닿을 무렵에는 바다 속의 할미·할아비바위를 바라보게 된다. 이는 약 1,100년 전 신라 흥덕왕 4년(838년)에 해상왕 장보고가 견승포(지금의 안면도 방포)를 기지로 삼고 주둔하였을 때 당시 기지사령관이었던 승언이 출정명령을 받고서 떠난 이후 끝내 돌아오지 않자, 그의 아내 미도가 일편단심으로 기다리다가 죽어서 바위로 변했는데, 그 후 어느 날 밤 갑자기 폭풍우가 휘몰아치고 천둥소리가 하늘을 깨는 듯 하더니 할미바위 옆에 큰 바위가 우뚝 솟았는데 이를 할아비바위라 부르게 되었다는 전설이 있다.

꽃지해변에는 2009년 5월 17일에 미래로여행사를 따라와 이곳에서 열리는 안면도 국제꽃박람회에 한 번 다녀간 적이 있었다. 오후 3시 16분에 종착지점인 대형버스 주차장에 닿았다. 산길샘으로는 도상거리 13.27km, 총거리 13.58km를 걸은 것으로 되어 있고, 만보기에는 21,860보로 기록되었다.

거기서 좀 이동하여 안면도자연휴양림에 들렀다. 안면도는 安眠松이라 불리는 소나무가 유명한데, 고려시대부터 국가에서 특별관리 하여 왔으며, 조선시대에는 73처를 封山으로 지정하여 궁궐건축 등의 목재 공급지로 삼았다고 한다. 안면도 소나무의 분포면적은 섬 전체 면적의 27%인 3,220hr이며 수령은 최고 120년인데, 특히 이 일대의 식생이 대단히 양호하다고 한다. 데크 길을 따라 공중을 걸으며 산책할 수 있는 스카이워크가 A·B 두 코스 설치되어져 있는데, 나는 시간 관계로 그 중 A코스만 걸었고, 돌아 나오다가 산림전시관에도 들러보았다. 그 이웃에 수목원도 있는데, 2009년에 왔을 때 정원박람회가 열렸던 곳인 듯하지만, 이번에도 시간 관계로 들르지 못하였다.

77번 국도를 따라서 서북쪽으로 이동하여 천수만에 면한 안면암에 들렀다. 순수하게 신도들의 시주에 의해 1998년에 창건된 절이라고 한다. 특히 여우섬이라고 하는 바다 속의 조그만 두 섬 사이에 위치해 있어 浮橋를 따라 접근할 수 있는 浮上塔이 유명한 모양이라, 우리도 걸어 들어가 보았다. 이 탑은 2009년 늦봄에 건립되었다고 한다. 썰물 때는 개펄 위에 서고 밀물 때는 물위에 뜨는데, 마침 우리가 들어가 있을 때 밀물이 들어오기 시작하고 있었다. 부상탑을 떠받치는 뗏목은 가로 16m, 세로 13m, 높이 1.1m이고, 7층탑으로 되어 있다. 안면암 불자들이 부교를 만든 경험을 바탕으로 부상탑과 뗏목도 직접 설계하고 제작하였다고 한다.

오후 5시 48분에 안면암을 출발하여 안면대교를 건넌 다음 올 때의 코스를 경유하여, 도중에 군산휴게소에 들러 소고기국밥(7,000원)으로 석식을 든 다음, 밤 11시 무렵에 귀가하였다. 영남 해안은 소형 태풍 프란시스코가 지나간 모양인데, 남쪽 지방에는 부슬비가 내리고 있었다.

9월

3 (화) 진주는 비, 태안은 맑음 −태안해변길 1·2·3코스

아내와 함께 산울림산악회의 트래킹에 참여하여 태안해변길 1·2·3코스를 다녀왔다. 지난달의 4·5·6코스에 이어지는 것이다. 천둥 치고 소나기가 내리는 가운데, 샤모니에서 사온 방수등산복을 입고서 바른병원 앞으로 나가 문산과 시청을 경유하여 오는 대절버스를 오전 6시 30분 무렵에 탔다. 봉곡로터리 옆을 거쳐서, 28명이 출발하였다. 지난달에 경유했던 코스를 따라 올라가 태안에서 77번 및 32번 국도를 거쳐, 오전 10시 45분 무렵 2코스 소원길과 3코스 파도길의 접점인 충남 태안군 소원면의 만리포해변 방파제 옆에 도착하여 트래킹을 시작했다.

해안의 덱 길과 모래사장을 밟으며 대구 출신의 장님 가수 이용복이 경영하는 경양식집 겸 카페 '진달래 먹고 물장구 치고' 앞을 지나 '만리포사랑' 노래비도 지나쳤다. 노래비 바로 옆에 대한민국의 서쪽 땅끝임을 알리는 '正西鎭' 석판도 바닥에 설치되어져 있었다. 만리포는 옛날 명나라 사신을 환송할 때 수중만리 무사항해를 기념하는 전별식을 했던 곳이라 하여 수중만리의 만리를 따와 '민리장벌'이라 하다가 현재는 '만리포'로 부르게 되었다고 한다.

만리포해변이 끝나고 천리포수목원에 접근하기 전에 2007년 12월 7일 발생한 서해안 유류유출 사고의 극복과 방제에 동참했던 123만 자원봉사자들의 헌신과 노고를 기념하고자 2017년에 개관한 유류피해극복기념관이 있었던 모양인데, 나는 산행대장 김현석 씨를 따라가지 않았기 때문에 그곳은 알지 못하고서 그냥 지나치고 말았다. 그 사고의 현장은 조금 위쪽 신두리 해안 사구 맞은편의 바다였던 모양이다.

천리포수목원에 들렀다. 나는 과거에 이 수목원을 소개한 TV 프로그램을 시청한 바가 있었다. 이는 민병갈(Carl Ferris Miller, 1921~2002)이라는 미국 펜실베이니아 주 출신의 독신 남성이 일군 것으로서, 그는 1961년 6월 여름휴양지로 만리포해수욕장에 왔다가 천리포와 처음 만난 후 1962년에 천리포의 땅 2,000평을 최초로 매입하여 1970년부터 수목원을 조성하기 시작하였고, 원래는 연구 목적의 비개방 수목원이었는데 유지관리 비용 마련을 위해 그의 사후인 2009년부터 밀러가든으로서 일반인에게 공개하게 된 것이다. 전체면적은 579,281㎡이지만, 공개된 밀러가든은 65,623㎡로서 약 2만 평 규모에 달하는 것이다. 입장료는 성인이 9,000원인데, 나를 비롯하여 10명을 제외한 대부분의 우리 일행은 경로우대자로서 6,000원만 지불하였다.

그는 1945년 9월 8일 인천 월미도 상륙작전으로 미 해군의 정보장교로서 한국에 첫발을 디뎠고, 1946년에 제대 후 귀국하였다가 1947년에 미군정청 정책고문관으로 재입국하였으며, 6.25 때인 1951년에 피난 출국하여 일본에서 치료를 받다가 1952년에 재입국하여 한국은행에 취업해 1982년 정년퇴임 때까지 근무하였고, 1979년에 귀화하여 한국 국적을 취득하였다. 미국에서 정년퇴임한 어머니를 1960년부터 5년간 서울로 모셔와 소일거리를 마련해 같이 살았는데, 하루 4갑을 피우는 헤비 스모커인 그는 담배를 피우는 자식을 걱정하는 어머니를 위해 국내에 모시는 동안 단 한 개비의 담배도 피지 않는 초인적인 금연을 실시한 효자이기도 했다고 한다. 그의 집무실이었다는 기념관 2층도 방문하였다. 수목원은 태안해변길 2코스 소원길에 속한 천리포해변을 끼고 있었는데, 그 조금 위쪽에 백리포 해변도 있다. 아내와 나는 구내매점에서 독일제 전지가위(28,000원)와 스웨덴 제품인 정원용 손갈퀴(12,000), 그리고 우리 텃밭 가 물통 속의 개구리들 휴식을 위한 연잎 개구리(6,000) 및 여미 침봉(4,000) 각각 하나씩을 구입하였다.

　　수목원을 떠난 다음, 11번 지방도를 따라 좀 더 북상하여 1코스 바라길에 있는 신두리해안사구를 방문하였다. 먼저 신두리사구센터에 들렀다. 신두리 해안사구는 충남 태안군 원북면 신두리 산305-1번지 일원에 해변을 따라 약 3.4km에 걸쳐 있다. 폭은 약 500m에서 1.3km에 달하며 그 중 비교적 원형이 잘 보존된 북쪽 지역의 일부가 천연기념물로 지정되었다. 국내 최대 규모라고 한다. 우리는 중년 여성인 해설사를 따라 그 일대를 두루 둘러보았는데, 사구가 형성된 것은 바닷물이 내륙으로 들어와 썰물 때 싣고서 빠져나간 흙 등이 밀물 때 다시 파도를 타고서 밀려들어와 해안에 잔모래를 이루고 있다가 바람에 의해 날려가 쌓인 것이라고 한다. 지금은 제방을 쌓아 물길이 내륙으로 들어오지 못하게 막았으므로, 더 이상 사구의 형성이 쉽지 않아 풀이 자라거나 숲을 이룬 곳이 많았다.

　　왔던 길을 따라 남쪽으로 이동하여 해변길은 아니지만 태안군 근흥면 신진대교길 94-33에 있는 국립태안해양유물전시관에 들렀다. 이곳 安興은 2013년 11월 16일 비경마운틴을 따라 금북정맥 1차 구간종주를 와서 등산을 시작했던 지점인데, 당시 우리는 신진도로 건너가는 신진대교에서부터 등산을 시작했던 것이었다. 국립해양문화재연구소 태안보존센터 해저유물관은 신진도에 위치해 있는데, 지은 지 얼마 되지 않는지 아직 전시실은 공사 중이어서 하나 밖에 공개되어 있지 않았다. 우리나라의 수중고고학은 1976년 신안선의 발견으로 싹이 텄는데, 2007년 태안 대섬과 마도 앞바다에서 5척의 난파선과 2만 8천여 점의 유물이 발견되면서 서해중부해역이 수중발굴의 새로운 중심지로 떠오르면서 마침내 국립태안해양유물전시관이 건립되게 된 것이다. 이곳은 현재 인천, 경기, 충청 해역에서 발견된 난파선 8척과 수중문화재 3만여 점을 관리, 운용하고 있는데, 이는 우리나라 전체 수중문화재의 1/3에 가까운 수량이라고 한다.

그 바로 옆에 2017년에 개통된 총연장 293m에 교폭 4m의 해상인도교인 안흥나래교가 있어 그 전 구간을 걸어서 왕복해 보았다. 안흥항과 신진도를 연결하는 것인데, 郡鳥인 갈매기의 비상하는 모습을 형상화했다 하여 이런 이름이 붙었다. 그러나 이용객은 우리 외에 전혀 없어, 기존의 신진대교가 있음에도 불구하고 이런 대규모의 공사가 과연 필요한 것이었는지 의문이 들었다.

끝으로 태안군 근흥면 정죽리 1112에 있는 도기념물 제11호 安興城에 들렀다. 안흥나래교에서도 건너편 산 능선의 성터의 일부가 바라보였는데, 우리는 그 성의 서문인 垂虹樓로 가서 좀 둘러보았다. 1655년(조선 효종 6년)에 돌로 쌓은 성으로서 둘레는 1,714m이고 높이는 3.5m로서, 水軍僉節制使가 배치되어 있었던 군사상의 요지였다. 1894년 동학농민혁명 때 성 안의 건물 일부가 불에 탔다고 한다. 성내에 633년 백제 무왕 때 혜명이 창건한 泰國寺가 있다고 하나 들르지는 않았다.

돌아오는 길에 지난달처럼 군산휴게소에 들러 소고기국밥(7,000원)으로 석식을 들었고, 밤 11시 반 무렵 귀가하였다. 진주에 도착하니 아직도 부슬비가 좀 내리고 있었다. 내 만보기는 오늘도 제대로 작동하지 않았고, 식당에서 엿본 옆 사람 김창환 씨의 만보기에 의하면 오늘 우리가 걸은 것은 총 11.32km, 2시간 27분이 걸렸으며, 7,697보였다.

8 (일) 맑으나 오후 한 때 빗방울 -금오산올레길, 금오산

아내와 함께 개척산악회를 따라 구미의 金烏山올레길과 금오산에 다녀왔다. 오전 7시 50분까지 시청 앞에서 대절버스를 탔고, 신안동 백두대간등산장비점 앞을 경유하여 어린이 1명을 뺀 27명이 출발했다. 이 산악회의 회장 민태규, 산행대장 조정호 씨는 여러 번의 산행을 통해 이미 낯이 익은 사람들이다.

33번국도와 광주대구·중부내륙·경부고속도로를 경유하여 구미IC에서 빠져나온 후, 구미시를 경유하여 10시 15분 무렵 금오산 주차장에 도착하였다. 우리 내외는 1999년 9월 5일에 봉우리산악회를 따라와 이곳을 경유하여 금오산 정상에 오른 바 있었고, 2008년 7월 13일에는 사계절산악회를 따라와 반대쪽의 금오동천에서 이 산을 오르내린 적도 있었다. 오늘은 경남일보에서 구미 금오지둘레길을 간다는 광고를 보고서 동참했던 것인데, 집행부는 금오지를 한 바퀴 두르는 금오산올레길이 2.4km(약 40분) 밖에 되지 않으므로, 너무 짧다하여 1코스는 금오산 등산, 2코스는 올레길로 변경한 것이었다. 대부분의 일행이 1코스를 갔지만, 우리 내외는 처음 참가했던 목적에 따라 2코스를 택했다.

올레길 입구에 '愛國志士朴喜光先生之像'이라는 박정희 대통령의 휘호가 새겨진 동상이 서 있었다. 박희광(1901~1970)은 구미시 봉곡동에서 출생하여, 1916년에 만주 봉천성 청원현 남성자학교를 졸업하였고, 18세 때 대한統義府 특공대원으로 입대하여 1919년부터 24년까지 상해임시정부의 지령에 따라 만주지역을 무대로 다양한 활동을 하다가, 1924년 봉천 일본총영사관에 폭탄을 투척하고, 같은 해 일본인 요정 금정관에 침입하여 군자금을 획득하려다가 체포되어, 무기형을 언도받고서 1924년부터 1943년까지 旅順형무소에서 20년간 옥고를 치르고 석방된 사람이다. 이 동상은 구미 사람인 박정희 대통령이 1973년에 친필휘호와 더불어 동상건립비 100만 원을 하사하여 1984년에 건립되었고, 2011년에 보수 및 조형물이 제작된 것이었다.

박 대통령은 1917년 이곳에서 얼마 떨어지지 않은 곳인 경상북도 선산군 구미면 상모리에서 출생하였는데, 지금은 구미시가 선산을 하나의 읍으로서 포괄하고 있을 뿐 아니라, 신라불교 初傳地인 桃李面, 仁同里가 있는 長川面 등까지를 포괄하고 있다.

올레길 초입에 역사문화디지털센터라는 한옥 양식의 대형 건축물 공사가 진행되고 있었고, 금오정을 지나 호수가로 설치된 덱 길을 따라 걷도록 되어 있었다. 아내와 나는 올레길을 한 바퀴 두른 후, 지금은 수리중이라 진입할 수 없는 採薇亭, 새로 생긴 冶隱역사체험관을 둘러본 후, 麥門冬 꽃밭 길을 따라서 金烏山에 올라, 왕복케이블카 표를 끊어서 海雲寺 입구에 내렸다. 원래는 여기서부터 정상까지 올랐다가 다시 케이블카를 타고서 돌아올 예정이었으나, 아내는 大惠폭포 앞 반석에서 함께 점심을 든 다음 걸어서 바로 내려가고자 하므로 먼저 보냈다. 나 혼자 그 부근의 道詵窟에 들렀다가 마음이 변해 아내를 따라 내려가기로 하고서 조금 걸어오다가 도중에 앉아서 쉬고 있는 아내를 만나 함께 왔다.

금오산성 성문과 돌탑을 지나 케이블카의 아래쪽 승차장 건물에서 공갈빵을 두 개 사서 그 부근의 정자에 앉아 들며 바위에서 떨어지는 계곡 물을 바라보았고, 자연보호운동발상지 비석을 지나, 오후 2시 52분에 주차장으로 돌아왔다. 도중에 조선 중종 때 선산 大網洞에서 태어난 명필 黃耆老의 글씨로 된 金烏洞壑 암각글씨도 바라보았다. 자연보호운동은 1977년 박정희 대통령이 대혜폭포에 들렀다가 깨어진 병 조각과 휴지가 널려 있는 것을 보고서 그것들을 줍기 시작한 데서부터 발상되었다고 한다. 해발 400m 지점에 위치한 수직 27m 높이의 대혜폭포는 鳴金폭포라는 별명도 있다. 산길샘에 의하면, 오늘 걸은 거리는 도상 10.51km, 총 11.79km이며, 고도는 457m, 75m이고, 고장난 것을 삭제하고서 새로 설치한 만보기에 의하면 14,674보를 걸은 것으로 되어 있다.

주차장 가의 로템식당에서 하산주가 있었는데, 우리 내외는 그 부근에서 우연히 이마운틴의 대표 정병호 씨를 만나기도 했다. 그는 알프스에서 허벅지 부근 인대를 다쳐 아직 완전히 회복되지 못하고 있다 한다. 4시 36분에 출발하여 6시 50분 무렵 귀가하였는데, 집 근처의 휴대폰모바일아울렛에 들러 그곳 직원 김선진 씨가 내게 약속한 스마트폰 카버를 하나 얻어서 돌아왔다.

14 (토) 맑음 - 둔철산

아침에 창환이와 함께 밤을 주워 다시 두 버킷 가량 채웠다. 이미 떨어져 있는 밤은 거의 다 주운 셈이다.

그런 다음 둘이서 함께 둔철산 등반에 나섰다. 2016년 11월 20일에 창환이와 함께 대성산 및 둔철산에 올랐을 때 걸어서 하산한 바 있는 척지마을 갈림길 아래의 포장도로 끝까지 트럭을 몰고 올라가, 그곳 나무그늘 아래에다 차를 세워두고서 척지마을 갈림길까지 다시 올라간 다음 왼쪽으로 계속 나아가 1.2km 떨어진 둔철산 정상에 올랐다. 그곳에는 1988년 7월 17일에 진주교직원산악회가 세운 정상비가 세워져 있는데, 높이가 812m라고 새겨져 있다. 거기서 약 400m 정도 더 나아간 곳의 심거 쪽 갈림길 부근에 단성중학교 산악회가 세운 또 하나의 정상비가 서 있는데, 거기에는 811.7m라고 새겨져 있다. 우리는 거기서도 두 차례 로프를 타고서 바위 길을 더 내려가 우리 집이 내려다보이는 위치의 커다란 바위들로 이루어진 시루봉까지 나아갔다가, 갈 때의 코스를 따라서 차가 있는 곳으로 되돌아왔다. 오늘 우리는 10시 34분부터 시작하여 13시 21분까지 걸어, 소요시간은 2시간 56분, 도상거리 5.68km, 총 거리 6km, 고도는 575m부터 850m 사이인 것으로 산길샘에 나타나 있다. 그러나 정상비에 새겨진 산의 높이가 812m이니 산길샘의 고도에는 분명히 38m의 오차가 있다.

집으로 돌아와 샤워를 하고서 아내가 마련해준 소불고기로 점심을 든 다음, 나는 창환이와 둘이서 산청군 금서면에 있는 동의보감촌까지 다녀왔다. 표를 끊어 엑스포주제관으로 들어간 후 거기서 연결된 통로를 따라 산청한의학박물관까지 올라가 보았는데, 예전에 몇 번 와보았던 것보다 꽤 많이 달라진 듯하였다. 다시 주차장으로 내려와 차를 몰고서 경내를 한 바퀴 둘러 한방기체험장에 딸린 동의약선관 부근까지 올라갔다가 후문으로 빠져 나왔고, 산청읍에서 차황면 소재지와 신등면의 栗谷寺 앞, 그리고 淨趣庵 입구를 지나 신안면 외송리의 우리 농장으로 돌아왔다.

19 (목) 맑음 - 포은단심로

아내와 함께 봉황산악회를 따라 경북 영천시 임고면에 있는 圃隱丹心路 트레킹을 다녀왔다. 오전 8시 40분까지 신안로터리에 집결하여 상봉1아파트 앞을 출발하여 오는 대절버스를 탔다.

33번 국도와 광주대구고속도로를 거쳐 서대구IC에서 경부고속도로에 진입한 후, 대구포항고속도로를 경유하여 북영천IC에서 35·28·31번 국도를 거쳐 69번 지방도로 빠져나온 직후, 11시 11분에 臨皐書院에 도착하였다. 31번 국도에 접어들었을 때 임고서원은 좌측으로 1.5km, 포은 정몽주 생가·유허비는 좌측으로 3.5km 떨어져 있다는 이정표를 보았다. 나는 1988년 2월 10일에 남명 유적지 답사 차 이곳으로 와서 임고서원과 포은의 출생지인 愚巷里를 둘러본 바 있었다.

포은단심로는 근자에 조성된 것인데, 임고서원 입구의 파출소 뒤편에서 약 100m 정도 가파른 나무계단을 올라 좌측으로 20m 정도 떨어진 전망대에서부터 4km 정도 떨어진 포은의 부모 합장 묘소인 日城府院君 묘소를 거쳐 포은이 낚시질을 했다는 전설이 있는 釣翁臺에 이르기까지 7km 남짓 되는 거리이다. 계단을 올라간 이후부터는 비교적 평탄한 소나무 오솔길이 대부분이었다. 오름길이 끝나는 지점인 기룡지맥 상의 삼거리에 설치된 벤치에 걸터앉아 점심을 들었다.

삼거리에 다다르기 전 이정표가 서있는 곳에서 400m 정도 안쪽으로 들어간 지점에 일성부원군 묘소가 있었다. 일성부원군 묘소는 비교적 넓게 다듬어져 있고, 잔디가 깔려 있다. 高麗贈門下侍中日城府院君烏川鄭公墓碑가 있고 봉분은 하나인데, 후손 鳳基가 찬한 비문에 의하면, 포은의 부친 云瓘은 迎日人으로서 일찍이 國庠에 올라 成均服膺齋生이 되었는데, 후일 아들인 포은이 귀한 신분으로 됨에 따라 부원군의 칭호가 追贈되었고, 합장된 모친은 永川 李氏로서 膳官署丞 約의 딸이었는데, 남편과 더불어 卞韓國大夫人으로 추증되었다. 비문에 "日城府院君兆宅, 在於永川郡治之北道一洞壬坐原, 夫人

李氏祔焉. 有曰臨皐書院, 卽圃隱先生當日侍廬之□[北?]也."라고 보인다. 이를 통해 보면 임고서원은 원래 포은이 부모의 묘소에 侍廬하던 장소 부근에다 세운 것이 아닌가 싶다. 일성부원군 묘소 바로 아래에 通政大夫行訓練部將李公之墓라는 비석이 세워진 쌍분이 있는데, 포은의 모친과 같은 영천 이씨이기는 하지만 조선 中宗 甲寅年에 태어난 사람(비문에 그렇게 적혀 있지만 중종 대에 갑인 년은 없고, 명종 9년(1554)이 갑인이다)으로서, 다른 성씨의 무덤이 왜 여기에 함께 있는지 모르겠다.

임고서원은 조선 明宗 8년(1553)에 浮來山에 창건을 시작하여 이듬해에 준공하였는데, 임진왜란 때 소실되어 선조 36년(1603)에 현 위치로 이건하여 再賜額을 받았고, 고종 8년(1871) 서원철폐령으로 훼철되었다가 1965년에 복원하였으며, 1990년부터 1999년까지 중건성역화 사업을 하여 移安告由祭를 거행한 다음, 2006년부터 2012년까지는 7년간 총 200억 원을 투입하여 유물관·충효관·조용대 정자 등을 건립하고 주변을 역사공원으로 조성하였다. 내가 처음 이곳을 방문했던 당시에는 현재 경내에 옛 서원으로서 보존되어 있는 건물들만 있었으므로 다소 초라한 모습이었는데, 지금은 완전히 면모를 일신하였고, 현재도 2018년 12월 10일부터 2019년 11월 3일까지 포은학사 건립공사가 진행 중이었다. 포은학사 옆에 영조 27년(1751)에 지은 일성군의 齋舍 啓賢祠를 확장 신축한 것을 기념하여 2005년에 세워진 비석이 서 있다.

오후 2시 19분에 임고서원으로 돌아와 트레킹을 마쳤다. 오늘의 이동시간은 2시간 36분이며, 총 거리 8.26km를 걸었고, 고도는 247m에서 95m 사이인 것으로 나타나 있다. 만보기의 걸음 수는 14,378보로 되어 있다.

2017년 3월 7일에 영천의 작은보현산에 왔다가 한 번 들른 데 이어 서원 경내를 다시 한 번 두루 둘러보았고, 오후 3시 15분에 출발하여 6시 30분 무렵에 귀가하였다.

26 (목) 맑음 -미산약초체험농장, 세휴사슴농장, 육신사

오늘 포텍 회장인 이석출 씨의 대구광역시 달성군 하빈면 하빈로 716에 있는 세휴사슴농장을 비롯한 그 주변 두 곳의 견학 모임이 있으므로, 승용차를 몰고서 아내와 함께 오전 8시 30분까지 집합장소인 경상대학교로 갔다. 경상대가 제공하는 대절버스 한 대에다 중간에 삼가에서 승차한 사람들까지 포함하면 총 32명이 타고서 출발하였다.

33번 국도를 따라 올라가 고령을 지난 다음 그 길을 따라서 계속 더 나아가다가 67번 지방도와 30번 국도를 경유하여 오전 10시 무렵에 먼저 하빈면 동곡리 386번지에 있는 미산약초체험농장에 도착하였다. 그곳은 김원수 회장이 魚腥草와 三白草를 비롯한 여러 가지 약초들을 유기농법으로 재배하는 농장으로서 거기서 생산된 약초로 만든 제품들도 판매하고 있었다. 여자 직원의 안내에 따라 농장 경내를 두루 견학한 다음, 아내는 입구의 차를 대접받은 건물 안에서 3개 들이 한 통에 만 원씩 하는 어성초 미용비누를 세 박스 사고 또 한 박스는 덤으로 얻었다.

이석출 회장이 거기로 마중 나와 있었다. 이 회장과 함께 거기서 차로 10분 남짓 걸리는 거리에 있는 세휴사슴농장으로 이동하였다. 우리 내외는 2016년 12월 13일에 산양삼산약초 모임에 참석하여 이곳에 이미 한 번 와 본 적이 있었다. 근자에 화재가 나서 건물이 전소되었다는 소식을 들은 바 있었는데, 예전에 점심을 들었던 장소인 본채 건물을 새로 지어 한층 더 말끔한 모습으로 탈바꿈해 있었다. 이 농장의 주인은 현재 아들인 이인재 씨로 되어 있다.

그 집 벽에 붙어 있는 농장 지도에 적힌 바에 의하면, 28만 평 규모의 이 농장은 1985년에 이인재 씨의 할아버지가 임야를 구매함으로써 시작하여, 이석출 씨가 취미로 하던 사업을 아들인 인재 씨가 물려받아 본 사업이 되었다고 한다. 인재 씨는 영국의 론체스터대학에 전후 4년 정도 유학한 적이 있었는데, 부친의 권유에 따라 약 10년 전부터 이 사업에 손을 댄 모양이다. 농장은 대구까지 20분 거리이며, 성주에 가공공장이 있다.

이석출 회장의 아들과 딸이 두 명 다 나와 모친을 도와서 우리 일행을 위한 사슴고기 뷔페 점심을 준비하고 서빙을 하고 있었다. 점심을 든 후 농장 경내를 좀 산책해 보기도 하였는데, 그곳에서 키우는 사슴은 엘크 종류로서 모두 덩치가 컸다. 세휴사슴농장에서 생산되는 蔘茸丹이나 녹용활력진액 등은 산청의 동의보감촌을 비롯하여 전국 여러 곳에서 판매되고 있다.

이석출 회장은 이미 2년 임기가 거의 다 되어 가는데, 소장인 경상대 김의경 교수로부터 3년째 연임 권유를 받고 있으며, 본인으로서도 그렇게 할 의사가 있는 듯하였다. 회장과 불화하여 상당기간 동안 모임에 나오지 않았던 사무국장은 그 새 그만 둔 모양이다.

이석출 회장의 인도에 따라 그 부근인 하빈면 육신사길 64(妙里 640)에 있는 六臣祠를 방문하였다. 이곳은 順天朴氏의 세거지로서 사육신 중 한 명인 朴彭年의 후손 忠正公派의 집성촌이다. 구한말까지 300여 호의 집이 꽉 들어차 있었고, 광복 이전만 해도 100여 호가 있었다고 하나 지금은 30여 호만 남아 있으며, 다른 성씨의 집이 오히려 더 많은 모양이다. 우리는 여자 해설사의 안내를 따라 그 마을과 사육신기념관 일대를 두루 둘러보았다.

박팽년이 단종복위 모의로 말미암아 3대를 멸한 이후, 그의 둘째 아들 박순의 아내 성주이씨도 관비가 되어 친정동네인 닭밭골로 내려왔고, 그 부인은 임신 중이었는데 아들을 낳으면 죽임을 당하고 딸을 낳으면 관비로 삼게 되어 있었다. 해산을 하니 아들이었고, 그 무렵 딸을 낳은 여종이 있어서 아기를 바꾸어 기름으로서 아이는 목숨을 보존하였다. 외할아버지에 의해 朴婢라는 이름으로 비밀리에 키워진 이 아이가 17세가 되었을 때, 그의 이모부 李克均이 경상도관찰사로 부임하여 처가에 들렀다가 성장한 그를 보고서 자수할 것을 권했다.

이 때 조정에서는 사육신에 대해 옳은 일을 했다는 여론이 일고 있어서 서울로 올라간 박비는 성종으로부터 사면을 받아 돌아왔고, 후손이 없는 외가의 재산을 물려받아 99간의 宗宅을 짓고 묘골에 정착하였으며, 이 사람이 바로 사육신 여섯 가문 가운데서 유일하게 대를 이은 박팽년의 손자 朴一珊으로서, 묘골 순천박씨 충정공파의 입향조가 된다. 이런 내용이 실록에 실려 있다고 하니 픽션은 아닌 모양이다.

그 후손들이 節義廟라는 사당을 세우고서 할아버지 박팽년의 제사를 지냈는데, 현손인 係昌이 고조부의 제삿날 꿈에 여섯 분 선생들이 사당 밖에서 서

성거리는 것을 보고 나머지 다섯 분의 제물도 함께 차려 다시 제사를 지냈다. 그리하여 숙종 5년(1679)에는 洛濱書院을 지어 사육신을 함께 배향했었는데, 대원군의 서원철폐령으로 훼철되었던 것을 박정희 대통령의 '충효위인 유적정화사업'으로 1970년대에 六臣祠를 건립하게 되었다. 박팽년의 부친인 閑碩堂 朴仲林과 아들 박순에 이르는 3대는 충청도 회덕 출신으로서 가문이 번성하였다. 그들의 위패는 한석당 박선생 유적비 서쪽 언덕에 충의사를 세워 따로 봉안하고 있다.

보물 제554호로 지정된 太古亭은 一是樓라고도 불리는 것으로서, 박일산이 종택을 세울 때 그에 딸린 정자로서 1479년에 지은 것이다. 임진왜란에 불타고서 일부만 남아 있던 것을 광해군 6년(1614)에 중건했다고 한다. 유형문화재 제32호로 지정된 陶谷齋는 대사성을 지낸 박문현이 정조 2년(1778)에 주택으로 건립하였던 것을 19세기부터는 인조 때의 문신 도곡공 박종우의 재실로서 사용하는 것이다. 그 외의 한옥 건물들은 모두 육신사가 건립된 이후에 새로 지어진 것인데, 출입구 문이 잠겨 있는 것이 많았다. 경내에 삼성그룹 이병철 회장의 부인 박두율의 생가 터가 남아 있고, 제13, 14, 15대 국회의장을 지낸 松山 朴浚圭의 생가 터도 남아 있었다. 박준규 씨는 부친인 醉雲 朴魯益의 유지를 받들어 육신사 일대의 유산 8만여 평을 재단법인 육신사보존회에 기증하였는데, 육신사 앞에 박정희·최규하·박준규 씨의 송덕비가 세워져 있는 것으로 보아 이들이 육신사 건립의 중심인물들인 모양이다.

육신사 앞쪽의 낮은 산 하나를 건넌 곳에 낙빈서원도 중건되어져 있고, 그 부근에 박팽년의 11대손인 박성수가 영조 45년(1769)에 지은 주택 三可軒도 있는 모양이다.

오후 5시 반 무렵에 귀가하였다. 승용차의 한 쪽 문 도색이 퇴색하였고, 그 문 두 군데에 조금 이지러진 부분도 있으므로, 장오토에 들러 수리를 맡겼다. 수리비는 60만 원 정도 들 것이라고 한다.

28 (토) 맑음 -마음두드림 치유여행

오후 1시 30분부터 진주시 내동면 삼계리 683-10의 진양호 노을공원 남강다목적댐 준공기념탑 부근에서 진행되는 고도원의 아침편지 '마음두드림 치유여행'에 참가 신청을 해두었으므로, 오늘 하루 외송에는 들어가지 않았다. 고도원의 이런 모임에는 과거의 진주성과 비봉산 모임에 이어 세 번째로 참가하는 것이다. 모두 아내의 취미에 따른 것이다. 아내의 재촉 때문에 예정 시간보다 반시간 정도 일찍 도착했으므로, 노을공원 일대를 두루 걸으면서 진양호 풍경을 바라보고 공원 산책로 가에 내걸린 고금 여러 시인들의 진주와 관련된 시들을 읽어보면서 시간을 보냈다.

남강댐은 박정희 대통령 때 건설된 것인데, 준공기념탑에 적힌 바에 의하면, 1989년에서 1999년까지 10년에 걸쳐 한국수자원공사가 승상공사를 진행하여 다목적댐을 완공한 것으로 되어 있다. 기념탑 옆의 야외공연장인 노을예술마당에서 오리엔테이션 및 행사오프닝 모임을 가지고서, 남강댐 물문화관까지 한 바퀴 돌아오는 잠깐멈춤 걷기명상을 한 다음, 노을공원에서 도로 건너편 쪽에 있는 무지개동산 안의 예전에 내가 그 2층에서 요리강습을 받은 바 있었던 진주시 능력개발원 3층 다목적강당으로 자리를 옮겨 악단 라퍼커션에 의한 퍼포먼스와 강당 바깥 잔디 깔린 넓은 베란다에서 함께 만들어가는 퍼커션 등의 시간을 가졌다. 퍼커션이란 서양 특히 브라질식의 타악기 공연을 말한다. 매번 참석하는 진주시장 부인 오 여사와 더불어 이번에는 조규일 시장도 능력개발원 강당에 잠시 나타나 인사말을 하였다. 고도원 씨가 질문지에 적힌 내용에 대해 답하는 것을 주로 한 토크콘서트를 끝으로 오후 5시 무렵에 행사를 모두 마치고서, 돌아오는 길에 내동면 순환로 378번길 2에 있는 Mr.B나가사키짬뽕에 다시 들러서 짬뽕으로 석식(16,000원)을 든 후 귀가하였다.

29 (일) 흐림 -달마고도 4코스, 도솔암

아내와 함께 더조은사람들의 해남 달마산 도솔암 암자순례길 산행에 참여하여, 오전 7시 30분까지 신안동 운동장 1문 앞으로 나갔다. 오늘의 참가자는 19명이라고 한다. 대절버스를 타고서 남해고속도로를 따라 나아가다가 강진무위사IC에서 2번국도로 빠져 완주까지 가는 13번 국도를 따라 나아갔다. 도중에 지방도로 빠져 군곡저수지 부근을 지나 10시 6분에 達摩山 美黃寺 주차장에 도착하였다.

나는 달마고도를 걷는 줄로 알고서 신청했었으나, 알고 보니 일행은 달마산 정상인 불썬봉 부근에서부터 능선 길을 따라 도솔봉 쪽으로 진행하므로, 우리 내외는 강종문 대장에게 말해두고서 미황사 경내를 둘러 보물 제947호로 지정된 대웅보전과 보물 제1183호로 지정된 應眞堂 등을 구경한 다음, 달마고도 제4코스로 빠졌다. 지난번의 1·2코스에 이어 두 번째이다. 나는 1996년 4월 14일에 아내와 함께 장터목산장을 따라와 북평면에서 불썬봉을 지나 미황사까지의 능선 길을 답파한 바 있었고, 같은 해 6월 23일에는 혼자서 망진산악회를 따라와 달마산의 나머지 코스도 대충 다 커버하였다.

미황사에서 도솔암까지는 5.7km쯤 되는데, 총 52km에 달하는 땅끝 천년숲 옛길 중 제1코스인 땅끝길의 일부에 해당하기도 한다. 달마고도는 산허리를 두르는 코스이므로 능선에 위치한 도솔암은 포함하지 않는데, 그곳으로 가려면 도중에 코스를 벗어나서 200m쯤 산길을 올라가야 한다. 그 갈림길에 '미황사천년역사길(미황사……땅끝석선댓곳)'이라 적힌 팻말이 눈에 띄었다. 천년숲옛길의 안내판에 의하면 미황사역사길은 마황사에서부터 대흥사 부근까지 반대편으로 뻗은 길을 가리키니, 어느 쪽 설명이 옳은 지 알 수 없다.

도솔암은 달마산 능선의 바위 암벽에 위태롭게 자리 잡고 앉은 단칸 방 하나로만 이루어진 작은 암자인데, 중이 상주하고 있지는 않았다. 나는 TV를 통해 이 암자를 몇 번 본 적이 있으므로 오늘 직접 와보기로 한 것이다. 『동국여지승람』에는 의상대사가 창건한 것이라고 적혀 있다는데, 정유재란 때 명량해전에서 패배한 왜군이 달마산으로 퇴각하던 중 화마를 면치 못하였고, 이후 빈터에 주춧돌과 기왓장만 남아 있었다가, 2002년 오대산 월정사에 있던 법조라는 승려의 꿈에 한 번도 오지 않았던 이곳 도솔암 터가 사흘간이나 나타나 32일 만에 단청까지 마친 법당을 복원하게 되었다고 한다.

2002년 낙성식을 하였고, 2006년에는 그 맞은편 골짜기에 마찬가지로 무인 단칸 법당인 三聖閣까지 건립하게 되었다.

도솔암으로 올라가는 도중 50m 정도 남겨둔 지점의 바위 절벽 아래에 커다란 플라스틱 물통이 하나 서있고, 그 옆 바위벽에서 물이 졸졸 떨어지고 있으며, 부근에 설치된 호스도 여러 개 보였는데, 호스들은 다 끊어져 있고 물통 안으로 연결되어 있지도 않아 물은 물통 바깥의 맨바닥으로 그냥 떨어지고 있었다. 거기서 약 7~800m 떨어진 도솔암주차장까지 걸어가는 도중에 도솔봉(418.2m)이 있는데, 9353부대의 통신소가 들어서 있어 송신탑 등이 서 있었다.

도솔봉주차장에 도착한 다음, 아내는 다른 손님을 태우기 위해 마침 도착한 콜택시에 합승하여 먼저 내려가고, 나는 남는 시간을 이용하여 달마고도 3코스를 좀 걸어보려고 했으나, 내가 걸어들어간 길은 부대 진입로였으므로, 포기하고서 콘크리트 포장도로를 따라 한참을 걸어서 오후 2시 3분에 해남군 송지면 마봉리에 있는 약수터 주차장까지 내려왔다. 오늘 걸은 총 거리는 8.36km였다. 그곳의 도솔봉쉼터라는 식당 겸 카페에 들렀다가 아내를 다시 만났는데, 아내는 거기서 파는 여러 가지 물건들을 잔뜩 사두고 있었다. 능선 길로 갔던 강 대장 등은 예정 하산시간인 3시를 훨씬 넘긴 오후 4시가 지나서야 하산하였다.

돌아오는 도중에 바라본 들판에는 이미 추수를 마친 논들이 드문드문 눈에 띄었다. 진주의 출발지점으로 되돌아와 그 근처의 촌국수라는 식당에 들러 물국수(4,000원)로 석식을 든 다음, 7시 20분 무렵에 귀가하였다. 오늘은 아내나 나나 별로 시장기를 느끼지 않아 점심을 걸렀다.

10월

6 (일) 맑으나 쌀쌀함 백두대간협곡열차, 무섬마을, 구문소, 다덕약수, 닭실마을

아내와 함께 CJT참조은여행사의 V-train백두대간협곡열차&무섬마을에 참여하였다. 트럭을 운전해 진주역으로 가서 주차장에 세워두고는, 새벽 6시 20분에 진주를 출발하는 KTX-산천 404열차를 탔다. 나와 아내로서는 KTX에 처음 타보는 셈이다. 좌석번호는 12호차 8A·B였다. 7시 58분에 동대구역에 도착하니 주황색 상의를 입은 젊은 여자 직원 두 명이 나와 우리를 안내하였다. 우리 일행은 대구에서 온 부부 다섯 쌍 그룹과 여자 7명 그룹을 포함하여 총 19명이었다. 진주에서 온 사람은 우리 내외뿐이었다.

대구역에서 배부 받은 찰밥도시락으로 조식을 들었는데, 아내는 뱃속이 좋지 않아 도중에 집에서 마련해간 죽 종류의 다른 음식을 들었으므로, 자기 것은 옆에 앉은 홈리스로 보이는 남자 노인에게 주었다. 무궁화호 1206열차로 갈아타고서 1호차 39·40석에 앉아 8시 35분에 동대구를 출발하여 9시 32분에 김천에 도착하였다. 거기서 연계차량인 대구전세버스(CoopBus)로 갈아타고서 중부내륙·청원영덕고속도로를 경유하여 의성에서 중앙고속도로로 접어들어 정오 가까운 무렵 영주시 문수면의 무섬마을 입구에 도착하였다.

버스 기사는 뜻밖에도 부산광역시 남구 신선로 428(용당동)에 있는 동명대학교 경영대학 관광경영학과의 교수로서 관광학 박사이며, 대구광역시 남구 봉덕로 21, 3층(鳳德洞)에 있는 ㈜제일항공여행사의 대표이사인 尹仁海 씨였다. 그는 버스로 지나는 도중의 장소들에 대한 설명을 해주기도 했는데, 고려 말 조선 초의 三隱이 모두 경상도 사람이라고 하면서 牧隱 李穡은 외가인 영덕의 가시리에서 태어나 다섯 살까지 거기서 살다가 본가가 있는 서울로 돌아갔다고 했고, 圃隱 鄭夢周는 영북 영천의 임고에서 태어났고, 선죽교에서 죽기 직전에 고향의 모친에게 사람을 보내어 그 뜻을 물었는데, 그 어머니가 使者에게 즉석에서 "까마귀 싸우는 골에"로 시작되는 시조를 지어 보냈다는 것이었다. 그러나 이색은 韓山李氏로서 韓山府院君에 봉해졌고, 지금은 충남 서천에 속해 있는 한산의 그의 묘소에 내가 들른 적도 있었으니 당시 수도도 아니었던 서울에 본가가 있었던 것은 아닌 듯하다. 그리고 얼마 전에 臨皋書院과 포은 부모 묘소에 들렀을 때 확인한 바로는 포은의 부모는 그가 젊었을 때 이미 작고하였으니, 죽기 직전에 사람을 보내어 어머니의 의사를 물었다는 말도 사실에 부합하지 않는 것이다.

10월 5·6일이 마침 무섬외나무다리축제일인데, 마을은 콘크리트 다리를 건너 200m 쯤 떨어진 곳에 있었다. 12시 15분까지 버스로 돌아오라고 하였으니 시간이 너무 부족하여 아내는 마을 안의 고가들만 대충 둘러보고서 되돌아갔고, 나는 외나무다리를 건넜다가 되돌아오니 이미 돌아갈 시간이었다. 다리를 건너는 다른 사람들도 제법 있었으므로, 도중에 상대방이 통과하기까지 기다려야 하는 곳이 여럿 있었던 것이다.

문수면 水島里의 무섬마을은 중요민속문화재 제278호로서 낙동강의 지류인 내성천과 서천이 마을 동쪽 500m 지점에서 합류하여 마을 전체를 태극 모양으로 한 바퀴 휘감아 돌고 있어, 마을이 물 위에 떠 있는 섬(水島)과 같다고 하여 '무섬'이라고 불리고 있다. 潘南朴氏가 1666년(현종 7) 강 건너 '머름'에서 이곳으로 들어와 터전을 이루었고, 그 후 입향조인 朴燧의 손자 사위인 宣城金氏 金臺가 영주에서 이 마을로 들어와 함께 살게 되어 이 두 성씨가 집성촌을 이루고 있다. 전형적인 背山臨水의 지형으로서 부촌이라고 한다. 마을에는 경상북도 민속문화재로 지정된 규모가 큰 고택들을 비롯하여 남부 지방 민가의 다양한 구조와 양식을 갖춘 집들이 많다. TV를 통해 몇 번 본 적이 있었는데, 오늘 비로소 직접 와보게 되었다. 마을 오른쪽에 제2외나무다리라는 것도 남아 있는 모양이었다.

무섬마을을 떠난 다음, 백두대간 협곡열차의 종점인 경북 봉화군 소천면 분천리로 이동하였다. 그곳 분천2리에 있는 토종대추식당이라는 곳에서 산채비빔밥으로 점심을 든 후, 걸어서 3분 정도 이동하여 영동선 汾川驛으로 향했다. 거기서 백두대간 협곡열차 V-Train 4863의 3호차 22A·B석에 타고서 13시 52분에 봉화군의 동쪽에 위치한 분천을 통과하여 낙동강 상류의 흐름을 거슬러 북쪽으로 올라가 14시 57분에 강원도 태백시의 탄광촌인 鐵岩驛에 도착하였다. 철암은 낙동강의 발원 샘인 黃池에 가까운 곳이라 이 일대의 강폭은 별로 넓지 않았고, 우리는 도중에 兩元·承富 역에서 잠시 정차하기도 하였다. 3량으로 이루어진 열차는 천정과 바닥을 제외하고는 모두 유리창으로 되어 있어 복고풍의 개방형이고, 창 쪽으로 배열된 의자도 한 줄 있어서 바깥 경치를 감상하기에 유감이 없었다. 그리고 천정에는 형광물질로 무늬들을 수놓아 기차가 터널에 들어가면 밤하늘의 별처럼 반짝반짝 빛이 났다.

승부역에는 낙동정맥 트레일의 봉화구간 안내판도 눈에 띄었다. 또한 '낙동강 세평 하늘길' 안내판도 있었는데, 이 일대는 협곡이 좁아 하늘도 세 평 땅도 세 평이라는 말이 있는 것이다. 나는 정차한 역에서 좌판을 벌인 아주머니로부터 갓 수확한 것이라는 잣을 한 봉지 샀는데, 껍질을 까지 않은 것이라 먹기에는 불편한 것이었다.

철암에서 다시 대절버스를 타고서 봉화로 내려오는 도중에 태백시의 31·36번 국도와 만나는 지점에 위치한 강원고생대국가지질공원 求門沼에 들렀다. 천연기념물 417호로 지정된 지질명소로서, 그 부근에 태백고생대자연사박물관도 들어서 있었다. 구문소는 『세종실록지리지』를 비롯한 옛 문헌에 穿川으로 표기되어 있고, 낙동강의 발원지로 기록되어 있다고 한다.

이 지역은 약 4억 9천만 내지 4억 4천만 년 전에 퇴적된 하부고생대 오르도비스기 퇴적암층으로서 구문소는 석회암으로 이루어진 지역이 하천의 침식작용에 의해 구멍이 뚫려 만들어진 연못이다. 구문은 구멍이 변한 말인 모양이다. 구멍이 뚫린 지점의 바위벽 아래쪽에 초서로 쓰인 글자가 새겨져 있는데, 그것을 해독하는 사람에게는 상을 주겠다는 가이드의 말에 따라 내가 그것을 '五福洞天子開門'으로 판독하여 토종 다래 한 통을 받았다. 과거의 손님 중에는 해독한 사람이 전혀 없었다고 한다. 석회암층 상부의 박물관 근처에 있는 泥巖層에서 적도 지방에서 서식한 고생물인 삼엽충의 화석 등이 발견되는데, 그것은 한반도가 지각변동에 의해 적도지역으로부터 이동해 온 것임을 증명해 주는 것이라고 한다.

이곳 도로 가에 해발 550m 현재기온 14℃임을 가리키는 쇠기둥 판이 서 있었는데, 태백지역은 한반도의 3대 고원 중 하나로서 북한의 개마고원보다는 낮고 진안고원보다는 높은 곳이다.

다음으로 봉화군 봉성면에 있는 多德藥水井에 들렀다. 탄산약수로서 위장병과 피부병에 효과가 있다고 한다. 청송의 달기약수보다는 톡 쏘는 맛이 좀 연하여 마시기에 수월했다. 봉화군에서는 명소인 모양이며, 그 부근 상점에서는 능이·송이 등의 버섯을 팔고 있었다.

마지막으로 봉화읍에서 2km 정도 떨어진 위치에 있는 닭실마을에 도착하였다. 75호 정도의 가구가 사는데, 安東權氏의 집성촌이다. 해설사의 말로는 30가구라 했고, 1520년에 안동 사람인 冲齋 權橃이 이리로 입향한 이래로 내년이면 500년이 되는 해라고 한다. 이름은 달실인데, 흔히 닭실로 부르며 한자로도 닭 유자 酉村이라고 쓴다.

충재는 연산군 2년 진사시에 합격하고 중종 2년(1507) 문과에 급제하여 史官과 三司 및 承政院과 각 曹의 주요 관직을 두루 거쳤는데, 기묘사화(1520년)에 연루되어 파직된 후 이곳에 정착하여 후진을 양성하고 경학 연구에 전념하였다. 동왕 28년(1533)에 복직되었다가 을사사화로 인하여 다시 파직되어 명종 3년 유배지인 평안도 朔州에서 작고하였다. 특히 을사사화 때 문정왕후에게 올린 「忠順堂入對啓事」와 尹任·柳灌·柳仁淑 등 三大臣을 伸救한 「論救三臣啓」가 유명하며 이 일로 인해 유배되었다. 선조 때 신원되어 영의정에 추증되었고, 봉화(당시는 행정구역상 안동)의 三溪書院에 모셔졌으며, 不遷位 제사를 모시게 되었다.

이 마을은 李重煥의 『擇里志』에 경주의 良洞, 안동의 내앞(川前), 풍산의 河回와 함께 삼남지방의 4대 吉地로 꼽고 있다. 닭실이란 지형의 金鷄抱卵形에서 유래한 말이다. TV에서 자주 보았던 충재가 세운 靑巖亭(원래 이름은 龜巖亭)과 그 별채인 冲齋를 둘러보았고, 그 바깥에 있는 충재박물관에도 들렀다. 충재의 큰아들이 세웠다는 石泉亭(석천정사)은 거기서 500m 쯤 떨어진 위치에 있어 가보지 못했다. 이곳 역시 내가 한 번쯤 방문하고 싶었는데, 오늘 그 뜻을 이루게 되었다. 5시 15분에 달실을 출발하기 전에 그 마을의 산물로서 전국적으로 유명하다는 한과를 한 봉지 사기도 하였다.

국도를 따라서 영주·예천을 지나 안동시 풍산읍 소산리 41번지의 안동 한지체험관 옆에 있는 안동전통음식 전문의 길풍이라는 식당에 들러 안동찜닭과 간고등어정식으로 석식을 들었다.

그런 다음, 동대구역으로 돌아와 일행과 헤어졌으며, 우리 내외는 가이드

두 명의 안내를 받아 마산행 무궁화호 1911열차의 출발 장소로 가서 2호차 47·48호석에 앉아 21시 55분에 동대구를 출발하여 23시 29분에 마산에 도착하였다. 마산에서 다시 진주행 KTX-산천 421의 5호차 5A·B석에 탑승하여 23시 48분에 마산을 출발하여 0시 12분에 진주에 도착하였다. 주차장에 세워둔 트럭을 몰고서 집으로 돌아와 샤워를 마친 다음, 다음날 오전 1시 반쯤에 취침하였다.

13 (일) 맑음 - 포암산, 만수봉

아내와 함께 개척산악회를 따라 월악산국립공원 내의 포암산과 만수봉에 다녀왔다. 포암산은 1997년 6월 5일에 백두대간 제23차 구간종주를 위해 문경 쪽의 포함마을에서부터 시작해 하늘재를 거쳐 오른 적이 있었고, 만수봉에는 1999년 2월 27일에 백두대간등산장비점 팀과 더불어 올랐으며, 2013년 9월 15일에도 비경마운틴 팀과 더불어 오른 적이 있었다.

오전 7시 50분까지 시청 앞에 집결하여 신안동 백두대간 앞을 경유하여 출발했다. 33번 국도를 따라 고령까지 올라간 다음, 광대·중부내륙고속도로를 거쳐 문경새재IC에서 빠져나온 후, 문경 쪽의 포함마을을 지나 이제는 하늘재까지 2차선 포장도로가 이어져 있으므로 오전 10시 49분에 하늘재에서 하차했다. 근자에 산 목이 긴 등산화를 처음으로 신었고, 아내가 사 준 베로 된 모자도 처음 썼다.

하늘재에 서 있는 안내판에 의하면 "布巖山(961.8m)은 백두대간을 넘는 고개로 옛날에는 배바우산이라고 하였는데, 하늘을 가득 채우고 우뚝 솟은 모양이 마치 큰 베를 펼쳐놓은 것처럼 보인다 하여 붙여진 이름이다. 또한 희게 우뚝 솟은 모습이 껍질을 벗겨 놓는 삼대 즉 지릅 같이 보여서 麻骨山이라고도 하고 鷄立山이라고도 불렀다. 이 산 밑 고개인 하늘재는 신라 때부터 사용한 옛 고개이고 지금도 성벽이 남아 있어 옛 향기를 느끼게 한다."고 되어 있다. 히늘재에서 건너편의 충주시 수안보면 미륵리로 이어지는 길은 하늘재역사자연관찰로로 지정되어 있어 비포장이다. 하늘재에서 계단이 많은 가파른 산길을 1.3km 올라 마침내 포암산에 다다랐고, 백두대간 코스를 따라 3.3km 정도 더 나아가 백두대간 갈림길인 마골치에 이르렀다. 그러나 어찌된 셈인지 지금은 백두대간 길이 자연보호를 이유로 하여 거기서부터 무기한으로 차단되어져 있었다. 포암산에서 마골치를 향해 좀 더 나아간 지점에서 일행과 더불어 점심을 들었다.

마골치에서 좌측으로 난 능선 길을 따라 1.2km를 올라가니 만수봉과 만수골의 갈림길인 삼거리에 이르렀는데, 계속 능선 길을 따라 0.6km를 더 나아가니 오늘의 최고봉인 萬壽峰(985.2, 983.2)에 다다랐다. 정상석에는 포암산은 962, 만수봉은 983m로 새겨져 있다. 만수봉에서 바라본 월악산국립공원의 툭 터인 전경이 멋있었다. 오늘은 날씨가 덥지도 춥지도 않고 또한 쾌청하여 등산하기에 안성맞춤이었다.

만수봉을 지난지 얼마 안 되어 용암봉(892)에 닿았는데, 우리는 커다란 바위로 이루어진 그 정상의 아래쪽을 통과하였다. 처음 하늘재에서 포암산으로 오를 때와 용암봉에서 만수탐방지원센터에 이르는 길은 꽤 가팔라 철제 계단이 계속 이어졌다. 오후 4시 52분에 만수휴게소에 이르러 오늘 산행을 모두 마쳤다. 산길샘에 의하면 오늘 산행의 소요시간은 6시간 2분, 도상거리는 10.41이고 총 거리는 12.27km이며, 고도는 1009에서 84m 사이인 것으로 나타나 있다. 만보기에 의하면 총 24,745보를 걸은 것으로 나타나지만, 휴대폰을 넣어둔 배낭 주머니가 산행 중 계속 흔들렸으므로 그 수치가 정확하지는 않을 것이다.

오후 5시 39분에 출발하여 밤 9시 무렵 귀가했다. 오늘 산행에는 경상대 윤리교육과의 김대군 교수가 어린 아들과 함께 참여해 있었고, 나보다 먼저 정년퇴직한 다른 교수도 내외가 함께 참가하였다.

하산주 자리에서 조정호 산행대장으로부터 정상규 씨의 비경마운틴이 지난 주 설악산의 비법정등산로를 다니다가 일행 중 한 명이 추락사를 하였으며, 그런 내용이 TV를 통해 보도되었다는 소식을 들었다. 나는 과거의 용암봉과 만수봉 산행을 모두 그와 더불어 하였으므로, 그에게 전화를 걸어 물어보았다. 화채계곡에서 여자 한 명이 죽었으나 잘 수습되었다고 하며, 내년 2월 16일부터 3월 2일까지 16일 동안으로 예정된 남미 파타고니아 트레킹은 지난 10월 1일에 그가 보내온 문자 메시지에 위하면 현재 7명이 신청 중이며 추가로 5명을 모집한다고 하였으므로 작년 11월에 무위로 그친 데 이어 이번에는 성사될 줄로 알고서 우리 내외도 신청하였으나, 그 후 여러 사람이 빠져나가 지금은 우리 내외를 합치더라도 신청자가 5명에 불과하다는 것이었다.

14 (월) 맑음 -율곡사

점심 후 아내가 어떤 사람이 트럭을 몰고서 찾아와 우리 농장의 나무를 사려고 나를 만나고자 한다는 것이었다. 나가보니 두 사람인데, 한 명은 최근에 근처의 산청군 신등면에다 집을 지은 사람이고 다른 한 사람은 나무를 옮기는 업자라고 했다. 그들이 원하는 나무는 아래쪽 진입로의 내 땅과 박 장로 동생 땅 경계에 서 있는 커다란 나무인데, 그들은 포구나무라고 했다. 집을 지었다는 사람에게 그 집 위치를 물었더니 산청군 신등면 단계라고 했다가 나중에 다시 한 번 물으니 실제로는 율현마을이지만 단계리에 속해 있으므로 그렇게 말했다는 것이었다. 그는 새로 지은 자기 집이 평지에 위치해 있고 주변에 아무것도 없어 휑하므로 조경을 위해 이 나무를 원한다고 했다. 어떻게 하여 이 나무를 알았느냐고 물었더니 관음사에 드나들면서 보아두었다는 것이었다. 그 나무가 내 땅의 경계에 위치해 있고, 그 바로 앞의 땅에 꽂혀 있는 측량 막대를 기준으로 보면 박 장로 동생 땅에 더 치우쳐 있는지라, 차후 말썽이 생길 수 있다면서 난색을 표했더니 휴대폰을 통해 그곳 지도를 보이면서 그 나무는 분명히 내 땅에 속해 있고, 임야에 있는 나무는 옮길 때 관의 허가를 받아야 하지만, 이 나무는 내 농장에 속해 있으므로 그럴 필요도 없다고 했다.

가격은 얼마로 쳐주려느냐고 물었더니 30만 원이라고 했다. 나는 나무 값을 전혀 모르나 그것은 너무 싼 듯하여 50만 원을 불러보았지만, 그들은 시중의 매매가로는 200만 원 정도 하겠지만 자기네가 장비를 들여와 캐내어 운반해 가려면 비용이 들므로 그래서는 타산이 맞지 않는다는 것이었다. 그러면 그만두라고 하고서 함께 그들이 차를 세워둔 곳으로 올라오는 도중에 그 사람은 내 매실 밭 한가운데에 서 있는 커다란 나무 한 주를 가리키면서 저것까지 포함하여 두 그루에 70만 원으로 하자고 했다. 나는 그 나무도 포구나무라는 것을 그들의 말을 통해 비로소 알았다. 뒤에 휴대폰으로 조회해 보니 포구나무는 팽나무의 남부지방 방언이었다. 일본에서는 에노키(榎, 榎木)라고 한다.

나로서는 지금까지 그 나무들의 이름도 몰랐고 가격도 전혀 모르는데, 그가 새로 지은 집의 조경을 위해 심으려 한다면서 옮긴 후에 자기 집으로 와서 보라고 하므로, 이것도 인연이라 생각하고서 그렇게 하기로 하여 그 가격에 팔기로 동의하였고, 그의 요청에 따라 내 은행계좌와 전화번호는 일러주었으나 상대방에 관해서는 이름도 전화번호도 물어보지 않았다.

그들이 가고난 뒤에 아내와 상의했더니, 장차 말썽이 생길 수도 있으므로 저쪽 땅 소유주의 친형인 박문희 장로와 상의해 보라고 하므로 그에게 전화를 걸어 보았더니 그는 아직도 병원에 입원 중이었다. 그의 말로는 땅에 꽂혀 있는 측량 표지가 가장 정확하며 휴대폰 지도는 믿을 수 없다고 하면서, 상대방의 말을 믿고서 판다는 것은 장차 분쟁을 초래할 수 있다는 것이었다. 그러나 나로서는 상대방에게 연락할 방도가 없으므로, 그가 말한 율현리로 가서 그를 찾아볼 수밖에 없었다.

栗峴里는 栗谷寺 입구에 있는 마을인데, 그 마을에서 집을 짓고 있는 유일한 집을 찾아가 보았더니 그 집은 단계 사람인 남재열 씨 소유로서, 그와 통화해보니 포구나무를 구입하고자 한 적이 없다는 것이었다. 이장 댁을 찾아가 보았으나 그는 부재중이었고, 그 부근의 부인네들 사랑방에서 이천규 율현리장의 전화번호를 알아 그와 통화해 보았더니, 이 동네에서 집을 짓고 있는 곳은 남 씨 댁밖에 없다면서, 혹시 율현리에 속해 있는 고모정 마을인지도 모르니 그리로 가서 물어보라는 것이었다. 차로 2~3분 정도 거리에 있는 栗峴池 가의 조그만 고모정 마을을 찾아가 그 마을에서 집터를 닦고 있는 유일한 집을 찾아가 주인과 대화해 보았으나, 그 역시 아니라는 것이었다. 그렇다면 그가 율현마을에다 집을 지었다는 것은 거짓이며, 율현리와 丹溪里는 같은 新等面에 속해 있기는 하지만 상당히 먼 거리인데 그 마을이 단계리에 속한다는 것도 새빨간 거짓임을 비로소 확실히 알았다.

별 수 없이 헛걸음 치고서 돌아오는 길에 그 마을에 있는 栗谷寺에 들러보았다. 이 절은 유서 깊은 곳으로서 1994년 4월 24일에 망진산악회 회원들과 함께 淨水山 등반을 마치고서 하산 길에 한 번 들른 적이 있었고, 당시 절에서 걸어 내려와 휴식을 취했던 율현리의 느티나무 고목으로 짐작되는 것도 오늘 새삼스럽게 눈에 띄었다. 예상과는 달리 율현리에서 율곡사까지는 트럭을 운전해 가도 제법 상당한 거리였다.

조그만 절이지만 대웅전이 보물 제374호이고, 그 안의 掛佛탱(幀)은 보물 제1316호로 지정되어 있었다. 율곡사는 신라시대에 원효대사가 세웠다고 전하며, 조선 전기의 『新增東國輿地勝覽』에는 丹城縣에 있는 절로 기록되어 있다고 한다. 정면 3칸 측면 3칸의 비교적 작은 규모로서 팔작지붕을 한 현재의 대웅전은 조선 중기 건물이다. 괘불탱은 조선 숙종 10년(1684)에 그려진 것으로서, 화면 아래쪽에 畵記가 마련되어 있어 이 그림을 그린 사람과 영조 5년(1729) 중수된 기록까지 확실히 알 수 있다.

산장으로 돌아와 아내가 비닐봉지에다 유성매직으로 써둔 나무를 팔지 않는다는 내용의 표지를 그 나무로 가져내려가 둥치에다 매달아두었다. 그것을 매달려고 하니 두 팔을 힘껏 뻗어도 그 둥치가 한 아름에 안기지 않는 것이었다. 진주시 명석면 류진농원의 류재포 씨에게 전화를 걸어 그 말을 하면서 가격을 물었더니, 그 정도 굵기라면 30만 원은커녕 300만 원 이상 받아야 한다는 것이었다.

19 (토) 맑음 -협곡열차, 불영계곡

참조은여행사(CJT투어)의 불영계곡 & V-Train 협곡열차 당일 여행에 참여하여 아내와 더불어 06시 20분에 진주역을 출발하는 KTX-산천 404열차를 탔다. 14호차 10C·D석이었다. 08시 23분에 김천구미역에 도착하여 그 부근에 대기하고 있는 전용버스를 타고서 김천역으로 이동하여 부산 태종대에서 온 부부 18명 팀 및 수원에서 온 부부 한 쌍과 합류하였다. 가이드는 지난번 무섬·닭실마을 & V-Train 여행 때 교육생으로서 동행했었던 정진실 씨였다.

경부·중부내륙·당진영덕·중앙고속도로를 경유하여 의성휴게소에서 잠시 정거한 후 영주IC에서 36국도로 빠져나왔다. 오늘의 대절버스 기사는 꽤 아는 것이 많았는데, 그의 설명을 통해 冲齋 權橃이 닭실마을로 입향한 것은 그의 모친 파평윤씨의 땅이 거기에 있었기 때문이며, 무섬마을의 선성김씨는 예안김씨의 다른 말이었음을 알았다.

구문소를 경유하여 태백시의 철암역에 도착해 12시 10분에 철암을 출발하여 13시 15분에 분천역에 도착하는 V-Train 백두대간 협곡열차 4862호의 1호차 18A·B석에 탑승하였다. 김천에서 조식으로 찰밥도시락을 배부 받았지만, 진주를 출발해 오는 도중에 집에서 준비해 온 조식을 이미 들었으므로 그것은 그냥 받아두기만 하였으며, 철암역에서는 그곳의 토속음식들과 아울러 지난번 여행에서 구문소의 바위에 새겨진 글자를 판독하여 상으로 받았던 것과 똑 같은 다래를 파는 것을 보고서 그것도 하나 사서 맛보았다.

여기까지는 대체로 지난번 여행 때와 같은 코스인데, 이번에는 협곡열차를 역방향으로 타는 점이 다르다. 그 새 단풍이 물들어 영동선 주변 협곡의 풍경이 한층 더 아름다웠다. 철암역에서 V-Train과 더불어 O-Train 표지도 보았는데, 후자는 중부내륙 순환열차를 의미하는 것으로서, V가 Valley를 의미하는 것임에 비해 O는 한 바퀴 두른다고 하여 그런 글자를 사용하는 모양이다. V-Train은 순환열차의 전체 구간 가운데서 경치가 가장 빼어난 구간을 달리는 것이다.

도중에 승부·양원·비동 역에서 세 차례 멈추었는데, 지난번에 잣을 샀던 곳인 兩元 역은 봉화군의 원곡마을과 울진군의 원곡 마을 주민들이 함께 거주하는 마을로서 1988년 교통이 없던 시절에 2개의 산골오지 마을 주민들이 대통령에게 간이역사를 지어달라고 탄원서를 제출하면서 2개의 원자를 따서 양원이라 불렀다고 한다. 그곳 노점에서 다시 석이버섯과 당귀 말린 것을 각각 만 원어치씩 샀다. 거기에 낙동강 세평하늘길 안내 표지가 세워져 있어 그 왼쪽 방향은 낙동비경길, 오른쪽 방향은 체르마트길이라고 하였고,

그 길을 걷고 있는 사람들도 제법 눈에 띄었다. 양원역은 봉화군의 승부역에서 분천역에 이르는 그 길 도중의 12仙境 중 제7선경에 해당하는 곳이며, 체르마트라 함은 분천마을이 스위스의 체르마트와 자매결연을 한 데서 유래하는 것이다. 그래서 분천마을 驛舍의 옆면 벽에 분천이라는 글자 아래 Zermatt라고 쓰여 있기도 하다. 그 마을 곳곳에 산타클로스 등을 배치해 두고서 분천산타마을이라고 부르기도 한다. 승부역에 "승부역은/ 하늘도 세 평이요/ 꽃밭도 세 평이나/ 영동의 심장이요/ 수송의 동맥이다." 라고 새겨진 비석 등이 눈에 띄었고, 양원과 분천 사이에 있는 肥洞 역에는 잠시 멈추기만 하고 내리지는 않았다.

경북 봉화군 소천면 분천2길 7-1에 있는 눈꽃(선화)식당에서 산채비빔밥 (8,000원)으로 점심을 들었다. 아내는 지난번 이 마을에서 같은 음식을 들었던 다른 식당보다도 맛이 낫다고 하였다. 2시까지 식사를 한 후에 다시 울진으로 향하는 36번 국도를 따라서 반시간 정도 이동하여 울진군 금강송면에 있는 佛影寺 입구에 닿았다. 거기서 14시 40분부터 15시 33분까지 불영사까지의 도상거리 2.91, 총 거리 3.27km를 왕복하였다.

명승 제6호인 불영계곡 또는 불영사계곡은 울진군 서면(금강송면) 하원리에서 근남면 행곡리까지 15km에 걸쳐 있는데, 곳곳에 기암괴석과 맑은 물, 그리고 울창한 숲이 어우러져 경관이 빼어난 곳이다. 특히 금강송(赤松)이 많으며, 은어와 뱀장어 등 다양한 종류의 물고기가 서식한다고 한다. 봉화에서 울진으로 가는 36번국도 가에 위치해 있는지라 그 길을 통과하는 도중에 불영계곡의 전체 모습을 바라볼 수 있었다.

서면 하원리에 위치한 天竺山 불영사는 신라 진덕여왕 때 의상대사가 창건했다고 하며, 서쪽 산등성이에 부처님 형상을 한 바위가 절 앞 연못에 비침으로 불영사라 하였다고 적혀 있는데, 지금도 그 바위와 그 연못이 남아 있기는 하지만 산 능선에 삐죽이 솟은 그 바위들이 연못에 비친다는 것은 터무니없는 말이었다. 1968년부터 비구니 선원 수행도량으로 지정되었다. 山太極 水太極 형국의 길지에 자리 잡은 절이라고 하는데, 임진왜란 이래 전란과 화재로 크고 작은 중건·보수를 거듭하였으며, 대웅보전(보물 1201호), 응진

전(보물 730호), 후불탱화(보물 1272호), 삼층석탑(경북도 유형 135호), 부도(경북도 문자 162호) 외에도 대웅보전 기단을 받치는 2기의 돌거북 등이 남아 있다. 지금의 대웅보전은 정면 3칸, 측면 3칸의 다포계 겹치마 팔작기와집으로서 영조 1년(1725)에 중건된 것이다. 기단 밑 좌우에 돌거북(石龜)을 놓아 건물을 받들게 한 것은 불영사 자리가 화기를 많이 품고 있는 곳(火山)이어서 水神인 거북으로 불기운을 눌러 화재를 예방하기 위한 것이라고 한다. 그 안의 後佛畵인 靈山會上圖는 석가모니가 인도의 영취산에서 설법하는 모습을 표현한 것으로서, 제작 시기는 영조 11년(1735)이다. 應眞殿은 석가모니불과 그 제자들을 모신 전각으로서, 정면 3칸, 측면 2칸의 다포계 홑치마 맞배기와집이다. 부도는 조선시대에 불영사 주지를 지낸 養性堂 惠能선사(1621~1696)의 것인데, 그 옆에 있는 부도비는 영조 14년(1738)에 설치한 것으로서 영의정을 지낸 崔錫鼎(1646~1715)이 찬한 것이며, 『明谷集』에 실려 있다.

불영사 입구를 떠난 다음 36번 국도를 따라 1시간 반 정도 동쪽으로 이동하여 울진군 소재지인 근남면의 망양해수욕장에 닿은 다음, 7번 국도를 따라 동해바다를 끼고서 남하하여 경북 포항시 북구 송라면 동해대로 2829에 있는 보경사휴게소의 한식뷔페에 도착하여 석식(9,000원)을 들었다.

그런 다음 이미 어두워진 밤길을 다시 반시간 정도 이동하여 포항역에 도착하였고, 서울행 KTX-산천 472열차를 타고서 19시 20분에 포항을 출발하여 19시 56분에 동대구에 도착하였다. 우리 내외는 6호차 7C·D석에 앉았다. 동대구에서 우리 내외는 무궁화호 1911열차로 갈아타고서 21시 55분에 출발하여 23시 29분에 마산에 도착한 다음, 다시 KTX-산천 421열차로 갈아타 23시 48분에 출발하여 00시 12분에 진주에 도착할 예정이었다. 그러나 동대구에서 대기하는 기간이 무려 두 시간 정도나 되므로, 1인당 14,100원씩 28,200원의 요금을 별도로 지불하고서 동대구에서 진주로 직행하는 천일고속버스로 갈아타 20시 30분에 출발하여 22시 22분에 도착하였다. 우등고속으로서 좌석은 10·11이었다.

고속버스 동대구터미널은 예전에 여러 번 이용하였던 곳이지만, 지금은

KTX 역사 바로 옆의 복합환승센터에 자리하여 우리는 그 4층에서 버스를 탄 다음 1층까지 이동해 내려왔다. 지난번에도 동대구역에서 아내가 조식으로 배부 받은 찰밥도시락을 홈리스 남자 노인에게 주었는데, 오늘도 터미널 안의 의자에서 여자 노인 홈리스 두 명이 빵으로 저녁식사를 때우고 있는 것을 보고서 아침에 배부 받은 찰밥도시락 두 개를 그들에게 주었다.

11월

3 (일) 맑음 - 지죽도(지호도)

아내와 함께 청일산악회의 고흥 지죽도 금강죽봉 산행에 동참하였다. 오전 8시까지 중앙시장 옆 고용센터 앞에서 집결하여 53명이 출발하였다.

남해고속도로를 따라가다가 고흥IC에서 15번 국도로 빠져나와 고흥반도를 세로로 가로질러 내려오다가 855번 지방도로 접어들었으며, 1차선 도로로 들어서 지죽대교를 건너 고흥반도의 남쪽 끝에 있는 지죽도로 들어갔다. 도중의 도화면 소재지에서 발포리로 가는 길과 갈라지는데, 지죽도의 오른편 조금 위쪽에 있는 鉢浦里는 선조 13년(1580) 이순신이 36세 때 처음으로 수군에 배치되어 발포만호(정4품)로서 18개월간 근무한 곳이다. 그래서인지 그 갈림길쯤에 발포만호성·발포역사전시체험관·충무사 등의 안내판이 보였다. 『난중일기』에서도 발포만호에 대해 더러 읽은 기억이 난다. 또한 고흥은 축구선수 박지성의 고향인 모양으로서, 읍내 부근에 박지성공설체육관도 있었다.

오전 10시 27분에 지죽도의 지호복지회관 앞에서 하차하였다. 支竹島는 또한 支湖島라고 불리기도 하는데, 인터넷에는 지호도를 지죽도로 고쳤다고 되어 있으나, 현지의 주민은 오히려 거꾸로 지죽도였던 것을 몇 년 전부터 지호도로 바꾸었다고 했다. 어쨌든 지호복지회관 옆에 별도로 붙어 있는 작은 건물에도 도화면 의용소방대 지호지대라는 현판이 붙어 있고, 동네 안 주택의 주소 판에도 지호길이라고 되어 있다.

우리는 도중의 갈림길에서 바로 정상인 큰산(태산, 202m) 쪽으로 올라 금강죽봉을 지나서 섬 남쪽 끄트머리의 죽순바위까지 갔다가, 금강죽봉길을 따라서 돌아내려오다가 다시 갈림길에서 석굴 쪽으로 들어가 보기로 예정되어 있었는데, 일행과 산행대장의 뒤를 따라가다 보니 엉뚱하게도 바로 죽순바위에 올랐고, 거기서 가장 유명한 금강죽봉은 어디인지 구경도 못하고서 바로 큰산에 다다랐다. 산행대장에게 금강죽봉의 위치를 물어보니, 그것은 큰산의 다른 이름(?)이라고 했다. 정상 부근은 널따란 너럭바위로 이어져 있어 부근 바다와 섬들의 경관이 넓게 펼쳐지고, 嘉善大夫 同知中樞府事의 직위에 追贈된 김해김씨 國慶 내외의 묘지가 있었다. 우리 내외는 정상 꼭대기의 나무그늘 속으로 들어가 점심을 들었다.

내려오는 길에 석굴에 들르고자 했으나 그리로 가는 길이 어떻게 되는지 도무지 알 수가 없어, 아마도 우리 일행 중 그곳에 들른 사람은 아무도 없는 듯하다. 올라가는 도중에 마을 사람 하나가 돌아오는 길에 자기 집에 들러서 돌문어를 사가라고 했으므로 그 집에 들러서 물어보니, 석굴은 이 시간쯤에는 바닷물이 올라와 이미 잠겨버렸을 것이라고 했다. 큰산 일대는 대부분 주상절리로 이루어져 있으며 금강죽봉도 그래서 유명하다고 했는데, 그런 것도 별로 느끼지 못했다. 그 집에서 5만 원 주고서 큼직한 문어를 한 마리 샀고, 오후 1시 3분에 출발지점인 지호복지회관으로 돌아왔다.

아침에 들렀던 화장실에 다시 한 번 들르고자 어업 관계의 공장인 듯한 어떤 큰 건물 한쪽 모퉁이로 들어가고자 하는데, 안쪽에서 나오던 남자 두 명이 어디로 가느냐고 물으므로 화장실이라고 응답했더니 그곳은 개인 소유이므로 외인이 출입할 수 없다고 하는 것이었다. 화장실 인심이 사납다고 말했더니, 나는 한 명이지만 자기네로서는 수십 명을 상대해야 한다고 응답하는 것이었다. 그리로 들어가는 건물 벽에 화장실 안내 표지가 있음에도 불구하고 그러는 것을 보면, 아침에 산행대장이 말했던 바와 같이 이곳 주민들은 외지 사람인 등산객을 별로 반기지 않는 모양이었다. 산에도 등산 관계 표지나 시설물이 거의 없었다.

코스가 너무 짧으므로, 지죽도를 빠져나온 후 도화면 內村마을에서 하차하여 그 부근 바닷가의 코끼리바위처럼 구멍이 뚫려진 활개바위를 보러 나섰다. 지죽도의 등산 코스는 4.5km 거리이고 이쪽은 왕복 2.7km라고 한다. 포장된 길을 걸어가 바닷가의 조그만 만에 다다라 보았더니 온통 파도에 밀려온 쓰레기 천지였다. 활개바위는 거기서 조그만 산을 하나 넘어야 보이는 모양인데, 나는 오랜만에 만난 산 친구 정보환 씨의 뒤를 따라 만의 반대쪽 바위 중턱으로 걸어 올라가 활개바위를 바라보고자 했으나 거기서는 보이지 않았고, 아내는 다른 사람들의 뒤를 따라 야산까지 올라가 보았으나 도중에 길이 끊어졌더라고 하면서 되돌아와 있었다. 아마도 오늘 활개바위를 본 사람도 거의 없었을 것이다. 그곳에서는 13시 46분부터 14시 36분까지 약 50분이 소요되었다.

돌아오는 길에 진교·곤양 부근에서 교통정체가 심하였다. 사천휴게소에서 잠시 정차한 후 통영대전고속도로로 접어들어 단성IC에서 빠져나와 산청군 신안면 원지로 5(하정리 751-1)에 있는 진주동부농협 영농회장 하재성 씨가 경영하는 원지동해왕갈비 식당에 들러 갈비탕(만 원)으로 석식을 들었다. 나는 아내 분의 소갈비까지 여섯 대를 먹었다. 식탁에서 김구환 씨와 마주앉았는데, 김 옹은 85세로서 아직도 자동차수리점을 경영하고 있는 모양이다. 진주의 산꾼 중 최고령인 강대열 씨는 87세인데, 무릎의 관절이 닳아서 근자에는 별로 산에 오르지 않는다. 내촌에서 개성중학교 선배이기도 한 강 옹에게 안부전화를 걸어보았더니 오늘은 집에서 쉬는 모양이었다. 밤 7시 40분경에 귀가하였다.

5 (화) 맑음 -태조산, 흑성산

산울림산악회를 따라 천안시 목천읍의 太祖山(419m)과 黑城山(517,7)에 다녀왔다. 오전 7시 50분 무렵 바른병원 앞에서 문산과 시청을 거쳐 오는 대절버스를 타고서 봉곡로터리를 경유하여 출발하였다.

대전통영 및 경부고속도로를 경유하여 천안IC에서 빠져나온 후, 상명대학교와 호서대학교 캠퍼스 부근을 경유하여 10시 59분에 覺願寺의 범종누각인 太祖山樓 앞마당에서 하차하였다. 누각 2층에 있는 '太陽의 聖鐘'이라고 하는 이 범종은 중량 20톤에다 높이 4.12m, 직경 2.50m로 경주의 에밀

레종보다도 큰 것으로서, 1990년에 타종식을 거행하였다. 이웃에 유서 깊은 절인 成佛寺가 있으나, 최근에 완공된 이 절이 규모로 말미암아 유명해져서 오히려 그것을 능가하는 명성을 지니게 되었다. 각원사는 法印(1931~, 속명 正午, 법호 鏡海)이라는 경남 충무 출신의 스님에 의해 건립된 것으로서, 그는 1946년 해인사 백련암으로 출가한 후 해인대학 종교학과, 동국대학교 사학과, 성균관대학교 동양철학과에서 수학하였고, 1969년 渡日하여 東京의 大東文化大學 대학원 중국문학과에 유학하였으며, 1987년 그 대학에서 서산대사의 『禪家龜鑑』 연구로 문학박사 학위를 취득하였다. 도일 이후 일본과 한국을 400회 이상 왕복하였다고 하는데, 재일동포 金永祚・鄭貞子 부부의 시주로 1975년 東京에다 명월사를 창건하였고, 같은 해 태조산에다 부지 3만 평을 구입하여 1977년 청동대불 점안식을 거행하였으며, 1996년에는 200평 규모의 전국 최대 대웅보전을 낙성하여 남북통일 기원도량으로 삼았다.

청동대불은 아미타불로서 높이 15m, 무게 60톤 규모이다. 그 뒤편으로 등산로가 나 있었다. 태조산의 능선 건너편은 사유지여서 능선 일대에 철책이 길게 쳐져 있었다. 우리 내외는 정상에 있는 팔각정 2층 전망대에 올라 그 난간에 걸터앉아서 일행과 더불어 점심을 들었다. 천안의 鎭山인 태조산은 서기 930년 고려 태조 왕건이 이곳에 올라 주위를 둘러보고 군사적 요충지임을 판단하고서 天安都督府를 설치한 것이 천안과 태조산이라는 지명의 유래가 되었다고 한다.

바야흐로 가을이 무르익어 들판에 추수는 모두 끝났고, 단풍이 절정을 이룬 무렵이었다. 솔바람길이라는 이름의 산책로 같은 능선 길을 따라서 한참을 더 나아가 흑성산 쪽으로 향하는 등산로에 접어든 다음, 계속 능선을 따라가 마침내 흑성산에 다다랐다. 그 정상 일대는 UN군의 레이더 시설이 들어서 있어 1954년 이래로 제한구역으로 되어 있어 접근할 수 없고, 근처에 헬기장이 있으며, 그 밖에도 대전 MBC, KBS 등의 TV 중계 안테나들이 들어서 있었다. 그리고 그 일대는 산성이 있었던 곳으로서, 성터에 흑성문, 空心墩, 弩臺 등이 복원되어 있었다. 이 산성에 대하여는 『세종실록지리지』와 『신증동국여지승람』에 黑成山城이라 하여 기록이 있는 모양인데, 현지의 안내판에는 黑城山이라 적고서, "본래 이름은 검은성(儉銀城)인데…일제 때 '검다'는 뜻을 그대로 옮겨서 '흑성산'으로 바꾼 것이다."라고 적혀 있었다.

우리는 그곳 고려시대의 上元帥로서 1383년 이곳에서 왜구를 섬멸했다는 江陵金氏 金斯革의 戰蹟碑가 있는 곳에서 절제 계단을 따라 내려가 산성 기념물들을 복원해 둔 곳 아래의 가장자리를 돌아 독립기념관의 단풍나무 숲길까지 1.4km 산길을 걸어 내려왔다.

독립기념관 가의 단풍나무 숲길은 1992년에 착공하여 1996년에 준공한 것으로서, 도로 폭 6m, 총 거리 3,164m에 달하는 것인데, 주로 애기단풍을 심었고, 지금도 좋으나 아직 물들지 않은 것도 있어 한 주쯤 더 있으면 절정일 것 같았다. 그 길이 끝나는 곳 즈음에 조선총독부 건물을 철거하여 그 부재들을 전시해 놓은 공원이 있어 그곳도 둘러보았다. 오후 4시 21분에 독립기념관 입구의 주차장에 대기하고 있는 대절버스에 다다라 5시간 21분에 걸친 등산을 모두 마쳤다. 오늘의 주행 거리는 도상거리 11.22km, 총 거리 11.91km이며, 만보기가 가리키는 보행 수는 22,034였다.

하산주 자리 바로 옆에 어떤 행상이 자기 벤 승용차에다 여러 가지 물건들을 싣고 와서 싼 값으로 판매하고 있었으므로, 나는 그로부터 가죽혁대 두 개를 만 원에, 그리고 무릎 및 팔목 보호대를 만 원에 구입하였다. 5시 10분에 그곳을 출발하여 8시 40분에 귀가하였다.

7 (목) 맑음 -대원사계곡

오전 10시 무렵 아내와 더불어 출발하여 먼저 망경한보아파트로 가서 김은심 교수를 우리 승용차에 태운 후, 신안현대아파트 입구로 가서 배행자 교수를 태웠다. 아내의 옛 직장 선배들과 한 해에 몇 번씩 있는 나들이로서, 이번에는 함께 대원사 계곡으로 단풍 구경을 가기로 한 것이다. 11시가 좀 못되어 산청군 시천면의 한국선비문화연구원에 도착하여 본관 2층의 김경수 군 연구실에 들러 커피를 대접받으며 반시간 정도 환담하였다. 김 군에게서 빌린 려증동 교수의 『거짓이여, 물러가라』를 돌려주고서, 김성범 씨가 지은

『베트남 사상으로의 초대』(파주, 푸른사상사, 2019)를 새로 빌렸다.

그 부근 덕산시장으로 가서 남명로 190에 있는 덕성상회에서 곶감 깎기 3대를 산 후, 남명로 91(원리 380-4)에 있는 토속음식전문점 지리산바우덕이로 가서 정나눔정식(가마솥밥+고추장불고기, 8만 원)으로 점심을 들었다. 그 집은 예전에는 초석잠이라는 이름의 식당이었고, 김은심 교수를 따라가서 식사를 한 기억이 있는데, 이후 집 안팎으로 리모델링을 하고서 새로운 이름으로 영업을 하고 있다. 고문헌도서관의 이정희 군을 비롯한 경상대 도서관 직원 12명도 체육의날을 맞아 그 집으로 왔다. 한문학과 출신의 이정희 군도 벌써 52세라고 한다. 식사하는 도중에 산울림트레킹의 배영하 대표로부터 2020년 트레킹 일정에 관한 카톡 메시지를 받고서, 9월 6일부터 14일까지 8박9일 동안의 아이슬란드 내륙 트레킹(569만 원)에 아내와 두 명을 신청하였다.

식사를 마친 후 대원사 계곡으로 들어가 입구로부터 유평을 거쳐 새재에까지 이르러, 몇 달 전 함께 점심을 들었던 산군의쉼터 식당 앞 주차장에다 차를 세운 후 조개골 쪽 등산로를 따라서 조금 산책해 보았다. 마을에서 출렁다리까지 그 새 콘크리트 포장도로가 새로 만들어져 있었고, 예전에는 조개골로부터 치밭목대피소 쪽으로 올라가는 등산로가 나 있었는데, 지금은 거기까지 못 미친 무제치기 폭포 아래의 용수동삼거리에서 천왕봉 쪽으로 올라가거나 유평 쪽으로 내려오도록 삼각형의 등산로로 되어 있었다.

되돌아 내려온 다음, 대원사계곡 쪽과의 삼거리 갈림길이 있는 명상마을에서 밤머리재 쪽으로 들어가 홍계마을의 사과밭에 들를 예정이었으나 도중에 그곳을 지나쳐버려, 그대로 백두대간이 지나가는 밤머리재를 넘어서 산청군 금서면 쪽으로 건너왔는데, 그 고개가 시작되는 지점부터 끝나는 지점까지 단풍나무 숲길이 계속 이어져 있어 그 또한 구경하기에 절호의 찬스였다. 다들 만족스러운 단풍 구경을 하였다.

3번 국도를 따라 진주로 돌아오는 도중에 부산의 큰누나로부터 전화를 받았는데, 큰집의 백환 형이 결국 작고했다는 것이었다. 아내의 의견에 따라 내일 오전 중 문상가기로 했다. 오후 4시 20분 무렵에 귀가했다.

17 (일) 흐리고 때때로 부슬비 부항댐 둘레길

아내와 함께 진용산악회를 따라 김천 부항댐 둘레길 트레킹에 다녀왔다. 이 산악회는 지난 9월 15일 여기를 가기로 예정되어 있었는데, 막상 집합장소에 가보니 喪事이라면서 예고도 없이 취소해버렸던 것이다. 오늘은 대절버스 한 대에 꽉 차고도 남을 정도로 사람이 많이 와서 정상적으로 출발했다.

구 제일예식장 부근인 육거리곰탕 옆을 출발하여 대전통영·광주대구 고속도로를 경유하다가 거창읍내로 빠져나가 24번 국도를 거쳐서 예전대로 2차선 그대로인 3번국도로 접어들어 10시 46분에 목적지 부근에 도착했다. 그러나 밖에는 비가 내리고 있었으므로 김천시 지례면에 있는 식당인 대밭가든 앞까지 이동하여 예정대로 진행할지 어쩔지 한참동안 망설이다가, 마침내 오후에 그 식당을 빌리기로 예약해 두고서 원래 예정되었던 트레킹 출발지점인 댐 제방 아래의 산내들공원 옆 주차장으로 가서 일행을 내려주고는 오후 3시 반까지 돌아오라는 것이었다.

처음에는 집행부도 어느 방향으로 나아가야할지 갈피를 잡지 못해 공원 안으로 들어가 우왕좌왕하다가 마침내 뿔뿔이 흩어졌다. 우리 내외도 처음에는 다른 사람들을 뒤따라 이리저리 헤매다가, 공원 안을 한 바퀴 두른 다음 다시 주차장으로 빠져나와, 처음 예정되었던 코스대로 댐 제방의 왼편으로 접근하는 덱 길을 따라서 수문 쪽으로 올라갔다.

내가 가진 여러 종류의 도로교통지도 책에는 어느 것에도 이 부항댐이 나타나 있지 않은데, 이는 2002년부터 2016년까지에 걸쳐 건설된 것으로서, 댐의 준공은 2014년 9월에 있었던 모양이지만, 그것을 한 바퀴 두르는 트레킹 코스 도중의 대부분 구간에는 아직도 3.2km로 예정된 수변 데크로드의 조성공사가 진행되고 있었다.

김천부항다목적댐은 甘川 연안의 홍수 피해 경감 및 경북 서북부 지역의 안정적인 용수공급을 목적으로 설립되어, 저수지 면적 2.57㎢, 총 저수용량 54.3백만㎥, 댐 높이 64m, 댐 길이 472m로 조성되었는데, 숭상공사 이전의 예전 진양호 규모와 비슷해 보였다. 김천시 釜項面의 新玉里·柳村里·智佐里와 知禮面의 道谷里를 포괄하였다. 댐 아래의 산내들 공원 안에는 댐 가장 안쪽인 지좌리의 寒松亭마을에 있었던 벽진이씨 李英普(1785~1821)의 철종 9년 나라에서 내려진 효자 旌閭閣과 그 옆에 있었던 鏡巖先生李公遺墟碑가 옮겨져 있고, 이영보 정려비도 2013년에 새로 설치되어 있었다.

댐 안에는 256m 길이에 폭 2m의 2주탑을 가진 보도현수교(출렁다리)가 있고, 총 연장 1.7km의 짚와이어와 총 연장 42.3m의 스카이워크도 설치되어져 있었다. 우리 내외는 부항6경 중 제6경이라는 부항정에 올라 팔각정의 2층 누각에서 회장 일행 가의 누각 난간에 걸터앉아 댐의 풍경을 바라보면서 점심을 들었다. 회장인 전학수 씨는 목요일에 있는 봉황산악회의 산행 등을 통해 얼굴이 익은 사람으로서, 우리 내외에게 시종 각별한 친절을 베풀고 자기네 반찬인 닭다리 몇 개도 갖다 주었다. 우리 내외는 점심을 든 후 짚와이어 부근의 노점에서 어묵과 붕어빵, 씨앗호떡도 사먹으며 주전부리를 하였다.

아직도 덱 공사 중인 新玉橋를 건너서부터는 일행 중 우리 내외와 조금 앞서간 중년 여자 두 명 한 팀을 제외하고는 예정된 트레킹 코스를 제대로 걸은 사람이 없는 듯하다. 이 코스의 총 거리는 9km라고 한다. 댐 안에 찬 물은 우리가 산악회로부터 배부 받은 개념도에 표시된 것보다 훨씬 더 풍부하고 넓었다. 신옥교 이후로 도중에 다리가 여러 개(지좌교·비룡교·한송정교·부항대교·유촌교·버드내교) 설치되어져 있었고, 그 중 가장 큰 것은 부항대교였다. 부항대교를 건넌 지점에 있는 유촌교의 준공기록을 보니 2008년부터 2012년까지에 걸쳐 공사가 진행되고 길이는 393m, 교폭 10.7m였다. 이 길로 국도3호선이 통과하고 있다.

내가 마지막 지점의 물문화관(물홍보관, 三山二水館)에 들른 사이에 아내는 중년 여인 팀과 함께 댐 제방을 건너서 먼저 내려가 버렸다. 그래서 나도 물문화관에 들른 후 예정된 나머지 코스를 포기하고서 제방을 건넌 다음, 댐 수문에서부터는 처음 올라왔던 덱 길을 따라서 오후 2시 44분에 주차장으로 내려왔다. 만보기에 의하면 총 걸음 수는 17,193보이다. 나는 시종 프랑스의 샤모니에서 산 우의를 입고서 걸었지만, 걷는 도중 비는 거의 내리지 않았다.

2시 49분에 주차장을 출발하여 아침에 주차했던 지례면의 대밭가든에서 하산주 자리를 가진 다음, 3시 55분에 다시 출발하여 6시 7분에 귀가하였다. 오늘 아내와 나는 안개를 곁들인 만추의 단풍 풍경을 충분히 즐길 수 있었다.

24 (일) 아침에 흐린 후 대체로 맑음 -문재산(미녀봉), 오도산

아내와 함께 광제산악회를 따라 합천군 봉산면과 거창군 가조면의 경계에 위치한 文載山(미녀봉, 933m)과 봉산면·묘산면 및 거창 가조면의 경계에 위치한 吾道山(1133.7)에 다녀왔다. 이 산악회는 원래 가조면 도리의 양지촌 마을에서부터 출발하여 두무산(1036)·오도산·미녀봉을 거쳐 가조면 석강리의 음기마을로 하산하는 것으로 되어 있었다. 나는 오도산은 1996년 10월 3일에 망진산악회 회원들과 함께 묘산면 반포리 안마을에서부터 오른 적이 있었고, 미녀봉은 2000년 12월 10일에 아내와 함께 박정헌 씨의 프로가이드를 따라와 거창 가조면 기리 학산마을에서부터 올라 숙성산(900)을 거쳐 미녀산에 오른 후 유방샘을 거쳐 가조면 석강리 쪽으로 하산한 바 있었다. 그러나 두무산에는 아직 오른 적이 없었으므로, 오늘 그 산에 가기 위해 이 산악회를 택했던 것인데, 어제 산악회로부터 카톡으로 보내져온 등산안내서에 의하면 그 사이 코스가 너무 길다 하여 두무산을 제외하고서, 합천군 봉산면 입곡리에 있는 오도산자연휴양림으로부터 시작하여 미녀봉·오도산을 거쳐 원점회귀 산행을 하는 것으로 바뀌어져 있었던 것이다.

오전 7시 30분에 신안동 공설운동장 1문 앞에서 39명이 출발하여 33번 국도를 따라가다가 합천읍에서 24번 국도로 빠져나가 묘산면의 관기리와 면 소재지인 도옥리, 봉산면의 권빈리를 거쳐 8시 57분에 산행시작 지점인 오도산휴양림관리사무소에 도착하였다. 관기리·도옥리·권빈리 등은 예전에 내가 남명학 관계 현장 답사 및 자료수집 차 모두 방문한 바 있었던 곳들이다.

휴양림에서 왼편 산길을 따라 올라가 마침내 숙성산에서부터 이어지는 능선 길 중의 말목재에 다다랐고, 거기서부터는 옛날에 걸었던 길을 따라 미녀의 머리에 해당하는 머리봉에 도착하였다. 머리봉에서부터 65m 떨어진 지점의 눈썹바위를 거쳐 임신한 여자의 신체 부위를 아래쪽으로 차례로 경유하여 마침내 미녀의 배 꼭지에 해당하는 정상에 다다랐다. 예전에는 이 부근에서 유방봉 쪽으로 되돌아갔었던 것이지만, 이번에는 능선을 따라 계속 나아가 마침내 오도재에 닿았다.

아내는 거기서 솔산악회 회원들과 더불어 휴양림 쪽으로 내려가 휴양림이 시작되는 솔숲쉼터에서 점심을 든 다음 하산하였으나, 나는 오도재에서 그대로 다시 계속 올라가 마침내 오후 2시 무렵 KT의 중계소가 있는 오도산 정상에 다다랐다. 그러나 그곳에는 정상비도 없고 철탑과 몇몇 건물들이 서 있을 따름이라 좀 썰렁하였다. 건너편으로 바라보이는 두무산은 경사가 별로 없는 밋밋한 산이었다. 예전에 오도산에 올랐을 때는 대체로 도로가 나 있는 쪽을 걸었던 것이므로 별로 흥취가 없었지만, 이번에는 그 반대쪽 등산로를 따라 왔으니 느낌이 전혀 달랐다.

송신탑 아래의 도로 가 나무 덱에서 합천호를 바라보며 점심을 든 후, 올랐던 길을 따라서 오도재까지 도로 내려왔고, 여러 가지 놀이 시설이 되어 있는 솔숲쉼터를 거쳐 그 아래에서부터 이어지는 콘크리트 및 아스팔트 포장도로를 따라 계속 골짜기로 내려와 휴양림을 가로질러 15시 20분에 출발지점으로 되돌아왔다. 내려오면서 보니 계곡의 사방댐 사업은 2006년도에 이루어졌고, 휴양림의 '오도산 치유의 숲 조성사업'은 2017년도에 이루어진 것임을 확인할 수 있었다. 그러나 이는 최근에 대규모의 공사를 새로 한 것이고, 휴양림 자체는 내가 가진 도로교통지도 책들에도 표시되어 있으므로 그 이전에 이미 설립되어 있었던 듯하다.

오늘 산행에서는 지난번 독립기념관 주차장에서 행상으로부터 산 무릎보호대를 착용하였고, 그 때 서비스로 얻었던 팔목보호대와 머리 수건도 함께 써보았다. 산악회의 안내장에 따르면 오늘 코스는 약 9km, 5시간 소요 예정이라고 되어 있는데, 산길샘에 의하면 도상거리 9.23km, 총 거리 9.84km이고, 6시간 22분이 소요되었으며, 만보기에 의하면 24,346보를 걸은 것으로 나타나 있다.

오후 3시 반 무렵에 휴양림을 떠나 진주로 돌아오던 길에 의령군 대의면 대의로 53-7(마쌍리)에 있는 예전에 몇 번 들른 바 있었던 한우전문점 금오 암소한마당에 들러서 갈비탕으로 석식(8,000원)을 들었고, 아내는 그 집에서 내 신용카드를 빌려 회옥이를 위한 한우고기를 무려 179,000원 어치나 샀다. 5시 반 무렵에 귀가하였다.

12월

1 (일) 비 -정기봉, 만인산

아내와 함께 좋은산악회의 제199회 산행에 동참하여 충남 금산군 추부면과 대전광역시 동구 下所洞의 경계에 있는 正起峰(580.3m) 및 금산군 복수면과 대전시 하소동의 경계에 있는 萬仞山(537.1)에 다녀왔다. 도동의 롯데리아(자유시장) 앞에 7시 30분까지 집결해서 구 제일예식장 앞을 경유하여 37명이 출발했다.

통영대전고속도로를 경유하여 추부IC에서 일반국도로 빠져나온 후, 10시 24분에 대전시에 속한 만인산자연휴양림의 제1주차장 부근에 도착했다. 휴게소와 분수연못이 있는 곳 부근에서 길이 200m, 폭 1.5m, 높이 6~10m의 스카이로드로 나무와 나무 사이로 편안하게 산책하도록 만들어둔 숲길(숲속의 탐방로)을 경유하여 산길로 접어든 후, 정기봉(1.05km)과 만인산(2km) 방향의 갈림길에서 먼저 정기봉 쪽을 취하여 만인산푸른학습원에 다다랐다. 자연환경학습전시관으로서 내부에 대강당·강의실·천문대 등이 있는 커다란 건물이었다.

여러 개의 덱 계단을 경유하여 능선에 올른 후, 대전둘레산길 3구간 코스를 따라서 정기봉에 다다랐다. 그 때까지는 희미한 빗방울이 약간 떨어질 뿐이었는데, 산행을 계속하는 동안 점차 부슬비로 변하고, 갈수록 빗살이 강해졌다. 그러나 나는 프랑스의 샤모니에서 산 방수복 상하의를 착용하고 발에는 목이 긴 방수등산화를 신었으니 비를 염려할 필요가 없었다. 정기봉은 대전시에서 食藏山(598) 다음으로 높은 산으로서 오늘 산행의 최고봉인데, 여기서 서쪽으로 2km 떨어진 위치에 있는 만인산과 마찬가지로 예전에 봉화대가 설치되었던 곳이다. 이 봉화대에서는 漢城에서 보내오는 烽信을 받아 영남으로 보냈고, 만인산에서는 호남으로 봉화를 전했다고 한다. 그러므로 이 일대는 서울과 영호남의 삼각지점이라 할 수 있는 것이다.

정기봉에서 왕복 2km 정도 되는 능선 길을 되돌아 내려와 안부에 다다른 다음, 다시 능선을 따라가다가 앞서간 일행이 땅바닥에 남겨둔 종이 표지가 가리키는 방향으로 내려가 길이 희미해진 산복지대에서 잠시 방향을 잃기도 하였다가, 마침내 추부터널 부근에 있는 太祖胎室에 다다랐다. 충청남도 유형문화재 제131호로 지정되어져 있는 것으로서, 태조 이성계의 태를 안치한 곳이다. 태조의 태실은 무학대사에 의해 함경도 용연에 처음 만들어졌으나, 1393년(태조 2)에 당시 전라도 완주군 진동현이었던 지금의 금산군 추부면 마전리로 옮겨 왔다. 그 후 숙종·영조·고종 연간에 세 차례 수리를 했으며, 일제 강점기인 1928년에 조선 왕실의 다른 태실과 마찬가지로 서삼릉으로 옮겨졌다. 이 과정에서 남은 석비와 석물이 훼손된 채 방치되다가, 1993년 현 위치에 복원한 것이다. 태실은 돌로 난간을 만든 팔각형 형태이며, 그 안은 팔각원당형 구조이고, 앞에는 거북 모양의 귀부 위에 '太祖大王胎室'이라고 새겨진 비가 서 있는데, 비에는 부서졌다가 새로 붙인 흔적과 금간 흔적이 있었다. 이 태실에는 태자 정종의 태도 함께 묻었다고 한다.

태실에서부터는 대전둘레길 2구간 코스를 따라 한참을 걸어서 마침내 만인산에 다다랐다. 만인산이 본래 이름이지만, 태조의 태를 묻었다고 하여 胎封山이라 불리기도 한다. 만인산 정상에서 500m 정도 아래로 내려온 지점에 있는 누각인 萬仞樓의 2층에 올라 아내와 둘이서 점심을 들었다. 철근콘크리트와 木造瓦家를 결합하여 2001년에 건축된 것인데, 누각의 구조가 보통의 팔각정과는 전혀 달라 직사각형이고 亭子 모양의 겹 지붕을 한 지라 좀 특이했다.

거기서 덱 계단을 따라 얼마간 내려오니 대전천 발원지 봉수레미골의 안내판이 서 있었다. 넓은 포장도로를 따라서 아래쪽으로 계속 내려오다가, 분수연못을 가로질러 오후 2시 16분에 제1주차장으로 돌아와 3시간 51분에 걸친 오늘 산행을 마쳤다. 도상거리 6.61km, 총거리 7.09km이며, 걸음 수는 14,890보였다. 만인산휴게소에 들러 이곳 명물인 봉이호떡을 사먹으려 했으나, 점심을 들고 있는 도중에 이미 일행으로부터 소재를 묻는 전화연락을 두 번 받았고, 휴게소 부근에서는 봉이호떡을 사서 돌아오는 집행부 사람 두 명을 만났으므로, 포기하고서 그들을 따라 대절버스가 주차해 있는 곳으로 돌아왔다.

돌아오는 도중에 금산의 인삼시장에 들러 2시 33분부터 4시까지 수삼센터 17·18번 매장 옆에 있는 비닐로 친 가설음식점에서 하산주를 들었고, 6시 무렵 귀가했다.

8 (일) 맑음 -비봉산, 형제봉

아내와 함께 상대산악회를 따라 경북 구미시 선산읍에 있는 飛鳳山(122.2m)과 선산읍과 구미시 옥성면의 경계에 위치한 형제봉(532.1)에 다녀왔다. 오전 8시까지 진주시청 육교 아래에 집결하여 출발했다. 33번국도와 중부내륙고속도로를 경유하여 선산IC에서 68번 지방도로 빠진 후, 10시 6분에 선산읍의 충혼탑 입구에 있는 보건소 앞에서 하차했다.

보통은 충혼탑 뒤편에 있는 비봉산공원을 비봉산이라고 하는데, 공원 일대에 여기저기 세워진 안내문을 읽어보니 비봉산은 이곳뿐만이 아니라 오늘의 최고봉인 형제봉을 정점으로 하여 선산읍을 감싸고 있는 두 날개 모양의 산 전체를 가리키는 말이었다. 그래서 이곳에서는 이 산의 모양으로 하여 "조선 인재의 반은 영남에서 나고 영남 인재의 반은 선산에서 난다"는 옛말이 유래한 것이라고 주장하고 있다. 실제로 이 일대에는 網張·鳳山·竹杖·迎鳳·花鳥·舞來 등 봉황과 관련한 지명들이 많다. '영남 인재의 반'은 진주·함양 등지에서도 자기네 고장과 관련하여 그런 말을 인용하고 있는데, 이곳 선산에서는 吉再·李孟傳·河緯地·金宗直·鄭鵬·朴英·黃耆老·張顯光·崔晛·朴綠珠·朴正熙 등의 인물이 이 일대에서 배출된 것을 자랑하고 있다.

善山이라는 지명은 신라시대 一善郡의 고려시대 이름인 善州를 조선 태종 13년(1413) 지방제도 개편 때 선산군으로 개명한 데서부터 유래하며, 그로부터 2년 후에 도호부로 승격되었다. 『경상도지리지』에 의하면 호구 수는 선산이 1,005호에 1만2012인, 이웃한 안동이 657호에 4,551인이었으며, 구미시 지역의 구체적인 상황은 알 수 없다. 조선 후기에 들어와 面里制가 발전하기 시작하면서 구미지역도 역사의 표면에 나타나게 되었는데, 이 지역은 上古面과 下古面으로 각각 14개, 23개의 자연촌락을 관할하였다. 1963년 龜尾面이 읍으로 승격하였고, 1978년 구미읍이 漆谷郡 仁同面을 편입하여 시로 승격하고, 1995년에는 다시 선산군을 합하여 통합구미시로 발족하게 된 것인데, 그 배경에는 구미 출신인 박정희 대통령의 입김이 컸던 것이다.

나는 일행의 뒤에 쳐져서 2002년에 건축된 2층 팔각정인 迎鳳亭을 거쳐 기양지맥의 분기점에까지 올랐고, 기양지맥을 따라서 부처바위와 콘크리트 포장임도가 지나가는 갈등고개를 거쳐 정상을 800m 남겨둔 지점의 헬기장에 다다라 앞서간 아내를 만나서 산 벗인 강위생·최재열 씨와 더불어 점심을 들었다. 머지않아 이영근 씨도 도착하여 합석하였는데, 이 씨는 정상에서 올라왔던 길을 따라 도로 내려간다는 것이었다. 나보다 연장자인 강위생·이영근 씨는 모두 나와 마찬가지로 왼쪽 무릎 관절이 좋지 못한 모양이었다. 진주의 산악인 중 최고령자인 강대열 옹 역시 무릎 관절이 좋지 않아 이미 등산을 포기하였으니, 다들 같은 이유인 것이다.

비봉산 정상인 형제봉에는 높이가 531m라고 새겨져 있었다. 형제봉에서부터는 기양지맥을 버리고서 날아가는 봉의 오른쪽 날개 능선을 따라서 돌탑봉을 지나 계속 내려오다가 죽장사 갈림길에서 절 쪽으로 가지 않고 능선을 따라 이문삼거리 방향으로 계속 진행하여, 형제봉으로부터 3.7km 떨어진 위치의 주공아파트와 원각사 사이 포장도로로 통하는 오솔길로 빠져나와서, 읍내를 가로질러 오후 2시 34분에 출발지점인 선산보건소 앞으로 돌아왔다. 4시간 28분이 걸렸고, 산행거리는 9.6km라고 하였으나 내 휴대폰의 산길샘에 의하면 도상거리 9.87km, 총 거리 10.26km이며, 만보기의 걸음 수는 19,182보였다. 산길에 시종 소나무 숲이 우거졌고, 산책로처럼 편안하며 운치 있었다.

3시 반쯤에 하산주를 마치고서 진주로 돌아온 다음, 금산면 장사리 987-45에 있는 '24시 전주명가콩나물국밥'에 들러 콩나물국밥 2인+왕만두 1판이 12,000원인 석식을 들고서 밤 7시경에 귀가하였다. 귀가한 후 샤워를 하면서 벗어두었을 것이라고 생각되는데, 금년 5월 중국 黃山市에서 산 이후 목욕할 때 외에는 늘 착용해왔던 게르마늄 팔찌가 어찌된 셈인지 아무리 찾아보아도 눈에 띄지 않는다.

찾아보기